Peter Simbrunner

Wiener Straßennamen von A bis Z

Dritte überarbeitete Ausgabe

Ueberreuter

CIP-Kurztitelmeldung der Deutschen Bibliothek

Simbrunner, Peter:
Wiener Straßennamen von A bis Z/P. Simbrunner. – 3., überarb. Sonderausg. –
Wien: Ueberreuter, 1987.
ISBN 3-8000-3244-9

AU 60/1

Umschlagdia mit freundlicher Genehmigung des Wiener Fremdenverkehrsverbandes

Gesamtherstellung: Carl Ueberreuter Druckerei Ges. m. b. H., Korneuburg
Printed in Austria

Vorwort

Wen hat nicht schon einmal interessiert, warum „seine“ Straße oder Gasse so heißt? Oder warum der Platz, der in der Nähe liegt, diesen Namen trägt? Wenn Sie schon einmal daran gedacht haben, sich darüber zu informieren, dann haben Sie das geeignete Buch in der Hand. Hier steht in kurzen Worten das Warum. Ob vielleicht eine Sage mit dem Namen verknüpft ist, ob der Namengeber Besonderes geleistet hat oder was sonst der Grund für die Benennung war. Wer hier nachschlägt, will keine Fachstudien betreiben, nur einfach wissen, warum ... und ist schon mitten in einem der letzten Abenteuer der Großstadt, einem letzten Stückchen Romantik auf die Spur gekommen. Vielleicht beginnt der Leser in Gedanken bekannte Stellen aufzusuchen, entdeckt etwas Vertrautes, verliert sich in Erinnerungen, vielleicht sogar in Träumereien ... und legt das Buch möglicherweise später aus der Hand, als er ursprünglich vorhatte. Aus zwei Gründen habe ich dieses Buch zusammengestellt: Die Information als ersten Grund habe ich schon erwähnt. Der zweite Grund ist ebenso wichtig; im Jahre 1945 (also bereits vor einer Generation) erblickte ein Buch das Licht der Welt, das in seinem Fachbereich Geschichte machte: „Der Rossa“. Dieses Buch vor der Vergessenheit zu bewahren ist die zweite Aufgabe dieses Buches. Es werden hier die Originaltexte aus dem „Rossa“ verwendet – nur den aktuellen Erfordernissen angepaßt. Alle Neuerungen, die sich im Laufe von 40 Jahren im Stadt- und Straßenbild ergaben, sind erfaßt und – wenn nötig und möglich – im Stil des „Rossa“ kommentiert.
Eine weitere wertvolle Datenquelle war Kouteks „Straßen und Gassen erzählen Geschichte“. Viele Unterlagen habe ich diesem wertvollen Buch entnehmen können, wofür hier herzlicher Dank ausgesprochen sei.
In Wien nimmt durch die neuen Siedlungsgebiete die Zahl der Straßen und damit die Zahl der Straßennamen ständig zu. Ein Buch wie das vorliegende also „auf den letzten Stand“ zu bringen ist gar nicht so einfach. Die erste Auflage hatte den Stand von 1983/84 als Grundlage. Jedoch liegt 1984 bereits

drei Jahre zurück. Daher erreichte den Verlag und mich als Verfasser eine Flut von Zuschriften mit Berichtigungen – gutgemeint, aber eben doch kritischer Natur. Etwa 100 Gassen, Straßen und Plätze hätte ich übersehen, vergessen oder einfach verschlampt. Das ist teilweise richtig, teilweise aber eben nicht.

Viele Zuschriften erreichten mich, die die besondere Ortskenntnis der Briefschreiber beweisen. Sie wissen noch eine Fülle von ergänzenden Daten zum jeweiligen Begriff. Da dieses Buch jedoch als Allgemeininformation gedacht ist, würde alles, was über dieses Allgemeine hinausgeht, den Rahmen dieses Buches sprengen. Da kann wahrscheinlich ein Bezirksführer helfen, dort ist mehr Platz für Details. Ein Buch, das ins Detail geht – über ganz Wien ins Detail geht –, müßte Lexikonformat haben.

Sollten Sie Neuigkeiten und Ergänzungen wissen, so bedienen Sie sich bitte des Korrekturkupons, damit wir in die Lage versetzt werden, alle Ihre Änderungen dann in der nächsten Auflage veröffentlichen zu können.

Der Verfasser — Wien, im Sommer 1987

Hinweise für den Benützer:

Helmgasse (fett gedruckt): in Verwendung stehender Name.

Hermannskogel (nicht fett gedruckt):

Entweder nicht amtlich so bezeichnet (beispielsweise in Siedlungen liegende Wege), volkstümliche Bezeichnungen, nicht im Wiener Stadtgebiet liegende Örtlichkeiten usw.

Hornwerksbastion (kursiv gedruckt):

nicht mehr bestehende Gassen, Bauwerke, Begriffe usw.

12. Bezirk (Altmannsdorf): Bezirk und Bezirkseinteilung.

Maximilian Hell (1720–1792):

Name, Geburts- und Todesjahr des Namengebers.

„früher..." oder „zwischen 1938 und 1945": früherer Name.

Jesuitenpater, Astronom:

Beruf oder Besonderheit des Namengebers.

Hier möchte ich nochmals erwähnen, daß es nicht immer gelungen ist, alle Daten über den jeweiligen Namengeber herauszufinden, besonders dann, wenn die Benennung noch nicht lange zurückliegt, die Träger des Namens ausgestorben sind usw. Auch bei Neuanlagen von Verkehrsflächen können Ungenauigkeiten vorkommen beziehungsweise sind die Neubenennungen noch nicht angeführt. Und wenn bei den Stichwörtern nähere Angaben fehlen, so konnte die Herkunft bisher noch nicht geklärt werden. Es wurde versucht, so kurz und umfassend als möglich auf den Namen einzugehen. Sollten trotzdem Fehler vorgekommen sein: für Anregungen oder Verbesserungsvorschläge bin ich sehr dankbar.

BASTEIEN UND LINIENWALL

Als Basteien wurden die Befestigungswerke um die Stadt Wien bezeichnet. Sie dienten dem Schutz der Stadt Wien, die damals im Wesentlichen aus dem Kern Wiens, dem heutigen ersten Bezirk, bestand. Die Vorstädte, die nicht durch Befestigungen geschützt waren, wurden daher bei kriegerischen Handlungen vernichtet und immer wieder aufgebaut. Bei den Türkenkriegen beispielsweise, vor Anmarsch des feindlichen Heeres, wurden die Vorstädte von den Bewohnern selber angezündet und geschleift, um den Feinden keine Unterkünfte und Deckungsmöglichkeiten zu gewähren. Zum Schutz der Vorstädte (Wien wurde damals von 34 Vorstädten umgeben) wurde im Jahre 1704 von Prinz Eugen der Befehl erlassen, einen Wall, den späteren Linienwall, zu erbauen, um den Türken das Vordringen unmöglich zu machen oder zumindest zu erschweren. Vor dem Wall wurde ein Graben angelegt, um Angriffe noch komplizierter zu gestalten. Alle Bewohner Wiens, vom 18. bis zum 60. Lebensjahr, waren verpflichtet, beim Bau dieser Verteidigungsanlage mitzuhelfen. Und tatsächlich (für heutige Verhältnisse fast unvorstellbar) wurde der Linienwall noch im gleichen Jahr fertiggestellt. Auch Kuruzzen griffen Wien, die letzte Bastion des Abendlandes, an. Hier hat das oft gebrauchte Schimpfwort „Kruzitürken" seine Herkunft (Kuruzzen und Türken). Nachdem den Festungsmauern und dem Linienwall keinerlei militärischen Zwecke mehr zukamen und sie nurmehr den immer mehr anwachsenden Verkehr behinderten, wurden die Stadtmauern (vorerst um das Zentrum) in den Jahren 1858 bis 1863 abgetragen. Mit den Mauerresten wurde der Konstantinhügel im Prater gebildet (auch Erdmassen, die beim Bau der Rotunde anfielen, trugen zum Entstehen des Konstantinhügels bei). Im Wesentlichen befinden sich heute die Ringstraße und der Franz-Josefs-Kai auf dem Grunde der ehemaligen Festungsmauern. Mit der Demolierung des Linienwalles wurde relativ spät, erst 1892, begonnen. Richtschnur für dessen Verlauf bietet die heutige Gürtellinie.

Basteinamen als heute noch existierende Straßennamen:
Augustinerbastei, Coburgbastei, Dominikanerbastei, Mölkerbastei, Schottenbastei und Stubenbastei.

Verschwundene Basteien:
Arsenalbastei, Biberbastei, Bollwerkbastei, Braunbastei (oder Jacoberbastei), Burgbastei, Bürgerbastei, Dominikanerbastei (oder Hollerstaudenbastei), Donaubastei, Eckbastei, Elendbastei, Franzenstorbastei, Gonzagabastei, Heynerbastei, Hornwerksbastion, Hollerstaudenbastei, Jacoberbastei, Kärntnerbastei, Kolowratbastei, Landschaftsbastei oder Löwelbastei, Majestätsbastei, Mönchbastei, Neutorbastei, Paradiesbastei, Predigerbastei, Rotenturmbastei, Spanische Bastei, Steigerbastei, Stubentorbastei, Wasserkunstbastei, Wasserschanzbastei.

A

Aalweg, 22. Bezirk (Stadlau); Fischname.

Abbegasse, 14. Bezirk (Breitensee); Prof. Dr. Ernst Abbe (1840–1905), Physiker, Eigentümer der Zeißwerke, wandelte den Betrieb in eine Stiftung um.

Abelegasse, 16. Bezirk (Ottakring); 1783 Feldweg, 1835 Untere Hauptstraße, seit 1856 jetziger Name. Thomas Abele (1814–1869), Gastwirt, Gemeinderat.

Abermanngasse, 12. Bezirk (Hetzendorf); bis 1894 Gloriettegasse. Heinrich Abermann (1583–1623), 1619 Rektor der Wiener Universität (Übersetzer der ersten „Geschichte Wiens" von Wolfgang Lazius).

Abraham-a-Sancta-Clara-Gasse, 1. Bezirk; Abraham-a-Sancta-Clara (eigentlich Hans Ulrich Megerle, 1644–1700), Prediger.

Abraham-a-Sancta-Clara-Straße, 14. Bezirk (Hadersdorf); siehe vorher.

Absberggasse, 10. Bezirk (Favoriten); schon 1690 als Flurname erwähnt. Ein Klosterbesitz wurde früher auf den Namen des jeweiligen Abtes geschrieben, daher „des Abtes Berg".

Abt-Karl-Gasse, 18. Bezirk (Währing); bis 1864 Untere Quergasse, dann bis 1894 Karlsgasse. Abt Karl (Alexander Karl, 1824–1904), Abt von Stift Melk.

Abtsbergengasse, 14. Bezirk (Ober-Baumgarten); siehe Absberggasse.

Achamergasse, 9. Bezirk; gehörte vor 1903 als Exnergasse zum 18. Bezirk. Johann Achamer (1651–1712), Glockengießer, goß im Jahre 1711 aus 180 türkischen Kanonen die „Große Pummerin".

Achardgasse, 21. Bezirk (Großjedlersdorf); Franz Karl Achard (1753–1821), Chemiker (Erfinder der Rübenzuckerherstellung).

Achengasse, 21. Bezirk (Leopoldau); Fluß in Tirol.

Achtergasse, 23. Bezirk (Liesing); Lorenz Achter (1834–1904), Schuldirektor.

Achtundvierzigerplatz, 14. Bezirk (Breitensee); zur Erinnerung an die Revolution am 13. März 1848. Die umliegenden Gassen haben Namen der an diesem Tag Gefallenen.

Ada-Christen-Gasse, 10. Bezirk (Oberlaa); Ada Christen (Christiane Frederiks-Breden, 1844–1901), Schriftstellerin.

Adalbert-Stifter-Straße, 14. Bezirk; siehe Sofienalpenstraße.

Adalbert-Stifter-Straße, 20. Bezirk; Adalbert Stifter (1805–1868), Heimatdichter.

Adambergergasse, 2. Bezirk; bis 1894 Theresiengasse. Antonie Adamberger (1790–1867), Burgschauspielerin.

Adam-Betz-Gasse, 22. Bezirk (Eßling); Adam Betz (1873–1924), Bürgermeister von Eßling.

Adamsgasse, 3. Bezirk; Herkunft nicht erwiesen. Möglicherweise nach dem Fleischhauer Johann Adam, der 1756 sein Geschäft in der Weißgerbervorstadt in einem Haus „Zur goldenen Weintraube" betrieb.

Aderklaaer Straße, 21. Bezirk (Leopoldau); führt nach der gleichnamigen Ortschaft (früher auch Atterklaa, Ottokhla).

Adlerbrücke, 11. Bezirk; Brücke über die Schwechat im Zuge der Kaiser-Ebersdorfer-Straße. Nach einem Gasthausschild „Zum goldenen Adler".

Adlergasse, 1. Bezirk; 1368 als Teil der Hafnerstiege „interlutifigulos", 1770 Hinter St. Laurenz, seit 1797 Adlergasse. Führte von der Rotenturmstraße zum Schwedenplatz, im Franz-Josefs-Kai aufgegangen. Im ehemaligen Haus Nr. 4 befand sich das Gasthaus „Zum goldenen Adler", in dem die Sage vom „Küß den Pfennig" gespielt haben soll.

Adlerweg, 21. Bezirk (Donaufeld); Siedlung Wolfsgrube; jetzt Orelgasse.

Adolf-Amadeo-Gasse, 21. Bezirk (Strebersdorf); Adolf Amadeo (1881–1930), Gründer des Floridsdorfer Turnvereines.

Adolf-Blamauer-Gasse, 3. Bezirk; Adolf Alwin Blamauer (1847–1923), Maler (Mitgründer des Österreichischen Touristenklubs).

Adolf-Gstöttner-Gasse, 20. Bezirk; früher Straußgasse. Ing. Adolf Gstöttner (1874–1943), Bergbaufachmann.

Adolf-Kirchl-Gasse, 10. Bezirk (Inzersdorf); von 1902 bis 1938 Baumannstraße. Adolf Kirchl (1858–1936), Chormeister, Tondichter.

Adolf-Loos-Gasse, 21. Bezirk (Leopoldau); Adolf Loos (1870–1933), Architekt, Baumeister.

Adolf-Lorenz-Gasse, 13. Bezirk (Hietzing); Prof. Dr. Adolf Lorenz (1854–1946), Arzt.

Adolf-Raupenstrauch-Gasse, 19. Bezirk (Nußdorf).

Adolf-Schmidl-Gasse, 20. Bezirk; Adolf Schmidl (1802–1863), Heimatschriftsteller.

Adolfstorgasse, 13. Bezirk (Ober-St. Veit); Tor in der Tiergartenmauer.

Adolf-Unger-Gasse, 10. Bezirk (Oberlaa); Adolf Unger (1904–1942), Lyriker.

Adolf-Uthmann-Gasse, 21. Bezirk (Schwarzlackenau); Adolf Uthmann (1867–1920), Chor- und Tondichter.

Adonisweg, 22. Bezirk (Eßling); Pflanzenname.

Adtlgasse, 16. Bezirk (Ottakring); 1650 Schulgassel, bis 1894 Kirchengasse. Wolfgang Adtl (1687–1761), Pfarrer von Ottakring.

Aegidigasse, 6. Bezirk; der hl. Aegidius (640–700?) ist Namenspatron der Ortskirche von Gumpendorf „Zum hl. Aegidius", die 1768 bis 1770 erbaut wurde. Schon 1244 urkundlich als Kapelle erwähnt, 1352 und nach den Türkenbelagerungen (1529 und 1683) neu aufgebaut.

Äugelgasse, 21. Bezirk (Jedlesee); Flurname (Äugel = kleine Au).

Afrikanergasse, 2. Bezirk; bis 1862 Marokkanergasse. Zur Erinnerung an eine 1783 in Wien weilende marokkanische Gesandtschaft (Abschluß eines Handels- und Friedensvertrages).

Afritschgasse, 22. Bezirk (Kagran); Anton Afritsch (1873–1924), Gründer der Vereinigung der Kinderfreunde.

Agavenweg, 22. Bezirk (Breitenlee); Pflanzenname.

Agnesgasse, 19. Bezirk (Ober-Sievering); Markgräfin Agnes (1076–1157), Gattin Leopolds III. (der Gründer Klosterneuburgs).

Agricolagasse, 16. Bezirk (Ottakring); Karl Agricola (1779–1852), Maler, Kupferstecher.

Ahornergasse, 7. Bezirk; 1938 bis 1946 Kreipelgasse. Karl Ahorner (1873–1934), Wohltäter.

Ahornweg, 22. Bezirk (Stadlau); Baumname.

Aichbühelgasse, 13. Bezirk (Hacking); Johann Karl Aichbühel (gest. 1658), Rektor der Wiener Universität, Besitzer der Herrschaft Hacking (niederösterreichischer Landesadel, der etwa 1770 ausstarb).

Aichholzgasse, 12. Bezirk (Meidling); bis 1864 Blindegasse, bis 1894 Millergasse. Josef Miller v. Aichholz (1827–1913), Kunstsammler.

Aichhorngasse, 12. Bezirk (Gaudenzdorf); Josef Aichhorn (1823–1889), Gastwirt, Gemeinderat von Gaudenzdorf.

Aidagasse, 23. Bezirk (Inzersdorf); nach der Oper von Giuseppe Verdi.

Aignerstraße, 20. Bezirk; Josef Matthäus Aigner (1818–1886), Porträtmaler.

Ailecgasse, 11. Bezirk (Kaiser-Ebersdorf).

Aistgasse, 21. Bezirk (Leopoldau); Fluß in Oberösterreich.

Akademiestraße, 1. Bezirk; nach der 1860 bis 1862 erbauten Handelsakademie.

Akaziengasse, 23. Bezirk (Siebenhirten); Pflanzenname.

Akeleiweg, 22. Bezirk (Aspern); Pflanzenname.

Akkonplatz, 15. Bezirk (Fünfhaus); Herzog Leopold V. erstürmte beim dritten Kreuzzug (1191) die türkische Festung Akkon in Palästina (Entstehung der Sage des österreichischen Wappenschildes).

Aladar-Pecht-Gasse, 22. Bezirk (Leopoldau); Prof. Dr. Aladar Pecht (1898–1961), Stadtbaudirektor.

Alaudagasse, 10. Bezirk (Oberlaa); nach der römischen Legion „Alaudarum", die in der Nähe siedelte.

Alban-Berg-Weg, 13. Bezirk (Lainz); Alban Berg (1885–1935), Komponist.

Albatrosgasse, 22. Bezirk (Stadlau); Vogelname.

Alberichgasse, 15. Bezirk (Fünfhaus); Zwergenkönig der Nibelungensage.

Alberner Hafenzufahrtsstraße, 11. Bezirk (Albern und Kaiser-Ebersdorf); Zufahrt zum Alberner Hafen.

Alberner Straße, 11. Bezirk (Albern und Kaiser-Ebersdorf); früherer Vorort Wiens.

Albertgasse, 8. Bezirk; die Umgebung hieß bis 1840 An der Alserbreite, bis 1862 Breite Gasse. Siehe Albertplatz.

Albertinaplatz, 1. Bezirk; von 1877 bis 1920 Albrechtsplatz, bis 1934 Revolutionsplatz. Nach der „Albertina", der von Herzog Albrecht v. Sachsen-Teschen gegründeten Sammlung von Handzeichnungen und Stichen.

Albertisgasse, 21. Bezirk (Großjedlersdorf); nach dem Gartenverein „Albertis".

Albertplatz, 8. Bezirk; Herzog Albert v. Sachsen-Teschen (1738–1822), Erbauer der Albertinischen Wasserleitung (1803 bis 1805).

Albert-Schweitzer-Gasse, 14. Bezirk (Weidlingau); Dr. Albert Schweitzer (1875–1961), Arzt, Forscher.

Albert-Sever-Straße, 21. Bezirk (Stammersdorf); Albert Sever (1867–1942), Politiker.

Albin-Hirsch-Platz, 11. Bezirk (Simmering); Albin Hirsch (1847–1918), Bezirksvorsteher des 11. Bezirks.

Albrechtsbergergasse, 12. Bezirk (Meidling); bis 1894 Pfarrgasse. Johann Georg Albrechtsberger (1736–1809), Musiker, Lehrer Beethovens.

Albrechtskreithgasse, 16. Bezirk (Ottakring); Flurname. Seit 1331 als „Albersgeräut" urkundlich erwähnt, wahrscheinlich wurde diese Gegend von einem Albrecht gerodet.

Albrechtsrampe, 1. Bezirk; führt zum 1862 erbauten Palais Feldmarschall Erzherzog Albrechts.

Alexander-Mell-Gasse, 22. Bezirk (Hirschstetten); Alexander Mell (1850–1931), Blindenerzieher.

Alexander-Nehr-Gasse, 9. Bezirk; Alexander Nehr (1853–1928), Kunstschlosser, schuf den Rathausmann.

Alexander-Poch-Platz, 2. Bezirk; Msgr. Alexander Poch (gest. 1966), Pfarrer von St. Leopold.

Alfons-Mucha-Weg, 14. Bezirk (Hütteldorf).

Alfred-Grünfeld-Gasse, 9. Bezirk; Alfred Grünfeld (1852 – 1924), Pianist.

Alfred-Kubin-Platz, 22. Bezirk (Leopoldau); Alfred Kubin (1877 – 1959), Österreichischer Zeichner und Schriftsteller.

Alfred-Nobel-Straße, 21. Bezirk (Leopoldau); Alfred Nobel (1833 – 1896), schwedischer Chemiker, Stifter des Nobel-Preises.

Alfred-Stix-Platz, 10. Bezirk (Inzersdorf); Alfred Stix (1882 – 1957), Generaldirektor der staatlichen Kunstsammlungen in Wien.

Alfred-Wegener-Gasse, 19. Bezirk (Grinzing); Univ.-Prof. Alfred Wegener (1880 – 1930), Polarforscher.

Algenweg, 22. Bezirk (Eßling); Pflanzenname.

Allandgasse, 17. Bezirk; nach dem Flurnamen Achlandt, Oachland, Ohlant, Ochlandt, abgeleitet vom althochdeutschen „Eliland", ellend = außerhalb der Gemeindegrenze liegendes Land. Seit 1894 Kalvarienberggasse.

Allerheiligengasse, 20. Bezirk; siehe folgendes.

Allerheiligenplatz, 20. Bezirk; Kirche „Zu Allerheiligen" schon 1650 als Mautkapelle bestanden, 1873 als Kirche neu gebaut. Heutige Gestalt seit 1905.

Alliiertenstraße, 2. Bezirk; bis 1909 Prager Reichsstraße. Am 25. September 1814 empfing Kaiser Franz I. vor dem dort bestandenen Gasthaus „Zur blauen Weintraube" seine Alliierten in der Völkerschlacht bei Leipzig (Kaiser Alexander von Rußland und König Friedrich Wilhelm von Preußen).

Alliogasse, 15. Bezirk (Fünfhaus); Donatus Felix v. Allio (1677 – 1761), k. u. k. Ingenieurhauptmann und Direktor der Festung und Residenzstadt Wien.

Allißengasse, 21. Bezirk (Leopoldau); Flurname (Alißen, Lißen, Lüßen = durch Los erworbener Acker).

Alma-König-Weg, 23. Bezirk (Atzgersdorf, Mauer); Alma König (1887–1942), Lyrikerin.

Alma-Rosé-Gasse, 10. Bezirk (Oberlaa); Alma Rosé (1903–1945?), Klaviervirtuosin.

Almgasse, 21. Bezirk (Leopoldau); Fluß in Oberösterreich.

Alois-Behr-Straße, 14. Bezirk (Auhof); Alois Behr (1883 – 1949), Obmann des Gartenvereines „Bierhäuselberg".

Alois-Czedik-Gasse, 14. Bezirk (Weidlingau); Prof. Alois Freiherr v. Czedik-Bründsperg (1830 – 1924), Gemeinderat.

Alois-Dachs-Gasse, 23. Bezirk (Liesing); Alois Dachs (1890 – 1952), Gemeinderat.

Aloisgasse, 2. Bezirk; Alois Miesbach (1790 – 1857), Ziegelofenbesitzer, baute hier um 1850 das erste Haus.

Alois-Höfler-Gasse, 11. Bezirk (Simmering); Alois Höfler (1853–1922), Pädagoge.

Alois-Kraus-Promenade, 13. Bezirk (Hietzing); Alois Kraus (1879–1919), Leiter des Tiergartens Schönbrunn.

Alois-Negrelli-Gasse, 21. Bezirk (Leopoldau); Alois Negrelli (1799–1858), Planer zum Bau des Suezkanals.

Alpengartenstraße, 14. Bezirk (Auhof); nach den typischen Gärten.

Alpengasse, 10. Bezirk (Favoriten); auf dem letzten Ausläufer der Alpen.

Alphons-Petzold-Gasse, 23. Bezirk (Mauer); Alphons Petzold (1882–1923), Arbeiterdichter.

Alpiltoweweg, 21. Bezirk (Leopoldau); Alpiltowe (Alphildau) ist die älteste Bezeichnung von Leopoldau.

Alsegger Straße, 18. Bezirk (Gersthof); Weingartenflurname, urkundlich schon 1241 erwähnt.

Alserbachstraße, 9. Bezirk; bis 1862 Am Alsbach und Weiße-Löwengasse, ein anderer Teil Marktplatz und Kapellengasse. Hier fließt der seit 1840 eingewölbte Alsbach zum Donaukanal.

Alser Straße, 8. Bezirk und 9. Bezirk; ehemaliger Verlauf des Baches „Als". 1121 schon „Alsanerstrazze" genannt (frühere Bezeichnungen: Alstergasse, Alsergasse, Großegasse, Untere Hauptstraße, Alser Hauptstraße, Hernalser Linienhauptstraße und Alsergrund Hauptstraße).

Alsgasse, 17. Bezirk (Dornbach); Bachname, schon 1044 Bezeichnung „Alsa".

Alszeile, 17. Bezirk (Dornbach); ein Teil um 1868 Badgasse. Promenadenallee über dem seit 1878 zugewölbten Alsbach.

Altdorferstraße, 10. Bezirk (Inzersdorf); Albrecht Altdorfer (1480–1538), Maler (Vertreter des Donaustils).

Altebergenstraße, 14. Bezirk (Breitensee); Flurname (schon 1328 urkundlich erwähnt).

Alte Donau; siehe An der oberen Alten Donau beziehungsweise An der unteren Alten Donau.

Alte Gasse, 15. Bezirk; heute unbekannt.

Alte Laaer-Straße, 10. Bezirk (Oberlaa); nach der „Laaer Straße".

Alter Wiener Weg, 21. Bezirk; (Leopoldau); bei Drucklegung des Buches noch nicht geklärt.

Alte Straße, 22. Bezirk (Süßenbrunn); alter Straßenzug vor Errichtung der Wagramer Straße.

Alte Walfischgasse, 1. Bezirk; 1875 in die Walfischgasse einbezogen.

Altes Landgut, 10. Bezirk (Favoriten, Inzersdorf, Oberlaa); Südosttangente, Favoritner Ast der Südautobahn, Grenzackergasse.

Altgasse, 13. Bezirk (Hietzing); ältester Teil des Ortes Hietzing.

Althanplatz, 9. Bezirk; früher Hauptplatz, von 1873 bis 1938 und nach 1945 so, dazwischen Platz der Sudetendeutschen, heute Julius-Tandler-Platz. Nach Graf Gundacker Althan (1665–1747), dem das Palais gehörte, an dessen Stelle 1871 bis 1872 der „Gmündner" Bahnhof – der heutige Franz-Josefs-Bahnhof – erbaut wurde.

Althanstraße, 9. Bezirk; bis 1920 Franz-Josefs-Bahnhof-Straße, vorher Untere Schmiedgasse, Große Schmiedgasse und Spittelauergasse. Siehe vorher.

Altmannsdorfer Anger, 12. Bezirk (Altmannsdorf); Weideplätze der ehemaligen Gemeinde Altmannsdorf.

Altmannsdorfer Feldweg, 12. Bezirk (Altmannsdorf); führte über Felder (verlängerte Hoffingergasse).

Altmannsdorfer Straße, 12. Bezirk (Meidling, Hetzendorf, Altmannsdorf); 1427 angelegt, 1742 Laxenburger Allee, bis 1894 Laxenburger Straße. Zur Wahrung des Ortsnamens.

Altmüttergasse, 9. Bezirk; Georg Altmütter (1787–1858), Technologe.

Altomontegasse, 12. Bezirk (Inzersdorf); Martin Altomonte (1657–1745), Barockmaler.

Altwirthgasse, 23. Bezirk (Inzersdorf); Dr. Johann Altwirth (1866–1927), Gemeinderat.

Alvarsgasse, 23. Bezirk (Atzgersdorf); Parish Elias Alvars (1804–1849), Harfenvirtuose.

Alxingergasse, 10. Bezirk (Favoriten); Johann Baptist v. Alxinger (1755–1797), Dichter.

Am Abhang, 21. Bezirk (Schwarzlackenau); nach dem dortigen Abhang.

Amalgergasse, 19. Bezirk (Heiligenstadt); erster Siedler dieser Gegend (840 urkundlich genannt).

Amalienstraße, 13. Bezirk (Ober-St. Veit); Amalie Strecker (gest. 1876), Wohltäterin.

Amarantgasse, 10. Bezirk (Oberlaa); Pflanzenname.

Am Alsrücken, 17. Bezirk; Berg zwischen Hernals und Gersthof.

Am alten Donaurinnsal, 3. Bezirk; ehemaliger Name der Vorstadt Weißgerber, auch „Alt-Donau-Gemeinde".

Am Bach, 19. Bezirk (Unter-Sievering); 1866 vorkommend, heute unbekannt.

Am Bach, 23. Bezirk (Atzgersdorf); aufgelassener Weg am Liesingbach.

Am Badfeld, 23. Bezirk (Rodaun); nach einer früheren Badewiese.

Am Bahnhof, 22. Bezirk (Stadlau); Stadlauer Ostbahnhofgebäude, erbaut 1870.

Ambergergasse, 22. Bezirk (Eßling); Christof Amberger (1500–1561), deutscher Maler.

Am Bergl, 1. Bezirk; durch Regelung des Rabensteigs verbaut.

Am Bisamberg, 21. Bezirk (Stammersdorf und Strebersdorf); der Bisamberg (360 Meter) wurde schon 1108 Businberg (Pusinberg) genannt.

Am Brigittenauer Sporn, 20. Bezirk; liegt am „Brigittaspitz", hier zweigt der Donaukanal vom Strom ab.

Ambrosweg, 23. Bezirk (Rodaun); August Wilhelm Ambros (1816–1876), Musikhistoriker.

Am Damm, 22. Bezirk; aufgelassen, jetzt Donaupark.

Am Dreimarkstein, 19. Bezirk; bis 1877 Hauptstraße, dann bis 1894 Herrengasse. Bergname (454 Meter): Zusammentreffen dreier Ortsgrenzen bis 1891 (Ober-Sievering, Salmannsdorf, Neuwaldegg).

Ameisbachzeile, 14. Bezirk (Breitensee) und 16. Bezirk (Ottakring); über den seit 1908 zugewölbten Bach (urkundlich seit 1366).

Ameisgasse, 14. Bezirk (Penzing); nach dem schon 1366 als „Amaispach" erwähnten Bach.

Amerlingstraße, 6. Bezirk; Friedrich Ritter v. Amerling (1803–1887), Porträtmaler.

Am Fasangarten, 12. Bezirk (Hetzendorf) und 13. Bezirk (Schönbrunn); nach einer ehemaligen Fasanzüchterei in Schönbrunn.

Am Freihof, 22. Bezirk (Kagran); einst steuer- und abgabenfreier Gutshof.

Am Fuchsenfeld, 12. Bezirk (Meidling); Flurname.

Am Gänsehaufen, 22. Bezirk (Kaisermühlen); eigentlich Gänsehäufel; früher Inseln im alten Donaugebiet, auf denen eine weitverbreitete Gänsezucht betrieben wurde.

Am Gestade, 1. Bezirk; schon 1152 „Sancta Maria in litore", 1369 „Auf der Stetten" genannt. Noch bis 1850 hielt sich für den Teil des Tiefen Grabens zwischen der Hohen Brücke und dem Concordiaplatz der Name „An der Gestätten" (Gstätten = Böschung, hohes Ufer, hier zum Ottakringer Bach, der durch den Tiefen Graben floß).

Am Hangenden Ort, 2. Bezirk; bis 1862 Donaustraße, nachher Untere Donaustraße.

Am Häufel, 21. Bezirk (Schwarzlackenau); Flurname.

Am Hasensprung, 23. Bezirk (Mauer); Flurname.

Am Heidjöchl, 22. Bezirk (Aspern und Breitenlee); Flurname.

Am Heumarkt, 3. Bezirk; um 1418 schon „Heugries", später „Im Gereit", bis 1862 „Am Glacis". Ehemaliger Verkaufsplatz der Landleute, die ihr Heu nach Wien brachten.

Am Heustadlwasser, 2. Bezirk; Flurname. Ehemaliger Donauarm im Prater; nach Heustadeln für die Wildtierfütterung.

Am Himmel, 19. Bezirk; 1784 erwarb Hofrat Anton Binder v. Kriegelstein (1735–1787) die Herrschaft Ober-Sievering mit dem Pfaffenberg und erbaute ein Schlößchen mit Ausblick auf Wien „wie vom Himmel".

Am Himmelhof, 13. Bezirk (Ober-St. Veit); als Meierei 1848 eröffnet, später Gastwirtschaft. Wegen der hohen Lage und der schönen Aussicht so benannt.

Am Himmelreich, 11. Bezirk; Flurname, zwischen Kaiser-Ebersdorfer Straße und Seeschlachtgraben.

Am Hof, 1. Bezirk; Herzog Heinrich Jasomirgott verlegte seine „Haus- und Hofhaltung" 1142 vom Leopoldsberg (früher „Kallenberg") hierher. Bald nachher „in Curia", 1276 „An der Herzogen Hofe". Teile im 14. Jahrhundert Fischmarkt, später auch Krebsmarkt. 1439 „Auf dem Revelbühel". (Leopold der VI., der Glorreiche, erbaute sich dann einen neuen „Hof", den heutigen Schweizertrakt der Hofburg). Siehe auch Hofburg.

Am Hubertusdamm, 21. Bezirk und 22. Bezirk (Floridsdorf, Donaufeld und Kaisermühlen); Hubertus ist der Name des Erbauers des alten Marchfelddammes (1769–1784).

Am Hundsturm, 5. Bezirk; zur Wahrung des Vorstadtnamens.

Am Jägergraben, 21. Bezirk; aufgelassen, jetzt Donaupark.

Am Kahlenberg, 19. Bezirk (Kahlenberger Dorf), richtig Josefsberg.

Am Kaisermühlendamm, 22. Bezirk (Kaisermühlen und Stadlau); Ansiedlung der Schiffmüller, die am Kaiserwasser ihr Gewerbe betrieben und nach der Donauregulierung (1868 bis 1875) den Grund zur Siedlung Kaisermühlen legten.

Am Kanal, 3. Bezirk und 11. Bezirk; früher „Am Wiener Neustädter Kanal". Schiffskanal Wien – Wiener Neustadt, erbaut 1797 bis 1803, aufgelassen 1879, in Wien seit 1928 zugeschüttet.

Am Krautgarten,22. Bezirk (Hirschstetten); Flurname (Krautfelder).

Am Langen Felde, 22. Bezirk (Kagran und Leopoldau); Flurname (lange, schmale Felder).

Am Lettenhaufen, 21. Bezirk (Kagran); als „Lettenhaufen" wurden Inseln im Donaugebiet bezeichnet (Letten = Ton, Haufen = Insel).

Am Lindenheim, 21. Bezirk; aufgelassen, jetzt Donaupark.

Am Lissenwasser, 21. Bezirk; nach einem früheren Donauarm.

Am Meisenbühel, 13. Bezirk (Ober-St. Veit); Vogelname.

Ammerweg, 14. Bezirk (Hütteldorf); Vogelname.

Am Modenapark, 3. Bezirk; ein nach Herzogin Adelgunde v. Modena (1823–1914) benanntes Palais und der dazugehörige Park (erbaut 1812, abgerissen 1916).

Am Mühlhäufel, 22. Bezirk (Aspern); erst Volksmund, seit 1943 amtlich. Vor der Donauregulierung (1868 bis 1875) wurden viele Gründe durch Wasserarme der Alten Donau zu Inseln geteilt (Häufel, Haufen, Werd, Gründ und anders genannt). Die an den Ufern gelegenen Schiffmühlen gaben dem Grund nach der Trockenlegung den Namen.

Am Mühlwasser, 22. Bezirk (Aspern); einstiger Donauarm, siehe vorher.

Am Müllnermais, 22. Bezirk (Aspern); Flurname, siehe vorher. Mais wird ein Areal frisch gesetzter Bäume genannt.

Am Nordwestbahnhof, 21. Bezirk (Großjedlersdorf); nach dem Nordwestbahnhof.

Am oberen Kirchberg, 21. Bezirk (Stammersdorf); Weg zum Friedhof.

Amongasse, 3. Bezirk; aufgelassen (nach G. Amon, dem Erbauer des ersten Hauses in dieser Gegend).

Amongasse, 22. Bezirk (Aspern); Anton Amon (1862–1931), Volksschauspieler.

Amortgasse, 14. Bezirk (Penzing); Johann Amort (1826–1903), Bürgermeister von Breitensee.

Ampèregasse, 21. Bezirk (Jedlesee); André Ampère (1775–1836), franz. Physiker (Ampère = elektrische Maßeinheit).

Ampferergasse, 10. Bezirk (Oberlaa); Otto Ampferer (1873–1947), Geologe.

Am Platz, 13. Bezirk (Hietzing); erst St. Marienplatz, bis 1894 Kirchenplatz. Nach der Sitte der Ortsbewohner, an Sonntagen vor der Kirche zusammenzukommen.

Am Predigtstuhl, 16. Bezirk (Ottakring); Flurname.

Am Rosenberg, 13. Bezirk (Rosenberg) und 23. Bezirk (Mauer); Flurname.

Am Rosenhügel, 12. Bezirk (Hetzendorf) und 13. Bezirk (Speising, Rosenberg); Flurname (Rosenpflanzungen).

Am Schierlinggrund, 22. Bezirk (Aspern); Flurname (Schierlingkraut).

Am Schöpfwerk, 12. Bezirk (Altmannsdorf, Inzersdorf); bis 1912 Inzersdorfer Weg. Hebewerk der I. Wiener Hochquellenwasserleitung.

Am Schützendamm, 21. Bezirk; aufgelassen (heute Donaupark).

Amselgasse, 21. Bezirk (Schwarzlackenau); Vogelname.

Am Spiegeln, 23. Bezirk (Mauer); Flurname.

Am Spitz, 21. Bezirk (Floridsdorf); zur Wahrung des Ortsnamens (früher existierte hier eine kleine Ansiedlung).

Am Strand, 21. Bezirk; aufgelassen (zwischen Alter und Neuer Donau).

Amstergasse, 23. Bezirk (Atzgersdorf); Samuel Amster (1867–1942), Wohltäter.

Am Tabor, 2. Bezirk; früher Alte Taborlinie (seit 1890). Der Donaustrom war schon in früheren Zeiten zu beiden Seiten verschanzt. Die Befestigung (Brückenkopf) am Tabor wurde schon vor der Hussitenzeit errichtet und bildete seit je den Hauptverteidigungspunkt gegen Böhmen und Mähren.

Am Tivoli, 12. Bezirk; siehe Tivoligasse.

Amtshausgasse, 5. Bezirk; nach dem ehemaligen Amtshaus des Grundgerichtes Hundsturm (1847 abgerissen).

Amtsstraße, 21. Bezirk (Großjedlersdorf); in früheren Zeiten wurden alle Amtshandlungen („Banntaidinge"), die die Gemeinde betrafen, im Freien mitten im Ort abgehalten.

Amundsenstraße, 14. Bezirk (Hadersdorf und Hütteldorf); Roald Amundsen (1872–1928), norwegischer Polarforscher.

Am Weingebirg, 19. Bezirk (Nußdorf); Flurname.

Am Ziegelofen, 11. Bezirk; früher „Am Laaerberg". Neben der Ostbahn bei der Station Simmering.

Anastasius-Grün-Gasse, 18. Bezirk (Währing); Anastasius Grün (eigentlich Anton Alexander Graf v. Auersperg, 1806–1876), Dichter.

Anatourgasse, 13. Bezirk (Auhof); Maria Anatour (1856–1929), Schauspielerin.

Andayweg, 14. Bezirk (Hütteldorf); Rosette Anday (1899–1977), Opernsängerin.

An den Alten Schanzen, 22. Bezirk (Aspern); in der Gegend befanden sich viele Schanzen (gegen Napoleon, 1809).

An den Eisteichen, 12. Bezirk (Altmannsdorf); hier befanden sich Teiche zur Eisgewinnung.

An den Froschlacken, 12. Bezirk (Altmannsdorf); alter Flurname. Wasserlachen (Lacken), in denen sich viele Frösche aufhielten.

An den Gaswerken, 11. Bezirk; nach dem dortigen Gaswerk. In die Erdbergstraße einbezogen.

An den langen Lüssen, 19. Bezirk (Grinzing); Flurname, urkundlich 1315 genannt. („Luß" = ein durch Los erhaltener Ackeranteil.)

An den Steinfeldern, 23. Bezirk (Liesing); Flurname (steinige Felder).

An der Au, 23. Bezirk (Rodaun); nach dem ehemaligen Schwimmbad „An der Au".

An der Bien, 22. Bezirk (Aspern). Herkunft ungewiß.

Andergasse, 17. Bezirk (Dornbach); Alois Ander (1821–1864), Hofopernsänger.

An der Grenze, 14. Bezirk (Auhof und Hütteldorf); bis 1954 Grenze zwischen Wien und Niederösterreich.

An der Hölle, 10. Bezirk (Oberlaa); Riedname (tiefer und einsam gelegene Gegend, die stets gemieden wurde).

An der Hülben, 1. Bezirk; 1353 urkundlich „An der hülben“ oder „super Hülwen“, was auf eine Bodensenkung, in der sich Wasser ansammelt, hinweist.

An der Laxenburger Straße, 10. Bezirk; Laxenburger Straße bis Wienerfeldgasse.

An der Liesing, 23. Bezirk (Rodaun); am Liesingbach gelegen.

An der Niederhaid, 14. Bezirk (Hütteldorf); Flurname (tiefgelegene Heide).

An der oberen Alten Donau, 21. Bezirk (Floridsdorf) und 22. Bezirk (Donaufeld, Kagran); Straße am alten Donauufer (entlang des Hauptarmes des noch nicht geregelten Donaustromes).

An der Ostbahn, 10. Bezirk (Simmering); durch die Lage der Straße an der 1854 erbauten Raaber Bahn (später Staatsbahn, heute Ostbahn), entlang des Ostbahnhofes Simmering.

An der Sandleiten, 19. Bezirk; Flurname (sandige Berglehne), schon 1318 urkundlich erwähnt. Aufgelassen, einbezogen in die Rückaufgasse.

An der Schanze, 21. Bezirk (Donaufeld, Leopoldau); Rest der 1866 gegen die Preußen errichteten Schanzen.

An der Scheibenwiese, 16. Bezirk (Ottakring), Scheibenwiese (Holzlagerplatz außerhalb des Ortes) ist ein öfter vorkommender Name.

An der Schloßmauer, 23. Bezirk (Erlaa); längs der alten Mauer des Erlaaer Schlosses.

Andersengasse, 12. Bezirk (Altmannsdorf); Hans Christian Andersen (1805–1875), dänischer Dichter (Märchen).

An der Stadthütte, 14. Bezirk (Purkersdorf); Herkunft ungewiß.

Anders-Zorn-Weg, 10. Bezirk (Inzersdorf); Anders Zorn (1860–1920), schwedischer Kupferstecher und Maler.

An der Töllerschanze, 21. Bezirk (Leopoldau); nach einer Schanze in den Franzosenkriegen.

An der unteren Alten Donau, 21. Bezirk (Kagran); siehe An der oberen Alten Donau.

An der Wien, 15. Bezirk; um 1858 bestanden, später bis 1894 Plankengasse, seitdem Diefenbachgasse.

An der Zwerchwiese, 19. Bezirk (Salmannsdorf); alter Riedname.

Andlergasse, 7. Bezirk; Franz Reichsgraf v. Andler (1697–1771), Grundbesitzer dieser Gegend.

Andorngasse, 22. Bezirk (Kagran); Pflanzenname (Heilpflanze).

Andreasgasse, 7. Bezirk; Andreas Ditscheiner (1753–1808), Seidenzeugfabrikant.

Andreas-Hofer-Straße, 21. Bezirk (Floridsdorf, Donaufeld); Andreas Hofer (1767–1810), Tiroler Freiheitskämpfer.

Andreas-Huger-Gasse, 22. Bezirk (Kagran); Andreas Huger (1807–1892), Pfarrer von Kagran.

Andreas-Lechner-Straße, 14. Bezirk (Hadersdorf); Andreas Lechner (1878–1920), volkstümlicher Bahnwärter.

Andreas-Urteil-Weg, 21. Bezirk (Leopoldau); Andreas Urteil (1933–1963), Bildhauer.

Anemonenweg, 22. Bezirk (Hirschstetten); Blumenname.

Anfanggasse, 22. Bezirk (Hirschstetten); die Herren von Anfang, ein altes österreichisches Adelsgeschlecht, das erstmals mit Caspar Anfang, Herrn auf Hirschstetten, fürstlich Freisingischem Pfleger der Herrschaft „Grossen-Entzersdorf", urkundlich erwähnt wird und mit Erasmus Anfang (1650) erlischt.

Angelbeckenturm, 1. Bezirk; auch Straßerturm, siehe dieser. Stand gegenüber der Ferdinandsbrücke auf der Biberbastei (Gegend der heutigen Biberstraße).

Angeligasse, 10. Bezirk (Favoriten); Heinrich v. Angeli (1840–1925), Maler.

Angergasse, 17. Bezirk (Dornbach).

Angerer Straße, 21. Bezirk (Floridsdorf, Großjedlersdorf, Donaufeld); führt nach dem Ort Angern.

Angermayergasse, 13. Bezirk (Ober-St. Veit); Anton Angermayer (1803–1874), Pfarrer von Ober-St. Veit.

Angoraweg, 22. Bezirk (Aspern); Katzenname.

Anichweg, 21. Bezirk (Jedlesee); Peter Anich (1723–1766), Kartenzeichner.

Anilingasse, 6. Bezirk; Anilin, Grundstoff zum Färben (in der Gegend war der Wohnsitz vieler Färber).

Anisgasse, 22. Bezirk (Kagran); Gewürzpflanze.

Ankergasse, 20. Bezirk; durch die Donauregulierung mit dem Ort Zwischenbrücken verschwunden.

Anna-Frauer-Gasse, 18. Bezirk (Währing); Anna Frauer (1765–1848), Stifterin.

Annagasse, 1. Bezirk; 1280 Pippingerstrazze, Pippinstrazze; nach dem Bau der Kirche erhielt ein Teil der Gasse ihren Namen, bis im Jahre 1750 auch die Pippinggasse verschwand. Ehemalige Klosterkirche, der hl. Anna geweiht, 1320 Kranken- und Pilgerherbergskapelle, 1415 in eine Kirche umgewandelt. Das Kloster, 1531 erbaut, wurde 1784 aufgehoben, 1895 abgebrochen.

Annaweg, 11. Bezirk; nach der hl. Anna.

Annenstraße, 13. Bezirk; zwischen 1874 und 1875 erwähnt, heutiger Name unbekannt.

Anningerweg, 10. Bezirk (Inzersdorf); nach dem Berg bei Wien.

Anreitergasse, 23. Bezirk (Inzersdorf); Alois v. Anreiter (1803–1882), Maler.

Anschlußgasse, 14. Bezirk (Hadersdorf); Anschluß an die Nachbarsiedlung.

Anschützgasse, 15. Bezirk (Penzing); Johann Immanuel Anschütz (1785–1865), Hofschauspieler.

Antaeusgasse, 14. Bezirk (Hütteldorf); Antäus, Riese aus der griechischen Sage, der durch Berührung der Erde, die seine Mutter war, stets neue Kraft gewann (von Herakles getötet).

Antenseegasse, 11. Bezirk (Simmering); alter Donauarm, in dem viel Geflügel heimisch war; bei Vergrößerung des Gaswerks verschwunden.

Anton-Anderer-Platz, 21. Bezirk (Jedlesee, Großjedlerdorf); Anton Anderer (1857–1936), Bürgermeister von Floridsdorf.

Anton-Baumgartner-Straße, 23. Bezirk (Atzgersdorf, Erlaa und Inzersdorf); Anton Baumgartner (1858–1932), Gemeinderat.

Anton-Böck-Gasse, 21. Bezirk (Strebersdorf); früher Obere und Untere Sätzen, später Obere und Untere Kirchengasse. Anton Böck (1848–1903), Bürgermeister von Strebersdorf.

Anton-Bosch-Gasse, 21. Bezirk (Jedlesee); Anton Bosch (1785–1868), Brauhausbesitzer in Jedlesee.

Anton-Burg-Gasse, 4. Bezirk; Anton Burg (1767–1849), Hofmaschinist.

Anton-Dengler-Gasse, 21. Bezirk (Großjedlersdorf); Anton Dengler (1839–1900), Brauhausbesitzer in Großjedlersdorf.

Anton-Frank-Gasse, 18. Bezirk (Währing); Anton Frank (1812–1882), Wohltäter.

Anton-Freunschlag-Gasse, 23. Bezirk (Siebenhirten); Anton Freunschlag (1851–1910), Bürgermeister von Siebenhirten.

Anton-Geiger-Weg, 16. Bezirk (Ottakring).

Anton-Haberzeth-Gasse, 21. Bezirk (Strebersdorf); Anton Haberzeth (1856-1928), Bürgermeister von Strebersdorf.

Anton-Haidl-Gasse, 17. Bezirk (Dornbach); Anton Haidl (1870–1949), Bezirksvorsteher von Hernals.

Anton-Heger-Platz, 23. Bezirk (Atzgersdorf); Anton Heger (1821–1899), Gastwirt, Bürgermeister von Atzgersdorf.

Antonigasse, 17. Bezirk (Hernals) und 18. Bezirk (Währing); nach Anton Klettenhofer (1815–1897), Bürgermeister von Währing.

Anton-Kolig-Gasse, 21. Bezirk (Großjedlersdorf); Anton Kolig (1886– 1950), Maler.

Anton-Krieger-Gasse, 23. Bezirk (Mauer); Josef Anton Krieger (1828–1905), Bürgermeister von Mauer.

Anton-Langer-Gasse, 13. Bezirk (Speising); Anton Langer (1824–1879), Schriftsteller.

Anton-Ochsenhofer-Gasse, 23. (Inzersdorf); Anton Ochsenhofer (1889– 1958), Gemeinderat von Inzersdorf.

Antonplatz, 16. Bezirk (Ottakring); 1912 in den neuen Teil des Ottakringer Friedhofs miteinbezogen.

Anton-Sattler-Gasse, 23. Bezirk (Kagran und Leopoldau); Anton Sattler (1826–1881), Gemeinderatsvertreter von Kagran.

Anton-Scharff-Gasse, 12. Bezirk (Gaudenzdorf); Anton Scharff (1845– 1903), Stempelstecher.

Antonsplatz, 10. Bezirk (Favoriten); nach der dem hl. Antonius von Padua geweihten Kirche (1897 bis 1900 erbaut).

Anton-Störk-Gasse, 21. Bezirk (Großjedlersdorf); Anton Freiherr v. Störk (1731–1803), Leibarzt der Kaiserin Maria Theresia.

Anton-Strutzenberger-Weg; 23. Bezirk (Mauer); Anton Strutzenberger, ehemaliger Gemeinderat von Mauer.

Anzbachgasse, 14. Bezirk (Hütteldorf); nach der Ortschaft Anzbach.

Anzengrubergasse, 5. Bezirk; Ludwig Anzengruber (1839–1889), österreichischer Schriftsteller, Dichter.

Anzengruberstraße, 14. Bezirk (Hadersdorf); siehe vorher.

Apfelgasse, 4. Bezirk; nach einem Gasthausschild „Zum roten Apfel".

Apfelrosenweg, 14. Bezirk (Hadersdorf); Rosenname.

Apfelweg, 11. Bezirk (Simmering); nach der Frucht.

Apollogasse, 7. Bezirk; bis 1862 Zwerchgasse, vorher auch volkstümlich „Fiakerdörfl". Nach dem „Apollosaal", einer 1807 gegründeten Alt-Wiener Vergnügungsstätte, 1839 in eine Kerzenfabrik umgewandelt, 1875 abgebrannt.

Apostelgasse, 3. Bezirk; nach der Pfarrkirche (schon 1333 als Kapelle erwähnt), den hl. Aposteln Peter und Paul geweiht. 1529 und 1683 von den Türken eingeäschert. 1700 bis 1726 in der jetzigen Gestalt erbaut.

Arabellagasse, 23. Bezirk (Liesing); nach der Strauß-Oper.

Arbeitergasse, 5. Bezirk; die ersten Häuser in der Gasse waren Arbeiterwohnhäuser.

Arbeiterstrandbadstraße, 21. Bezirk (Donaufeld) und 22. Bezirk (Kaisermühlen); nach dem gleichnamigen Bad an der oberen Alten Donau.

Arbesbachgasse, 19. Bezirk (Oberdöbling); frühere Sprech- und Schreibweise für Erbsenbach.

Arenberggasse, 3. Bezirk; Leopold Philipp Josef Fürst v. Arenberg (1690–1754), Besitzer des Arenbergparks (seit 1900 städtisches Eigentum).

Arenbergring, 3. Bezirk; heute Dannebergplatz.

Argauergasse, 18. Bezirk (Währing); Karl Argauer (1817–1890), aus altansässiger Familie, Gemeindeausschußmitglied.

Argentinierstraße, 4. Bezirk; die Umgebung hieß einst „Haferpoint", 1724 Alleegasse, ein Teil bis 1862 Sophiengasse, später Obere und Untere Alleegasse, nachher bis 1920 Alleegasse. Zur Erinnerung an eine 5-Millionen-Peso-Spende Argentiniens an Österreich in der größten Not (1919 bis 1920).

Argonautenstraße, 22. Bezirk (Kagran); nach den Argonauten in der Sage vom „Goldenen Vlies".

Aribogasse, 22. Bezirk (Stadlau); Aribo war Obergraf der Ostmark (9. Jahrhundert).

Arlethgasse, 19. Bezirk (Heiligenstadt); Emmerich Arleth (1900–1965), Schauspieler.

Arltgasse, 16. Bezirk (Ottakring); Prof. Dr. Ferdinand Ritter v. Arlt (1812–1887), Augenarzt.

Armbrustergasse, 19. Bezirk (Heiligenstadt); Johann Melchior Armbruster (1761–1814), Schriftsteller, Gründer der ersten öffentlichen Leihbücherei.

Armesündergasse, 3. Bezirk; auf dem Grunde der ehemaligen Gänseweide, wo Verbrecher hingerichtet wurden. Verbaut durch die Krieglergasse.

Arminenstraße, 22. Bezirk (Kagran); nach dem Volksstamm der Arminen (Germanen).

Arndtstraße, 12. Bezirk (Meidling, Gaudenzdorf); Ernst Moritz Arndt (1769–1860), Dichter.

Arnethgasse, 16. Bezirk (Ottakring); Josef Calasantius Ritter v. Arneth (1791–1863), Geschichtsschreiber, Münzforscher.

Arnezhoferstraße, 2. Bezirk; Johann Ignaz Arnezhofer (gest. 1679), Pfarrer, Kommissär zur Ordnung der israelitischen Angelegenheiten.

Arnikaweg, 22. Bezirk (Hirschstetten); Pflanzenname.

Arnimgasse, 21. Bezirk (Strebersdorf); Dr. Hans Arnim (1859–1931), Altphilologe.

Arnoldgasse, 21. Bezirk (Großjedlersdorf); Georg Arnold (1809–1871), Bürgermeister von Floridsdorf.

Arnold-Holm-Gasse, 10. Bezirk (Oberlaa); Arnold Holm (Pseudonym), Lyriker.

Arnsburggasse, 12. Bezirk (Meidling); Ludwig Arnsburg (1820–1891), Burgschauspieler.

Arnsteingasse, 15. Bezirk (Rudolfsheim); Nathan Adam Freiherr v. Arnstein (1748–1836), Bankier.

Arsenalbastei, 1. Bezirk; führte 1642 den Namen Münchbastei, 1706 Neutorbastei. Das „Wiener Flußstreitschiff Arsenal" befand sich auf einer kleinen Insel im Donaukanal (Kaiserbadschleuse). Kaiser Ferdinand verlegte es in den ausgeweiteten Stadtgraben beim Neutor. Die Bastei wurde 1658 erbaut und 1860 abgetragen. 1876 wurden die Arsenalgründe zerlegt (siehe auch Neutor).

Arsenalstraße, 3. Bezirk und 10. Bezirk (Favoriten); nach dem „Arsenal", Artillerie-Zeuglager, erbaut 1849 bis 1855 (heute u. a. Heeresgeschichtliches Museum).

Arsenalweg, 3. Bezirk; siehe vorher.

Artariastraße, 17. Bezirk (Neuwaldegg); bis 1894 Salmannsdorfer Straße, auch Tiefaustraße. Dominik Artaria (1775–1847), Gründer der Kunst- und Landkartenhandlung „Artaria".

Arthaberplatz, 10. Bezirk (Favoriten); Rudolf v. Arthaber (1795–1867), Großindustrieller, Kunstsammler.

Artillerieplatz, 11. Bezirk (Kaiser-Ebersdorf); nach der früher dort bestandenen Artilleriekaserne.

Artmanngasse, 11. Bezirk (Simmering); Prof. Ferdinand Artmann (1830–1883), Techniker (Aspangbahn).

Arzbergergasse, 17. Bezirk (Dornbach); Johann Arzberger (1833–1905), Techniker (erste Gasbeleuchtung Wiens).

Arztgasse, 22. Bezirk (Aspern); Dr. Leopold Arzt (1883–1955), Dermatologe, Rektor der Wiener Universität.

Aschbachgasse, 23. Bezirk (Mauer); Prof. Dr. Josef Ritter v. Aschbach (1801–1882), Historiker.

Aschenmarkt, 4. Bezirk; siehe Naschmarkt.

Aschergasse, 13. Bezirk (Auhof); Leo Ascher (1880–1942), Operettenkomponist.

Aslangasse, 19. Bezirk (Grinzing); Raoul Aslan (1886–1958), Burgschauspieler.

Aspangstraße, 3. Bezirk; bis 1894 „Am Kanal"; neben der Aspangbahn.

Asparagusweg, 22. Bezirk (Eßling); Pflanzenname.

Aspernallee, 2. Bezirk; führt in Richtung Aspern.

Aspernbrückengasse, 2. Bezirk; führt zur Aspernbrücke (siehe Asperner Heldenplatz).

Asperner Friedhofweg, 22. Bezirk (Aspern); führt zum Asperner Friedhof.

Asperner Heldenplatz, 22. Bezirk (Aspern); zur Erinnerung an den Sieg Erzherzog Karls über Napoleon (1809) bei Aspern und Eßling.

Aspernstraße, 22. Bezirk (Aspern); zur Wahrung des Ortsnamens (schon 1083 „Asparn").

Aßmayergasse, 12. Bezirk (Meidling); Ignaz Aßmayer (1790–1862), Hofkapellmeister.

Asternweg, 11. Bezirk (Simmering); Pflanzenname.

Astgasse, 14. Bezirk (Unterbaumgarten); Kilian Ast (1749–1851), Mitglied des Äußeren Rates.

Ateliergasse, 22. Bezirk (Kaisermühlen); nach den Ateliers im dortigen Studentenheim.

Attemsgasse, 21. Bezirk (Kagran); Johann Friedrich Graf Attems (1590–1663), Herrschaftsbesitzer in Jedlesee und Kagran.

Atzgersdorfer Straße, 12. Bezirk (Hetzendorf), 13. Bezirk (Rosenberg) und 23. Bezirk (Atzgersdorf); führt nach der Ortschaft.

Atzlergasse, 23. Bezirk (Siebenhirten); Alois Atzler (1860–1930), Gemeinderat von Siebenhirten.

Auckenthalergasse, 21. Bezirk (Stammersdorf); Flurname („Auckenthalen").

Audorfgasse, 21. Bezirk (Schwarzlackenau); Jakob Audorf (1835–1898), Dichter.

Auenbruggergasse, 3. Bezirk; Dr. Leopold Auenbrugger (1722–1809), Arzt.

Auerhahngasse, 21. Bezirk (Schwarzlackenau); Vogelname.

Auernheimergasse, 22. Bezirk (Eßling); Raoul Auernheimer (1876–1948), Schriftsteller.

Auerspergstraße, 1. Bezirk und 8. Bezirk; früher „Am Glacis". Fürst Johann Adam Auersperg (1721–1795), Ministerpräsident, Staatsmann.

Auer-Welsbach-Straße, 23. Bezirk (Atzgersdorf); Karl Freiherr v. Auer-Welsbach (1858–1929), Chemiker, Erfinder des Gasglühlichts.

Auf der Haide, 22. Bezirk (Süßenbrunn); Flurname.

Auf der Haide, 11. Bezirk; 1872 in die Döblerhofstraße einbezogen.

Auf der Schanz, 23. Bezirk (Siebenhirten); nach Schanzen in den Schwedenkriegen.

Auf der Schmelz, 15. Bezirk (Fünfhaus); Flurname, als „Smelczer Stainhaufen" schon 1368 urkundlich erwähnt.

Auf der Schottenwiese, 16. Bezirk (Ottakring); Flurname (Besitz des Schottenstiftes), teilweise umbenannt.

Auf der Simmeringer Heide, 11. Bezirk; Flurname (bis 1894 Auf der Heide in Simmering).

Auf der Wien, alter Name für St. Veit.

Aufwaschgasse, 3. Bezirk (Erdberg); vorher Untere Gänswaidtgasse; 1900 durch Straßenregelung verbaut.

Augasse, 9. Bezirk; hier bestanden einst Auen.

Augasse, 13. Bezirk (Auhof); Johann Peter Au (1720–1792), Weinhauer, Ortsrichter von Mauer.

Augasse, 21. Bezirk; heute Strandgasse.

Augentrostgasse, 22. Bezirk (Aspern); Pflanzenname.

August-Forel-Gasse, 10. Bezirk (Inzersdorf); Dr. August Forel (1848-1931), Schweizer Psychiater, Ethnologe.

August-Greiml-Weg, 23. Bezirk (Mauer); August Greiml, Kleingartenverein-Funktionär.

Augustinerbastei, 1. Bezirk; Teil der Befestigungsmauer Wiens, 1641 erbaut, 1865 abgetragen. Benannt nach dem dortigen Augustinerkloster.

Augustinerstraße, 1. Bezirk; bis 1326 „An der Hoch", auch „Hochstrazze", „Vallum vetus" (der „Alte Wall"). 1363 Augustinergasse und 1847 bis 1862 Sattlergasse. Nach dem Kloster und der Kirche der Augustiner im Oberen Werd, 1327 aufgelassen.

August-Kronberger-Gasse, 10. Bezirk (Oberlaa); August Kronberger (1863–1935), Gastwirt, Gemeinderat.

August-Reuss-Gasse, 13. Bezirk (Hietzing); Prof. Dr. August Reuss (1879–1954), Kinderfacharzt.

Auhirschenweg, 22. Bezirk (Aspern); Tiername.

Auhofstraße, 13. Bezirk (Hietzing, Unter-St. Veit, Ober-St. Veit, Hacking); „Hof bei der Au" urkundlich 1250 erwähnt, als Jagdschloß seit 1561 in Verwendung.

Aumannplatz, 18. Bezirk (Währing); Ignaz Aumann (1816–1896), Pfarrer von Währing.

Aumühlstraße, 23. Bezirk (Rodaun); nach der ehemaligen „Aumühle", die hier stand.

Aurikelweg, 22. Bezirk (Aspern); Pflanzenname.

Ausjagdweg, 16. Bezirk (Hadersdorf); wahrscheinlich Flurname.

Auspitzgasse, 22. Bezirk (Aspern); Dr. Heinrich Auspitz (1835–1886), Dermatologe.

Außererweg, 21. Bezirk (Strebersdorf); Dr. Karl Außerer (1883–1950), Direktor des Finanz- und Hofkammerarchives.

Aussichtsweg, 19. Bezirk (Heiligenstadt); Aussicht auf Wien.

Ausstellungsstraße, 2. Bezirk; bis 1873 Feuerwerksallee. Zur Erinnerung an die Weltausstellung 1873.

Autofabriksstraße, 23. Bezirk (Atzgersdorf); nach der in der Nähe befindlichen Autofabrik.

Autokaderstraße, 21. Bezirk (Strebersdorf, Jedlesee); nach einer militärischen Einheit (Autokader), die während des Ersten Weltkrieges hier stationiert war.

Auwinkel, 1. Bezirk; in früheren Jahrhunderten auch „Sauwinkel" genannt. Hier stand 1566 bis 1584 das „Schweineschlachthäusel" der Gemeinde".

Avedikstraße, 15. Bezirk (Rudolfsheim); Dr. Stephan Avedik (1804–1884), Arzt, Wohltäter.

Awarenstraße, 11. Bezirk (Simmering); nach einem türkisch-mongolischen Steppenvolk (nach 822 nicht mehr erwähnt).

Ayrenhoffgasse, 9. Bezirk; Kornelius Hermann v. Ayrenhoff (1733–1819), Feldmarschall-Leutnant, Dichter.

Azaleengasse, 22. Bezirk (Breitenlee); Pflanzenname.

Michaelerkirche

B

Babenbergerstraße, 1. Bezirk; nach dem Geschlecht der Babenberger (von 976 bis 1246).

Babitschgasse, 21. Bezirk (Großjedlersdorf); Jakob Babitsch (1870–1945), Vorstand der Großjedlersdorfer Spar- und Vorschußkassa.

Bacherplatz, 5. Bezirk; Leopold Bacher (1793–1896), Armenrat.

Bachgasse, 16. Bezirk (Ottakring); nach dem Ottakringer Bach (seit 1847 zugewölbt).

Bachofengasse, 19. Bezirk (Nußdorf); Adolf Bachofen v. Echt (1830–1922), Brauhausbesitzer, Bürgermeister von Nußdorf.

Bachrachgasse, 22. Bezirk (Kagran); Dr. Adolf Bachrach (1859–1932), Rechtsanwalt.

Bachzeile, 17. Bezirk; Bach in der Siedlung.

Badgasse, 9. Bezirk; nach dem schon 1766 bestandenen „Althanbad".

Badgasse, 14. Bezirk (Hadersdorf); nach einem dort befindlichen Bad.

Badhausgasse, 7. Bezirk; nach dem 1841 eröffneten „Marienbad", 1921 eingestellt.

Badstubengäßlein, 1. Bezirk; Lage unbekannt.

Badweg, 22. Bezirk (Stadlau).

Badwinkel, 22. Bezirk (Stadlau).

Bäckenbrünnlgasse, 18. Bezirk (Währing); nach einer Quelle (Brünnl), die 1880 versiegte.

Bäckersteig, 21. Bezirk (Großjedlersdorf); neben einem Haus, in dem seit Jahrzehnten Bäcker ansässig sind.

Bäckerstraße, 1. Bezirk; 1547 auch Vordere Bäckengasse, 1848 eine Zeitlang Studentengasse, 1862 wurde die ehemalige Schulgasse einbezogen. Sitz und Verkaufsstätte der Bäcker früherer Jahrhunderte. Urkundlich 1310 „in priore strata pistorum", 1370 Obere Peckenstrazze.

Bärengasse, 5. Bezirk; Hausschild „Zum braunen Bären".

Bärenlukke, 4. Bezirk; kleine Siedlung (siehe Lukken).

Bärenmühldurchgang, 4. Bezirk; Durchgang durch das Haus Wienzeile 1. Nach einer von 1113 bis 1856 in Betrieb gewesenen Mahlmühle. Die Sage berichtet, daß 1660 der Besitzer hier von einem Bären angefallen und von seinem Knecht gerettet worden sei.

Bäuerlegasse, 20. Bezirk; Adolf Bäuerle (1786–1859), Schriftsteller.

Bahndammweg, 21. Bezirk (Donaufeld); längs des Nordbahndammes.

Bahnfeldweg, 22. Bezirk (Aspern); Flurname.

Bahnhofplatz, 21. Bezirk (Stammersdorf); Platz vor dem Bahnhof.

Bahnhofplatz, 21. Bezirk (Floridsdorf); jetzt Nordbahnanlage.

Bahnhofstraße, 14. Bezirk (Hütteldorf); nach dem Hütteldorfer Bahnhof.

Bahnlände, 10. Bezirk (Oberlaa); längs der Donauländebahn.

Bahnsteggasse, 21. Bezirk (Großjedlersdorf); führt zum Steg über die Nordwestbahn.

Bahnstraße, 14. Bezirk (Hadersdorf, Weidlingau); führt zur Westbahnstation.

Bahnweg, 14. Bezirk (Hadersdorf); benannt nach der Westbahn.

Bahnweg, 22. Bezirk (Kagran); längs der Ostbahn.

Baldassgasse, 21. Bezirk (Leopoldau); Prof. Dr. Ludwig Baldass (1887–1963), Direktor der Gemäldegalerie des Kunsthistorischen Museums.

Balderichgasse, 17. Bezirk (Dornbach); Balderich, Abt zu St. Peter in Salzburg (1125 bis 1147), Förderer der Dornbacher Kapelle (eingeweiht 1139).

Baldiagasse, 16. Bezirk (Ottakring); Ferdinand Baldia (1817–1869), Baumeister, Gemeindeausschußmitglied von Ottakring.

Ballgasse, 1. Bezirk; 1547 „Auf der Dackhen". Hier bestand das „Ballhaus Auf der Dackhen", 1525 gegründet, 1890 abgetragen.

Ballhausplatz, 1. Bezirk; 1525 ließ Ferdinand I. ein Ballhaus für das aus Spanien eingeführte Hofballspiel errichten, eine damals auch in den höchsten Kreisen beliebte Vergnügung.

Balsaminengasse, 14. Bezirk (Hütteldorf); Pflanzenname.

Bambergergasse, 22. Bezirk (Eßling); Prof. Dr. Heinrich v. Bamberger (1822–1888), Arzt.

Bandgasse, 7. Bezirk; um 1720 Ober-Neustift, später Langenkellergasse, bis 1780 Windmühlenzwerchgasse und bis 1862 Herrengasse. Hier waren viele Seidenfabrikanten ansässig.

Bankgasse, 1. Bezirk; um 1200 Wendlerstraße, 1290 strata pincernarum, 1310 Mentlerstrazze und 1250 erst Schenkenstraße, dann Vordere Schenkenstraße. Nach der Nationalbank (die hier 1816 geründet wurde) so benannt.

Barakgasse, 23. Bezirk (Liesing); nach einer Opernfigur der Strauß-Oper „Die Frau ohne Schatten".

Baranygasse, 22. Bezirk (Aspern); Dr. Robert Barany (1876–1936), Nobelpreisträger 1914 (Ohrenheilkunde).

Barawitzkagasse, 19. Bezirk (Heiligenstadt); Stephan Barawitzka (1807–1891), Gemeinderat.

Barbaragasse, 1. Bezirk; nach einer im Jesuitenkonvikt befindlichen, der hl. Barbara geweihten Kapelle, die 1573 schon bestand, 1652 bis 1654 vergrößert und 1775 der griechisch-unierten Geistlichkeit zum Gottesdienst zugewiesen wurde.

Barbenweg, 22. Bezirk (Stadlau); Fischname.

Barichgasse, 3. Bezirk; Michael v. Barich (1792–1852), Hofkonzipist, Erbauer des ersten Hauses in der Gasse.

Barmherzigengasse, 3. Bezirk; nach einem Genesungsheim der Barmherzigen Brüder, 1755 gegründet, 1877 aufgelassen.

Barnabitengasse, 4. Bezirk; regulierte Priester des hl. Paul zu St. Barnabas in Mailand, „Barnabiten" genannt, errichteten 1660 eine hölzerne Kapelle, die 1683 von den Türken zerstört, 1689 vergrößert und 1713 zur Kirche ausgebaut wurde.

Bartensteingasse, 1. Bezirk; Johann Christian Bartenstein (1689–1767), Staatsmann.

Barthgasse, 3. Bezirk; Dr. Johann Barth (1745–1818), Augenarzt.

Bartschweg, 12. Bezirk (Altmannsdorf); Gregor M. Bartsch (1837–1918), Lehrer, Meidlinger Heimatforscher.

Baschgasse, 22. Bezirk (Süßenbrunn); Prof. Dr. Samuel Siegfried Basch (1873–1905), Experimental-Pathologe.

Basler Gasse, 23. Bezirk (Siebenhirten); Basel ermöglichte nach dem Zweiten Weltkrieg durch Spenden den Schulbau in der Gasse.

Bastiengasse, 18. Bezirk (Gersthof, Pötzleinsdorf); Karl Bastien (1823–1889), Bürgermeister von Gersthof.

Batkagasse, 18. Bezirk (Pötzleinsdorf); Richard Batka (1863–1922), Musiker, Schriftsteller.

Batschegasse, 23. Bezirk (Atzgersdorf); Anton Batsche (1836–1897), Kupferstecher.

Battiggasse, 10. Bezirk (Simmering); Anton Battig (1832–1896), Brückenbauer.

Baudißgasse, 11. Bezirk (Simmering); Prof. Ing. Leo Baudiß (1861–1914), Maschinenbauingenieur.

Bäuerlegasse, 20. Bezirk; Adolf Bäuerle (1786–1859), Schriftsteller.

Bauernfeldgasse, 19. Bezirk (Oberdöbling); siehe Bauernfeldplatz.

Bauernfeldplatz, 9. Bezirk; Eduard v. Bauernfeld (1802–1890), Lustspieldichter.

Bauernmarkt, 1. Bezirk; uralter Marktplatz der Bauern. Ein Teil um 1295 urkundlich „Hühnerlukke", ein anderer Teil strata monetarum, Münzaere, Münzerstraße, 1440 Pawrnmarkt. Der Teil gegen den Hohen Markt 1476 Hühnergassel, die ersten Häuser der Freisingergasse „Taschnergäßchen". 1862 wurden Hühnergassel, Münzerstraße und Taschnergasse in den Bauernmarkt einbezogen.

Bauernweg, 18. Bezirk (Pötzleinsdorf); Siedlungsweg.

Baumannstraße, 3. Bezirk; Dr. Oskar Baumann (1864–1899), Afrikaforscher.

Baumbergerweg, 21. Bezirk (Stadlau); existierte bei der Industriestraße.

Baumberggasse, 21. Bezirk (Donaufeld); Antonie Baumberg (eigentlich Antonie Kreiml, 1857–1902), Schriftstellerin.

Baumeistergasse, 16. Bezirk (Ottakring); Bernhard Baumeister (1828–1918), Hofschauspieler.

Baumergasse, 21. Bezirk (Großjedlersdorf); Heinrich Baumer (1840–1888), Pfarrer von Jedlesee.

Baumgartenstraße, 14. Bezirk (Ober- und Unter-Baumgarten); zur Wahrung des Ortsnamens.

Baumgartner Höhe, 14. Bezirk (Hütteldorf); höchster Teil Baumgartens. Ursprünglich Höhenweg mit Aussicht auf Wien.

Baumgasse, 3. Bezirk und 11. Bezirk (Simmering); ehemalige baumreiche Gärtnersiedlungen.

Baumschulweg, 18. Bezirk (Pötzleinsdorf); Weg zu einem Gartenbaubetrieb.

Bayerngasse, 3. Bezirk; hier sollte das Botschaftsgebäude Bayerns errichtet werden.

Beatrixgasse, 3. Bezirk; nach Erzherzogin Beatrix v. Modena (1750–1829).

Bechardgasse, 3. Bezirk; Barbara Baronin Bechard (1789–1859), Wohltäterin.

Beckgasse, 13. Bezirk (Lainz, Unter-St. Veit, Ober-St. Veit); Max Wladimir Freiherr v. Beck (1854–1943), Ministerpräsident (allgemeines Wahlrecht).

Beckmanngasse, 14. Bezirk (Penzing) und 15. Bezirk (Rudolfsheim); Heinrich Beckmann (1803–1866), Hofschauspieler.

Beduzziweg, 23. Bezirk (Atzgersdorf); Antonio Mario Nicolo Beduzzi (1675–1735), Maler.

Beer-Hofmann-Gasse, 21. Bezirk (Strebersdorf); Richard Beer-Hofmann (1866–1945), Dichter, Dramatiker.

Beethovengang, 19. Bezirk (Heiligenstadt); Spazierweg Beethovens mit der „Beethovenruhe“ und der „Beethovenaussicht“ (wegen der schönen Aussicht Lieblingsplätze Beethovens).

Beethovengasse, 9. Bezirk; hier befindet sich das Sterbehaus Beethovens.

Beethovenplatz, 1. Bezirk; Ludwig van Beethoven (1770–1827), Komponist.

Beethovenstraße, 23. Bezirk (Rodaun); siehe Beethovenplatz.

Begonienweg, 22. Bezirk (Hirschstetten); Blumenname.

Beheimgasse, 17. Bezirk (Hernals); Michael Beheim (1416–1474), Meistersinger.

Behselgasse, 15. Bezirk (Fünfhaus); Anton Behsel (1780–1838), erster Stadtbauinspektor, verfertigte u. a. einen Plan der Stadt Wien mit 34 Vorstädten.

Bei den Meierhöfen, 13. Bezirk (Speising); nach hier bestandenen Meierhöfen.

Beingasse, 15. Bezirk (Fünfhaus); Bein (näheres unklar), war hier Grundbesitzer um 1850.

Beinsiedergasse, 3. Bezirk; vorher Obere Gänswaidtgasse, um 1880 verbaut.

Bela-Laszky-Gasse, 22. Bezirk (Süßenbrunn); Bela Laszky (1867–1935), Komponist.

Belghofergasse, 12. Bezirk (Hetzendorf); Johann Belghofer (1763–1821), Zimmermeister. Von ihm wurde der erste artesische Brunnen (Springbrunnen) in Wien (auf dem Neuen Markt) errichtet.

Belgradplatz, 10. Bezirk (Inzersdorf); Erinnerung an die Siege über die Türken 1717 und 1789.

Bellariastraße, 1. Bezirk; Bellaria heißt „angenehme Luft". Name der gedeckten Zufahrtsrampe zum Leopoldstrakt der Hofburg, die heutige Bellariastraße verläuft in Richtung dorthin. Unrichtig ist die Kurzform „Bellaria".

Bellegardegasse, 22. Bezirk (Kaisermühlen); Friedrich Heinrich Graf v. Bellegarde (1756–1845), Feldmarschall.

Bellevue, 19. Bezirk (Ober-Sievering); beliebter Ausflugsort mit schöner Aussicht (Bellevue) über Wien. Ehemaliges Schloß.

Bellevuestraße, 19. Bezirk (Ober- und Unter-Sievering); führt zum Aussichtsplatz.

Bellgasse, 21. Bezirk (Großjedlersdorf); Alexander Graham Bell (1847–1922), Erfinder des Fernsprechers.

Bellinigasse, 22. Bezirk (Kagran, Leopoldau); Vicenzo Bellini (1801–1835), italienischer Opernkomponist.

Belvedereallee, 2. Bezirk; verläuft in Richtung Belvedere.

Belvederegasse, 4. Bezirk; Belvedere, Lustschloß und Sommerresidenz Prinz Eugens, erbaut 1714 bis 1724 von Lukas von Hildebrandt.

Benatzkygasse, 22. Bezirk (Stadlau); Dr. Ralph Benatzky (1884–1957), Komponist.

Bendagasse, 23. Bezirk (Mauer); Univ.-Prof. Dr. Oskar Benda (1886–1954), Pädagoge.

Bendlgasse, 12. Bezirk (Meidling); nach dem Besitzer der ersten durch Dampfkraft betriebenen Fabrik.

Benedikt-Schellinger-Gasse, 15. Bezirk (Rudolfsheim); Benedikt Schellinger (1824–1875), Bürgermeister von Braunhirschen (Alt-Wiener Vorstadt).

Benischkegasse, 10. Bezirk (Oberlaa).

Benjowskigasse, 22. Bezirk (Aspern); Moritz August Graf Benjowski (1741–1786), zur Erinnerung an die Beteiligung des Infanterieregiments Nr. 31 Benjowski an der Schlacht bei Aspern (1809).

Benkgasse, 13. Bezirk (Speising); Johannes Benk (1844–1914), Bildhauer.

Benndorfgasse, 22. Bezirk (Breitenlee); Dr. Otto Benndorf (1838–1907), Altertumsforscher.

Bennogasse, 8. Bezirk; siehe Bennoplatz.

Bennoplatz, 8. Bezirk; Benno Pointner (1782–1807), Gründer der Vorstadt Breitenfeld.

Bensasteig, 14. Bezirk (Ober-Baumgarten); Alexander Bensa (1820–1902), Maler.

Bentheimstraße, 21. Bezirk (Floridsdorf); Friedrich Wilhelm Fürst zu Bentheim-Steinfurt (1782–1839), Feldmarschall-Leutnant.

Berchtoldgasse, 22. Bezirk (Kaisermühlen); Leopold Graf v. Berchtold (1759–1809), Staatsmann.

Bergenstammgasse, 13. Bezirk (Ober-St. Veit); Alois Groppenberger Edler v. Bergenstamm (1754–1824), Altertumsforscher.

Berggasse, 9. Bezirk; steile Straße. Früher Teile davon: An der Bergstraße, Am Glacis, Holzstraße, Schottenpoint, Am Ochsenbergl.

Berggasse, 14. Bezirk (Hadersdorf); Gasse am Wolfersberg.

Bergheidengasse, 13. Bezirk (Speising); Flurname (ehemalige Weide).

Berglergasse, 21. Bezirk (Strebersdorf); Hans Bergler (1859–1912), Schriftsteller.

Bergmillergasse, 14. Bezirk (Hütteldorf); Anton Bergmiller (1821–1870), Bürgermeister von Hütteldorf, Brauhausbesitzer.

Bergsteiggasse, 17. Bezirk (Hernals); einst ein Hauersteig durch Weingärten (Weinberge).

Bergsteiggasse, 6. Bezirk (Margareten und Laimgrube); auch Hoher Steig genannt. Ein Teil jetzt Dürergasse, der Rest verbaut.

Bergtaidingweg, 10. Bezirk (Oberlaa); Bergtaiding war (um 1500) die Rechtsprechung in Weinbergangelegenheiten.

Bergweg, 17. Bezirk (Dornbach); hügeliges Gelände.

Beringgasse, 16. Bezirk (Ottakring) und 17. Bezirk (Dornbach); Gottfried Bering (1700–1777), Pfarrer von Hernals.

Berlagasse, 21. Bezirk (Strebersdorf); Alois Berla (eigentlich Scheichel, 1826–1896), Volksdichter.

Berliner Straße, 19. Bezirk und ehemaliger 24. Bezirk; bis 1938 und seit 1945 wieder Heiligenstädter Straße und Wiener Straße.

Berlepschgasse, 10. Bezirk (Oberlaa); Franz Freiherr v. Berlepsch (1875–1914), österreichischer Flugpionier.

Bernadottegasse, 10. Bezirk (Inzersdorf und Oberlaa); Folke Bernadotte Graf v. Wisborg (1895–1948), UN-Sonderbeauftragter (Rotes Kreuz), in Palästina ermordet.

Bernardgasse, 7. Bezirk; Franz Alois Bernard (1891–1951), Äußerer Rat, Erbauer der „Zollerschule".

Bernatzikgasse, 19. Bezirk (Heiligenstadt); Univ.-Prof. Dr. Hugo Bernatzik (1857–1953), Völkerkundler.

Bernbrunngasse, 13. Bezirk (Ober-St. Veit und Unter-St. Veit); Carl Bernbrunn, genannt Carl Carl (1787–1854), Theaterdirektor. Heute Münichreiterstraße.

Bernhard-Billes-Gasse, 23. Bezirk (Siebenhirten); Dr. Bernhard Billes (1882–1940?), Gemeinderat von Siebenhirten.

Bernhard-Bolzano-Gasse, 21. Bezirk (Stammersdorf).

Bernhardtstalgasse, 10. Bezirk (Favoriten, Inzersdorf); Flurname (zur Wahrung des Ortsnamens.

Bernoullistraße, 22. Bezirk (Kagran); Schweizer Mathematikerfamilie.

Bernreiterplatz, 21. Bezirk (Großjedlersdorf); Franz Bernreiter (1842–1914), Bürgermeister von Großjedlersdorf.

Berresgasse, 22. Bezirk (Breitenlee); Prof. Dr. Josef Berres (1796–1844), Anatom.

Berta-Branco-Weg, 14. Bezirk (Ober-Baumgarten).

Bertégasse, 23. Bezirk (Mauer); Heinrich Berté (1857–1924), Komponist.

Berthold-Viertel-Gasse, 10. Bezirk (Inzersdorf); Berthold Viertel (1885–1953), Schriftsteller.

Bertlgasse, 21. Bezirk (Donaufeld); Alois Bertl (1820–1888), Bürgermeister von Donaufeld.

Bertoldusgasse, 23. Bezirk (Inzersdorf); ungeklärte Benennung.

Bertoligasse, 16. Bezirk (Neulerchenfeld); Franz Bertoli, Seidenfabrikant, erlegte 1809 die Kontribution (Kriegssteuer zur Erhaltung der Besatzungstruppen) für Ottakring, so daß eine Plünderung unterblieb.

Berzeliusgasse; 21. Bezirk (Großjedlersdorf); siehe Berzeliusplatz.

Berzeliusplatz, 21. Bezirk (Großjedlersdorf); Johann Jakob Freiherr v. Berzelius (1779–1848), schwedischer Chemiker.

Bessemerstraße, 21. Bezirk (Donaufeld); Henry Bessemer (1813–1898), englischer Ingenieur (Stahlerzeugung).

Bethlengasse, 12. Bezirk (Hetzendorf); Iktar Domonik Graf Bethlen (1810–1866), Besitzer der Herrschaft Hetzendorf.

Bettlerbühel, 4. Bezirk; schon um 1400 gebrauchter Name für das Ratzenstadl, das bis 1850 Magdalenengrund hieß. Siehe Magdalenengrund.

Bettelheimstraße, 22. Bezirk (Süßenbrunn); Anton Bettelheim (1851–1930), Privatgelehrter, Biograph.

Betty-Roose-Weg, 12. Bezirk (Meidling); Betty Roose (1778–1808), Burgschauspielerin.

Beyfußgasse, 23. Bezirk (Inzersdorf); Hermann Beyfuß (1857–1898), Maler.

Biberbastei, 1. Bezirk; Verteidigungswerk der Stadt Wien, 1529 erbaut, 1863 bis 1864 abgetragen.

Biberhaufenweg, 22. Bezirk (Aspern); ehemalige Insel (Haufen) im alten unregulierten Donaugebiet. Nach den einst dort lebenden Bibern.

Bibernellweg, 22. Bezirk (Hirschstetten); Pflanzenname.

Biberstraße, 1. Bezirk; die Biber, ein Ministerialengeschlecht der Grafen Habsburg, stammten aus Zürich und führten einen Biber im Wappen. Nach ihnen sind Bastei, Tor und Turm benannt.

Bibertor, 1. Bezirk; urkundlich 1276 erwähnt, 1391 „Pibers Türlin".

Biberturm, 1. Bezirk; stand auf der Biberbastei, gegen den Wienfluß.

Biblgasse, 23. Bezirk (Inzersdorf); Rudolf Bibl (1832–1902), Organist, Komponist.

Bickellgasse, 12. Bezirk (Altmannsdorf); Gustav Bickell (1838–1906), Theologe, Sprachforscher.

Bickgasse, 23. Bezirk (Atzgersdorf); Hofrat Dr. Josef Bick (1880–1952), Generaldirektor der Österreichischen Nationalbibliothek.

Biedergasse, 19. Bezirk (Ober-Döbling); Eduard Bieder, ehemaliger Bürgermeister von Döbling.

Biedermanngasse, 12. Bezirk (Altmannsdorf, Hetzendorf); Michael Lazar Biedermann (1769–1843), kaiserlicher Siegelstecher, Juwelier.

Bienefeldgasse, 22. Bezirk (Aspern); Wilhelm Freiherr v. Bienefeld (1776–1823), Armeeführer im Jahre 1814.

Bienengasse, 6. Bezirk; nach einem Hausschild „Zum Bienenkorb".

Bienenweg, 11. Bezirk (Simmering).

Bienenweg, 17. Bezirk (Neuwaldegg).

Bienweg, 22. Bezirk (Aspern); Flurname (bienenreiche Gegend).

Biererlgasse, 10. Bezirk (Oberlaa); Flurname.

Bierhäuselberggasse, 14. Bezirk (Hütteldorf); führt zum Bierhäuselberg (268 Meter), an dessen Fuß die ausgedehnten Kellereien der Hütteldorfer Brauerei lagen.

Billergasse, 19. Bezirk (Kahlenberger Dorf); Johann Baptist Freiherr v. Biller, Hofkommissionsrat.

Billgasse, 22. Bezirk (Aspern); bei Drucklegung des Buches noch nicht geklärt.

Billrothstraße, 19. Bezirk (Ober- und Unter-Döbling); bis 1796 An der Stiege und In den Sätzen, bis 1894 Hirschengasse und Grinzinger Straße. Dr. Christian Theodor v. Billroth (1829–1894), Chirurg.

Binagasse, 23. Bezirk (Mauer); altansässige Weinhauerfamilie.

Bindergasse, 9. Bezirk; hier befanden sich viele Arbeitsstätten und Wohnungen von Bindern (Faßbinder).

Bindergasse, 10. Bezirk (Favoriten); beei Drucklegung des Buches noch nicht geklärt.

Bindingweg, 14. Bezirk (Hütteldorf); Prof. Karl Binding (1841–1920), Strafrechtslehrer.

Binsenweg, 22. Bezirk (Aspern); Pflanzenname.

Biraghigasse, 13. Bezirk (Speising); Marianne Biraghi (1837–1881), Wohltäterin.

Birkenstockgasse, 11. Bezirk (Simmering); Johann Melchior Edler v. Birkenstock (1735–1809), Ratgeber Kaiser Josephs II.

Birkenweg, 11. Bezirk (Simmering); Baumname.

Birkenweg, 22. Bezirk (Stadlau); Baumname.

Birnbaumgasse, 10. Bezirk (Inzersdorf); Ariel Birnbaum (1894–1956), Lyriker.

Birneckergasse, 21. Bezirk (Bruckhaufen); Franz Birnecker (1878–1923), politisches Opfer.

Birnenweg, 11. Bezirk (Simmering); Baumfrucht.

Birnersteig, 21. Bezirk (Donaufeld); Badbesitzer Birner.

Bischof-Faber-Platz, 18. Bezirk (Gersthof); Johann Faber III. (Heigerlein v. Leutkirch in Schwaben, 1478–1541), Sohn eines Schmiedes (daher Faber oder Fabri), 1530 bis 1541 Bischof von Wien.

Bischoffgasse, 12. Bezirk (Meidling); altansässige Familie. Hofrat Prof. Dr. Bischoff v. Altenstern (1784–1850), Pathologe.

Bischofgasse, 10. Bezirk (Oberlaa); nach einem bischöflichen Wohnsitz und Hof (1585 bis 1850).

Bischofplatz, 10. Bezirk (Oberlaa); siehe Bischofgasse.

Bitterlichstraße, 10. Bezirk (Simmering, Oberlaa); Eduard Bitterlich (1834–1872), Maler, Bildhauer.

Bittnergasse, 19. Bezirk (Unter-Döbling); Julius Bittner (1874–1939), Komponist.

Björnsongasse, 13. Bezirk (Speising); Björnstjerne Björnson (1832–1910), norwegischer Dichter, Schriftsteller, Theaterdirektor.

Blaasstraße, 19. Bezirk (Ober-Döbling); Karl Ritter v. Blaas (1815–1894), Historienmaler.

Blaselgasse, 18. Bezirk (Pötzleinsdorf); Karl Blasel (1831–1922), Schauspieler.

Blattgasse, 3. Bezirk; nach baumreichen Gärten.

Blaue Herrgott, 2. Bezirk; verbaut. Kreuzte die Große Fuhrmanngasse (die heute Zirkusgasse heißt).

Blechschmidtgasse, 21. Bezirk (Schwarzlackenau); Anton Blechschmidt (1841–1916), Vorkämpfer für die Altersversicherung der Privatangestellten.

Blechturmgasse, 4. Bezirk und 5. Bezirk; bis 1862 Blecherne Thurmgasse, vorher auch Der alte Bürgerweg. Auf freiem Felde liegendes Einkehrwirtshaus mit einem blechgedeckten Aussichtstürmchen.

Bleibtreustraße, 18. Bezirk (Pötzleinsdorf); aufgelassen.

Bleichergasse, 9. Bezirk; erst Auf der Wachsbleiche, bis 1862 Wachsbleichergasse, der untere Teil bis 1888 Fluchtgasse. Benannt nach den hier ansässig gewesenen Wäschern und Wäschebleichern.

Bleichsteinerstraße, 10. Bezirk (Simmering, Oberlaa); Dr. Robert Bleichsteiner (1891–1945), Universitätsprofessor für Völkerkunde.

Bleigasse, 10. Bezirk (Inzersdorf); Franz Blei (1871–1942), Schriftsteller.

Blériotgasse, 11. Bezirk (Simmering); Ing. Louis Blériot (1872–1936), der erste Überflieger des Ärmelkanals (1909).

Blindengasse, 8. Bezirk; früher An der Lerchenfelderlinie, bis 1862 Linien- und Brunngasse. Nach einer Blindenanstalt.

Bloschgasse, 19. Bezirk (Kahlenberger Dorf); Georg Dunstan Blosch (1834–1892), Pfarrer von Döbling.

Blümelgasse, 6. Bezirk; Carl Blümel (1782–1840), Fabrikant.

Blümelhubergasse, 16. Bezirk (Ottakring); Michael Blümelhuber (1865–1935), Meister des Stahlschnittes.

Blütengasse, 3. Bezirk; nach früher hier bestandenen Gärten.

Blumauergasse, 2. Bezirk; Alois Blumauer (1755–1798), Jesuit, Dichter.

Blumberggasse, 16. Bezirk (Ottakring); altansässige Familie, die als erstes Haus in der Gasse den „Blumberg-Hof" erbaute.

Blumenbindergasse, 22. Bezirk (Kagran); nach der Berufsschule für Blumenbinder.

Blumengasse, 17. Bezirk; führte einst in blumige Felder.

Blumenstockgasse, 1. Bezirk; früher Auf der Hilm, später ein Teil Ballgasse. Ein Gasthausschild „Zum alten Blumenstock" als Hausschild war schon 1684 vorhanden.

Blumentalgasse, 23. Bezirk (Mauer); nach einer mit Blumen bewachsenen Bodensenke.

Blumenweg, 10. Bezirk (Inzersdorf).

Blumenweg, 11. Bezirk (Simmering).

Blutgasse, 1. Bezirk; in alter Zeit auch Walchgassel, 1268 Kothgrund, 1368 Chorgäßlein, später auch Milchgassel genannt. Dokumentarisch nicht belegt, der Name stützt sich entweder auf eine mündliche Überlieferung, wonach dort die blutige Niedermetzelung der Tempelritter stattfand, oder der Name wird dahingehend erklärt, daß das Wort Blut auf das althochdeutsche „blota" (Opfer) hinweist. Schon 1547 erwähnt.

Bobiesgasse, 23. Bezirk (Erlaa); Carl Bobies (1865–1897), Maler.

Bockbergergasse, 11. Bezirk (Kaiser-Ebersdorf); Ignaz Bockberger (1897–1957), Arbeitervertreter.

Bockkellerstraße, 19. Bezirk (Nußdorf); beliebtes Bierlokal, 1842 eröffnet.

Bodenstedtgasse, 21. Bezirk (Donaufeld, Floridsdorf); Friedrich v. Bodenstedt (1819–1892), Lyriker.

Bodmergasse, 22. Bezirk (Aspern); Johann Jakob Bodmer (1698–1783), Schweizer Schriftsteller.

Böckhgasse, 12. Bezirk (Meidling); Franz Heinrich Böckh (1780–1830), Schriftsteller.

Böckingstraße, 22. Bezirk (Aspern); Prof. Wilhelm Böcking (1742–1804), Anatom, Physiologe.

Böcklinstraße, 2. Bezirk; Arnold Böcklin (1827–1901), Schweizer Maler.

Böheimgasse, 23. Bezirk (Inzersdorf); Wendelin Böheim (1832–1900), Historiker.

Böhmgasse, 21. Bezirk (Donaufeld); Anton Böhm (1812–1865), Wohltäter.

Böhmmühlgasse, 19. Bezirk (Heiligenstadt); Johann Böhmmühl (gest. 1837?), Besitzer der 1792 erbauten (nicht mehr existierenden) Klostermühle (um 1828).

Boërgasse, 12. Bezirk (Hetzendorf); Dr. Johann Lukas Boër (1751–1825), Leibarzt Kaiser Josephs II.

Boerhaavegasse, 3. Bezirk; Dr. Hermann Boerhaave (1668–1738), Arzt, Begründer der modernen Krankenuntersuchung.

Börnergasse, 19. Bezirk (Unter-Sievering); Wilhelm Börner (1882–1951), Schriftsteller.

Börnsteingasse, 21. Bezirk (Strebersdorf); Heinrich Börnstein (1805–1892), Direktor des Theaters in der Josefstadt.

Börsegasse, 1. Bezirk; im Jahre 1302 ein Teil „Auf der Goltsmitten“, um 1547 „Im Elend“, bis um 1850 „Zeughausgassel“. Siehe Börseplatz.

Börseplatz, 1. Bezirk; nach dem Börsegebäude (erbaut 1872 bis 1877).

Bösendorferstraße, 1. Bezirk; Ludwig Bösendorfer (1835–1919), Klavierfabrikant.

Böttgerweg, 19. Bezirk (Pötzleinsdorf); Johann Friedrich Böttger (1682–1719), Apotheker, Alchimist (Ausgestaltung der Porzellanerzeugung).

Bognergasse, 1. Bezirk; Sitz der Bogner in früheren Zeiten. Schon 1311 als „Unter den Begenern“ erwähnt. Ursprünglich ein Teil mit „portam dicitur Perertor“ (1278 vorkommend; „Tor, das man nennt Perrer“, Peyer-, Pailer-, Peiler-, Pauler- und Bayrertor), nach dem dort bestandenen Tor und Turm, der 1126 umgebaut, 1732 abgerissen wurde. 1250 und 1311 als „inter ariatores“ oder „strata arcuum“ erwähnt, 1314 „Bogenaerstrazze“ und „arcorum strata“, der Teil gegen den Hof 1262 „Swertvürbengasse“, 1330 „Unter den Pfeilschnitzern“ sowie „Refelpühl“.

Bognergasse, Kleine, 1. Bezirk; durch Erbauung der Ersten österreichischen Spar-Casse verschwunden (1835).

Bohattaweg, 23. Bezirk (Kalksburg); Hans Bohatta (1864–1947), Bibliograph.

Bojanusgasse, 22. Bezirk (Eßling); Dr. Ludwig Bojanus (1776–1827), bedeutender Vertreter der Tierheilkunde an der Universität in Wilna.

Bollwerk-Bastei, 3. Bezirk; 1458 erbautes Befestigungswerk der Vorstadt Landstraße (Beatrixgasse). 1529 zerstört und nicht mehr aufgebaut.

Boltzmanngasse, 9. Bezirk; Dr. Ludwig Boltzmann (1844–1906), Physiker.

Bombekgasse, 12. Bezirk (Hetzendorf); Josef Bombek (1882–1923), Vertreter der Arbeiterschaft der technischen Industrie Österreichs.

Bonitzgasse, 21. Bezirk (Strebersdorf); Dr. Hermann Bonitz (1814–1888), Mitglied der Akademie der Wissenschaften.

Bonnweg, 10. Bezirk (Inzersdorf); Ferdinand Bonn (1861–1933), Burgschauspieler.

Bonygasse, 12. Bezirk (Meidling); Franz Bony (1801–1872), Stifter des Grundes zur Eröffnung der Gasse.

Borkowskigasse, 19. Bezirk (Ober-Döbling); Karl Ritter v. Borkowski (1835–1905), Architekt des Cottageviertels.

Borschkegasse, 9. Bezirk; Dr. Franz Borschke (1838–1892), Rechtsanwalt, Stellvertretender Bürgermeister von Wien.

Boschettigasse, 23. Bezirk (Inzersdorf); Viktor Boschetti (1871–1933), Organist von St. Stephan, Kirchenliederkomponist.

Boschstraße, 19. Bezirk (Heiligenstadt, Nußdorf); Franz Xaver Bosch (1790–1860), Gründer des Nußdorfer Brauhauses (1809).

Bossigasse, 13. Bezirk (Unter- und Ober-St. Veit); Giuseppe Bossi (1810–1891), Hutfabrikant, Wohltäter.

Botanischer Garten, 3. Bezirk; zum Zwecke der Pflanzenforschung 1754 von Maria Theresia angelegt.

Bowitschgasse, 13. Bezirk (Ober-St. Veit); Ludwig Bowitsch (1818–1881, Pseudonym L. Bisthow), Hofbeamter, Schriftsteller.

Brabbéegasse, 22. Bezirk (Leopoldau); Prof. Ewald Brabbée (1878–1937), Pionier der Stenographie.

Brachelligassce, 22. Bezirk (Kagran); Hugo Franz Ritter v. Brachelli (1834–1892), Professor für Statistik.

Brachsengasse, 21. Bezirk (Schwarzlackenau); Fischname.

Brachtlgasse, 23. Bezirk (Kalksburg); Josef Brachtl (1876–1949), Vizebürgermeister von Kalksburg.

Bräuhausgasse, 5. Bezirk; Margaretner Brauhaus, 1564 gegründet, 1852 abgebrannt und neu aufgebaut, 1860 abgerissen.

Bräunerstraße, 1. Bezirk; um 1299 Ratstrazze, 1306 schon nach einer der hl. Brigitta geweihten Kapelle Brigidenstrazze genannt. Abgeleitet von Brigitta, Britta, Braida, Breiden, Prein, Preiner, Bräunerstraße. 1586 Hintere Bräunerstraße, 1701 Untere Bräunerstraße, Teile auch Rosenstraße und Rotstraße.

Braheplatz, 10. Bezirk (Inzersdorf); Tycho Brahe (1546–1601), dänischer Astronom.

Brahmsplatz, 4. Bezirk; Johannes Brahms (1833–1897), Komponist.

Braillegasse, 14. Bezirk (Breitensee); Louis Braille (1809–1852), französischer Blindenlehrer, erfand das System der Blindenschrift.

Brambillagasse, 11. Bezirk (Simmering); Dr. Alexander Ritter v. Brambilla (1728–1800), Leibarzt Kaiser Josephs II.

Brammergasse, 13. Bezirk (Auhof); Julius Brammer (1877–1943), Librettist.

Brandgasse, 2. Bezirk; Johann Christian Brand (1725–1795), Maler, Kupferstecher.

Brandmayergasse, 5. Bezirk; Eduard Brandmayer (1810–1874), Bezirksvorsteher.

Brandstätte, 1. Bezirk; 1276 wurde dieser Stadtteil durch eine große Feuersbrunst vernichtet, welche solche schrecklichen Erinnerungen hinterließ, daß diese Gegend bis 1560 unverbaut blieb. Der Name „An der Prantstatt" wird schon 1396 erwähnt. Der Teil zum Wildpretmarkt hieß Hühnergasse. Der heutige Straßenzug besteht seit 1876 und ist neu angelegt, während die alte Brandstätte bis zur Goldschmiedgasse reichte.

Brandströmgasse, 23. Bezirk (Inzersdorf); Elsa Brandström (1888-1948), vom Roten Kreuz zur Gefangenenhilfe abgeordnet (Erster Weltkrieg).

Brantinggasse, 10. Bezirk (Oberlaa); Hjalmar Branting (1860–1925), schwedischer Friedensnobelpreisträger.

Brauergasse, 6. Bezirk; Gumpendorfer Brauerei, 1680 errichtet, 1841 aufgelassen.

Braumüllergasse, 17. Bezirk (Dornbach); Wilhelm v. Braumüller (1807–1884), Verleger.

Braunbastei, 1. Bezirk; auch Jacoberbastei. 1545 bis 1555 auf den Gründen der heutigen Gartenbaugesellschaft erbaut, bildete einen Teil der Festungsmauern. 1860 abgetragen.

Braungasse, 17. Bezirk (Dornbach); Dr. Karl Braun Ritter v. Fernwald (1825–1891), Arzt.

Braunhirschengasse, 15. Bezirk (Rudolfsheim); zur Wahrung des Ortsnamens.

Braunhubergasse, 11. Bezirk (Simmering); Josef Braunhuber (1813–1862), Bürgermeister von Simmering.

Braunschweiggasse, 13. Bezirk (Hietzing, Penzing); Herzog Wilhelm v. Braunschweig (1806–1884), Besitzer des Cumberlandpalais.

Braunspergengasse, 10. Bezirk (Inzersdorf); Flurname.

Brausewettergasse, 22. Bezirk (Stadlau); Ing. Benno Brausewetter (1869–1926), Baurat.

Brechergasse, 19. Bezirk (Unter-Sievering); Dr. Moritz v. Brecher (1831–1896), Arzt, Wohltäter.

Brehmstraße, 11. Bezirk (Simmering); Dr. Alfred Brehm (1829–1884), Naturforscher.

Breite Gasse, 7. Bezirk; zur Zeit von 1859 eine breite Gasse.

Breite Gasse 13. Bezirk (Ober-St. Veit); heute unbekannt.

Breiteneckergasse, 23. Bezirk (Inzersdorf); Franz Breitenecker (1866–1945), Baumeister, Bürgermeister von Inzersdorf.

Breitenfelder Gasse, 8. Bezirk; zur Wahrung des Ortsnamens.

Breitenfurter Straße, 12. Bezirk (Altmannsdorf) und 23. Bezirk (Atzgersdorf, Liesing, Rodaun, Kalksburg); 1593 „Die Straße", später „Ordinari Straße von Wien nach Atzgersdorf", dann „Breitenfurther Waldämtliche Straße". Führt nach dem gleichnamigen Ort.

Breitenleer Straße, 22. Bezrik (Kagran, Hirschstetten, Breitenlee und Eßling); führt nach dem gleichnamigen Ort (der im 12. Jahrhundert als „Breitenlewe" erwähnt wird).

Breitenseer Straße, 14. Bezirk (Breitensee); zur Wahrung des Ortsnamens.

Breitenweg, 21. Bezirk (Stammersdorf); ortsübliche Bezeichnung.

Breite Weg, 22. Bezirk (Donaustadt).

Breitenweggasse, 19. Bezirk (Grinzing); früher Feldweg vom Kaasgraben zur Bellevuestraße.

Breitingergasse, 22. Bezirk (Aspern); Johann Jakob Breitinger (1701–1776), Schweizer Dichter.

Brennergasse, 23. Bezirk (Erlaa); Ignaz Ritter v. Brenner-Felsach (1772–1849), Besitzer des Schlosses Erlaa.

Brentanoplatz 16. Bezirk; 1942 verbaut.

Brestelgasse, 16. Bezirk (Ottakring); Dr. Rudolf Brestel (1816–1881), verdienter Politiker.

Bretschneidergasse, 19. Bezirk (Grinzing); Ludwig Bretschneider (1860–1920), Sozialpolitiker.

Bretteldorf 22. Bezirk; nach dem Kriege entstandene Siedlung, deren Bewohner ihre Heime meist aus Holz, Latten, Brettern usw. zusammenbauten. Die Gegend war einst eine Insel im unregulierten Donaugebiet.

Breuergasse, 22. Bezirk (Aspern).

Breuninggasse, 23. Bezirk (Inzersdorf); Dr. Moritz Gerhard v. Breuning (1813–1892), Arzt, Schriftsteller.

Brigittagasse, 20. Bezirk; siehe Brigittaplatz.

Brigittaplatz, 20. Bezirk; nach der Pfarrkirche „Zur hl. Brigitta“, erbaut 1867 bis 1874.

Brigittaspitz, 20. Bezirk; volkstümlich auch Am Spitz, Am Sporn, Nußdorfer Vorkopf, Spornstraße. Abzweigung des Donaukanals vom Donaustrom seit 1598.

Brigittawaldl 20. Bezirk; hier fanden bis 1848 die bekannten und beliebten Volksfeste statt. Heute gänzlich verschwunden.

Brigittenauer Lände, 2. Bezirk und 20. Bezirk; zur Wahrung des Ortsnamens (Lände = Schiffsanlegeplatz).

Brixweg, 21. Bezirk (Leopoldau, Donaufeld).

Brockhausengasse, 22. Bezirk (Aspern); Dr. Karl Brockhausen (1859–1951), Jurist.

Brockmanngasse, 12. Bezirk (Meidling); Franz Brockmann (1745–1812), Burgschauspieler.

Brombeerweg, 22. Bezirk (Aspern); Beerenobst.

Brosamergasse, 22. Bezirk (Eßling); Hans Brosamer (1505–1554), deutscher Holzbildhauer.

Bruckhaufener Hauptstraße, 21. Bezirk (Donaufeld); Bruckhaufen war der Name einiger kleiner Donauinseln zwischen Floridsdorfer und Nordbahnbrücke in der ungeregelten Donau (Bruckhaufen = Brückenhaufen).

Brucknerstraße, 4. Bezirk; Anton Bruckner (1824–1896), Komponist.

Brudermanngasse, 14. Bezirk (Hütteldorf); Julie Brudermann (1813–1857), Wohltäterin.

Brückengasse, 6. Bezirk; führt zur Nevillebrücke.

Brückenweg, 17. Bezirk (Neuwaldegg); nach der dortigen Brücke.

Brücklgasse 7. Bezirk; Steg (Brückl) über den Ottakringer Bach vor dessen Einwölbung 1728. 1935 verbaut.

Brüder-Albert-Gasse, 23. Bezirk (Erlaa); nach Alois Albert (1904–1936) und dessen Bruder Karl, beide Faßbinder, die gleichzeitig verunglückten.

Brüder-Heindl-Gasse, 23. Bezirk (Liesing); nach den Brüdern Franz und Michael Heindl, beide als Widerständler im Jahre 1944 hingerichtet.

Brühlgasse, 11. Bezirk (Kaiser Ebersdorf); Flurname (wasser- und gebüschreiche Wiesen).

Bründelgasse, 21. Bezirk (Stammersdorf); nach einer im Schutt entsprungenen Quelle (Zigeunerbründel).

Bründlsteig, 14. Bezirk (Auhof, Hadersdorf); nach einer Quelle am Bierhäuselberg.

Brünner Straße, 21. Bezirk (Floridsdorf, Großjedlersdorf und Stammersdorf); 1736 erbaute Reichsstraße über Brünn nach Norden.

Brünnerstraße 2. Bezirk; von 1869 bis 1881. Heute unbekannt.

Brünnlbadgasse, 9. Bezirk; von alters her bekannte Quelle, bereits 1391 „Goldbrünnl" genannt und als Heilmittel gebraucht. 1795 wurde das Brünnlbad erbaut und dort eine Wasserheilanstalt eröffnet.

Brünnlweg, 18. Bezirk (Pötzleinsdorf); Weg zum Brunnen.

Brüßlgasse, 16. Bezirk (Ottakring); Franziska Brüßl (1793–1855), Mitgründerin des Ottakringer Kirchenbauvereines.

Brunellengasse, 22. Bezirk (Hirschstetten); Pflanzenname.

Brunhildengasse, 15. Bezirk (Fünfhaus); Gestalt aus der Nibelungensage, Gattin des Burgunderkönigs Gunther.

Brunnengasse, 16. Bezirk (Neulerchenfeld); Kaiser Joseph II. bewilligte der Gemeinde Neulerchenfeld die Benützung der Hofwasserleitung zur Versorgung der Gemeinde mit Trinkwasser. Ecke Brunnengasse und Neulerchenfelder Straße wurde ein öffentlicher Auslaufbrunnen errichtet, welcher von 1786 bis 1872 bestand.

Brunnenstubengasse, 17. Bezirk (Dornbach); Brunnenstube = gemauerte Brunnenfassung.

Brunnenstubenweg, 18. Bezirk (Pötzleinsdorf.

Brunnenweg, 10. Bezirk (Oberlaa).

Brunnenweg, 17. Bezirk (Dornbach).

Brunner Straße, 23. Bezirk (Atzgersdorf, Liesing, Siebenhirten); führt nach Brunn am Gebirge.

Brunnerweg, 12. Bezirk (Inzersdorf); dort ein Brunnen.

Brunngasse 7. Bezirk; bei Gardegasse 7–9, um 1900 verbaut.

Brunnlukken 1314 erwähnte Ansiedlung vor den Mauern Wiens. Siehe Lukken.

Brunnweg, 10. Bezirk (Favoriten); nach einem ehemaligen Brunnen.

Brunnwegstraße, 10. Bezirk (Inzersdorf); heute Neilreichgasse.

Bubergasse, 21. Bezirk (Leopoldau); Martin Buber (1878–1965), Schriftsteller.

Buchbergergasse, 21. Bezirk (Jedlesee); Georg Buchberger (1833–1894), aus altansässiger Familie, der mehrere Ortsrichter und Gemeinderatsmitglieder entstammen.

Buchbergstraße, 14. Bezirk (Hadersdorf); Buchberg (462 Meter).

Buchbindergasse, 13. Bezirk (Auhof); Bernhard Buchbinder (1849–1922), Librettist.

Buchengasse, 10. Bezirk (Favoriten); Buchenwald am Laaer Berg.

Buchenweg, 17. Bezirk (Dornbach); Baumname.

Buchfeldgasse, 8. Bezirk; 1824 entstanden, bis 1862 Herrengasse. Zur Wahrung des Ortsnamens.

Buchfinkenweg, 17. Bezirk (Dornbach); Vogelname.

Buchleitengasse, 18. Bezirk (Pötzleinsdorf); Flurname, schon 1642 „die Lang Buchleuthen" genannt. Abschüssige Berglehne mit Buchen.

Buchsgasse, 22. Bezirk (Aspern); Pflanzenname.

Buckalgasse, 23. Bezirk (Liesing); Ing. Rudolf Buckal (1863–1914), Gemeinderat von Liesing.

Budaugasse, 22. Bezirk (Leopoldau); Prof. Ing. Arthur Budau (1856–1930), Wasserbautechniker.

Budinskygasse, 19. Bezirk (Ober-Döbling, Unter-Sievering); Dr. Julius Budinsky, Arzt, Wohltäter (schenkte der Gemeinde den Grund zur Vergrößerung des Grinzinger Friedhofs.

Büchnergasse, 21. Bezirk (Donaufeld); Georg Büchner (1813–1837), deutscher Dichter.

Büdingergasse, 18. Bezirk und 19. Bezirk (Pötzleinsdorf); Dr. Max Büdinger (1828–1902), Geschichtsforscher.

Bühlerweg, 14. Bezirk (Hütteldorf); Univ.-Prof. Dr. Georg Bühler (1837–1898), Indienforscher.

Burg, 1. Bezirk; siehe In der Burg.

Bürgergasse, 10. Bezirk (Favoriten); Gottfried August Bürger (1747–1794), Dichter.

Bürgermeisterweg, 12. Bezirk (Altmannsdorf). Bürgermeisterweg, 18. Bezirk (Pötzleinsdorf).

Bürgerspitalgasse, 6. Bezirk; die Gegend befand sich im Besitz des Bürgerspitalfonds.

Bürgerspitalweg 5. Bezirk; parallel zwischen Margaretengürtel und Josef-Schwarz-Gasse. Verbaut.

Bürgerspitalwiese, 11. Bezirk (Simmering); Wiese im Besitz des Bürgerspitalfonds.

Büttnergasse, 23. Bezirk (Inzersdorf); Ludwig Büttner, Gemeinderat von Inzersdorf.

Bugstraße, 14. Bezirk (Hadersdorf); Biegung (Bug) im Straßenverlauf.

Bujattigasse, 14. Bezirk (Hütteldorf); Franz Bujatti (1813–1897), Seidenwarenfabrikant, Wohltäter.

Bukovicsgasse, 22. Bezirk (Eßling); Emmerich Bukovics (1844–1905), Direktor des Volkstheaters.

Bullgasse, 10. Bezirk (Inzersdorf); Ole Bornemann Bull (1810–1880), norwegischer Violinvirtuose.

Bundesweg, 12. Bezirk (Altmannsdorf); Kolonie Kraftwerk.

Bunsengasse, 21. Bezirk (Großjedlersdorf); Wilhelm Bunsen (1811–1899), Chemiker.

Bureschgasse, 22. Bezirk (Aspern); Wenzel Buresch v. Grafenbach (1748–1813), Feldmarschall-Leutnant.

Burgenlandgasse, 10. Bezirk (Oberlaa); zur Erinnerung an die Einverleibung des Burgenlandes als Bundesland.

Bürgerweg, Alter 4. Bezirk und 10. Bezirk; die verlängerte Blechturmgasse gegen den Wienerberg (um 1834), heute Neilreichgasse.

Burgersteingasse, 14. Bezirk (Breitensee); Dr. Leo Burgerstein (1855–1928), Schulhygieniker.

Burggarten, 1. Bezirk; Lust- und Ziergarten hinter der Neuen Burg, angelegt 1819 bis 1823, allgemein zugänglich seit 1922.

Burggasse, 7. Bezirk; um 1683 Steig nach St. Ulrich, andere Teile Am Anger, Am Zeißelbühel, Am Bergel und Auf der Wendelstatt. Von 1771 bis 1862 hieß sie in St. Ulrich Entengasse, am Neubau Wendelstattgasse, auch Wendelsgasse und Langenkellergasse, am Schottenfeld Rittergasse. Führt zur Hofburg.

Burghardtgasse, 20. Bezirk; ortsübliche Bezeichnung, wahrscheinlich nach einem früheren Besitzer.

Burghardtweg 20. Bezirk; aufgelassen.

Burgkmeiergasse, 22. Bezirk (Eßling); Hans Burgkmeier d. Ä. (1475–1531), Augsburger Maler.

Burgstall, 19. Bezirk (zwischen Kahlenberger Dorf und Nußdorf); 1258 als „Pürchstall" erwähnter Berg (295 Meter), deutet auf einen befestigten Gutshof oder eine Ansiedlung hin.

Burgtor, 1. Bezirk; 1660 durch Kaiser Leopold I. errichtet, 1818 aus Verkehrsrücksichten niedergerissen. Das heute noch stehende Burgtor wurde 1824 erbaut und 1858 fertiggestellt. Seit 1934 beherbergt es das Österreichische Heldendenkmal. Siehe auch Widmerturm.

Bussardgasse, 21. Bezirk (Schwarzlackenau); Vogelname.

Bussongasse, 22. Bezirk (Eßling); Paul Busson (1873–1924), Schriftsteller.

Buttenweg, 19. Bezirk (Ober-Sievering); nach dem Behälter zum Tragen der Weintrauben (Butte).

C

Calafattiplatz, 2. Bezirk; im Wurstelprater. Basilio Calafatti (1800–1878), Ringelspielbesitzer (Calafatti = Figur des „Großen Chinesen").

Caldaragasse 10. Bezirk; war bei der Puchsbaumgasse.

Calvigasse, 23. Bezirk (Erlaa); Dr. Primo Calvi (1851–1937), Bezirkshauptmann von Hietzing und Umgebung.

Camesinagasse 1. Bezirk; 1376 Linnengassel, 1477 Taschnergäßchen, Schrannengasse, Kleingasse, Kochlöffelgasse, zuletzt bis 1884 Vorlaufgasse. Heute Durchgang vom Hohen Markt zur Landskrongasse.

Camesinaweg, 12. Bezirk (Altmannsdorf); Albert Camesina, Ritter v. San Vittore (1806–1881), Geschichtsforscher.

Camillanergasse, 13. Bezirk (Lainz); Männerorden (Krankenpfleger), 1596 von Camillus v. Lelliis (1550–1614) gestiftet, seit 1906 in Wien.

Camillo-Sitte-Gasse, 15. Bezirk (Fünfhaus); Camillo Sitte (1843–1903), Baukünstler, Erbauer der Mechitaristenkirche.

Campingplatzweg, 22. Bezirk (Süßenbrunn); hier ein Campingplatz.

Canalettogasse, 12. Bezirk (Meidling); Antonio Belotto (1697–1768), Landschaftsmaler, und sein Neffe Bernardo Belotto (1720–1780), auch er Maler, beide wurden Canaletto genannt.

Canavesegasse, 23. Bezirk (Atzgersdorf); Cesare Antonio Canavese (1672–1739), Bildhauer.

Canevalestraße, 23. Bezirk (Erlaa); Isidore Canevale (1730–1786), italienischer Architekt.

Canisiusgasse, 9. Bezirk; der hl. Petrus Canisius (richtig de Hont, 1521–1597), Jesuitenpater, Hofprediger in Wien.

Canongasse, 18. Bezirk (Währing); Hans v. Canon (richtig Straschiripka, 1829–1885), Genre-, Porträt- und Historienmaler.

Canongasse, 10. Bezirk (Inzersdorf); ehemalige Verlängerung der Columbusgasse.

Canovagasse, 1. Bezirk; Antonio Canova (1757–1822), Bildhauer.

Capistrangasse, 6. Bezirk; nach dem hl. Johannes Capistran (1386–1456), Franziskanerprediger, Hussitengegner.

Carabelligasse, 21. Bezirk (Großjedlersdorf); Dr. Georg Carabelli (1787–1842), Arzt.

Carlbergergasse, 23. Bezirk (Atzgersdorf); Josef Carlberger (1792–1877), Ortsrichter und Bürgermeister von Atzgersdorf.

Carl-Prohaska-Platz, 10. Bezirk (Inzersdorf); Carl Prohaska (1869–1927), österreichischer Komponist.

Carl-Reichert-Gasse, 17. Bezirk (Dornbach); Carl Reichert (1851–1922), Gründer der optischen „Reichert-Werke".

Carminweg, 21. Bezirk (Leopoldau); **Carolaweg,** 13. Bezirk (Ober-St. Veit); Prinzessin Carola Wasa, 1877 Besitzerin eines in der Nähe befindlichen Schlosses.

Carrogasse, 21. Bezirk (Großjedlersdorf); Dr. Johann Ritter de Carro (1770–1856), Arzt.

Cassinonestraße, 22. Bezirk (Aspern, Eßling); Alexander Cassinone (1866–1931), österreichischer Flugpionier.

Castagnagasse, 22. Bezirk (Stadlau); Ludwig Castagna (1867–1944), österreichischer Erfinder.

Castellezgasse, 2. Bezirk; M. A. Castellez (1700–1742), Entwerfer des Donauregulierungsplanes.

Castelligasse, 5. Bezirk; Dr. Ignaz Castelli (1781–1862), Schriftsteller.

Castlegasse, 21. Bezirk (Leopoldau); Prof. Dr. Eduard Castle (1875–1959), Germanist.

Cavaglier 1. Bezirk; Teil des Befestigungswerkes auf der Löwelbastei.

Cebotariweg, 19. Bezirk (Nußdorf); Maria Cebotari (1911–1949), Kammersängerin.

Celtesgasse, 19. Bezirk (Salmannsdorf); Konrad Celtes (eigentlich Pickell (1459–1508), Dichter.

Ceralegasse, 10. Bezirk (Inzersdorf); Luigia Cerale (1859–1937), Tänzerin.

Cervantesgasse, 14. Bezirk (Penzing); Miguel de Cervantes Saavedra (1547–1616), spanischer Dichter (Don Quichote).

Chamissogasse, 18. Bezirk (Währing); Adelbert Louis Charles Adelaide Chamisso de Boncourt (1781–1838), Dichter.

Charasgasse, 3. Bezirk; Dr. Heinrich Charas (1860–1940), Arzt.

Charausgasse, 23. Bezirk (Atzgersdorf); Wenzel Charaus (1849–1923), Gemeindearzt von Atzgersdorf.

Cherubinistraße, 22. Bezirk (Aspern); Luigi Cherubini (1760–1862), Komponist.

Chiarigasse, 10. Bezirk (Favoriten); Ottokar Freiherr v. Chiari (1835–1918), Professor der Kehlkopfkunde.

Chiavaccigasse, 5. Bezirk; Vinzenz Chiavacci (1847–1916), Schriftsteller.

Chimanistraße, 19. Bezirk (Ober Döbling); Leopold Chimani (1774–1844), Schriftsteller.

Chlumberggasse, 16. Bezirk (Ottakring); Hans Chlumberg (1870–1930), Schriftsteller.

Chmelgasse, 19. Bezirk (Grinzing); Josef Chmel (1798–1858), österreichischer Historiker.

Christian-Bucher-Gasse, 21. Bezirk (Schwarzlackenau, Jedlesee); Christian Bucher (1769–1837), Ortsrichter von Jedlesee.

Christian-Petzlberger-Weg, 14. Bezirk (Hadersdorf); Christian Petzlberger, Führer des Entsatzheeres Sobieskies zum Kahlenberg (1683, Türkenbelagerung).

Christian-von-Arupgasse, 14. Bezirk (Hadersdorf); Christian Lorenz v. Arup (1572–1636), Pfarrer von Hütteldorf.

Christinengasse, 1. Bezirk; Erzherzogin Marie Christine (1749–1804), Tochter Kaiserin Maria Theresias und Gattin Herzog Alberts v. Sachsen-Teschen.

Christophgasse, 5. Bezirk; Hausschild „Zum hl. Christoph".

Chrobakgasse, 15. Bezirk (Fünfhaus); Prof. Dr. Rudolf Chrobak (1843–1910), Gynäkologe.

Chromygasse, 23. Bezirk (Atzgersdorf); Adalbert Chromy (1852–1903), Gründer der gleichnamigen Holzfabrik.

Chrudnergasse, 13. Bezirk (Lainz); Peter und Alexius Chrudner (Gradner, 1411–1527), Lehensherren der Herrschaft Lainz.

Churhausgasse, 1. Bezirk; das Churhaus war eine geistliche Stiftsschule (Alumrat); auch Kuratenhaus.

Chvostekgasse, 22. Bezirk (Süßenbrunn); Dr. Franz Chvostek (1864–1944), Mediziner.

Chwallagasse, 6. Bezirk; Rudolf Chwalla (1840–1894), Fabrikant.

Cieslargasse, 21. Bezirk (Großjedlersdorf); Dr. Alfred Cieslar (1858–1934), Agrarfachmann.

Cilli-Löwinger-Weg, 19. Bezirk (Neustift am Walde); Cilli Löwinger, Volksschauspielerin.

Citronenweg, 11. Bezirk (Simmering); Fruchtname.

Cizekplatz, 22. Bezirk (Aspern); Franz Cizek (1865–1946), Gründer der „Jugendkunstbewegung".

Clemens-Hofbauer-Platz, 17. Bezirk (Hernals); hl. Clemens Maria Hofbauer (1751–1820), Stifter der Redemptoristen in Österreich.

Clementinengasse, 15. Bezirk (Fünfhaus); Clementine Pereira, verkaufte ehemals der Westbahngesellschaft um drei Millionen Gulden Gründe.

Clerfaytgasse, 17. Bezirk (Hernals); Charles de Croix Graf v. Clerfayt (1733–1798), Feldmarschall-Leutnant, Regimentsinhaber.

Clessgasse, 21. Bezirk (Stammersdorf); Ernst Cless (1879–1908), Erbpostmeister von Stammersdorf.

Clusiusgasse, 9. Bezirk; Charles de Lecluse, genannt Clusius (1525–1609), Botaniker.

Cobdengasse, 1. Bezirk; Richard Cobden (1804–1865), Vertreter des Freihandels.

Cobenzlgasse, 19. Bezirk (Grinzing); Philipp Johann Graf v. Cobenzl (1741–1815), Erbauer des Schlosses Cobenzl.

Cobenzlweg, 11. Bezirk (Simmering).

Coburgbastei, 1. Bezirk; der Teil der Befestigungsmauer Wiens vor dem Palais Coburg.

Colerusgasse, 22. Bezirk (Eßling); Egmont Colerus v. Geldern (1888–1939), Schriftsteller.

Colloredogasse, 18. Bezirk (Währing); Ferdinand Graf v. Colloredo-Mannsfeld (1777–1848), Befehlshaber der Akademischen Legion im Jahre 1848.

Columbusgasse, 10. Bezirk (Favoriten); siehe folgendes.

Columbusplatz, 10. Bezirk (Favoriten); Christoph Columbus (1446–1506), Entdecker Amerikas (1492).

Comeniusgasse, 17. Bezirk (Hernals); Johann Amos Komensky (genannt Comenius, 1592–1670), Pädagoge.

Computerstraße, 10. Bezirk (Inzersdorf); nach der dortigen Computerfirma.

Concordiaplatz, 1. Bezirk; Schriftstellerverein Concordia, gegründet 1859.

Conngasse, 22. Bezirk (Kagran); Leopold Conn (1820–1876), Pionier der Parlaments-Stenographie.

Conrad-Briel-Gasse, 23. Bezirk (Liesing); Conrad Briel (1822–1889), Bürgermeister von Liesing.

Contiweg, 22. Bezirk (Aspern); Carl Conti (1741–1795), Kupferstecher.

Cooperweg, 21. Bezirk (Donaufeld); James Fenimore Cooper (1789–1851), Schriftsteller.

Corneliusgasse, 6. Bezirk; Peter Ritter v. Cornelius (1783–1867), Historienmaler, und sein Neffe Peter Cornelius (1824–1874), Komponist.

Corneliusstiege, 6. Bezirk; siehe vorher.

Cortigasse, 22. Bezirk (Eßling); Cäsar Conte Corti (1856–1953), Schriftsteller.

Corvinusgasse, 23. Bezirk (Mauer); Matthias Corvinus (1443–1490), König von Ungarn, Eroberer (1483) von Mauer.

Corygasse, 21. Bezirk (Donaufeld); Prof. Dr. Gerty Cory (1896–1957), Biochemikerin.

Cossmanngasse, 14. Bezirk (Ober Baumgarten); Alfred Cossmann (1870– 1951), Kupferstecher.

Costagasse, 15. Bezirk (Fünfhaus); Karl Costa (richtig Kostia, 1832–1907), Theaterdichter.

Costenoblegasse, 13. Bezirk (Ober-St. Veit); Karl Ludwig Costenoble (1837–1907), Bildhauer.

Cothmannstraße 12. Bezirk (Meidling); Martin Conrad Edler v. Cothmann (1685–1759), Hofkriegsagent.

Cottagegasse, 18. Bezirk (Währing) und 19. Bezirk (Ober-Döbling); das Wort stammt aus dem Englischen und bedeutet soviel wie Hütte oder Landhaus. Vornehmes Villenviertel, angelegt 1872.

Cottagestraße, 14. Bezirk (Hadersdorf); siehe vorher.

Coulombgasse, 21. Bezirk (Jedlesee); Ing. Charles Auguste de Coulomb (1736–1806), französischer Physiker.

Cramolinigasse, 23. Bezirk (Atzgersdorf); Eduard Cramolini (1807–1881), Maler.

Cranachstraße, 13. Bezirk (Ober-St. Veit); Lukas Cranach d. Ä. (1472–1553), d. J. (1515–1586), beide bedeutende Maler.

Csardastraße, 2. Bezirk; Gasthausschild „Zur Csarda".

Csokorgasse, 11. Bezirk (Kaiser-Ebersdorf); Franz Theodor Csokor (1885–1969), Schriftsteller.

Cumberlandstraße, 14. Bezirk (Penzing); Cumberland-Palais, 1760 von Maria Theresia als Kammerschlößchen erbaut und „Lothringerhaus" genannt, später Kavalleriekaserne, 1866 von König Georg V. v. Hannover, Herzog v. Cumberland-Braunschweig, bei seiner Flucht ins Ausland gekauft und umgebaut. 1920 von Herzog Ernst August v. Cumberland wieder verkauft.

Curiegasse, 22. Bezirk (Kagran); Dr. Marie Curie (1867–1934), französische Chemikerin und Physikerin.

Curlandgasse, 17. Bezirk (Dornbach); Wilhelmine Prinzessin v. Montleart-Sachsen-Curland (1827–1895), Stifterin des Wilhelminenspitals.

Custozzagasse, 3. Bezirk; siegreiche Schlacht unter Feldmarschall Radetzky über die Italiener bei Custozza am 25. Juli 1848.

Cuviergasse, 13. Bezirk (Ober-St. Veit); Georg Baron Cuvier (richtig Küpler, 1769–1832), französischer Naturforscher, Anatom.

Czapkagasse, 3. Bezirk; Ignaz Czapka Ritter v. Winstetten (1792–1881), Bürgermeister von Wien.

Czartoryskigasse, 17. Bezirk (Hernals, Dornbach) und 18. Bezirk (Gersthof); Fürst Constantin Czartoryski (1773–1860), Kunstfreund, Schloßbesitzer in Weinhaus.

Czernetzplatz, 22. Bezirk (Kagran); Karl Czernetz (1910–1978), Politiker.

Czerningasse, 2. Bezirk; siehe Czerninplatz.

Czerninplatz, 2. Bezirk; früher Schabdenrüsselgasse. Johann Rudolf Graf Czernin (1757–1845), Mitglied eines alten Grafengeschlechts, welches schon um 1683 diese Gründe besaß.

Czibulkagasse, 11. Bezirk (Kaiser Ebersdorf); Adolf Czibulka (1842–1894), Militärkapellmeister, Komponist.

Czubergasse, 22. Bezirk (Aspern); Emanuel Czuber (1851–1925), Mathematiker.

D

Dachsensteig, 21. Bezirk (Schwarzlackenau); Tiername.

Dachsloch-Schanze 1. Bezirk; Vorwerke, die sich an der Festungsmauer längs der Seilerstätte befunden haben.

Dadlergasse, 15. Bezirk (Rudolfsheim); Franz Wenzel Dadler (1760–1835), Tuchfabrikant.

Dänenstraße, 18. Bezirk (Währing); Erinnerung an die Hilfsbereitschaft des Königreiches Dänemark in Österreichs schwerster Zeit (nach dem Ersten Weltkrieg).

Dafertgasse, 21. Bezirk (Schwarzlackenau); Dr. Franz Dafert (1863–1933), Nahrungsmittelchemiker.

Daffingerstraße, 3. Bezirk; Michael Daffinger (1790–1849), Maler.

Dahliengasse, 21. Bezirk (Leopoldau); Blumenname.

Dahlienweg, 11. Bezirk (Simmering); Blumenname.

Damböckgasse, 6. Bezirk; Ludwig Damböck (1838–1886), Besitzer einer Spitzenfabrik mit Dampfbetrieb.

Dammäckergasse, 21. Bezirk (Stammersdorf); Flurname.

Dammstraße, 20. Bezirk; 1769 bis 1784 erbauter Schutzdamm gegen Hochwasser. Die Donauregulierung wurde erst 1868 bis 1875 durchgeführt.

Dammweg, 21. Bezirk (Kaisermühlen); beim Kaisermühlendamm.

Dampfbadgasse, 16. Bezirk (Ottakring); Katharinenbad, eröffnet 1884.

Dampfgasse, 10. Bezirk (Favoriten); nach vielen Fabriken mit Dampfbetrieb.

Dampfmühlgasse, 11. Bezirk (Simmering); hier stand eine Dampfmühle.

Dampfschiffhaufen, 21. Bezirk; Halbinsel im alten Donaubett in der Nähe des Gänsehäufels.

Dampfschiffstraße, 3. Bezirk; früher „An der Donau". Hier stand das Gebäude der Donau-Dampfschiffahrts-Gesellschaft.

Dampierrestraße, 14. Bezirk (Breitensee); Henry Duval Graf Dampierre (1580–1620), General, Befreier Kaiser Ferdinands aus den Händen der Protestanten.

Danhausergasse, 4. Bezirk; Josef Danhauser (1805–1845), Maler. Sein Vater, Möbelfabrikant, eröffnete 1842 die Gasse.

Danilovatzgasse, 12. Bezirk (Altmannsdorf); Josef Danilovatz (1877–1945), Maler.

Dankwartgasse, 15. Bezirk (Fünfhaus); Gestalt aus der Nibelungensage, ein Recke aus Burgund.

Dannebergplatz, 3. Bezirk; früher Arenbergring. Robert Danneberg (1885–1942), Politiker.

Danningerweg, 21. Bezirk (Leopoldau); die Danninger, eine Wiener Bronzearbeiter-Familie. Johann Georg Danninger d. J. begründete zu Beginn des 18. Jahrhunderts die Wiener Bronzeindustrie.

Danzergasse, 22. Bezirk (Aspern), Johann Caspar Danzer (1763–1809), Stenograph.

Daphneweg, 22. Bezirk (Eßling); Pflanzenname.

Dapontegasse, 3. Bezirk; Lorenzo da Ponte (richtig Emanuele Conegliano, 1749–1838), Theaterdichter (Mozarts Operntexte).

Daringergasse, 19. Bezirk (Unter-Sievering); Hans Georg Daringer stiftete 1609 das dortige Gedächtniskreuz.

Darnautgasse, 12. Bezirk (Meidling); Hugo Darnaut (1850–1937), Wiener Maler.

Darwingasse, 2. Bezirk; Charles Robert Darwin (1809–1882), Naturforscher.

Daungasse, 8. Bezirk; Leopold Josef Maria Reichsgraf v. Daun (1705–1766), Feldherr.

Davidgasse, 10. Bezirk (Favoriten, Inzersdorf); Johann David (1795–1869), Grundbesitzer, stiftete den Grund für diese Gasse.

Deckergasse, 12. Bezirk (Meidling); Georg Decker (1819–1894), Maler.

Defreggerstraße, 12. Bezirk (Hetzendorf); Franz Defregger (1835–1921), Historienmaler.

Degengasse, 16. Bezirk (Ottakring); Ferdinand Degen (1831–1889), Gründer und Hauptmann der Ottakringer Feuerwehr.

Degenruhe, 16. Bezirk; Grabmal, errichtet 1890, siehe vorher.

Dehmelgasse, 16. Bezirk (Ottakring); Richard Dehmel (1863–1920), Dichter.

Dehnegasse, 14. Bezirk (Hütteldorf); August Dehne (1795–1875), Gemeinderat von Wien.

Deindorfstraße, 22. Bezirk (Eßling); zur Wahrung des Ortsnamens Deindorf, das entweder durch Krieg oder durch Überschwemmung vernichtet wurde.

Deingasse, 21. Bezirk (Jedlesee); David Dein (1720–1776), Ortsrichter von Jedlesee.

Deinhardsteingasse, 16. Bezirk (Ottakring); Ludwig Johann Deinhardstein (1749–1859), österreichischer Bühnendichter.

Deinleingasse, 22. Bezirk (Stadlau); Ing. Erwin Deinlein (1885–1945), Förderer des Fremdenverkehrs.

Deißenhofergasse, 23. Bezirk (Mauer); Johann Deißenhofer (1821–1879), Bürgermeister von Mauer.

Delsenbachgasse, 11. Bezirk (Simmering); Johann Adolf Delsenbach (1787–1865), Maler, Kupferstecher.

Delugstraße, 19. Bezirk (Unter-Sievering); Alois Delug (1859–1930), Maler.

Demeliusgasse, 22. Bezirk (Kagran); Dr. Gustav Demelius (1831–1891), Rechtswissenschafter.

Demmergasse, 21. Bezirk (Großjedlersdorf); Bernhardt Demmer (1869-1902), Direktor der Wiener Lokomotivfabrik.

Dempschergasse, 18. Bezirk (Währing); Johann Dempscher, im 18. Jahrhundert Pfarrer von Währing.

Demuthgasse, 16. Bezirk (Ottakring); Leopold Demuth (1861–1910), Bariton der Wiener Hofoper.

Denglergasse, 15. Bezirk (Rudolfsheim); Johann Fritz Dengler (1781–1862), Brauhausbesitzer in Rudolfsheim.

Denisgasse, 20. Bezirk; Johann Michael Cosmas Denis (1729–1800), Dichter.

Denkmalweg, 18. Bezirk (Pötzleinsdorf); nach dem dortigen Denkmal.

Dennweg, 19. Bezirk (Nußdorf); bereits 1318 urkundlich erwähnter Flurname.

De-Quer-Gasse, 17. Bezirk (Neuwaldegg); Louis De Quer (1803–1862), Menschenfreund, Wohltäter.

Dernjacgasse, 23. Bezirk (Erlaa); Josef Dernjac (1851–1920), Kunsthistoriker.

Dessoffgasse, 23. Bezirk (Inzersdorf); Felix Otto Dessoff (1835–1892), Dirigent.

Dettergasse, 16. Bezirk (Ottakring); Leopold Detter (1821–1867), Baumeister, Gemeinderatsmitglied.

Deublergasse, 21. Bezirk (Großjedlersdorf); Konrad Deubler (1814–1884), Bauernphilosoph.

Deutschmeisterplatz, 1. Bezirk; zur Erinnerung an das allzeit tapfere Verhalten des ehemaligen Wiener Infanterieregiments Hoch- und Deutschmeister Nr. 4 (Wiener Hausregiment) vor dem Feind.

Deutschmeisterstraße 12. Bezirk (Hetzendorf); der Hoch- und Deutschmeisterorden war einst Besitzer dieser Gegend.

Deutschordensstraße, 14. Bezirk (Hacking, Hütteldorf, Ober-Baumgarten); die Gegend war einst im Besitz des Deutschen Ritterordens.

Deutschstraße, 23. Bezirk (Inzersdorf).

Deutschwaldstraße 14. Bezirk (Hütteldorf).Deutschweg, 21. Bezirk (Donaufeld).

Devrientgasse, 19. Bezirk (Ober-Döbling); Max Devrient (1857–1929), Burgschauspieler.

Diabelligasse, 13. Bezirk (Ober-St. Veit); Antonio Diabelli (1781–1858), Komponist, Verleger.

Dianabadufer 2. Bezirk; Ufergelände am Donaukanal vor dem 1804 erbauten Dianabad. Mit dem Donaukanal führte 1598 Ferdinand Albrecht Freiherr v. Hoyos die Donau bis an die Wiener Stadtmauern heran. Vor der Regulierung wurde der Donaukanal auch „Wiener Wasser" genannt.

Diamantgasse, 21. Bezirk (Leopoldau); Edelstein.

Dianagasse, 3. Bezirk, Sebastian Dean (auch Diani, Diana, 1697–1752), Ziergärtner.

Diderotgasse, 21. Bezirk (Jedlesee); Denis Diderot (1713–1784), französischer Dichter.

Diefenbachgasse, 15. Bezirk (Sechshaus); Heinrich Diefenbach (1832–1891), Gemeinderat von Sechshaus.

Diehlgasse, 5. Bezirk; Karl Diehl (1812–1868), Seidenfabrikant, Stifter einer Mädchenfortbildungsschule.

Diemgasse, 19. Bezirk (Nußdorf); Anton Diem (1837–1876), Bürgermeister von Nußdorf.

Diepoldplatz, 17. Bezirk (Hernals); nach Diepoldus, aus dem Geschlecht der Herren von der Als (1125).

Dieselgasse, 10. Bezirk (Inzersdorf); Rudolf Diesel (1858–1913), Erfinder des nach ihm benannten Motorensystems.

Diesterweggasse, 14. Bezirk (Penzing); Friedrich Adolf Wilhelm Diesterweg (1790–1866), Pädagoge.

Dietmayrgasse, 20. Bezirk; Johann Georg Dietmayr (1608–1667), Bürgermeister von Wien.

Dietrichgasse, 3. Bezirk; Georg Dietrich, um 1800 Erbauer des ersten Hauses in der Gasse.

Dietrichsteingasse, 9. Bezirk; Johann Karl Graf Dietrichstein (1728–1808), Obersthofstallmeister.

Dingelstedtgasse, 15. Bezirk (Fünfhaus); Franz Freiherr v. Dingelstedt (1814–1881), Dichter, Opern- und Burgtheaterdirektor.

Dinsfüßlweg, 16. Bezirk (Ottakring); Hans Dinsfüßl, war um 1550 erster Schulmeister Ottakrings.

Dionysius-Andrassy-Straße, 19. Bezirk (Unter-Döbling); nach Franziska Seraphika Andrassy (1838–1902), Gattin des D., Wohltäterin.

Dirkensgasse, 13. Bezirk (Auhof); Annie Dirkens (1870–1942), Sängerin.

Dirmhirngasse, 23. Bezirk (Atzgersdorf); Arnold Dirmhirn (1882–1933), Gemeinderat von Liesing.

Dirmoserstraße, 3. Bezirk; Oswald Dirmoser (1875–1938), Maschinenbauprofessor an der TH Wien (Geschützkonstrukteur im Ersten Weltkrieg).

Dirndlgasse, 21. Bezirk (Stammersdorf); volkstümlicher Name für Kernelkirsche (Dirndlstrauch).

Dirndlweg 21. Bezirk (Strebersdorf).

Dirnelstraße, 21. Bezirk (Strebersdorf).

Dißlergasse, 3. Bezirk; Johann und Magdalena Dißler, Gärtner, schenkten 1673 den Grund für die Weißgerberkirche.

Distelweg, 22. Bezirk (Stadlau); Pflanzenname.

Ditscheinergasse, 3. Bezirk; Prof. Dr. Leander Ditscheiner (1839–1905), Techniker.

Dittelgasse, 22. Bezirk (Aspern).

Dittersdorfgasse, 17. Bezirk (Hernals); Karl Ditters v. Dittersdorf (1739–1809), Komponist.

Dittesgasse, 18. Bezirk (Währing); Dr. Friedrich Dittes (1829–1896), Pädagoge, Schulrat.

Dittmanngasse, 11. Bezirk (Simmering); Johann Georg Dittmann (1757–1819), Baumeister.

Divischgasse, 21. Bezirk (Großjedlersdorf); Dr. Prokop Divisch (1696–1765), Naturforscher.

Dobiaschofskyweg, 12. Bezirk (Altmannsdorf); Franz Dobiaschofsky (1818–1867), Wiener Maler.

Doblhoffgasse, 1. Bezirk; Anton Freiherr v. Doblhoff-Dier (1800–1872), Staatsmann.

Dobrowskygasse, 23. Bezirk (Inzersdorf); Josef Dobrowsky (1889–1964), Maler.

Doderergasse, 21. Bezirk (Leopoldau); Heimito Doderer (1896–1966), österreichischer Schriftsteller.

Döblergasse, 7. Bezirk, Ludwig Döbler (1801–1846), Physiker.

Döblerhofstraße, 3. Bezirk und 11. Bezirk (Simmering); Gutshof eines Döblers (um 1840).

Döblinger Gürtel, 19. Bezirk (Ober-Döbling); zur Wahrung des Ortsnamens. Auf den 1704 gegen die Kuruzzen und Türken erbauten Festungen, den sogenannten „Linienwällen", die 1892 aufgelassen und umgebaut wurden, befindet sich heute die Gürtelstraße, einer der wichtigsten Verkehrswege Wiens. Außer dem Döblinger Gürtel folgende Benennungen: Gaudenzdorfer-, Hernalser-, Landstraßer-, Lerchenfelder-, Margareten-, Mariahilfer-, Neubau-, Sechshauser-, Währinger- und Wiedner Gürtel.

Döblinger Hauptstraße, 19. Bezirk (Ober-Döbling); früher Auf der Osterleiten; zur Wahrung des Ortsnamens.

Döblinger Prucken 19. Bezirk; 1318 Toblikher prukk. Hat bei der Hofzeile und Silbergasse über den Krottenbach geführt.

Doeltergasse, 22. Bezirk (Leopoldau); Prof. Dr. Cornelio Doelter (1850–1930), Mineraloge.

Doerenkampgasse, 10. Bezirk (Oberlaa).

Dorfgasse 11. Bezirk; heutige Mautner-Markhof-Gasse. Ehemalige Hauptstraße des Dorfes Simmering.

Dörfelstraße, 12. Bezirk (Meidling); alte volkstümliche Bezeichnung für das hier bestandene Wilhelmsdorf.

Dörmanngasse, 22. Bezirk (Eßling); Felix Dörmann (richtig Biedermann, 1870–1928), Lyriker.

Dr.-Adolf-Schärf-Platz, 22. Bezirk (Kagran); Dr. Adolf Schärf (1890–1965), Bundespräsident.

Dr.-Albert-Geßmann-Gasse, 21. Bezirk (Strebersdorf); Dr. Albert Geßmann (1851–1918), Politiker.

Dr.-Andreas-Zailer-Gasse, 23. Bezirk (Atzgersdorf); Dr. Andreas Zailer (1845–1923), Arzt.

Dr.-Anton-Matzig-Gasse, 23. Bezirk (Liesing); Dr. Anton Matzig (1862–1939), Heimatforscher.

Dr.-Barilits-Gasse, 23. Bezirk (Mauer); Dr. Rudolf Barilits (1874–1962), Bürgermeister von Mauer.

Dr. Boehringer-Gasse, 12. Bezirk (Hetzendorf).

Dr.-Bohr-Gasse, 3. Bezirk; Dr. Oskar Bohr (1858–1935), volkstümlicher Arzt.

Dr.-Eberle-Gasse, 10. Bezirk (Inzersdorf); Prim. Dr. Konrad Eberle (1903–1961), Kinderarzt.

Dr.-Eduard-Heinl-Gasse, 19. Bezirk (Grinzing); Dr. Eduard Heinl (1890–1957), Politiker.

Dr.-Genoch-Weg, 21. Bezirk (Stadlau).

Dr.-Gonda-Gasse, 23. Bezirk (Inzersdorf); Dr. Aurel Gonda (1885–1964), Gemeinderat von Inzersdorf.

Dr.-Hanswenzel-Gasse, 23. Bezirk (Siebenhirten); Dr. Karl Anton Hanswenzel (1860–1942), Bürgermeister von Siebenhirten.

Dr.-Heckmann-Straße, 14. Bezirk (Hadersdorf); Dr. Anton Heckmann (1872–1920), Arzt.

Dr.-Heinrich-Maier-Straße, 18. Bezirk (Pötzleinsdorf); Dr. Heinrich Maier (1908–1945), Kaplan der Pfarre Gersthof.

Dr.-Heinrich-Müller-Gasse, 14. Bezirk (Hadersdorf); Dr. Heinrich Müller, Rechtsanwalt.

Dr.-Heller-Weg, 10. Bezirk (Oberlaa); Siedlungsweg.

Dr.-Ignaz-Seipel-Platz, 1. Bezirk; Dr. Ignaz Seipel (1876–1932), Priester, zweimaliger Bundeskanzler Österreichs.

Dr.-Jakob-Neumann-Steig, 23. Bezirk (Liesing); Dr. Johann (Jakob) Neumann (1855–1920), Ehrenbürger von Liesing.

Dr.-Josef-Resch-Platz, 17. Bezirk (Dornbach); Dr. Josef Resch (1880–1939), Politiker.

Dr.-Karl-Lueger-Platz, 1. Bezirk; Dr. Karl Lueger (1844–1910), Bürgermeister von Wien.

Dr.-Karl-Lueger-Ring, 1. Bezirk; erst Mölkerring (bis 1920), dann Franzensring, dann bis 1934 Ring des 12. November, bis 1940 Dr.-Ignaz-Seipel-Ring, von 1940 bis 1945 Joseph-Bürckel-Ring. Siehe vorher.

Dr.-Karl-Renner-Ring, 1. Bezirk; Dr. Karl Renner (1870–1950), nach dem Zweiten Weltkrieg erster Bundespräsident Österreichs.

Dr.-Karl-Treitl-Gasse 23. Bezirk (Mauer); einbezogen in die Rudolf-Waisenhorn-Gasse.

Dr.-Kühne-Gasse, 23. Bezirk (Mauer); Dr. Alfred Kühne (1857–1908), Arzt.

Dr.-Natterer-Gasse, 2. Bezirk; Johannes Natterer (1787–1843), Naturforscher, und dessen Sohn Dr. Johann Natterer (1821–1900), Arzt.

Dr. Nekowitsch-Straße, 21. Bezirk (Strebersdorf, Stammersdorf); Dr. Leopold Nekowitsch (1871–1925), volkstümlicher Arzt.

Dr.-Neumann-Gasse, 23. Bezirk (Liesing); Dr. Karl Neumann (1890–1944), verdienter Arzt.

Dr.-Otto-Neurath-Gasse, 22. Bezirk (Hirschstetten); Dr. Otto Neurath (1882–1945), Wirtschaftswissenschafter.

Dr.-Pirnitzer-Platz, 23. Bezirk (Inzersdorf); Dr. Adolf Pirnitzer (1844–1897), Arzt, Inzersdorfer Gemeinderat.

Dr.-Schober-Straße, 12. Bezirk (Auhof); Dr. Johann Schober (1874–1932), Polizeipräsident.

Dr.-Schreber-Gasse, 13. Bezirk (Auhof); Dr. Daniel Gottlieb Moritz Schreber (1808–1861), Arzt, Mitgründer der „Schrebervereine“ (Schrebergärten).

Dr.-Schreber-Weg, 10. Bezirk (Oberlaa); siehe vorher.

Dr.-Schreber-Weg, 12. Bezirk (Altmannsdorf); siehe vorher.

Dr.-Schreber-Weg, 19. Bezirk (Neustift am Walde); siehe vorher.

Dr.-Skala-Straße, 21. Bezirk (Stammersdorf); Dr. Albert Skala (gest. 1890), Stammersdorfer Gemeindearzt.

Doležalgasse, 21. Bezirk (Donaufeld); Prof. Dr. Eduard Doležal (1862–1955), Vermessungstechniker.

Dollinergasse, 19. Bezirk (Ober-Döbling); Thomas Dolliner (1760–1839), Rechtswissenschafter.

Domaniggasse, 10. Bezirk (Inzersdorf); Karl Domanig (1851–1913), österreichischer Volksschriftsteller.

Domgasse, 1. Bezirk; bis 1862 Kleine Schulerstraße. Verläuft in Richtung Stephansdom.

Dominikanerbastei, 1. Bezirk; 1302 „apud praedicatores“, bei den Predigern. Ein Teil der Wiener Befestigungswerke beim Dominikanerkloster, die teilweise 1858 bis 1863 abgetragen wurden. Da diese Befestigungen 1500 bis 1545 auf Kosten der Gemeinde erbaut wurden, hieß die Bastei Bürgerbastei (aber auch Predigerbastei und Hollerstaudenbastei).

Dominikanergasse, 4. Bezirk; hier gehörte von 1606 bis 1777 eine Mühle an der Wien den Dominikanern.

Dominik-Wölfel-Gasse, 21. Bezirk (Leopoldau); Dr. Dominik Wölfel (1888–1963), Völkerkundeprofessor.

Dommayergasse, 13. Bezirk (Hietzing); Ferdinand Dommayer (1799–1858), Besitzer einer berühmten Vergnügungsstätte.

Dommesgasse, 11. Bezirk (Simmering); Josef Dommes (1804–1878), Seilermeister, Gründer des ersten Simmeringer Krankenunterstützungsvereines.

Donabaumgasse, 10. Bezirk (Simmering); Dr. Josef Donabaum (1861–1936), Direktor der Nationalbibliothek.

Donatelloweg, 22. Bezirk (Aspern); Donato di Nicolo di Betto Bordi Donatello (1386–1466), Bildhauer.

Donaueschingenstraße, 20. Bezirk; Ort im Schwarzwald, Ursprung der Donau.

Donaufelder Straße, 21. Bezirk (Donaufeld, Leopoldau) und 22. Bezirk (Kagran); zur Wahrung des Ortsnamens.

Donaustadtstraße, 22. Bezirk (Kagran, Stadlau); „Donaustadt" war eine volkstümliche Bezeichnung für die heutige Gegend Ausstellungsstraße–Mexikoplatz–Lassallestraße–Praterstern.

Donaukanalländе 11. Bezirk; siehe Simmeringer Lände.

Donauländе 3. Bezirk und 11. Bezirk; beim Gaswerk bis Ostbahnbrücke.

Donaustraße, 19. Bezirk (Kahlenberger Dorf); der Donaustrom wurde schon 254 Danove, 569 Danubius, 788 Tunaw, 1402 Donau genannt. 1868 bis 1875 wurde die Donau im Wiener Raum reguliert, nachdem schon 1769 bis 1784 ein Marchfelddamm (Hubertusdamm) errichtet wurde.

Donauturmstraße, 21. Bezirk (Donaufeld); führt zum gleichnamigen Turm auf dem WIG-Gelände.

Donauuferbahnstraße 2. Bezirk; im Verlauf des Handelskais, in diesem aufgegangen.

Donauwartesteig, 19. Bezirk (Kahlenberger Dorf); nach einem Weingut „Donauwarte".

Don-Bosco-Gasse, 23. Bezirk (Inzersdorf); Johannes Don Bosco (1815–1888), Priester, Gründer von Jugendheimen.

Donhardtgasse, 14. Bezirk (Breitensee, Unter-Baumgarten); Lorenz Donhart, ein Märzgefallener (1848).

Doningasse, 22. Bezirk (Kagran); Dr. Kurt Richard Donin (1881–1963), Kunsthistoriker.

Donizettiweg, 22. Bezirk (Kagran); Gaetano Donizetti (1797–1848), Opernkomponist.

Donnergasse, 1. Bezirk; Georg Raphael Donner (1692–1740), Bildhauer (Schöpfer des Donnerbrunnens).

Dontgasse, 13. Bezirk (Lainz); Jakob Dont (1815–1888), Komponist.

Dopplergasse, 11. Bezirk (Simmering); nach der altansässigen Familie Doppler.

Dorfgasse 11. Bezirk (Simmering); Hauptstraße des ehemaligen Dorfes Simmering.

Dopschstraße, 21. Bezirk (Leopoldau); Dr. Alfons Dopsch (1868–1953), Historiker.

Dorfmeistergasse, 12. Bezirk (Hetzendorf); Johann Dorfmeister (1736–1786), Bildhauer.

Dornbacher Straße, 17. Bezirk (Dornbach); zur Wahrung des Ortsnamens.

Dornenweg, 11. Bezirk (Simmering); Pflanzenstacheln.

Dornerplatz, 17. Bezirk (Hernals); Johann Dorner (1794–1871), Wohltäter, der der Gemeinde den Grund für den Platz schenkte.

Dornrosenweg, 21. Bezirk (Kagran); Pflanzenname.

Dorotheergasse, 1. Bezirk; um 1299 Rathstrazze, 1314 Verwerstraße (Färberstraße), 1414 Sand Dorotheegazze und Ledergasse. Herzog Albrecht II. von Österreich stiftete 1357 zu Ehren der hl. Dorothea eine Kapelle, die, 1360 erbaut, 1410 erweitert und 1421 als Kollegium von Chorherren des hl. Augustinus bezogen wurde. 1459 zur Kirche erweitert, 1705 gänzlich umgebaut und 1782 gesperrt. 1788 wurde darin das Versatzamt untergebracht. Das jetzige Gebäude stammt aus den Jahren 1898 bis 1901.

D'Orsaygasse, 9. Bezirk; Dominika Gräfin D'Orsay v. Grimaus (1789–1847), Erbauerin der ersten Häuser in der Gasse.

Dostalgasse, 13. Bezirk (Auhof); Hermann Dostal (1874–1930), Komponist, Kapellmeister.

Dostgasse, 14. Bezirk (Hütteldorf); Pflanzenname.

Dostojewskigasse, 13. Bezirk (Ober-St. Veit); Fedor Dostojewski (1821–1881), russischer Dichter.

Dovskygasse, 13. Bezirk (Lainz); Beatrice Dovsky (1866–1923), Schriftstellerin.

Drachengasse, 1. Bezirk; Hinterfront des Basiliskenhauses, schon 1706 erwähnt.

Dragonerweg, 22. Bezirk (Aspern); Reitertruppe (Napoleonische Kriege 1809).

Drahtgasse, 1. Bezirk; einst Sitz und Verkaufsplatz der Drahtzieher und Drahthändler.

Draschegasse, 23. Bezirk (Inzersdorf); Heinrich Drasche Ritter v. Warttinberg (1811–1880), Grundbesitzer, Wohltäter.

Draskovichgasse, 14. Bezirk (Breitensee); Josef Graf Draskovich (1714–1765), Feldherr im Siebenjährigen Krieg (1756 bis 1763).

Draustraße, 21. Bezirk (Leopoldau); Fluß in Kärnten.

Drdlagasse, 23. Bezirk (Inzersdorf); Franz Drdla (1868–1944), Komponist.

Drechslergasse, 14. Bezirk (Penzing); Josef Drechsler (1762–1852), Domkapellmeister von St. Stephan.

Dreherstraße, 11. Bezirk (Kaiser-Ebersdorf); Anton Dreher (1810–1863), Gründer der Simmeringer Brauerei.

Dreiersteig, 14. Bezirk (Auhof); war am Bierhäuselberg der dritte Weg.

Dreihackengasse, 9. Bezirk; Gasthausschild „Zu den drei Hacken".

Dreihausgasse, 15. Bezirk (Fünfhaus); zur Erinnerung daran, daß aus einer Ansiedlung von drei Häusern der Ort Rustendorf entstand.

Dreihufeisengasse, 4. Bezirk; diese Umgebung des Getreidemarktes hieß schon 1344 Fraueneck oder Frauenfleck, später auch Kalkmarkt. Gasthausschild „Zu den drei Hufeisen".

Dreimarksteingasse, 19. Bezirk (Salmannsdorf); Berg, an dem drei Gemeindegrenzen zusammentrafen (Hernals, Währing, Döbling). Mit Weidling eigentlich Viermarkstein.

Dreiständegasse, 23. Bezirk (Mauer); die drei Stände sind: Arbeiter, Bauer, Bürger.

Dresdner Straße, 2. Bezirk und 20. Bezirk; nach der Hauptstadt von Sachsen.

Drewitzweg, 14. Bezirk (Hütteldorf); Josef Drewitz, Märzopfer des Jahres 1848.

Dreyhausenstraße, 14. Bezirk (Penzing); Gustav Dreyhausen Edler v. Ehrenreich (1839–1884), Wohltäter.

Drillgasse, 23. Bezirk (Mauer); Dr. Wilhelm Drill (1873–1942), Arzt, hingerichteter Widerstandskämpfer.

Drischützgasse, 11. Bezirk (Simmering); Johann Nepomuk Drischütz (gest. 1835), Schulstifter.

Drnekgasse, 21. Bezirk (Donaufeld); nach der Familie Drnek, die hier als erste siedelte.

Drnekweg, 21. Bezirk (Donaufeld); siehe vorher.

Drorygasse, 3. Bezirk; Henry Drory (1837–1889), Direktor der seinerzeitigen englischen Gaswerke auf der Landstraße.

Drosselweg, 22. Bezirk (Stadlau); Vogelname.

Dückegasse, 21. Bezirk (Leopoldau) und 22. Bezirk (Kagran); Friedrich Dücke (1847–1908), Gemeinderat von Leopoldau.

Dürauergasse, 17. Bezirk (Dornbach); Franz Dürauer (1816–1872), Schuldirektor.

Dürergasse, 6. Bezirk; früher bis 1862 Untere Gestättengasse. Der nördliche Teil wurde 1902 in Eggerthgasse umgeändert, dafür die ehemalige Bergsteiggasse miteinbezogen und die Schreibergasse verbaut. Albrecht Dürer (1471-1528), Maler, Kupferstecher, Holzschneider.

Dürnkrutplatz 2. Bezirk; 1923 aufgelassen und verbaut.

Dürrnbacherstraße, 11. Bezirk (Simmering); Andreas Ritter v. Dürrnbacher (Dürpacher, Dürnpach, Diernbacher) zu Seiteneck, Herrschaftsbesitzer von Simmering (1537), kaiserlicher Schiffsoberleutnant, aus dem altbayrischen Geschlecht der Dürrnbacher, das 1275 bis 1595 in Niederösterreich seßhaft war. Er verkaufte die Herrschaft an Michael Freiherrn v. Eynzing.

Dürwaringstraße, 18. Bezirk (Pötzleinsdorf); Flur- und Bachname. 1835 In der oberen dürren Waernch. Ein zeitweise trockener Wasserlauf.

Düsseldorfstrae, 22. Bezirk (Kagran); leistete Wien in der Nachkriegszeit (1919 bis 1922) Hilfe.

Dumbastraße, 1. Bezirk; Nikolaus Dumba (1830-1900), Kunstfreund.

Dumreichergasse, 22. Bezirk (Aspern); Johann Freiherr v. Dumreicher (1815-1880), Chirurg.

Dunantgasse, 21. Bezirk (Großjedlersdorf); Dr. Henry Dunant (1828-1910), Friedensnobelpreisträger, Gründer des Roten Kreuzes.

Dunklergasse, 12. Bezirk (Gaudenzdorf); Gaudenz Dunkler (1746-1829), Abt von Klosterneuburg, Gründer des Ortes Gaudenzdorf.

Durchgangsturm 1. Bezirk; zwischen Goldschmiedturm und Haunoldsturm, war nur für Fußgeher bestimmt.

Durchlaufstraße, 20. Bezirk; Reichsstraße durch die Donauauen vor der Donauregulierung. Die Gegend war wegen ihrer Einsamkeit und Unsicherheit gefürchtet, daher suchten Fußgeher und Fuhrwerk diese Gegend mit großer Geschwindigkeit hinter sich zu bringen (daher Durchlaufstraße).

Dustmannweg, 16. Bezirk (Ottakring); Louise Dustmann (1831–1899), Hofopernsängerin.

Dvorakgasse, 13. Bezirk (Speising); Max Dvorak (1874–1921), Kunstgeschichtsschreiber.

Dworschakgasse, 10. Bezirk (Favoriten); Weg in der Siedlung „Favoriten“.

E

Ebendorferstraße, 1. Bezirk; Thomas Ebendorfer v. Haselbach (1387–1464), Hochschullehrer.

Eberhartgasse, 16. Bezirk und 17. Bezirk; führte von der Nauseagasse zur Lewinskygasse.

Ebereschengasse, 21. Bezirk (Stammersdorf); Baumname.

Eberlgasse, 2. Bezirk; Karl Eberl (1820–1887), Gemeinderat von Wien.

Ebersberggasse, 13. Bezirk (Speising); Ottokar Franz Ebersberg (1833–1886), Schriftsteller.

Eberstorferweg, 23. Bezirk (Mauer); Veit, Herr von Eberstorf, Besitzer der Herrschaft Mauer (um 1500).

Ebner-Rofenstein-Gasse, 13. Bezirk (Ober-St. Veit); Dr. Viktor Ebner-Rofenstein (1842–1925), Histologe.

Ebnerweg, 17. Bezirk (Dornbach); Weg in der Siedlung „Mitterberg".

Eckartsaugasse, 12. Bezirk (Hetzendorf); die Grafen von Eckartsau, ein niederösterreichisches Adelsgeschlecht, stammverwandt „denen von Berchtoldsdorf" (Perchtoldsdorf), 1175 urkundlich erwähnt, 1507 erloschen.

Eckertgasse, 10. Bezirk (Oberlaa); Karl Eckert (1820–1879), Komponist.

Eckhelgasse, 10. Bezirk (Oberlaa); Josef Hilarius Eckhel (1737–1798), Gründer der wissenschaftlichen Numismatik.

Eckmüllnergasse, 16. Bezirk (Ottakring); Lorenz Eckmüllner (1602–1663), Dorfrichter (um 1650 bis 1663?).

Eckpergasse, 18. Bezirk (Pötzleinsdorf); Matthias Eckper (gest. 1599), Herrschaftsbesitzer von Pötzleinsdorf.

Economogasse, 10. Bezirk (Oberlaa); Dr. Konstantin Economo (1876–1931), Professor für Nervenheilkunde.

Eddagasse, 10. Bezirk (Inzersdorf); Edda ist die bekannteste nordische Lieder-(Sagen-)sammlung.

Edelhofgasse, 18. Bezirk (Währing); nach einem ehemaligen Adelssitz.

Edelsinnstraße, 12. Bezirk (Meidling, Hetzendorf); nach dem gleichnamigen, 1888 gegründeten Wohltätigkeitsverein.

Edelsteingasse, 21. Bezirk (Leopoldau); hier sind mehrere Gassen nach Schmucksteinen benannt.

Edelweißweg, 22. Bezirk (Eßling); Pflanzenname.

Edenstraße, 14. Bezirk (Hadersdorf); Eden ist der Name des Paradieses.

Edergasse, 21. Bezirk (Großjedlersdorf); Jakob Eder (1842–1908), Gemeinderat von Großjedlersdorf.

Edisonstraße, 21. Bezirk (Großjedlersdorf); Thomas Alva Edison (1847–1931), amerikanischer Erfinder, Physiker.

Edlmosergasse, 23. Bezirk (Atzgersdorf); Lorenz Edlmoser (1860–1922), Gemeinderat von Atzgersdorf.

Edmund-Hawranek-Platz, 21. Bezirk (Strebersdorf); Edmund Hawranek (1874–1944), Kaplan von Strebersdorf.

Edmund-Reim-Gasse, 12. Bezirk (Altmannsdorf); Edmund Reim (1859–1928), Lehrer, Komponist.

Edmund-Weiß-Gasse, 18. Bezirk (Weinhaus); Prof. Dr. Edmund Weiß (1837–1917), Sternwartedirektor.

Eduard-Brückner-Gasse, 20. Bezirk; Dr. Eduard Brückner (1862–1927), Geograph.

Eduardgasse, 18. Bezirk (Währing); Eduard Astleithner, Kassenfabrikant.

Eduard-Fischer-Gasse, 21. Bezirk; in der Donaustadtstraße aufgegangen(?).

Eduard-Hanslick-Gasse, 16. Bezirk (Ottakring); Dr. Eduard Hanslick (1825–1904), Musikkritiker.

Eduard-Jaeger-Gasse, 13. Bezirk (Speising); Dr. Eduard Jaeger (1818–1884), Augenarzt.

Eduard-Kittenberger-Gasse, 23. Bezirk (Erlaa); Eduard Kittenberger (1855–1921), Bürgermeister von Erlaa.

Eduard-Klein-Gasse, 13. Bezirk (Hietzing); Dr. Eduard Klein (1828–1894), Mitglied des Gemeinderat-Ausschußes.

Eduard-Pötzl-Gasse, 19. Bezirk (Heiligenstadt); Eduard Pötzl (1851–1944), Heimatschriftsteller.

Eduard-Reyer-Gasse, 19. Bezirk (Nußdorf); Dr. Eduard Reyer (1849–1914), Geologe, Gründer des Zentralbibliothek-Vereines.

Eduard-Sueß-Gasse, 15. Bezirk (Rudolfsheim); Dr. Eduard Sueß (1831–1914), führender Geologe.

Efeuweg, 22. Bezirk (Aspern); Pflanzenname.

Effingergasse, 16. Bezirk (Ottakring); Pauline Baronin Effinger v. Wildegg (1809–1905), Wohltäterin.

Egerländer Platz, 11. Bezirk (Simmering); heute A.-Hirsch-Platz? *Friedplatz,* 10. Bezirk; 1940 aufgelassen und verbaut.

Egger-Lienz-Gasse, 12. Bezirk (Meidling); Albin Egger-Lienz (1868–1926), österreichischer Maler.

Eggerthgasse, 6. Bezirk; Karl Eggerth (1804–1878), Gemeinderat, Besitzer des Esterhàzybades.

Eglseegasse, 12. Bezirk (Hetzendorf); 1631 erwähnter Flurname (nach einem ehemaligen Teich mit Blutegeln).

Egon-Fridell-Gasse, 21. Bezirk (Leopoldau); Egon Fridell (1878–1938), Schriftsteller.

Egon-Schiele-Gasse, 13. Bezirk (Lainz); Egon Schiele (1890–1918), Maler.

Ehamgasse, 11. Bezirk (Simmering); Dr. Michael Eham (1544–1608), Rektor der Wiener Universität, Besitzer der Herrschaft Simmering.

Ehmweg, 17. Bezirk (Dornbach); ortsübliche Bezeichnung.

Ehngasse, 23. Bezirk (Liesing); Josef Ehn (1889–1959), Heimatforscher.

Ehrenfelsgasse, 12. Bezirk (Meidling); Johann Markus v. Ehrenfels (1767–1843), Besitzer des Himmelpfortner Hofes, den er zum Theresienbad umgestaltet hat.

Ehrenpreisgasse, 22. Bezirk (Aspern); Pflanzenname.

Ehrensteingasse, 22. Bezirk (Aspern); Josef Robert Freiherr v. Ehrenstein (1786–1843), Mitkämpfer von Aspern (1809).

Eibengasse, 22. Bezirk; Baumname.

Eibesbrunnergasse, 10. Bezirk (Inzersdorf) und 12. Bezirk (Meidling); Ulrich, der Eybesbrunner, Grundbesitzer um 1341, und Michael Eybesbrunner, Besitzer von Eglsee.

Eibesbrunnerweg, 12. Bezirk (Meidling); siehe vorher.

Eibischweg, 22. Bezirk (Hirschstetten); Pflanzenname.

Eichbachgasse, 14. Bezirk (Hadersdorf); Eichbach ist der frühere Name des Halterbaches.

Eichelhofstraße, 19. Bezirk (Nußdorf); ehemaliger Gutshof, schon 1358 erwähnt.

Eichelhofweg, 19. Bezirk (Nußdorf); siehe vorher.

Eichendorffgasse, 19. Bezirk (Ober Döbling); Josef Freiherr v. Eichendorff (1788–1857), Dichter, Romantiker.

Eichenstraße, 12. Bezirk (Meidling); an der damals hier stehenden Eiche waren Marterl und Gedächtnisbilder angebracht.

Eichenweg, 14. Bezirk (Hütteldorf); Baumname.

Eichfeldergasse, 21. Bezirk (Strebersdorf); Karl Eichfelder (1847-1921), Direktor des Pensionates St. Josef in Strebersdorf.

Eigelgasse, 23. Bezirk (Siebenhirten); Johann Nepomuk Eigel (1876-1942), Wohltäter.

Eigenheimweg, 17. Bezirk (Neuwaldegg); Siedlungsweg.

Einfahrtsstraße, 14. Bezirk (Hadersdorf); Ein- und Ausfahrt der Siedlung Wolfersberg.

Einsiedeleigasse, 13. Bezirk (Ober-St. Veit); Leopold Zetl, Beamter der kaiserlichen Reichskanzlei, lebte hier von 1748 bis 1782 als Einsiedler (Franziskaner) in einer Klause. 1782 wurde die Einsiedelei aufgelöst, 1823 von Andreas Seufert erworben, welcher dort eine einfache Gaststätte betrieb. 1908 abgebrannt, seither Erholungsheim der Schwestern der Lainzer Versorgungsanstalt.

Einsiedlergasse, 5. Bezirk; Matthäus Käufler hauste hier von 1763 bis 1782 als Einsiedler und wurde nach Aufhebung seiner Bruderschaft Kirchendiener an der Nikolsdorfer Friedhofskirche.

Einsiedlerplatz, 5. Bezirk; siehe vorher.

Einsiedlerweg, 10. Bezirk (Inzersdorf); wahrscheinlich siehe vorher.

Einwanggasse, 14. Bezirk (Penzing); Georg Einwang (gest. 1662), Pfarrer von Penzing.

Einzingergasse, 21. Bezirk (Strebersdorf); Einzinger(?), Herrschaftsbesitzer in Strebersdorf (um 1469).

Eipeldauer Straße, 21. Bezirk und 22. Bezirk (Leopoldau); schon 1136 Eipeldau (Alphildtouwe, Apiltowe, Eipeltau, Eupoltau), früherer Name von Leopoldau.

Eisenbachgasse, 13. Bezirk (Auhof); Heinrich Eisenbach (1870–1923), Direktor des „Budapester Orpheums" in Wien.

Eisenbahnstraße, 19. Bezirk (Heiligenstadt, Nußdorf); Straße neben der 1871 bis 1872 erbauten Franz-Josefs-Bahn.

Eisenberggasse, 23. Bezirk (Kalksburg); Ludwig Eisenberg (1858–1910), Schriftsteller.

Eisenhutgasse, 22. Bezirk (Aspern); Pflanzenname.

Eisenmengergasse, 10. Bezirk (Inzersdorf); August Eisenmenger (1830– 1907), Bildnismaler.

Eisenstadtplatz, 10. Bezirk (Favoriten); Hauptstadt des Burgenlandes.

Eisernenhandgasse, 19. Bezirk (Kahlenberger Dorf); führt zur Gastwirtschaft „Zur eisernen Hand" am Kahlenberg.

Eisgrübel, 1. Bezirk; 1896 verbaut.

Eisnergasse, 16. Bezirk (Ottakring); Georg Eisner (1803-1858), Gastwirt, Ortsrichter und Bürgermeister von Ottakring.

Eisstoßgasse, 22. Bezirk (Stadlau); nach dem Eisstoß von 1830.

Eisteichstraße, 11. Bezirk (Simmering); Teiche zur Eisgewinnung.

Eisvogelgasse, 6. Bezirk; Hausschild „Zum Eisvogel".

Eiswerkstraße, 21. Bezirk (Kaisermühlen); nach einer Fabrik zur Eiserzeugung.

Eitelbergergasse, 13. Bezirk (Unter-St. Veit, Hietzing); Rudolf Eitelberger v. Edelberg (1817–1885), Professor für Kunstgeschichte.

Eitnergasse, 23. Bezirk (Erlaa); Wilhelm Eitner (1843–1921), Pionier der Gerbereitechnik.

Elderschplatz, 2. Bezirk; von 1897 bis 1933 Santa-Lucia-Platz, dann Vierundachtzigerplatz, jetzt so. Matthias Eldersch (1869–1931), österreichischer Politiker, Mitschöpfer der Sozialversicherung.

Elendsbastei, 1. Bezirk; 1561 erbaut, mit dem (siehe folgendes).

Elendsturm, 1. Bezirk; diese Gegend innerhalb der Mauern Wiens hieß „Im Elend". Dort befanden sich Herbergen für Fremde und das Wort „Elend" wurde vom althochdeutschen „elienti" = „Fremd" abgeleitet.

Elf-Lumpen-Gasse, 1. Bezirk; spöttische Bezeichnung der Herrengasse. Nach der Revolution im Jahre 1848 taten sich die in dieser Gasse bei den elf Palais stehenden Türhüter durch ihre besondere Lümmelhaftigkeit hervor.

Elfingerweg, 22. Bezirk (Süßenbrunn); Dr. Alfons Elfinger (1822–1864), Arzt.

Elidagasse, 21. Bezirk (Kagran); nach dem gleichnamigen Sportverein.

Elisabethallee, 12. Bezirk (Hetzendorf) und 13. Bezirk (Hietzing, Lainz); Kaiserin Elisabeth (1837–1898), Gattin Kaiser Franz Josephs I., ermordet.

Elisabethstraße, 1. Bezirk; siehe vorher.

Elisenstraße, 23. Bezirk (Rodaun, Liesing); siehe vorher.

Ellen-Key-Gasse, 10. Bezirk (Inzersdorf); Ellen Key (1849–1926), schwedische Lehrerin.

Ellmingergasse, 23. Bezirk (Erlaa); Ignaz Ellminger (1843–1894), Maler.

Elmargasse, 19. Bezirk (Heiligenstadt); Karl Elmar (richtig Swiedak, 1815–1888), Schauspieler und Schriftsteller.

Elsbeergasse, 14. Bezirk (Hütteldorf); Baumname.

Elsniggasse, 12. Bezirk (Altmannsdorf); Johann Baptist Elsnig (1741–1798), Kaplan von Altmannsdorf.

Elßlergasse, 13. Bezirk (Unter-St. Veit); Fanny Elßler (1810–1884), Tänzerin an der Wiener Hofoper.

Elsterweg, 14. Bezirk (Hütteldorf); Vogelname.

Elterleinplatz, 17. Bezirk (Hernals); Johann Georg Elterlein (1805–1882), Kasinobesitzer, Bürgermeister von Hernals.

Embelgasse, 5. Bezirk; Franz Xaver Embel (1770–1856), erbaute in der Gasse das erste Haus.

Emichgasse, 22. Bezirk (Hirschstetten); Dr. Friedrich Emich (1860–1940), Chemiker.

Emil-Behring-Weg, 12. Bezirk (Hetzendorf) und 23. Bezirk (Atzgersdorf); Dr. Emil v. Behring (1854–1917), deutscher Arzt (Bakteriologe), Nobelpreisträger.

Emil-Hertzka-Platz, 10. Bezirk (Inzersdorf); Emil Hertzka (1869–1932), Musikverleger.

Emiliengasse, 2. Bezirk; heute Stoffellagasse. Bedeutung nicht gesichert, wahrscheinlich wurde die Namensgebung durch den Bezirksvorsteher Ley (1801–1881, siehe diesen) veranlaßt, der einige Namen von weiblichen Verwandten bei der Straßenbenennung verwendete.

Emil-Kralik-Gasse, 5. Bezirk; Emil Kralik (Deckname „Habakuk", 1864–1906), Schriftleiter der „Arbeiter-Zeitung".

Emil-Ottenthal-Gasse, 10. Bezirk (Oberlaa); Dr. Emil Ottenthal (1855–1931), Professor für mittelalterliche Geschichte.

Empergergasse, 21. Bezirk (Großjedlersdorf); Dr. Fritz Emperger (1862–1942), Fachmann für Stahlbetonbau.

Endemanngasse, 23. Bezirk (Atzgersdorf, Mauer); Johann Endemann (1869–1947), Gemeinderat von Atzgersdorf.

Endergasse, 12. Bezirk (Hetzendorf); Johann Nepomuk Ender (1793–1854), Thomas Ender (1793–1875) und Eduard Ender (1822–1853), alle Maler.

Endlichergasse, 10. Bezirk (Oberlaa); Stephan L. Endlicher (1804–1849), Professor für Botanik.

Endresstraße, 23. Bezirk (Atzgersdorf, Mauer); Dr. Robert Endres (1892–1964), Historiker.

Enenkelstraße, 16. Bezirk (Ottakring); Hans v. Enenkel (1190–1225), Dichter, Geschichtsschreiber.

Engelbrechtweg, 13. Bezirk (Lainz); Dr. August Engelbrecht (1861–1925), Altphilologe.

Engelhartgasse, 13. Bezirk (Lainz); Josef Engelhart (1864–1941), Bildhauer, Maler.

Engelmanngasse, 17. Bezirk (Dornbach); nach der ersten Kunsteislaufbahn Europas.

Engelsberggasse, 3. Bezirk; E. S. Engelsberg (eigentlich Dr. Eduard Schön, 1825–1879), Komponist.

Engelsburggasse, 23. Bezirk (Mauer); nach einem als Pfarrhof bekannten Gebäude (1697–1716), später als Kaserne verwendet.

Engelshofengasse, 23. Bezirk (Mauer); Gottlieb Penz Edler v. Engelshofen (1697–1758), Stifter der Kirche St. Erhard in Mauer.

Enge Lukken, 10. Bezirk (Inzersdorf); mundartlich für Bodenmulde.

Engerthstraße, 2. Bezirk und 20. Bezirk; Wilhelm Freiherr v. Engerth (1814–1884), Erbauer des Sperrschiffes, das ehemals vor der Donaukanaleinmündung – statt der jetzigen Schleuse – lag.

Engilgasse, 16. Bezirk (Ottakring); Engil von Ottakring war im 13. Jahrhundert Besitzer eines Freihofes.

Englisch-Feld-Gasse, 22. Bezirk (Eßling); Flurname.

Enkplatz, 11. Bezirk (Simmering); Michael Leopold Enk v. d. Burg (1788–1843), Benediktinermönch, Schriftsteller.

Ennemosergasse, 22. Bezirk (Eßling); Josef Ennemoser (1787–1854), Diplomat (Geheimschreiber Andreas Hofers).

Ennsgasse, 2. Bezirk; Nebenfluß der Donau.

Entensteig, 21. Bezirk (Schwarzlackenau); Vogelname.

Entersweg, 22. Bezirk (Stadlau); ortsübliche Bezeichnung.

Enzelsbergergasse, 18. Bezirk (Dornbach); Johann Enzelsberger (1827–1920), Gemeindeausschußmitglied von Dornbach.

Enzersdorfer Weg, 21. Bezirk; ungeklärt.

Enzianweg, 22. Bezirk (Aspern); Pflanzenname.

Enzingergasse, 7. Bezirk; Karl Enzinger (1820–1893), Gemeinderat von Neubau.

Erbacherweg, 14. Bezirk (Breitensee); Ferdinand Erbacher, Märzgefallener (1848).

Erbpostgasse, 21. Bezirk (Stammersdorf); Stadler v. Wolffersgrün (1786–1857), k. u. k. Erbpostmeister.

Erbsenbachgasse, 19. Bezirk (Unter-Sievering); Zufluß des Sieveringer Baches.

Erdberger Fahrtweg, 3. Bezirk; Lage unbekannt.

Erdberger Lände, 3. Bezirk; früher „An der Donau". Siehe Länden.

Erdbergstraße, 3. Bezirk; zur Wahrung des Ortsnamens.

Erdbrustgasse, 16. Bezirk (Ottakring); urkundlich 1524 bestätigter Flurname (Erdbrust = Bodenerhebung).

Erdenweg, 14. Bezirk (Hütteldorf); hier wurden alle Wege nach Himmelskörpern benannt.

Erdrauchgasse, 22. Bezirk (Aspern); Pflanzenname.

Erhardgasse, 23. Bezirk (Mauer); Kirchenpatron von Mauer. St. Erhard (um 700), Bischof von Passau.

Erlaaer Schleife, 23. Bezirk (Inzersdorf); Umkehrstelle der Linie 64, Verkehrsknoten.

Erlaaer Straße, 23. Bezirk (Atzgersdorf); führt nach Alt- und Neu-Erlaa.

Erlachgasse, 10. Bezirk (Favoriten); Johann Bernhard Fischer v. Erlach (1656–1723), Architekt, Baumeister.

Erlachplatz, 10. Bezirk (Favoriten); siehe vorher.

Erlafstraße, 2. Bezirk; Nebenfluß der Donau.

Erlbacherstraße, 14. Bezirk (Hadersdorf-Weidlingau); ungeklärt.

Erlenweg, 22. Bezirk (Stadlau); Baumgewächse.

Erlgasse, 12. Bezirk (Meidling); Josef Erl (1811–1874), Opernsänger.

Ernanigasse, 23. Bezirk (Inzersdorf); Oper von Giuseppe Verdi.

Erndtgasse, 18. Bezirk (Gersthof); Franz Bernhard Erndt (1836–1909), Gemeinderat, trat den Grund zur Eröffnung dieser Gasse ab.

Ernst-Bergmann-Gasse, 14. Bezirk (Ober Baumgarten); Ernst v. Bergmann (1836-1907), Förderer der Asepsis und der Gehirnchirurgie.

Ernst-Burger-Gasse, 14. Bezirk (Weidlingau); Ernst Burger (1915–1944), hingerichteter Widerständler.

Ernst-Ludwig-Gasse, 10. Bezirk (Inzersdorf); Dr. Ernst Ludwig (1842–1915), Professor der medizinischen Chemie.

Eroicagasse, 19. Bezirk (Heiligenstadt, Nußdorf); 3. Symphonie Beethovens.

Ertlgasse, 1. Bezirk; Maria Anna Edle v. Ertl (1728–1801), gründete die nach ihr benannte Stiftung für angehende oder verarmte Rechtsanwälte.

Erzbischofgasse, 13. Bezirk (Hacking, Ober-St. Veit); Sommerschloß des jeweiligen Erzbischofs von Wien, stand schon 1365. 1529 und 1683 durch die Türken vernichtet, immer wieder aufgebaut. 1742 wurde ein Park angelegt.

Erzherzog-Karl-Straße, 22. Bezirk (Kagran); Erzherzog Karl (1771–1847), Feldmarschall, Sieger von Aspern (1809).

Eschenallee, 10. Bezirk (Inzersdorf); Baumname.

Eschenbachgasse, 1. Bezirk; Jakob Eschenbach (1749–1809), Sattlermeister, Patriot, auf Befehl Napoleons erschossen.

Eschenkogelgasse, 10. Bezirk (Inzersdorf); Baumname, Berg im Anningergebiet.

Escherichgasse, 19. Bezirk (Pötzleinsdorf); Dr. Theodor Escherich (1857–1911), Gründer der Säuglingsfürsorge in Österreich.

Eselstiege, 17. Bezirk (Dornbach); ehemals volkstümliche Bezeichnung. Diese Gegend wurde 1422 urkundlich „Eselhalt hinter der Herren Als“ genannt.

Eslarngasse, 3. Bezirk; Konrad Eslarn, 1287 Bürgermeister von Wien.

Espenmais, 22. Bezirk (Stadlau); ehemalige Siedlung Kleehäufel. Wegen Autobahnbau aufgelassen (verbaut).

Espenweg, 22. Bezirk (Aspern); Baumname.

Esplanadestraße, 1. Bezirk bis 4. Bezirk; die mit Bäumen gesäumte Straße am Burgglacis, die von der Josefstädter Straße bis ungefähr zum heutigen Sezessionsgebäude führte und von mehreren Alleen gekreuzt wurde, ein alter Korsoweg. Im Volksmund auch „Schlapfenpromenade“ genannt; siehe diese.

Essiggasse, 1. Bezirk; früher Sitz und Verkaufsstätte der Essighändler.

Essiggasse, 3. Bezirk; einst bei der Baumgasse 3–5, jetzt verbaut.

Eßlinger Furt, 22. Bezirk; Furt durch den Groß-Enzersdorfer Arm der alten Donau.

Eßlinger Hauptstraße, 22. Bezirk (Eßling); Hauptstraße durch Eßling. Der Ort ist 1285 urkundlich als Eselaren erwähnt.

Eßlinggasse, 1. Bezirk; in Eßling fand die siegreiche Schlacht der Österreicher gegen Napoleon statt.

Esteplatz, 3. Bezirk; Erzherzog Franz Ferdinand von Österreich-Este (1863–1914), seine Ermordung löste den Ersten Weltkrieg aus (1938 bis 1945 General-Kraus-Platz).

Esterházygasse, 6. Bezirk; Fürst Nikolaus Esterházy (1775–1856) errichtete hier Palais und Park.

Etrichstraße, 11. Bezirk (Kaiser Ebersdorf); Igo Etrich (1879–1967), Pionier des Flugwesens.

Etschnerweg, 14. Bezirk (Breitensee); Josef Etschner, Tischlergeselle, Märzgefallener des Jahres 1848.

Ettenreichgasse, 10. Bezirk (Favoriten); Josef Ettenreich (1800–1875), errettete am 18. Februar 1853 Kaiser Franz Joseph I. aus Mörderhand und wurde dafür in den Ritterstand erhoben.

Ettingshausengasse, 19. Bezirk (Grinzing); Andreas Freiherr v. Ettingshausen (1797–1878), Mathematiker, Physiker.

Etzelstraße, 3. Bezirk; durch die Vergrößerung des Straßenbahn-Bahnhofes Erdberg verbaut.

Eugen-Bormann-Gasse, 22. Bezirk (Kagran); Dr. Eugen Bormann (1842–1917), Professor für Geschichte, Epigraphiker (Inschriftenforscher).

Eugenie-Fink-Gasse, 10. Bezirk (Oberlaa); Eugenie Fink (gest. 1940?), Lyrikerin.

Eugen-Jettel-Weg, 13. Bezirk (Lainz); Eugen Jettel (1845–1901), österreichischer Landschaftsmaler.

Europaplatz, 15. Bezirk (Fünfhaus); zur Unterstreichung des Europagedankens.

Eustachiusweg, 13. Bezirk (Auhof); Schutzpatron der Jäger.

Ewaldgasse, 11. Bezirk (Simmering); Oskar Ewald (richtig Friedländer, 1881–1940), Religionsphilosoph.

Exelbergstraße, 17. Bezirk (Neuwaldegg); Name des Berges, über den diese Straße führt.

Eyblergasse, 19. Bezirk (Neustift am Walde); Josef v. Eybler (1764–1846), Komponist, Kapellmeister.

Eyblweg, 21. Bezirk (Leopoldau); Franz Eybl (1806–1890), Lithograph.

Eyermannweg, 22. Bezirk (Stadlau).

Eyslergasse, 13. Bezirk (Auhof); Edmund Eysler (1874–1949), Operettenkomponist.

Eyzinggasse, 11. Bezirk (Simmering); Michael v. Eyzing Freiherr v. Schrattenthal (gest. 1593), aus niederösterreichischem Landadel, kaufte 1573 von Andreas v. Dürrnbacher die Herrschaft Simmering (bis 1608 im Besitz der Familie Eyzing).

Maria am Gestade

F

Fabergasse, 23. Bezirk (Liesing); Moritz Faber (1855–1920), Besitzer der Liesinger Brauerei.

Fabiganstraße, 11. Bezirk (Simmering); Andreas Fabigan (1809–1871), 47 Jahre Lehrer in Simmering.

Fabriksgasse, 12. Bezirk (Meidling); nach den dort ansässigen Fabriken.

Fabriksweg, 23. Bezirk (Atzgersdorf); siehe vorher.

Fännergasse, 21. Bezirk (Floridsdorf); Gottlieb Fänner (1830–1889), Oberbaurat der Donauregulierungskommission.

Färbergasse, 1. Bezirk; einst Verbergasse, 1441 auch Hofgezzlein und 1770 Zeughausgassel. Sitz der Flamänder Färber bis ins 15. Jahrhundert, schon 1200 urkundlich erwähnt.

Färbermühlgasse, 23. Bezirk (Liesing); nach der ehemaligen „Färbermühle".

Fahnengasse, 1. Bezirk; bis 1844 Brunnengasse, die 1917 verbaut wurde. Erinnerung an die Empörung gegen das Hissen der französischen Fahne durch General Bernadotte im Jahre 1798.

Fahrbachgasse, 21. Bezirk (Floridsdorf); Wiener Musikerfamilie: Philipp (1815–1885); Philipp (1840–1894); Josef (1804–1883); Wilhelm (1838–1866).

Faistauergasse, 13. Bezirk (Lainz); Anton Faistauer (1887–1930), Professor der Malerei.

Falkestraße, 1. Bezirk; Jakob Ritter v. Falke (1825–1897), Museumsdirektor.

Fall, Oberer und Unterer, 1. Bezirk; die Gegend des heutigen Franz-Josefs-Kai, ungefähr vom Schwedenplatz bis zum Morzinplatz. Der Obere Fall (abfallende Lage zum Donaukanal) von der Rotenturmstraße zum Morzinplatz (ehemalige Gonzagabastei), der Untere Fall die Gegend des Schwedenplatzes (frühere Gonzagaschanze).

Fallgasse, 6. Bezirk; nach dem ehemaligen Fallbach (Feilbach), der in den Wienfluß mündete.

Fallmerayerweg, 21. Bezirk (Leopoldau); Jakob Fallmerayer (1790–1861), Schriftsteller.

Faradaygasse, 3. Bezirk; Michael Faraday (1791–1867), englischer Physiker.

Farngasse, 22. Bezirk (Aspern); Pflanzenname.

Fasandlwinkel, 1. Bezirk; Erzherzog Matthias gestattete seinem Hufschmied, sein Gewerbe frei auszuüben. Später entstand an Stelle der Schmiede eine beliebte Weinstube (mit dem Schild „Zum goldenen Fasandl"). Seit der Regelung des Minoritenplatzes verschwunden.

Fasangartengasse, 12. Bezirk (Hetzendorf) und 13. Bezirk (Lainz, Speising); nach dem Schönbrunner Fasangarten.

Fasangasse, 3. Bezirk; ehemaliges Bierhaus „Zum Fasandl".

Fasanweg, 11. Bezirk (Simmering); Vogelname.

Faschinggasse, 22. Bezirk (Aspern); Johann Freiherr v. Fasching (1758–1815), Generalmajor in den Franzosenkriegen (1809).

Fasholdgasse, 13. Bezirk (Hietzing); Josef Fashold (1820–1893), Gemeinderat von Hietzing.

Faßziehergasse, 7. Bezirk; Herberge und Wohnort vieler Faßzieher (Faßtransporteure).

Fatinitzaweg, 10. Bezirk (Rothneusiedl); Operettenname (Suppé).

Faulmanngasse, 4. Bezirk; Karl Faulmann (1835–1894), Erfinder auf dem Gebiet der Kurzschrift und Verfechter ihrer Vereinheitlichung.

Favoritenstraße, 4. Bezirk und 10. Bezirk (Favoriten, Inzersdorf, Oberlaa); um 1734 Kaiserallee, auch Kaiserweg, später ein Teil Favoriten-Linienstraße und Kirchenplatz, im 10. Bezirk erst Himbergstraße, dann Wampersdorfer Straße. Zur Wahrung des Ortsnamens.

Fechtergasse, 9. Bezirk; nach einem Hausschild „Zu den zwei Fechtern".

Fehlingergasse, 13. Bezirk (Speising); Friedrich Fehlinger (1817–1890), Gemeinderat von Speising.

Feilergasse, 19. Bezirk (Grinzing); Franz v. Feiler (1808–1862), um 1840 Kasinobesitzer.

Feilplatz, 14. Bezirk (Breitensee); Johann Feil (1824–1892), Bürgermeister von Breitensee.

Feistlgasse, 21. Bezirk (Leopoldau); Anton Feistl (1881–1961), Bezirksvorsteher des 21. Bezirks.

Feistmantelstraße, 18. Bezirk (Währing); Rudolf Ritter v. Feistmantel (1805–1871), Schöpfer des österreichischen Forstgesetzes.

Feistritzgasse, 21. Bezirk (Leopoldau); Flußname in der Steiermark.

Feitsingergasse, 22. Bezirk (Aspern); Leopold Feitsinger (1763–1849), Ortsrichter von Aspern.

Felberstraße, 15. Bezirk (Fünfhaus, Rudolfsheim); ehemals viele Weiden (Felberbäume).

Felbigergasse, 14. Bezirk (Penzing, Unter- und Ober-Baumgarten); Johann Ignaz v. Felbiger (1724–1788), kirchlicher Würdenträger.

Felderstraße, 1. Bezirk; Dr. Kajetan Freiherr v. Felder (1814–1894), Bürgermeister von Wien.

Feldgasse, 8. Bezirk; das erste Haus Breitenfelds wurde 1771 auf freiem Felde erbaut.

Feldgasse, 23. Bezirk (Rodaun); nach Getreidefeldern.

Feldkellergasse, 13. Bezirk (Speising); Gastwirtschaft „Zum Feldkeller".

Feldmühlgasse, 13. Bezirk (Unter-St. Veit); nach einer Mühle auf freiem Felde.

Feldweg, 11. Bezirk (Simmering); ehemals Weg zwischen Feldern.

Feldweg, 13. Bezirk; Talweg von der Jagdschloßgasse zur Lainzer Tiergartenmauer.

Felix-Braun-Gasse, 19. Bezirk (Heiligenstadt); Felix Braun (1885–1973), Dichter.

Felix-Dahn-Straße, 18. Bezirk (Währing) und 19. Bezirk (Ober-Döbling, Pötzleinsdorf); Felix Dahn (1834–1912), deutscher Dichter.

Felixgasse, 13. Bezirk (Auhof); Benedikt Felix (1851–1912), Opernsänger.

Felix-Grafe-Gasse, 10. Bezirk (Oberlaa); Felix Grafe, Lyriker.

Felix-Mottl-Straße, 19. Bezirk (Ober-Döbling); Felix Mottl (1856–1911), berühmter Dirigent.

Fellnergasse, 22. Bezirk (Eßling); Ferdinand Fellner (1847–1916), Architekt.

Felmayergasse, 21. Bezirk (Leopoldau); Prof. Rudolf Felmayer (1897–1970), Schriftsteller, Dichter.

Felsgasse, 11. Bezirk (Simmering); Maria Elisabeth Colonna Gräfin v. Völs (Fels), Besitzerin der Herrschaft Simmering, die sie 1677 dem Kloster zur Himmelpforte verkaufte.

Fendigasse, 5. Bezirk; Peter Fendi (1796–1842), Maler.

Fenzlgasse, 15. Bezirk (Rudolfsheim) und 14. Bezirk (Penzing); Eduard Fenzl (1808–1879), Natur- und Pflanzenforscher.

Ferchenbauergasse, 21. Bezirk (Floridsdorf, Großjedlersdorf); Franz Ferchenbauer (1791–1883), Wohltäter.

Ferchergasse, 17. Bezirk (Hernals); Johann Fercher v. Steinwand (eigentlich J. Kleinfercher, 1828–1902), österreichischer Dichter.

Ferdinand-Frey-Weg, 14. Bezirk (Hadersdorf); Ferdinand Frey (1880–1956), Gründer des hiesigen Siedlungsvereines.

Ferdinand-Kaufmann-Platz, 21. Bezirk (Donaufeld).

Ferdinand-Löwe-Gasse, 10. Bezirk (Favoriten); Ferdinand Löwe (1865–1925), Dirigent, Vorkämpfer für die Musik Anton Bruckners.

Ferdinand-Pölz-Gasse, 21. Bezirk (Donaufeld); Ferdinand Pölz (1878–1930), Bezirksrat von Floridsdorf.

Ferdinandstraße, 2. Bezirk; Kaiser Ferdinand I. (1793–1875), genannt der Gütige.

Fernkorngasse, 10. Bezirk (Favoriten, Inzersdorf); Anton Dominik Ritter v. Fernkorn (1813–1878), Bildhauer, Erzgießer (Prinz Eugen und Erzherzog Karl auf dem Heldenplatz).

Ferrogasse, 18. Bezirk (Gersthof); Pasqual Josef Ferro (1743–1809), Stadtphysikus, führte an seinem Kind die erste Kuhpockenimpfung durch.

Ferstelgasse, 9. Bezirk; Heinrich Freiherr v. Ferstel (1828–1883), Baukünstler.

Feßlergasse, 10. Bezirk (Oberlaa); Johann Baptist Feßler (1803–1875), Bildhauer.

Feßtgasse, 16. Bezirk (Ottakring); Jakob Feßt (1778–1858), eröffnete um 1860 die Gasse.

Feuchterslebengasse, 10. Bezirk (Favoriten); Dr. Ernst Freiherr v. Feuchtersleben (1806–1849), Dichter, Schriftsteller.

Feuerbachstraße, 2. Bezirk; Gelehrtenfamilie. Anselm v. (1775–1883), Rechtsgelehrter; Ludwig Andreas (1804–1872), Philosoph; Anselm v. (1829–1880), Maler, Professor an der Akademie der bildenden Künste.

Feuersteingasse, 23. Bezirk (Mauer); in der jüngeren Steinzeit (etwa 2500 v. Chr.) wurde in Mauer Feuerstein gebrochen.

Feuerwerkswiese, 2. Bezirk; zur Erinnerung an die Feuerwerkerfamilie Stuwer. Georg Stuwer brannte am 27. Mai 1794 auf der Feuerwerkswiese ein Feuerwerk ab, dessen Pracht unvergessen blieb.

Fichtegasse, 1. Bezirk; Johann Gottlieb Fichte (1762–1814), Philosoph.

Fichtnergasse, 13. Bezirk (Unter-St. Veit); Karl Albert Fichtner (1805–1873), Hofschauspieler.

Fickertgasse, 19. Bezirk (Ober-Döbling); Auguste Fickert (1855–1910), Lehrerin, trat für die Frauenrechte ein.

Fickeysstraße, 11. Bezirk (Simmering); Johann Fickeys (1849–1905), Gemeinderat von Simmering.

Fidelis-Breier-Weg, 21. Bezirk (Strebersdorf).

Fiebrichgasse, 22. Bezirk (Kagran, Leopoldau); Franz Karl Fiebrich (1879–1935), Wiener Liederkomponist.

Fillenbaumgasse, 21. Bezirk (Strebersdorf); die Herrschaft Strebersdorf war von 1762 bis 1824 im Besitz der Edlen v. Fillenbaum.

Fillgradergasse, 6. Bezirk; Marie Anna Fillgrader (1763–1831), Stifterin.

Fillgraderstiege, 6. Bezirk; siehe vorher.

Filmteichstraße, 10. Bezirk (Oberlaa); nach einem so benannten Teich im Erholungspark Oberlaa.

Fimbingergasse, 23. Bezirk (Atzgersdorf); Engelbert Fimbinger (1878–1951), Gewerkschaftsfunktionär.

Fingergasse, 10. Bezirk (Inzersdorf); Josef Finger (1841–1925), Professor an der Technischen Hochschule.

Fingerhutweg, 22. Bezirk (Aspern); Pflanzenname.

Finkenweg, 11. Bezirk (Simmering); Vogelname.

Finkenweg, 18. Bezirk (Pötzleinsdorf); siehe vorher.

Finkenweg, 22. Bezirk (Stadlau); siehe vorher.

Finsenstraße, 16. Bezirk (Ottakring); Niels Ryberg Finsen (1860–1904), Gründer der Lichttherapie.

Finsterbuschstraße, 22. Bezirk (Lobau); Christian Johann Finsterbusch, ehemaliger Feuerzimmermann.

Finsterergasse, 22. Bezirk (Kagran).

Firmiangasse, 13. Bezirk (Ober-St. Veit); Leopold Max Graf v. Firmian (1766–1831), Erzbischof von Wien.

Fischergasse, 2. Bezirk; früher Sitz der Fischer.

Fischergasse, 22. Bezirk (Stadlau).

Fischergasse, 23. Bezirk (Mauer); Jakob Fischer (1809–1883), Gemeinderat von Mauer.

Fischerstiege, 1. Bezirk; Weg und Stiege zur Donau (heutiger Donaukanal) für die Fischer. Urkundlich schon 1314 „gradu piscatorum“, 1376 auch „strata piscatorum“ (Fischerstraße), 1399 „Vischerstraße“, 1403 „inter piscatores“, um 1420 ein Teil Hühnerlochgasse.

Fischertor, 1. Bezirk; auch Salztor, schon vor 1529 bestanden. 1646 neu aufgebaut, 1859 abgetragen.

Fischerturm, 1. Bezirk; auch Salzturm. In dieser Gegend (Salzgries – Vorlaufstraße) in der Wiener Festungsmauer bestandener Turm.

Fischerstrand, 22. Bezirk (Kaisermühlen); nach dem „Fischerhaus“ benannt.

Fischerweg, 22. Bezirk (Kaisermühlen); verbaut (siehe vorher).

Fischhof, 1. Bezirk; Sitz und Verkaufsplatz der Fischer. 1255 „in curia piscium“ (Vischhove).

Fischhofgasse, 10. Bezirk (Oberlaa); Adolf Fischhof (1816–1893), Politiker.

Fischingergasse, 23. Bezirk (Atzgersdorf); Julius Fischinger (1878–1953), Atzgersdorfer Schulreformer.

Fischottergasse, 21. Bezirk (Schwarzlackenau); Tiername.

Fitzweg, 22. Bezirk (Stadlau).

Flachgasse, 14. Bezirk (Penzing) und 15. Bezirk (Rudolfsheim); flache, abfallende Lage.

Flachsweg, 22. Bezirk (Aspern); Pflanzenname.

Flammweg, 11. Bezirk (Kaiser-Ebersdorf); Dr. Ludwig Flamm (1885–1964), Physiker.

Flandorferweg, 21. Bezirk (Leopoldau).

Flaschnergassel, 1. Bezirk; Sackgasse bei der Goldschmiedgasse 4. Verbaut.

Fleischhauergasse, 7. Bezirk; 1873 zwischen Breite Gasse und Kirchengasse. Heute verbaut.

Fleischhackergasse, 23. Bezirk (Mauer); Hofrat Dr. Richard Fleischhacker (1882–1939), Bezirkshauptmann von Hietzing.

Fleischmanngasse, 4. Bezirk; Johann Georg Fleischmann (1765–1832), Stadtrat.

Fleischmarkt, 1. Bezirk; Innung und Verkaufsort der Fleischer, urkundlich schon 1285 „in atiquo foro carnium“ „An dem alten Fleischmarkt).

Flemminggasse, 19. Bezirk (Unter-Sievering); Heinrich Graf v. Flemming (1632–1706), Feldmarschall im Entsatzheer gegen die Türken (1683).

Fleschgasse, 13. Bezirk (Unter-St. Veit); Siegmund Flesch (1827–1902), Lederfabrikant.

Fliederweg, 11. Bezirk (Simmering); Pflanzenname.

Fliegerweg, 22. Bezirk (Aspern); im Zusammenhang mit dem ehemaligen Flughafen Aspern.

Flötzersteig, 16. Bezirk (Ottakring) und 14. Bezirk (Breitensee, Ober- und Unter-Baumgarten, Hütteldorf); ein Teil des Weges nach Oberösterreich, den die Flötzer oder Pelzer auf ihrer Heimreise benutzten, nachdem sie ihre Fracht (Steine, Salz, Holz usw.) in Wien abgeliefert hatten.

Floragasse, 4. Bezirk; nach der ehemaligen Badeanstalt „Florabad“.

Florian-Berndl-Gasse, 22. Bezirk (Kagran, Stadlau); Florian Berndl (1856–1934), Gründer des Gänsehäufelbades.

Florian-Geyer-Gasse, 10. Bezirk (Oberlaa); Florian Geyer v. Geyersberg (1483–1525), fränkischer Ritter im Bauernaufstand.

Florian-Hedorfer-Straße, 11. Bezirk (Simmering, Kaiser-Ebersdorf); Florian Hedorfer (1865–1948), Gemeinderat.

Florianigasse, 8. Bezirk; nach einem Hausschild „Zum hl. Florian“.

Floridsdorfer Hauptstraße, 21. Bezirk (Floridsdorf); zur Wahrung des Ortsnamens.

Floridsdorfer Markt, 21. Bezirk (Floridsdorf); Lebensmittel-Verkaufsplatz.

Floridusgasse, 21. Bezirk (Donaufeld); Floridus Leeb (1731–1799), Prälat von Klosterneuburg, Gründer Floridsdorfs.

Floßgasse, 2. Bezirk; früher Kleine Schiffgasse, auch Florianigasse. Anlegeplatz der Holzflöße am Donaukanal. Im Haus Nr. 7 (hier steht heute noch eine Statue des hl. Florian, daher früher Florianigasse) befand sich ein uraltes Gasthaus, in dem besonders Flößer und Schiffsleute verkehrten. Ein Besitzer war der Bierwirt Franz Strauß, der Vater von Johann Strauß.

Flotowgasse, 19. Bezirk (Ober-Döbling); Friedrich Freiherr v. Flotow (1812–1885), Opernschöpfer.

Fluchtgasse, 9. Bezirk; nach einem Hausschild „Zur Flucht nach Ägypten".

Flugfeldstraße, 22. Bezirk (Aspern); nach dem 1910 bis 1911 errichteten Flugplatz Aspern (Flugplatz aufgelassen).

Flurgasse, 13. Bezirk (Ober-St. Veit); führt in die Felder.

Flurschützstraße, 12. Bezirk (Meidling); Johann Flurschütz (1820–1895), Gastwirt, Bezirksvorsteher des 5. Bezirks.

Fockygasse, 12. Bezirk (Meidling); Daniel Focky (1626–1695), Bürgermeister von Wien.

Föderlweg, 17. Bezirk (Dornbach); Karl Föderl (1885–1953), Wienerlieder-Komponist.

Föhrengasse, 23. Bezirk (Mauer); Baumname.

Föhrengasse, 21. Bezirk (Leopoldau); siehe vorher.

Förstergasse, 2. Bezirk; Christian Ludwig Friedrich v. Förster (1787–1863) und dessen Sohn Erich (1858–1909), beide Architekten.

Försterweg, 10. Bezirk (Oberlaa); Wald- und Wildheger.

Försterweg, 21. Bezirk (Schwarzlackenau); siehe vorher.

Fontanastraße, 10. Bezirk (Oberlaa).

Forchheimergasse, 23. Bezirk (Erlaa); Philipp Forchheimer (1852–1933), Professor an der Technischen Hochschule Graz.

Forestgasse, 22. Bezirk (Eßling); Karl Forest (1874–1944), Schauspieler.

Formanekgasse, 19. Bezirk (Unter-Döbling); Karl Formanek (1814–1886), Bürgermeister von Unter-Döbling.

Forsthausgasse, 20. Bezirk; siehe folgendes.

Forsthausplatz, 20. Bezirk; nach dem Sieg Erzherzog Leopold Wilhelms (1645) über die Schweden ließ er an der Entscheidungsstelle in der Wolfsau eine Kapelle und zu deren Schutz ein Forsthaus bauen.

Forstmeister-Allee, 2. Bezirk; (heute Nordbahnstraße). Zur Zeit der Praterregulierung (1775) als Verbindungsallee zur Landstraße angelegt und erhielt den Namen nach dem damaligen Forsthaus, dem einzigen Gebäude jenseits des Fugbaches im Prater.

Forstmeistergasse, 14. Bezirk (Hadersdorf); Berufsbezeichnung.

Forstnergasse, 22. Bezirk (Kagran); Anton Forstner (1770–1855), Lebensretter.

Forstschulgasse, 14. Bezirk (Hadersdorf); nach der dortigen Forstschule.

Fourniergasse, 13. Bezirk (Speising); Prof. Dr. August Fournier (1850–1920), Politiker.

Frankenberggasse, 4. Bezirk; Heinrich Frankenberg (1809–1869), Bezirksvorsteher-Stellvertreter des 4. Bezirkes.

Frankgasse, 9. Bezirk; Dr. Johann Peter Frank (1745–1821), Leiter des Allgemeinen Krankenhauses.

Frankhplatz, 8. Bezirk und 9. Bezirk; Dr. Joseph Frankh, Röm.-Kays. Maj.-Rat, widmete 1686 die Gründe, auf denen sich das Allgemeine Krankenhaus befindet.

Franklinstraße, 21. Bezirk (Floridsdorf, Donaufeld); Benjamin Franklin (1706–1790), Erfinder des Blitzableiters.

Franz-Asenbauer-Gasse, 23. Bezirk (Mauer); Franz Asenbauer (1853–1946), Gemeinderat von Mauer.

Franz-Barwig-Weg, 18. Bezirk (Pötzleinsdorf); Franz Barwig (1868–1931), österreichischer Bildhauer.

Franz-Boos-Gasse, 13. Bezirk (Ober-St. Veit); Franz Boos (1753–1832), Direktor des Botanischen Gartens in Schönbrunn.

Franz-Eduard-Matras-Gasse, 22. Bezirk (Kagran); Franz Eduard Matras, ehemals Präsident des österreichischen Touristenklubs.

Franz-Eichert-Weg, 16. Bezirk (Ottakring); Franz Eichert (1857–1926), Dichter, Lyriker.

Franz-Emerich-Gasse, 12. Bezirk (Meidling); Dr. Franz Emerich (1496–1560), Chirurg.

Franzensbrückenstraße, 2. Bezirk; nach Zuschüttung des Fugbaches 1775 entstand dieser Straßenzug als Fortsetzung der Forstmeisterallee. Führt zur Franzensbrücke (die schon 1782 bestand, 1799 eingestürzt ist, 1803 wiederaufgebaut, 1844 bis 1848 in eine Kettenbrücke umgewandelt wurde und ihre heutige Gestalt 1898 bis 1899 erhielt), nach Kaiser Franz I. von Österreich.

Franzensgasse, 5. Bezirk; Kaiser Franz I. (1768–1835).

Franzensgasse, 13. Bezirk (Unter-St. Veit); 1894 Wernergasse, später verbaut.

Franzenstor, 1. Bezirk; unter Kaiser Franz I. 1815 durch die Festungsmauer gebrochenes Tor, 1817 eröffnet, 1868 abgetragen.

Franz-Glaser-Gasse, 17. Bezirk (Dornbach); Franz Glaser (1822–1885), Bürgermeister von Dornbach.

Franz-Graßler-Gasse, 23. Bezirk (Mauer); Franz Graßler (1857–1934), Bürgermeister von Mauer.

Franz-Hauer-Gasse, 3. Bezirk; Franz v. Hauer (1822–1899), Direktor der Geologischen Reichsanstalt.

Franz-Heider-Gasse, 23. Bezirk (Liesing); Franz Heider (1867–1938), Hauptschuldirektor.

Franz-Hochedlinger-Gasse, 2. Bezirk; Franz Hochedlinger (1833–1915), Wohltäter.

Franziskanerplatz, 1. Bezirk; Kirche und Kloster der Franziskaner. Sie kamen 1451 nach Wien, erhielten 1533 die Kirche und Pfarre St. Ruprecht, 1589 das Kloster der Büßerinnen. Die 1387 hier erbaute Kapelle wurde 1476 vergrößert und 1603 bis 1614 neu erbaut. Das Kloster wurde 1622 vollendet.

Franz-Jonas-Platz, 21. Bezirk (Floridsdorf); Franz Jonas, 1965 bis 1974 Bundespräsident von Österreich.

Franz-Josefs-Kai, 1. Bezirk; Teile davon 1572 „Auf der Schlagbrücke", „Am Schanzel", „Wasserravelin". Kaiser Franz Joseph I. (1830–1916).

Franz-Josefs-Land, 21. Bezirk; das Gebiet zwischen dem Donaustrom und der Alten Donau. Nach der Donauregulierung 1868 bis 1875 erbaute der Gastwirt Franz Magenschein als erster in dieser Gegend ein Einkehrgasthaus (zur Zeit der Entdeckung des Franz-Josefs-Landes in der Arktis) und nannte es „Zum Franz-Josefs-Land". Der Name ging bald auf das ganze Gebiet über.

Franz-Klein-Gasse, 19. Bezirk (Ober-Döbling); Dr. Franz Klein (1854– 1926), Schöpfer der österreichischen Zivilprozeßordnung.

Franz-Koći-Straße, 10. Bezirk (Oberlaa); Franz Koći (1899–1966), Gewerkschafter.

Franzosengraben, 3. Bezirk; Gräben zur Verteidigung der Donauübergänge (1809 und 1814).

Franzosenweg, 10. Bezirk (Oberlaa); Erinnerung an die französische Besetzung (1809 und 1815).

Franz-Parsche-Gasse, 23. Bezirk (Liesing); Franz Parsche (1837–1907), Bürgermeister von Liesing.

Franz-Petrasek-Weg, 17. Bezirk (Dornbach); Vereinsmitglied der Kleingartenanlage „Ferdinand Hanusch".

Franz-Petter-Gasse, 13. Bezirk (Lainz); Franz Xaver Petter (1791–1866), österreichischer Blumenmaler.

Franz-Peyerl-Gasse, 16. Bezirk (Ottakring); Franz Peyerl (1810–1881), Oberlehrer, Wohltäter.

Franz-Pletersky-Weg, 22. Bezirk (Stadlau).

Franz-Schalk-Platz, 13 Bezirk (Hietzing); Franz Schalk (1863–1931), Direktor der Staatsoper.

Franz-Schreker-Gasse, 10. Bezirk (Inzersdorf); Franz Schreker (1878– 1934), Komponist.

Franz-Schubert-Straße, 14. Bezirk (Hadersdorf); Franz Schubert (1797–1828), einer der bedeutendsten österreichischen Komponisten.

Franz-Schubert-Weg, 18. Bezirk (Pötzleinsdorf); siehe vorher.

Franz-Schuh-Gasse, 10. Bezirk (Inzersdorf); Dr. Franz Schuh (1804–1865), Chirurg, Vorstand der Wiener Universitätsklinik.

Franz-Schuhmeier-Gasse, 23. Bezirk (Atzgersdorf, Liesing); Franz Schuhmeier (1864–1913), Sozialpolitiker, Gemeinderat.

Franz-Siller-Gasse, 22. Bezirk (Eßling); Franz Josef Siller (1893–1924), Präsident des Zentralverbandes der Kleingärtner, Siedler und Kleintierzüchter Österreichs.

Franz-Siller-Weg, 12. Bezirk (Altmannsdorf); siehe vorher.

Franz-Wels-Gasse, 22. Bezirk (Aspern); Franz Wels (1873–1940), österreichischer Erfinder.

Frauenfelderstraße, 17. Bezirk (Dornbach); Flurname. Die Gegend war einst im Besitz eines Nonnen(Frauen)klosters.

Frauengasse, 17. Bezirk (Hernals); Frauen „derer von der Als" (1190 bis 1356).

Frauenheimgasse, 12. Bezirk (Meidling); nach einem Frauenheim.

Frauenhofergasse, 21. Bezirk (Jedlesee); Josef v. Frauenhofer (1787–1826), Astronom.

Frauenschuhgasse, 21. Bezirk (Stammersdorf); Pflanzenname.

Frauenstiftgasse, 21. Bezirk (Großjedlersdorf); Rudolf v. Habsburg stiftete (daher das Wort „Stift") 1280 das Tullner Kloster für Frauen.

Fraungrubergasse, 12. Bezirk (Meidling); Hans Fraungruber (1863–1933), steirischer Mundartdichter.

Freesienweg, 14. Bezirk (Hütteldorf, Auhof); Pflanzenname.

Freihausplatz, 4. Bezirk; aufgelassen. Ehemals die Insel Konradswerd. Von Kaiser Ferdinand III. dem Reichsgrafen Konrad Balthasar Starhemberg zu Lehen gegeben (um 1642), der 1654 das Freihaus erbaute. 1657 abgebrannt, 1660 neu aufgebaut, 1683 wieder vernichtet; 1684 erneut aufgebaut, brannte das Freihaus 1759 wieder ab. Das 1760 aufgebaute Gebäude stand bis 1938, dann wurden die Reste des Hauses endgültig beseitigt. Seit 1684 war das Haus abgabenfrei (daher Freihaus).

Freiheitsplatz, 21. Bezirk (Stammersdorf); zur Erinnerung an die Ausrufung der Republik Österreich.

Freihofgasse, 19. Bezirk (Nußdorf); abgabenfreier Gutshof im Besitze des Altenburger Stiftes am Kamp.

Freilagergasse, 2. Bezirk; Franzensbrückenstraße bis Helenengasse, nach einem Lagerhaus.

Freiligrathplatz, 21. Bezirk (Donaufeld); Ferdinand Freiligrath (1810–1876), deutscher Dichter.

Freisingergasse, 1. Bezirk; Hof des Bischof von Freisingen, schon 1256 als „curia Frisingensis" erwähnt, erbaut 1146, aufgelassen und als Trattnerhof 1773 neu erbaut.

Freudenau, 2. Bezirk; früher „In der Freudenau", auch Frauenau, vorher Ochsenweide. Schon um 1455 Platz für Turniere und Festspiele. Rennplatz seit 1868.

Freudenauer Hafenstraße, 2. Bezirk; führt zum Winterhafen.

Freumbichlerweg, 14. Bezirk (Hütteldorf); Johann Freumbichler (1881–1949), österreichischer Dichter.

Freundgasse, 4. Bezirk; Martin Freund (1748–1825), Mitglied des Äußeren Stadtrates.

Freyenthurmgasse, 14. Bezirk (Hütteldorf); Grafengeschlecht der Goldegg-Freyenthurm (um 1593), Besitzer der Herrschaft Hütteldorf (Utendorf).

Freytaggasse, 21. Bezirk (Donaufeld, Floridsdorf); Gustav Freytag (1816–1895), deutscher Dichter und Schriftsteller.

Freyung, 1. Bezirk; älteste Bezeichnung „Anti portam carinorum", Teile davon: 1276 Vor dem Schottenfreithof, 1368 Auf dem Mist, 1394 Auf dem Bühel, auch Auf dem Steinfeld und um 1848 Schottenplatz. Freyung oder Asylrecht genoß jeder verfolgte Verbrecher, Leibeigene, Schuldner usw., dem es gelang, den Grund der das Asylrecht Ausübenden zu erreichen. Das Schottenkloster besaß seit seiner Gründung (1158) dieses Asylrecht, das Maria Theresia 1776 aufhob.

Frieda-Richard-Gasse, 10. Bezirk (Inzersdorf); Frieda Richard (1873–1946), Schauspielerin.

Friedensgasse, 2. Bezirk; zur Erinnerung an ein zur Kongreßzeit (1814 bis 1815) stattgefundenes Friedensfest im Wiener Prater.

Friedenshöhegasse, 13. Bezirk (Auhof); Siedlungsgenossenschaft „Friedenshöhe".

Friedensstadtgasse, 13. Bezirk (Auhof); siehe voriges (im Lainzer Tiergarten).

Friedensstraße, 23. Bezirk (Mauer); führt zur vorher erwähnten Siedlung.

Friedensweg, 10. Bezirk (Inzersdorf).

Friedensweg, 21. Bezirk (Leopoldau).

Friedenszeile, 13. Bezirk (Auhof); benannt zur Erinnerung an das Ende des Ersten Weltkrieges.

Friedhofstraße, 10. Bezirk (Oberlaa); führt zum Friedhof.

Friedhofstraße, 14. Bezirk (Hadersdorf); führt zum Friedhof.

Friedhofweg, 11. Bezirk (Kaiser-Ebersdorf).

Friedhofweg, 12. Bezirk (Altmannsdorf).

Friedhofweg, 21. Bezirk (Strebersdorf).

Friedhofweg, 22. Bezirk (Süßenbrunn).

Friedjunggasse, 11. Bezirk (Simmering); Dr. Josef Karl Friedjung (1871–1946), Kinderarzt.

Friedlgasse, 19. Bezirk (Ober-Döbling); Josef Ferdinand Friedl (1813–1870), Gemeindeausschußmitglied von Ober-Döbling.

Friedmanngasse, 16. Bezirk (Neulerchenfeld, Ottakring); Alexander Friedmann (1838–1882), Landtagsabgeordneter.

Friedplatz, 10. Bezirk; 1938 Egerländer Platz, 1940 aufgelassen und verbaut.

Friedrich-Engels-Platz, 20. Bezirk; erst Kaiser-Joseph-Platz, seit 1884 Kaiser-Platz, von 1920 bis 1934 Engels-Platz, seit 1946 Friedrich-Engels-Platz, 1934 bis 1946 Pater-Abel-Platz. Friedrich Engels (1820–1895), Sozialpolitiker.

Friedrich-Hillegeist-Straße, 2. Bezirk; Friedrich Hillegeist (1895–1973), Politiker.

Friedrich-Kaiser-Gasse, 16. Bezirk (Ottakring); Friedrich Kaiser (1814–1874), Theaterdichter.

Friedrich-Knauer-Gasse, 10. Bezirk (Favoriten); Dr. Friedrich Knauer (1850–1926), Zoologe, Direktor des Wiener Vivariums.

Friedrich-Lieder-Weg, 14. Bezirk (Unter-Baumgarten); Friedrich Lieder (1780–1859), Bildnismaler.

Friedrich-Manhart-Straße,21. Bezirk (Stammersdorf): Friedrich Manhart (1830–1903), Schulleiter in Stammersdorf.

Friedrich-Schmidt-Platz, 1. Bezirk und 8. Bezirk; Friedrich Freiherr v. Schmidt (1825–1891), Architekt (Neues Rathaus).

Friedrichsplatz, 15. Bezirk (Fünfhaus); Dr. Adolf Friedrich (1833–1902), Bürgermeister von Fünfhaus.

Friedrichstraße, 1. Bezirk und 4. Bezirk; Kaiser Friedrich III. (1440–1480), Erzherzog von Österreich.

Friedrich-Teller-Gasse, 10. Bezirk (Simmering); Friedrich Teller (1852–1913), Geologe.

Friedrich-Wagner-Gasse, 18. Bezirk (Gersthof); Friedrich Wagner (1828– 1897), Bürgermeister von Währing.

Friedstraße, 21. Bezirk (Donaufeld); Alfred Fried (1864–1921), Nobelpreisträger.

Friesengasse, 21. Bezirk (Neujedlersdorf); existierte bei der Äugelgasse.

Friesenplatz, 10. Bezirk (Inzersdorf); Friedrich Friesen (1785–1814), Mitgründer der deutschen Turnkunst.

Friesgasse, 15. Bezirk (Fünfhaus); von 1938 bis 1945 Scharnhorstgasse. Flora Gräfin Fries (1814–1882), Wohltäterin.

Frimbergergasse, 13. Bezirk (Hietzing); Johann Georg Frimberger (1851–1919), Wiener Mundartdichter.

Frimmelgasse, 19. Bezirk (Heiligenstadt); Theodor Frimmel v. Traisenau (1853–1928), Kunsthistoriker, Beethoven-Forscher.

Frischweg, 21. Bezirk (Strebersdorf); Hofrat Dr. Ernst Frisch (1878–1950), Literaturhistoriker.

Fritz-Kastner-Weg, 13. Bezirk (Ober-St. Veit).

Fritz-Pregl-Gasse, 10. Bezirk (Inzersdorf); Dr. Fritz Pregl (1860–1930), Nobelpreisträger.

Fritz-Steinbach-Gasse, 23. Bezirk (Kalksburg); Fritz Steinbach (1893–1954), Bürgermeister von Kalksburg.

Fröbelgasse, 16. Bezirk (Neulerchenfeld); Friedrich Fröbel (1782–1852), Pädagoge, Kindergartengründer.

Frödenplatz, 10. Bezirk (Inzersdorf); Adolf Fröden (1857–1932), Schauspieler.

Fröhlichgasse, 23. Bezirk (Atzgersdorf); Johann Fröhlich (1911–1934), Opfer des Februar-Aufstandes 1934.

Fröhlichplatz 12. Bezirk; 1928 aufgelassen.

Frömmlgasse, 21. Bezirk (Floridsdorf, Großjedlersdorf); Karl Frömml (1807–1889), Baumeister.

Fröschelgasse, 19. Bezirk (Unter-Sievering); Berthold Ignaz Fröschel (1813–1882), Pfarrer von Sievering, Propst von Klosterneuburg.

Fruchtgasse, 2. Bezirk; ehemaliges Getreidemagazin.

Fruëthstraße, 3. Bezirk; Josef Fruëth (1745–1835), 1810 bis 1835 Ortsrichter von Erdberg.

Frühwirthgasse, 12. Bezirk (Altmannsdorf); Johann Frühwirth (1640–1701), Bildhauer.

Fuchsbodengasse, 11. Bezirk (Kaiser-Ebersdorf); Flurname.

Fuchsenlochweg, 16. Bezirk (Ottakring); Flurname? (nach einem Fuchsbau?).

Fuchsensteig, 21. Bezirk (Schwarzlackenau); Tiername.

Fuchsgasse, 15. Bezirk (Fünfhaus); Andreas Fuchs (1843–1917), Gemeinderat von Fünfhaus.

Fuchsienweg, 22. Bezirk (Breitenlee); Pflanzenname.

Fuchsröhrenstraße, 11. Bezirk (Simmering); Flurname.

Fuchsthallergasse, 9. Bezirk; Karl Fuchsthaller (1770–1846), Ortsrichter von Thurygrund.

Füchselhofgasse, 12. Bezirk (Meidling); ehemaliger Gutshof, schon 1442 erwähnt.

Fügergasse, 6. Bezirk, Friedrich Heinrich Füger (1751–1818), Geschichtsbildermaler.

Führichgasse, 1. Bezirk; Josef Ritter v. Führich (1800–1876), Maler.

Fünfhausgasse, 15. Bezirk (Fünfhaus); zur Wahrung des Ortsnamens.

Fünkhgasse, 14. Bezirk (Penzing); Dr. Hermann Fünkh (1849–1889), Gemeinderat.

Fürfanggasse, 19. Bezirk (Unter-Döbling); Flurname („vür fang", ein altes Bodenmaß für Weingärten).

Fürstengasse, 9. Bezirk; nach dem 1702 entstandenen Palais der Fürsten Liechtenstein.

Fürst-Liechtenstein-Straße, 23. Bezirk (Rodaun); nach dem Geschlecht derer von Liechtenstein (Fürsten, Prinzen).

Fürthweg, 13. Bezirk (Speising); Dr. Emil Fürth (1863–1911), Förderer des Wiener Volksbildungsvereines.

Füsterweg, 22. Bezirk (Kagran); Dr. Anton Füster (1808–1881), Feldkaplan (1848).

Fütterergasse, 1. Bezirk; Fütterer waren kleine Kaufleute (Greißler usw.), die sich mit dem Lebensmittelhandel befaßten. 1421 erstmalig erwähnt.

Fugbachgasse, 2. Bezirk; Seitenarm der Donau vor der Regulierung. Führte vom Fahnenstangenwasser (längs der heutigen Nordbahnstraße) über den Praterstern gegen den Schüttel in den Donaukanal und bildete die Grenze zwischen Prater und Unterem Werd (Leopoldstadt).

Fuhrgassel, 19. Bezirk (Neustift am Walde); wahrscheinlich von „Fahrweg".

Fuhrmannsgasse, 8. Bezirk; Einkehrgasthäuser der Fuhrleute schon um 1770.

Fuhrygasse, 11. Bezirk (Simmering); Hans Fuhry (1879–1948), Bezirksvorsteher des 11. Bezirkes.

Fultonstraße, 21. Bezirk (Donaufeld); Robert Fulton (1765–1815), Erbauer des ersten brauchbaren Dampfbootes.

Fundergasse, 22. Bezirk (Hirschstetten); bei Drucklegung des Buches noch nicht geklärt.

Funkengerngasse, 16. Bezirk (Ottakring); Flurname (möglicherweise Besitzername?).

Funkgasse, 21. Bezirk (Großjedlersdorf); Johann Georg Funk (1766–1817), Lehrer.

Fußgasse, 5. Bezirk; in den Platz „Am Hundsturm" einbezogen.

Furtwänglerplatz, 13. Bezirk (Speising); Wilhelm Furtwängler (1886–1954), Dirigent.

Futterknechtgasse, 23. Bezirk (Inzersdorf, Erlaa); Josef Futterknecht (1900–1946), Gemeinderat von Erlaa.

G

Gaargasse, 23. Bezirk (Inzersdorf); Dr. Emil Josef Albert Gaar (1883–1953), Altphilologe.

Gabelsbergergasse, 2. Bezirk; Franz Xaver Gabelsberger (1789–1849), Begründer der deutschen Kurzschrift.

Gabillongasse, 16. Bezirk (Ottakring); Ludwig Gabillon (1823–1896) und seine Gattin Zerline Gabillon-Würzburg (1835–1892), beide Hofschauspieler.

Gablenzgasse, 15. Bezirk (Fünfhaus) und 16. Bezirk (Neulerchenfeld, Ottakring); Ludwig Karl Wilhelm Freiherr v. Gablenz (1814–1874), Feldzeugmeister.

Gadnergasse, 11. Bezirk (Simmering); Friedrich Josef Gadner (gest. 1894), Wohltäter.

Gagerngasse, 22. Bezirk (Eßling); Friedrich Freiherr v. Gagern (1882–1947), deutscher Dichter.

Gänsbachergasse, 3. Bezirk (Favoriten) und 11. Bezirk (Simmering); Johann Baptist Gänsbacher (1778–1844), Kirchenlieder-Komponist.

Gänseblümchenweg, 22. Bezirk (Eßling); Blumenname.

Gänsehäufelgasse, 21. Bezirk (Kaisermühlen); nach dem gleichnamigen Bad, eine Insel im alten Donaugebiet.

Gärtnergasse, 3. Bezirk; in der Gegend waren früher viele Zier- und Handelsgärtner ansässig.

Gaheisgasse, 13. Bezirk (Hacking); Franz de Paula Gaheis (1736–1811), Piarist, Geschichtsschreiber.

Gaisgrabenweg, 17. Bezirk (Dornbach); Flurname.

Gaißmayrgasse, 10. Bezirk (Inzersdorf); Michael Gaißmayr (gest. 1530), Anführer im Tiroler Bauernaufstand (1525 bis 1526).

Galileigasse, 9. Bezirk; Galileo Galilei (1564–1642), Astronom, Physiker.

Gallgasse, 13. Bezirk (Speising); Sebastian Gall (1820–1888), Gemeinderat von Speising.

Gallitzinstraße, 16. Bezirk (Ottakring); der steile Teil hieß bis 1883 Nasenweg. Demeter Fürst v. Gallitzin (1721–1793), Schloß- und Grundbesitzer.

Gallmeyergasse, 19. Bezirk (Heiligenstadt); Josefine Gallmeyer (1834–1884), Schauspielerin.

Galvanigasse, 21. Bezirk (Großjedlersdorf); Luigi Galvani (1737–1798), Arzt, Entdecker der nach ihm benannten Elektrizität.

Gamandergasse, 14. Bezirk (Hütteldorf); Pflanzenname.

Gamgasse, 13. Bezirk (Auhof); Michael Gam (1793–1870), Weinhauer in Mauer.

Ganghofergasse, 11. Bezirk (Kaiser-Ebersdorf); Ludwig Ganghofer (1855– 1920), Schriftsteller, Dichter.

Ganglbauergasse, 16. Bezirk (Ottakring); Cölestin Ganglbauer (1817–1889), Fürsterzbischof von Wien.

Gansterergasse, 16. Bezirk (Ottakring); Matthias Gansterer (1802–1865), Ziegelbrennereibesitzer.

Garbergasse, 6. Bezirk; Johann Garber war der Erbauer des ersten Hauses in der Gasse.

Gardegasse, 7. Bezirk; vorerst Kandlstiege, bis 1862 Kandlgasse, dann Spittelberggasse. Nach einer Kaserne der ungarischen Leibgarde.

Garelligasse, 9. Bezirk; Pius Nikolaus Garelli (1690–1739), Leibarzt Kaiser Karls VI.

Garnisongasse, 9. Bezirk; der 1657 errichtete Kontumazhof wurde 1730 zu einem Armenhaus, 1783 bis 1784 zum k. u. k. Militär-Garnisons-Hospital umgestaltet. Die Kirche wurde 1633 erbaut und nach der Zerstörung im Jahre 1683 erneuert.

Gartenbaupromenade, 1. Bezirk; die Gartenbaugesellschaft hatte hier Gründe.

Gartenfreundeweg, 12. Bezirk (Altmannsdorf); in der gleichnamigen Siedlung.

Gartengasse, 5. Bezirk; auf den ehemaligen Gründen des Margaretner Schloßgartens.

Gartengasse, 10. Bezirk (Oberlaa); nach ehemaligen Obstgärten.

Gartengasse, 10. Bezirk (Oberlaa); Siedlung Stierofen (Stadtgrenze).

Gartengasse, 14. Bezirk (Hadersdorf); nach den umliegenden Gärten.

Gartengasse, 3. Bezirk (Weißgerber); 1411 in der Ortschaft Alt-Donau, später Weißgärber-Vorstadt, erwähnt.

Gartenheimstraße, 22. Bezirk (Eßling); in der Schippanisiedlung.

Gartenschaugasse, 10. Bezirk (Oberlaa); benannt nach der Internationalen Gartenschau.

Gasgasse, 15. Bezirk (Fünfhaus); Gasanstalt der Englischen Gasgesellschaft, erbaut 1839, aufgelassen 1909.

Gasparoneweg, 10. Bezirk (Rothneusiedl); Operette von Karl Millöcker.

Gassergasse, 5. Bezirk; Hans Gasser (1817–1868), Bildhauer.

Gaßmannstraße, 12. Bezirk (Hetzendorf); Florian Leopold Gaßmann (1729–1774), Hofkapellmeister.

Gasteigergasse, 20. Bezirk; Hans Gasteiger (1500–1576), Wasserbaumeister.

Gastgebgasse, 23. Bezirk (Atzgersdorf); Hans Gastgeb (1897–1970), Sportfunktionär.

Gaswerkstraße, 21. Bezirk (Stammersdorf); nach dem Leopoldauer Gaswerk.

Gatterburggasse, 19. Bezirk (Ober-Döbling); Gräfin Therese Gatterburg (1783–1849), Besitzerin der Herrschaft Döbling.

Gatterederstraße, 23. Bezirk (Atzgersdorf); Andreas Gattereder (1793– 1848), Pfarrer von Atzgersdorf.

Gattergasse, 11. Bezirk (Simmering); Ernst K. Gatter (1846–1928), Simmeringer Heimatforscher.

Gatterholzgasse, 12. Bezirk (Meidling); Aegidius II. Gattermeier, Kriegszahlmeister, erhielt von Kaiser Rudolf II. das „Gatterhölzl", die „Khatterburg" (schon 1311 so genannt, das spätere Schönbrunn) samt Mühle (Khattermühle) und Meierhof geschenkt, die nach dem Tode des Aegidius wieder dem Hof zufielen (bis 1598).

Gaudenzdorfer Gürtel, 12. Bezirk (Gaudenzdorf); zur Wahrung des Ortsnamens (siehe Döblinger Gürtel).

Gauermanngasse, 1. Bezirk; Friedrich Gauermann (1807–1862), Landschafts- und Tiermaler, und sein Vater Jakob (1773–1843), Landschaftsmaler.

Gaulgasse, 23. Bezirk (Liesing); Gustav Gaul (1836–1888), Maler.

Gaulhofergasse, 20. Bezirk; Karl Gaulhofer (1885–1963), Reformer des Schulturnens.

Gaullachergasse, 16. Bezirk (Neulerchenfeld); Josef Gaullacher (1751–1833), Ortsrichter von Neulerchenfeld (während den Franzosenkriegen).

Gaußplatz, 2. Bezirk und 20. Bezirk; Karl Friedrich Gauß (1777–1855), Mathematiker.

Gebauergasse, 21. Bezirk (Großjedlersdorf); Anton K. Gebauer (1872–1942), Forscher.

Gebhardtgasse, 19. Bezirk (Ober-Döbling); Gebhardt v. Döbelich, Besitzer der Herrschaft Döbling (1357). Die Herren von Döbelich waren ein wenig bekanntes niederösterreichisches Adelsgeschlecht (12. bis 14. Jahrhundert).

Gebirgsgasse, 23. Bezirk (Mauer); nach dem am Kadoltsberg gelegenen Weinberg, der früher „Gebürge" genannt wurde.

Geblergasse, 17. Bezirk (Hernals); Tobias Freiherr v. Gebler (1726–1786), Schulmann unter Maria Theresia.

Gebrüder-Lang-Gasse, 15. Bezirk (Fünfhaus); Anton (1819–1880) und Jakob (1822-1892) Lang, Wohltäter in Fünfhaus.

Gegenbauerweg, 21. Bezirk (Donaufeld); Dr. Leopold Gegenbauer (1849–1930), Mathematiker.

Geibelgasse, 15. Bezirk (Rudolfsheim, Fünfhaus); Emanuel Geibel (1815–1884), deutscher Dichter.

Geiereckstraße, 11. Bezirk (Simmering); Flurname (ehemaliger Nistplatz von Raubvögeln).

Geierweg, 21. Bezirk; einbezogen in die Steinheilgasse.

Geigergasse, 5. Bezirk; Johann Peter Geiger (1805–1880), Maler.

Geigeringasse, 19. Bezirk (Kahlenberger Dorf); Weingartenflurname (schon um 1377).

Geiselbergstraße, 11. Bezirk (Simmering); führt über den Geiselberg (Flurname, bedeutet verpfändeter Besitz).

Geißfußgasse, 10. Bezirk (Oberlaa); Pflanzenname.

Geistingergasse, 19. Bezirk (Heiligenstadt); Marie Geistinger (1833–1903), Schauspielerin, Opernsängerin.

Gelbsilberweg, 22. Bezirk (Aspern).

Gelinekgasse, 23. Bezirk (Inzersdorf); Josef Gelinek (1758–1825), Komponist.

Gellertgasse, 10. Bezirk (Favoriten); siehe folgendes.

Gellertplatz, 10. Bezirk (Favoriten); Christian Fürchtegott Gellert (1715–1769), Fabel- und Liederdichter.

Gemeindeaugasse, 22. Bezirk (Stadlau); früher eine Au im Besitz der Gemeinde Aspern.

Gemeindeberggasse, 13. Bezirk (Ober-St. Veit); führt zum Gemeindeberg beim Friedhof.

Gemeindegasse, 22. Bezirk (Aspern); zur Erinnerung an die Selbständigkeit der Gemeinde Aspern (bis 1809).

Gemeindegasse, 7. Bezirk; ein zwischen Kirchberggasse und Spittelberggasse gelegenes Gäßchen (seit etwa 1800 nicht mehr erwähnt).

Gemeinschaftsgassel, heute unbekannt, wann und wo diese Gasse existierte.

Genéegasse, 13. Bezirk (Lainz); Franz Friedrich Richard Genée (1823–1875), Operettenlibrettist.

Gennarogasse, 23. Bezirk (Inzersdorf); Antonio Mario Gennaro (1679–1744), Graveur.

Genochplatz, 22. Bezirk (Stadlau); Josef Genoch (1846–1907), Bürgermeister von Stadlau.

Genossenschaftsstraße, 14. Bezirk (Hadersdorf); Siedlungsgenossenschaft „Wolfersberg".

Gentzgasse, 18. Bezirk (Währing, Weinhaus); Friedrich v. Gentz (1764–1832), Staatsmann.

Geologengasse, 3. Bezirk; hier befindet sich die Geologische Bundesanstalt.

Georg-Bilgeri-Gasse, 22. Bezirk (Kagran); Georg Bilgeri (1873–1943), Entwickler von Skibindungen.

Georg-Coch-Platz, 1. Bezirk; Dr. Theodor Georg v. Coch (1842–1890), Mitgründer des Postsparkassenamtes.

Georg-Freißleben-Gasse, 14. Bezirk (Hadersdorf); Georg Freißleben zu Liechtenstein, um 1550 Waldmeister (heute etwa Oberförster).

Georginenplatz, 22. Bezirk (Aspern); Pflanzenname.

Georgistraße, 21. Bezirk (Schwarzlackenau); Friedrich Freiherr v. Georgi (1852–1926), Generaloberst, Organisator der österreichischen Landwehr.

Georg-Ehrlich-Weg, 21. Bezirk (Leopoldau); Georg Ehrlich (1897–1966), Bildhauer.

Georg-Prentl-Gasse, 10. Bezirk (Unterlaa); Georg Prentl (1828–1886), Bürgermeister von Oberlaa.

Georgsgasse, 23. Bezirk (Mauer); nach einem Weinberg, dem St. Georgs-Berg.

Georg-Sigl-Gasse, 9. Bezirk; Georg Sigl (1811–1887), Maschinenerzeuger.

Georg-Wiesmayer-Gasse, 10. Bezirk (Unterlaa); Georg Wiesmayer (1852–1936), Bürgermeister von Oberlaa.

Georg-Wilhelm-Pabst-Gasse, 10. Bezirk (Inzersdorf); Georg Wilhelm Pabst (1885–1967), österreichischer Filmregisseur.

Gerambgasse, 22. Bezirk (Stadlau); Karl Freiherr v. Geramb (1722–1805), Schriftsteller.

Geranienweg, 22. Bezirk (Breitenlee); Pflanzenname.

Gerasdorfer Straße, 21. Bezirk (Großjedlersdorf, Leopoldau); zur Wahrung des Ortsnamens.

Gerbergasse, 23. Bezirk (Atzgersdorf); nach einer Gerberei.

Gerhard-Fritsch-Gasse, 17. Bezirk (Dornbach); Gerhard Fritsch (1924–1969), Lyriker.

Gerhardusgasse, 20. Bezirk; Gerhardus, Arzt und Pfarrer zu St. Stephan, Gründer des ersten Armenhauses in Wien (1211).

Gerichtsgasse, 21. Bezirk (Großjedlerdorf); nach dem 1898 erbauten Bezirksgericht.

Geringergasse, 11. Bezirk (Simmering); Karl Geringer (1829–1902), Gastwirt, Gemeinderat.

Gerlgasse, 3. Bezirk; Matthias Gerl (1713-1765), Baumeister.

Gerlichgasse, 22. Bezirk (Aspern); Rudolf Gerlich (1836–1904), Techniker.

Gerlosplatz, 21. Bezirk (Leopoldstadt); Flußname in Tirol.

Gernengasse, 21. Bezirk (Stammersdorf); Riedname „Gernen“, schmale oder keilförmige Feldstücke.

Gernotgasse, 15. Bezirk (Fünfhaus); Gernot, Bruder des Burgunderkönigs aus der Nibelungensage.

Gernotgasse, 22. Bezirk (Eßling); siehe vorher.

Gerögasse, 23. Bezirk (Inzersdorf); Dr. Josef Gerö (1896–1954), Politiker, Sportfunktionär.

Geroldgasse, 17. Bezirk (Neuwaldegg); Friedrich Moritz Gerold (1813–1886), Gemeinderat, Buchhändler.

Gerspergasse, 21. Bezirk (Leopoldau); Anton Gersper (1858–1929), Fürsorgerat, Oberschulrat.

Gersthofer Anger, 18. Bezirk (Pötzleinsdorf); Flurname.

Gersthofer Straße, 18. Bezirk (Währing); zur Wahrung des Ortsnamens.

Gerstlgasse, 21. Bezirk (Jedlesee, Großjedlersdorf); Georg Gerstl, 1587 Ortsrichter von Jedlesee.

Gerstmayerweg, 22. Bezirk (Aspern); Josef Gerstmayer (1801–1870), Maler.

Gerstnerstraße, 15. Bezirk (Fünfhaus); Franz Anton Ritter v. Gerstner (1793–1840), Erbauer der ersten Eisenbahn in Österreich.

Gersunygasse, 19. Bezirk (Unter-Döbling); 1938 bis 1945 Dumreichergasse. Dr. Robert Gersuny (1844–1924), Chirurg, Leiter des Rudolfinerhauses.

Gertrudplatz, 18. Bezirk (Währing); Pfarrkirche „Zu den Heiligen Laurenz und Gertrud", schon 1293 bestätigt. Heutige Gestalt seit 1753. 1934 zur Dollfuß-Gedächtniskirche umgewandelt.

Gerunggasse, 16. Bezirk (Ottakring); Gerung, um 1230 Besitzer des Ottakringer Freihofes.

Geßlgasse, 23. Bezirk (Mauer); Monsignore Franz Geßl (1888–1948), Pfarrer von Mauer.

Gestettengasse, 3. Bezirk; abgeleitet von Sandgstätten (Sandgewinnung).

Getreidemarkt, 1. Bezirk und 6. Bezirk; bis Anfang des 19. Jahrhunderts standen hier Getreidespeicher.

Geusaugasse, 3. Bezirk; Anton Ferdinand Reichsritter v. Geusau (1746–1809), schrieb eine Geschichte Wiens.

Geweygasse, 19. Bezirk (Heiligenstadt); Franz Xaver Karl Gewey (1774–1819), Hofschreiber, Volksdichter.

Geyergasse, 18. Bezirk (Pötzleinsdorf); Franz Geyer (1839–1903), Gemeinderat.

Geylinggasse, 13. Bezirk (Ober-St. Veit); Karl Michael Geyling (1814–1880), Glasmaler.

Geymüllergasse, 18. Bezirk (Pötzleinsdorf); Johann Freiherr v. Geymüller (1754–1824), Besitzer der Herrschaft Pötzleinsdorf.

Geyschlägergasse, 15. Bezirk (Fünfhaus); Georg Geyschläger (1801–1876), Bürgermeister von Fünfhaus.

Geystraße, 11. Bezirk (Simmering); Lorenz Gey (1822–1884), Bürgermeister von Simmering.

Gfrornergasse, 6. Bezirk; Franz Gfrorner (1798–1840), Gärtner, eröffnete 1832 die Gasse.

Ghegagasse, 10. Bezirk (Inzersdorf); 1897 in die Fernkorngasse einbezogen.

Ghegaplatz, 10. Bezirk; bestand zwischen der Südbahn und der Ostbahn.

Ghegastraße, 3. Bezirk (Favoriten); Karl Ritter v. Ghega (1802–1860), Erbauer der Semmeringbahn.

Ghelengasse, 13. Bezirk (Ober-St. Veit); nach einer berühmten Buchdruckerfamilie (1672 bis 1858).

Gierstergasse, 12. Bezirk (Gaudenzdorf); Josef Gierster (1802–1863), Brauhausbesitzer, Bürgermeister von Gaudenzdorf.

Gießaufgasse, 5. Bezirk; Franz Gießauf (1801–1872), Seidenfabrikant.

Gießergasse, 9. Bezirk; hier war eine einst von Georg Sigl gegründete Eisengießerei, seit 1879 k. u. k. Technologisches Gewerbemuseum.

Gießmannstraße, 20. Bezirk; führte von der Wallensteinstraße zur Straußgasse (die auch nicht mehr existiert).

Giffingergasse, 23. Bezirk (Erlaa); Lorenz Giffinger (1876–1942), Bürgermeister von Erlaa.

Gigergasse, 3. Bezirk; Jakob Giger (1751–1834, 1811 bis 1829 Grundrichter der Vorstadt Landstraße.

Gilgegasse, 9. Bezirk; Dr. Karl Gilge (1833–1888), Gemeinderat, Besitzer des Brünnlbades.

Gilmgasse, 17. Bezirk (Hernals); Hermann v. Gilm zu Rosenegg (1812–1864), Dichter.

Gimniggasse, 10. Bezirk (Inzersdorf); Oskar Gimnig (1857–1920), Schauspieler.

Ginsterweg, 22. Bezirk (Breitenlee); Pflanzenname.

Girardigasse, 6. Bezirk; Alexander Girardi (1850–1918), Schauspieler.

Girlitzweg, 14. Bezirk (Hütteldorf); Vogelname.

Girzenberggasse, 13. Bezirk (Ober-St. Veit); führt auf den gleichnamigen Berg.

Giselagasse, 14. Bezirk (Hadersdorf); Königin Gisela, Gemahlin Stephan des Heiligen, König von Ungarn. Fand laut Chronik hier im Jahre 1042 in einem Brunnen ein Marienbild, das sehr verehrt wurde (der spätere Wallfahrtsort „Maria Brunn").

Giselhergasse, 15. Bezirk (Fünfhaus); Gestalt aus der Nibelungensage.

Glacis, 1. Bezirk; durch Jahrhunderte eine freie Gegend zwischen der heutigen Ringstraße und der Lastenstraße, als Vorgelände der Festung Wien seit 1558 mit Bäumen bepflanzt, dann als Exerziergelände benutzt (siehe auch Flegelwiese und Stadtpark), 1858 bis 1861 verbaut. Es gab noch andere als Glacis bezeichnete Stellen: im 3. Bezirk in der Gegend Am Heumarkt, Invalidenstraße, Hintere Zollamtsstraße, im 4. Bezirk Naschmarkt, Technikerstraße, im 7. Bezirk Messeplatz, Museumstraße, im 8. Bezirk Auersperstraße, Landesgerichtsstraße, Lenaugasse und im 9. Bezirk Berggasse, Türkenstraße.

Giseviusgasse, 21. Bezirk (Großjedlersdorf); Paul Gisevius (1858–1935), Agrarfachmann.

Gitlbauergasse, 21. Bezirk (Leopoldau); Dr. Michael Gitlbauer (1847–1903), Altphilologe.

Gladiolenweg, 22. Bezirk (Aspern); Pflanzenname.

Glangasse, 21. Bezirk (Leopoldau); Flußname in Kärnten.

Glanzinggasse, 19. Bezirk (Pötzleinsdorf); Flurname. Ort, der schon 1298 Chlaitzing genannt, seit dem 14. Jahrhundert aber nicht mehr erwähnt wird.

Glasauergasse, 13. Bezirk (Ober-St. Veit); Karl Glasauer (1819–1874), Bürgermeister von Ober-St. Veit.

Glasergasse, 9. Bezirk; bis 1945 Scheuchgasse. Dr. Julius Glaser (1831–1885), Politiker.

Glatzgasse, 19. Bezirk (Ober-Döbling); Jakob Glatz (1776–1831), Jugendschriftsteller.

Glauberplatz, 16. Bezirk (Ottakring); Nikolaus Glauber, um 1530 Pfarrer von Ottakring.

Glaubmanngasse, 13. Bezirk (Ober-St. Veit); Lage und heutiger Name unbekannt.

Glawatschweg, 13. Bezirk (Auhof); Franz Glawatsch (1871–1928), Operettensänger, Komiker.

Gleichentheilgasse, 23. Bezirk (Erlaa); Ignaz Gleichentheil (1861–1917), Fabriksbesitzer.

Gleichgasse, 22. Bezirk (Eßling); Josef Alois Gleich (1772–1841), Bühnendichter.

Gleichsaustraße, 21. Bezirk (Stammersdorf); Flurname.

Glockenblumengasse, 22. Bezirk (Aspern); Pflanzenname.

Glockengasse, 2. Bezirk; hier bestanden in früheren Zeiten Glockengießereien. Das Haus Nr. 10 heißt „Zur Glocke".

Glockengießergasse, 11. Bezirk; aufgelassen.

Glockenweg, 11. Bezirk (Simmering); in der Kleingartenanlage „Simmeringer Haide".

Gloriettegasse, 13. Bezirk (Hietzing); Gebäude in Schönbrunn mit herrlicher Aussicht, erbaut 1775 bis 1780.

Glossystraße, 14. Bezirk (Hadersdorf); Dr. Karl Glossy (1848–1937), Direktor der Bibliothek der Stadt Wien.

Gluckgasse, 1. Bezirk; Johann Christoph v. Gluck (1714–1787), Operettenkomponist.

Gmainweg, 11. Bezirk; Lage unbekannt.

Gmarchhaufenstraße, 22. Bezirk (Kagran); Flurname.

Gmündstraße, 21. Bezirk (Strebersdorf); niederösterreichische Stadt.

Gnedgasse, 13. Bezirk (Auhof); Nina Gned (1811–1874), Schauspielerin.

Gobergasse, 13. Bezirk (Lainz, Ober-St. Veit); Franz Gober (1822–1883), Bürgermeister von Lainz.

Godlewskigasse, 22. Bezirk (Kagran, Stadlau); Karl Godlewski (1862–1949), Ballettmeister der Wiener Staatsoper.

Godowskygasse, 23. Bezirk (Inzersdorf); Leopold Godowsky (1870–1938), Klaviervirtuose.

Goebelstraße, 20. Bezirk; aufgelassen.

Gölisgasse, 10. Bezirk (Favoriten); existierte bei Favoritenstraße 198.

Göllnergasse, 3. Bezirk; Michael Leopold Göllner (1760–1834), Wohltäter, Stifter.

Gölsdorfgasse, 1. Bezirk; Dr. Karl Gölsdorf (1861–1916), Eisenbahnfachmann, Lokomotivbauer.

Göpfritzgasse, 21. Bezirk (Strebersdorf); Ortsname in Niederösterreich.

Görgengasse, 19. Bezirk (Ober-Döbling, Unter-Sievering); Dr. Bruno Görgen (1777–1842), Nervenarzt, Gründer der Döblinger Irrenheilanstalt.

Göschenweg, 22. Bezirk (Aspern); Georg Joachim Göschen (1752–1828), Verlagsgründer.

Göschlgasse, 3. Bezirk; Karl Göschl (1807–1883), Stifter.

Göteborggasse, 10. Bezirk (Oberlaa); Schwedische Hafenstadt.

Goethegasse, 1. Bezirk; Johann Wolfgang v. Goethe (1749–1832), Dichter.

Göttweihergasse, 1. Bezirk; Göttweiher Hof, gegründet und erbaut 1298, „Domus dominorum de Chotwig" benannt, 1715 und 1828 bis 1830 neu erbaut.

Götzgasse, 10. Bezirk (Favoriten); Stephan Götz (1772–1844), erbaute die ersten Häuser in der Gasse.

Gogolgasse, 13. Bezirk (Lainz, Ober-St. Veit); Nikolai Wassiljewitsch Gogol (1809–1852), russischer Dichter.

Goldammerweg, 22. Bezirk (Stadlau), Vogelname.

Goldeggasse, 4. Bezirk; Flurname, urkundlich 1381 erwähnt.

Goldemundweg, 22. Bezirk (Kagran); Dr. Heinrich Goldemund (1863–1947), Wiener Stadbaudirektor.

Goldhammergasse, 23. Bezirk (Erlaa, Inzersdorf); Alfred Goldhammer (1907–1942), hingerichteter Widerstandskämpfer.

Goldlackgasse, 22. Bezirk (Aspern); Pflanzenname.

Goldmarkplatz, 13. Bezirk (Ober-St. Veit); 1938 bis 1945 Walter-Flex-Platz. Karl Goldmark (1830–1915), Komponist.

Goldregengasse, 22. Bezirk (Aspern); Pflanzenname.

Goldrosenweg, 10. Bezirk (Inzersdorf); Pflanzenname.

Goldscheidgasse, 17. Bezirk (Dornbach); Rudolf Goldscheid (1870–1931), Soziologe.

Goldschlagstraße, 15. Bezirk (Fünfhaus, Rudolfsheim), 14. Bezirk (Penzing); Flurname, urkundlich 1375 erwähnt. Name für Gründe, die besonders für den Weinbau geeignet sind.

Goldschmiedgasse, 1. Bezirk; früherer Sitz und Verkaufsplatz der Goldschmiede. 1303 „streslein under der Goldsmiden", 1316 auch „strata aurifabrorum", 1416 „Under den goltsmiden", ein Teil „Unter den Drotläden", 1547 „Auf der Goldschmiede", dann Goldschmiedgasse.

Goldsterngasse, 14. Bezirk (Hütteldorf); Pflanzenname.

Goltzgasse, 19. Bezirk (Unter-Sievering); Joachim Rüdiger Freiherr v. der Goltz (1623–1683), Feldmarschall des Entsatzheeres von 1683 (Türkenbelagerung).

Gomperzgasse, 16. Bezirk (Ottakring); 1938 bis 1945 Stallergasse. Dr. Theodor Gomperz (1832–1912), Sprachwissenschafter.

Gonzagabastei, 1. Bezirk; 1563 Donaubastei, 1577 „piata forma", 1562 und 1646 neu erbaut, 1859 abgetragen.

Gonzagagasse, 1. Bezirk; Hannibal Franz Maria Fürst v. Gonzaga (1602–1668), Stadtbefehlshaber, Erbauer der Gonzagabastei.

Gorskistraße, 23. Bezirk (Inzersdorf).

Gotenweg, 22. Bezirk (Kaisermühlen); germanischer Volksstamm.

Gotramgasse, 22. Bezirk (Stadlau); Gotram, 789 bis 802 zweiter Grenzgraf der Ostmark.

Gottesacker, 11. Bezirk; durch Vergrößerung des Gaswerkes verschwunden.

Gottfried-Alber-Gasse, 14. Bezirk (Breitensee); Gottfried Alber (1851–1901), Baumeister.

Gottfried-Keller-Gasse, 3. Bezirk; Gottfried Keller (1819–1890), Schweizer Dichter.

Gottfried-Sennholzer-Gasse, 14. Bezirk (Hadersdorf); Gottfried Sennholzer (eigentlich Sonnholzer, um 1730), Orgelbauer.

Gotthelfgasse, 22. Bezirk (Aspern); Jeremias Gotthelf (eigentlich Albert Bitzius, 1797–1854), Schweizer Schriftsteller.

Gottschalkstraße, 11. Bezirk (Simmering); Gottschalk, um 1028 Besitzer der Herrschaft Simmering aus dem Geschlecht der Simaninger.

Gottslebengasse, 12. Bezirk (Meidling); Ludwig Gottsleben (1836–1911), Volksschauspieler.

Graben, 1. Bezirk; vor der zweiten Vergrößerung Wiens, 1180 bis 1194, ein Wassergraben neben der Festungsmauer. Später zugeschüttet und verbaut, diente er bis 1753 als Marktplatz. Teile davon hießen: 1371 An der Melzeile", 1444 bis 1550 „Fleischgraben", „Air(Eier)-Markt", 1451 „Am kalten Markcht", 1631 „Unter den Melbern", auch „Kräutermarkt" und „Krünmarkt". Als Straßenname schon 1292 „super vallen" (Auf dem Graben) und „Am Graben". 1840 bis 1841 verschwand beim Bau der Sparkasse unter anderem die Große Paternostergasse.

Grabengasse, 1. Bezirk; 1846 noch nicht erwähnt, 1866 abgerissen (bei der Erweiterung des Grabens beim Stock-im-Eisen-Platz).

Grabmayrgasse, 21. Bezirk (Floridsdorf); Dr. Karl Grabmayr v. Angerheim (1840–1923), Präsident des Verwaltungsgerichtshofes.

Grabnergasse, 6. Bezirk; Johann Nepomuk Grabner (1825–1893), Bezirksvorsteher.

Gradingergasse, 21. Bezirk (Leopoldau); Matthias Gradinger, um 1750 erster Lehrer von Leopoldau.

Graednergasse, 21. Bezirk (Strebersdorf); Hermann Theodor Graedner (1844–1929), Komponist.

Gräffergasse, 17. Bezirk (Dornbach); Franz Gräffer (1785–1825), Schriftsteller.

Gräfin-Zichy-Straße, 23. Bezirk (Kalksburg); Gabriele Gräfin Zichy (1843–1928), stiftete den Grund zur Eröffnung der Straße.

Gräßlplatz, 10. Bezirk (Favoriten) und 11. Bezirk (Simmering); Andreas Gräßl (1830–1896), Fleischhauer, stiftete den Grund zu diesem Platz.

Graffgasse, 10. Bezirk (Inzersdorf); Johann Freiherr v. Graff (1741–1807), Generalmajor (in den Kriegen 1788, 1794 und 1795).

Graf-Seilern-Gasse, 12. Bezirk (Hetzendorf); Christian August Graf v. Seilern (1717–1801), Stifter der Volksschule in Hetzendorf.

Graf-Starhemberg-Gasse, 4. Bezirk; Ernst Rüdiger Graf Starhemberg (1638–1701), 1683 Verteidiger Wiens gegen die Türken.

Grailichgasse, 3. Bezirk; Dr. Wilhelm Josef Grailich (1829–1859), Kristallograph.

Granergasse, 23. Bezirk (Inzersdorf); Ernst Graner (1865–1943), Maler.

Grangasse, 15. Bezirk (Fünfhaus); Daniel Gran (1694–1757), Maler.

Granichstaedtengasse, 13. Bezirk (Auhof); Bruno Granichstaedten (1879–1944), Komponist.

Grasbergergasse, 3. Bezirk; Hans Grasberger (Preudonym Hans Birkenbühel, 1836–1898), Schriftsteller.

Grasgasse, 6. Bezirk; bestand zwischen Aegidigasse und Wallgasse.

Grashofgasse, 1. Bezirk; Hausschild „Zum Grashof", schon 1361 erwähnt (führt zum Heiligenkreuzer Hof).

Grasmückengasse, 14. Bezirk (Hütteldorf), Vogelname.

Grassigasse, 14. Bezirk (Breitensee); Anton Grassi (1755–1807), Bildhauer.

Gratian-Marx-Gasse, 11. Bezirk (Simmering); Gratian Marx (1721–1808), Pfarrer an der Kirche Maria Treu, Dompropst zu Leoben.

Grauertgasse, 23. Bezirk (Mauer); Dr. Wilhelm Heinrich Grauert (1809–1852), Historiker.

Graumanngasse, 15. Bezirk (Sechshaus); Friedrich Graumann (1782–1856), Baumwollstofferzeuger.

Grawatschgasse, 23. Bezirk (Erlaa); Karl Grawatsch (1837–1917), Fabriksbesitzer.

Gredlerstraße, 2. Bezirk; Andreas Freiherr v. Gredler (1802–1870), Patriot.

Gregor-Mendel-Platz, 16. Bezirk; existierte bei der Winterburggasse.

Gregor-Mendel-Straße, 18. Bezirk (Währing) und 19. Bezirk (Ober-Döbling); Gregor Mendel (1822–1884), Augustinermönch, Gründer der Vererbungslehre.

Greifensteinstraße, 20. Bezirk; von der Wehlistraße zum Handelskai.

Gregor-Ulbrich-Gasse, 21. Bezirk (Stammersdorf); Gregor Ulbrich (1877–1926), Bürgermeister von Stammersdorf.

Gregorystraße, 23. Bezirk (Atzgersdorf, Erlaa); Leopold Gregory (1840–1903), Bürgermeister von Erlaa.

Greifgasse, 11. Bezirk (Simmering); die Greife (auch Griffo) von Maria Stiegen, ein altes Wiener Edelbürgergeschlecht, das zahlreiche Lehen besaß und des öfteren das Stadtrichteramt innehatte. Es wird zwischen 1250 und 1360 wiederholt urkundlich erwähnt.

Greilweg, 14. Bezirk (Hütteldorf); Alois Greil (1841–1902), Maler.

Greinergasse, 19. Bezirk (Nußdorf); Ferdinand Greiner (1798–1888), letzter Richter und erster Bürgermeister von Nußdorf.

Greinzgasse, 22. Bezirk (Eßling); Rudolf Greinz (1866–1942), Schriftsteller.

Greiseneckergasse, 20. Bezirk; Hans v. Greisenecker, aus steirischem Adelsgeschlecht, Hauptmann während der Türkenbelagerung 1529.

Grenadierweg, 22. Bezirk (Aspern); nach den Fußtruppen in den Franzosenkriegen (1809).

Grenzackerstraße, 10. Bezirk (Favoriten); Flurname. Bis 1874 führte hier ein Grenzweg zwischen Wieden und Inzersdorf.

Grenzgasse, 13. Bezirk (Auhof); frühere Grenze zwischen Wien und Mauer.

Grenzgasse, 15. Bezirk (Rudolfsheim); einstige Gemeindegrenze zwischen den Ortschaften Rustendorf und Fünfhaus.

Grenzstraße, 10. Bezirk (Oberlaa); Grenze zwischen 10. und 11. Bezirk.

Grenzweg, 12. Bezirk (Altmannsdorf); Stüber-Gunther-Gasse südwärts zur Pottendorfer Bahn.

Grenzweg, 12. Bezirk (Altmannsdorf); Grenze zum Umspannwerk?.

Grenzweg, 14. Bezirk (Hütteldorf); Siedlungsgrenze.

Grenzweg, 21. Bezirk (Strebersdorf); Stadtgrenze.

Grenzweg, 21. Bezirk (Stammersdorf); Stadtgrenze.

Gretlgasse, 21. Bezirk (Donaufeld); früher Gretlweg. Nach dem Märchen „Hänsel und Gretel".

Greutberggasse, 14. Bezirk (Hadersdorf); nach dem Greutberg.

Greyledergasse, 23. Bezirk (Mauer); eine alte Weinhauerfamilie.

Griechengasse, 1. Bezirk; früher „Gelbes Adlergassel“, der platzartige Teil bei der Stiege erst „Auf der Muster“, dann „Bürgermusterung“ oder „Bauernmusterung“, um 1700 Griechenwinkel und Sauerkrautgasse. Benannt nach den dort seßhaft gewesenen griechischen Kaufleuten.

Griegplatz, 20. Bezirk; aufgelassen.

Griegstraße, 20. Bezirk; Edvard Grieg (1843–1907), norwegischer Komponist.

Griepenkerlgasse, 13. Bezirk (Speising); Christian Griepenkerl (1839–1916), Maler.

Grieshofgasse, 12. Bezirk (Meidling); Gutshof Grieshof (schon 1380).

Griesingergasse, 14. Bezirk (Hütteldorf); Dr. Wilhelm Griesinger (1817–1868), Nervenarzt.

Grießergasse, 12. Bezirk (Altmannsdorf); Erhard Grießer (gest. 1444), herzoglicher Kellerschreiber, Besitzer des Augustinerhofes in Altmannsdorf und der Khattermühle (Schönbrunn), schenkte diese um 1434 den Augustinern.

Grillgasse, 11. Bezirk (Simmering); Gregor Grill (1834–1894), Gemeinderat.

Grillparzerstraße; 1. Bezirk; Franz Grillparzer (1791–1872), österreichischer Dichter.

Grimmelshausengasse, 3. Bezirk; Hans Jakob Grimmelshausen (1625–1676), Romanschriftsteller.

Grimmgasse, 15. Bezirk (Rudolfsheim); Brüder Jakob L. (1785–1863) und Wilhelm K. Grimm (1786–1859), Sprachforscher.

Grindlergasse, 11. Bezirk; aufgelassen.

Grinzinger Allee, 19. Bezirk (Ober-Döbling, Unter-Döbling, Grinzing); führt dorthin.

Grinzinger Steig, 19. Bezirk (Grinzing); führt in die zu Grinzing gehörigen Weingärten.

Grinzinger Straße, 19. Bezirk (Grinzing, Heiligenstadt, Nußdorf); zur Wahrung des Ortsnamens.

Grobeckergasse, 13. Bezirk (Auhof); Anna Grobecker (1829–1908), Operettensängerin.

Gröretgasse, 11. Bezirk (Kaiser-Ebersdorf); Flurname (Gröret = Schilf).

Grohgasse, 5. Bezirk; Georg Groh (1787–1879), Mitglied des Bezirksausschusses.

Groligweg, 21. Bezirk (Strebersdorf); Dr. Moritz Grolig (1873–1949), Bibliograph.

Großbauerstraße, 21. Bezirk (Großjedlersdorf); Franz Großbauer, Edler v. Waldstätt (1813–1887), Professor an der Forstakademie zu Maria Brunn.

Große-Bucht-Straße, 22. Bezirk (Stadlau); eine Bucht der Alten Donau.

Große Mohrengasse, 2. Bezirk; nach einem Hausschild „Zum großen Mohren".

Große Neugasse, 4. Bezirk; neu (um 1780) angelegtes Häuserviertel.

Groß-Enzersdorfer Allee, 2. Bezirk; früher auch Kastanienallee (auf Plänen meist unrichtig eingezeichnet), Richtung Groß-Enzersdorf.

Groß-Enzersdorfer Straße, 22. Bezirk (Aspern, Eßling); zur Wahrung des Ortsnamens.

Große Pfarrgasse, 2. Bezirk; Kirche „Zum hl. Leopold", erbaut 1670 bis 1671, vergrößert 1722 bis 1723.

Großer Ring, 13. Bezirk (Auhof); kreisförmiger Straßenverlauf.

Grosserweg, 22. Bezirk (Eßling); Dr. Otto Grosser (1873–1951), Anatom.

Große Schiffgasse, 2. Bezirk; ehemals Gasthöfe und Herbergen für Schiffsleute. Hausschild „Zum großen goldenen Schiff" (zeigt die Donauschifferei).

Große Sperlgasse, 2. Bezirk; Johann Georg Sperlbauer, Besitzer einer „Sperl" genannten Vergnügungsstätte (um 1800).

Große Stadtgutgasse, 2. Bezirk; bezeichnet nach einem Gut im Besitz der Gemeinde Wien.

Großfeldstraße, 21. Bezirk (Leopoldau); Flurname „Das große (oder lange) Feld".

Großschopfplatz, 21. Bezirk (Großjedlersdorf); Josef Großschopf (1884–1956), Kämpfer für die Kleingarten- und Siedlerbewegung.

Großmarktstraße, 23. Bezirk (Inzersdorf); Richtung Inzersdorfer Großmarkt.

Groß-Neu-Wien; volkstümliche Benennung. Laut Gesetz vom 1. Oktober 1938 wurden 97 Ortschaften Niederösterreichs der Stadt Wien angegliedert (nach 1945 wieder rückgängig gemacht).

Grubergasse, 16. Bezirk (Ottakring); Franz Gruber (1787–1863), Lehrer (schuf mit Josef Mohr das Lied „Stille Nacht, heilige Nacht").

Grüllemeiergasse, 16. Bezirk (Ottakring); Josef Grüllemeier (1814–1871), Gemeinderat, Hauptmann der Bürgergarde (1848).

Grünangergasse, 1. Bezirk; in der Gegend waren vor der zweiten Vergrößerung Wiens (1177–1194) Weideplätze und Grasflächen. Schon 1342 „Am Anger" genannt, 1403 „Auf dem Anger".

Grünbaumgasse, 22. Bezirk (Süßenbrunn); Fritz Grünbaum (1880–1940), Kabarettist.

Grünbeckweg, 17. Bezirk (Dornbach); Sebastian Grünbeck (1819–1875), Gemeinderat.

Grünbergstraße, 12. Bezirk (Meidling) und 13. Bezirk (Schönbrunn); führt auf den Grünberg. Zur Geschichte des Grünberges: Josef Freiherr v. Hagenmüller zu Grünberg erbaute 1790 auf diesem Hügel mehrere Häuser und wollte eine eigene Gemeinde gründen, was jedoch nicht gestattet wurde.

Gründorfgasse, 14. Bezirk (Penzing); Karl Gründorf (1830–1906), Schauspieler, Theaterdichter.

Gründungsweg, 22. Bezirk (Aspern); Erinnerung an die Gründung der Siedlung.

Grünentorgasse, 9. Bezirk; Gasthausschild „Zum grünen Tor".

Grüne Stube, 14. Bezirk (Hütteldorf); Flurname.

Grüngasse, 4. Bezirk und 5. Bezirk; Vinzenz Grün (1812–1871), eröffnete 1850 die Gasse.

Grünhaufen, 2. Bezirk; hinter dem Lusthaus (rechtes Donauufer, rechts vom Dammhaufen).

Grünwaldgasse, 5. Bezirk; Josef Grünwald (1846–1903), Pfarrer von Matzleinsdorf.

Grünweg, 22. Bezirk (Kagran); ortsübliche Bezeichnung.

Grundäckergasse, 10. Bezirk (Oberlaa); Flurbezeichnung.

Grundemanngasse, 22. Bezirk (Süßenbrunn).

Grundlgasse, 9. Bezirk; Anton Grundl (1825–1896), Pfarrer von Liechtental.

Grundsteingasse, 16. Bezirk (Neulerchenfeld); 1704 wurde nach der Erbauung des Linienwalles und des ersten Hauses (Nr. 6) der Grundstein zur späteren Ortschaft Neulerchenfeld gelegt.

Grunerweg, 21. Bezirk (Leopoldau).

Gruntzelstraße, 22. Bezirk (Eßling), Josef Gruntzel (1886–1934), Professor für Handels- und Wirtschaftspolitik.

Gruschaplatz, 14. Bezirk (Unter-Baumgarten); Dr. Josef Gruscha (1820–1911), Fürsterzbischof, Kardinal.

Gschwandnergasse, 17. Bezirk (Hernals); Johann Gschwandner (1802–1862), Stadtbaumeister.

Gsellhofergasse, 23. Bezirk (Inzersdorf); Karl Gsellhofer (1779–1858), Maler.

Gspöttgraben, 19. Bezirk (Ober-Sievering); Flurname.

Gudrunstraße, 3. Bezirk und 10. Bezirk (Favoriten); nach dem mittelhochdeutschen Epos „Gudrun" (13. Jahrhundert).

Guërickeplatz, 21. Bezirk (Floridsdorf); lag zwischen Schulzgasse und Lebnergasse.

Günselgasse, 14. Bezirk (Hütteldorf); Pflanzenname.

Günthergasse, 9. Bezirk; Dr. Anton Günther (1783–1863), Philosoph.

Güpferlingstraße, 17. Bezirk (Dornbach); seit 1375 Flurname, abgeleitet von einer rundlichen Bodenerhebung (Gupperl, Gupf, Gipfel).

Gütenbachstraße, 23. Bezirk (Kalksburg, Mauer); nach dem Gütenbach.

Gugitzgasse, 19. Bezirk (Unter-Sievering); Gustav Gugitz (1874–1964), Kulturhistoriker.

Guglgasse, 3. Bezirk; nach der altansässigen Familie Gugl.

Gugliagasse, 22. Bezirk (Breitenlee); Eugen Guglia (1857–1919), Chefredakteur der „Wiener Zeitung".

Guido-Lammer-Gasse, 22. Bezirk (Aspern, Hirschstetten); Guido Lammer (1863–1945), österreichischer Alpenpionier.

Guldengasse, 14. Bezirk (Unter-Baumgarten); Karl Gulden (1828–1902), Bürgermeister von Baumgarten.

Gumpendorfer Gürtel, 6. Bezirk; siehe folgendes.

Gumpendorfer Straße, 6. Bezirk; einst Im Saugraben, Kothgasse, Bräuhausgasse. Zur Wahrung des Ortsnamens.

Gumplowiczstraße, 22. Bezirk (Kagran); Dr. Ludwig Gumplowicz (1838–1909), Jurist.

Gundackergasse, 22. Bezirk (Eßling); Johann Gundacker (1887–1962), Stadtbaudirektor.

Guneschgasse, 19. Bezirk (Ober-Döbling); Andreas Ritter v. Gunesch (1799–1875), oberster Geistlicher der evangelischen Gemeinde H.B.

Gunoldstraße, 19. Bezirk (Heiligenstadt); Michael Gunold (1795–1880), Ortsrichter v. Nußdorf, eröffnete um 1840 die Gasse.

Guntherstraße, 15. Bezirk (Fünfhaus); der Burgunderkönig Gunther, Gestalt aus der Nibelungensage.

Guntherstraße, 22. Bezirk (Eßling); wie vorher.

Gurkgasse, 14. Bezirk (Penzing); Eduard Gurk (1801–1842), Maler.

Gusengasse, 21. Bezirk (Leopoldau); Flußname.

Gusenleithnergasse, 14. Bezirk (Unter-Baumgarten, Breitensee); Georg Gusenleithner (1836–1907), Bürgermeister von Penzing.

Gusindegasse, 13. Bezirk (Ober-St. Veit).

Gussenbauergasse, 9. Bezirk; Dr. Karl Gussenbauer (1842–1903), Professor der Chirurgie.

Gußhausstraße, 4. Bezirk; nach einer 1750 errichteten Kanonengießerei, die 1861 bis 1869 abgerissen wurde.

Gußriegelstraße, 10. Bezirk (Inzersdorf); Flurname. Das nach starken Regenfällen abfließende Wasser wurde durch Wehre (Riegel) abgeleitet.

Gustav-Brünner-Straße, 13. Bezirk (Auhof); Gustav Brünner (1824–1905), Bürgermeister von Mauer.

Gustav-Groß-Gasse, 13. Bezirk; lag zwischen Lainzer Straße und Hummelgasse.

Gustav-Pick-Gasse, 19. Bezirk (Unter-Sievering); Gustav Pick (1832–1921), Wienerlieder-Komponist.

Gustav-Seidl-Gasse, 13. Bezirk (Hacking); Gustav Seidl (1816–1887), Bürgermeister von Hacking.

Gustav-Tschermak-Gasse, 18. Bezirk (Währing) und 19. Bezirk (Ober-Döbling); Dr. Gustav Tschermak, Edler v. Seysenegg (1836–1927), Mineraloge.

Gusterergasse, 14. Bezirk (Breitensee); Josef Gusterer (1819–1848), Märzgefallener (1848). Frühere falsche Schreibung „Gustrogasse".

Gutenberggasse, 7. Bezirk; Johann Gutenberg (eigentlich Johannes Gensfleisch zum Gutenberg, um 1400–1468), Erfinder der Buchdruckerkunst.

Gutheil-Schoder-Gasse, 23. Bezirk (Inzersdorf); Maria Gutheil-Schoder (1874–1935), Opernsängerin.

Gutraterplatz, 16. Bezirk (Ottakring); Gabriel Gutrater (gest. 1529), Bürgermeister von Wien.

Gutzkowplatz, 13. Bezirk (Ober-St. Veit); Karl Gutzkow (1811–1878), deutscher Dichter.

Gymnasiumstraße, 18. Bezirk (Währing) und 19. Bezirk (Ober-Döbling); in dieser Straße ein 1887 erbautes Gymnasium.

Gyrowetzgasse, 14. Bezirk (Penzing); Adalbert Gyrowetz (1763–1850), Hofkapellmeister.

H

Haarhof, 1. Bezirk; Handelsplatz der Flachshändler in früheren Jahrhunderten, 1300 als „curia craftonis" erwähnt.

Haasgasse, 2. Bezirk; Simon Andreas Haas (gest. 1879), Bezirksvorsteher.

Haberditzlgasse, 21. Bezirk (Leopoldau); Franz Haberditzl (1882–1944), Kunsthistoriker.

Haberlandtgasse, 2. Bezirk (Aspern); Dr. Michael Haberlandt (1860–1940), Ethnologe, Gründer des Völkerkundemuseums.

Haberlgasse, 16. Bezirk (Neulerchenfeld, Ottakring); Johann Haberl (1812–1883), Bürgermeister von Neulerchenfeld.

Haberlplatz, 16. Bezirk; teilweise verbaut, der nicht verbaute Teil Ludo-Hartmann-Platz.

Habichergasse, 16. Bezirk (Neulerchenfeld, Ottakring); Konstantin Habicher (1830–1897), Bezirkshauptmann von Hernals.

Haböckgasse, 23. Bezirk (Inzersdorf); Franz Haböck (1868–1921), Gesangspädagoge.

Habsburgergasse, 1. Bezirk; einst Breitegasse, später auch Vogelmarkt, bis 1862 Obere Bräunerstraße. Nach den Habsburgern, seit 1282 Herrscherhaus Österreichs, seit 1736 Habsburg-Lothringen.

Herrmannskogelwarte, 19. Bezirk; früher Habsburgerwarte. Zur Erinnerung an das 40jährige Regierungsjubiläum Kaiser Franz Josephs I., 1888 bis 1904 erbaut.

Hackenberggasse, 19. Bezirk (Ober- und Unter-Sievering); führt auf den Hackenberg. Der Hackenberg wurde schon 1355 urkundlich erwähnt (Hacken ist ein altes Wiesenmaß).

Hackenbergweg, 19. Bezirk (Ober-Sievering); Fortsetzung der Hackenberggasse.

Hackengasse, 15. Bezirk (Fünfhaus); Gasthausschild „Zu den drei Hacken".

Hackhofergasse, 19. Bezirk (Nußdorf); Ignaz Hackhofer (1785–1854), 1824 Gründer einer Färberei.

Hackinger Hof, 13. Bezirk (Hacking); nach einem dort befindlichen Gebäude.

Hackinger Kai, 13. Bezirk (Hacking); nach dem ehemaligen Vorort Hacking.

Hackinger Straße, 14. Bezirk (Ober- und Unter-Baumgarten Hacking); zur Wahrung des Ortsnamens.

Hadatschgasse, 11. Bezirk (Simmering); Franz Josef Hadatsch (1798–1849), Schriftsteller.

Hadersbergensteig, 23. Bezirk (Liesing); Riedname.

Hadikgasse, 14. Bezirk (Penzing, Unter- und Ober-Baumgarten, Hacking, Hütteldorf); Andreas Graf Hadik v. Futak (1710–1790), Feldmarschall.

Hadlaubgasse, 22. Bezirk (Aspern); Johann Hadlaub (1302–1340), Schweizer Minnesänger.

Hadrawagasse, 22. Bezirk (Eßling); Josef Johann Hadrawa (1869–1950), Schriftsteller.

Haebergasse, 12. Bezirk (Gaudenzdorf); Dr. Franz Haeber (1788–1880), Armenarzt.

Haeckelplatz, 11. Bezirk; aufgelassen.

Haeckelstraße, 23. Bezirk (Liesing); Ernst Haeckel (1834–1919), Naturforscher.

Hägelingasse, 14. Bezirk (Breitensee); Franz Karl Hägelin (1735–1809), Mitglied des Bücherhofamtes.

Hämmerlegasse, 10. Bezirk (Oberlaa); Theodor Hämmerle (1859–1930), Mitgründer des Wiener Konzerthauses.

Händelgasse, 17. Bezirk (Hernals) und 18. Bezirk (Währing); Georg Friedrich Händel (1685–1759), Komponist.

Hänflingweg, 14. Bezirk (Hütteldorf); Vogelname.

Haengasse, 22. Bezirk (Aspern); Dr. Anton de Haen (1704–1778), Mediziner.

Häfenmarkt, 1730 aus dem 2. Bezirk in die Roßau übersiedelt (Geschirrmarkt).

Hänischgasse, 22. Bezirk (Eßling).

Haeussermannweg, 3. Bezirk; Reinhold Haeussermann (1884–1947), Burgschauspieler.

Häußlergasse, 22. Bezirk (Kagran); Dr. Franz Häußler (1899–1958), Pädagoge.

Hafengasse, 3. Bezirk; hier befand sich der Hafen des Wiener Neustädter Kanals, der 1879 aufgelassen wurde.

Hafenmittelstraße, 2. Bezirk; aufgelassen.

Hafenzufahrtstraße, 2. Bezirk; Zufahrt zum Winterhafen.

Hafenzufahrtstraße, 11. Bezirk; siehe Alberner Hafenzufahrtstraße.

Hafnergäßchen, 1. Bezirk; heutiger Name und Lage unbekannt.

Haffnergasse, 22. Bezirk (Eßling); Karl Haffner (1804–1876), Schriftsteller.

Hafnergasse, 2. Bezirk; bis 1862 Kleine Hafnergasse (die Große Hafnergasse war die heutige Große Mohrengasse). Ehemaliger Sitz von Töpfern und Hafnern. Seit 1671 befand sich hier (100 Jahre lang) der Hafnermarkt.

Hafnersteig, 1. Bezirk; 1770 „Nächst der Schmiede". Sitz und Verkaufsplatz der Hafner in früheren Zeiten (1333 „inter lutifigullos").

Hafnerturm, 1. Bezirk; am Ende der (nicht mehr bestehenden) Adlergasse und des Hafnersteiges. Auch Krottenturm.

Hagebuttenweg, 22. Bezirk (Aspern); Frucht der Heckenrose.

Hagedornweg, 22. Bezirk (Aspern); Pflanzenname.

Hagenberggasse, 13. Bezirk (Ober-St. Veit); Berg im Lainzer Tiergarten.

Hagenbrunner Straße, 21. Bezirk (Stammersdorf); führt nach Hagenbrunn.

Hagengasse, 15. Bezirk (Fünfhaus); nach dem Burgunder Helden Hagen v. Tronje aus der Nibelungensage.

Hagenmüllergasse, 3. Bezirk; Franz Josef Freiherr v. Hagenmüller, Edler v. Grünberg (1745–1824), Besitzer der Herrschaft Erdberg.

Hahngasse, 9. Bezirk; von 1938 bis 1945 Semhofergasse. Gasthausschild „Zum weißen Hahn".

Haidackergasse, 12. Bezirk (Meidling); Flurname.

Haidengasse, 23. Bezirk (Siebenhirten); alte Schreibweise der vielen Heiden (Wiesen) Siebenhirtens.

1. Haidequerstraße, 11. Bezirk (Simmering); ehemals neun gleichnamige Straßen auf der Simmeringer Heide. In den Jahren um 1890 versuchte die Wiener Gemeindevertretung anstatt Straßennamen Straßennummern einzuführen. Der Versuch scheiterte.

2., 5., 7., 8., 9. und 11. Haidequerstraße, siehe vorher.

Haidersberggasse, 14. Bezirk (Hadersdorf); Flurname.

Haidestraße, 11. Bezirk (Simmering); führt über die Simmeringer Heide.

Haidgasse, 2. Bezirk; um 1680 ein Teil Badgasse, dann Richtergasse, von 1850 bis 1862 ein Teil Schwarzböckgasse, später wieder Badgasse. Weideplätze (Heiden, alte Schreibweise Haiden) der Gemeinde Wien.

Haidingergasse, 3. Bezirk; Wilhelm Ritter v. Haidinger (1795–1871), Direktor der Geologischen Reichsanstalt.

Haidmannsgasse, 15. Bezirk (Fünfhaus); Johann Anton Haidmanns, Besitzer des Grundes (um 1819?).

Haidschüttgasse, 21. Bezirk (Floridsdorf); ehemalige Insel im alten Donaugebiet.

Hainbachgasse, 14. Bezirk (Hadersdorf); nach dem in der Nähe entspringenden Hainbach.

Hainburger Straße, 3. Bezirk; seit 1883, früher Teile Kustgasse, Wällischgasse und Paulushöhe. Nach der Stadt Hainburg.

Haindlgasse, 11. Bezirk (Kaiser-Ebersdorf); Johann Haindl (1834–1896), Gemeindevorsteher.

Haizingergasse, 18. Bezirk (Währing); Amalie Haizinger (1800–1884), Hofschauspielerin.

Hakelgasse, 11. Bezirk (Simmering); Jakob Hakel (1772–1832), Besitzer der Herrschaft Simmering.

Halauskagasse, 23. Bezirk (Siebenhirten); Ludwig Halauska (1827–1882), Maler.

Halban-Kurz-Gasse, 12. Bezirk, aufgelassen.

Halbgasse, 7. Bezirk; schon 1789 so genannt (nur halb so lang wie die anderen Parallelgassen).

Halblehenweg, 22. Bezirk (Hirschstetten); Flurname (halbes Lehen).

Halbrittergasse, 23. Bezirk (Rodaun) Gottfried Halbritter (1835–1905), Gemeinderat von Rodaun.

Halirschgasse, 17. Bezirk (Hernals); Friedrich Ludwig Halirsch (1802–1832), Dichter.

Hallensteingasse, 12. Bezirk (Hetzendorf); Conrad Hallenstein (1834–1897), Burgschauspieler.

Hallergasse, 11. Bezirk (Simmering); Albrecht v. Haller (1708–1777), Arzt, Anatom, Pflanzenforscher, Dichter, Maler.

Halmgasse, 2. Bezirk; Friedrich Halm (eigentlich Eligius Freiherr v. Münch-Bellinghausen, 1806–1871), Dichter.

Halteraugasse, 19. Bezirk (Heiligenstadt); frühere Donauau, in der die Halter (Hirten) ihr Vieh weiden ließen.

Halterlacken, 11. Bezirk (Kaiser-Ebersdorf); in früheren Zeiten Wasserlacken, an denen die Halter (Hirten) ihr Vieh tränkten.

Hamburgerstraße, 5. Bezirk; Karl Hamburger (1848–1891), Gemeinderat.

Hameaustraße, 19. Bezirk (Salmannsdorf, Neustift am Walde); führt auf das Hameau (volkstümlich Holländerdörfel). Durch Graf Lascy in holländischem Stil (1782) erbaute Ansiedlung zu Jagd- und Erholungszwecken. Der Name ging auf den Berg über.

Hameauweg, 17. Bezirk (Neuwaldegg); siehe vorher.

Hamerlinggasse, 14. Bezirk (Hadersdorf); Robert Hamerling (1830–1899), österreichischer Dichter.

Hamerlingplatz, 8. Bezirk; siehe vorher.

Hamerlingweg, 11. Bezirk (Simmering); siehe vorher.

Hamiltongasse, 14. Bezirk (Hütteldorf); Johann Andreas Graf Hamilton Abercon (1679–1738), General der Kavallerie, Vorsitzender des Hofkriegsrates.

Hammer-Purgstall-Gasse, 2. Bezirk; bis 1894 Antonsgasse. Josef Freiherr v. Hammer-Purgstall (1774–1856), Dichter, Orientalist.

Hammerschmidtgasse, 19. Bezirk (Heiligenstadt, Nußdorf); Karl Hammerschmidt (1804–1868), Pfarrer von Nußdorf.

Hanakgasse, 14. Bezirk (Ober-Baumgarten); Anton Hanak (1875–1934), Bildhauer.

Hanauskagasse, 12. Bezirk (Meidling); Leopold Hanauska (1815–1899), Pfarrer von Meidling.

Handelskai, 2. Bezirk und 20. Bezirk; nach 1875 entstandene wichtige Verkehrsverbindung am Donauufer.

Hanglüßgasse, 15. Bezirk (Fünfhaus); Flurname. Schon 1335 „An den hangenden Lüssen“, siehe „An den langen Lüssen“.

Hannbaumstraße, 14. Bezirk (Hadersdorf); Flurname?.

Hannovergasse, 20. Bezirk; hier hielt sich 1866 die auf der Flucht befindliche Königsfamilie von Hannover auf.

Hannplatz, 19. Bezirk (Unter-Döbling); Julius v. Hann (1839–1921), Professor für Naturkunde, Vorstand der Hauptanstalt für Wetterkunde.

Hansalgasse, 3. Bezirk; Martin Ludwig Hansal (1823–1885), Afrikaforscher (in Kartum ermordet).

Hanschweg, 13. Bezirk (Ober-St. Veit); Anton Hansch (1813–1876), Wiener Maler.

Hanselmayergasse, 13. Bezirk (Hietzing, Lainz); Franz Hanselmayer (1815–1906), Bürgermeister von Hietzing.

Hanselweg, 11. Bezirk (Simmering); Weg in der Siedlung „Simmeringer Haide“.

Hansenstraße, 1. Bezirk; Theophil Eduard Freiherr v. Hansen (1813–1891), Baumeister berühmter Gebäude.

Hansi-Niese-Gasse, 19. Bezirk (Heiligenstadt); Hansi Niese (1874–1934), Wiener Schauspielerin.

Hansi-Niese-Weg, 13. Bezirk (Lainz); siehe vorher.

Hanslgasse, 21. Bezirk (Donaufeld); Märchenfigur, eigentlich Hänsel (und Gretel).

Hanslweg, 21. Bezirk; jetzt Hanslgasse.

Hans-Muhr-Promenade, 14. Bezirk (Auhof); Hans Muhr (1878–1932), Kleingartenfunktionär der Siedlung „Am Bierhäuselberg“.

Hans-Richter-Gasse, 19. Bezirk (Ober-Döbling); Dr. Hans Richter (1843–1916), Hofkapellmeister.

Hans-Sachs-Gasse, 18. Bezirk (Währing); Hans Sachs (1494–1576), Dichter, Meistersinger.

Hans-Spitzy-Gasse, 21. Bezirk (Großjedlersdorf); Dr. Hans Spitzy (1872–1956), Orthopäde.

Hans-Steger-Gasse, 22. Bezirk (Hirschstetten); Hans Steger (gest. 1449?), Bürgermeister von Wien (Steger ist das älteste bekannte Herrschergeschlecht von Hirschstetten).

Hans-Temple-Gasse, 23. Bezirk (Siebenhirten); Hans Temple (1857–1931), Maler.

Hantzenbergergasse, 10. Bezirk (Inzersdorf); Jakob Hantzenberger (1718–1799), Priester, Wohltäter.

Hanuschgasse, 1. Bezirk; Ferdinand Hanusch (1846–1923), Sozialpolitiker.

Hardeggasse, 22. Bezirk (Aspern, Stadlau); die Brüder Grafen Hardegg, Helden von Aspern (1809). Johann Anton Leonhard (1773–1825), Feldmarschall-Leutnant; Johann Ignaz (1772–1848), Kavallerie-General; Johann Heinrich (1778–1854), Kavallerie-General.

Hardtgasse, 19. Bezirk (Ober-Döbling); Flurname, urkundlich 1292 erwähnt.

Hardtmuthgasse, 10. Bezirk (Inzersdorf); Joseph Hardtmuth (1752–1816), Bleistifterzeuger.

Harkortstraße, 2. Bezirk; Kaspar Johann Harkort (1785–1877), Konstrukteur der Rotunde (ehemalige Ausstellungshalle im Prater).

Harlacherweg, 22. Bezirk (Kagran); August R. Harlacher (1842–1890), Begründer der Wassermeßkunde.

Harmoniegasse, 9. Bezirk; nach dem ehemaligen „Harmonietheater", später „Orpheum", nachher „Wiener Bühne"; 1866 erbaut, 1929 in eine Garage umgewandelt.

Harrachgasse, 22. Bezirk (Kaisermühlen); Graf Karl Harrach (1761–1829), Arzt.

Hartäckerstraße, 19. Bezirk (Ober-Döbling, Währing); Flurname (steinige, harte Felder, Äcker).

Harthausergasse, 12. Bezirk (Gaudenzdorf); Lukas Harthauser (1817–1889), Gemeindearzt.

Hartlebengasse, 22. Bezirk (Aspern, Hirschstetten); Otto Erich Hartleben (1864–1905), deutscher Dichter.

Hartlgasse, 20. Bezirk; Dr. Karl Hartl (1878–1941), Schöpfer der Wiener Stadtverfassung.

Hartmanngasse, 5. Bezirk; Johann Georg Hartmann (1772–1850), Wohltäter.

Hartriegelgasse, 22. Bezirk (Eßling); Pflanzenname.

Haschgasse, 11. Bezirk (Simmering); Dr. Alexander Hasch (1778–1855), Fachmann für Materialprüfwesen.

Haschkagasse, 12. Bezirk (Meidling); Lorenz Leopold Haschka (1851–1913), Bürgermeister von Kalksburg.

Haselnußweg, 22. Bezirk (Stadlau); Pflanzenname.

Hasenauerstraße, 18. Bezirk (Döbling) und 19. Bezirk (Ober-Döbling); Karl Freiherr v. Hasenauer (1833–1894), Baukünstler.

Hasengasse, 10. Bezirk (Favoriten); hier wurden noch 1850 Hasenjagden abgehalten.

Hasenhutgasse, 12. Bezirk (Meidling); Anton Hasenhut (1766–1841), Burgschauspieler.

Hasenleitengasse, 11. Bezirk (Simmering); Flurname.

Hasenöhrlstraße, 10. Bezirk (Oberlaa); Dr. Friedrich Hasenöhrl (1874–1915), Physiker.

Hasensteig, 14. Bezirk (Auhof); Tiername.

Haslauergasse, 11. Bezirk; zwischen der damaligen Dorfgasse und der Rappachgasse.

Hasenwartgasse, 23. Bezirk (Mauer); Flurname.

Haslingergasse, 17. Bezirk (Hernals) und 16. Bezirk (Ottakring); Tobias Haslinger (1787–1842), Musikverleger.

Hasnergasse, 22. Bezirk (Eßling); vermutlich siehe folgendes.

Hasnerstraße, 16. Bezirk (Neulerchenfeld, Ottakring); Leopold Hasner Ritter v. Artha (1818–1891), Politiker.

Haspelmeistergasse, 14. Bezirk (Hadersdorf); Erklärung noch nicht gesichert (Haspelmeister = Hasenpfleger?).

Haspingergasse, 8. Bezirk; siehe folgendes.

Haspingerplatz, 21. Bezirk (Großjedlersdorf); Johann Haspinger (1776–1858), Pfarrer, Tiroler Freiheitsheld.

Hassingergasse, 21. Bezirk (Leopoldau); Dr. Hans Hassinger (1877–1952), Geograph.

Haßlwanderweg, 22. Bezirk (Aspern); Josef Haßlwander (1812–1848), dessen Sohn Friedrich (1840–1914), beide Maler.

Haßreitersteig, 23. Bezirk (Mauer); Josef Haßreiter (1845–1940), Ballettmeister.

Hasswellgasse, 21. Bezirk (Großjedlersdorf); Johann Hasswell (1812–1897), Gründer des österreichischen Lokomotivbaues.

Hatschekgasse, 22. Bezirk (Eßling); Ludwig Hatschek (1856–1914), Erfinder des „Eternit" (Asbestzement).

Haubenbiglstraße, 19. Bezirk (Unter-Döbling); Flurname (abgeleitet von hügelförmigen Bodenerhebungen).

Hauerweg, 19. Bezirk (Neustift am Walde); ein von Weinhauern viel benutzter Weg.

Hauffgasse, 11. Bezirk (Simmering); Wilhelm Hauff (1802–1827), Dichter (Märchen).

Haugerstraße, 11. Bezirk (Simmering); Georg Hauger (1792–1859), Tiroler Freiheitskämpfer.

Haulerstraße, 9. Bezirk; Johann Hauler (1829–1888), Altphilologe.

Haunoldsturm, 1. Bezirk; vom Judenrichter Haunold dem Schuchler errichteter Turm in der Verteidigungsmauer (um 1348 erbaut).

Haunzahndgasse, 12. Bezirk (Hetzendorf); nach einem „lebenden" Gartenzaun (aus Sträuchern, meistens Hagedornbüsche).

Hauptallee, 2. Bezirk; 1537 bis 1538 die erste Straßenanlage in den wilden Donauauen, die heutige Straße seit 1837. 1833 ein Teil „Elegante Allee", „Lusthaus Allee", 1687 „Langer Weg", später „Kastanien Allee", auch „Große Prater-Allee".

Hauptstraße, 14. Bezirk (Auhof, Hadersdorf, Weidlingau); ehemals wichtiger Verkehrsweg des Ortes.

Hauptweg, 17. Bezirk (Neuwaldegg); in der Siedlung „Ferdinand Hanusch".

Hausergasse, 10. Bezirk (Favoriten); Georg Hauser (um 1520), Baumeister zu St. Stephan.

Hausfeldstraße, 22. Bezirk (Aspern); Flurname.

Hausgrabengasse, 23. Bezirk (Liesing); der Grund, auf dem das Schloß Liesing stand, wurde so bezeichnet.

Hausgrundweg, 22. Bezirk (Hirschstetten); Flurname.

Hauslabgasse, 4. Bezirk und 5. Bezirk; Franz Ritter v. Hauslab (1798–1833), Feldzeugmeister.

Haussteinstraße, 2. Bezirk; benannt nach einer Donauinsel bei Grein (mit mittelalterlicher Ruine).

Hauswurzweg, 22. Bezirk (Eßling), Pflanzenname.

Havannaweg, 22. Bezirk (Aspern); Kubanische Hauptstadt.

Hawelgasse, 18. Bezirk (Pötzleinsdorf); Rudolf Hawel (1860–1923), Volksschullehrer, Dichter.

Hawlicekgasse, 21. Bezirk (Donaufeld); Vinzenz Hawlicek (1864–1915), Wiener Aquarellmaler.

Haydlergasse, 16. Bezirk (Ottakring); Matthias Haydler (1614–1676), Ortsrichter von Ottakring.

Haydngasse, 6. Bezirk; Josef Haydn (1732–1809), Komponist.

Haymerlegasse, 16. Bezirk (Ottakring); 1938 bis 1945 Adalbert-Schwarz-Gasse. Heinrich Freiherr v. Haymerle (1828–1881), Politiker.

Haymogasse, 23. Bezirk (Mauer); nach Haymo v. Neuburg, Angehöriger eines alten Rittergeschlechtes (sein Sohn Otto war 1259 bis 1261 Stadtrichter von Wien).

Hebbelgasse, 10. Bezirk (Favoriten); Friedrich Hebbel (1813–1863), Dichter.

Hebbelplatz, 10. Bezirk (Favoriten); siehe vorher.

Hebenstreitplatz, 21. Bezirk, 1936 aufgelassen.

Hebragasse, 9. Bezirk; Ferdinand Ritter v. Hebra (1816–1880), Professor der Hautheilkunde.

Hechtweg, 22. Bezirk (Stadlau); Fischname.

Heckenweg, 22. Bezirk (Kagran); Flurname (geht durch Schrebergärten).

Hederichgasse, 10. Bezirk (Oberlaa); Pflanzenname.

Hedwiggasse, 2. Bezirk; vermutlich nach einer Verwandten des ehemaligen Bezirsvorstehers des 20. Bezirks, Ley (siehe auch diesen).

Hedy-Urach-Gasse, 13. Bezirk (Auhof); Hedy Urach (1910–1943), wegen Widerstandes 1943 hingerichtet.

Heeresmuseumstraße, 3. Bezirk (Favoriten); nach dem im Arsenal befindlichen Heeresgeschichtlichen Museum.

Hegelgasse, 1. Bezirk; Wilhelm Hegel (1770–1831), Philosoph.

Hegergasse, 3. Bezirk; Ignaz Jakob Heger (1808–1854), Förderer der Gabelsberger Stenographie.

Heidelgasse, 11. Bezirk (Kaiser-Ebersdorf); Flurname.

Heidenhainstraße, 1. Bezirk; vermutlich Weg zu vorchristlichen Kultstätten außerhalb der Mauern Wiens; er dürfte in der Römerstraße (Riemergasse) zu suchen sein.

Heidenreichsteinweg, 21. Bezirk (Strebersdorf); Stadt im Waldviertel.

Heidenschuß, 1. Bezirk; 1547 schon „Do der Heide schußt", „Da der Haiden scheuzzt" und „Auf dem Kiel". Nach einem alten Wiener Bürgergeschlecht, aus dem einige Bürgermeister hervorgingen (15. und 16. Jahrhundert). Die Sage vom „schießenden Heiden" ist widerlegt.

Heiderichgasse, 16. Bezirk (Ottakring); Dr. Franz Heiderich (1863–1926), Geograph.

Heidestraße, 14. Bezirk (Hadersdorf); Flurname (nach früheren Heiden).

Heigerleinstraße, 16. Bezirk (Ottakring); Johann Heigerlein v. Leutkirch (1478–1541), Bischof von Wien.

Heiligenstädter Lände, 19. Bezirk (Heiligenstadt); Landungsplätze am Donaukanalufer.

Heiligenstädter Platz, 19. Bezirk (Heiligenstadt); jetzt 12.-Februar-Platz.

Heiligenstädter Straße, 19. Bezirk (Heiligenstadt, Nußdorf, Kahlenberger Dorf); ein Teil von 1938 bis 1945 Berliner Straße. Zur Wahrung des Ortsnamens.

Heimgasse, 23. Bezirk (Mauer); nach der Baugenossenschaft „Mein Heim"?.

Heimkehrergasse, 10. Bezirk (Oberlaa); nach der Siedlung „Heimkehrer".

Heimschollegasse, 13. Bezirk (Auhof); Siedlungsname.

Heindlgasse, 16. Bezirk (Ottakring); Johann Baptist Heindl (1821–1885), Gemeinderat.

Heinestraße, 2. Bezirk; zuerst Augarten-Allee, später Schavel-Allee, dann Augarten-Alleestraße, ein Teil Große Stadtgutgasse, bis 1920 Kaiser-Joseph-Straße, von 1920 bis 1938 Heinestraße, bis 1945 Schönererstraße, dann wieder Heinestraße. Heinrich Heine (1797–1856), Dichter.

Heingasse, 21. Bezirk (Donaufeld); Dr. Wilhelm Hein (1861–1903), Schriftsteller.

Heinickegasse, 15. Bezirk (Sechshaus); Samuel Heinicke (1729–1790), Begründer des Taubstummenunterrichts.

Heinrich-Collin-Straße, 14. Bezirk (Breitensee); Heinrich J. v. Collin (1772–1811), österreichischer Bühnendichter.

Heinrich-Kneissl-Gasse, 14. Bezirk (Hadersdorf); Heinrich Wolf-Kneissl v. Häkingen (Hacking?), um 1557 kaiserlicher Waldmeister.

Heinrich-Lefler-Gasse, 22. Bezirk (Stadlau); Heinrich Lefler (1863–1919), Maler.

Heinrich-Mitteis-Gasse, 21. Bezirk (Leopoldau); Dr. Heinrich Mitteis (1889–1952), Rechtshistoriker.

Heinrich-von-Buol-Gasse, 21. Bezirk (Leopoldau).

Heinrichsgasse, 1. Bezirk; Erzherzog Heinrich Anton Maria Rainer (1828–1891), Feldmarschall-Leutnant.

Heinzelmanngasse, 20. Bezirk, Johann Heinzelmann (1810–1885), Bezirksvorsteher.

Heißgasse, 23. Bezirk (Mauer); Johann Heiß (1874–1952), Gemeinderat von Mauer.

Heistergasse, 20. Bezirk; Siegbert Graf Heister (1646–1718), Feldherr.

Heizwerkstraße, 23. Bezirk (Inzersdorf); nach einem städtischen Heizwerk.

Helbinggasse, 17. Bezirk (Hernals); Franz Helbing (1831–1904), Bürgermeister von Hernals.

Heldenplatz, 1. Bezirk; vor der Burg mit den Denkmälern von Prinz Eugen und Erzherzog Karl (in Blickrichtung zur Hofburg rechts Prinz Eugen).

Helenengasse, 2. Bezirk; nach der Gattin des Bezirksvorstehers Ley (siehe auch Leystraße).

Helferstorferstraße, 1. Bezirk; bis 1880 Schottensteig. Otmar Helferstorfer (1802–1880), Abt des Stiftes Schotten.

Helfertgasse, 12. Bezirk (Hetzendorf); Alexander Freiherr v. Helfert (1820–1910), Geschichtsforscher.

Helgolandgasse, 20. Bezirk; zur Erinnerung an den Sieg Admiral Tegetthoffs bei der Insel Helgoland.

Hellaweg, 11. Bezirk (Simmering); Weg in der Siedlung „Simmeringer Haide".

Hellgasse, 16. Bezirk (Ottakring); Maximilian Hell (1720–1792), Jesuitenpater, Astronom.

Hellingstraße, 2. Bezirk; Begriff aus dem Marinewesen (Stapelplatz).

Hellmesbergergasse, 12. Bezirk (Ober-Baumgarten); Josef Hellmesberger (1828–1895), Musiker.

Hellwagstraße, 20. Bezirk; Wilhelm Hellwag (1827–1882), Erbauer der Nordwestbahn.

Helmgasse, 12. Bezirk (Altmannsdorf); führte von der Biedermanngasse zur Stachegasse.

Helmholtzgasse, 21. Bezirk (Großjedlersdorf); Hermann Ludwig Ferdinand Helmholtz (1821–1894), Erfinder des medizinischen Augenspiegels.

Henckellgasse, 14. Bezirk (Hütteldorf); Karl Henckell (1864–1929), Arbeiterdichter.

Heniksteingasse, 19. Bezirk (Unter-Döbling); war bei der Silbergasse Nr. 41 geplant, der Plan wurde um 1930 wieder fallengelassen.

Henneberggasse, 3. Bezirk.

Henriettenplatz, 15. Bezirk (Fünfhaus, Rudolfsheim); zwischen 1938 und 1945 Braunschweigplatz. Freiin Henriette v. Pereira Arnstein (1788–1859), Wohltäterin.

Henslerstraße, 3. Bezirk; Karl Friedrich Hensler (1761–1825), Dichter, Theaterdirektor.

Hentschelgasse, 13. Bezirk (Ober-St. Veit); Karl Hentschel (1827–1898), Bürgermeister von Ober-St. Veit.

Hentzigasse, 10. Bezirk (Favoriten); Heinrich Hentzi Ritter v. Arnthurm (1785–1849), Generaldirektor.

Herbeckstraße, 18. Bezirk (Gersthof, Pötzleinsdorf) und 17. Bezirk (Dornbach), Johann Herbeck (1831–1877), Hofoperndirektor, Hofkapellmeister.

Herbert-Boeckl-Weg, 21. Bezirk (Leopoldau); Herbert Boeckl (1894–1966), Maler.

Herberthgasse, 14. Bezirk (Hütteldorf); führte von der Keißlergasse weg.

Herbortgasse, 11. Bezirk (Simmering); Herbort v. Simaningen, Besitzer der Herrschaft Simmering um 1260. Das Geschlecht der Simaningen ist urkundlich schon 1130 erwähnt.

Herbststraße, 16. Bezirk (Neulerchenfeld, Ottakring); früher in Neulerchenfeld Koflergasse, in Ottakring Marc-Aurel-Straße. Dr. Eduard Herbst (1820–1892), Politiker.

Herbstweg, 11. Bezirk (Simmering); Siedlungsweg.

Herchenhahngasse, 21. Bezirk (Leopoldau); Johann Christian Herchenhahn (1754–1795), Historiker.

Herderplatz, 11. Bezirk (Simmering); Johann Gottfried v. Herder (1744–1803), Dichter.

Heringgasse, 22. Bezirk (Eßling); Fischname.

Herklotzgasse, 15. Bezirk (Fünfhaus); Heinrich Herklotz (1788–1856), Bürgermeister von Fünfhaus.

Hermann-Bahr-Straße, 21. Bezirk (Floridsdorf, Donaufeld); Hermann Bahr (1863–1934), österreichischer Schriftsteller.

Hermann-Broch-Gasse, 12. Bezirk (Hetzendorf); Hermann Broch (1856–1951), Schriftsteller.

Hermanngasse, 7. Bezirk; Hermann Gaunersdorfer (1791–1844), Schottenpriester, Kanzleidirektor des Stiftes Schotten.

Hermann-Greulich-Platz, 22. Bezirk (Aspern); Hermann Greulich (1842–1925), Sozialpolitiker in der Schweiz.

Hermann-Pacher-Gasse, 18. Bezirk (Währing, Pötzleinsdorf) und 19. Bezirk (Gersthof); Hermann Pacher (1837–1914), Gemeinderat von Währing.

Hermann-Pacher-Weg, wie vorher.

Hermann-Schöne-Platz, 10. Bezirk (Inzersdorf); Hermann Schöne (1836–1902), Schauspieler am Burgtheater.

Hermannskogel, 19. Bezirk (Sievering bis Grinzing); 543 Meter, schon 1355 als „Hermannsschobel" erwähnt.

Hermannsweg, 23. Bezirk (Inzersdorf); Dr. Josef Hermann (1867–1914), Inzersdorfer Gemeinderat.

Hermelinweg, 22. Bezirk (Aspern); Tiername.

Hermespromenade, 13. Bezirk (Speising); aufgelassen und verbaut (zwischen Hermesstraße und Speisinger Straße).

Hermesstraße, 13. Bezirk (Speising, Auhof); nach der Hermesvilla im Lainzer Tiergarten (und jene nach einer dort befindlichen Hermes-Bildsäule benannt).

Hermine-Cloeter-Gasse, 14. Bezirk (Hadersdorf); Hermine Cloeter (1879–1970), Schriftstellerin.

Herminengasse, 2. Bezirk; dürfte nach einer Verwandten des ehemaligen Bezirksvorstehers Ley benannt sein (siehe auch dieser).

Hernalser Gürtel, 17. Bezirk (Hernals), 8. Bezirk und 9. Bezirk; zur Wahrung des Ortsnamens (siehe auch Döblinger Gürtel).

Hernalser Hauptstraße, 17. Bezirk (Hernals, Dornbach); zur Wahrung des Ortsnamens.

Herndlgasse, 10. Bezirk (Favoriten); Paul Herndl, um 1880 Ortsrichter auf der Wieden.

Hernstorferstraße, 14. Bezirk (Unter-Baumgarten); Leopold Hernstorfer (1794–1864), letzter Ortsrichter in Baumgarten.

Herogasse, 10. Bezirk (Oberlaa); nach der Priesterin Hero von Sestos in „Des Meeres und der Liebe Wellen".

Herrengasse, 1. Bezirk; Teile im 13. Jahrhundert „ad Vallum vetus" (der alte Wall), 1360 bei der Strauchgasse „Auf der Hülven", 1384 bei der Fahnengasse „Auf dem Steig", von 1175 bis 1500 auch „Hochstraße". Seit 1513 nach dem Gebäude der Landstände („Herren"). Die Bezeichnung bürgerte sich aber hauptsächlich dadurch ein, daß sich zahlreiche Adelsfamilien hier ansiedelten. Siehe auch „Elf-Lümmel-Gasse".

Herrenholzgasse, 21. Bezirk (Stammersdorf); Flurname (im Besitz von „Herren").

Herretweg, 11. Bezirk (Kaiser-Ebersdorf); Johann Herret (1886–1951), Bürgermeister von Albern.

Herschelgasse, 10. Bezirk (Inzersdorf); Sir Friedrich Wilhelm Herschel (1738–1822), englischer Astronom.

Herschmannweg, 14. Bezirk (Unter-Baumgarten); Bernhard Herschmann (1823–1848), Webergeselle, Märzgefallener des Jahres 1848 (von 1938 bis 1945 Frueaufweg).

Herthergasse, 12. Bezirk (Meidling); Paul Herther (1795–1853), um 1840 Ortsrichter von Hundsturm.

Hertlgasse, 16. Bezirk (Ottakring); Michael Hertl (gest. 1656), Ortsrichter von Ottakring.

Hervicusgasse, 12. Bezirk (Hetzendorf); Hervicus von Hetzendorf, Lehensbesitzer um 1190.

Herzblumenweg, 22. Bezirk (Breitenlee); Pflanzenname.

Herzgasse, 10. Bezirk (Inzersdorf); Dr. Rudolf Herz (1813–1873), Arzt, Wohltäter.

Herziggasse, 23. Bezirk (Erlaa); Dr. Josef Herzig (1853–1924), Techniker.

Herzmanovsky-Orlando-Gasse, 21. Bezirk (Leopoldau); R. Herzmanovsky-Orlando (1877–1954), Schriftsteller.

Herzmanskystraße, 14. Bezirk (Weidlingau); August Herzmansky (1843–1896), Stifter, Wohltäter.

Herzweg, 12. Bezirk (Altmannsdorf); Siedlungsweg.

Heschweg, 14. Bezirk (Hütteldorf); Wilhelm Hesch (1860–1908), Kammersänger.

Hessegasse, 22. Bezirk (Eßling); Karl Hesse, Siedlungsgründer.

Heßgasse, 1. Bezirk; Heinrich Freiherr v. Heß (1788–1870), Feldmarschall.

Hetmanekgasse, 23. Bezirk (Siebenhirten); Alfons Hetmanek (1890–1962), Architekt.

Hettenkofergasse, 16. Bezirk (Ottakring); Thomas Hettenkofer (1821–1886), Gemeinderat von Ottakring.

Hetzendorfer Straße, 12. Bezirk (Altmannsdorf, Hetzendorf) und 13. Bezirk (Speising); zur Wahrung des Ortsnamens.

Hetzgasse, 3. Bezirk; nach einem hier bestandenen „Tierhetztheater", das 1775 erbaut und eröffnet wurde, 1796 abbrannte und nicht mehr erneuert wurde.

Heubergergasse, 13. Bezirk (Auhof); Richard Heuberger (1850–1914), Komponist.

Heuberg, 17. Bezirk (Dornbach); 404 Meter. Einst Gelände zur Heugewinnung.

Heuberggasse, 17. Bezirk (Dornbach); führt zum Heuberg.

Heubergstättenstraße, 10. Bezirk (Inzersdorf); Flurname.

Heudörfelgasse, 23. Bezirk (Mauer); nach einer ehemaligen (1777 bis 1866) bestandenen Siedlung bei Mauer.

Heumühlgasse, 4. Bezirk; Mühle am rechten Ufer des Wienflusses, schon im 13. Jahrhundert bestanden, 1856 bei der Verschüttung des Mühlgrabens weggeräumt.

Heustadelgasse, 22. Bezirk (Aspern); Flurname.

Heustadelwasser, siehe „Am Heustadelwasser".

Hevesigasse, 13. Bezirk (Speising); Ludwig Hevesi (1842–1910), Kunstkritiker.

Heynerbastei, 1. Bezirk; der Bürger Wolfgang Heyner hinterließ (um 1530) sein Vermögen zu dem Zwecke, die Stadtbefestigung auszubauen. Siehe auch Wasserkunstbastei.

Hickelgasse, 14. Bezirk (Penzing); Josef Hickel (1734–1807), Maler.

Hießgasse, 3. Bezirk; Lorenz Hieß (1736–1819), Fabrikant, Wohltäter.

Hietzinger Hauptstraße, 13. Bezirk (Hietzing, Unter- und Ober-St. Veit); zur Wahrung des Ortsnamens.

Hietzinger Kai, 13. Bezirk (Hietzing, Unter- und Ober-St. Veit); Anlagen neben dem Wienfluß.

Hildebrandgasse, 17. Bezirk (Hernals); Johann Lukas Hildebrand (1668–1745), Architekt, Baumeister.

Hillerstraße, 2. Bezirk; Josef Freiherr v. Hiller (1754–1819), Zeugmeister.

Hilschergasse, 12. Bezirk (Meidling); Karl Hilscher (1873–1936), Heimatforscher.

Himberger Straße, 10. Bezirk (Oberlaa, Rothneusiedl); Gemeinde bei Wien.

Himmelbaurgasse, 13. Bezirk (Speising); Dr. Isidor Himmelbaur (1858–1919), Direktor der Universitätsbibliothek.

Himmelhofgasse, 13. Bezirk (Ober-St. Veit); nach der Meierei und Gaststätte „Am Himmel".

Himmelmutterweg, 17. Bezirk (Dornbach); nach einem Gasthausschild.

Himmelpfortgasse, 1. Bezirk; 1272 Traibotenstraße (strata Treibotonis), auch als Tragebotenstraße erwähnt, 1373 ein Teil „Auf dem hohen Steig". Das Kloster „Zur Himmelpforte" wurde 1230 gegründet, 1782 aufgehoben. Die Sage erzählt, die hl. Maria habe dort für eine geflohene und nach sieben Jahren zurückgekehrte Pförtnerin Dienst getan.

Himmelpfortstiege, 9. Bezirk; ehemals „Große Stiege". Bis 1782 im Besitz des vorher genannten Klosters.

Himmelschlüsselweg, 16. Bezirk (Ottakring); Pflanzenname.

Himmelstraße, 19. Bezirk (Grinzing, Unter-Sievering); der Name kommt von einem Gast- und Gutshof „Zum Himmel".

Hinaysgasse, 21. Bezirk (Floridsdorf, Donaufeld); Hans Hinays (1859–1918), Bürgerschuldirektor.

Hingergasse, 1. Bezirk, Teil der heutigen Seilergasse. Ein Gäßchen, das von der heutigen Plankengasse zur Gluckgasse führte, seit etwa 1600 jedoch durch das Kapuzinerkloster verbaut wurde.

Hintere Liesingbachstraße, 10. Bezirk (Oberlaa); entlang der Liesing.

Hintere Südbahnstraße, 10. Bezirk (Favoriten); „hinter" der Südbahn gelegen.

Hintere Zollamtsstraße, 3. Bezirk; bis 1862 „Am Glacis". Hinter dem Zolloberamtsgebäude (1841 bis 1847 erbaut).

Hintergärtengasse, 19. Bezirk (Heiligenstadt); Flurname.

Hintermayergasse, 3. Bezirk; Franz Hintermayer (1823–1900), Stadtrat.

Hinterperggasse, 11. Bezirk (Kaiser-Ebersdorf); nach dem Gründer der Ortschaft Ebersdorf, Marquart v. Hinterperg (12. Jahrhundert).

Hintzerstraße, 3. Bezirk; Gottlieb Hintzer (1731–1805), Wohltäter.

Hippgasse, 16. Bezirk (Neulerchenfeld); Johann Hipp (1810–1871), Apotheker, Wohltäter.

Hirnbrecherstiege, (auch -gasse), 19. Bezirk (Kahlenberger Dorf); aus einem Flurnamen hervorgegangen. Wegen der steilen, steinigen Beschaffenheit des Weges (oder der Wirkung des Weines im Kopf der stillen Zecher).

Hirnschallplatz, 12. Bezirk (Altmannsdorf); aufgelassen.

Hirschengasse, 6. Bezirk; Gasthausschild „Zum Hirschen".

Hirschensteig, 13. Bezirk (Auhof); nach den Hirschen im Lainzer Tiergarten.

Hirschfeldweg, 13. Bezirk (Speising); während der Kriegszeit Ansbergerweg. Dr. Robert Hirschfeld (1858–1914), Gründer der Volkskonzerte.

Hirschstettner Straße, 22. Bezirk (Kagran, Hirschstetten); zur Wahrung des Ortsnamens.

Hirschstettner Weg, 21. Bezirk; früher von Leopoldau bis Breitenleer Straße, heute verbaut.

Hirschvogelgasse, 20. Bezirk; August Hirschvogel (1503–1553), Zeichner und Geometer, verfertigte den ersten Plan von Wien.

Hirseweg, 22. Bezirk (Aspern); Getreidename.

Hlawacekweg, 14. Bezirk (Unter-Baumgarten); Prof. Anton Hlawacek (1842–1926), Landschaftsmaler.

Hochaustraße, 21. Bezirk; Siedlung „Großer Säulenhaufen".

Hochenaistgasse, 14. Bezirk (Hadersdorf); Flurname (nach dem Schottenwald).

Hocheneggasse, 19. Bezirk (Grinzing); Dr. Julius Hochenegg (1859–1940), Chirurg, Vorstand der II. Chirurgischen Universitätsklinik; und dessen Bruder Ing. Karl Hochenegg (1860–1942), Professor an der Technischen Hochschule.

Hochfeldstraße, 21. Bezirk (Stammersdorf); Flurname.

Hochheimgasse, 13. Bezirk (Lainz); bei Hochheim siegten die Österreicher über die Franzosen (7. Nov. 1813).

Hochmaisgasse, 13. Bezirk (Speising); Flurname.

Hochmuthgasse, 22. Bezirk (Kagran).

Hochsatzengasse, 14. Bezirk (Ober-Baumgarten); Flurname.

Hochstettergasse, 2. Bezirk; Ferdinand Hochstetter (1829–1884), Geologe, Forschungsreisender.

Hochstraße, 23. Bezirk (Rodaun); führt über eine Anhöhe von Rodaun nach Perchtoldsdorf.

Hochwaldweg, 22. Bezirk (Kagran); nach Stifters Roman „Der Hochwald".

Hochwassergasse, 23. Bezirk (Inzersdorf); zur Erinnerung an Hochwasserschäden durch die Liesing.

Hochsteineck, 19. Bezirk; Berg von 389 Metern, neben dem Dreimarkstein.

Hochweg, 17. Bezirk (Dornbach); Siedlung „Geistiger Arbeiter" (höchster Weg).

Hockegasse, 18. Bezirk (Gersthof, Pötzleinsdorf); Nikolaus Hocke (auch Hoche, 1628–1691), Stadtschreiber, schrieb eine Geschichte Wiens.

Höbarthgasse, 21. Bezirk (Leopoldau); Prof. Josef Höbarth (1891–1952), Gründer des Vorgeschichtlichen Museums in Horn.

Hoechlegasse, 22. Bezirk (Aspern); Johann Nepomuk Hoechle (1790–1835), Illustrator.

Höchsmannweg, 22. Bezirk (Aspern); Eduard Höchsmann (1871–1921), Bezirksrat von Floridsdorf.

Höchstädtplatz, 20. Bezirk; zur Erinnerung an Österreichs Sieg über Franzosen und Bayern im Spanischen Erbfolgekrieg (1704).

Hödlgasse, 23. Bezirk (Atzgersdorf); Karl Hödl (1867–1927), Steinbruchbesitzer.

Höfergasse, 9. Bezirk; der Tischlermeister Höfer eröffnete 1786 die Gasse.

Hoefftgasse, 11. Bezirk (Kaiser-Ebersdorf); Dr. Franz Hoefft (1882–1954), Weltraumforscher.

Hofbauergasse, 12. Bezirk (Gaudenzdorf); Josef Hofbauer (1822–1894), Vizebürgermeister von Gaudenzdorf.

Högelmüllergasse, 5. Bezirk; Georg Ritter v. Högelmüller (1770–1826), Gründer der Österreichischen Brandschaden-Versicherungs-Gesellschaft.

Höhenstraße, 17. Bezirk (Neuwaldegg), 18. Bezirk (Salmannsdorf) und 19. Bezirk (Ober-Sievering, Grinzing, Josefsdorf, Kahlenberger Dorf); diese Straße war und ist die Hauptverkehrsstraße des Wald- und Wiesengürtels. Sie ist so angelegt, daß sie einen herrlichen Blick über Wien und Umgebung gestattet. Größtenteils liegt sie höher als der Stephansturm, ist etwa 29 Kilometer lang, beginnt bei Hütteldorf und endet auf dem Leopoldsberg beziehungsweise in Klosterneuburg.

Höhenweg, 17. Bezirk (Neuwaldegg); der höchste Weg in der Siedlung „Hügelwiese".

Höhnegasse, 18. Bezirk (Gersthof); Johann Höhne (1808–1886), Baumeister in Währing.

Hölzelgasse, 23. Bezirk (Inzersdorf); ortsübliche Bezeichnung, ungeklärt.

Höpflergasse, 23. Bezirk (Atzgersdorf); Kaspar Höpfler (1821–1906), Besitzer einer Badeanstalt.

Hörbigerplatz, 14. Bezirk; aufgelassen (nach Hans Hörbiger, Gründer der Welteislehre).

Höritzergasse, 14. Bezirk (Unter-Baumgarten); Pankraz Höritzer (gest. 1511), Stifter der Kirche von Baumgarten.

Hörlgasse, 9. Bezirk; Georg Hörl (1722–1806), Bürgermeister von Wien.

Hörndlwaldgasse, 13. Bezirk (Auhof); ein Waldteil des Lainzer Tiergartens (abgeworfenes Gehörn der Rehböcke wird jedes Jahr an derselben Stelle gefunden).

Hörnesgasse, 3. Bezirk; Wiener Gelehrtenfamilie. Dr. Moritz (1818–1869), Geologe; Prof. Moritz (1852–1917), Prähistoriker; Prof. Rudolf (1850–1912), Geologe.

Hörtengasse, 11. Bezirk (Kaiser-Ebersdorf), Flurname.

Hofbauergasse, 12. Bezirk (Gaudenzdorf); Josef Hofbauer (1822–1894), Vizebürgermeister von Gaudenzdorf.

Hofburg, siehe „In der Burg".

Hofenedergasse, 2. Bezirk; Karl Hofeneder (1814–1885), Hoffischer.

Hoferstiege, 23. Bezirk (Liesing); Julius Hofer (1863–1923), Lehrer, Heimatforscher.

Hofferplatz, 16. Bezirk (Neulerchenfeld); Kaspar Hoffer (1823–1883), Gemeinderat, Baumeister.

Hoffingergasse, 12. Bezirk (Altmannsdorf); Johann Ritter v. Hoffinger (1825–1879), Besitzer von Schloß Altmannsdorf.

Hoffmeistergasse, 12. Bezirk (Meidling); Karl Hoffmeister (1808–1876), Mitglied des Gemeinderates.

Hofgasse, 5. Bezirk; nach dem Gutshof und dem Schloß Margareten.

Hofherrgasse, 10. Bezirk (Favoriten); Matthias Hofherr (1829–1909), Industrieller.

Hofherr-Schrantz-Gasse, 21. Bezirk (Strebersdorf); nach dem gleichnamigen Betrieb.

Hofjägerstraße, 13. Bezirk (Auhof) und 14. Bezirk (Weidlingau); siehe folgendes.

Hofjagdstraße, 13. Bezirk (Hacking); nach den Hofjagden im Lainzer Tiergarten.

Hofmanngasse, 18. Bezirk (Währing); Johann Hofmann (1767–1832), Erbauer der ersten Häuser.

Hofmannsthalgasse, 3. Bezirk; Hugo v. Hofmannsthal (1874–1929), Dichter.

Hofmoklgasse, 15. Bezirk (Sechshaus); Johann Hofmokl (1840–1900), Chirurgielehrer an der Wiener Universität.

Hofmühlgasse, 6. Bezirk; Karl Hof war der letzte Besitzer einer Mühle am Wienfluß, die dort von 1680 bis 1847 bestand.

Hofstädtengasse, 19. Bezirk (Salmannsdorf); Flurname.

Hofstallstraße, 1. Bezirk und 7. Bezirk; siehe auch Messeplatz und Museumstraße. Nach dem Hofstallgebäude, das 1723 bis 1725 von Fischer v. Erlach errichtet wurde. 1850 bis 1854 umgestaltet, wurde es 1920 zu Messezwecken verwendet. In der Hofstallburg befand sich Raum für 600 Pferde, die Wagenburg, Winterreitschule, Hofjagd- und Gewehrkammer.

Hofstättenweg, 21. Bezirk (Leopoldau) und 22. Bezirk (Kagran); Flurname.

Hofstattgasse, 18. Bezirk (Währing); Flurname.

Hofwiesengasse, 13. Bezirk (Lainz, Speising); Flurname. Nach einem im 14. Jahrhundert erbauten, von Wiesen umgebenen Hof.

Hofzeile, 19. Bezirk (Ober-Döbling); um 1721 Bachzeile, später Kirchenzeile, Grinzinger Weg oder Grinzinger Gasse, 1828 bis 1894 Herrengasse. Zur Erinnerung an die ursprüngliche Hofzeile, die älteste Gasse (Zeile) Ober-Döblings, in der als erstes Haus ein Gutshof des Nonnenklosters Tulln erbaut wurde, in der aber auch das Maria-Theresien-Schlößchen stand, in dem der Hof und die höchsten Kreise verkehrten.

Hohenauergasse, 19. Bezirk (Unter-Döbling); Paul Hohenauer (1802–1869), Bürgermeister von Unter-Döbling.

Hohenbergstraße, 12. Bezirk (Meidling); Johann Ferdinand Hohenberg (eigentlich Hetzendorf oder Hötzendorf, 1732–1816), Erbauer der Gloriette.

Hohenfeldgasse, 22. Bezirk (Hirschstetten); Ferdinand Graf v. Hohenfeld (1612–1675) und sein Sohn Otto Ferdinand (1648–1713), Besitzer der Herrschaft Hirschstetten, die 1709 von Fürst Adam Schwarzenberg gekauft wurde.

Hohenfelsplatz, 12. Bezirk (Meidling); Stella Hohenfels (1855–1920), Burgschauspielerin.

Hohenstaufengasse, 1. Bezirk, Herrschergeschlecht von 1138 bis 1254.

Hoher Markt, 1. Bezirk; ältester Platz Wiens (aus der Römerzeit), mit dem ältesten als sicher erwiesenen Standplatz eines Hauses in Wien (Berghof), zwischen Judengasse und Marc-Aurel-Straße. 1233 Der hohe Market, 1257 urkundlich forum altum (Hoher Platz). Heißt so wegen seiner natürlichen hohen Lage über einer zu einem Hauptarm der Donau (dem heutigen Donaukanal) steil abfallenden Böschung. Im Laufe der Zeiten hießen Teile: 1211 Under den Schurchstern, 1291 Hüenerbühel, 1295 Hüenerlukke, 1317 Fischmarkt, 1369 Silberbühel (ad culminum argenti dictum), später Unter den Scherläden, von 1350 bis um 1790 Unter den Wentchremen (Gewandkrämer).

Hoher Steig, 6. Bezirk (Magdalenengrund); auch Bergsteiggasse. Ein Teil heute Dürergasse, der Rest verbaut.

Hohe-Wand-Gasse, 14. Bezirk (Hadersdorf); nach der Hohen-Wand-Wiese.

Hohe Warte, 19. Bezirk (Unter-Döbling, Heiligenstadt); als Weingartenflur 1349 erwähnt, seit 1840 durch Errichtung einer Meierei und eines Kaffeehauses ein beliebter Ausflugsort auf der Anhöhe.

Hohlweg, 19. Bezirk (Unter-Sievering); Siedlung „Hohlweg".

Hohlweggasse, 3. Bezirk; nach einem Hohlweg, der von der Wieden auf die Landstraße führte.

Holbeingasse, 10. Bezirk (Inzersdorf); Franz Ignaz Holbein, Edler v. Holbeinsberg (1779–1855), Dichter, Burgtheaterdirektor.

Holetschekgasse, 21. Bezirk (Großjedlersdorf); Dr. Johann Holetschek (1846–1923), Astronom.

Holeyplatz, 10. Bezirk (Inzersdorf); Karl Holey (1879–1955), Dombaumeister.

Hollandstraße, 2. Bezirk; seit 1920. Früher Stephaniestraße, in die durch eine 1883 erfolgte Straßenregulierung die Große und Kleine Ankergasse einbezogen wurden. Zur Erinnerung an die in schwerster Zeit (1918 bis 1923) geleistete Hilfe Hollands.

Hollergasse, 15. Bezirk (Sechshaus, Rudolfsheim); ehemals flieder(holler-)reiche Gegend.

Hollerweg, 11. Bezirk (Simmering); Kleingartenanlage „Simmeringer Haide".

Hollerstaudenbastei, 1. Bezirk; nach dem in der Nähe befindlichen Haus „Zur Hollerstauden" (siehe Dominikanerbastei).

Hollgasse, 5. Bezirk; Maria Holl (1821–1900), Wohltäterin.

Hollitzergasse, 10. Bezirk (Favoriten); Karl Hollitzer (1874–1942), Maler.

Holochergasse, 15. Bezirk (Fünfhaus, Rudolfsheim); Friedrich Holocher (1831–1900), letzter Bürgermeister und erster Bezirksvorsteher von Rudolfsheim.

Holteigasse, 21. Bezirk (Großjedlersdorf); Karl Holtei (1798–1880), Theaterdirektor.

Holubstraße, 2. Bezirk; Dr. Emil Holub (1847–1902), Afrikareisender.

Holunderweg, 22. Bezirk (Aspern); Pflanzenname.

Holzerweg, 22. Bezirk (Kaisermühlen); Siedlungsname („Holzerau").

Holzgasse, 19. Bezirk (Nußdorf); frühere Holzlagerplätze am Donaukanal.

Holzhausergasse, 2. Bezirk; Ignaz Holzhauser (1758–1810), Ortsrichter von Leopoldstadt.

Holzknechtstraße, 10. Bezirk (Oberlaa); Dr. Guido Holzknecht (1872–1932), Professor der Röntgenkunde.

Holzmanngasse, 21. Bezirk (Leopoldau); Rudolf Holzmann (1883–1964), Unternehmer.

Holzmeistergasse, 21. Bezirk (Floridsdorf); Augustin Holzmeister, um 1786 Hofbeamter, Mitgründer Floridsdorfs.

Holzweg, 22. Bezirk (Kagran); Siedlung „ÖBB-Landwirte".

Holzstättengasse, 2. Bezirk; Lage und heutiger Name unbekannt.

Honiggäßlein, 1. Bezirk; schon 1355 genannt, jedoch Lage und heutiger Name unbekannt.

Hopfengasse, 21. Bezirk (Jedlesee, Großjedlersdorf); in der Nähe war das Jedleseer Brauhaus.

Hopfnerweg, 11. Bezirk (Kaiser-Ebersdorf); Dr. Friedrich Hopfner (1881–1849), Geodät (Landvermessung).

Horeischygasse, 13. Bezirk (Ober-St. Veit); Dr. Kurt Horeischy (1913–1945), Chemiker, Physiker.

Hormayrgasse, 17. Bezirk (Hernals); Josef Freiherr v. Hormayr zu Hartenburg (1782–1848), Geschichtsforscher.

Hornbostelgasse, 6. Bezirk; Theodor Ritter v. Hornbostel (1815–1888), Handelsminister, Großindustrieller.

Horneckgasse, 17. Bezirk (Hernals); Ottokar v. Horneck (1260–1309), Verfasser der steirischen Reimchronik.

Hornigweg, 19. Bezirk (Grinzing); Josef Hornig (1861–1911), Wiener Volksdichter.

Hornwerksbastion, 1. Bezirk; ein Teil der ehemaligen Befestigung Wiens auf dem Areal des Volksgartens.

Hortensienweg, 22. Bezirk (Aspern); Blumenname.

Horvathgasse, 16. Bezirk (Ottakring); Ödön v. Horvath (1901-1938), Dichter.

Hosnedlgasse, 22. Bezirk (Kagran).

Hoßplatz, 21. Bezirk (Floridsdorf, Donaufeld); Franz Hoß (1866–1947), Vizebürgermeister von Wien.

Hovenweg, 22. Bezirk (Kagran); zur Erinnerung an eine (um 1220) an der Donau bei Angern an der March gelegene Ansiedlung, die vom Hochwasser restlos vernichtet wurde.

Hoyosgasse, 4. Bezirk; Johann Ernst Graf Hoyos zu Sprinzenstein (1779–1849), Befehlshaber der Nationalgarde bei den Ereignissen des Jahres 1848. Ein Freiherr Ferdinand Albrecht v. Hoyos (gest. 1609) legte 1598 den heutigen Donaukanal an.

Hruschegasse, 10. Bezirk (Favoriten); in der Siedlung „Favoriten" (Funktionär?).

Hubergasse, 16. Bezirk (Ottakring); Anton Huber (1818–1874), eröffnete (um 1850) die Gasse.

Hubermanngasse, 23. Bezirk (Inzersdorf); Bronislav Hubermann (1882–1947), Violinvirtuose.

Hubert-Gsur-Gasse, 10. Bezirk (Oberlaa); Hubert Gsur (1912–1944), Lyriker, hingerichteter Widerstandskämpfer.

Hubertusallee, 22. Bezirk (Lobau); volkstümlicher Name eines Weges in der Lobau (beim Mitterhaufen).

Hubertusgasse, 21. Bezirk (Donaufeld); siehe Am Hubertusdamm.

Hubertusstraße, 21. Bezirk (Jedlesee); durch Umbauten verschwunden.

Hubertusweg, 17. Bezirk (Neuwaldegg); Siedlung „Hügelwiese".

Hügelgasse, 13. Bezirk (Unter-St. Veit); Karl Alexander Anselm Freiherr v. Hügel (1796–1870), Naturforscher, Reiseschriftsteller.

Hühnergasse, 1. Bezirk; durch die Regelung der Brandstätte (1876) verschwunden.

Hühnersteig, 21. Bezirk (Schwarzlackenau); Hausvogel.

Hühnersteigstraße, 14. Bezirk (Hadersdorf); wie vorher.

Hüttelberg, 14. Bezirk (Hütteldorf); 354 Meter. Zwischen Rosen- und Haltertal.

Hüttelbergstraße, 14. Bezirk (Hütteldorf); führt zum Hüttelberg.

Hütteldorfer Straße, 15. Bezirk (Fünfhaus, Rudolfsheim) und 14. Bezirk (Penzing, Breitensee, Unter- und Ober-Baumgarten); zur Wahrung des Ortsnamens.

Hüttenbrennergasse, 3. Bezirk und 11. Bezirk (Favoriten); Anselm Hüttenbrenner (1794–1868), Dichter (Freund Schuberts).

Hüttergasse, 14. Bezirk (Hadersdorf); Emil Hütter (1835–1886), Maler.

Hufelandgasse, 12. Bezirk (Meidling); Wilhelm Christoph v. Hufeland (1762–1836), Arzt.

Huflattichweg, 22. Bezirk (Eßling); Pflanzenname.

Hufgasse, 21. Bezirk (Donaufeld); nach einem Bauunternehmen?.

Huglgasse, 15. Bezirk (Rudolfsheim); Julius Hugl (1813–1888), Bürgermeister von Rudolfsheim.

Hugogasse, 11. Bezirk (Simmering); Hugo Zipperling, Grundbesitzer um 1870.

Hugo-Kirsch-Gasse, 23. Bezirk (Mauer); Prof. Hugo Kirsch (1873–1961), Bildhauer.

Hugo-Wolf-Gasse, 6. Bezirk; Hugo Wolf (1860–1903), Komponist.

Huleschgasse, 19. Bezirk (Unter-Döbling); Dr. Wilhelm Hulesch (1817–1906), Pfarrer von Döbling.

Humboldtgasse, 10. Bezirk (Favoriten); siehe folgendes.

Humboldtplatz, 10. Bezirk (Favoriten); Alexander v. Humboldt (1769–1859), Naturforscher.

Hummelgasse, 13. Bezirk (Ober-St. Veit); Johann Nepomuk Hummel (1778–1837), Komponist.

Hungerberg, 19. Bezirk (Unter-Döbling, Grinzing); 240 Meter. 1311 „Auf dem Hungerperg", zwischen Hoher Warte und Grinzinger Allee.

Hungerbergstraße, 19. Bezirk (Unter-Döbling, Grinzing); führt auf den Hungerberg (Weingartenflur).

Hungereckstraße, 23. Bezirk (Inzersdorf); Flurname.

Huppgasse, 10. Bezirk (Favoriten); Anton Hupp (1827–1906), Wohltäter.

Husarenweg, 22. Bezirk (Aspern); Siedlung „Konrathgründe". Nach den in den Napoleonischen Kriegen eingesetzten Reitern (1809).

Huschkagasse, 19. Bezirk (Grinzing); Franz Edler v. Huschka (1751–1830), Wohltäter.

Hustergasse, 14. Bezirk (Penzing); Wilhelm Huster, 1850 letzter Ortsrichter und erster Bürgermeister von Rustendorf.

Huterstraße, 1. Bezirk; schon 1328 genannter Name, heutige Lage und Bezeichnung unbekannt.

Huttengasse, 14. Bezirk (Breitensee) und 16. Bezirk (Ottakring); Ulrich Ritter v. Hutten (1488–1523), Dichter.

Huttererqasse, 11. Bezirk (Simmering); nach einem ehemaligen Feldweg, der an einem Hutmacherladen vorbeiführte.

Hutweidengasse, 19. Bezirk (Ober-Döbling); Flurname, Weidegrund.

Hyazinthengasse, 22. Bezirk (Hirschstetten); Pflanzenname.

Hyegasse, 3. Bezirk, Anton Freiherr v. Hye-Glunek (1807–1894), Rechtsgelehrter, Universitätsprofessor.

Hyrtlgasse, 16. Bezirk (Ottakring); Prof. Josef Hyrtl (1810–1894), Arzt, Anatom.

I

Ibachstraße, 22. Bezirk (Eßling); Albert Ibach (1902–1947), Direktor des Josefstädter Theaters.

Ibsenstraße, 15. Bezirk (Fünfhaus) und 16. Bezirk (Ottakring); Henrik Ibsen (1825–1906), Dichter.

Ichagasse, 21. Bezirk (Donaufeld); Oskar Icha (1886–1945), Bildhauer.

Ichmanngasse, 2. Bezirk.

Igelsteig, 21. Bezirk (Schwarzlackenau); Tiername.

Iglaseegasse, 19. Bezirk (Unter-Döbling); wasserreiche Gegend, in der viele Egel lebten. 1355 „Egelsee" genannt.

Ignaz-Born-Weg, 13. Bezirk (Ober-St. Veit); Ignaz Edler v. Born (1742–1791), Freimaurer (Vorbild für Mozarts Sarastro in der Zauberflöte).

Ignaz-Pleyel-Gasse, 10. Bezirk (Inzersdorf); Ignaz Pleyel (1757–1831), Komponist.

Ignaz-Weigl-Gasse, 11. Bezirk (Simmering); Ignaz Weigl (1849–1911), Bezirksvorsteher-Stellvertreter von Simmering.

Ignazgasse, 12. Bezirk (Meidling); Ignaz Zelebor (1815–1890), Bürgermeister von Unter-Meidling.

Ilgplatz, 2. Bezirk; Dr. Albert Ilg (1847–1896), Geschichtsforscher.

Illekgasse, 15. Bezirk (Rudolfsheim); Franz Illek (1793–1861), erster Bürgermeister von Braunhirschen.

Illgasse, 21. Bezirk (Leopoldau); Flußname in Vorarlberg.

Illnerstraße, 22. Bezirk (Eßling); Karl Illner (1877–1935), Flugpionier.

Im Erdberger Mais, 3. Bezirk; Flurname (schon 1445 urkundlich erwähnt).

Im Gereute, 23. Bezirk (Mauer); Flurname (von „gerodet").

Im Gestockert, 22. Bezirk (Eßling); Flurname (von Baumstöcken).

Im Haag, 22. Bezirk (Kaisermühlen); Flurname.

Im Kenzelbrunn, 14. Bezirk (Purkersdorf); Flurname.

Immengasse, 21. Bezirk (Großjedlersdorf); Bienenzucht in Floridsdorf.

Immergrüngasse, 22. Bezirk (Aspern); Pflanzenname.

Im Werd, 2. Bezirk; zur Wahrung des Ortsnamens.

Im Winkel, 18. Bezirk; Siedlung „Schönbrunner Graben".

In den Falkenlagen, 21. Bezirk (Stammersdorf); Flurname.

In den unteren Jungenbergen, 21. Bezirk (Stammersdorf); Flurname.

In den Gabrissen, 21. Bezirk (Stammersdorf); Flurname.

In den Kräutern, 17. Bezirk (Neuwaldegg); Flurname.

In der Burg, 1. Bezirk; Platz in der Hofburg (Innerer Burgplatz). Die Hofburg wurde 1219 bis 1221 als Neue Burg („des Herzogen niuwe Burc", der heutige Schweizertrakt) außerhalb der Stadt erbaut, 1444 bis 1447 vergrößert, 1660 bis 1666 der Cillierhof angeschlossen. Hofbibliothek, Reichskanzlei, Winterreitschule, Redoutensäle sowie der 1889 bis 1895 erbaute Teil gegen den Ring ergeben das Gebäude der heutigen „Neuen Hofburg".

In der goldenen Erden, 21. Bezirk (Stammersdorf); Flurname.

In der Hagenau, 13. Bezirk (Lainz); Flurname, durch Hage(dorn)büsche getrennte Weideplätze.

In der Krim, 19. Bezirk (Ober-Döbling); ursprünglich Flurname, jetzt Bezeichnung des Platzes. Um 1870 führte in der damals noch unverbauten Gegend der Gastwirt Josef Grimmer seinen Betrieb, für den sich dieser Name einbürgerte (Grimmer = Krim).

In der oberen (großen) Erdberger Gassen, 3. Bezirk; Lage und heutiger Name unbekannt.

In der Rosenlukken, 4. Bezirk; aufgelassen. Schon 1211 so genannt. Lukke wurden kleine Ansiedlungen außerhalb der Festung Wien genannt.

In der Wiesen, 23. Bezirk (Erlaa); Flurname.

Indigoweg, 10. Bezirk (Rothneusiedl); nach einer Strauß-Operette.

Industriegasse, 23. Bezirk (Atzgersdorf); in der Umgebung Hauptsitz der Atzgersdorfer Wirtschaft.

Industriestraße, 22. Bezirk (Kagran, Stadlau); nach Kriegsende „Straße der Roten Armee" (zur Erinnerung an die „Befreiung" Wiens). Zur Würdigung der Industrie in der Umgebung.

Ingen-Housz-Gasse, 9. Bezirk; Dr. Johann Ingen-Housz (1738–1799), Naturforscher.

Ing.-Körner-Gasse, 17. Bezirk (Dornbach); nach Ing. Theodor Körner (technischer Berater der Siedlung „Geistiger Arbeiter").

Ing.-Sarek-Weg, 22. Bezirk (Stadlau); Weg „An der unteren Alten Donau" (Kleingartenfunktionär?).

Innocentiagasse, 13. Bezirk (Ober-St. Veit); Innocentia Pögel (1824–1907), erst Ordensschwester des Elisabethinenklosters in Ober-St. Veit, dann durch 40 Jahre Oberin.

Innocenz-Lang-Gasse, 18. Bezirk (Währing); Franz Innocenz Lang (1752–1835), Piaristenpriester, Professor am Piaristengymnasium in Strebersdorf.

Innstraße, 2. Bezirk und 20. Bezirk; Nebenfluß der Donau.

In Sätzen, 23. Bezirk (Liesing); Flurname.

Invalidengasse, 21. Bezirk; ehemals in der Siedlung „Großer Bruckhaufen".

Invalidenstraße, 3. Bezirk; nach einem Invalidenhaus, 1727 gegründet, 1909 aufgelassen und nach Lainz/Speising verlegt.

Inwaldweg, 21. Bezirk (Donaufeld); nach einer Glasfabrik?.

Inzersdorfer Straße, 10. Bezirk (Favoriten, Inzersdorf); zur Wahrung des Ortsnamens.

Inzersdorf-Kirchenplatz, 23. Bezirk (Inzersdorf); nach der St. Nikolaus-Kirche.

Irenäusgasse, 21. Bezirk (Strebersdorf); Irenäus Friedl (1840–1901), Schulbruder, Gründer des Pensionates St. Josef in Strebersdorf.

Irisgasse, 1. Bezirk; von 1600 bis 1770 Hundsfottgassel, bis 1849 Adam-und-Eva-Gassel, bis 1862 Glockengasse. Nach einem Ladenschild mit der Iris (Götterbotin).

Isbarygasse, 14. Bezirk (Hütteldorf); Rudolf Isbary (1827–1892), Handelskammerpräsident.

Iselgasse, 21. Bezirk (Leopoldau); Flußname in Tirol.

Isoppgasse, 23. Bezirk (Mauer); Bartholomäus Isopp (1878–1951), Arbeitervertreter.

Ispergasse, 21. Bezirk (Leopoldau); Nebenfluß der Donau in Niederösterreich (eigentlich Ysper).

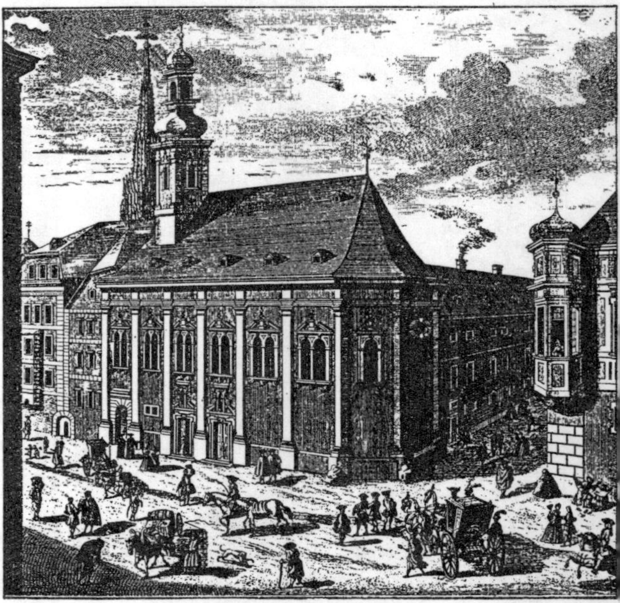

Kloster St. Nicolas

J

Jacoberbastei, 1. Bezirk; auch Braunbastei, 1545 bis 1555 erbaut, um 1860 abgerissen.

Jacobsenweg, 12. Bezirk (Altmannsdorf); Dr. Sigurd Jacobsen (1882–1931), Jurist.

Jacobsgasse, 14. Bezirk (Weidlingau); Johann Jacobs (1869–1958), Kaffeehersteller.

Jacquingasse, 3. Bezirk; Nikolaus Josef Freiherr v. Jacquin (1727–1817), Pflanzenforscher.

Jadengasse, 14. Bezirk (Rudolfsheim); Karl Krticzka Ritter v. Jaden (1824–1885), Polizeipräsident.

Jägerhausgasse, 12. Bezirk (Hetzendorf); nach einem ehemals hier bestandenen Jägerhaus.

Jägermaisbogen, 22. Bezirk (Aspern); Siedlung „Jägermais" (gebogener Weg).

Jägermaiszufahrt, 22. Bezirk (Aspern); führt zur Siedlung „Jägermais".

Jägerstraße, 20. Bezirk; zum Schutz der 1645 erbauten Brigittakapelle wurde ein Jägerhaus erbaut, zu dem die heutige Jägerstraße die Verbindung mit der Stadt herstellte.

Jägergrabenstraße, 21. Bezirk; ehemalige Siedlung „Großer Säulenhaufen".

Jägerweggasse, 23. Bezirk (Kalksburg); führt zum „Jägerhaus".

Jagdgasse, 10. Bezirk (Favoriten); hier fanden bis etwa 1860 noch Hasenjagden statt.

Jagdschloßgasse, 13. Bezirk (Lainz); in Lainz befand sich um 1839 ein kaiserliches Jägerhaus (Jagdschloß).

Jägerzeile, 2. Bezirk; Allee in der Freudenau (heute Gärtnerstraße), zur Wahrung des Ortsnamens.

Jagićgasse, 13. Bezirk (Lainz); Dr. Vratoslav Jagić (1838–1923), Slawist.

Jahngasse, 5. Bezirk; Ludwig Jahn (1778–1852), Förderer des Turnwesens (Turnvater Jahn).

Jakobergasse, 1. Bezirk; nach dem 1783 aufgelassenen Nonnenkloster „St. Jakob auf der Hülben", angeblich von einer „Matrone Khülberin" 1191 erbaut.

Jakob-Gremdlinger-Straße, 14. Bezirk (Hadersdorf); (richtig Gremblinger) 1600 bis 1614 Pfarrer von Weidlingau.

Jakob-Los-Weg, 17. Bezirk (Dornbach); Funktionär der Siedlung „Ferdinand Hanusch".

Jakob-Puggl-Weg, 14. Bezirk (Hadersdorf); Jakob Puggl, um 1560 Forstmeister.

Jakob-Sommerbauer-Straße, 23. Bezirk (Kalksburg); Jakob Sommerbauer, von den Franzosen 1809 erschossen, Bürgermeister von Kalksburg.

Jakob-Stainer-Gasse, 13. Bezirk (Speising); Jakob Stainer (1621–1683), Tiroler Meister der Geigenbauschule.

Jakschgasse, 14. Bezirk (Penzing); Josef Jaksch (1861–1937), Ehrenvorstand des Sängerbundes.

Jan-Kiepura-Gasse, 14. Bezirk (Hütteldorf); Jan Kiepura (1902–1966), Tenor.

Janneckgasse, 13. Bezirk (Lainz); Franz Christoph Janneck (1705–1761), österreichischer Barockmaler.

Jantschweg, 2. Bezirk; Heinrich Jantsch (1845–1899), Theaterleiter.

Jara-Benes-Gasse, 21. Bezirk (Strebersdorf); Jara Benes (1897–1949), Komponist.

Jarlweg, 10. Bezirk (Inzersdorf); Otto Jarl (1856–1920), Bildhauer.

Jaschkagasse, 23. Bezirk (Mauer); Heinrich Jaschka (1849–1897), setzte sich für die Gemeinde ein.

Jasmingasse, 22. Bezirk (Aspern); Pflanzenname.

Jasomirgottstraße, 1. Bezirk; Herzog Heinrich II. Jasomirgott von Österreich (1114–1177), Gründer der Burg am Hof, der Stephanskirche, des Schottenklosters usw. Jasomirgott kommt von seiner Gepflogenheit, die Worte „Ja, so mir Gott helfe!" zu verwenden.

Jaunerstraße, 13. Bezirk (Auhof); Franz Jauner (1832–1900), Theaterdirektor.

Jaurèsgasse, 3. Bezirk; von 1938 bis 1945 Richthofengasse, vor- und nachher Lustig-Prean-Gasse, jetzt so. Jean Jaurès (1859–1914), Sozialpolitiker.

Jedlersdorfer Platz, 21. Bezirk; aufgelassen, teilweise Otto-Storch-Gasse.

Jedlersdorfer Straße, 21. Bezirk (Großjedlersdorf, Stammersdorf); zur Wahrung des Ortsnamens.

Jedleseer Straße, 21. Bezirk (Floridsdorf, Großjedlersdorf, Jedlesee); zur Wahrung des Ortsnamens.

Jenbachgasse, 13. Bezirk (Auhof); Bela Jenbach (1871–1943), Schauspieler.

Jeneweingasse, 21. Bezirk (Jedlesee); Josef Jenewein (1829–1899), Bürgermeister von Jedlesee.

Jennerplatz, 13. Bezirk (Ober-St. Veit); Dr. Eduard Jenner (1749–1823), Arzt, Gründer der Kuhpocken-Impfung.

Jenny-Lind-Gasse, 10. Bezirk (Inzersdorf, Oberlaa); Jenny Lind (1820–1877), Sängerin.

Jenullgasse, 14. Bezirk (Penzing); Sebastian Jenull (1773–1848), Schriftsteller.

Jerusalemgasse, 21. Bezirk (Leopoldau); Dr. Wilhelm Jerusalem (1854–1923), Philosoph.

Jessengasse, 19. Bezirk (Heiligenstadt); Christian Jessen (1847–1925), Pädagoge.

Jesuitengasse, 1. Bezirk; 1547 Türndl, 1594 Gassel beim Heiligenkreuzerhof gegenüber der Lampelburse, später Kleine Kirchengasse, bis 1862 Kirchengasse. Der Orden der Jesuiten (Gesellschaft Jesu), 1540 gegründet, 1551 in Wien, 1554 Am Hof, 1783 in Österreich aufgelöst, Anfang des 19. Jahrhunderts zurückberufen. 1627 bis 1631 Erbauung der Kirche und des Kollegiums am Universitätsplatz.

Jesuitensteig, 23. Bezirk (Mauer); zur Erinnerung an früheren Jesuitenbesitz.

Jettmargasse, 23. Bezirk (Mauer); Rudolf Jettmar (1869–1939), Maler.

Jheringgasse, 15. Bezirk (Rudolfsheim); Rudolf v. Jhering (1818–1892), Rechtsgelehrter.

Jiricekgasse, 21. Bezirk (Strebersdorf); Dr. Konstantin Jiricek (1854–1918), Slawist.

Joachim-Schettl-Gasse, 14. Bezirk (Hadersdorf); Joachim Schettl, Waldmeister (heute etwa „Oberförster") im 16. Jahrhundert.

Joachimsthalerplatz, 16. Bezirk (Ottakring); Franz Joachimsthaler (1892–1911), Schlossergehilfe, fiel als Opfer einer Kundgebung am 17. September 1911.

Joanelligasse, 6. Bezirk; Don Cölestin Joanelli (gest. 1673), Barnabitenpriester, Gründer einer Kapelle mit dem Muttergottesbild „Maria hilf".

Jochbergengasse, 21. Bezirk (Großjedlersdorf); Flurname (Joch ist ein Feldmaß), nach bergigen Gründen.

Jochen-Rindt-Straße, 23. Bezirk (Inzersdorf); Jochen Rindt (1942–1970), Weltmeister im Autorennfahren.

Jodlgasse, 13. Bezirk (Hietzing); Friedrich Jodl (1849–1914), Philosoph.

Jodok-Fink-Platz, Jodok Fink (1853–1929), Politiker.

Jörgerbadgasse, 17. Bezirk (Hernals); nach dem 1912 bis 1914 errichteten Jörgerbad.

Jörgerstraße, 17. Bezirk (Hernals) und 18. Bezirk (Währing); Johann Quintin Jörger (1624–1704), Staatsmann, führte die Wiener Straßenbeleuchtung ein.

Jörsgasse, 13. Bezirk (Speising); Dr. Paul Jörs (1856–1925), Rechtswissenschafter.

Johannagasse, 5. Bezirk; Johanna Gorischek (1794–1858), Wohltäterin.

Johann-Blobner-Gasse, 12. Bezirk (Hetzendorf); Johann Blobner (1850–1931), Chormeister.

Johann-Dunkl-Gasse, 23. Bezirk (Hetzendorf); Johann Dunkl (1891–1954), Inzersdorfer Gemeinderat.

Johannesgasse, 1. Bezirk und 3. Bezirk; nach der Kirche des Johannesordens „Zum hl. Johannes der Täufer" (1200), 1336 wurde die Kirche erbaut, 1646 und 1804 umgebaut. Schon 1295 und 1301 als „strata Sancti Joannis" urkundlich erwähnt.

Johann-Friedl-Gasse, 10. Bezirk (Oberlaa); Johann Friedl (1822–1892), Schuldirektor.

Johann-Fürst-Platz, 2. Bezirk; heute Oswald-Thomas-Platz.

Johann-Gottek-Gasse, 21. Bezirk (Inzersdorf); Johann Gottek (1891–1963), Bezirksrat.

Johann-Hörbiger-Gasse, 23. Bezirk (Mauer); Ing. Johann Hörbiger (1860–1950), Gründer der (inzwischen überholten) Welteistheorie.

Johann-Hoffmann-Platz, 12. Bezirk (Altmannsdorf); Johann Hoffmann (1786–1856), Erbauer der Altmannsdorfer Kirche.

Johannitergasse, 10. Bezirk (Favoriten); diese Gegend war einst im Besitz des Johanniterordens.

Johann-Josef-Krätzer-Gasse, 23. Bezirk (Atzgersdorf); Johann Josef Krätzer (1869–1950), Gemeinderat von Atzgersdorf.

Johann-Knoll-Gasse, 21. Bezirk (Jedlesee), Johann Knoll (1856–1924), Wiener Gemeindepolitiker.

Johann-Laufner-Gasse, 21. Bezirk (Großjedlersdorf); Johann Laufner (1786–1848), Ortsrichter von Großjedlersdorf.

Johann-Nepomuk-Berger-Platz, 16. Bezirk (Ottakring) und 17. Bezirk (Hernals); in der Kriegszeit Lerchfeldplatz. Dr. Johann Nepomuk Berger (1816–1870), Minister.

Johann-Nepomuk-Vogl-Platz, 18. Bezirk (Währing); Johann Nepomuk Vogl (1802–1866), Balladendichter.

Johannserweg, 11. Bezirk (Kaiser-Ebersdorf); führte vom Zentralfriedhof nach Klein-Schwechat.

Johann-Pölzer-Gasse, 10. Bezirk (Oberlaa); Johann Pölzer (1903–1964), Gewerkschafter.

Johann-Schorsch-Gasse, 14. Bezirk (Weidlingau); Johann Schorsch (1904–1965), Gemeinderat.

Johann-Staud-Straße, 16. Bezirk (Ottakring); Johann Staud (1882–1939), hingerichteter Widerständler (Gewerkschafter).

Johann-Strauß-Gasse, 4. Bezirk; Johann Strauß Sohn (1825–1899), Musiker, Komponist.

Johann-Teich-Gasse, 22. Bezirk; bis 1945 bei Mergenthalerplatz (heute Straßnergasse?).

Johann-Treixler-Gasse, 21. Bezirk (Jedlesee); Johann Nepomuk Treixler (1842–1898), Schuldirektor von Großjedlersdorf.

Johann-Weber-Straße, 21. Bezirk (Stammersdorf); Johann Weber (1839–1909), Gemeinderat.

Johnstraße, 14. Bezirk (Penzing) und 15. Bezirk (Rudolfsheim, Fünfhaus); Franz Xaver Freiherr v. John (1815–1876), Feldzeugmeister.

Jordangasse, 1. Bezirk, nach einem Hausschild „Zum großen Jordan", schon 1421 erwähnt.

Josef-Baumann-Gasse, 21. Bezirk und 22. Bezirk (Leopoldau); Josef Baumann (1840–1918), Bürgermeister von Leopoldau.

Josef-Benc-Gasse, 23. Bezirk (Erlaa); Josef Benc (1856–1931), Gemeinderat.

Josef-Christ-Straße, 2. Bezirk; führte von der Vorgartenstraße zum Handelskai.

Josef-Bindtner-Gasse, 18. Bezirk (Pötzleinsdorf); Dr. Josef Bindtner (1866–1939), Heimatforscher.

Josef-Bühl-Gasse, 23. Bezirk (Liesing); Josef Bühl (1852–1906), Bürgerschulgründer und -direktor.

Josef-Endlweber-Gasse, 23. Bezirk (Siebenhirten); Josef Endlweber (1822–1887), Bürgermeister von Siebenhirten.

Josef-Enslein-Platz, 10. Bezirk (Inzersdorf); Josef Enslein (1870–1952), Schulreformer.

Josef-Flandorfer-Straße, 21. Bezirk (Stammersdorf), Josef Flandorfer (1844–1920), Bürgermeister von Stammersdorf.

Josef-Gall-Gasse, 2. Bezirk, Josef Gall (1820–1898), Gründer der „Rathauskorrespondenz".

Josef-Gangl-Gasse, 13. Bezirk (Ober-St. Veit); Josef Gangl (1868–1916), Dichter.

Josef-Heinzl-Gasse, 13. Bezirk (Ober-St. Veit); Josef Heinzl (1869–1923), Vertreter des Metallarbeiterverbandes.

Josefigasse, 5. Bezirk; bis 1862 ein Teil der heutigen Wehrgasse.

Josefinengasse, 2. Bezirk, Josefine Ley, Gattin des Bezirksvorstehers Konrad Ley.

Josefine-Wessely-Weg, 12. Bezirk (Meidling); Josefine Wessely (1860–1887), Burgschauspielerin.

Josef-Kainzmayer-Gasse, 22. Bezirk (Eßling); Josef Kainzmayer (1848–1895), Bürgermeister von Eßling.

Josef-Kutscha-Gasse, 23. Bezirk (Liesing); Josef Kutscha (1863–1928), Gemeinderat.

Josef-Kyrle-Gasse, 13. Bezirk (Speising); Dr. Josef Kyrle (1880–1926), Hautarzt.

Josef-Meder-Gasse, 23. Bezirk (Liesing); Dr. Josef Meder (1856–1934), Direktor der Albertina.

Josef-Melichar-Gasse, 21. Bezirk (Donaufeld); Josef Melichar (1863–1955), Siedlungsgründer (Bruckhaufen).

Josef-Moser-Gasse, 17. Bezirk (Dornbach); Josef Moser (1866–1931), Lehrer, Gründer des Canisiuswerkes (Kinderhilfswerk).

Josef-Österreicher-Gasse, 23. Bezirk (Erlaa, Atzgersdorf); Josef Österreicher (1849–1919), verdienter Geschäftsmann.

Josef-Palme-Platz, 14. Bezirk (Weidlingau); Josef Palme (1859–1935), Bürgermeister von Hadersdorf-Weidlingau).

Josef-Pommer-Gasse, 13. Bezirk (Ober-St. Veit); Josef Pommer (1845–1918), Musikforscher.

Josef-Prokop-Straße, 14. Bezirk (Hadersdorf, Weidlingau); Josef Prokop (1839–1904), Baumeister.

Josef-Redl-Gasse, 17. Bezirk (Dornbach); Josef Redl (1876–1937), Bezirksvorsteher von Hernals.

Josef-Reichl-Gasse, 12. Bezirk (Altmannsdorf); Josef Reichl (1860–1924), Dichter.

Josef-Reiter-Gasse, 14. Bezirk (Penzing); aufgelassen?.

Josef-Reißberger-Weg, 17. Bezirk (Dornbach); Gründungsmitglied der Siedlung „Ferdinand Hanusch".

Josef-Richter-Gasse, 21. Bezirk; an der oberen Alten Donau (Mühlschüttel?).

Josef-Ressel-Straße, 14. Bezirk (Hadersdorf); Josef Ressel (1793–1857), Erfinder der Schiffsschraube.

Josef-Ruston-Gasse, 21. Bezirk (Jedlesee); Josef Ruston (1809–1895), Schiffbautechniker.

Josef-Schlesinger-Straße, 14. Bezirk (Hadersdorf); Dr. Josef Schlesinger (1834–1901), Gemeinderat von Hadersdorf.

Josef-Schlima-Gasse, 23. Bezirk (Liesing); Josef Schlima (1883–1942), Gemeinderat von Liesing.

Josef-Schuster-Gasse, 13. Bezirk (Lainz); Josef Schuster (1812–1890), Blumenmaler.

Josef-Schwarz-Gasse, 5. Bezirk; Josef Schwarz (1834–1912), Bezirksvorsteher von Margareten.

Josefsgasse, 8. Bezirk; nach Kaiser Joseph I. (1678–1711).

Josef-Sickinger-Gasse, 22. Bezirk (Kagran); Dr. Josef Sickinger (1858–1930), Pädagoge, Schulexperte.

Josefsplatz, 1. Bezirk; um 1522 „Hefar" (fraglich), 1750 Ballplatz, gegen 1780 Bibliotheksplatz. Nach Kaiser Joseph II. (1741–1790).

Josefstädter Straße, 8. Bezirk; zur Wahrung des Ortsnamens.

Josef-Türk-Gasse, 21. Bezirk (Schwarzlackenau); Josef Türk (1856–1923), Vorstand des Floridsdorfer Fürsorgeinstituts.

Josef-Winter-Gasse, 12. Bezirk (Altmannsdorf); An den Froschlacken.

Josef-Wakovsky-Gasse, 21. Bezirk (Strebersdorf); Josef Wakovsky (1900–1959), Schrammelmusik-Komponist.

Josef-Weinheber-Platz, 16. Bezirk (Ottakring) und 14. Bezirk (Breitensee); Josef Weinheber (1892–1945), berühmter österreichischer Dichter.

Josef-Zapf-Gasse, 21. Bezirk (Jedlesee); Josef Zapf (1847–1902), Stempelschneider (dichtete „Das Lied der Arbeit").

Joseph-Haydn-Straße, 14. Bezirk (Hadersdorf); Joseph Haydn (1732–1809), Komponist.

Joseph-Kainz-Platz, 18. Bezirk (Währing); Joseph Kainz (1858–1910), Burgschauspieler.

Joseph-Lister-Gasse, 13. Bezirk (Ober-St. Veit); Lord Joseph Lister (1827–1912), englischer Chirurg, Erfinder der antiseptischen Verbandsweise.

Jubiläumswarte, 16. Bezirk; 1897 erstmals aus Holz erbaut, 1898 aus Eisen errichtet. Anläßlich des 50jährigen Regierungsjubiläums Kaiser Franz Josephs I.

Juchgasse, 3. Bezirk; früher Im Gerstenbauch, 1862 Haltergasse, 1920 Rudolfsgasse, Ernst Juch (1838–1909), Zeichner, Maler.

Judengasse, 1. Bezirk; ein Teil 1246 Alter Chienmarkcht, seit 1391 Judengasse. Seit altersher ein bekannter Verkaufsort der Altkleiderhändler.

Judenplatz, 1. Bezirk; so benannt seit 1437. Vorher, seit 1204, nach der dortigen Judenschule „Schulhof der Juden" benannt. Von 1934 bis 1938 Lessingplatz (heutiges Denkmal).

Judenschanzl, 1. Bezirk; Befestigungswerk an der Donau (heutiger Donaukanal).

Judentore, 1. Bezirk; die 1354 urkundlich erwähnten vier Tore des Judenviertels (gegen den Hohen Markt, die Hohe Brücke, die Färbergasse und die Drahtgasse).

Judenturm, Aussichtsturm an den Festungsmauern bei der Hohen Brücke.

Julienstraße, 18. Bezirk (Pötzleinsdorf); heute unbekannt.

Jüptnergasse, 22. Bezirk (Leopoldau); Hans Jüptner v. Jonstorff (1853–1941), Chemiker.

Julia-Hanusch-Weg, 17. Bezirk (Dornbach); Siedlung „Ferdinand Hanusch" (nach der Gattin desselben).

Julius-Berger-Gasse, 17. Bezirk (Dornbach); Gründer der Siedlung „Geistiger Arbeiter".

Julius-Ficker-Straße, 21. Bezirk (Leopoldau); Prof. Julius v. Ficker (1826–1902), Historiker.

Julius-Meinl-Gasse, 16. Bezirk (Ottakring) und 17. Bezirk (Hernals); Julius Meinl (1869–1944), Großkaufmann.

Julius-Payer-Gasse, 22. Bezirk (Kaisermühlen); Julius Ritter v. Payer (1841–1915), Maler.

Julius-Raab-Platz, 1. Bezirk; Julius Raab (1891–1964), Bundeskanzler (1953–1961), um den Abschluß des Staatsvertrages höchst verdienter Politiker.

Julius-Schlegel-Gasse, 21. Bezirk (Stammersdorf); Julius Schlegel (1895–1958), Retter der Kunstschätze von Montecassino (1943).

Julius-Tandler-Platz, 9. Bezirk; Dr. Julius Tandler (1869–1936), Anatom.

Jungferngasse, 1. Bezirk; 1414 urkundlich „daz lückelin" und „das Luckel" genannt. Der heutige Name taucht erst 1709 in Beziehung zu einer Wiener Sage auf.

Jungferngassel, 3. Bezirk und 11. Bezirk; früherer (1672) Gehweg in den Sautoräckern vor der Marxer Linie. Beim Bau des Schlachthofes verschwunden.

Jungherrnsteig, 19. Bezirk (Kahlenberger Dorf); schon 1393 Weingartenflurname. Nach einem Erholungsplatz der Jungherren (Novizen) des Stiftes Klosterneuburg.

Jungmaisplatz, 22. Bezirk (Kaisermühlen); hier befanden sich junge Waldpflanzungen. Heute aufgelassen oder in die Schüttaustraße und Schödlbergergasse einbezogen.

Jungmaisstraße, 22. Bezirk (Kaisermühlen); siehe vorher.

Jungnickelweg, 12. Bezirk (Altmannsdorf, Inzersdorf).

Jungpointgasse, 12. Bezirk (Hetzendorf); Flurname.

Jungstraße, 2. Bezirk; Karl Jung (1848–1905), Gemeinderat der Leopoldstadt.

Junkgasse, 22. Bezirk (Eßling); früher Maderspergergasse. Dr. Viktor Junk (1875–1948), Kunsthistoriker.

Jupiterweg, 14. Bezirk (Hütteldorf); Planet des Sonnensystems.

Jupiterweg, 22. Bezirk (Kagran); Siedlungsweg.

Jura-Soyfer-Gasse, 10. Bezirk (Oberlaa); Jura Soyfer (1912–1939), Kabarettdichter.

Jurekgasse, 15. Bezirk (Rudolfsheim); Wilhelm August Jurek (1870–1934), Schöpfer des Deutschmeistermarsches.

Justgasse, 21. Bezirk (Großjedlersdorf); Ferdinand Just (1843–1912), Pfarrer von Großjedlersdorf.

K

Kaasgrabengasse, 19. Bezirk (Grinzing, Unter-Sievering); Flurname. 1331 als Cheswassergraben urkundlich erwähnt. Zu einer Schweinemast im Walde sagte der Volksmund „Geäs", von „äsen", später Kes, Käs, Kaas usw.

Kabastagasse, 23. Bezirk (Inzersdorf); Oswald Kabasta (1896–1946), Musiker, Dirigent.

Kärchergasse, 3. Bezirk; Elisabeth Kärcher (1820–1874), stiftete ein Armenhaus.

Kärntner Durchgang, 1. Bezirk; neu erbaut 1910 bis 1911, Erklärung siehe Kärntner Straße.

Kärntner Ring, 1. Bezirk; von 1917 bis 1920 Kaiserin-Zita-Ring. Siehe Kärntner Straße.

Kärntner Straße, 1. Bezirk; schon 1257 Karnerstraße, von carnarium, Leichenhof. Möglich auch die Beziehung zu Kärnten, da die Straße auch mit „strata carinthianorum" erwähnt ist.

Kärntner Tor, Altes und Neues, 1. Bezirk; Namen 1276 urkundlich bestätigt. 1531 gesperrt und neu erbaut. 1547 bis 1549 wurde ein anderes, das Neue Kärntner Tor, eröffnet, das bis etwa 1672 in Verwendung war. Dann wurde dieses Tor gesperrt und das Alte Kärntner Tor wieder aufgemacht, das bis 1808 benützt wurde. Wegen dem immer mehr anwachsenden Verkehr wurden in der Folge beide Tore benützt, bis 1858 das Alte und 1861 das Neue Kärntner Tor im Zuge der Schleifung der Stadtmauern verschwanden.

Kärntner Turm, 1. Bezirk; 1295 urkundlich bestätigt, 1673 demoliert. Stand Ecke Kärntner Straße/Walfischgasse.

Käsmayergasse, 22. Bezirk (Eßling).

Kästenbaumgasse, 10. Bezirk (Oberlaa); Flurname nach Kastanienbäumen (Kästen).

Käthe-Dorsch-Gasse, 14. Bezirk (Ober-Baumgarten); Käthe Dorsch (1890–1957), Burgschauspielerin.

Käthe-Leichter-Gasse, 13. Bezirk (Ober-St. Veit); Dr. Käthe Leichter (1895–1942), Mitglied des Nationalrates.

Kafkastraße, 2. Bezirk; Franz Kafka (1883–1924), Dichter.

Kaftangasse, 21. Bezirk (Leopoldau); Rudolf Kaftan (1870–1961), Gründer des Uhrenmuseums.

Kagraner Anger, 22. Bezirk (Kagran); führte einst in die Felder.

Kagraner Platz, 22. Bezirk (Kagran); früher Kagraner Hauptstraße. Zur Wahrung des Ortsnamens.

Kahlenberger Straße, 19. Bezirk (Heiligenstadt, Nußdorf, Josefsdorf); führt zum Kahlenberg (483 Meter). Dieser hieß bis 1690 Schweinsberg (auch Sauberg), während schon seit 1135 der heutige Leopoldsberg „callenberg“ genannt wurde, was sich vom althochdeutschen Ausdruck für Eber (Galter) ableiten läßt. Nach neueren Forschungen jedoch ist die Ableitung des Namens vom baumlosen donauseitigen Abhang die richtige. Kahl heißt althochdeutsch kalo, kalwer, kalwen. Die älteste Schreibweise des Berges ist Chalwen perg. In jüngerer Vergangenheit volkstümlich auch Josefsberg.

Kahlergasse, 22. Bezirk (Eßling); Prof. Dr. Otto Kahler (1849–1895), Arzt.

Kahlgasse, 21. Bezirk (Floridsdorf, Donaufeld); Josef Kahl, Tischlermeister, 1850 bis 1861 Bürgermeister von Floridsdorf.

Kainachgasse, 21. Bezirk (Leopoldau); Flußname in der Steiermark.

Kaingasse, 21. Bezirk (Strebersdorf); Johann Kain (gest. 1864), Wohltäter.

Kainzgasse, 17. Bezirk (Dornbach); Josef Kainz (1810–1892), Gemeinderat von Hernals.

Kaiserallee, 2. Bezirk; benannt nach Kaiser Franz Joseph I. (1830–1916).

Kaiserbadschleuse, 1. Bezirk; ehemals war bei der Schleuse im Donaukanal (beim Schottenring) ein Bad.

Kaiserbarrikade, 1. Bezirk; Naglergasse. Nach der Abdankung Kaiser Ferdinands (14. März 1848) entstanden während der Revolution verschiedene Barrikaden, deren größte sich in der Naglergasse befand und so genannt wurde.

Kaiser-Ebersdorfer-Straße, 11. Bezirk (Simmering, Kaiser-Ebersdorf), zur Wahrung des Ortsnamens.

Kaiser-Franz-Joseph-Allee, 15. Bezirk; früher hatte die heutige Felberstraße zwei Benennungen: linke Seite Felberstraße, rechte Seite so.

Kaiser-Franz-Josef-Straße, 22. Bezirk (Rodaun); nach Kaiser Franz Joseph I. (1830–1916).

Kaisergartenstraße, 3. Bezirk; hier bestand ein Lustgarten, der in zeitweisem Besitz des Kaiserhauses war. 1840 bis 1845 aufgelöst und verbaut.

Kaisermühlenstraße, 22. Bezirk (Stadlau); zur Wahrung des Ortsnamens.

Kaisersteiggasse, 23. Bezirk (Rodaun); Flurname (1675 „Kaisergangsteig“).

Kaiserstraße, 7. Bezirk; um 1760 ein Teil Kaiserweg, ein anderer Teil um 1700 Obere Gasse. Durch die Verbauung der Gasse verschwanden die Riede Im Greiner, Im Feld und Schottenäcker. Nach Kaiser Joseph II. benannt, dem Gründer der Vorstadt Schottenfeld.

Kaiserwasserstraße, 21. Bezirk; ehemals in der Siedlung „Großer Säulenhaufen".

Kaiserweg, 16. Bezirk (Ottakring); vom Weißen Kreuz bis zum Roten Kreuz (Wattgasse bis Sandleitengasse) führender Feldweg, den die Mitglieder des Kaiserhauses benützten, wenn sie ins Ottakringer „Gebürge" zur Jagd ausritten.

Kaiserweg, 20. Bezirk; um 1830 Weg neben einem Donauarm.

Kaiserweg, 21. Bezirk; Jagdweg um 1820 am Ufer der unregulierten Donau.

Kaistraße, 10. Bezirk (Oberlaa); entlang der Liesing.

Kalbeckgasse, 18. Bezirk (Pötzleinsdorf); Max Kalbeck (1850–1921), Musikschriftsteller.

Kalkofen, Am, 11. Bezirk; einst volkstümliche Bezeichnung, heute aufgelassen.

Kalksburger Straße, 23. Bezirk (Mauer, Kalksburg); nach dem Ort Kalksburg (ehemalige Kalkbrennereien).

Kalksburg–Kirchenplatz, 23. Bezirk (Kalksburg); zur Wahrung des Ortsnamens.

Kallbrunnergasse, 21. Bezirk (Strebersdorf); Dr. Josef Kallbrunner (1881–1951), Direktor des Hofkammerarchives.

Kallinagasse, 16. Bezirk (Ottakring); Anna Kallina (1874–1948), Burgschauspielerin.

Kalmanstraße, 13. Bezirk (Auhof); Emmerich Kalman (1882–1953), Komponist.

Kalmusweg, 22. Bezirk (Hirschstetten); Pflanzenname.

Kalsergasse, 21. Bezirk (Donaufeld); Namensgeber dürfte ein Bäckermeister namens Kalser sein.

Kaltenbäckgasse, 14. Bezirk (Unter-Baumgarten); Johann Paul Kaltenbäck (1804–1861), Geschichtsforscher.

Kaltenleutgebner Straße, 23. Bezirk (Rodaun); führt nach der Ortschaft Kaltenleutgeben.

Kalvarienberggasse, 17. Bezirk (Hernals); 1639 Errichtung der Kreuzwegstationen und Schlußsteinlegung der Grabkapelle, die 1683 vernichtet wurde. 1709 bis 1714 wurde der Kalvarienberg erbaut, wiederholt umgestaltet. Seit 1892 in der heutigen Form.

Kamelienweg, 22. Bezirk (Hirschstetten); Blumenname.

Kamillenweg, 22. Bezirk (Stadlau); Pflanzenname.

Kammelweg, 21. Bezirk (Jedlesee); Dr. Willibald Kammel (1879–1953), Jugendpädagoge.

Kammerergasse, 19. Bezirk (Pötzleinsdorf); Dr. Paul Kammerer (1880–1926), Biologe.

Kampfstraße, 14. Bezirk (Hadersdorf); nach Kämpfen, die hier 1945 beim Einmarsch der Russen stattfanden.

Kampstraße, 20. Bezirk; Flußname in Niederösterreich.

Kanalstraße, 22. Bezirk (Aspern, Stadlau); nach einem zum Pumpwerk führenden Kanal(?).

Kandlgasse, 7. Bezirk; nach einem schon um 1820 erwähnten Hausschild „Zur goldenen Kanne".

Kaniakgasse, 11. Bezirk (Simmering); Karl Kaniak (1872–1931), volkstümlicher Dichter.

Kanitzgasse, 23. Bezirk (Mauer); Dr. Otto Kanitz (1894–1940), Pädagoge.

Kannegasse, 15. Bezirk (Fünfhaus); Friedrich August Kanne (1778–1833), Musikkritiker.

Kantgasse, 1. Bezirk; Immanuel Kant (1724–1804), Philosoph.

Kantnergasse, 21. Bezirk (Großjedlersdorf); Simon Kantner (gest. 1867), Lehrer.

Kanzelgarten, 11. Bezirk (Kaiser-Ebersdorf); Gebiet im Besitz der Pfarre (Pfaffenau).

Kapaunplatz, 20. Bezirk; Dr. Franz Kapaun (1851–1929)), Bauleiter und Betriebsdirektor der städtischen Gaswerke.

Kapellenaustraße, 22. Bezirk (Kaisermühlen); nach einer Kapelle in der ehemaligen Siedlung „Großer Säulenhaufen".

Kapellenweg, 22. Bezirk (Aspern); bei der Kapelle wurde 1809 der Sieg über die Franzosen errungen.

Kapitelgasse, 17. Bezirk (Hernals); die Herrschaft Hernals wurde 1625 von Kaiser Ferdinand II. dem Wiener Domkapitel geschenkt (nachdem es vorher dem geächteten Freiherrn Helmhard Jörger abgenommen wurde).

Kapleigasse, 11. Bezirk (Kaiser-Ebersdorf); Flur- und Wiesenname.

Kaposigasse, 22. Bezirk (Eßling); Prof. Dr. Moriz Kaposi (1837–1902), Arzt (Hautforscher).

Kappgasse, 3. Bezirk; Gisbert Kapp (1852–1922); Maschinenbautechniker (Wegbereiter des Elektromaschinenbaues).

Karajangasse, 20. Bezirk; Theodor v. Karajan (1810–1873), Literaturforscher.

Karczaggasse, 22. Bezirk (Süßenbrunn); Wilhelm Karczag (1857–1923), ehemaliger Direktor und Besitzer des Theaters an der Wien.

Kardinal-Innitzer-Platz, 19. Bezirk (Ober-Döbling); Kardinal Theodor Innitzer (1875–1955), Erzbischof von Wien.

Kardinal-Nagl-Platz, 3. Bezirk; die Errichtung dieses Platzes brachte die Schulgasse, den Thomasplatz und die Thomasgasse zum Verschwinden. Franz Nagl (1855–1913), Fürsterzbischof von Wien.

Kardinal-Piffl-Gasse, 13. Bezirk (Auhof); Kardinal Friedrich Gustav Piffl (1864–1932), Erzbischof von Wien.

Kardinal-Rauscher-Platz, 15. Bezirk (Rudolfsheim); Othmar Ritter v. Rauscher (1797–1875), Fürsterzbischof von Wien.

Kargergasse, 23. Bezirk (Inzersdorf); Karl Karger (1848–1913), Maler.

Karl-Aschenbrenner-Gasse, 21. Bezirk (Floridsdorf); Karl Aschenbrenner (1865–1955), Schuldirektor.

Karl-Bauer-Gasse, 14. Bezirk; heute Funkhgasse(?).

Karl-Beck-Gasse, 18. Bezirk; 1894 Marktgasse, bis 1938 Karl-Beck-Gasse, 1938 bis 1945 Gustloff-Gasse, nach 1945 wieder so. Verlief von der Antonigasse zur Währinger Straße.

Karl-Bekehrty-Straße, 14. Bezirk (Hadersdorf); Karl Bekehrty (1822–1886), Wohltäter.

Karl-Benz-Weg, 21. Bezirk (Großjedlersdorf); Karl Benz (1844–1929), Autokonstrukteur.

Karl-Borromäus-Platz, 3. Bezirk; Graf Karl Borromäus (1538–1584), Bischof (1610 heiliggesprochen).

Karl-Czerny-Gasse, 20. Bezirk; Karl Czerny (1791–1857), Komponist.

Karl-Diener-Gasse, 10. Bezirk (Oberlaa); Prof. Karl Diener (1862–1928), Professor für Urweltkunde.

Karl-Drescher-Gasse, 11. Bezirk (Kaiser-Ebersdorf); Karl Wilhelm Drescher (1850–1925), Komponist.

Karlgasse, 14. Bezirk (Purkersdorf); ungeklärt.

Karl-Geiß-Gasse, 23. Bezirk (Mauer); Karl Geiß (1905–1953), Direktor der Glockengießerei St. Florian (Schöpfer der Neuen Pummerin).

Karl-Gramm-Gasse, 21. Bezirk (Jedlesee); Karl Gramm (1855–1927), Tondichter (Sozialisten-Marsch).

Karl-Grübl-Weg, 22. Bezirk (Aspern); Karl Grübl (1869–1925), gründete einen Arbeiter-Verband.

Karl-Heinz-Straße, 23. Bezirk (Atzgersdorf); Karl Heinz (1875–1928), Vizebürgermeister von Atzgersdorf.

Karl-Hesse-Straße, 22. Bezirk (Eßling); führte von der Gartenheimstraße zur Gernotgasse.

Karl-Hofmann-Gasse, 21. Bezirk; führte zur Siebenbürgerstraße.

Karlikgasse, 23. Bezirk (Mauer); Dr. Karl Karlik (1867–1951), Direktor der nö. Landeshypothekenanstalt.

Karlingergasse, 14. Bezirk (Penzing); Leopold Karlinger (1846–1929), Bezirksvorsteher des 13. Bezirkes.

Karl-Kraus-Gasse, 12. Bezirk (Hetzendorf); Karl Kraus (1874–1936), Dichter, Journalist.

Karl-Krestan-Gasse, 23. Bezirk (Inzersdorf); Karl Krestan (1883–1957), Inzersdorfer Politiker.

Karl-Kurz-Gasse, 14. Bezirk (Purkersorf); fraglich.

Karl-Leeder-Gasse, 14. Bezirk (Auhof); Karl Leeder (1879–1949), Obmann des Kleingartenvereines „Bierhäuselberg".

Karl-Löwe-Gasse, 12. Bezirk (Meidling); Karl Löwe (1796–1869), Komponist.

Karl-Lothringer-Straße, 21. Bezirk (Stammersdorf); Herzog Karl v. Lothringen (1643–1690), Führer des Entsatzheeres bei der Türkenbelagerung von 1683.

Karl-Mader-Weg, 19. Bezirk (Neustift am Walde).

Karl-Meißl-Straße, 20. Bezirk; Karl Meißl (1824–1894), Stadtrat.

Karl-Metschl-Gasse, 16. Bezirk (Ottakring); Karl Metschl (1864–1924), Vorkämpfer für Berufsberatung und Lehrlingsschutz.

Karl-Penka-Gasse, 17. Bezirk (Dornbach); heute teilweise Carl-Reichert-Gasse.

Karl-Pummer-Gasse, 14. Bezirk (Purkersdorf); ungeklärt.

Karl-Sarg-Gasse, 23. Bezirk (Liesing); Karl Sarg (1832–1895), Fabrikant.

Karl-Schallhas-Gasse, 13. Bezirk (Ober-St. Veit); Karl Schallhas (1767–1797), Maler, Kupferstecher.

Karl-Scheiber-Gasse, Karl Scheiber (1870–1937), Vizebürgermeister von Erlaa.

Karl-Schwed-Gasse, 23. Bezirk (Mauer); Karl Schwed (1878–1952), Kämpfer für die Arbeiterschaft.

Karl-Schweighofer-Gasse, 7. Bezirk; Karl Schweighofer (1839–1905), Klaviererzeuger.

Karlsgasse, 4. Bezirk; siehe Karlsplatz.

Karlsplatz, 1. Bezirk und 4. Bezirk; aus Dankbarkeit für das Erlöschen der Pest im Jahre 1713 ließ Kaiser Karl IV. (1685–1740) die Karlskirche errichten (1716 bis 1737).

Karl-Toldt-Weg, 14. Bezirk (Ober-Baumgarten, Hütteldorf); Dr. Karl Toldt (1840–1920), Anatom.

Karl-Tornay-Weg, 23. Bezirk (Siebenhirten); Karl Tornay (1839–1893), Bürgermeister von Siebenhirten.

Karl-von-Böhmerle-Gasse, 14. Bezirk (Hadersdorf); Karl v. Böhmerle (1851–1917), Ehrenbürger von Hadersdorf.

Karl-Walther-Gasse, 15. Bezirk (Sechshaus); Karl Walther (1838–1897), Bürgermeister von Sechshaus.

Karlweisgasse, 18. Bezirk (Währing); C. Karlweis (richtig Karl Weis, 1850–1901), Schriftsteller.

Karl-Wilhelm-Diefenbach-Gasse, 13. Bezirk (Auhof); Karl Wilhelm Diefenbach (1851–1913), Maler.

Karmarschgasse, 10. Bezirk (Favoriten, Inzersdorf); Karl Karmarsch (1803–1879), Technologe.

Karmelitergasse, 2. Bezirk; siehe Karmeliterplatz.

Karmeliterhofgasse, 15. Bezirk (Fünfhaus); ehemaliger Gutshof der Karmeliter.

Karmeliterplatz, 2. Bezirk; nach Kloster und Kirche des Karmeliterordens (Kirche erbaut 1622 bis 1624 und 1627 bis 1639).

Karolinengasse, 4. Bezirk; Kaiserin Karoline Auguste (1792–1873), Gemahlin Kaiser Franz I.

Karolinentor, 1. Bezirk; über Veranlassung der Kaiserin Karoline Auguste von der Gemeinde Wien erbaut, 1817 eröffnet. Nur für Fußgänger geeignet, 1862 bis 1863 demoliert.

Karplusgasse, 10. Bezirk (Favoriten) und 12. Bezirk (Meidling); Dr. Paulus Karplus (1866–1936), Anatom.

Karthäuserstraße, 19. Bezirk (Unter-Sievering); die Herrschaft Unter-Sievering befand sich im Besitz des Kartäuserstiftes zu Gaming in Niederösterreich.

Kartouschgasse, 22. Bezirk (Hirschstetten); Louise Kartousch (1886–1964), Operettensängerin.

Kaschauerplatz, 22. Bezirk (Eßling); Jakob Kaschauer (gest. 1463), Bildhauer.

Kaschlgasse, 20. Bezirk; Franz Kaschl (1829–1906), Schuldirektor.

Kaserngasse, 23. Bezirk (Mauer); nach früheren Kasernen.

Kaserngasse, 2. Bezirk; Lage und heutiger Name unbekannt.

Kasparekgasse, 22. Bezirk (Breitenlee); Fritz Kasparek (1910–1954), Alpinist.

Kaspargasse, 22. Bezirk (Süßenbrunn); Dr. Fritz Kaspar (1885–1943), Arzt.

Kastanienallee, 12. Bezirk (Meidling); Allee aus Kastanienbäumen.

Kastnergasse, 17. Bezirk (Hernals); Dr. Johann Kastner (1819–1873), Politiker.

Katharinengasse, 10. Bezirk (Favoriten); Ursprung nicht geklärt.

Kathleingasse, 23. Bezirk (Mauer); Ing. Franz Kathlein (1888–1957), Baumeister.

Katzensteig, 1. Bezirk; bei der Salzgries-Regulierung verbaut. Führte zum Katzensteigtor, dem ältesten Tor der Festung Wien, das 1825 abgerissen wurde. Heute wird das Stück Weg hinter der Ruprechtskirche so genannt.

Katzlergasse, 11. Bezirk (Simmering); Vinzenz Katzler (1823–1882), Maler.

Kaudersstraße, 22. Bezirk (Eßling); Dr. Otto Kauders (1893–1949), Neurologe.

Kauergasse, 15. Bezirk (Rudolfsheim); Ferdinand Kauer (1751–1831), Tondichter.

Kauffungenweg, 23. Bezirk (Atzgersdorf); Richard Kauffungen (1854–1942), Bildhauer.

Kaulbachstraße, 12. Bezirk (Hetzendorf); bis 1920 Valeriecottage. Wilhelm v. Kaulbach (1804–1874), Maler.

Kaunitzgasse, 6. Bezirk; Wenzel Anton Fürst v. Kaunitz (1711–1794), Staatskanzler.

Kefergasse, 14. Bezirk (Ober-Baumgarten); Josef Kefer (1780–1827), Domherr, Pfarrer von Baumgarten.

Kegelgasse, 3. Bezirk; bis 1862 hießen Teile Brunn-, Koller-, Zoll-, Feld- und Gestettengasse. Nach einem Hausschild „Zum goldenen Kögel".

Kegelgasse, 4. Bezirk; bei der Regulierung des Kaunitz-Bergls verschwunden.

Keilgasse, 1. Bezirk; beim Neubau des Hauses Schottengasse 7 verschwunden.

Keilgasse, 3. Bezirk; nach dem keilförmigen Gassenverlauf.

Keilstraße, 14. Bezirk (Hadersdorf); Heinrich Keil (richtig Kail), 1895 bis 1901 Pfarrer von Weidlingau.

Keimweg, 22. Bezirk (Aspern); Franz Keim (1840–1918), österreichischer Dramatiker.

Keinergasse, 3. Bezirk; um 1797 Michaelergasse, 1862 die Feldgasse in die bestehende Keinergasse einbezogen. Bernhard Keiner (1726–1785), aus einer altansässigen Gärtnerfamilie.

Keißlergasse, 14. Bezirk (Hütteldorf); Karl Ritter v. Keißler (1808–1879), Betriebsdirektor der Westbahn.

Keldorfergasse, 10. Bezirk (Inzersdorf); Prof. Viktor Keldorfer (1873–1959), Chorleiter des Wiener Schubertbundes.

Kellerberggasse, 23. Bezirk (Siebenhirten); nach den Kellern des ehemaligen Brauhauses.

Kellermanngasse, 7. Bezirk; Georg Kellermann (1820–1895), Wohltäter.

Kellinggasse, 15. Bezirk (Sechshaus); Karl Kelling, Großunternehmer (näheres noch nicht geklärt).

Keltengasse, 23. Bezirk (Atzgersdorf); vorchristliches Volk.

Kempelengasse, 10. Bezirk (Favoriten); Wolfgang Kempelen (1734–1804), Mechaniker.

Kempfengerngasse, 16. Bezirk (Ottakring); Flurname. 1364 urkundlich erwähnt als „Kämphl" und „Kemphengern". Wahrscheinlich wurde um dieses Stück Feld gekämpft (siehe Krieau) „Gern" ist ein keilförmiges Feldstück.

Kendegasse, 21. Bezirk (Donaufeld); Dr. Oskar Kende (1881–1945) Mittelschullehrer.

Kendlerstraße, 14. Bezirk (Breitensee) und 16. Bezirk (Ottakring) Karl Edler v. Kendler (1777–1859), Schloßbesitzer in Breitensee.

Kennergasse, 10. Bezirk (Favoriten); Dr. Friedrich Kenner (1834–1922), Altertumsforscher (Erforscher des römischen Wien).

Kenyongasse, 7. Bezirk; Eugenie Louise Kenyon-Turovsky (1806–1857), Gründerin des Sophienspitals.

Keplergasse, 10. Bezirk (Favoriten); siehe folgendes.

Keplerplatz, 10. Bezirk (Favoriten); Johannes Kepler (1571–1630), Astronom.

Keplingergasse, 13. Bezirk (Auhof); Dora Keplinger-Eibenschütz (1876–1949), Soubrette.

Kerbelgasse, 14. Bezirk (Hütteldorf); Pflanzenname (Gewürz).

Kermaunerweg, 22. Bezirk (Eßling).

Kerngasse, 23. Bezirk (Rodaun); Alexander Kern (1843–1898), Bürgermeister von Rodaun.

Kernhausgasse, 13. Bezirk (Auhof); hier ist der „Kern" des Bauobjektes.

Kernstockplatz, 16. Bezirk (Ottakring); Dr. Ottokar Kernstock (1848–1928), österreichischer Lyriker.

Kernstraße, 12. Bezirk (Hetzendorf); Anton Kern (1842–1915), Bürgermeister von Hetzendorf.

Kerpengasse, 21. Bezirk (Schwarzlackenau); Karl Baron Kerpen (1741–1823), Inhaber des Infanterie-Regiments Nr. 49, siegte hier in einer Schlacht über die Franzosen (1809).

Kerschensteinergasse, 12. Bezirk (Meidling); Dr. Georg Kerschensteiner (1854–1932), deutscher Pädagoge.

Kerstnerweg, 16. Bezirk (Ottakring); Georg Kerstner, um 1670 Pfarrer in Ottakring.

Kettenbrückengasse, 4. Bezirk und 5. Bezirk; von 1827 bis 1862 Lumpertsgasse. 1828 wurde über den Wienfluß die Kettenbrücke erbaut.

Ketzergasse, 23. Bezirk (Siebenhirten, Liesing, Perchtoldsdorf, Rodaun); Josef Ketzer (1869–1944), Bürgermeister von Siebenhirten.

Keylwerthgasse, 19. Bezirk (Salmannsdorf); Ignaz Keylwerth (1811–1885), Wohltäter.

Khekgasse, 23. Bezirk (Liesing, Rodaun); Friedrich Khek (1874–1950), Bürgermeister von Liesing.

Khemetergasse, 23. Bezirk (Atzgersdorf); Matthias Khemeter, um 1580 erster Schulmeister in Atzgersdorf.

Khevenhüllerstraße, 18. Bezirk (Währing) und 19. Bezirk (Pötzleinsdorf); erst Pötzleinsdorfer Hohlweg, bis 1894 Bergsteiggasse. Johann Josef Graf Khevenhüller (1706–1776), Besitzer der Herrschaft Pötzleinsdorf.

Khleslplatz, 12. Bezirk (Altmannsdorf); Melchior Khlesl (1553–1630), Kardinal, Staatsmann.

Khuenweg, 22. Bezirk (Aspern); Franz Maria Khuen (1860–1922), Bildhauer.

Khunngasse, 3. Bezirk; Franz Ritter v. Khunn (1802–1892), Bürgermeisterstellvertreter von Wien.

Kiefernplatz, 22. Bezirk (Aspern); Nadelbaumname.

Kielmannsegg-Weg, 21. Bezirk (Jedlesee); durch Verbauung verschwunden.

Kienmayergasse, 14. Bezirk (Breitensee); Johann Michael Kienmayer, um 1740 Besitzer der Herrschaft Breitensee.

Kierischitzstraße, 22. Bezirk (Stadlau).

Kiesewettergasse, 10. Bezirk (Favoriten); Raphael Georg Kiesewetter Edler v. Wiesenbrunn (1773–1850), Musikschriftsteller.

Kiesgasse, 14. Bezirk (Breitensee); Philipp Jakob Kies, Brauergeselle, Märzgefallener des Jahres 1848 (früher fälschlich Kißgasse).

Kimmerlgasse, 11. Bezirk (Kaiser-Ebersdorf); Matthias Kimmerl (gest. 1883), Ortsrichter von Kaiser-Ebersdorf.

Kindergartengasse, 19. Bezirk (Heiligenstadt); nach dem städtischen Kindergarten.

Kindermanngasse, 17. Bezirk (Hernals); Ferdinand Kindermann Ritter v. Schulstein (1741–1801), Schulreformer.

Kinderspitalgasse, 9. Bezirk; nach dem 1837 erbauten Kinderspital.

Kiningergasse, 12. Bezirk (Hetzendorf); Vinzenz Georg Kininger (1767–1851), Kupferstecher.

Kinkplatz, 14. Bezirk (Ober-Baumgarten); Martin Ritter v. Kink (1800–1877), Ingenieur für Wasser- und Städtebau.

Kinskygasse, 23. Bezirk (Inzersdorf); Maria Rosa Aloisia Katharina Fürstin v. Kinsky, von 1783 bis 1802 Besitzerin der Herrschaft Inzersdorf.

Kinzerplatz, 21. Bezirk (Donaufeld); Dr. Karl Kinzer (1857–1915), Erbauer der II. Wiener Hochquellenwasserleitung.

Kirchberggasse, 7. Bezirk; Wolf v. Kirchberg (gest. um 1498), aus altem niederösterreichischem Geschlecht, Pächter eines Grundes der Vorstadt Spittelberg.

Kirchengasse, 7. Bezirk; bis um 1650 Mühlgassel, 1790 Todtengassel, 1862 Luftschitzgasse. 1862 wurde die Drei-Hüte-Gasse einbezogen. Führt zur Mariahilfer Kirche (erbaut 1660 als Kapelle, 1686 bis 1689 als Kirche, 1713 umgebaut in die heutige Gestalt).

Kirchengasse, 10. Bezirk (Oberlaa); nach der Pfarrkirche St. Ägydi (erbaut 1795).

Kirchengässel, 1. Bezirk; um 1580 bis 1742 bestanden. Durch die Umgestaltung des Stephansplatzes verschwunden.

Kirchenplatz, 23. Bezirk (Atzgersdorf); nach der Atzgersdorfer Kirche.

Kirchenplatz, 23. Bezirk (Inzersdorf); Platz vor der Kirche.

Kirchenplatz, 23. Bezirk (Kalksburg); siehe vorher.

Kirchenplatz, 23. Bezirk (Rodaun); siehe vorher.

Kirchfeldgasse, 12. Bezirk (Hetzendorf) und 23. Bezirk (Atzgersdorf); Flurname.

Kirchhoffgasse, 21. Bezirk (Donaufeld); Gustav Robert Kirchhoff (1824–1887), Physiker.

Kirchmeyergasse, 13. Bezirk (Hietzing); Josef Kirchmeyer (1837–1912), Bürgermeister von Hietzing.

Kirchsteig, 21. Bezirk (Leopoldau); führte von der Kirche in die dortigen Felder.

Kirchstetterngasse, 16. Bezirk (Neulerchenfeld); Therese v. Kirchstettern (1690–1766), Kirchenstifterin.

Kirchtaggasse, Kirchtagplatz, 20. Bezirk; aufgelassen.

Kirschenallee, 12. Bezirk (Altmannsdorf); Allee aus Kirschenbäumen.

Kirschenallee, 22. Bezirk (Eßling); Allee aus Kirschenbäumen.

Kirsteweg, 10. Bezirk (Unterlaa); Dr. Leo Kirste (1892–1965), Professor für Flugzeugbau.

Kittgassel, 10. Bezirk; schon 1832 wurde dieser Weg erwähnt (führte über Felder zur Neilreichgasse).

Kittelsengasse, 10. Bezirk (Inzersdorf); Theodor Kittelsen (1857–1914), norwegischer Maler.

Kiurinagasse, 10. Bezirk (Inzersdorf); Berta Kiurina (1882–1933), Opernsängerin.

Kiwischgasse, 22. Bezirk (Eßling); Dr. Franz Ritter v. Kiwisch (1814–1852), Gynäkologe.

Klabundgasse, 19. Bezirk (Heiligenstadt); Alfred Klabund (richtig Henschke, 1891–1928), Dichter.

Klährgasse, 12. Bezirk (Meidling); Franziska Klähr (1774–1850), pflegte in den Napoleon-Kriegen 1809 bis 1813 aufopfernd verwundete Soldaten.

Klagbaumgasse, 4. Bezirk; nach der Sage von einem alten, morschen Baum, der Krieg, Hungersnot und Pest durch „Klagen" voraussagte. Von 1266 bis 1785 stand hier das Siechenhaus „Zum Klagbaum".

Klagergasse, 21. Bezirk (Großjedlersdorf); Josef Klager (1849–1918), Gemeindevertreter von Großjedlersdorf.

Klammergasse, 9. Bezirk; Karl Klammer (1810–1884), Kinderfreund.

Klampfelberggasse, 17. Bezirk (Dornbach, Neuwaldegg); führt auf den Klampfelberg, einen Ausläufer des Schafberges.

Klanggasse, 2. Bezirk; Dominik Klang (1806–1857), Ortsrichter von Leopoldstadt.

Klaraweg, 11. Bezirk (Simmering); Weg in der Siedlung „Simmeringer Haide".

Klasterskygasse, 10. Bezirk (Inzersdorf); Dr. Wilhelm Klastersky (1880–1961), Politiker.

Klausenburger Straße, 10. Bezirk (Favoriten); nach Klausenburg, der Hauptstadt Siebenbürgens.

Klausgasse, 16. Bezirk (Ottakring); Johann Klaus (1847–1893), Maler, Kupferstecher.

Klebindergasse, 11. Bezirk (Kaiser-Ebersdorf); Josef Klebinder (1796–1874), Pfarrer von Kaiser-Ebersdorf.

Klebindergraben, 11. Bezirk (Kaiser-Ebersdorf); siehe vorher.

Klebinderweg, 11. Bezirk (Kaiser-Ebersdorf); siehe vorher.

Klederinger Straße, 10. Bezirk (Unterlaa, Kaiser-Ebersdorf); führt nach der Gemeinde Kledering.

Kleeblattgasse, 1. Bezirk; um 1400 Ofenlukken, bis 1862 Ofenlochgasse. Nach einem Hausschild „Zum Kleeblatt", einem steinernen Hauswahrzeichen.

Kleeblattweg, 17. Bezirk (Neuwaldegg); Weg in der Siedlung „Hügelwiese".

Kleeweg, 11. Bezirk (Simmering); Weg in der Siedlung „Simmeringer Haide".

Kleibersteig, 14. Bezirk (Hütteldorf); Karl Kleiber (1838–1902), Kapellmeister.

Kleiberweg, 22. Bezirk (Stadlau); Vogelname.

Kleine Mohrengasse, 2. Bezirk; bis 1876 Kleine Fuhrmanngasse. Nach einem Hausschild „Zum Mohren".

Kleine Neugasse, 4. Bezirk und 5. Bezirk; diese Gasse wurde 1780 „neu" angelegt.

Kleine Pfarrgasse, 2. Bezirk; bis 1862 Rauchfangkehrergasse. Nach der 1670 bis 1671 erbauten Pfarrkirche „Zum hl. Leopold".

Kleiner Heuberg, 17. Bezirk; 351 Meter, bei der Graserhütte.

Kleiner Ring, 13. Bezirk (Auhof); ringförmiger Straßenverlauf.

Kleiner Schafberg, 17. Bezirk und 18. Bezirk; 305 Meter, zwischen Dornbach und Gersthof.

Kleinertgasse, 10. Bezirk (Favoriten); Weg in der Siedlung „Favoriten" (Funktionärsname?).

Kleine Sperlgasse, 2. Bezirk; nach den „Sperlsälen", einer Vergnügungsstätte, die 1807 von Johann Georg Sperl gegründet wurde.

Kleine Stadtgutgasse, 2. Bezirk; der hier einst bestehende Hof mit dem dazugehörigen Grund befanden sich im Besitz der Stadtverwaltung.

Kleingartenstraße, 21. Bezirk; ehemals in der Siedlung „Großer Säulenhaufen".

Kleingasse, 3. Bezirk; bis 1862 Kleine Gasse (hieß ursprünglich wegen ihrer Kürze so).

Kleinhausgasse, 21. Bezirk (Strebersdorf), ungewiß, ob so benannt, weil hier die Verbauung mit Kleinhäusern geplant ist.

Klein-Maria-Taferl, 21. Bezirk; zur Zeit der Franzosenkriege (1809) der Name für Jedlersdorf.

Kleinschmidgasse, 4. Bezirk; Friedrich August Kleinschmid (1749–1838), Polizeidirektionsadjunkt, Stifter.

Kleistgasse, 3. Bezirk; Heinrich v. Kleist (1777–1811), Dichter.

Klemens-Dorn-Gasse, 10. Bezirk (Oberlaa); Klemens Dorn (1874–1948), Favoritner Heimatforscher.

Klemmweg, 21. Bezirk (Donaufeld); Weg in der Siedlung „Donaufeld". Unklar, ob nach einem Siedlungsmitglied so benannt.

Klenaugasse, 22. Bezirk (Kagran); Johann Graf Klenau (1757–1819), General in den Franzosenkriegen (1809).

Klesheimgasse, 8. Bezirk; Anton Freiherr v. Klesheim (1816–1884), Mundartdichter.

Klettenhofergasse, 18. Bezirk (Währing); Anton Klettenhofer (1815–1897), Bürgermeister von Währing.

Kliebergasse, 5. Bezirk; Josef Klieber (1773–1850), Bildhauer.

Kliergasse, 19. Bezirk (Ober-Sievering); Prof. Karl Magnus Klier (1892–1966), Musikforscher (Volkslieder).

Klimschgasse, 3. Bezirk; seit 1862 ein Teil Hafengasse. J. L. Klimsch (gest. 1826), gab den Grund zur Errichtung der Gasse frei.

Klimtgasse, 12. Bezirk (Hetzendorf) und 13. Bezirk (Lainz); Gustav Klimt (1862–1918), Maler.

Klingenbachgasse, 21. Bezirk (Großjedlersdorf); Name eines Ortes im Burgenland.

Klinkowströmgasse, 14. Bezirk (Unter-Baumgarten); nach der Gelehrtenfamilie v. Klinkowström (Vater und vier Söhne, im vorigen Jahrhundert alle in gehobenen Positionen).

Klippenweg, 13. Bezirk (Ober-St. Veit).

Klitschgasse, 13. Bezirk (Speising); Wilhelm Klitsch (1882–1941), Wiener Schauspieler.

Kliviengasse, 22. Bezirk (Aspern); Pflanzenname.

Kloepferstraße, 22. Bezirk (Eßling); Hans Kloepfer (1867–1944), steirischer Dichter.

Klopsteinplatz, 3. Bezirk; Anton Klopstein Freiherr v. Ennsbruck (1764–1824), verdienter Oberst in den napoleonischen Kriegen (1809).

Klopstockgasse, 16. Bezirk (Ottakring) und 17. Bezirk (Hernals); Friedrich Gottlieb Klopstock (1724–1803), Dichter.

Klosterbergweg, 17. Bezirk (Neuwaldegg); Weg in der Siedlung „Hügelwiese".

Klostergasse, 18. Bezirk (Währing); nach Kloster und Kirche „Zum hl. Vinzenz v. Paul".

Klostermanngasse, 23. Bezirk (Atzgersdorf); Therese Klostermann (1913–1944), exekutierte Widerständlerin.

Klosterneuburger Straße, 20. Bezirk; die gesamte Umgebung war einst im Besitz des Stiftes Klosterneuburg.

Klosterweg, 17. Bezirk (Neuwaldegg); Weg in der Siedlung „Hügelwiese".

Kluckygasse, 20. Bezirk; Dr. Josef Klucky (1806–1878), Arzt.

Klugargasse, 23. Bezirk (Atzgersdorf, Erlaa); nach der Familie Klugar, einer alteingesessenen Atzgersdorfer Familie.

Knaackgasse, 21. Bezirk (Großjedlersdorf); Wilhelm Knaack (1829–1894), Schauspieler, Komiker.

Knappengasse, 3. Bezirk; im Kardinal-Nagl-Platz aufgegangen.

Knauffgasse, 21. aufgelassen.

Kneidingergasse, 22. Bezirk (Süßenbrunn); Rudolf Kneidinger (1882–1952), Schauspieler.

Knödelhüttenstraße, 14. Bezirk (Hütteldorf, Hadersdorf); nach der Gastwirtschaft „Zur Knödelhütte".

Knöfelgasse, 21. Bezirk (Großjedlersdorf); Robert Knöfel (1834–1884), Gründer der Lehranstalt für Schuhmacher.

Knöllgasse, 10. Bezirk (Favoriten, Inzersdorf); Johann Heinrich Knöll (1806–1891), Bezirksvorsteher von Favoriten.

Knollergasse, 22. Bezirk (Eßling); Martin Knoller (1725–1804), österreichischer Maler.

Knollgasse, 17. Bezirk (Dornbach); Anton Knoll, von 1753 bis 1758 Pfarrer von Dornbach.

Knotzenbachgasse, 23. Bezirk (Atzgersdorf); nach dem (heute eingewölbten) Knotzenbach.

Kobelgasse, 11. Bezirk (Simmering); Johann Kobel, 1588 Pfarrer von Simmering.

Kobenzlweg, 11. Bezirk (Simmering); nach dem gleichnamigen Berg bezeichneter Weg in der Siedlung „Simmeringer Haide".

Koberweingasse, 15. Bezirk (Fünfhaus); nach dem Schauspielerehepaar Josef (1774–1857) und Sophie (1783–1842) Koberwein, beide am Burgtheater tätig.

Kobingergasse, 12. Bezirk (Gaudenzdorf); Anton Kobinger (1810–1872), Wohltäter.

Koblicekgasse, 11. Bezirk (Simmering); Otto Koblicek, hingerichteter Widerstandskämpfer.

Kochgasse, 8. Bezirk; der Koch Andreas Dellafuß erbaute 1787 das erste Haus der Gasse.

Köchelgasse, 13. Bezirk (Ober-St. Veit); Ludwig Köchel (1800–1877), Musikforscher (Verzeichnis von Mozarts Werken – Köchelverzeichnis).

Kögelngasse, 13. Bezirk (Ober-St. Veit); Flurname.

Köglergasse, 10. Bezirk (Favoriten) und 12. Bezirk (Meidling); Karl Kögler (1855–1935), Direktor einer Versicherungsanstalt.

Köhlergasse, 18. Bezirk (Weinhaus); Josefine Köhler (1821–1858), Wohltäterin.

Kölblgasse, 3. Bezirk; Ignaz Kölbl, Grundbesitzer, eröffnete um 1800 die Gasse.

Kölgengasse, 11. Bezirk (Simmering); Ferdinand Kölgen (1824–1911), Volksschriftsteller.

Köllnerhofgasse, 1. Bezirk; nach dem Kölner Hof (Niederlassung der Kaufleute aus Köln), schon 1289 urkundlich erwähnt. Der Hof wurde 1794 abgerissen.

Königgasse, 13. Bezirk (Speising); Otto König (1828–1920), Bildhauer.

Königsegggasse, 6. Bezirk; Leopold Wilhelm Graf v. Königsegg (1630–1694), Grundbesitzer, Stifter.

Königskerzenweg, 22. Bezirk (Aspern); Pflanzenname.

Königsklostergasse, 6. Bezirk; um 1400 Bettlerbühel, der tiefe Teil hieß Berglgasse, bis 1887 Bettlerstiege. 1852 war hier ein Meierhof des Königsklosters (um 1886 abgetragen).

Königsteingasse, 21. Bezirk (Donaufeld); Wilhelm Königstein (1888–1934), Bezirksrat von Floridsdorf.

Königswiesengasse, 14. Bezirk (Hadersdorf); Flurname.

Köppelweg, 14. Bezirk (Breitensee); Alois Köppel, Drechslergehilfe, Märzgefallener des Jahres 1848.

Körbergasse, 22. Bezirk (Aspern).

Körblergasse, 1. Bezirk; ehemaliger Sitz der Korbflechter.

Körnergasse, 2. Bezirk; nach einem ehemaligen Getreidemagazin.

Köstlergasse, 6. Bezirk; Adam Köstler (1817–1892), Bezirksvorsteher von Mariahilf.

Koflergasse, 12. Bezirk (Meidling); Dr. Peter Josef Edler v. Kofler (1699–1764), Bürgermeister von Wien.

Kohlenhofgasse, 15. Bezirk (Fünfhaus); hier befand sich in den Jahren 1839 bis 1910 der Kohlenlagerplatz des Gaswerkes von Fünfhaus.

Kohlesgasse, 14. Bezirk (Breitensee); Johann Kohles, Nagelschmied, Märzgefallener des Jahres 1848 (früher fälschlich Korleßgasse).

Kohlgasse, 5. Bezirk; Jakob Kohl, kaiserlicher Beamter Maria Theresias, übergab die Gründe zur Eröffnung der Gasse.

Kohlmarkt, 1. Bezirk; Verkaufsstätte der Holzkohlenhändler, bereits 1231 urkundlich „Am alten Cholmarkcht", auch Witemarkt. 1252 forum lignorum (Holzmarkt), auch Kohlerstrazze.

Kohlmessergasse, 1. Bezirk; schon 1372 so genannt, nach dem Zweiten Weltkrieg verschwunden (in den Franz-Josefs-Kai einbezogen).

Kohlweg, 11. Bezirk (Simmering); Weg in der Siedlung „Simmeringer Haide".

Kolbegasse, 23. Bezirk (Inzersdorf); Josef Kolbe (1885–1954), Inzersdorfer Gemeinderat.

Kolbetergasse, 14. Bezirk (Hadersdorf); Bergname (in Richtung dorthin).

Kolingasse, 9. Bezirk; zur Erinnerung an den Sieg Graf Dauns über Friedrich den Großen im Siebenjährigen Krieg (1757) bei Kolin.

Koliskogasse, 10. Bezirk (Oberlaa); Dr. Alexander Kolisko (1857–1919), Professor für pathologische Anatomie an der Wiener Universität.

Kollarzgasse, 21. Bezirk (Großjedlersdorf); Josef Kollarz (1873–1955), Förderer des Fürsorgewesens.

Kollburggasse, 16. Bezirk (Ottakring); Ambros Brassikani v. Kollburg (1589–1669), Besitzer des Freihofes von Ottakring.

Kollergasse, 3. Bezirk; Michael Koller (1802–1892), überließ den Grund zur Eröffnung der Gasse.

Kollergerngasse, wahrscheinlich Flurname (Gern ist ein keilförmiges Feldstück).

Kolletschkagasse, 22. Bezirk (Breitenlee); Dr. Jakob Kolletschka (1803–1847), Pathologe.

Kollmayergasse, 12. Bezirk (Gaudenzdorf); Friedrich Kollmayer, Ortsrichter von Gaudenzdorf.

Kolo-Moser-Gasse, 22. Bezirk; Kolo Moser (1868–1918), Mitgründer der Wiener Werkstätte (Sezession).

Koloniestraße, 21. Bezirk (Großjedlersdorf); früher Nordwestbahnkolonie. Durch die Erbauung von Einfamilienhäusern entstandene Kolonie.

Kolonistenstraße, 21. Bezirk; früher in der Siedlung „Lettenhaufen".

Kolonieweg, 12. Bezirk (Altmannsdorf); Weg in der Siedlung „Esparsette-Kolonie".

Kolonieweg, 14. Bezirk (Auhof); nach der Siedlung auf dem Bierhäuselberg.

Kolonitzgasse, 3. Bezirk; siehe folgendes.

Kolonitzplatz, 3. Bezirk; Leopold Graf Kolonitz (1631–1707), während der Zweiten Türkenbelagerung (1683) Bischof von Wiener Neustadt.

Kolowratgasse, 10. Bezirk (Oberlaa); nach dem Adelsgeschlecht der Reichsgrafen von Kolowrat.

Kolschitzkygasse, 4. Bezirk; Franz Georg Kolschitzky (1640–1694), verdienter Kundschafter während der zweiten Türkenbelagerung Wiens (1683) und erster Kaffeesieder Wiens.

Kometengasse, 14. Bezirk (Hütteldorf); hier sind alle Wege nach Himmelskörpern benannt.

Kommassierungstor, 22. Bezirk; „Tor" in die Lobau im Verlauf der Saltenstraße.

Komödiantendörfl, 6. Bezirk; so hieß einst die Umgebung des Theaters an der Wien.

Komödiengasse, 2. Bezirk; nach dem 1780 erbauten Carl-Theater.

Kompertgasse, 22. Bezirk (Eßling); Leopold Kompert (1822–1886), Schriftsteller.

Komzakgasse, 22. Bezirk (Kagran); Karl Komzak (1850–1905), Kapellmeister, Komponist.

Kongreßplatz, 16. Bezirk (Ottakring); nach dem Wiener Kongreß, der von 1814 bis 1815 abgehalten wurde.

Koniczekweg, 14. Bezirk (Breitensee); Karl Koniczek, Student, Märzgefallener des Jahres 1848 (früher fälschlich Konitscher).

Konopagasse, 11. Bezirk (Simmering); Rudolf Konopa (1864–1936), Maler.

Konrad-Duden-Gasse, 13. Bezirk (Lainz); Konrad Duden (1829–1911), Sprachforscher, Gründer der deutschen Rechtschreiblehre.

Konradgasse, 2. Bezirk; Konrad Ley (1801–1881), Bezirksvorsteher des 2. Bezirks.

Konrad-Krafft-Gasse, 21. Bezirk; bestand zwischen Jedleseer Straße und Schwaigergasse.

Konrad-Grefe-Gasse, 23. Bezirk (Siebenhirten); Konrad Grefe (1823–1907), Maler.

Konrad-Thurnher-Gasse, 11. Bezirk (Simmering); Konrad Thurnher (1885–1951), Pfarrer der Pfarre Hasenleiten.

Konstantingasse, 16. Bezirk (Ottakring); Konstantin der Große (247–337), römischer Kaiser.

Konstantinhügel, 2. Bezirk, Hauptallee; der Hügel wurde 1873 aus den Mauerresten der Basteien und den Erdmassen, die beim Bau der Rotunde anfielen, aufgeschüttet. Benannt nach Prinz Konstantin zu Hohenlohe-Schillingfürst (1828–1896), Obersthofmeister.

Konstanziagasse, 22. Bezirk (Hirschstetten, Stadlau); nach Konstanzia, einer Schwester Friedrichs des Streitbaren, gest. vor 1288. Aus Anlaß ihrer Hochzeit mit Heinrich dem Erlauchten, Markgrafen von Meißen, fanden am 1. Mai 1234 Ritterspiele in Stadlau statt.

Kopalgasse, 11. Bezirk (Simmering); Karl v. Kopal (1788–1848), Oberst in der Schlacht von Santa Lucia (gegen Italien).

Kopalplatz, 1. Bezirk; umbenannt in Oskar-Kokoschka-Platz.

Kopallikgasse, 23. Bezirk (Siebenhirten); Franz Kopallik (1860–1931), Maler.

Kopernikusgasse, 6. Bezirk; Nikolaus Kopernikus (1473–1543), Sternenforscher.

Kopfgasse, 13. Bezirk (Meidling); Josef Kopf (1829–1895), Gemeinderat.

Koppreitergasse, 12. Bezirk (Meidling); Sebastian Koppreiter, 1784 bis 1795 erster Pfarrer von Meidling.

Koppstraße, 16. Bezirk (Neulerchenfeld, Ottakring); Dr. Josef Kopp (1827–1905), Rechtsanwalt, Reichsratsabgeordneter.

Korbergasse, 12. Bezirk (Gaudenzdorf); Johann Korber, 1847 bis 1848 letzter Ortsrichter von Gaudenzdorf.

Korbgasse, 23. Bezirk (Liesing); nach den Korberzeugern.

Korbweidenweg, 22. Bezirk (Aspern); Pflanzenname.

Kormorangasse, 21. Bezirk (Schwarzlackenau); Vogelname (kommt auch in der Lobau vor).

Kornauthgasse, 10. Bezirk (Inzersdorf); Dr. Egon Kornauth (1891–1954), Komponist.

Kornfeldweg, 22. Bezirk (Kagran); Dr. Siegmund Kornfeld (1859–1927), Arzt, Weltreisender.

Korngasse, 17. Bezirk (Dornbach); nach dem Schauspielerehepaar Korn, Maximilian (1782–1854) und Stephanie (1786–1843).

Korngoldgasse, 14. Bezirk (Hadersdorf); Julius Korngold (1860–1945), Musikkritiker.

Kornhäuselgasse, 20. Bezirk; Josef Kornhäusel (1772–1860), Architekt, Baumeister.

Korntheuergasse, 19. Bezirk (Heiligenstadt); Friedrich Josef Korntheuer (1779–1829), Charakterdarsteller, Komiker.

Korsenweg, 22. Bezirk (Aspern); nach den Bewohnern der Insel Korsika (auch Napoleon wurde „Der Korse" genannt).

Koschakergasse, 21. Bezirk (Leopoldau); Dr. Paul Koschaker (1879–1951), Jurist, Fachschriftsteller.

Koschatgasse, 19. Bezirk (Ober-Döbling); Thomas Koschat (1845–1914), Komponist.

Koschiergasse, 21. Bezirk (Großjedlersdorf); Laurenz Koschier (1804–1876), österreichischer Briefmarkenfachmann.

Kosselgasse, 19. Bezirk (Grinzing); Dr. Albrecht Kossel (1853–1927), Nobelpreisträger in Biologie.

Kossmatplatz, 10. Bezirk (Simmering); Dr. Franz Kossmat (1871–1938), Geologe (Abhandlungen über die Kalkalpen).

Kraelitzgasse, 13. Bezirk (Speising); Dr. Friedrich Kraelitz (1876–1932), Orientalist.

Kräuterweg, 17. Bezirk (Neuwaldegg); in der Siedlung „Hügelwiese".

Krafft-Ebing-Gasse, 14. Bezirk (Hütteldorf); Richard v. Krafft-Ebing (1840–1902), Nervenarzt.

Krafftgasse, 2. Bezirk; Peter Krafft (1780–1856), Maler.

Krallgasse, 22. Bezirk (Süßenbrunn); Dr. Jakob Krall (1857–1905), Orientalist.

Kramergasse, 1. Bezirk; einst Wohnort und Verkaufsstätte mehrerer Greißler (Kleinkaufleute, Krämer), 1276 schon Unter den Kramaerern genannt. 1456 Kramergazzel, 1777 ein Teil Hutsteppergassel, bis 1862 Siebenbrunnengassel.

Kramer-Glöckner-Straße, 13. Bezirk (Auhof); Josefine Kramer-Glöckner (1874–1954), Volksschauspielerin.

Kramreitergasse, 21. Bezirk (Floridsdorf); Prof. Robert Kramreiter (1905–1965), Wiener Architekt.

Kranichberggasse, 12. Bezirk (Altmannsdorf); nach den Herren von Kranichberg, einem vornehmen Adelsgeschlecht. 1071 wird ein Otto de Cranichperch erstmalig urkundlich erwähnt. 1411 wird Siegmund v. Kranichberg samt seinen Brüdern von Herzog Albrecht V. mit der „Brandstatt" und der „Badstube auf der Hülben" belehnt. 1520 starb das Geschlecht mit Veit v. Kranichberg aus.

Krankenhausgasse, 9. Bezirk; heute Thavonatgasse. 1686 widmete Dr. J. Th. Frank seine Gründe zur Erbauung eines Soldatenspitals, welches später durch die Thavonatsche Stiftung zum Großarmenhaus (Versorgungs- und Invalidenhaus) vergrößert und 1784 von Kaiser Joseph II. in das Allgemeine Krankenhaus umgewandelt wurde.

Kranlweg, 19. Bezirk (Ober-Sievering); nach dem Volksmund-Ausdruck für die ehemalige Währung in Österreich (Krone = Kranl).

Kranzgasse, 15. Bezirk (Fünfhaus); nach einem Hausschild „Zum grünen Kranz".

Krapfenwaldgasse, 19. Bezirk (Grinzing); Franz Josef v. Krapf (gest. 1732), Besitzer der Gegend.

Krappweg, 23. Bezirk (Mauer); nach der Krapp-Wurzel (rote Farbe zum Tuchfärben).

Kraßniggasse, 14. Bezirk (Hütteldorf); Rudolf Kraßnig (1861–1909), Schriftsteller.

Krastelgasse, 12. Bezirk (Meidling); Fritz Krastel (1839–1909), Burgschauspieler.

Kratky-Baschik-Weg, 2. Bezirk; Kratky Baschik (gest. 1889) war ein im Prater auftretender Künstler (Zauberer usw.).

Kratochwjlestraße, 22. Bezirk (Kaisermühlen); Friedrich Kratochwjle (1882–1956), Wiener Stadtgartendirektor.

Kratzlgasse, 19. Bezirk (Unter-Sievering); Carl Kratzl (1852–1904), Komponist.

Kratzmanngasse, 22. Bezirk (Eßling); Dr. Ernst Kratzmann (1889–1950), Schriftsteller.

Krausegasse, 11. Bezirk (Simmering); Dr. Friedrich Wilhelm Krause (1767–1827), Gründer der ersten evangelischen Schule.

Krautackergasse, 22. Bezirk (Eßling); nach Äckern, auf denen Kraut angebaut wird.

Krautgasse, 11. Bezirk (Kaiser-Ebersdorf); Flurname.

Kravoglgasse, 21. Bezirk (Großjedlersdorf); Johann Kravogl (1823–1889), Erfinder des Elektromobils.

Kraygasse, 22. Bezirk (Kagran); Paul Freiherr Kray v. Krajova (1735–1804), Feldzeugmeister, Sieger der Schlachten von Legnano, Mognano und Novi.

Krebsengartengasse, 15. Bezirk (Fünfhaus); Flurname. Die Gegend am Ottakringer Bach, Auf der Wiese genannt, war einst von Krebsen sehr bevölkert.

Krehangasse, 23. Bezirk (Atzgersdorf); Adolf Krehan (1856–1910), Gemeinderat von Atzgersdorf.

Kreilplatz, 19. Bezirk (Heiligenstadt); Karl Kreil (1798–1862), Sternforscher, Meteorologe.

Kreindlgasse, 19. Bezirk (Ober-Döbling); Franz Kreindl (1840–1908), Bürgermeister von Unter-Döbling.

Kreißlegasse, 10. Bezirk und 11. Bezirk; lag bei der Hüttenbrennergasse.

Kreitnergasse, 16. Bezirk (Ottakring); Michael Kreitner (1832–1892), Gemeinderat von Ottakring.

Kremenetzkygasse, 11. Bezirk (Simmering); Johann Kremenetzky (1848–1934), Gründer der österreichischen Glühlampenerzeugung (Kohlenfadenlampe).

Kremsergasse, 13. Bezirk (Unter-St. Veit); Anton Kremser (1811–1879), Bürgermeister von Hietzing.

Kremser Straße, 1. Bezirk und 4. Bezirk; Verlauf nicht mehr genau feststellbar. Kam von 1314 bis 1538 vor und verlief in Richtung Getreidemarkt.

Kremser Weg, 11. Bezirk (Simmering); Weg in der Siedlung „Simmeringer Haide".

Krenngasse, 18. Bezirk (Gersthof); Dr. Roderich Krenn (1848–1909) Arzt, Stadtrat.

Kressenweg, 22. Bezirk (Breitenlee); Pflanzenname.

Kretschekgasse, 17. Bezirk (Dornbach); Karl Kretschek (1856–1929) Bezirksvorsteher von Hernals.

Kreutzingergasse, 12. Bezirk (Inzersdorf); Josef Kreutzinger (1751–1820), Wiener Porträtmaler.

Kreuzfeldgasse, 21. Bezirk (Strebersdorf, Großjedlersdorf, Jedlesee) Flurname (Felder, bei einem Kreuz gelegen).

Kreuzgasse, 10. Bezirk (Oberlaa); vermutlich nach einem in der Nähe befindlichen Kreuz (Ecke Leopoldsdorfer Straße/Scheunenstraße?).

Keuzgasse, 17. Bezirk (Hernals) und 18. Bezirk (Währing); hier stand auf freiem Felde ein rotes Kreuz mit eisernem Christus (der Verbauung zum Opfer gefallen, heute im Haus Martinstraße 92 aufgestellt).

Kreuzherrengasse, 4. Bezirk; nach dem Orden der „Ritterlichen Kreuzherren vom roten Stern" (von Karl IV. 1738 an die Karlskirche nach Wien berufen).

Kreuzwiesengasse, 17. Bezirk (Dornbach, Neuwaldegg) und 18. Bezirk (Pötzleinsdorf); Flurname (nach einem in der Nähe gestandenen Kreuz).

Krichbaumgasse, 12. Bezirk (Meidling); Johann Michael Krichbaum (1807–1884), Bezirksrichter von Meidling.

Krieau, 2. Bezirk; benannt nach einem 1618 beendeten Prozeß der Gemeinde Wien mit dem Stift Klosterneuburg, der 70 Jahre dauerte, weshalb diese Au „Streitau" oder „Kriegsau" genannt wurde.

Krieglergasse, 3. Bezirk; nach einer altansässigen, schon 1693 erwähnten Familie.

Kriehubergasse, 5. Bezirk; Josef Kriehuber (1801–1876), Maler, Lithograph.

Kriemhildplatz, 15. Bezirk (Fünfhaus); Kriemhild, Gestalt aus der Nibelungensage (Gattin des Siegfried).

Krinolingassel, 17. Bezirk (Dornbach); bestand einst zwischen Dornbacher Straße Nr. 149 und Nr. 150, jetzt verbaut.

Kristgasse, 10. Bezirk (Favoriten); Weg in der Siedlung „Favoriten".

Kroatengasse, 3. Bezirk; Lage und heutiger Name unbekannt. Siehe auch Erklärung unter „Kroatendörfl" bei den „Altwiener Vorstädten".

Krobothgasse, 23. Bezirk (Erlaa); Johann Kroboth (1897–1949), Gemeinderat von Erlaa.

Kröllgasse, 15. Bezirk (Rudolfsheim); Ferdinand Kröll, 1861 bis 1863 letzter Bürgermeister von Rustendorf.

Krötzlergasse, 11. Bezirk (Simmering); nach einer alteingesessenen Gärtnerfamilie.

Kroißberggasse, 23. Bezirk (Mauer); Weinriedname (von Kroysberg, Krebsberg, bereits Anfang des 18. Jahrhunderts erwähnt).

Krokusweg, 22. Bezirk (Stadlau); Pflanzenname.

Kronaugasse, 21. Bezirk; Weg in der ehemaligen Siedlung „Großer Säulenhaufen".

Kronawettergasse, 10. Bezirk (Oberlaa); Dr. Ferdinand Kronawetter (1838–1913), Reichstagsabgeordneter.

Kroneggergasse, 19. Bezirk (Unter-Sievering); Rudolf Kronegger (1875–1929), Wienerlieder-Komponist.

Kronesgasse, 19. Bezirk (Grinzing); Therese Krones (1801–1830), Schauspielerin.

Kronfeldgasse, 23. Bezirk (Inzersdorf); Robert Kronfeld (1904–1948), Segelflieger.

Kronfußgasse, 23. Bezirk (Inzersdorf); Karl Kronfuß (1858–1923), Musikforscher.

Krongasse, 5. Bezirk; nach einem Gasthausschild „Zur ungarischen Krone".

Krotenthallergasse, 8. Bezirk; Anton Krotenthaller (1807–1871), Pfarrer der Kirche „Maria Treu".

Krotenturm, 1. Bezirk; (Hafnerturm). Ein Befestigungswerk an der tiefsten und sumpfigsten Stelle des Auwinkels, 1732 abgerissen.

Krottenbachstraße, 19. Bezirk (Ober-Döbling, Unter- und Ober-Sievering, Neustift am Walde); zur Wahrung des Ortsnamens (ehemals krötenreicher Bach, 1321 urkundlich erwähnt).

Krottenhofgasse, 21. Bezirk (Strebersdorf, Stammersdorf); Krottenhof war im 12. Jahrhundert eine Ortschaft, die 1581 verschwand.

Kroygasse, 21. Bezirk; heute Mörthgasse(?).

Krügelgasse, 21. Bezirk (Floridsdorf); mit der Schindlergasse verschwunden.

Krügerweg, 12. Bezirk (Meidling); Karl Krüger (1765–1828), Burgschauspieler.

Krütznergasse, 18. Bezirk (Währing); Gustav Krützner (1871–1930), Schuldirektor.

Krugerstraße, 1. Bezirk; Sitz der Töpfer oder Krügler in früheren Zeiten, 1220 urkundlich „strata amphorarum", 1298 Kruogstrazze. Um 1885 wurde der Walfischplatz einbezogen.

Kruisgasse, 22. Bezirk (Eßling).

Krumböckgasse, 23. Bezirk (Mauer); Franz Krumböck (1805–1884), Leiter des Maurer Kirchenchores.

Krummbaumgasse, 2. Bezirk; nach einem Hausschild „Zum krummen Baum" (dieser bestand einst wirklich).

Krummgasse, 3. Bezirk; nach dem gebogenen Verlauf der Gasse.

Kuchelauer Hafenstraße, 19. Bezirk (Kahlenberger Dorf); durch Schaffung des neuen Donaubettes nach 1875 entstandener Hafen in der früheren Kuchelau. Die Kuchelau wurde nach den früher hier bestehenden Küchengärten so benannt.

Kudlichgasse, 10. Bezirk (Favoriten); Dr. Hans Kudlich (1823–1917), Reichstagsabgeordneter des Jahres 1848 (führte die Abschaffung des Bauernfrondienstes durch).

Kudriaffskygasse, 22. Bezirk (Kagran); Johann Kudriaffsky (1782–1840), Konstrukteur von Wasserbauwerken.

Kübeckgasse, 3. Bezirk; Karl Friedrich Kübeck Freiherr v. Kübau (1780–1855), Staatspolitiker, Vorsitzender des Reichsrates.

Küchelbeckergasse, 15. Bezirk (Fünfhaus); Johann Basilius Küchelbecker, Fachschriftsteller (Ortsbeschreibungen).

Kuefsteingasse, 14. Bezirk (Breitensee); Johann Ferdinand Graf v. Kuefstein (1686–1755), bis 1707 Besitzer der Herrschaft Breitensee, Statthalter von Niederösterreich.

Kühfußgasse, 1. Bezirk; 1547 „Zwischen den Wegen". Nach einem Hausschild, das an einem Gewölbe in der Tuchlauben verwendet wurde, auf dem eine Muskete abgebildet war (angeblich sah die Muskete einem Kuhfuß ähnlich, daher der Name).

Kühgasse, 11. Bezirk (Kaiser-Ebersdorf); Weg der Kühe auf die Weide.

Kühnplatz, 4. Bezirk; Josef v. Kühn (1833–1913), Gemeinderat, Schöpfer des Volksküchengedankens.

Kuenburggasse, 21. Bezirk (Großjedlersdorf); Leopold Graf v. Kuenburg (1848–1921), Statthalterei-Rat.

Küniglberggasse, 13. Bezirk (Lainz); führt zum Küniglberg.

Küniglberg, 13. Bezirk (Lainz); 257 Meter. Benannt nach Wolfgang Künigl, 1543 Besitzer dieser Gegend.

Künstlergasse, 15. Bezirk (Sechshaus); Josef Ferdinand Künstler (1792–1857), Pfarrer von Reindorf.

Kürassierweg, 22. Bezirk (Aspern); nach einer hier in den Franzosenkriegen (1809) eingesetzten schweren Reitertruppe.

Kürbisweg, 22. Bezirk (Aspern); Pflanzenname.

Kürnbergergasse, 15. Bezirk (Sechshaus); Ferdinand Kürnberger (1821–1879), Dichter.

Kürschnergasse, 21. Bezirk (Leopoldau); Dr. Franz Kürschner (1840–1884), Direktor des Hofkammerarchives.

Kuffnergasse, 16. Bezirk (Ottakring); Ignaz Edler v. Kuffner (1822–1882), Brauhausbesitzer, Bürgermeister von Ottakring.

Kugelfanggasse, 21. Bezirk (Donaufeld); hier bestand einst eine Militärschießstätte (nach dem Kugelfang).

Kugelgasse, 3. Bezirk; verlief von der Gestettengasse zur Hainburger Straße.

Kugelmanngasse, 23. Bezirk (Erlaa); nach einem Standbild, welches Atlas, die Erdkugel tragend, darstellte (im Volksmund „Kugelmann").

Kugelmannplatz, 23. Bezirk (Erlaa); siehe vorher.

Kugygasse, 13. Bezirk (Speising); Julius Kugy (1858–1945), österreichischer Alpinist.

Kuhmarkt, 1. Bezirk; früher die Gegend Steindlgasse/Kurrentgasse.

Kuhngasse, 19. Bezirk (Ober-Döbling); Wenzel Kuhn (1854–1933), Bezirksvorsteher von Döbling.

Kuhschellenweg, 21. Bezirk (Stammersdorf); Pflanzenname.

Kujanikgasse, 11. Bezirk (Simmering); Johann Kujanik, um 1870 Erbauer der ersten Häuser in der Gasse.

Kulmgasse, 16. Bezirk (Ottakring) und 17. Bezirk (Hernals); zur Erinnerung an den Sieg über Napoleon bei Kulm (1813).

Kumpfgasse, 1. Bezirk; 1255 urkundlich „diu kumphlucken". Zwei (weniger wahrscheinliche) Erklärungen für den Namen weisen auf den Walktrog der Tuchscherer und Wollweber, den „Kumphen", oder auf Wassertümpel, die „Gumpen" genannt wurden. Richtiger erscheint es, den Namen von „Kampflukke" herzuleiten, da die Gasse schon 1262 „strata gladiatorum", später auch „Kampfspielgasse" und „Kämpfgasse" genannt wurde.

Kundmanngasse, 3. Bezirk; Karl Kundmann (1838–1919), Bildhauer.

Kundratstraße, 10. Bezirk (Favoriten) und 12. Bezirk (Meidling); Dr. Hans Kundrat (1845–1893), Anatom.

Kunerolgasse, 23. Bezirk (Atzgersdorf); nach den ehemaligen Margarine-Werken.

Kunersdorfgasse, 14. Bezirk (Hadersdorf); zur Erinnerung an die Schlacht bei Kunersdorf (1759), in der die Österreicher über die Preußen siegten.

Kunitschgasse, 11. Bezirk (Simmering); Michael v. Kunitsch (1765–1835), Schulreformer.

Kunkegasse, 23. Bezirk (Mauer); Hans und Stefanie Kunke, 1940 und 1943 hingerichtete Widerständler.

Kunzgasse, 20. Bezirk; Marie Cäcilie Kunz (1778–1863), Stifterin.

Kupelwiesergasse, 13. Bezirk (Unter-St. Veit); Leopold Kupelwieser (1796–1862), Maler.

Kupetzkygasse, 22. Bezirk (Eßling); Johann Kupetzky (1667–1740), Maler.

Kupfergasse, 19. Bezirk (Nußdorf); Johann Michael Kupfer (1859–1915), Maler.

Kupferschmiedgasse, 1. Bezirk; Sitz der Kupferschmiede in früheren Zeiten.

Kupkagasse, 8. Bezirk; Dr. Augustin Kupka (1844–1897), Landtagsabgeordneter.

Kurbadstraße, 10. Bezirk (Oberlaa); führt zum Kurmittelhaus Oberlaa.

Kurrentgasse, 1. Bezirk; nach den Kurrenten, der Berufsbezeichnung der Gefällsaufseher (um 1700).

Kuruzzengasse, 5. Bezirk; der Name ist nur deshalb erwähnenswert, weil im Jahre 1894 eine Gasse so benannt werden sollte, diese Bezeichnung aber nicht bewilligt wurde.

Kurt-Absolon-Weg, 22. Bezirk (Leopoldau); Kurt Absolon (1925–1958), Graphiker.

Kurt-Ohnsorg-Weg, 22. Bezirk (Leopoldau); Kurt Ohnsorg (1927–1970), Bildhauer.

Kurzbauergasse, 2. Bezirk; Eduard Kurzbauer (1840–1879), Maler.

Kurzböckgasse, 18. Bezirk (Gersthof); Josef Ritter v. Kurzböck (1736–1792), Buchhändler.

Kurze Gasse, 23. Bezirk (Mauer); tatsächlich nicht lang.

Kurzgasse, 6. Bezirk; wegen ihrer Kürze.

Kustagasse, 23. Bezirk (Atzgersdorf); Dr. Robert Kusta (1906–1973), Arzt.

Kutschkergasse, 18. Bezirk (Währing); Johann Rudolf Kutschker (1800–1881), Fürsterzbischof von Wien.

Kwietongasse, 23. Bezirk (Inzersdorf); Felix Kwieton (1877–1958), Pionier der Leichtathletik.

L

Laaer Berg, 10. Bezirk; 225 Meter, schon 1311 urkundlich erwähnt.

Laaer-Berg-Straße, 10. Bezirk (Favoriten, Oberlaa); nach dem Laaer Berg, siehe vorher.

Laaer Wald, 10. Bezirk; nach dem gleichnamigen Erholungsgebiet.

Laaer-Wald-Straße, 10. Bezirk; siehe vorher.

Labanweg, 19. Bezirk (Unter-Sievering); Rudolf Laban (1879–1958), Tanzlehrer.

Laberlweg, 22. Bezirk (Kaisermühlen); möglicherweise nach dem Dialektausdruck für Fußball(?).

Labersteig, 14. Bezirk (Breitensee); Ignaz Laber, Taglöhner, Märzgefallener des Jahres 1848.

Laborweg, 16. Bezirk (Ottakring); Josef Labor (1842–1924), Orgelvirtuose.

Lachsweg, 22. Bezirk (Stadlau); Fischname.

Lackenjöchlgasse, 22. Bezirk (Breitenlee); Flurname (kleines, an einer „Lacke" gelegenes Feld).

Lackierergasse, 9. Bezirk; hier waren einst Lackierer seßhaft.

Lacknergasse, 17. Bezirk (Hernals) und 18. Bezirk (Währing, Weinhaus); seit 1894. Nach Matthias v. Lackner, einem Grundbesitzer um 1720.

Ladenburggasse, 18. Bezirk; 1938 bis 1945 Heilbronner Straße, heute Thimiggasse.

Ladenburghöhe, 18. Bezirk (Pötzleinsdorf); führt entlang der Ladenburghöhe (benannt nach Ludwig Graf Ladenburg, einstiger Besitzer des Schlosses in Pötzleinsdorf).

Längenfeldgasse, 12. Bezirk (Gaudenzdorf, Meidling); Josefine Haas v. Längenfeld (1782–1846), Stifterin der Kinderbewahranstalt in Meidling.

Laderdörfel, 18. Bezirk; volkstümlicher Name für Neu-Gersthof um 1880. Hier waren Trockenplätze der Wäscherinnen (ein wichtiger Bestandteil beim Wäschewaschen war das „Lader", die Seifenlösung).

Lafitegasse, 13. Bezirk (Ober-St. Veit); Prof. Carl Lafite (1872–1944), Komponist, Musiklehrer.

Lafnitzgasse, 21. Bezirk (Leopoldau); Flußname.

Lagergasse, 3. Bezirk; Josef Lager, um 1860 Erbauer des ersten Hauses in der Gasse.

Lagerhausstraße, 2. Bezirk; das hier befindliche Lagerhaus der Gemeinde Wien (seit 1876) war die Maschinenhalle der Weltausstellung 1873.

Lagerwiesenweg, 22. Bezirk (Stadlau); nach der sehr beliebten Lagerwiese „Rehlacke".

Laimäckergasse, 10. Bezirk (Favoriten); Flurname (weist auf lehmigen Grund hin).

Laimgrubengasse, 6. Bezirk; zur Wahrung des Vorstadtnamens.

Lainergasse, 23. Bezirk (Mauer); nach einer altansässigen Hauerfamilie.

Lainzerbachstraße, 13. Bezirk (Auhof); entlang des gleichnamigen Baches.

Lainzer Straße, 13. Bezirk (Hietzing, Unter-St. Veit, Lainz, Speising); zur Wahrung des Ortsnamens.

Lainzer Tiergarten, 13. Bezirk; seit 1938 zu Wien gehörig. Erholungsgebiet mit Wald, Wiesen, Bergen und Tälern und einer herrlichen Aussicht über Wien und Umgebung. Schon 1455 als Tiergarten erwähnt, 1781 von Kaiser Joseph II. mit einer 22,6 Kilometer langen Mauer eingefaßt.

Lamarckgasse, 21. Bezirk (Großjedlersdorf); Antoine de Lamarck (1744–1829), Biologe.

Lambertgasse, 16. Bezirk (Ottakring); nach dem hl. Lambert (638–709), Namenspatron der ältesten Kirche von Ottakring (die schon 1250 urkundlich erwähnt wird).

Lambrechtgasse, 4. Bazirk; Johann Christoph Lambrecht, Webermeister, eröffnete 1787 die Gasse.

Lammaschgasse, 21. Bezirk (Leopoldau); Dr. Heinrich Lammasch (1853–1920), Politiker.

Lammgasse, 8. Bezirk; nach einem Gasthausschild „Zum goldenen Lamm", das bereits 1764 nachgewiesen ist.

Lampaweg, 22. Bezirk (Kagran); Dr. Anton Lampa (1868–1938), Physiker.

Lampigasse, 2. Bezirk; Johann Battista Reichsritter v. Lampi (1751–1830), italienischer Maler.

Landaugasse, 22. Bezirk (Süßenbrunn); Sigmund Freiherr v. Landau, um 1575 Besitzer der Herrschaft Süßenbrunn.

Länden; Landungsplätze an den Ufern des Donaustromes und des Donaukanals.

Benennungen entlang des Stromes: Krieauer Lände (2. Bezirk), Landungshaus-Lände (2. Bezirk), Nordbahn-Lände (2. und 20. Bezirk), Pfeifer-Lände (2. Bezirk), Schögerhaus-Lände (2. Bezirk), Stadlauer Lände (2. Bezirk). Es existierten noch: Donau-Lände (2. und 11. Bezirk), Kaiser-Lände (20. Bezirk) und Ober-Lände (20. Bezirk); diese Benennungen sind heute nicht mehr in Verwendung.

Die Länden am Donaukanal: Brigittenauer Lände (20. Bezirk), Erdberger Lände (3. Bezirk), Heiligenstädter Lände (19. Bezirk), Nußdorfer Lände (19. Bezirk), Roßauer Lände (9. Bezirk), Simmeringer Lände (11. Bezirk), Spittelauer Lände (9. Bezirk) und Weißgerber Lände (3. Bezirk).

Landengasse (Gassennumerierung 1 bis 6), 11. Bezirk (Simmering); ehemaliger Flurname eines Teiles der Simmeringer Heide. 1770 wurde die „Vieh Waide" an 116 Bewohner Simmerings verteilt, welche sich „Ueber-Landgärten" (Erholungsgärten) „über dem Lande" oder „auf dem Lande" (außerhalb des Ortes) herrichteten. Heute würden sie als Schrebergärten bezeichnet. Damals wurden sie „Hauslanden" (daher der Name) genannt. Im Laufe der Zeit ist dieses Gebiet zu Wohnzwecken verbaut worden.

Landesgerichtsstraße, 1. Bezirk und 8. Bezirk; bis 1862 Am Glacis, bis 1872 Am Paradeplatz (ein Teil bis 1870 Rathausstraße). So benannt nach dem 1834 bis 1838 erbauten Landesgericht.

Landgutgasse, 10. Bezirk (Favoriten); einstige Ziegelei im Besitze des Landes. Von 1834 bis Ende des vorigen Jahrhunderts beliebter Ausflugs- und Erholungsort.

Landhausgasse, 1. Bezirk; nach dem Gebäude der Landesregierung (erbaut 1513, nach Zerstörung 1574 wiederaufgebaut, 1834 bis 1838 heutige Gestalt).

Landschaftsbastei, 1. Bezirk; anderer Name für die Löwelbastei (siehe diese).

Landskrongasse, 1. Bezirk; erst Hinter den Sachstuben, dann um 1457 In der Landskron, bis 1860 ein Teil Wintergassel. Nach zwei Hausschildern „Zur großen Landeskrone" und „Zur kleinen Landeskrone". Schon 1384 urkundlich erwähnt.

Landsteinergasse, 16. Bezirk (Ottakring); Karl Borromäus Landsteiner (Deckname Artur Landerstein, 1835–1909), Propst von Nikolsburg, Schriftsteller.

Landstraßer Gürtel, 3. Bezirk; zur Wahrung des Ortsnamens (siehe auch Döblinger Gürtel).

Landstraßer Hauptstraße, 3. Bezirk; früher Obere und Untere Landstraße, bis 1862 auch Paulusgrund-Hauptstraße, vor der Kirche Kirchenplatz. Zur Wahrung des Ortsnamens.

Landungsplatz, 2. Bezirk; seit 1875 Anlegeplatz der Donaudampfer neben der Reichsbrücke.

Landwehrstraße, 11. Bezirk (Kaiser-Ebersdorf); kommt von fünf Gassen gleichen Namens, die um die ehemalige Kaserne (Landwehrkaserne) führten. Die heutigen Namen lauten: Artillerieplatz, Margetinstraße, Landwehrstraße, Alberner Hafenzufahrtsstraße, Zinnergasse.

Langackergasse, 19. Bezirk (Grinzing, Heiligenstadt); bereits seit 1289 Flurname.

Langauergasse, 15. Bezirk (Fünfhaus); Johann Langauer (1808–1891), Gemeinderat von Fünfhaus.

Lange Allee, 22. Bezirk (Stadlau); der Beschaffenheit gemäßer Name.

Lange Gasse, 8. Bezirk; seit 1778. Vor 1700 Hinter dem alten Ziegelofen oder Hinter den Ziegelöfen, dann ein Teil Hofgasse und Neue Gasse, später auch Lange Gasse und Schöne Gasse. Seinerzeit eine auffallend lange und schöne Gasse.

Langenaugasse, 19. Bezirk (Ober-Döbling); Alois Langenau (1747–1809), Hofburgpfarrer, Wohltäter und Stifter.

Langenzersdorfer Straße, 21. Bezirk (Strebersdorf); führt nach dem Ort, der bereits 1130 mit Enzekindesdorf bekundet ist.

Langer Berg, 19. Bezirk; neben dem Hermannskogel, 451 Meter.

Langer Garten, 22. Bezirk (Eßling); Flurname.

Langer Weg, 2. Bezirk; Name der Hauptallee im Jahre 1687.

Langes Dach, 1. Bezirk; ehemals innerhalb der Stadtmauer zwischen Neutorbastei und Elendbastei.

Lange Wand, 1. Bezirk; einst die innere Festungsmauer zwischen Neutorbastei und Gonzagabastei.

Langfeldgasse, 21. Bezirk (Leopoldau); Flurname.

Langgasse, 23. Bezirk (Mauer); nach einer altansässigen Weinhauerfamilie.

Langmaisgasse, 15. Bezirk (Fünfhaus); Flurname.

Langobardenstraße, 22. Bezirk (Stadlau, Hirschstetten, Aspern); nach dem Volksstamm, der seine größte Entfaltung im 4. und 5. Jahrhundert erreichte.

Langsulzgasse, 10. Bezirk (Oberlaa); Flurname.

Langwiesgasse, 14. Bezirk (Hadersdorf); Flurname.

Lannerstraße, 19. Bezirk (Ober-Döbling); Josef Lanner (1801–1843), Walzerkomponist.

Lannerweg, 11. Bezirk (Simmering); Weg in der Siedlung „Simmeringer Haide".

Lannesstraße, 22. Bezirk (Aspern); Jean Lannes Herzog v. Montebello (1769–1809), bei der Asperner Schlacht (Franzosenkriege) tödlich verwundet.

Laplacegasse, 10. Bezirk (Inzersdorf); Pierre Simon Laplace (1749–1857), französischer Astronom, Mathematiker.

Larischgasse, 22. Bezirk (Süßenbrunn); Rudolf Larisch (1856–1934), Graphiker, Professor an der Akademie der Bildenden Künste.

Larochegasse, 13. Bezirk (Unter-St. Veit); Karl Ritter v. Laroche (1794–1884), Hofschauspieler.

Larwingasse, 22. Bezirk (Kagran); Johann Larwin (1873–1933), Maler.

Lascygasse, 17. Bezirk (Dornbach); Franz Moritz Graf v. Lascy (1725–1801), Feldmarschall, Besitzer des Schlosses Neuwaldegg.

Laskegasse, 12. Bezirk (Hadersdorf); Oskar Laske (1874–1951), Maler.

Laskywiesengasse, 14. Bezirk (Hadersdorf); nach der Laskywiese (Funktionär der Siedlung „Hinterhainbach"?).

Lassallestraße, 2. Bezirk; Ferdinand Lassalle (1825–1864), Rechtsgelehrter, Schriftsteller.

Lassingleithnerplatz, 2. Bezirk; der Schiffmeister Johann Lassingleithner rettete bei der Überschwemmung des Jahres 1830 viele Menschen.

Laßlaturm, 4. Bezirk; 1452 von Ladislaus Posthumus erbauter Befestigungsturm zum Schutze des Kärntner Viertels.

Lastenstraße, 23. Bezirk (Atzgersdorf); Güterverkehr im Zusammenhang mit dem hiesigen Frachtenbahnhof.

Lastenstraße, 3. Bezirk bis 8. Bezirk; volkstümliche Bezeichnung des Straßenzuges Hintere Zollamtsstraße, Invalidenstraße, Am Heumarkt, Karlsplatz, Getreidemarkt, Museumstraße, Auerspergstraße, Landesgerichtsstraße. Dieser Straßenzug verlief zwischen Glacis und Vorstädten als bevorzugter Weg des Schwerfuhrwerks, da die Durchfahrt durch die Innere Stadt nicht gestattet war.

Laternenweg, 2. Bezirk; führt von der Hauptallee zur Rustenschacherallee.

Latisberg, 19. Bezirk; 492 Meter. Schon 1354 als Laiteratsperg, später als Lerydersperg und Laidersperg erwähnt. Gewöhnlich „Am Cobenzl" genannt.

Latschkagasse, 9. Bezirk; Adam Latschka (1847–1905), Pfarrer und Gemeinderat.

Lattichweg, 22. Bezirk; bestand zwischen Quadenstraße und Markweg.

Latzkegasse, 21. Bezirk; aufgelassen.

Laubenweg, 10. Bezirk (Inzersdorf); Weg in der Siedlung „Weichselgarten".

Laubeplatz, 10. Bezirk (Favoriten); Heinrich Laube (1806–1884), Dichter, Burgtheaterdirektor.

Lauchgasse, 22. Bezirk (Kagran); Pflanzenname.

Laudongasse, 8. Bezirk; seit 1862, früher Hintere Alstergasse. 1778 Herrengasse, ein Teil seit 1805 Andreasgasse. Gideon Ernst Freiherr v. Loudon (1717–1790), Feldmarschall.

Laufbergergasse, 2. Bezirk; Ferdinand Laufberger (1829–1888), Maler.

Laurentiusplatz, 14. Bezirk (Breitensee); nach der dem hl. Laurentius geweihten, 1895 bis 1898 erbauten Kirche.

Laurenzerberg, 1. Bezirk; früher Laurenzergassel. Das heutige Amtsgebäude (Hauptpostamt) war von 1324 bis 1783 ein Nonnenkloster (St. Lorenz).

Laurenzgasse, 5. Bezirk; zur Wahrung des Ortsnamens (Laurenzergrund, im Besitz des Klosters St. Lorenz).

Lautensackgasse, 14. Bezirk (Ober-Baumgarten); Hans Sebald Lautensack (?1478–1564?), Maler, Kupferstecher.

Lautenschlägergasse, 11. Bezirk (Simmering); Antonie Lautenschläger (richtig Schläger, 1859–1910), Hofopernsängerin.

Lavantgasse, 21. Bezirk (Leopoldau); Flußname in Kärnten.

Lavaterstraße, 22. Bezirk (Aspern); Johann Kaspar Lavater (1741–1801), Schweizer Schriftsteller.

Lavendelweg, 22. Bezirk (Aspern); Pflanzenname.

Laverangasse, 13. Bezirk (Speising); Charles Laveran (1845–1922), Entdecker des Malaria-Erregers, Nobelpreisträger 1907.

Laxenburger Straße, 10. Bezirk (Favoriten, Inzersdorf) und 23. Bezirk (Inzersdorf); bereits 1347 angelegt, um 1570 Kaiserstraße. Führt zum ehemaligen kaiserlichen Lustschloß Laxenburg.

Layerweg, 22. Bezirk (Aspern); Dr. Max Layer (1866–1941), Jurist.

Lazarettgasse, 9. Bezirk; schon im 12. Jahrhundert wird das Siechenasyl zu St. Lazar (Lazaristen) erwähnt, das, 1529 vernichtet und 1541 wiederaufgebaut, dann den Namen Lazarett erhielt. 1857 wurde die Anstalt abgetragen.

Lazargasse, 18. Bezirk (Gersthof); Dr. Erwin Lazar (1877–1932), Pädagoge.

Lazaristengasse, 18. Bezirk (Währing); nach dem Lazaristenorden. Die Kongregation der Missionspriester des hl. Vinzenz v. Paul (Lazaristen) erbaute 1878 Kirche und Kloster.

Lebereckstraße, 14. Bezirk (Hadersdorf); nach dem gleichnamigen Berg (395 Meter).

Leberstraße, 3. Bezirk und 11. Bezirk (Simmering); als Leber wird ein Hügel bezeichnet, der in früheren Zeiten entweder als Grenzmarkierung aufgeschüttet wurde oder um eine Grabstätte zu bedecken. Beispielsweise in Simmering ein Teil des Geiselberges.

Leberweg, 11. Bezirk; siehe vorher (in der Nähe des Leberberges).

Lebingergasse, 14. Bezirk (Breitensee); Michael Lebinger, Tischlergeselle, Märzgefallener des Jahres 1848.

Lebnergasse, 21. Bezirk (Großjedlersdorf); Franz Lebner (1819–1863), Ortsrichter von Floridsdorf.

Lecherweg, 10. Bezirk (Oberlaa); Dr. Ernst Lecher (1856–1936), Physiker.

Lechnerstraße, 3. Bezirk; Georg Lechner (gest. 1900), Wohltäter.

Lechthalergasse, 23. Bezirk (Liesing); Josef Lechthaler (1891–1948), Komponist.

Lederergasse, 8. Bezirk; um 1779 Wohnsitz eines Lederhändlers mit dem Hausschild „Zur großen Haut“.

Leebgasse, 10. Bezirk (Favoriten, Inzersdorf); Karl Edler v. Leeb (1769–1837), Bürgermeister von Wien.

Leegasse, 14. Bezirk (Penzing); Josef Karl Lee (1838–1879), Mitglied der Gemeindevertretung.

Lehárgasse, 6. Bezirk; Franz Lehár (1870–1948), Komponist.

Lehenstraße, 22. Bezirk (Eßling); Flurname (Lehen = Pachtgrund).

Lehmanngasse, 23. Bezirk (Liesing); Richard Lehmann (1911–1934), gefallen im Februar 1934 (Februar-Aufstand).

Lehmgasse, 10. Bezirk (Favoriten); deutet auf einstmals lehmigen Boden hin.

Lehnergasse, 15. Bezirk (Rudolfsheim); Michael Lehner (1817–1895), Schuldirektor.

Lehnergasse, 23. Bezirk (Atzgersdorf); Ferdinand Lehner (1830–1909), errang hervorragende Verdienste um die Gemeinde Atzgersdorf.

Lehrbachgasse, 12. Bezirk (Altmannsdorf); Ludwig Konrad Graf v. Lehrbach (1750–1805), Wohltäter.

Lehrbachweg, 12. Bezirk (Altmannsdorf); siehe vorher.

Leibenfrostgasse, 4. Bezirk; Franz Leibenfrost (1790–1851), Weingroßhändler, Menschenfreund.

Leibnizgasse, 10. Bezirk (Favoriten, Inzersdorf); Gottfried Wilhelm Freiherr v. Leibniz (1646–1716), Philosoph.

Leichtweg, 2. Bezirk; nach einem Varieté, das von den Brüdern Leicht geführt wurde.

Leidesdorfgasse, 19. Bezirk (Ober-Döbling); zwischen 1938 und 1945 Hermann-Löns-Gasse. Dr. Max Leidesdorf (1819–1889), Direktor der Döblinger Irrenheilanstalt.

Leidlweg, 22. Bezirk (Aspern); Ing. Ludwig Leidl (1872–1958), Flugpionier.

Leifhelmgasse, 14. Bezirk (Hütteldorf); Hans Leifhelm (1891–1947), Dichter.

Leinmüllergasse, 23. Bezirk (Rodaun); Josef Leinmüller (1895–1961), Gemeinderat von Kaltenleutgeben.

Leinweg, 22. Bezirk (Hirschstetten); Pflanzenname.

Leipziger Platz, 20. Bezirk; siehe folgendes.

Leipziger Straße, 20. Bezirk; nach der Völkerschlacht bei Leipzig.

Leitengasse, 23. Bezirk (Mauer); Flurname (Leiten = Hang; hier in Weingärten).

Leitenwaldplatz, 13. Bezirk (Speising); Flurname. Nach dem Hohen Leitenwald im Lainzer Tiergarten.

Leitermayergasse, 17. Bezirk (Hernals) und 18. Bezirk (Währing); Johann Michael Leitermayer, Grundbesitzer um 1860.

Leitgebgasse, 5. Bezirk; Andreas Ludwig Leitgeb (1682–1751), Bürgermeister von Wien.

Leithastraße, 20. Bezirk; Flußname in Niederösterreich.

Lemböckgasse, 23. Bezirk (Siebenhirten); Georg Lemböck (1870–1951), Gemeinderat von Siebenhirten.

Lenaugasse, 8. Bezirk; Nikolaus Lenau (richtig: Nimbsch Edler v. Strehlenau, 1802–1850), Dichter.

Lenkgasse, 22. Bezirk (Kagran); Jakob Lenk Freiherr v. Wolfsberg (1767–1837), Oberst in den Franzosenkriegen.

Lenneisgasse, 14. Bezirk (Penzing); Georg Lenneis (1821–1912), Angehöriger des Gemeinderates von Penzing.

Leo-Mathauser-Gasse, 23. Bezirk (Siebenhirten); Leo Mathauser (1875–1953), Lehrer in Siebenhirten.

Leonhardgasse, 3. Bezirk; vor 1862 Leonhardigasse. Nach einem Hausschild „Zum hl. Leonhard".

Leon-Kellner-Weg, 13. Bezirk (Ober-St. Veit); von 1938 bis 1945 Wilhelm-Riehl-Weg. Univ.-Prof. Leon Kellner (1850–1928), Anglist.

Leopoldauer Platz, 21. Bezirk (Leopoldau); zur Wahrung des Ortsnamens.

Leopoldauer Straße, 21. Bezirk (Donaufeld, Leopoldau); zur Wahrung des Ortsnamens.

Leopold-Berger-Weg, 17. Bezirk (Dornbach); Funktionär der Siedlung „Ferdinand Hanusch".

Leopold-Ernst-Gasse, 17. Bezirk (Hernals) und 18. Bezirk (Währing); Leopold Ernst (1808–1862), Dombaumeister zu St. Stephan.

Leopold-Ferstl-Gasse, 21. Bezirk (Floridsdorf); Dr. Leopold Ferstl (1812–1876), Arzt, Bürgermeister von Floridsdorf.

Leopold-Figl-Gasse, 1. Bezirk; früher Regierungsgasse. Leopold Figl (1902–1965), einer der populärsten Staatsmänner, erster Bundeskanzler nach dem Krieg.

Leopoldigasse, 23. Bezirk (Atzgersdorf); Leopold Greileder (1807–1873), Gemeinderat von Atzgersdorf.

Leopold-Kunschak-Platz, 17. Bezirk (Hernals); Leopold Kunschak (1871–1953), Nationalratspräsident.

Leopold-Müller-Gasse, 13. Bezirk; bestand bei der Hietzinger Hauptstraße 53.

Leopoldsberg, 19. Bezirk; 423 Meter. Bis 1690 Callenberg genannt, auf dem Markgraf Leopold der Heilige 1101 seine Burg errichtete. 1690 erhielt der Berg nach der dort errichteten, dem hl. Leopold geweihten Kirche den Namen.

Leopold-Rister-Gasse, 5. Bezirk; Leopold Rister (1873–1934), Bezirksvorsteher des 5. Bezirks.

Leopoldsdorfer Straße, 10. Bezirk (Oberlaa); führt nach dem gleichnamigen Ort.

Leopoldsgasse, 2. Bezirk; bis 1862 ein Teil Am Gottesacker, ein anderer Teil erst Zuchthausgasse, dann Strafhausgasse. Nach Kaiser Leopold I. (1640–1705).

Leopoldsplateau, 18. Bezirk (Pötzleinsdorf); nach einer dem hl. Leopold geweihten Kapelle(?).

Leopold-Steiner-Gasse, 19. Bezirk (Unter-Sievering, Grinzing); Leopold Steiner (1857–1927), Förderer des Baues der Irrenanstalt Steinhof.

Leopold-Stockert-Platz, 17. Bezirk (Dornbach); Leopold Stockert (gest. 1937), Gründungsmitglied der Siedlung „Geistiger Arbeiter".

Leopoldstor, 1. Bezirk; ehemaliges Verbindungstor zwischen Stephansfriedhof und Schulerstraße.

Leo-Slezak-Gasse, 18. Bezirk (Währing); früher Czermakgasse. Leo Slezak (1875–1946), berühmter Tenor.

Lerchenfelder Gürtel, 7. Bezirk, 8. Bezirk und 16. Bezirk (Neulerchenfeld); zur Wahrung des Ortsnamens (siehe auch Döblinger Gürtel).

Lerchenfelder Straße, 7. Bezirk und 8. Bezirk; um 1314 Kremser Straße, bis 1862 Alte Lerchenfelder Hauptstraße und Rofranogasse. Zur Wahrung des Ortsnamens.

Lerchengasse, 8. Bezirk; 1727 als Gmaingasse entstanden, von 1778 bis 1862 Neue Gasse. Der Name steht im Zusammenhang mit Lerchenfeld.

Lerchenweg, 12. Bezirk (Altmannsdorf); Vogelname.

Lerchfeldplatz, 16. Bezirk und 17. Bezirk; heute Johann-Nepomuk-Berger-Platz. Uralter Name für die Umgebung dieses Platzes.

Leschetitzkygasse, 18. Bezirk (Pötzleinsdorf); Theodor v. Leschetitzky (1831–1915), Klavierpädagoge.

Lesergasse, 11. Bezirk (Simmering); Ludwig Leser (1890–1946), Landeshauptmann des Burgenlandes.

Lessiakgasse, 22. Bezirk (Stadlau); Dr. Primus Lessiak (1878–1937), Germanist.

Lessinggasse, 2. Bezirk; Gotthold Ephraim Lessing (1729–1781), Dichter.

Lettenweg, 22. Bezirk (Kagran); Weg in der Siedlung „Lettenhaufen". Unter „Letten" wurde angeschwemmter, lehmiger Grund verstanden.

Leuchsweg, 21. Bezirk (Strebersdorf); Dr. Kurt Leuchs (1881–1949), Paläontologe (Entwicklungsforscher).

Leutholdgasse, 22. Bezirk (Aspern); Heinrich Leuthold (1827–1879), Schweizer Dichter.

Levasseurgasse, 23. Bezirk (Atzgersdorf); Dr. Karl Levasseur (1903–1962), Entwickler der Stenographie.

Lewinskygasse, 16. Bezirk (Ottakring); Josef Lewinsky (1835–1907), Hofschauspieler.

Lexergasse, 22. Bezirk (Stadlau); Dr. Matthias Lexer (1830–1892), Germanist.

Leydoltgasse, 15. Bezirk (Fünfhaus); Anton Leydolt (gest. 1873), Bürgermeister von Fünfhaus.

Leyserstraße, 14. Bezirk (Breitensee); Ulrich Leyser, hevorragender Mitverteidiger Wiens gegen die Türken (1529).

Leyßgasse, 17. Bezirk (Dornbach); Julius Leyß zu Laimburgk (1815–1901), Wohltäter.

Leystraße, 20. Bezirk; Konrad Ley (1801–1881), Bezirksvorsteher des 20. Bezirks.

Lhotskygasse, 21. Bezirk (Leopoldau); Dr. Alphons Lhotsky (1903–1968), Historiker.

Libellenweg, 14. Bezirk (Hütteldorf); Insektenname.

Libussagasse, 10. Bezirk (Oberlaa); Drama von Grillparzer.

Lichnowskygasse, 11. Bezirk (Kaiser Ebersdorf); Fürst Karl Lichnowsky (1756–1814), Freund und Gönner Beethovens.

Lichtenauergasse, 2. Bezirk; Georg Lichtenauer (1791–1848), erbaute dort die ersten Häuser.

Lichtenfelsgasse, 1. Bezirk; Thaddäus Freiherr v. Lichtenfels (1798–1877), Staatsmann.

Lichtensteg, 1. Bezirk; 1273 ferrona lucida, 1279 inter cutellatores (Unter den Messerern), 1350 sub macellis (Unter den Fleischbänken) und Am Preizeneck (Bretzeneck). Schon 1273 clara semita (Lichtensteg), im Gegensatz zu den anderen, finsteren, Gassen der Umgebung.

Lichtensterngasse, 12. Bezirk (Altmannsdorf); Richard Lichtenstern, Gründer der modernen Keramikherstellung.

Lichtentaler Gasse, 9. Bezirk; zur Wahrung des Ortsnamens.

Lichtgasse, 15. Bezirk (Fünfhaus); früher Ziegelofengasse. Dort bestand von 1839 bis 1900 ein Gaswerk (damals noch Gaslicht).

Lidlgasse, 17. Bezirk (Hernals); Matthias Lidl v. Schwanau (1666–1749), Besitzer der Herrschaft Gersthof.

Liebenberggasse, 1. Bezirk; Johann Andreas v. Liebenberg (1627–1683), Bürgermeister von Wien.

Liebenstraße, 12. Bezirk (Altmannsdorf); Robert v. Lieben (1878–1913), Physiker (Erfinder der Verstärkerröhre).

Liebenwerderhöhe, 18. Bezirk; heutiger Name Ladenburghöhe. Das Schafbergbad hieß einst Liebenwerderbad.

Liebhartsgasse, 16. Bezirk (Neulerchenfeld); siehe folgendes.

Liebhartsruhe, 16. Bezirk; bis 1944 Katharinenruhe, siehe folgendes.

Liebhartstalstraße, 16. Bezirk (Ottakring); ehemaliger Flurname. Schon 1354, 1373 und 1377 als Liebhartsgraben urkundlich erwähnt.

Liebiggasse, 1. Bezirk; Justus Freiherr v. Liebig (1803–1873), Chemiker.

Liebknechtgasse, 16. Bezirk (Ottakring) und 17. Bezirk (Dornbach); Karl Liebknecht (1871–1919), Politiker.

Liebleitnergasse, 21. Bezirk (Stammersdorf); Prof. Karl Liebleitner (1852–1942), Musikforscher.

Lieblgasse, 22. Bezirk (Kagran); Hans Liebl (1877–1963), Eisenkonstrukteur.

Liechtensteinstraße, 9. Bezirk; um 1250 strata newnburgensium (Neuburger Straße), um 1700 Untere Hauptstraße, bis 1862 Drey-Mohren-Gasse, Lange Gasse und Liechtentaler Hauptstraße. Palais und Park der Fürsten Liechtenstein (erbaut 1702).

Liechtenwerder Platz, 9. Bezirk und 19. Bezirk (Ober-Döbling); ehemals wiesenreiche Donauinsel (Werd), im 13. Jahrhundert Altliechtenwerd genannt. 1254 von Heinrich v. Liechtenstein erworben.

Lieglerstraße, 22. Bezirk (Eßling); Leopold Liegler (1882–1949), Schriftsteller.

Lieleggweg, 21. Bezirk (Strebersdorf); Andreas Lielegg (1831–1899), Chemiker.

Lienfeldergasse, 16. Bezirk (Ottakring) und 17. Bezirk (Hernals); Weingartenflurname, schon 1352 als Lyenfeld erwähnt.

Liepoltgasse, 23. Bezirk (Inzersdorf); Hans Liepolt (1880–1962), Lehrer in Inzersdorf.

Liesing, heute zum 23. Bezirk gehörend, wurde 1938 mit folgenden Ortschaften zum 25. Wiener Gemeindebezirk ernannt: Atzgersdorf, Breitenfurt, Erlaa, Inzersdorf, Kalksburg, Kaltenleutgeben, Laab im Walde, Liesing, Mauer, Perchtoldsdorf, Rodaun, Siebenhirten, Vösendorf.

Liesingbachstraße, 10. Bezirk (Oberlaa, Rothneusiedl); nach dem gleichnamigen Bach.

Liesinger-Flur-Gasse, 23. Bezirk (Siebenhirten); ehemals Flurname (heute Industriegelände).

Liesinger Platz, 23. Bezirk (Liesing); früher Hauptplatz des selbständigen Ortes Liesing.

Liesneckgasse, 21. Bezirk (Jedlesee); Franz Jakob Liesneck (gest. 1790), Benefiziat und Lokalkaplan von Jedlesee.

Ligusterweg, 18. Bezirk (Pötzleinsdorf); Pflanzenname.

Lilienberggasse, 13. Bezirk (Hacking); bis 1894 Wiengasse. Christian Abele von und zu Lilienberg (1628–1685), Besitzer der Herrschaft Hacking.

Lilienbrunngasse, 2. Bezirk; Therese Adler v. Lilienbrunn eröffnete 1841 die Gasse.

Liliengasse, 1. Bezirk; vor 1622 Armesündergasse. Hier bestand von 1622 bis 1810 ein Hof des Stiftes Lilienfeld.

Lilienthalgasse, 3. Bezirk (Favoriten); Otto v. Lilienthal (1848–1896), Flugzeugtechniker, führte 1891 den ersten Gleitflug aus.

Lilienweg, 11. Bezirk (Simmering); Pflanzenname.

Lindauergasse, 16. Bezirk (Ottakring); Andreas Lindauer (gest. 1552), Stadtanwalt, Salzamtmann, Besitzer des Ottakringer Freihofes.

Lindauergasse, 23. Bezirk (Mauer); Michael Lindauer (1862–1944), Gemeinderat von Mauer.

Lindenbauergasse, 11. Bezirk (Simmering); nach dem „Lindenbauer-Kasino".

Lindengasse, 7. Bezirk; um 1770 Mittlere Gasse und Im Schöff, bis 1862 Josefigasse, auch Josefibrunnengasse, Leopoldigasse und Obere Brunngasse, bis 1909 ein Teil Dreilaufergasse. Nach einem Gasthausschild „Zur goldenen Linde".

Lindgrabengasse, 23. Bezirk (Mauer); Flurname.

Lindheimgasse, 15. Bezirk (Hütteldorf).

Lindkogelgasse, 10. Bezirk (Inzersdorf); nach dem gleichnamigen Berg bei Baden.

Linienamtsgasse, 13. Bezirk (Auhof); nach einem ehemaligen Mautgebäude (die Durchfahrten durch den Linienwall wurden „Linien" genannt).

Liniengasse, 6. Bezirk; führte zum Linienwall.

Linienwall, 3. Bezirk bis 9. Bezirk; für die im Jahre 1704 von Prinz Eugen befohlene Erbauung eines Schutzwalles gegen die Türken und Kuruzzen um die Stadt Wien und ihre 34 Vorstädte wurden alle Einwohner zwischen 18 und 60 Jahren herangezogen. Tatsächlich wurde der Wall noch im gleichen Jahr fertiggestellt. Die zur Durchfahrt der Fuhrwerke erbauten Tore wurden Linien genannt und daselbst Mautgebäude errichtet. 1892 wurde mit der Demolierung des Linienwalles begonnen.

Linienwallgraben, heute verbaut. Graben vor dem eigentlichen Wall. Vor einigen Jahren war ein letztes Überbleibsel am Währinger Gürtel, in der Nähe der Borschkegasse, zu sehen.

Linienwallplatz, 12. Bezirk (Gaudenzdorf); durch die Regelung des Gürtels verschwunden.

Linke Bahngasse, 3. Bezirk; bis 1862 Am Kanal. Längs der 1857 erbauten Verbindungsbahn (zwischen Nordbahn und Südbahn).

Linke Nordbahngasse, 21. Bezirk (Floridsdorf); an der linken Seite der 1838 erbauten Nordbahn.

Linker Weg, 22. Bezirk (Kagran); in der Siedlung „ÖBB Landwirte".

Linke Wasserzeile, 23. Bezirk (Mauer); hier verläuft die I. Wiener Hochquellenwasserleitung.

Linke Wienzeile, 6. Bezirk, 14. Bezirk (Penzing) und 15. Bezirk (Fünfhaus); im 6. Bezirk zuerst Am Wienufer, auch Ufergasse später Magdalenenstraße und Wienstraße. Am linken Wienflußufer.

Linkweg, 13. Bezirk (Auhof); Antonie Link (1853–1931), Opernsängerin.

Linnégasse, 22. Bezirk (Kaisermühlen); verlief vom Kaisermühlendamm zur Alten Donau.

Linnéplatz, 19. Bezirk (Ober-Döbling); Karl v. Linné (1707–1778), Naturforscher.

Linzackergasse, 13. Bezirk (Ober-St. Veit); ein schon im Jahre 1407 bekundeter Weingartenflurname. Hat nichts mit der Stadt Linz zu tun. Wahrscheinlich mit Lein oder Flachs.

Linzer Straße, 14. Bezirk (Penzing, Unter-Baumgarten, Ober-Baumgarten, Hütteldorf) und 15. Bezirk (Rudolfsheim); Reichsstraße nach Linz.

Linzerweg, 11. Bezirk (Simmering); Weg in der Siedlung „Simmeringer Haide".

Lipinergasse, 23. Bezirk (Inzersdorf); Siegfried Lipiner (1856–1917), Schriftsteller.

Lippmanngasse, 10. Bezirk (Oberlaa); Dr. Gabriel Lippmann (1845–1921), Experimentalphysiker.

Lissagasse, 3. Bezirk; zur Erinnerung an Tegetthoffs Sieg über die italienische Flotte bei Lissa (1866).

Lißbauergasse, 19. Bezirk (Ober-Döbling); Karl Lißbauer (gest. 1861), Bürgermeister von Ober-Döbling.

Lisseeweg, 21. Bezirk (Strebersdorf); bei Drucklegung des Buches noch nicht geklärt.

Lisztstraße, 3. Bezirk; bis 1913 Daffingergasse. Franz Liszt (1811–1886), Komponist.

Litfaßstraße, 3. und 11. Bezirk; nach Ernst Theodor Litfaß (1816–1874), dem Erfinder der nach ihm benannten Plakatsäule.

Litschauweg, 21. Bezirk (Strebersdorf); nach der Stadt im Waldviertel.

Littrowgasse, 18. Bezirk (Währing); Josef Johann v. Littrow (1781–1840), Astronom.

Lobaugasse, 22. Bezirk (Aspern); nach dem Naturschutzgebiet. Zwei Möglichkeiten für die Herkunft des Namens bieten sich an: zum einen nach „Loba", so soll der Donauarm, der durch die Aulandschaft führt, vor Jahrhunderten geheißen haben (heute Oberes Mühlwasser, Unteres Mühlwasser, Mühlwasser, Oberleitner Wasser, Groß-Enzersdorfer Arm, Eberschüttwasser, Mittelwasser, Kühwörther Wasser). Zum anderen (wahrscheinlicher): „Lo" bedeutet im Althochdeutschen „Wald", daher „Waldige Au". Kaiser Heinrich II. belehnte schon 1021 das bayrische Kloster Weihenstephan mit der Lobau. Als Hochwildgebiet diente es immer dem Kaiserhaus und wurde erst 1923 der Öffentlichkeit zugänglich gemacht. 1809 stand hier Napoleons Hauptquartier.

Lobenhauerngasse, 17. Bezirk (Hernals); nach einem schon 1410 erwähnten Weingartenflurnamen.

Lobgrundstraße, 22. Bezirk; verläuft durch das Zentraltanklager. Flurname (nach einem Gewässer in der Lobau).

Lobgrundtor, 22. Bezirk; Eingang in die Lobau.

Lobkowitzplatz, 1. Bezirk; schon 1331 forum porzorum (hier bis 1675 Sweinmarket), 1349 Augustiner Freithof, 1550 Bürgerspitalplatz, 1327 bis 1624 Roßmarkt, 1752 Augustinerplatz, 1790 bis 1850 Spitalplatz. Wenzel Eusebius Fürst Lobkowitz (1609–1677), Feldmarschall.

Lobmeyrgasse, 16. Bezirk (Ottakring); Ludwig Lobmeyr (1829–1917), Glaswarenfabrikant.

Lodererweg, 23. Bezirk (Kalksburg); nach der schon 1667 erwähnten Familie Loderer.

Lodergasse, 22. Bezirk (Kagran); Matthäus Loder (1781–1828), Landschaftsmaler.

Lodrongasse, 23. Bezirk (Mauer); nach dem gräflichen Geschlecht der Lodron.

Löblichgasse, 8. Bezirk; Franz Löblich (1827–1897), Bezirksvorsteher.

Löblweg, 22. Bezirk (Kagran); Josef Löbl (1866–1930), Vorstand des Floridsdorfer Fürsorgeinstituts.

Löfflergasse, 13. Bezirk (Ober-St. Veit); Friedrich Löffler (1852–1915), Hygieniker, Entdecker des Schweinerotlaufs, der Diphtherie und anderer Infektionen.

Löhnergasse, 12. Bezirk (Meidling); Fritz Löhner (1883–1942), Schriftsteller.

Löhrgasse, 15. Bezirk (Fünfhaus); Moritz Löhr (1810–1874), Erbauer des Westbahnhofes.

Loeschenkohlgasse, 15. Bezirk (Fünfhaus); Johann Loeschenkohl (1754–1807), Kupferstecher.

Löschniggasse, 22. Bezirk (Aspern); Josef Löschnig (1872–1949), Obstbaufachmann.

Lößlweg, 2. Bezirk; Friedrich Lößl (1817–1907), Techniker (Eisenbahnbau).

Lössweg, 22. Bezirk (Leopoldau); eigentlich Löß, eiszeitliche Ablagerungen.

Löwelbastei, 1. Bezirk; 1544 bis 1547 erbaut, später „Der römischen Majestät Bastei“, 1566 Landschaftsbastei genannt. Wegen ihrer Uneinnehmbarkeit von den Türken als „Zauberhaufen“ bezeichnet. 1873 bis 1875 abgetragen.

Löwelstraße, 1. Bezirk; Hans Löwel (gest. 1536), kaiserlicher Rat und Pfennigmeister Ferdinands I.

Löwenburggasse, 8. Bezirk; 1778 bis 1862 Krebsgasse. Johann Jakob Graf v. Löwenburg (1670–1732), Stifter des Löwenburg-Konviktes.

Löwengasse, 3. Bezirk; nach einem schon 1765 bestehenden Hausschild „Zum goldenen Löwen".

Löwenherzgasse, 3. Bezirk; König Richard I. Löwenherz von England (1157–1194) wurde von Knappen Herzog Leopolds V. in der Nähe des herzoglichen Rüdenhauses (in der Gegend der heutigen Rüdengasse) gefangengenommen.

Löwensteinstraße, 22. Bezirk (Eßling); Dr. Ernst Löwenstein (1878–1950), Bakteriologe.

Löwenthalgasse, 23. Bezirk (Liesing); Theodor Löwenthal (1798–1878), Bankier, Mitbesitzer der Brauerei Liesing.

Löwenzahngasse, 22. Bezirk (Aspern); Pflanzenname.

Lohengrinstraße, 22. Bezirk (Kagran); Figur aus der Gral-Sage (Sohn Parcivals). Oper von Richard Wagner.

Lohnergasse, 21. Bezirk (Strebersdorf); Ludwig Lohner (1858–1929), österreichischer Fahrzeugbauer.

Lohsinggasse, 22. Bezirk (Aspern); Dr. Ernst Lohsing (1879–1942), Jurist.

Lohwaggasse, 22. Bezirk (Aspern); Dr. Heinrich Lohwag (1884–1945), Botaniker.

Loiblstraße, 16. Bezirk (Ottakring); Johann Loibl (gest. 1872), Mitgründer des Ottakringer Verschönerungsvereines.

Loidoldgasse, 8. Bezirk; Dr. Johann Loidold (1828–1897), Bezirksvorsteher und Gemeinderat.

Loimerweg, 22. Bezirk (Kagran); ungeklärte Bezeichnung (nach einem Siedler?).

Lokomotivgasse, 21. Bezirk (Großjedlersdorf); hier bestand die Wiener Lokomotivfabrik.

Loosgasse, 23. Bezirk (Atzgersdorf); Adolf Loos (1897–1954), Gemeinderat von Atzgersdorf.

Loquaiplatz, 6. Bezirk; Ferdinand Loquai (1838–1899), Gemeinderat, Landtagsabgeordneter.

Lorbeergasse, 3. Bezirk; Lorbeer = Zeichen des Sieges; in diesem Sinne Erinnerung an die Siege der österreichischen Armee (in der Monarchie).

Lorenz-Bayer-Platz, 16. Bezirk (Ottakring) und 17. Bezirk (Hernals); zwischen 1938 und 1945 Domesplatz. Lorenz Bayer (1826–1894), Gemeinderat von Hernals.

Lorenz-Kellner-Gasse, 22. Bezirk (Kagran); Dr. Lorenz Kellner (1811–1892), Pädagoge.

Lorenz-Mandl-Gasse, 16. Bezirk (Ottakring); Lorenz Mandl (1800–1882), Gemeinderat von Ottakring.

Lorenz-Müller-Gasse, 20. Bezirk; Lorenz Müller (1862–1922), Gemeinderat, erster Bezirksvorsteher des 20. Bezirks (erreichte dessen Selbständigkeit).

Lorenz-Reiter-Straße, 11. Bezirk (Simmering); Lorenz Reiter, 1729 bis 1754 Ortsrichter von Simmering.

Lorenz-Stein-Gasse, 14. Bezirk (Weidlingau); nach Lorenz v. Stein, der im vorigen Jahrhundert große Verdienste um die Gemeinde Hadersdorf errang.

Lorenz-Weiß-Gasse, 14. Bezirk (Hütteldorf); Lorenz Weiß (1821–1887), Oberlehrer von Hütteldorf.

Lorettoplatz, 21. Bezirk (Jedlesee); nach der Pfarrkirche Maria Loretto (als Kapelle 1713 erbaut, 1809 abgebrannt, nach der Neuerrichtung 1847 vergrößert, die heutige Gestalt seit 1877).

Lormweg, 21. Bezirk (Schwarzlackenau); Hieronymus Lorm (eigentlich Heinrich Landesmann, 1821–1902), mährischer Dichter.

Lortzinggasse, 14. Bezirk (Penzing); Albert Lortzing (1801–1851), Opernkomponist (zugleich Sänger, Schauspieler, Dichter, Kapellmeister).

Lorystraße, 11. Bezirk (Simmering); Karl Lory, im vorigen Jahrhundert Hausbesitzer und Wohltäter.

Loschmidtgasse, 21. Bezirk (Großjedlersdorf); Josef Loschmidt (1821–1895), Chemiker, Physiker.

Lotheißengasse, 19. Bezirk (Grinzing); Dr. Ferdinand Lotheißen (1833–1887), Romanist.

Lothringerstraße, 1. Bezirk, 3. Bezirk und 4. Bezirk; Fürstengeschlecht. Durch Franz v. Lothringen, dem Gemahl Maria Theresias, erfolgte die Verbindung der Häuser Habsburg und Lothringen.

Lottgasse, 21. Bezirk (Großjedlersdorf); Julius Lott (1836–1883), Erbauer der Arlbergbahn.

Loudonstraße, 14. Bezirk (Hadersdorf); richtige Schreibweise; Gideon Ernst Freiherr v. Loudon (1717–1790), Feldmarschall.

Loulagasse, 21. Bezirk (Strebersdorf); Johann Loula (1891–1950), Lehrer in Strebersdorf.

Lucasweg, 12. Bezirk (Meidling); Karl Lucas (1803–1857), Burgschauspieler.

Luchtengasse, 17. Bezirk (Dornbach); Flurname. 1660 auch Luefft genannt.

Luckenholzgasse, 21. Bezirk (Stammersdorf); entweder Wald mit Lücken (Luckenholz) oder nach einem Gehölz, in dem Baumaterial für Lucken (kleine Ansiedlungen) geschlagen wurde.

Luckenschwemmgasse, 21. Bezirk (Stammersdorf); sinngemäß nach vorhergehendem.

Ludo-Hartmann-Platz, 16. Bezirk (Neulerchenfeld); zwischen 1938 und 1945 Hans-Schemm-Platz. Dr. Ludo Hartmann (1865–1924), Historiker, Gründer der Volkshochschulen.

Ludwig-Eckardt-Gasse, 14. Bezirk (Breitensee); Dr. Ludwig Eckardt (1827–1871), Kunstforscher, Schriftsteller.

Ludwiggasse, 18. Bezirk (Pötzleinsdorf); Ludwig Galler (1792–1854), Schlossermeister, Wohltäter.

Ludwig-Gruber-Weg, 19. Bezirk (Neustift am Walde); Ludwig Gruber (1874–1964), Komponist (Mei Muatterl war a Weanerin).

Ludwig-Kirschner-Gasse, 23. Bezirk (Atzgersdorf); Ludwig Kirschner (1872–1945), Bürgermeister von Atzgersdorf.

Ludwig-Koeßler-Platz, 3. Bezirk; zwischen 1938 und 1945 Langemarkplatz. Dr. Ludwig Koeßler (1861–1927), Gründer der Wiener Urania, die ihm ihre hohe Bedeutung für die Volksbildung verdankt.

Ludwig-Martinelli-Gasse, 12. Bezirk (Meidling); Ludwig Martinelli (1833–1913), Volksschauspieler, Komiker.

Ludwig-von-Höhnel-Gasse, 10. Bezirk (Oberlaa); Ludwig v. Höhnel (1857–1942), Konteradmiral, Afrikaforscher.

Lützowgasse, 14. Bezirk (Breitensee, Penzing); Ludwig Adolf Wilhelm Freiherr v. Lützow (1782–1834), Führer der Freischaren gegen Napoleon.

Luftbadgasse, 6. Bezirk; bis 1862 Obere Gestättengasse. Hier bestand das 1852 erbaute Esterházybad.

Luftgasse, 5. Bezirk; führte Richtung Linienwall, ins Freie, „an die Luft".

Lugeck, 1. Bezirk; 1275 als „Luogeckche" urkundlich erwähnt, 1547 ein Teil „Des Marcus Curtius Loch", 1720 Lubeck. Eine Ecke, die sich zum „Lugen" (Ausschauen) eignete. Vermutlich bot sich von einem Eckturm der Festungsmauer ein „Auslug" über das Vorgelände.

Luickgasse, 22. Bezirk (Aspern); Dr. Karl Luick (1865–1935), Etymologe.

Luise-Montag-Gasse, 11. Bezirk (Simmering); Luise Montag (1849–1927), Wiener Volkssängerin.

Lukschgasse, 2. Bezirk; Franz Luksch (gest. 1913), Gemeinderat der Leopoldstadt.

Lundenburger Gasse, 21. Bezirk (Großjedlersdorf); nach der Stadt in Mähren.

Lundgasse, 10. Bezirk (Oberlaa); nach der Stadt in Südschweden.

Luntzgasse, 20. Bezirk, Viktor Luntz (1840–1903), Baumeister (Mitwirkender beim Bau des Wiener Rathauses).

Lupinenweg, 22. Bezirk (Aspern); Blumenname.

Luschingasse, 21. Bezirk (Schwarzlackenau); Dr. Arnold Luschin-Ebengreuth (1841–1932), Rechtshistoriker.

Lustgasse, 3. Bezirk; der hier einst bestehende Kaisergarten auf der Landstraße war ursprünglich der große Lustgarten bei dem von Graf Harrach 1734 bis 1735 erbauten Palais. 1802 kaufte Kaiser Franz II. den Besitz und legte den berühmten Kaisergarten an, der 1841 bis 1845 zerlegt und verbaut wurde.

Lusthausstraße, 2. Bezirk; früher Alte Lusthausstraße oder Alte Lusthaus-Allee. Schon unter Karl VI. (1705) als Jagdschlößchen („Grienlusthaus") benutzt, wurde das Lusthaus später zum beliebten Zusammenkunftsort des hohen Adels und der Gesellschaft.

Lustkandlgasse, 9. Bezirk; Dr. Wenzel Lustkandl (1832–1906), Landtagsabgeordneter.

Lutherplatz, 6. Bezirk; Martin Luther (1483–1546), Kirchenreformer.

Luzegasse, 11. Bezirk (Kaiser-Ebersdorf); Hofrat Karl Luze (1864–1949), Komponist.

Lynkeusgasse, 13. Bezirk (Speising); Lynkeus (eigentlich Josef Popper, 1838–1920), Techniker, philosophischer Schriftsteller.

M

Maargasse, 23. Bezirk (Mauer); Dr. Oskar Maar (1888–1953), Germanist.

Machegasse, 22. Bezirk (Aspern); Heinrich Mache (1876–1954), Physiker.

Machstraße, 2. Bezirk; Ernst Mach (1838–1916), Physiker.

Mackgasse, 23. Bezirk (Kalksburg); Franz v. Mack (1730–1807), Besitzer der Herrschaft Kalksburg.

Maculangasse, 22. Bezirk (Kagran); Dr. Rudolf Maculan (1915–1955), Bautechniker.

Maderspergerstraße, 16. Bezirk (Ottakring); Josef Madersperger (1768–1850), Erfinder der Nähmaschine.

Maderstraße, 4. Bezirk; Johann Christian Mader (1697–1761), Bildhauer.

Madjeragasse, 13. Bezirk (Ober-St. Veit); Dr. Wolfgang Madjera (1868–1926), Dichter.

Mälzelplatz, 22. Bezirk (Kagran); Johann Nepomuk Mälzel (1772–1838), Mechaniker, erfand gemeinsam mit dem Holländer Winkel das Metronom.

Männertreugasse, 10. Bezirk (Oberlaa); Pflanzenname.

Märzstraße, 15. Bezirk (Fünfhaus, Rudolfsheim) und 14. Bezirk (Penzing); zur Erinnerung an die Ereignisse des März 1848. Auf dem Grunde des Märzparkes befand sich der Schmelzer Friedhof, auf dem die Opfer begraben wurden und von dem im Jahre 1926 die Gebeine auf den Zentralfriedhof überführt wurden.

Magazingasse, 3. Bezirk; von 1750 bis 1889 befand sich hier ein Futterspeicher im Besitz des Militärs.

Magdalenenstraße, 6. Bezirk; bis 1862 ein Teil Untere Wehrgasse, ein anderer Schnellgasse. Die frühere Magdalenenstraße heißt heute Linke Wienzeile. Dieses Gebiet ist der älteste Teil des 6. Bezirkes. Zur Wahrung des Ortsnamens.

Magdeburgstraße, 22. Bezirk (Kagran); Friedrich Freiherr v. Magdeburg (1783–1810), Hauptmann in der Schlacht von Aspern (1809).

Magnoliengasse, 22. Bezirk (Hirschstetten); Blumenname.

Mahlerstraße, 1. Bezirk; von 1938 bis 1946 Meistersingerstraße. Gustav Mahler (1860–1911), Symphoniker, Direktor der Staatsoper.

Maigasse, 21. Bezirk (Leopoldau); Monatsname.

Maiglöckchenweg, 22. Bezirk (Eßling); Blumenname.

Maiklgasse, 10. Bezirk (Inzersdorf); Georg Maikl (1872–1951), Tenor.

Mailergasse, 11. Bezirk (Kaiser-Ebersdorf); bis 1894 Bräuhausgasse. Johann Mailer (1708–1786), Stifter des Armenhauses in Kaiser-Ebersdorf.

Maillygasse, 10. Bezirk (Inzersdorf); Anton Mailly (1874–1950), Kulturhistoriker.

Maireckergasse, 23. Bezirk (Rodaun); Franz Mairecker (1879–1950), Konzertmeister der Wiener Philharmoniker.

Maisgasse, 21. Bezirk (Schwarzlackenau); Körnerfrucht.

Makartgasse, 1. Bezirk; Hans Makart (1840–1884), Maler.

Malborghetgasse, 10. Bezirk (Inzersdorf); zur Erinnerung an die heldenhafte Verteidigung des Passes von Malborghet gegen die Franzosen (1809).

Malfattigasse, 12. Bezirk (Meidling); Dr. Johann Malfatti Edler v. Montenegro (1775–1859), Arzt.

Malfattisteig, 13. Bezirk (Lainz); siehe vorher.

Mallygasse, 21. Bezirk (Schwarzlackenau); Adam Mally (1833–1886), Pfarrer von Floridsdorf.

Malmögasse, 10. Bezirk (Inzersdorf); nach der schwedischen Stadt.

Malvengasse, 21. Bezirk (Schwarzlackenau); Pflanzenname.

Malzgasse, 2. Bezirk; bis 1862 Bräuhausgasse. Hier stand von 1534 bis nach 1830 ein Brauhaus.

Mandlgasse, 12. Bezirk (Meidling); Anton Mandl (gest. 1865), Gastwirt, letzter Ortsrichter von Meidling.

Mannaberggasse, 22. Bezirk (Eßling); Dr. Julius Mannaberg (1860–1941), Leiter der Poliklinik.

Mannagettagasse, 19. Bezirk (Grinzing); Dr. Wilhelm Freiherr v. Mannagetta (1588–1666), Leibarzt dreier Kaiser (Ferdinand II., Leopold I. und Ferdinand III.).

Mannagettasteig, 19. Bezirk (Grinzing); siehe vorher.

Manngasse, 23. Bezirk (Liesing); Franz Mann (auch Man 1875–1939), Bäckermeister, Wohltäter.

Mannhartgasse, 10. Bezirk (Favoriten); Flurname (nach einem „hart" zu bearbeitenden Grund).

Mannsbarthgasse, 22. Bezirk (Eßling); Franz Mannsbarth (1877–1950), österreichischer Flugpionier.

Mannlicherplatz, 21. Bezirk; aufgelassen.

Mannschildgasse, 10. Bezirk (Oberlaa); Pflanzenname.

Mannswörther Straße, 11. Bezirk (Albern); verläuft in Richtung dorthin.

Manowardagasse, 23. Bezirk (Rodaun); Josef Manowarda (1890–1942), Staatsopernsänger.

Mantlergasse, 13. Bezirk (Ober-St. Veit); Josef Mantler (1845–1902?), Oberlehrer in Unter-St. Veit.

Mantuanigasse, 23. Bezirk (Inzersdorf); Josef Mantuani (1860–1923), Musikwissenschafter.

Marangasse, 22. Bezirk (Kagran); Gustav Maran (richtig Dolezal, 1833–1917), Schauspieler.

Marathonweg, 2. Bezirk; führt von der Hauptallee zum Stadion. Nach dem gleichnamigen Lauf über 42 Kilometer.

Marbodgasse, 22. Bezirk (Kagran); Marbod (gest. 37 n. Chr.) war Herzog und Führer der Markomannen im Krieg gegen die Römer im Jahre 8 v. Chr.

Marburggasse, 22. Bezirk (Eßling); Dr. Otto Marburg (1874–1948), Neurologe.

Marc-Aurel-Straße, 1. Bezirk; bis 1886 der höher liegende Teil Krebsgasse, der untere Teil Salzgasse. Marc Aurel Antonius (eigentlich Annius Verus, 121–180), römischer Kaiser, Philosoph.

Marchesigasse, 22. Bezirk (Eßling); Mathilde Marchesi (1826–1913), Gesangspädagogin.

Marchettigasse, 6. Bezirk; Johann Baptist Marchetti war 1801 der Erbauer des ersten Hauses in der Gasse.

Marchfeldstraße, 20. Bezirk; erste urkundliche Erwähnung bereits 1058. Die Kornkammer Österreichs genannt. Der Name March ist zusammengesetzt aus mar = Roß und aha = Wasser, weist darauf hin, daß die seinerzeit aus dem Osten Eingewanderten bei einem Wasser (der March) rasteten.

Marco-d'Aviano-Gasse, 1. Bezirk; Marco d'Aviano (1631–1699), Kapuzinerprediger.

Marconiweg, 10. Bezirk (Oberlaa); Gugliemo Marconi (1874–1937), italienischer Physiker, entwickelte die Funktelegraphie. Nobelpreisträger 1909.

Marco-Polo-Platz, 21. Bezirk (Großjedlersdorf); Marco Polo (1254–1323), Weltreisender.

Marcusgasse, 14. Bezirk (Penzing); Siegfried Marcus (1831–1898), Mechaniker, entwickelte den ersten mit elektrischer Zündung ausgerüsteten Benzinmotor.

Mareschgasse, 15. Bezirk (Fünfhaus); siehe folgendes.

Mareschplatz, 15. Bezirk (Fünfhaus); Dr. Rudolf Maresch (1854–1920), Wohnbautechniker.

Margaretengürtel, 5. Bezirk; zur Wahrung des Ortsnamens. Siehe auch Döblinger Gürtel.

Margaretenplatz, 5. Bezirk; zur Wahrung des Ortsnamens.

Margaretenstraße, 4. Bezirk und 5. Bezirk; um 1357 Maetzleinsdorfer Weg. Bis 1862 hießen einzelne Teile: Adlergasse, Neu-Wieden-Hauptstraße, dann Grießgasse, Reinprechtsdorfer Hauptstraße, Obere Schloßgasse, Ziegelofengasse, später Obere Bräuhausgasse. Zur Wahrung des Ortsnamens.

Margetinstraße, 11. Bezirk (Kaiser-Ebersdorf); Flurname.

Mariabrunner Straße, 14. Bezirk (Auhof, Weidlingau); nach einem Wallfahrtsort außerhalb Wiens.

Maria-Eis-Gasse, 3. Bezirk; Maria Eis (1896–1954), Schauspielerin am Wiener Burgtheater.

Maria-Grengg-Gasse, 23. Bezirk (Rodaun); Maria Grengg (1888–1963), Dichterin.

Mariahilfer Gürtel, 6. Bezirk und 15. Bezirk (Fünfhaus); zur Wahrung des Ortsnamens. Siehe auch Döblinger Gürtel.

Mariahilfer Straße, 6. Bezirk, 7. Bezirk, 15. Bezirk (Rudolfsheim, Fünfhaus) und 14. Bezirk (Penzing); im 6. Bezirk und 7. Bezirk zuerst Kremser Straße, später Bayrische Landstraße, Laimgruben-Hauptstraße, Mariahilfer Hauptstraße, Fünfhauser Hauptstraße, Schönbrunner Straße und Penzinger Straße. Im 14. Bezirk und 15. Bezirk früher Penzinger Poststraße und Schönbrunner Straße. Zur Wahrung des Ortsnamens.

Mariannengasse, 9. Bezirk; bis 1862 Adlergasse. Maria Anna Karolina Pia (1803–1884), Gemahlin Kaiser Ferdinands I., Förderin des Kinderspitals.

Maria-Theresien-Platz, 1. Bezirk; hier steht das Denkmal Kaiserin Maria Theresias.

Maria-Theresien-Straße, 1. Bezirk und 9. Bezirk; nach Kaiserin Maria Theresia, 1717 bis 1780.

Maria-Treu-Gasse, 8. Bezirk; nach der Pfarrkirche zu Maria Treu (1698 bis 1716 als Kapelle, 1717 bis 1751 als Kirche erbaut).

Maria-vom-Siege, 15. Bezirk (Fünfhaus); nach der Pfarrkirche Maria vom Siege, erbaut 1867 bis 1874.

Mariengasse, 17. Bezirk (Hernals); nach der Redemptoristenkirche „Zur hl. Maria von der immerwährenden Hilfe", erbaut 1886 bis 1889.

Mariensteig, 13. Bezirk (Ober-St. Veit); einst stand am Rande des im Lainzer Tiergarten entspringenden, jetzt zugewölbten Marienbaches ein mit vielen Marienbildern geschmückter Baum.

Marienstiege, 1. Bezirk; früher An unserer Frauen Stiege, An der Gstätten und Am Gestade. Stiege zur Kirche Maria am Gestade, die schon 1158 erwähnt wird.

Marienweg, 17. Bezirk (Dornbach); Weg in der Siedlung „Geistiger Arbeiter" (nach der Gattin des Gründers).

Marilaungasse, 3. Bezirk; Anton Kerner v. Marilaun (1831–1898), Pflanzenforscher.

Marinelligasse, 2. Bezirk; Karl Edler v. Marinelli (1744–1803), Gründer des Leopoldstädter Theaters.

Marinonigasse, 21. Bezirk (Stammersdorf); Dr. Johann Jakob Marinoni (1670–1755), Hofmathematiker.

Marinonigasse, 12. Bezirk; wurde bei der Regelung der Schönbrunner Schloßstraße verbaut.

Markgraf-Gerold-Gasse, 22. Bezirk (Stadlau); Markgraf Gerold (gest. 791), war der erste Markgraf der Ostmark.

Markgraf-Rüdiger-Straße, 15. Bezirk (Fünfhaus); Markgraf Rüdiger von Bechelaren (das heutige Pöchlarn), Gestalt aus der Nibelungensage.

Markhofgasse, 3. Bezirk; Adolf Ignaz Mautner Ritter v. Markhof (1801–1889), Besitzer des Brauhauses zu St. Marx.

Markomannenstraße, 22. Bezirk (Kagran); der römische Kaiser Publius Licinius Gallienus (gest. 268) trat im Jahre 260 Vindobona an die Markomannen, einen germanischen Volksstamm, ab.

Markowskygasse, 22. Bezirk (Eßling); August Markowsky (1880–1939), Schauspieler.

Marktgasse, 9. Bezirk; bis 1879 bestand hier ein offener Markt, der dann in einer Halle untergebracht wurde.

Marktgemeindegasse, 23. Bezirk (Mauer); wurde anläßlich der Markterhebung Mauers so benannt.

Markwardstiege, 13. Bezirk (Ober-St. Veit); Markward von Hacking war im 12. Jahrhundert Besitzer der Burg Hacking.

Markweg, 22. Bezirk (Aspern); nach der hier verlaufenden Stadtgrenze von Wien (Gemarkung).

Marnogasse, 14. Bezirk (Breitensee); Ernst Marno (1844–1883), Afrikareisender.

Marokkanergasse, 3. Bezirk; nach einer 1782 nach Wien gekommenen marokkanischen Gesandtschaft zum Abschluß eines Handels- und Friedensvertrages (siehe auch Afrikanergasse).

Maroltingergasse, 14. Bezirk (Breitensee) und 16. Bezirk (Ottakring); nach den Wiener Bürgern Michael und Andreas Maroltinger, von 1484 bis 1508 Besitzer des Ottakringer Freihofes, des heutigen Schottenhofes. Die Maroltinger, aus Bayern stammend, gehörten ab 1524 zu den niederösterreichischen Landständen. Nach 1550 werden sie nicht mehr erwähnt.

Marsanogasse, 18. Bezirk (Währing); Wilhelm Ritter v. Marsano (1797–1871), Schriftsteller.

Marschallplatz, 12. Bezirk (Hetzendorf); Dr. Gottfried Marschall (1840–1911), Weihbischof von Wien.

Marschnergasse, 16. Bezirk (Ottakring); Heinrich August Marschner (1795–1861), Opernkomponist.

Marsweg, 14. Bezirk (Hütteldorf); Planetenname.

Marsweg, 22. Bezirk (Kagran); Weg in der Siedlung „ÖBB Landwirte Gr. Kagran".

Martin-Schneider-Gasse, 23. Bezirk (Rodaun); Martin Schneider, um 1850 Gemeinderat von Rodaun.

Martinstraße, 18. Bezirk (Währing); Martin Schmauser erbaute hier um 1840 das erste Haus.

Martnigasse, 22. Bezirk (Süßenbrunn); nicht geklärte Bezeichnung.

Marxergasse, 3. Bezirk; bis 1875 Kettenbrückengasse und Spitalgasse. Anton Marxer (1703–1775), Bischof von Wien, Förderer des Landstraßer Waisenhauses.

Marx-Meidlinger-Straße, 12. Bezirk (Meidling); Teil eines ehemals verkehrsreichen Weges zwischen St. Marx und Meidling.

Maschlgasse, 22. Bezirk (Aspern); Rudolf Maschl (1890–1950), Siedlungsvereins-Obmann.

Maßholdergasse, 22. Bezirk (Eßling); Pflanzenname.

Masurenweg, 22. Bezirk (Kagran); die Masuren sind ein ausgedehntes Sumpfgebiet in Ostpreußen (hier deutsche Siege im Ersten Weltkrieg).

Maternaweg, 16. Bezirk (Ottakring); Amalia Materna (1847–1918), Sängerin an der Hofoper.

Matrasgasse, 13. Bezirk (Ober-St. Veit); Josef Matras (1842–1887), Schauspieler.

Matrosengasse, 6. Bezirk; nach einem Laden, der „Zum Matrosen" hieß.

Matschgasse, 16. Bezirk (Ottakring); Prof. Franz v. Matsch (1861–1942), Maler, Bildhauer.

Matteottiplatz, 16. Bezirk (Ottakring); Giacomo Matteotti (1884–1924), Abgeordneter der italienischen sozialistischen Partei, Opfer seiner Gesinnung.

Matthäusgasse, 3. Bezirk; Matthäus Mayer (1807–1878), Bezirksvorsteher des 3. Bezirks.

Matthäus-Jiszda-Straße, 21. Bezirk (Floridsdorf); Matthäus Jiszda (1871–1949), Gründer der Floridsdorfer Bezirkskrankenkasse.

Matthias-Ernst-Pista-Gasse, 21. Bezirk (Strebersdorf); Matthias Ernst Pista (1894–1943), hingerichteter Widerständler.

Matthias-Hau-Gasse, 23. Bezirk (Mauer); Matthias Hau (1698–1760), Ortsrichter von Mauer.

Matthias-Schönerer-Gasse, 14. Bezirk (Breitensee) und 15. Bezirk (Fünfhaus); Matthias Ritter v. Schönerer (1807–1881), Eisenbahntechniker.

Matthias-Wagner-Gasse, 21. Bezirk (Stammersdorf); Matthias Wagner (1894–1943), hingerichteter Widerständler.

Mattiellistraße, 4. Bezirk; Lorenz Mattielli (1699–1749), Bildhauer.

Mattisplatz, 15. Bezirk; 1925 aufgelassen.

Matzingerstraße, 14. Bezirk (Breitensee); Dr. Franz Freiherr v. Matzinger (1817–1897), Sektionschef, Leiter des Stadterweiterungsfonds.

Matzleinsdorfer Platz, 5. Bezirk; zur Wahrung des Ortsnamens.

Matznergasse, 14. Bezirk (Penzing); Josef Matzner (1822–1907), Bezirksrichter von Hietzing.

Mauerbachstraße, 14. Bezirk (Hadersdorf); nach der gleichnamigen Ortschaft.

Mauerberggasse, 23. Bezirk; aufgelassen.

Maulbeergasse, 22. Bezirk (Eßling); Fruchtname.

Maulpertschgasse, 19. Bezirk (Salmannsdorf); Anton Franz Maulpertsch (1724–1796), Barockmaler.

Maulwurfgasse, 21. Bezirk (Schwarzlackenau); Tiername.

Maurer Hauptplatz, 23. Bezirk (Mauer); Hauptplatz des ehemals selbständigen Ortes Mauer.

Maurer Lange Gasse, 23. Bezirk (Mauer); die längste Gasse von Mauer.

Maurichgasse, 22. Bezirk (Kagran); Friedrich Freiherr v. Maurich-Rustach, verdienter Major, gefallen in den Franzosenkriegen (1783 bis 1813).

Mauthausgasse, 5. Bezirk; nach dem von 1704 bis 1794 hier bestandenen Linienamtsgebäude (siehe Linienwall).

Mauthnergasse, 9. Bezirk; von 1938 bis 1945 Clausewitzgasse. Dr. Ludwig Mauthner Ritter v. Mauthstein (1806–1858), Gründer des Kinderspitals (1837).

Mautner-Markhof-Gasse, 11. Bezirk (Simmering); Georg Heinrich Mautner Ritter v. Markhof (1840–1904), Großindustrieller.

Max-Brod-Gasse, 17. Bezirk (Dornbach); Max Brod (1884–1968), Schriftsteller.

Max-Emanuel-Straße, 18. Bezirk (Währing); Max Emanuel Kurfürst v. Bayern (1662–1726), Führer eines Teiles des Entsatzheeres gegen die Türken.

Max-Fleischer-Gasse, 10. Bezirk (Oberlaa); Max Fleischer (1880–?, im KZ umgekommen), Lyriker.

Max-Hegele-Weg, 12. Bezirk (Altmannsdorf); Prof. Max Hegele (1873–1945), Architekt.

Maximilian-Schober-Gasse, 17. Bezirk (Dornbach); Weg in der Siedlung „Geistiger Arbeiter“ (Gründungsmitglied).

Maxingstraße, 13. Bezirk (Hietzing); Erzherzog Ferdinand (1832–1867), Kaiser Maximilian von Mexiko, Bruder Kaiser Franz Josephs I., erbaute sich hier ein Lustschloß, das Maxingschloß. Der Name dürfte von einer ehemaligen kleinen Ansiedlung hinter dem Fasangarten stammen.

Max-Jellinek-Gasse, 21. Bezirk (Leopoldau); Dr. Max Jellinek (1868–1938), Germanist.

Max-Mauermann-Gasse, 10. Bezirk (Simmering); Max Mauermann (1868–1929), erster Hersteller von nichtrostendem Stahl.

Max-Reinhardt-Gasse, 14. Bezirk (Penzing); Max Reinhardt (1873–1944), Schauspieler, Regisseur.

Max-Winter-Platz, 2. Bezirk; Max Winter (1870–1937), Reichsratsabgeordneter, Vizebürgermeister.

Mayergasse, 2. Bezirk; Matthäus Mayer, 1801 bis 1811 Ortsrichter der Jägerzeile.

Mayerhofgasse, 4. Bezirk; einst „Im Mayerhöfel“, 1778 Favoritenallee. Schon 1386 als „Der Deutschen Herren Meierhof vor Kärntnerthor“ erwähnt, um 1450 Gutshof der Grafen Schaumburg, nachher Angerfelderhof und Pögelhof.

Mayerweckstraße, 21. Bezirk (Strebersdorf); bis 1912 „In der Viehtrift“. Franz Mayerweck (gest. 1873), Bürgermeister von Strebersdorf.

Maygasse, 13. Bezirk (Speising); Josef May (1755–1820), Direktor der Taubstummenanstalt.

Maynollogasse, 18. Bezirk (Währing); Josef Maynollo (1818–1872), Pfarrer von Währing.

Maysedergasse, 1. Bezirk; um 1305 Ziecherstraße, von 1708 bis 1862 Komödiengasse, seit 1862 Cäciliengasse. Josef Mayseder (1789–1863), Hofkapellmeister, Geigenkünstler.

Mayssengasse, 17. Bezirk (Hernals); Josef Mayssen (1790–1860), Oberlehrer, Förderer des Gemeindewesens in Hernals.

Maystallergasse, 18. Bezirk; führte von der Lidlbrücke zur Wielemannsgasse.

Mazellegasse, 11. Bezirk (Kaiser-Ebersdorf).

Mechelgasse, 3. Bezirk; Christian v. Mechel (1737–1815), Kupferstecher.

Mechitaristengasse, 7. Bezirk; bis 1862 Kapuzinergasse. Cetro Mechitar (1676–1749) war der Gründer der Mechitaristen, einer Bruderschaft armenischer Christen, die 1810 nach Wien kam und das Gebäude des 1785 aufgelassenen Kapuzinerordens bezog. 1836 bis 1837 erbauten sie ihr neues Haus samt Kirche, die 1873 bis 1874 ihre heutige Gestalt erhielt.

Medeagasse, 10. Bezirk (Oberlaa); Drama von Grillparzer.

Medlergasse, 19. Bezirk (Unter-Sievering); Jakob der Medloer, um 1340 Pfarrer von Sievering.

Meggaugasse, 23. Bezirk (Mauer); Herrschaftsgeschlecht im 15. und 16. Jahrhundert.

Mehlbeerengasse, 22. Bezirk (Breitenlee); Baumname.

Mehlführergasse, 23. Bezirk (Atzgersdorf); Theodor Mehlführer (1880–1929), Gemeinderat von Atzgersdorf.

Meichlstraße, 11. Bezirk (Simmering); Georg Meichl, 1821 bis 1834 Besitzer des Simmeringer Brauhauses. Ein Teil des Straßenverlaufes (zwischen Ostbahn und Donau) seit 1900 verbaut.

Meidlgasse, 11. Bezirk (Kaiser-Ebersdorf); Theodor Meidl (1891–1969), Arbeiterdichter.

Meidlinger Hauptstraße, 12. Bezirk (Meidling); zur Wahrung des Ortsnamens.

Meidlinger Weg, 12. Bezirk; verbaut.

Meiereistraße, 2. Bezirk; führte zu einer Meierei (Kaffeerestaurant) in der Krieau.

Meillergasse, 13. Bezirk (Speising); Andreas v. Meiller (1819–1871), Geschichtsforscher.

Meinhartsdorfer Gasse, 15. Bezirk (Rudolfsheim); zur Wahrung des Ortsnamens.

Meischlgasse, 23. Bezirk (Erlaa); Karl Meischl (1872–1951), Vizebürgermeister von Erlaa.

Meiselstraße, 14. Bezirk (Penzing) und 15. Bezirk (Rudolfsheim); Johann Meisel (1821–1900), Ehrenbürger von Rudolfsheim.

Meisenweg, 22. Bezirk (Stadlau); Vogelname.

Meisgeyergasse, 23. Bezirk (Atzgersdorf); Karl Meisgeyer (1825–1901), Bürgermeister von Atzgersdorf.

Meißauergasse, 22. Bezirk (Kagran); die Herren von Meißau (Meissau), ein österreichisches Adelsgeschlecht, das schon 1122 mit Rozim v. Meißau urkundlich erwähnt wird. Mit Otto v. Meißau 1440 ausgestorben.

Meißelberg, 19. Bezirk; 291 Meter, zwischen Sievering und Kaasgraben (1467 urkundlich erwähnt).

Meißnergasse, 22. Bezirk (Kagran); Paul Traugott Meißner (1778–1864), Techniker.

Meister-Pertrams-Turm, 1. Bezirk; ein Verteidigungsturm in der Festungsmauer Wiens (auf der Donauseite).

Meistergasse, 21. Bezirk (Leopoldau); Dr. Richard Meister (1881–1964), Pädagoge.

Meitnergasse, 22. Bezirk (Kagran); Dr. Lise Meitner (1878–1968), Physikerin.

Meixnerweg, 12. Bezirk (Meidling); Karl Meixner (1818–1888), Burgschauspieler.

Melangasse, 22. Bezirk (Leopoldau); Josef Melan (1853–1941), Baufachmann (Eisenbeton).

Melchartgasse, 13. Bezirk (Lainz, Speising); Matthäus Melchart (1790–1866), erster Bürgermeister von Lainz.

Meldemannstraße, 20. Bezirk; Nikolaus Meldemann, Kartenmaler, fertigte die erste Rundansicht von Wien an (1529).

Mellergasse, 23. Bezirk (Liesing); nach der gleichnamigen Ofenfabrik.

Melnitzkygasse, 22. Bezirk (Kagran); Franz Melnitzky (1822–1876), Bildhauer.

Memlinggasse, 22. Bezirk (Eßling); Hans Memling (1433–1494), Maler.

Mendelssohngasse, 22. Bezirk (Kaisermühlen); Felix Mendelssohn-Bartholdy (1809–1847), Komponist.

Mengergasse, 21. Bezirk (Donaufeld); Prof. Anton Menger (1841–1906), Sozialpolitiker.

Mentergasse, 7. Bezirk; Franz Menter (1814–1866), Seidenzeugfabrikant, Gemeinderat.

Menzelgasse, 16. Bezirk (Neulerchenfeld); Karl Menzel (1800–1882), Apotheker, Gemeinderat.

Meraner Gasse, 23. Bezirk; aufgelassen.

Meraner Weg, 23. Bezirk (Mauer); nach der Südtiroler Stadt.

Meravigliagasse, 6. Bezirk; die gräfliche Familie Meraviglia war hier von 1755 bis 1801 im Besitz von Grundstücken.

Mercatorplatz, 21. Bezirk (Großjedlersdorf); Gerhard Mercator (eigentlich Kremer, 1512–1594), Kartograph (Mercatorprojektion).

Mergenthalerplatz, 22. Bezirk (Kagran); Othmar Mergenthaler (1854–1899), Erfinder der Setzmaschine.

Meriangasse, 21. Bezirk (Strebersdorf); Matthias Merian d. Ältere (1593–1650), Kupferstecher, Radierer.

Merktweg, 17. Bezirk (Dornbach); Eduard Merkt (1852–1908), Liederdichter.

Merkurweg, 14. Bezirk (Hütteldorf); Planetenname.

Mesnertor, 1. Bezirk; als Abschluß des Stephans-Friedhofes, die Verbindung zwischen Stephansplatz und Rotenturmstraße (die früher nicht in den Stephansplatz mündete, sondern an einer Mauer endete).

Messenhausergasse, 3. Bezirk; bis 1872 hieß die Gegend Mitterpointleiten. Wenzel Messenhauser (1813–1848), Befehlshaber der Nationalgarde im Jahre 1848, wurde, nachdem er den Schießbefehl auf die Aufständischen nicht befolgte, selbst als Aufständischer erschossen.

Messeplatz, 1. Bezirk und 7. Bezirk; erst Am Glacis, bis 1927 Hofstallstraße und Museumstraße. Nach den ehemaligen Hofstallungen, die seit 1921 als Messegebäude Verwendung finden.

Messerschmidtgasse, 18. Bezirk (Gersthof); Franz Messerschmidt (1732–1783), Bildhauer.

Meßmerplatz, 21. Bezirk; aufgelassen.

Mestrozigasse, 19. Bezirk (Ober-Döbling); Paul Mestrozi (1851–1928), Kapellmeister, Schöpfer von Wiener Liedern und Tänzen.

Metastasiogasse, 1. Bezirk; Pietro Bonaventura Metastasio (richtig Trapassi, 1698–1782), Hofdichter.

Metternichgasse, 3. Bezirk; Clemens Wenzel Lothar Fürst v. Metternich (1773–1859), Staatsmann.

Mexikoplatz, 2. Bezirk; vor 1920 und nach 1934 Erzherzog-Karl-Platz, dazwischen Volkswehrplatz, nach 1945 so. Mexiko war das Land, das gegen den Anschluß Österreichs an Deutschland protestierte; zur Erinnerung daran.

Meyerbeergasse, 21. Bezirk (Schwarzlackenau); Giacomo Meyerbeer (richtig Jakob Mayer-Beer, 1791–1864), Komponist.

Meynertgasse, 9. Bezirk; Prof. Dr. Theodor Meynert (1833–1892), Nervenarzt.

Meyrinkgasse, 23. Bezirk (Mauer); Gustav Meyrink (1868–1932), Schriftsteller.

Meytensgasse, 13. Bezirk (Ober-St. Veit); Martin v. Meytens (1695–1770), Maler.

Michael-Bernhard-Gasse, 12. Bezirk (Gaudenzdorf); vorerst Bachgasse, dann bis 1904 Mineralbadgasse. Michael Bernhard (1819–1901), Bürgermeister von Gaudenzdorf.

Michael-Dietmann-Gasse, 21. Bezirk (Floridsdorf); Michael Dietmann, um 1820 Ortsgeschworener von Jedlersdorf.

Michaelerberg, 17. Bezirk und 18. Bezirk; 387 Meter, zwischen Neuwaldegg und Neustift am Walde. So genannt, da im Besitz des Michaelerordens.

Michaelerplatz, 1. Bezirk; vorerst „apud sanctum Michaelum", 1368 Bei der Burgch, später Widmermarkt, um 1850 Michaelsplatz. Nach der Hofpfarrkirche zu St. Michael, 1219 von Herzog Leopold VI. erbaut, 1275 abgebrannt, 1285 wieder errichtet. 1626 wurde die Kirche dem Orden der regulierten Priester des hl. Paulus (Barnabiten) übergeben.

Michaelerstraße, 18. Bezirk (Währing); siehe vorher.

Michaelerwaldgasse, 19. Bezirk; aufgelassen.

Michaelerwaldweg, 19. Bezirk (Salmannsdorf, Neustift am Walde); führt in Richtung Michaelerwald.

Michael-Pacher-Gasse, 21. Bezirk (Leopoldau); aufgelassen, heute Zehdengasse(?).

Michalekgasse, 16. Bezirk (Ottakring); Prof. Ludwig Michalek (1859–1942), Maler.

Michelbeuerngasse, 9. Bezirk; zur Wahrung des Ortsnamens.

Michelfeitgasse, 23. Bezirk (Atzgersdorf); Dr. Franz Michelfeit (1904–1968), machte die Feuerbestattung populär.

Michtnergasse, 21. Bezirk (Jedlesee); Karl Michtner (1802–1877), Gemeinderat von Floridsdorf.

Mickertsweg, 22. Bezirk (Stadlau); Weg An der unteren Alten Donau (Kleingartengebiet 26), Gründungsmitglied(?).

Miesbachgasse, 2. Bezirk; ursprünglich ein 1840 zugeschütteter Donauarm. Auf dem so entstandenen Grund baute der Ziegeleibesitzer Alois Miesbach um 1850 die ersten Häuser.

Migazziplatz, 12. Bezirk (Meidling); Christian Graf Migazzi v. Waal und Sonnenthurm (1714–1803), Erzbischof von Wien.

Migerkastraße, 10. Bezirk (Inzersdorf); Dr. Franz Migerka (1829–1915), Zentralgewerbeinspektor, Mitbegründer des Wiener Volksbildungsvereines.

Migschitzgasse, 23. Bezirk (Mauer); Anna Migschitz (1851–1956), älteste Bewohnerin Mauers (105 Jahre).

Mihatschgasse, 21. Bezirk (Leopoldau); Karl Mihatsch (1826–1910), Hauptmitarbeiter beim Bau der I. Wiener Hochquellenwasserleitung.

Miklosichgasse, 21. Bezirk (Strebersdorf); Dr. Franz v. Miklosich (1813–1891), Slawist.

Milanweg, 22. Bezirk (Aspern); Vogelname.

Milchgasse, 1. Bezirk; schon 1380 Milchstraße, um 1846 St.-Peter-Gassel. Früherer Milchverkaufsplatz.

Mildeplatz, 16. Bezirk (Ottakring); Vinzenz Milde (1777–1853), Erzbischof von Wien.

Militärschießstätte, 2. Bezirk; ein militärischer Übungsplatz auf dem Großen Säulenhaufen (heute steht hier die UNO-City).

Millergasse, 6. Bezirk; Franz Matthias Miller (1798–1876), Stahlwarenerzeuger. Sein Vater Martin gründete 1804 eine Kunstschlosserei und Feinzeugschmiede und war 1839 bis 1843 Grundrichter in Gumpendorf.

Millöckergasse, 6. Bezirk; Karl Millöcker (1842–1899), Tondichter.

Miltnerweg, 11. Bezirk (Kaiser-Ebersdorf); Dr. Franz Miltner (1901–1959), Archäologe.

Minciostraße, 15. Bezirk (Fünfhaus); nach der Schlacht am Fluß Mincio zwischen Österreichern und Franzosen (1800).

Minorgasse, 14. Bezirk (Unter- und Ober-Baumgarten); Jakob Minor (1855–1912), Germanist.

Minoritenplatz, 1. Bezirk; 1310 „Bei den minneren Brüdern". Der Orden der „fratres minores" wurde 1210 vom hl. Franz v. Assisi gegründet. Seit 1224 in Wien, erbauten sie 1231, 1262, 1276 (jedesmal abgebrannt) und 1400 Kirche und Kloster. 1783 wurden sie in das Trinitarierkloster in die Alser Straße versetzt und die Kirche der 1625 gegründeten italienischen Bruderschaft übergeben.

Minzengasse, 22. Bezirk (Kagran); Pflanzenname.

Missindorfstraße, 14. Bezirk (Penzing); Hans Missindorf (gest. 1428), Besitzer der Herrschaft Penzing.

Missongasse, 14. Bezirk (Hadersdorf); Josef Misson (1803–1895), Mundartdichter.

Mitisgasse, 14. Bezirk (Breitensee); Ignaz Edler v. Mitis (1771–1842), Techniker.

Mittelgasse, 6. Bezirk; die 1833 eröffnete Gasse wurde so genannt, weil sie in der Mitte zwischen Gumpendorfer Straße und Mariahilfer Straße liegt.

Mittelsteig, 14. Bezirk (Hütteldorf); Weg in der Siedlung „Satzberg-Rosenhang".

Mittelstraße, 14. Bezirk (Hadersdorf); verläuft in der Mitte der Edensiedlung.

Mittelweg, 11. Bezirk (Simmering); in der Siedlung „Gaswerk".

Mittelweg, 12. Bezirk (Altmannsdorf); in der Siedlung „Am Schöpfwerk".

Mittelweg, 17. Bezirk (Dornbach); in der Siedlung „Schafberg C".

Mitterberggasse, 18. Bezirk (Währing); seit 1409 urkundlich genannter Flurname.

Mitterfeldgasse, 11. Bezirk (Simmering); Flurname.

Mitterhofergasse, 21. Bezirk (Großjedlersdorf); Peter Mitterhofer (1822–1892), Erfinder der Schreibmaschine.

Mittermayergasse, 13. Bezirk (Hietzing); Matthias Mittermayer, um 1679 Münzmeister.

Mittersteig, 4. Bezirk und 5. Bezirk; 1778 Mittleres Steiggassel, vorher Arme Schulgasse. Grenzgasse (in der Mitte) zwischen 4. Bezirk und 5. Bezirk.

Mitterbergstiege, 19. Bezirk; Weg zwischen Weingärten mit 179 Stufen.

Mitterweg, 11. Bezirk (Simmering); führt „mitten" durch die Simmeringer Heide.

Mitterwurzergasse, 19. Bezirk (Neustift am Walde); Friedrich Mitterwurzer (1845–1897) und seine Gattin Wilhelmine (1848–1908), beide Hofschauspieler.

Mitterwurzerweg, 19. Bezirk (Neustift am Walde); führt zur gleichnamigen Gasse.

Mittlerer Weg, 3. Bezirk; führt „mitten" durch das Erdberger Mais.

Mittlere Straße, 14. Bezirk (Hadersdorf); verläuft in der Mitte der Siedlung.

Modecenterstraße, 3. Bezirk und 11. Bezirk (Simmering); hier wurden viele Modegeschäfte angesiedelt.

Modl-Toman-Gasse, 13. Bezirk (Auhof); Gabriele Modl-Toman (gest. 1848), Operettensängerin.

Mödling; die selbständige Ortschaft wurde 1938 als 24. Bezirk mit folgenden Ortschaften an Wien (Groß Wien) angegliedert: Achau, Biedermannsdorf, Brunn am Gebirge, Dornbach, Gaaden, Gießhübl, Grub, Gumpoldskirchen, Guntramsdorf, Hennersdorf, Hinterbrühl, Laxenburg, Maria-Enzersdorf, Mödling, Münchendorf, Sittendorf, Sparbach, Sulz im Wienerwald, Weißenbach, Wiener Neudorf, Wöglerin. Nach 1946 wurde der vorherige Zustand wiederhergestellt.

Mögelegasse, 13. Bezirk (Auhof); Franz Mögele (1834–1907), Komponist.

Möhnergasse, 17. Bezirk (Dornbach) und 18. Bezirk (Gersthof); Reginald Möhner (gest. 1672), Benediktinermönch, Geschichtsschreiber.

Mölker Bastei, 1. Bezirk; die Bastei hinter dem Hofe des Stiftes Melk (Mölk) wurde 1536 erbaut, 1656 als Mölker Bastei neu errichtet und 1861 bis 1862 und 1870 bis 1872 abgetragen. Ein letzter Rest der Festungsmauer Wiens ist noch zu sehen.

Mölker Gasse, 8. Bezirk; 1858 wurde dort der Mölker Hof (im Besitz des Stiftes Melk) erbaut.

Mölker Steig, 1. Bezirk; Aufstieg zur Mölker Bastei.

Möllergasse, 23. Bezirk (Atzgersdorf); Dr. Franz Möller (1808–1884), Gemeinderat von Atzgersdorf.

Möllplatz, 21. Bezirk (Leopoldau); Flußname in Kärnten.

Möllwaldplatz, 4. Bezirk; von 1906 bis 1917 Möllwaldhof. Alois Ritter v. Möllwald (1829–1904), Schriftsteller.

Mörikeweg, 16. Bezirk (Ottakring); Eduard Mörike (1804–1875), Priester, Dichter.

Moeringgasse, 15. Bezirk (Fünfhaus); Karl Freiherr v. Moering (1810–1870), Feldmarschall-Leutnant.

Mörthgasse, 21. Bezirk (Schwarzlackenau); Johann Mörth (1911–1943), hingerichteter Widerständler.

Mohnblumenweg, 22. Bezirk (Aspern); Pflanzenname.

Mohngasse, 5. Bezirk; durch die Regulierung der Jahngasse verbaut.

Mohsgasse, 3. Bezirk; Friedrich Mohs (1773–1838), Gesteinsforscher.

Moissigasse, 22. Bezirk (Kaisermühlen); Alexander Moissi (1880–1936?), Schauspieler.

Molischgasse, 14. Bezirk (Hütteldorf); Dr. Hans Molisch (1856–1937), Botaniker.

Molitorgasse, 11. Bezirk (Simmering); Johann Konrad v. Molitor, (1628–1708), Pfarrer von Simmering.

Molkereistraße, 2. Bezirk; nach dem 1902 erbauten Gebäude der Wiener Molkerei.

Mollardgasse, 6. Bezirk; bis 1862 Obere Wehrgasse und Obere und Untere Annagasse. Die Grafen von Mollard gelangten durch die 1621 erfolgte Vermählung des Grafen Peter Ernst v. Mollard mit Maria Katharina Muschinger in den Besitz der Herrschaft Gumpendorf, bis diese durch die Heirat der Gräfin Maria Anna mit Johann Stephan Grafen v. Meraviglia-Crivelli 1755 an dieses Haus überging.

Mollgasse, 18. Bezirk (Währing); Balthasar Ferdinand Moll (1717–1771), Bildhauer, Kupferstecher.

Molnargasse, 17. Bezirk (Dornbach) und 18. Bezirk (Pötzleinsdorf); Franz Molnar (1878–1952), Schriftsteller.

Mommsengasse, 4. Bezirk; von 1883 bis 1920 Luisengasse. Theodor Mommsen (1817–1903), Geschichtsforscher.

Mondscheingasse, 7. Bezirk; erst Postgassel, dann Mariatroster Gasse, auch Beim Gottesacker, 1800 bis 1825 Spitalgasse, 1862 mit Krongasse vereinigt. Nach einem Hausschild „Zum goldenen Mondschein".

Mondweg, 14. Bezirk (Hütteldorf); Erdtrabant.

Montecuccoliplatz, 13. Bezirk (Lainz, Hietzing); Albert Raimund Montecuccoli Graf v. Zeno (1609–1681), österreichischer Heerführer.

Montessorigasse, 23. Bezirk (Atzgersdorf); Dr. Maria Montessori (1870–1952), Ärztin, Pädagogin.

Montevideogasse, 13. Bezirk (Lainz); nach Montevideo, der Hauptstadt Uruguays.

Montigasse, 17. Bezirk (Dornbach); Dr. Alois Monti (1839–1909), Kinderarzt, rief die Poliklinik ins Leben.

Montleartstraße, 14. Bezirk (Breitensee); Wilhelmine Prinzessin v. Montleart (1827–1895), Stifterin des Wilhelminenspitals.

Moosbruggergasse, 12. Bezirk (Meidling); Hieronymus Moosbrugger (1808–1858), Stuckbildhauer.

Mooslackengasse, 19. Bezirk (Heiligenstadt); Flurname. Nach einem ehemaligen Donauarm an der Heiligenstädter Straße, der unter Kaiser Joseph II. trockengelegt wurde.

Moosweg, 11. Bezirk (Simmering); Weg in der Siedlung „Simmeringer Haide".

Mooswiesengasse, 14. Bezirk (Weidlingau); Flurname.

Morelligasse, 21. Bezirk (Donaufeld); nach der Musikerfamilie Morelli (Ludwig, 1812–1868; Franz, 1811–1840; Ludwig jun. (1843–1911).

Morettigasse, 21. Bezirk (Stammersdorf); Anton Moretti (1824–1900), Gemeinderat.

Moritzruhe, 17. Bezirk; die Umgebung der Grabkapelle des Grafen Lascy wurde so bezeichnet.

Moritz-Dreger-Gasse, 21. Bezirk (Leopoldau); Moritz Dreger (1886–1939), Kunsthistoriker.

Moritz-Seeler-Gasse, 10. Bezirk (Oberlaa); Moritz Seeler (1880–1943), Lyriker.

Morizgasse, 6. Bezirk; vor 1862 Mühlgasse. Gottfried Moriz von der Hölz, um 1820 Besitzer des ersten Hauses in der Gasse.

Morsegasse, 21. (Großjedlersdorf); Samuel Finley Breese Morse (1791–1872), Erfinder des Fernschreibers.

Mortaraplatz, 20. Bezirk; nach dem Sieg der Österreicher über Italien in der Schlacht von Mortara (1849).

Morzinplatz, 1. Bezirk; Peter Prokop Graf Morzin (1768–1855), Feldzeugmeister.

Moschingergasse, 14. Bezirk (Hadersdorf); Flurname (oder nach einer altansässigen Familie).

Moselgasse, 10. Bezirk (Oberlaa); Ignaz v. Mosel (1772–1844), Komponist.

Mosenthalweg, 18. Bezirk (Pötzleinsdorf); von 1938 bis 1945 Larischweg. Salomon Hermann v. Mosenthal (1821–1877), Dramendichter.

Mosergasse, 9. Bezirk; Daniel Moser v. Ebreichsdorf (1570–1639), Bürgermeister von Wien.

Mosetiggasse, 23. Bezirk (Atzgersdorf); Dr. Albert v. Mosetig-Moorhof (1838–1907), Chirurg.

Mosheimergasse, 21. Bezirk (Stammersdorf); Berthold Mosheimer, um 1782 Pfarrer in Stammersdorf.

Moßbachergasse, 14. Bezirk (Breitensee, Penzing); Georg Moßbacher (1804–1853), Ortsrichter von Baumgarten.

Mostgasse, 4. Bezirk; nach einem Hausschild „Zur grünen Weintraube“.

Mozartgasse, 4. Bezirk; siehe nachher.

Mozartplatz, 4. Bezirk; Wolfgang Amadeus Mozart (1756–1791), Komponist.

Mozartweg, 11. Bezirk (Simmering); Weg in der Siedlung „Simmeringer Haide“.

Mrkwickagasse, 23. Bezirk (Erlaa); Franz Mrkwicka (1866–1922), Gemeinderat.

Muchagasse, 13. Bezirk; aufgelassen.

Muchagasse, 19. Bezirk (Neustift am Walde).

Muchplatz, 21. Bezirk; aufgelassen.

Müchgasse, 11. Bezirk (Simmering); Peter Müch, um 1760 Ortsrichter in Simmering.

Müglendergasse, 17. Bezirk (Hernals); Johann Müglender (1568–1599), protestantischer Prediger in Hernals.

Mühlbachergasse, 13. Bezirk (Lainz); Dr. Engelbert Mühlbacher (1843–1903), Geschichtsforscher.

Mühlbergstraße, 14. Bezirk (Weidlingau); nach dem Mühlberg (311 Meter).

Mühlbreiten, 23. Bezirk (Erlaa); Flurname.

Mühlfeldgasse, 2. Bezirk; Eugen Megerle v. Mühlfeld (1810–1868), Politiker, Rechtsgelehrter; sein Vater Karl (1764–1840), Naturforscher.

Mühlgäßchen, 1. Bezirk; Lage unbekannt.

Mühlgasse, 4. Bezirk; bis 1862 ein Teil Schmiedgasse, 1894 die Mühlbachgasse dazu einverleibt. Nach dem 1856 zugeschütteten Mühlbach, einem künstlichen Nebenarm der Wien.

Mühlgrundgasse, 22. Bezirk (Stadlau); auf diesen Gründen, die bei der Regelung der Donau trockengelegt wurden, übten vor 1868 Müller (Schiffmüller) ihren Beruf aus.

Mühlgrundweg, 22. Bezirk (Stadlau); siehe vorher.

Mühlhaftplatz, 2. Bezirk; so wurde ein geplanter Platz in der Freudenau bezeichnet, der zwischen Stemmerallee und Aspernallee angelegt werden sollte. Richtig Dammhaufen. Herkunft unbekannt.

Mühlhäufelgasse, 22. Bezirk (Eßling); siehe folgendes.

Mühlhäufelweg, 22. Bezirk (Aspern); Flurname. Einstige Inseln im alten Donaugebiet, auf denen Schiffmüller tätig waren, wurden so bezeichnet.

Mühlsangergasse, 11. Bezirk (Kaiser-Ebersdorf); Martin Mühlsanger (1772–1858), Ortsrichter von Kaiser-Ebersdorf.

Mühlschüttelgasse, 21. Bezirk (Donaufeld); Schiffmüller wurden nach der Regulierung der Donau auf den „angeschütteten“ Gründen seßhaft.

Mühlstraße, 10. Bezirk (Oberlaa); nach einer hier bestehenden Mühle.

Mühlwasserpromenade, 22. Bezirk (Aspern); entlang des Mühlwassers.

Mühlwasserstraße, 22. Bezirk (Stadlau); siehe vorher.

Mühlweg, 21. Bezirk (Strebersdorf); ehemaliger Weg zu den Mühlen an der Donau.

Müller-Guttenbrunn-Straße, 14. Bezirk (Ober-Baumgarten); Dr. Adam Müller-Guttenbrunn (1852–1923), Theaterdirektor.

Müllnergasse, 9. Bezirk; Leopold Müllner (1814–1871), Grundrichter.

Müllnermaisgasse, 22. Bezirk (Aspern); Flurname. Felder der Schiffmüller.

Münchenstraße, 12. Bezirk (Hetzendorf); Hauptstadt von Bayern.

Münichreiterstraße, 13. Bezirk (Unter- und Ober-St. Veit); Karl Münichreiter (gest. 1934), gefallen als Schutzbund-Führer.

Münnichplatz, 11. Bezirk (Kaiser-Ebersdorf); Philip Jakob Münnich (gest. 1856), Dechant von Kaiser-Ebersdorf.

Münzgasse, 3. Bezirk; bis 1862 Sackgasse. Verläuft in Richtung zum 1835 bis 1837 erbauten Hauptmünzamt.

Münzwardeingasse, 6. Bezirk; bis 1723 war hier ein Teil des Münzhofes untergebracht. Nachher Miethaus, 1785 aufgelassen.

Muffatgasse, 12. Bezirk (Altmannsdorf); Gottlieb Muffat (1690–1770), Organist an der Hofkapelle in Wien.

Muhrengasse, 10. Bezirk (Favoriten); schon 1690 genannter Flurname.

Muhrhoferweg, 11. Bezirk (Kaiser-Ebersdorf); Rudolf Muhrhofer (1885–1959), Politiker.

Mukentaler-Weg, 19. Bezirk (Grinzing); Flurname (einst gelsenreiche Gegend), schon 1298 urkundlich erwähnt als „Muckenthal an dem Sweinsberg" (damaliger Name des Kahlenberges).

Mumbgasse, 2. Bezirk; Josef Mumb (1833–1907), Bezirksvorsteher.

Munchgasse, 10. Bezirk (Inzersdorf); Edvard Munch (1863–1944), norwegischer Maler.

Munchplatz, 10. Bezirk (Inzersdorf); siehe vorher.

Mundygasse, 10. Bezirk (Favoriten); Dr. Jaroslav Freiherr v. Mundy (1822–1894), Gründer der Wiener Rettungsgesellschaft.

Munthegasse, 10. Bezirk (Inzersdorf); Gerhard Munthe (1849–1929), norwegischer Maler.

Muratweg, 22. Bezirk (Aspern); Joachim Murat (1767–1815), Schwager Napoleons (König von Neapel).

Murlingengasse, 12. Bezirk (Meidling); so lautet der ursprüngliche Name von Meidling, schon 1146 erwähnt.

Murmanngasse, 22. Bezirk (Aspern); Georg Murmann Freiherr v. Marchfeld (1766–1820), verdienter Hauptmann.

Murraygasse, 22. Bezirk (Aspern); Agnes Elisabeth Murray (1894–1922), englische Wohltäterin, die in Wien Heilung ihres Leidens suchte.

Murrstaße, 22. Bezirk (Leopoldau).

Museumstraße, 1. Bezirk und 7. Bezirk; seit 1870. Vor der Erbauung der Museen volkstümlich „Schlapfenpromenade“, später Hofstallstraße, seit 1927 ein Teil Messeplatz. Nach den Gebäuden des Kunst- und des Naturhistorischen Museums, erbaut in den Jahren 1871 bis 1882.

Musgergasse, 22. Bezirk (Leopoldau); August Musger (1868–1928), entwickelte das Zeitlupenverfahren.

Musilplatz, 16. Bezirk (Ottakring); Robert Musil (1880–1942), Dichter.

Musketierweg, 22. Bezirk (Aspern); berittene Kampftruppe in den Franzosenkriegen 1809 (ursprünglich mit Musketen bewaffnetes Fußvolk).

Muthgasse, 19. Bezirk (Heiligenstadt, Nußdorf); Peter Edler v. Muth (1783–1855), Dichter, Schriftsteller.

Muthsamgasse, 14. Bezirk (Breitensee); Franz Xaver Muthsam (1716–1801), Pfarrer von Hütteldorf.

Myrbachgasse, 14. Bezirk (Hadersdorf); Felician Freiherr v. Myrbach-Rheinefeld (1853–1940), Maler.

Myrthengasse, 7. Bezirk; um 1700 „Gassel“, von 1733 bis 1745 Schäffergassel, bis 1779 Obere und Untere Saugasse, dann bis 1862 Obere und Untere Rosmaringasse. Nur, weil der gleiche Name im 1. Bezirk bereits vorkam (heute Sterngasse), wurde der Gassenname geändert.

N

Naaffgasse, 18. Bezirk (Pötzleinsdorf); Anton August Naaff (1850–1918), Liederdichter.

Nabuccogasse, 23. Bezirk (Inzersdorf); nach der Oper von Giuseppe Verdi.

Nachreihengasse, 17. Bezirk (Dornbach); Flurname. Schon 1428 urkundlich Nachraien, 1660 Wachrain, 1751 Nachrain benannt.

Nachtigallenweg, 14. Bezirk (Hütteldorf); Vogelname.

Nachtnebelweg, 16. Bezirk (Ottakring); Otto Nachtnebel (1872–1967), Gemeinderat.

Naderstraße, 10. Bezirk (Simmering); Franz Nader (1865–1947), gründete den Bauarbeiterverband.

Nadlergasse, 9. Bezirk; hier bestanden die Betriebe und Wohnungen mehrerer Nadelerzeuger.

Nästlbergergasse, 13. Bezirk (Auhof); Robert Nästlberger (1886–1942), Schauspieler.

Naglergasse, 1. Bezirk; um 1370 „retro sanctum Pancracium" (Hinter St. Pankraz). Sitz und Wohnstätte der Nadler und Nagler in früheren Zeiten. 1410 „Unter den Nadlern", 1549 Naglergasse und 1770 auch als Nadlergasse urkundlich erwähnt.

Napoleonwaldgasse, 13. Bezirk (Auhof); zur Zeit der Napoleonkriege (1809) und während des Aufenthaltes der Franzosen in Wien wurde hier reichlich Holz geschlägert.

Napoleonstraße, 22. Bezirk; Weg durch die Lobau, führt vom seinerzeitigen Hauptquartier Napoleons zum „Napoleonstein".

Narzissenweg, 11. Bezirk (Simmering); Blumenname.

Naschmarkt, 4., 5. und 6. Bezirk; bis 1862 Obstmarkt, volkstümlich auch Aschenmarkt. Seit 1774 Marktplatz der Milchverkäufer, später (1793) auf Anordnung der Wiener Stadtverwaltung Obst- und Gemüsemarkt, seit 1819 Großmarkt. 1919 vom Karlsplatz auf die Einwölbung der Wien verlegt.

Nasenweg, 19. Bezirk (Kahlenberger Dorf); führt auf den Leopoldsberg (über die „Nase").

Natorpgasse, 22. Bezirk (Kagran); Dr. Paul Natorp (1851–1922), Hochschullehrer.

Nattergasse, 17. Bezirk (Hernals); Heinrich Natter (1848–1892), Bildhauer.

Naufahrtweg, 22. Bezirk (Aspern); entlang dem „Alte Naufahrt"-Wasser (Arm der unregulierten Donau).

Nauheimergasse, 12. Bezirk (Altmannsdorf) und 23. Bezirk (Inzersdorf); Stefanis Nauheimer (1868–1946), Kämpferin für Frauenrechte.

Nauschgasse, 22. Bezirk (Kaisermühlen); Walter Nausch (1907–1957), Sportfunktionär (Fußball).

Nauseagasse, 16. Bezirk (Ottakring); Friedrich Nausea (richtig Grau, gest. 1551), Bischof von Wien.

Neblingergasse, 13. Bezirk (Unter-St. Veit); Jakob Neblinger (1817–1884), Stifter, Ehrenbürger.

Nedbalgasse, 22. Bezirk (Aspern); Oskar Nedbal (1874–1930), Komponist.

Nedergasse, 19. Bezirk (Ober-Döbling); Michael Neder (1803–1882), Maler.

Neefegasse, 23. Bezirk; aufgelassen.

Neerwindenplatz, 10. Bezirk; aufgelassen.

Negerlegasse, 2. Bezirk; Michael Negerle, Handelsmann, um 1841 Erbauer des ersten Hauses in der Gasse.

Neideckergasse, 2. Bezirk; durch die Schaffung der Taborstraße verschwunden.

Neidhartstor, 1. Bezirk; Tor am seinerzeitigen Stephansfriedhof bei der Grabkapelle des Neidhart Fuchs.

Neilreichgasse, 10. Bezirk (Favoriten, Inzersdorf) und 23. Bezirk (Inzersdorf); ein Teil früher Brunnwegstraße. August Neilreich (1803–1871), Pflanzenforscher.

Nejesgasse, 23. Bezirk (Siebenhirten); Franz Nejes (1877–1948), Gemeinderat von Siebenhirten.

Nelkengasse, 6. Bezirk; nach einem Gasthausschild.

Nelkenweg, 10. Bezirk (Inzersdorf); Blumenname.

Nelkenweg, 11. Bezirk (Simmering); siehe vorher.

Nelkenweg, 14. Bezirk (Auhof); siehe vorher.

Nelkenweg, 21. Bezirk (Leopoldau); siehe vorher.

Nemelkagasse, 11. Bezirk (Simmering); Lorenz Nemelka (gest. 1897), Gemeinderat.

Nemethgasse, 11. Bezirk (Kaiser-Ebersdorf); Maria Nemeth (1899–1967), Staatsopernsängerin.

Nepomukgasse, 2. Bezirk; bis 1862 Johannesgasse. Der hl. Johannes v. Nepomuk (eigentlich Johannes v. Pomuk, gest. 1393), 1729 heilig gesprochen, ist der Schutzheilige der Kirche in der Praterstraße.

Neptunweg, 14. Bezirk (Hütteldorf); Planetenname.

Nesselgasse, 17. Bezirk (Hernals); Nebenbächlein der Als.

Nestelbachgasse, 19. Bezirk (Heiligenstadt); nach einem Nebenbach des Arbes(Erbsen)baches.

Nestroygasse, 2. Bezirk; Johann Nestroy (1801–1862), Komiker, Possendichter.

Nestroygasse, 14. Bezirk (Hadersdorf); siehe vorher.

Nestroyplatz, 2. Bezirk; seit 1932. Früher Czernin- und Tempelgasse.

Neu Albern, 11. Bezirk (Albern); das Gebiet zwischen Alberner Hafenzufahrtsstraße und Fuchsbodengasse.

Neubadgasse, 1. Bezirk; hier stand das Neubad, 1314 als „balneum ducis" und 1432 als „der Herzogen Badstube" urkundlich genannt. Heute befindet sich hier ein Umspannwerk.

Neubaugasse, 7. Bezirk; nach 1683 Langegasse, nach 1770 Neubau Hauptstraße, ein Teil von 1700 bis 1820 Spittelberggasse, dann bis 1862 Störrergasse. Zur Wahrung des Vorstadtnamens.

Neubaugürtel, 7. Bezirk und 15. Bezirk (Fünfhaus); zur Wahrung des Ortsnamens. Siehe auch Döblinger Gürtel.

Neubeckgasse, 14. Bezirk (Penzing); Kaspar Neubeck (gest. 1594), Bischof von Wien.

Neubergenstraße, 15. Bezirk (Rudolfsheim); Flurname, urkundlich seit 1355.

Neu-Brasilien, 21. Bezirk; andere Bezeichnung für die Siedlung Bruckhaufen.

Neuburgergasse, 10. Bezirk (Favoriten, Inzersdorf); Dr. Max Neuburger (1868–1955), Mediziner.

Neuburger Tor, 9. Bezirk; in den zum Schutze der Vorstädte erbauten Befestigungswerken befand sich am Schottenpoint der schon 1292 urkundlich bestätigte Neuburger Hof mit dem Neuburger Tor.

Neudeggergasse, 8. Bezirk; hier lagen im 15. Jahrhundert Gründe und ein befestigter Gutshof im Besitz der Herren von Neudeck, eines Adelsgeschlechtes aus Laibach, das von 1287 bis zum 18. Jahrhundert in Niederösterreich ansässig war. Die Gegend hieß Neudegger Lehen und bildete später einen Teil von St. Ulrich.

Neudorfergasse, 21. Bezirk (Großjedlersdorf); Michael Neudorfer (1824–1890), Ortsrichter von Großjedlersdorf.

Neudörflgasse, 13. Bezirk; verlief von der Auhofgasse zum Hietzinger Kai.

Neue Gasse, 2. Bezirk; so hieß von 1690 bis 1862 ein Teil der Leopoldsgasse (von der Schiffamtsgasse bis zur Malzgasse).

Neuer Markt, 1. Bezirk; zweitältester Markt Wiens, schon 1234 „nuiwe market" oder Novo forum (Neuer Markt) genannt, im Gegensatz zum Hohen Markt. Nach der schon 1375 bestandenen „Mehlgrube", einem städtischen Vorratshaus für Mehl. Volkstümlich Mehlmarkt genannt, später Teile auch Brodmarkt und 1529 Unter den Smiden (Schmieden).

Neue-Welt-Gasse, 13. Bezirk (Unter-St. Veit); hier bestand von 1862 bis 1892 die Vergnügungsstätte „Neue Welt".

Neugasse, 21. Bezirk; bestand in der Siedlung Großer Bruckhaufen.

Neugebäudestraße, 11. Bezirk (Simmering); Maximilian II. errichtete 1546 bis 1576 unweit dem Kaiser-Ebersdorfer Schloß einen Tiergarten samt Palais, das den Namen „Neugebäude“ (im Gegensatz zum „alten“) erhielt. 1786 wurde der Bau der Umfassungsmauer fertiggestellt (da seit 1786 Artilleriedepot). Seit 1919 wurde der Park zu Feuerhalle und Urnenhain (Krematorium) umgestaltet.

Neugebauerweg, 19. Bezirk (Grinzing); Alfred Neugebauer (1888–1957), Burgschauspieler.

Neugrabenstraße, 10. Bezirk (Oberlaa); Flurname.

Neuhaufenstraße, 22. Bezirk (Stadlau); Flurname.

Neukommweg, 13. Bezirk (Speising); Siegmund Neukomm (1778–1938), Tondichter.

Neukräftengasse, 13. Bezirk (Ober-St. Veit); Flurname. In fruchtbare Äcker und Wiesen umgewandelte Wiesen und Heiden. Die Lage zwischen zwei Furchen ist eine „Greft“.

Neulandweg, 21. Bezirk (Donaufeld); durch Verschütten alter Donauarme gewonnenes Neuland.

Neulerchenfelder Straße, 16. Bezirk (Neulerchenfeld, Ottakring); zur Wahrung des Ortsnamens.

Neulinggasse, 3. Bezirk; ursprünglich Grasweg, später bis 1862 Grasgasse, von 1862 bis 1938 Neulinggasse, bis 1945 Schredtgasse, seither wieder Neulinggasse. Vinzenz Neuling (gest. 1846), Brauhausbesitzer.

Neumanngasse, 4. Bezirk; Josef Neumann, Landkutscher, um 1797 Mitglied des Äußeren Rates.

Neumayrgasse, 16. Bezirk (Neulerchenfeld); Georg Neumayr (1800–1881), Gemeinderat von Ottakring.

Neurissenweg, 11. Bezirk (Simmering); Flurname (nach einem neuen oder umgeackerten Wiesengrund).

Neusatzgasse, 21. Bezrik (Stammersdorf); Flurname nach neu angesetzten (satzen) Weingärten.

Neusetzgasse, 10. Bezirk (Favoriten); Weinflurname. Nach 1683 wurden neue Weinkulturen angelegt, daher auch „In der Neusetz“.

Neusiedl, 22. Bezirk; im 12. Jahrhundert erwähnte Ortschaft zwischen Hirschstetten und Aspern, die von der Donau weggeschwemmt wurde.

Neusserplatz, 15. Bezirk (Fünfhaus); Dr. Edmund v. Neusser (1852–1912), Arzt.

Neu-Steinhofer-Weg, 12. Bezirk (Altmannsdorf); Weg in der Siedlung „Am Schöpfwerk“.

Neustift am Walde; 19. Bezirk (Neustift am Walde); zur Wahrung des Ortsnamens.

Neustiftgasse, 7. Bezirk; der untere Teil hieß einst Am Platzel, Herrengasse, später auch Kapuzinergasse. Der obere Teil hieß erst Auf dem Acker oder Auf dem Garten und Stadelgasse, dann bis 1862 Strohplatzl, Am Platzl und Stadlgasse. Zur Wahrung des Ortsnamens.

Neutor, 1. Bezirk; unter König Ottokar wurde es vom Ruprechtssteig zum Concordiaplatz und Salzgries verlegt und hieß dann Werdertor. Als Teil der Befestigungswerke wurde es 1558 neu erbaut, 1560 eröffnet und 1860 abgetragen.

Neutorgasse, 1. Bezirk; nach dem Neutor. Als Stadtausgang durch die Stadtmauer 1558 bis 1560 mit der Bastei erbaut, 1860 abgetragen.

Neuwaldegger Straße, 17. Bezirk (Neuwaldegg); zur Wahrung des Ortsnamens.

Neuwiesgasse, 14. Bezirk (Hadersdorf); Flurname.

Nevillegasse, 5. Bezirk; Ingenieur Neville, Erfinder der Bauart der 1854 erbauten gleichnamigen Brücke.

Newaldgasse, 9. Bezirk; Julius Ritter v. Newald (1824–1897), Bürgermeister von Wien.

Neydhartgasse, 19. Bezirk; Seitengasse der Hartäckerstraße.

Nibelungengasse, 1. Bezirk; die Nibelungen sind ein Zwergengeschlecht aus der Deutschen Heldensage.

Nickelgasse, 2. Bezirk; Franz Nickel (1766–1833); Ortsrichter der Leopoldstadt.

Niederauergasse, 23. Bezirk (Mauer); Johann Michael Niederauer (1739–1813), Weinhauer, Ortsrichter von Mauer.

Niederhofstraße, 12. Bezirk (Meidling); nach dem „Niederhof an dem Bache", Gutshof an der Wien, 1445 im Besitz des Stiftes Klosterneuburg, 1539 des Klosters zur Himmelpforte. Kaiser Joseph I. errichtete hier ein Jagdschlößchen. Der Bienenzüchter Ehrenfels errichtete hier später das Theresienbad.

Niedermeierweg, 22. Bezirk (Aspern); wahrscheinlich nach einem Mitglied der Stadtrandsiedlung.

Niederpointenstraße, 14. Bezirk (Hütteldorf); Flurname. In niederem Gelände eingezäunte Grundstücke ohne Flurzwang hießen Pointen.

Niedern Steyg, 1. Bezirk; Lage unbekannt.

Niederreiterberggasse, 23. Bezirk (Mauer); Flurname.

Nielrosenweg, 10. Bezirk (Oberlaa); Blumenname.

Niernbergergasse, 11. Bezirk (Simmering); Adam Niernberger (1760–1842); Kirchenmusiker.

Nietzscheplatz, 16. Bezirk (Ottakring); Friedrich Wilhelm Nietzsche (1844–1900), Philosoph.

Nikischgasse, 14. Bezirk (Hütteldorf, Ober-Baumgarten); Artur Nikisch (1855–1922), Komponist.

Niklas-Eslarn-Straße, 22. Bezirk (Eßling); Niklas Eslarn (1252–1340), Besitzer der Herrschaft Eßling.

Niklasturm, 3. Bezirk; Turm an dem Befestigungswerk der Vorstadt St. Nikolai auf der Landstraße.

Nikolaigasse, 1. Bezirk; hier existierte ein dem hl. Nikolaus geweihtes Nonnenkloster, 1228 gegründet, 1782 aufgehoben. Nach dem hl. Nikolaus (gest. 552).

Nikolausgasse, 13. Bezirk (Hacking); Berg (268 Meter) und Tor des Lainzer Tiergartens. Außerdem wird auch eine Siedlung St. Nikola westlich von Hacking erwähnt (1466 und 1524).

Nikolaus-Pytty-Gasse, 14. Bezirk (Hadersdorf); Nikolaus Pytty zu Hadersdorf war um 1536 Waldmeister in Hadersdorf (heute etwa Heger).

Nikolsdorfer Gasse, 5. Bezirk; zur Wahrung des Ortsnamens.

Nisselgasse, 14. Bezirk (Penzing); Franz Nissel (1831–1891), dramatischer Dichter.

Nobilegasse, 14. Bezirk (Penzing) und 15. Bezirk (Rudolfsheim); Peter Nobile (1774–1854), Baukünstler.

Nödlgasse, 16. Bezirk (Neulerchenfeld); Ernst Nödl (1806–1891), Pfarrer von Neulerchenfeld.

Nördliche Randstraße, 14. Bezirk (Hadersdorf); am Rand des verbauten Gebietes.

Noldingasse, 22. Bezirk (Kagran); Dr. Josef Noldin (1888–1929), Vorkämpfer für die Ideale Südtirols.

Norbert-Krebs-Gasse, 21. Bezirk (Leopoldau); Dr. Norbert Krebs (1876–1947), Geograph.

Nordbahnanlage, 21. Bezirk (Donaufeld); heute Bahngebiet, einst Parkanlage.

Nordbahndamm, 21. Bezirk (Donaufeld); Damm der Nordbahn.

Nordbahnstraße, 2. Bezirk und 20. Bezirk; nach der Nordbahn und dem abgerissenen Nordbahnhof.

Nordbergstraße, 9. Bezirk; Karl Noé v. Nordberg (1798–1885), Polizeipräsident.

Nordmanngasse, 21. Bezirk (Donaufeld, Leopoldau); Arman v. Nordmann (1759–1809), Feldmarschall.

Nordpolstraße, 2. Bezirk; zur Erinnerung an die Nordpol-Forschungsreise 1872 bis 1874.

Nordportalstraße, 2. Bezirk; bis 1908 Kleine Abfahrtsstraße und Concurrenzstraße. Hier befand sich das nördliche Portal der 1873 erbauten Rotunde.

Nordwestbahnstraße, 2. Bezirk und 20. Bezirk; seit 1874, früher Am Augartendamm. Führte zum Nordwestbahnhof.

Noskeweg, 22. Bezirk (Kagran); ungeklärt, ob nach einem Anrainer(?).

Nostitzgasse, 21. Bezirk (Donaufeld); Johann Nepomuk Graf v. Nostitz-Rieneck (1768–1840), Feldmarschall-Leutnant.

Nothartgasse, 13. Bezirk (Lainz, Ober-St. Veit); Franz Nothart (1808–1897), Bürgermeister von Speising.

Nothnagelplatz, 10. Bezirk; aufgelassen (Fortuna-Park).

Nottebohmstraße, 19. Bezirk (Unter-Sievering); Gustav Nottebohm (1817–1882), Musikwissenschaftler.

Nottendorfer Gasse, 3. Bezirk; zur Wahrung des Ortsnamens.

Novalisgasse, 13. Bezirk (Ober-St. Veit); Friedrich Leopold Freiherr v. Hardenberg, genannt Novalis (1772–1801), romantischer Dichter.

Novaragasse, 2. Bezirk; erst Drei-Herrgottgasse, dann Gartengasse und bis 1862 Gärtnergasse. Zur Erinnerung an den Sieg Radetzkys über die Italiener bei Novara.

Novigasse, 21. Bezirk (Leopoldau); zur Erinnerung an den Sieg der Österreicher und Russen über die Franzosen am 15. August 1799 bei Novi.

Nowakgasse, 23. (Siebenhirten); Karl Nowak (1876–1943), Gemeinderat von Siebenhirten.

Nowalskigasse, 11. Bezirk (Kaiser-Ebersdorf); Josef Hilarius Nowalski de Lilia (1857–1928), Prähistoriker.

Nuschinggasse, 23. Bezirk (Liesing); nach einer alteingesessenen Familie.

Nußallee, 14. Bezirk (Breitensee); einst nußreiche Gegend.

Nußbaumweg, 22. Bezirk (Stadlau); Baumname.

Nußberg, 19. Bezirk; 332 Meter. Bereits 1226 urkundlich erwähnt.

Nußberggasse, 19. Bezirk (Nußdorf); führt auf den Nußberg.

Nußdorfer Klause, 19. Bezirk; schluchtartiger, felsiger Einschnitt am Beginn der Eichelhofstraße.

Nußdorfer Lände, 19. Bezirk (Nußdorf); bis 1875 ein Teil Holzstraße und Wasserzeile. Zur Wahrung des Ortsnamens.

Nußdorfer Platz, 19. Bezirk (Nußdorf); erst Hirschenplatz, dann Zimmerplatz und bis 1894 Hauptplatz. Zur Wahrung des Ortsnamens.

Nußdorfer Schleuse, 19. Bezirk und 20. Bezirk; zur Verhinderung von Überschwemmungen der Donaubezirke wurde 1873 das Sperrschiff gebaut (sperrte die Einmündung des Donaukanals ab). Durch die von 1894 bis 1898 errichtete Nußdorfer Schleuse überflüssig geworden, wurde es in den Winterhafen überführt und 1929 abgebrochen.

Nußdorfer Sporn, 19. Bezirk; volkstümliche Bezeichnung für den Brigittaspitz.

Nußdorfer Straße, 9. Bezirk; in alten Zeiten Neuburger Straße, Obere Hauptstraße, Nußdorfer Hauptstraße, bis 1862 ein Teil Am Alsbach, der andere Teil Obere Thury Hauptstraße. Führte von der Alser Straße nach Nußdorf.

Nußgasse, 9. Bezirk; hier standen einst Nußbäume.

Nußwaldgasse, 19. Bezirk (Unter-Döbling); nach 1700 Unter-Döblinger Herrengasse, um 1750 Sommer- und Winterzeile, später Bachzeile, auch Herrengasse. 1828 schon Nußwaldgasse, dann bis 1894 Gemeindegasse. Ehemals war dies eine nußbaumreiche Gegend.

Nußweg, 11. Bezirk (Simmering); Weg in der Siedlung „Simmeringer Haide“, vermutlich nach solchen Bäumen.

Nymphengasse, 12. Bezirk (Meidling); schon der römische Hauptmann Titus Lettius Rufus benützte die Quelle als Bad (heute Theresienbad); dies bezeugt ein 1853 aufgefundener Altarstein, den er den Quellnymphen geweiht hatte. Die Quelle geriet in Vergessenheit und wurde erst 1755 wiederentdeckt.

Schwarzspanierkirche

O

Obachgasse, 22. Bezirk (Kagran).

Obeliskenweg, 17. Bezirk (Dornbach); nach den Obelisken der Schloßallee.

Ober den Gärten, 23. Bezirk (Erlaa); Flurname.

Oberdorfstraße, 22. Bezirk (Aspern); Ernst v. Oberdorf (1764–1811), Oberst in der Schlacht bei Aspern (1809).

Obere Amtshausgasse, 5. Bezirk; nach dem 1848 abgerissenen Grundgerichtsgebäude.

Obere Aquäduktgasse, 23. Bezirk (Liesing); nach dem Aquädukt der I. Hochquellenwasserleitung.

Obere Augartenstraße, 2. Bezirk; erst Dammstraße, um 1810 Hinter der Kaserne und Kaserngasse, bis 1862 Neue Gasse und Augartengasse. Führt längs des Augartens. Der Ursprung des Augartens war ein unter Kaiser Matthias 1614 erbautes Jagdschlößchen in der Wolfsau. Ferdinand III. vergrößerte 1649 bis 1650 den Bau zu einem Schloß mit Garten und Park, die 1707 bis 1710 die heutige Gestalt erhielten. Seit 1775 ist der Park der Öffentlichkeit zugänglich.

Obere Bahngasse, 3. Bezirk; neben der 1857 erbauten Verbindungsbahn.

Obere Donaustraße, 2. Bezirk; erst An der Donau, dann ein Teil An der Brücke. Uferstraße am Donaukanal.

Obere Grenzgasse, 10. Bezirk (Oberlaa); liegt an der Stadtgrenze.

Obere Jungenberggasse, 21. Bezirk (Strebersdorf); Flurname.

Oberer Reisenbergweg, 19. Bezirk (Grinzing); durch die Lage am Reisenberg.

Obere Viaduktgasse, 3. Bezirk; an der Verbindungsbahn.

Obere Weißgerberstraße, 3. Bezirk; zur Wahrung des Ortsnamens.

Obere Zeile, 13. Bezirk (Penzing); um 1529 der Name eines Teiles der Penzinger Straße westlich der Kirche.

Oberfeldgasse, 22. Bezirk (Hirschstetten); Flurname.

Obergfellplatz, 21. Bezirk (Jedlesee, Großjedlersdorf); Josef Obergfell Freiherr v. Grechtler (1758–1840), Held der Schlachten bei der Schwarzlackenau am 11. Mai 1809 und bei Aspern.

Oberhummergasse, 21. Bezirk (Leopoldau); Dr. Eugen Oberhummer (1859–1944), Geograph.

Ober-Laaer Platz, 10. Bezirk (Oberlaa); zur Wahrung des Ortsnamens (der selbständige Ort wurde 1954 eingemeindet).

Ober-Laaer Straße, 10. Bezirk (Oberlaa); siehe vorher.

Oberleitengasse, 11. Bezirk (Simmering); bis 1894 Kleine Theresiengasse. Flurname.

Obermüllnerstraße, 2. Bezirk; Adolf Obermüllner (1833–1898), Landschaftsmaler.

Obersteinergasse, 19. Bezirk (Ober-Döbling); Dr. Heinrich Obersteiner (1847–1922), Neurologe.

Oberweg, 10. Bezirk (Inzersdorf); Weg in der Siedlung „Weichselgarten".

Oberwiedenstraße, 16. Bezirk (Ottakring) und 17. Bezirk (Dornbach); früher Wilhelminenbergstraße. Flurname. Wieden oder Wiedem bedeutet Schenkung an eine Kirche oder an ein Kloster.

Oberzellergasse, 3. Bezirk; Anton Oberzeller (1816–1862), Bezirksvorsteher-Stellvertreter.

Obkirchergasse, 19. Bezirk (Ober-Döbling); Peter Obkircher (1781–1869), Pfarrer von Döbling.

O'Brien-Gasse, 21. Bezirk (Jedlesee, Großjedlersdorf); Johann Freiherr v. O'Brien (1775–1830), Heerführer in den Franzosenkriegen (1809).

Obstgartenweg, 22. Bezirk (Kagran); nach den Obstgärten.

Obstweg, 11. Bezirk (Simmering); Weg in der Siedlung „Simmeringer Haide".

Ochsenkopfweg, 14. Bezirk (Hadersdorf); Flurname.

Ochsenmühle, 1. Bezirk; scherzhafte Bezeichnung der Wiener für die Spaziergänge am Paradeplatz in der Nähe eines Kaffeehauses (des heutigen Volksgarten-Cafés), die infolge der Anlage nur im Kreis gemacht werden konnten.

Odeongasse, 2. Bezirk; nach einer Vergnügungsstätte, die 1844 bis 1845 erbaut wurde und schon 1848 abbrannte.

Odoakergasse, 16. Bezirk (Ottakring); Odoaker (gest. 493) war Anführer der Germanenstämme der Rugier und Heruler.

Ödenburger Straße, 21. Bezirk (Großjedlersdorf, Strebersdorf); nach der Stadt in Ungarn.

Ofenlukken, 1. Bezirk; schon 1402 kommt der Name vor (siehe Kleeblattgasse).

Oehlenschlägergasse, 12. Bezirk (Altmannsdorf); Adam Gottlob Oehlenschläger (1779–1859), dänischer Dichter.

Oellacherweg, 21. Bezirk (Strebersdorf); Dr. Hans Oellacher (1889–1949), Altphilologe.

Oelweingasse, 15. Bezirk (Rudolfsheim); Arthur Oelwein (1853–1917), Erbauer der Wiener Stadtbahn.

Ölzeltgasse, 3. Bezirk; Anton Ölzelt Ritter v. Newin (1817–1875), Baumeister.

Ölzeltgasse, 23. Bezirk (Mauer); siehe vorher(?).

Öppingerweg, 14. Bezirk (Breitensee); Josef Öppinger (1806–1848), Schuhmacher, Märzgefallener des Jahres 1848.

Oerleygasse, 11. Bezirk (Simmering); Dr. Leopold Oerley (1878–1938), Eisenbahnbauer.

Österleingasse, 15. Bezirk (Fünfhaus); Nikolaus Christian Österlein (1756–1809), Gründer einer privaten Waffenfabrik.

Oeverseestraße, 15. Bezirk (Fünfhaus); zur Erinnerung an die Schlacht bei Oeversee (1864) gegen die Dänen.

Offenbachgasse, 2. Bezirk; Jacques Offenbach (1819–1880), französischer Operettenkomponist.

Ofnergasse, 2. Bezirk; Dr. Julius Ofner (1845–1925), Sozialpolitiker.

Ohligsgasse, 11. Bezirk (Simmering); Bernhard Wilhelm Ohligs (1810–1869), Vorsitzender der Handels- und Gewerbekammer.

Ohmanngasse, 19. Bezirk (Ober-Döbling); Heinrich Ohmann (1858–1927), Baukünstler.

Ohmgasse, 21. Bezirk (Jedlesee); Georg Simon Ohm (1787–1854), deutscher Physiker (Ohm = elektrischer Widerstand).

Oktaviangasse, 23. Bezirk (Liesing); Gestalt aus der Oper „Der Rosenkavalier".

Olaus-Petri-Gasse, 10. Bezirk (Oberlaa); Olaus Petri (1493–1552), Reformator (Schüler Luthers).

Olbrichgasse, 12. Bezirk (Hetzendorf); Josef Olbrich (1867–1908), Baukünstler.

Oldenburggasse, 23. Bezirk (Inzersdorf); nach der Großherzogin von Oldenburg, die einst Herrschaftsbesitzerin von Erlaa war.

Oleandergasse, 22. Bezirk (Breitenlee); Pflanzenname.

Olmagasse, 13. Bezirk (Auhof); Berta Olma (gest. 1848), Operettensängerin.

Olympiaplatz, 2. Bezirk; nach den Olympischen Spielen.

Onno-Klopp-Gasse, 14. Bezirk (Penzing); Dr. Onno Klopp (1822–1903), Geschichtsforscher.

Opalgasse, 21. Bezirk (Leopoldau); Schmuckstein.

Operngasse, 1. Bezirk; nach der 1861 bis 1869 erbauten Staatsoper.

Opernring, 1. Bezirk; siehe vorher.

Opfermanngasse, 16. Bezirk (Ottakring); nach einer alteingesessenen Weinhauer- und Wirtfamilie.

Opitzgasse, 13. Bezirk (Lainz); Ambros Opitz (1846–1907), Volksschriftsteller.

Oppelgasse, 12. Bezirk (Meidling); Freiherr v. Oppel, um 1690 Grundbesitzer von Margareten und Nikolsdorf. Ein Zweig des schlesischen Geschlechtes der Freiherren v. Oppel war 1626 bis 1709 in Niederösterreich begütert. Die zweite Gemahlin des Freiherrn Hans v. Oppel, Maria Konstanzia Freiin v. Ehrenreich, kaufte 1690 das Gut Margareten an der Wien.

Oppenbergergasse, 21. Bezirk; bestand in der Siedlung Großer Säulenhaufen (heute steht hier die UNO-City).

Oppenheimgasse, 10. Bezirk (Oberlaa); Dr. Samuel Oppenheim (1857–1928), Professor für Sternenkunde an der Wiener Universität.

Oppenheimweg, 10. Bezirk (Oberlaa); siehe vorher.

Oppolzergasse, 1. Bezirk; um 1770 Hühnerloch, dann Kleppergasse, ein Teil bis 1888 Kleppersteig. Nach der Gelehrtenfamilie v. Oppolzer (Dr. Johann Ritter v., 1808–1871, Arzt; Theodor, 1841–1886, und Egon, 1869–1907, beide Sternenforscher.

Orchideenweg, 22. Bezirk (Eßling); Blumengattung.

Orchisgasse, 22. Bezirk (Aspern); Orchideenart.

Ordengasse, 10. Bezirk (Favoriten); diese Gegend befand sich im Besitz des Johanniterordens.

Orelgasse, 21. Bezirk (Donaufeld); Eduard Ritter v. Orel (1877–1941), Pionier des Foto-Wesens.

Oriongasse, 11. Bezirk (Simmering); Sternbild, mythologische Jägergestalt.

Ort, Am oberen, 13. Bezirk; der 1529 beurkundete Namen für den Teil der Einwanggasse zwischen der Penzinger Straße und der Cumberlandstraße.

Ortliebgasse, 17. Bezirk (Hernals); nach Ortliebus de Als, um 1290 Herrschaftsbesitzer von Hernals.

Ortnergasse, 15. Bezirk (Sechshaus); Josef Ortner (1846–1895), Leimsieder, Gemeinderat von Sechshaus.

Osergasse, 21. Bezirk (Großjedlersdorf); Dr. Leopold Oser (1839–1910), Arzt.

Oskar-Grissemann-Straße, 22. Bezirk (Leopoldau).

Oskar-Jascha-Gasse, 13. Bezirk (Auhof); Oskar Jascha (1881–1948), Komponist.

Oskar-Kokoschka-Platz, 1. Bezirk; Oskar Kokoschka (1886–1980), österreichischer Maler.

Oskar-Simony-Straße, 14. Bezirk (Hadersdorf); Dr. Oskar Simony (1852–1917), Professor an der Forstakademie und an der Hochschule für Bodenkunde.

Oskar-Spiel-Gasse, 19. Bezirk (Nußdorf); Oskar Spiel (1892–1961), Pädagoge.

Ospelgasse, 20. Bezirk; Anton Ospel (1677–1756), Baumeister.

Ostbahnweg, 22. Bezirk (Kagran); entlang der Ostbahn (der Ostbahnhof wurde 1870 an Stelle des Raaber Bahnhofes erbaut).

Osterleitengasse, 19. Bezirk (Ober-Döbling); zwischen 1938 und 1945 Hubert-Klausner-Gasse. Flurname; nach Osten weisende Leiten (Berglehne).

Ostmarkgasse, 21. Bezirk (Donaufeld); bereits 996 wird die Ostmark, die älteste Bezeichnung Österreichs, erwähnt.

Ostrachgasse, 12. Bezirk (Meidling); zur Erinnerung an den Sieg der Österreicher über die Franzosen bei Ostrach im Jahre 1799.

Ostrandstraße, 23. Bezirk (Siebenhirten); entlang der Grenze Siebenhirtens zu Liesing.

Oswaldgasse, 12. Bezirk (Altmannsdorf); nach dem hl. Oswald, dem Namenspatron der Pfarrkirche in Altmannsdorf. Schon 1443 als Kapelle erwähnt, 1529 und 1683 vernichtet und wiederaufgebaut, heutige Gestalt seit 1839.

Oswald-Redlich-Straße, 21. Bezirk (Leopoldau); Dr. Oswald Redlich (1858–1944), Historiker.

Oswald-Thomas-Platz, 2. Bezirk; Oswald Thomas (1882–1963), Astronom (Leiter des Planetariums).

Othellogasse, 23. Bezirk (Inzersdorf); nach der Verdi-Oper.

Othmargasse, 20. Bezirk; Othmar Ritter v. Rauscher (1797–1875), Kardinal und Fürsterzbischof von Wien.

Ottakringer Straße, 16. Bezirk (Ottakring) und 17. Bezirk (Hernals); zur Wahrung des Ortsnamens.

Otterweg, 22. Bezirk (Stadlau); Tiername.

Otto-Bauer-Gasse, 6. Bezirk; Dr. Otto Bauer (1881–1938), Sozialpolitiker.

Otto-Beyschlag-Gasse, 21. Bezirk (Leopoldau); Otto Beyschlag (1869–1945), Pionier des Motorsports.

Otto-Fürth-Gasse, 22. Bezirk (Eßling); Dr. Otto Fürth (1867–1938), Chemiker.

Ottogasse, 3. Bezirk; Benennungsgrund nicht mehr feststellbar.

Ottokargasse, 20. Bezirk; durch Grundteilung verschwunden.

Ottokar-Kernstock-Gasse, 14. Bezirk (Hadersdorf); Ottokar Kernstock (1848–1915), Priester, Dichter.

Otto-Storch-Gasse, 21. Bezirk (Großjedlersdorf); Dr. Otto Storch (1886–1951), Zoologe.

Otto-Wagner-Platz, 9. Bezirk; Otto Wagner (1841–1917), Oberbaurat, Baukünstler.

Otto-Weininger-Gasse, 13. Bezirk (Ober-St. Veit); Otto Weininger (1880–1903), Philosoph.

Otto-Willmann-Gasse, 10. Bezirk (Inzersdorf); Dr. Otto Willmann (1839–1920), Philosoph.

Overbeckgasse, 13. Bezirk (Auhof), Johann Friedrich Overbeck (1789–1869), deutscher Maler.

P

Pacassistraße, 13. Bezirk (Lainz, Speising); Nikolaus Freiherr v. Pacassi (1716–1790), Baumeister Maria Theresias.

Pachmanngasse, 14. Bezirk (Unter-Baumgarten); Johann v. Pachmann (1804–1888), Bürgermeister v. Baumgarten.

Pachmayergasse, 11. Bezirk (Simmering); Georg Pachmayer, 1721 bis 1727 Ortsrichter von Simmering.

Pachmüllergasse, 12. Bezirk (Meidling); Peter Pachmüller, um 1445 Klosterneuburger Stiftsverweser der Herrschaft Meidling, Lehrer des geistlichen Rechts.

Pachtweg, 22. Bezirk (Aspern); gepachteter Grund.

Paffrathgasse, 2. Bezirk; Leopold Paffrath (1807–1877), Gemeinderat.

Paletzgasse, 16. Bezirk (Ottakring); Emanuel Paletz (1816–1890), Pfarrer von Ottakring und Hütteldorf.

Paletzallee, 18. Bezirk (Neustift am Walde); ungeklärt (nach einem Ansiedler?).

Palffygasse, 17. Bezirk (Hernals); Ferdinand Graf Palffy (1774–1840), Schloß- und Grundbesitzer in Hernals.

Palimalliplatz, 1. Bezirk; beliebtes französisches Ballspiel mit hölzernen Kugeln, die vermittels eines Schlägers durchs Ziel getrieben wurden. Dieser Platz befand sich auf der einstigen Wasserkunstbastei.

Palisagasse, 10. Bezirk (Oberlaa); Dr. Johann Palisa (1848–1925), Sternforscher.

Pallenbergstraße, 13. Bezirk (Auhof), Max Pallenberg (1877–1934), Schauspieler.

Palmbühel, 1. Bezirk; ein Hügel auf dem Stephansfriedhof wurde so genannt, auf dem durch lange Zeit die Palmenweihe vorgenommen wurde.

Palmaygasse, 13. Bezirk (Auhof); Illka v. Palmay (1864–1917), ungarische Sängerin.

Palmenweg, 11. Bezirk (Simmering); Weg in der Siedlung „Simmeringer Haide".

Palmgasse, 15. Bezirk (Fünfhaus); Fürst Karl Joseph Franz Palm-Gundelfingen (1775–1851), Grundbesitzer in Fünfhaus und in der Gumpendorfer Vorstadt.

Paltaufgasse, 16. Bezirk (Ottakring); Franz Paltauf (gest. 1785), Dorfrichter in Ottakring.

Paltramplatz, 10. Bezirk (Inzersdorf); Paltram vom Stephansfreithof, 1260 bis 1276 Bürgermeister von Wien. Stammte aus einem Alt-Wiener Adelsgeschlecht, das schon 1201 erwähnt wird und vor 1574 erloschen ist. Als Anhänger Ottokars wurde er von Rudolf v. Habsburg geächtet und mußte nach Bayern flüchten.

Paminagasse, 23. Bezirk (Inzersdorf); Gestalt aus Mozarts „Zauberflöte".

Panethgasse, 22. Bezirk (Leopoldau); Dr. Friedrich August Paneth (1887–1958), österreichischer Chemiker.

Paniglgasse, 4. Bezirk; 1363 Panikelstraße, später auch Plenklerstraße. Nicht erwiesen, ob nach dem Geschlecht der Panigl benannt oder nach den zu Haufen geschichteten Knochenresten aufgelassener Friedhöfe (Beinhügel, Banahügl, Banhigl, Panigl).

Panikengasse, 16. Bezirk (Ottakring); Flurname, von Pan = Gemeindegebiet abgeleitet.

Pannaschgasse, 5. Bezirk; Anton Pannasch (1789–1855), Oberst, Dichter.

Pantlitschkogasse, 23. Bezirk (Mauer); altansässige Maurer Familie.

Pantucekgasse, 11. Bezirk (Kaiser-Ebersdorf); Eduard Pantucek (1887–1961), Buchdrucker, Bezirksvorsteher des 11. Bezirks.

Pantzergasse, 19. Bezirk (Ober-Döbling); Joahnn Pantzer, Gasthausbesitzer, um 1820 Erbauer des ersten Hauses in der Gasse.

Paoliweg, 13. Bezirk (Speising); von 1938 bis 1945 Justus-Möser-Weg. Betty Paoli (eigentlich Elisabeth Glück, 1814–1894), Dichterin.

Papagenogasse, 6. Bezirk; nach Steinfiguren über dem Portal des Theaters an der Wien, die Papageno und seine Kinder darstellten (aus der Zauberflöte).

Papiergasse, 23. Bezirk (Inzersdorf); Rosa Papier-Baumgarten (1858–1932), Opernsängerin.

Papinweg, 22. Bezirk (Aspern); Denis Papin (1647–1710), Naturforscher, Erfinder des Dampfkochtopfes, der Dampfmaschine und des Raddampfers.

Pappelstraße, 14. Bezirk (Hütteldorf); Baumart.

Pappelweg, 22. Bezirk (Stadlau); siehe vorher.

Pappenheimgasse, 20. Bezirk; Gottfried Heinrich Graf v. Pappenheim (1594–1632), Feldherr.

Paracelsusgasse, 3. Bezirk; Bombastus Theophrastus Paracelsus (1493–1541), Arzt, Naturforscher.

Paradeweg, 18. Bezirk (Pötzleinsdorf); Weg in der Siedlung „Brunnstube" (schöner Weg zur „Parade").

Paradeisbastei, 1. Bezirk; nach einem in der Nähe gelegenen Lustgarten, der schon im 14. Jahrhundert erwähnt wurde.

Paradeys, 1. Bezirk und 4. Bezirk; der auf einer Insel im Wienfluß angelegte Vergnügungsgarten der österreichischen Herzoginnen wird schon 1373 urkundlich erwähnt (darum Paradeisbastei). Seit 1642 im Besitz des grafen Konrad v. Starhemberg.

Paradiesgärtchen, wurde 1735 auf dem Grunde des heutigen Burgtheaters neu angelegt. 1872 abgetragen, der Überrest ist der Volksgarten.

Paradiesgasse, 15. Bezirk (Rustendorf); bestand von 1864 bis 1884 und wurde dann verbaut.

Paradisgasse, 19. Bezirk (Unter-Döbling, Unter-Sievering); Maria Theresia Paradis (1759–1824), blinde Musikkünstlerin, Tondichterin.

Paragonstraße, 3. Bezirk; nach einer Firma(?).

Paraselgasse, 14. Bezirk (Breitensee); Jakob Parasel, Maurergeselle, Märzgefallener des Jahres 1848.

Parhamerplatz, 17. Bezirk (Hernals); von 1938 bis 1945 Planettaplatz. Ignaz Parhamer (1715–1776), Jesuit, Erzieher im Rennweger Waisenhaus.

Parisergasse, 1. Bezirk; nach einem Hausschild „Zum Parys" (das Urteil des Paris, der Aphrodite den Schönheitspreis zuerkannte).

Parkgasse, 3. Bezirk; auf den Gründen des ehemaligen Palais Rasumovsky und des dazugehörigen Parks.

Parkgasse, 14. Bezirk (Hadersdorf); führt zum Schloßpark.

Parkring, 1. Bezirk; von 1910 bis 1920 Kaiser-Wilhelm-Ring. Siehe Ringstraße.

Partlgasse, 23. Bezirk (Inzersdorf); Josef Partl (1813–1880), Bürgermeister von Inzersdorf.

Parttartgasse, 23. Bezirk (Atzgersdorf); Alois Parttart (1841–1898), Klaviererzeuger.

Paschinggasse, 17. Bezirk (Dornbach); Ferdinand Pasching (1802–1891), Bürgermeister von Hernals.

Pasettistraße, 20. Bezirk; Florian Pasetti (gest. 1875), Kanzleileiter der Donauregulierungs-Kommission.

Passauer Platz, 1. Bezirk; die Kirche Maria am Gestade befand sich von 1337 bis 1805 im Besitz des Bistums Passau.

Passinigasse, 10. Bezirk (Oberlaa); Dr. Paul Passini (1881–1956), Maler.

Pasteurgasse, 9. Bezirk; Louis Pasteur (1828–1895), französischer Chemiker.

Paternostergasse, Große, 1. Bezirk; durch die Erbauung der Ersten österreichischen Spar-Casse im Jahre 1837 verschwunden (Paternostermacher waren Rosenkranzerzeuger).

Pastorstraße, 21. Bezirk (Leopoldau); Dr. Ludwig Freiherr v. Pastor (1854–1928), Historiker.

Pater-Schwartz-Gasse, 15. Bezirk (Fünfhaus); Pater Anton Maria Schwarz (1852–1929), Lehrlings- und Arbeiterseelsorger.

Patrizigasse, 21. Bezirk (Floridsdorf, Donaufeld); nach einer dem hl. Patrick (387–493), dem Apostel der Irländer, geweihten Säule.

Patrubanstraße, 10. Bezirk (Favoriten); Dr. Franz v. Patruban (1849–1897), Notar.

Paulanergasse, 4. Bezirk; nach der 1627 erbauten Kirche und dem Kloster der Paulaner. Das Kloster wurde 1783 aufgehoben.

Paul-Ehrlich-Gasse, 19. Bezirk (Grinzing); Dr. Paul Ehrlich (1834–1915), Gründer der pathologischen Biologie.

Paul-Heyse-Gasse, 11. Bezirk (Kaiser-Ebersdorf); von 1938 bis 1945 Fontanegasse. Paul Heyse (1830–1914), Dichter.

Paul-Hopfner-Gasse, 21. Bezirk (Stammersdorf); Paul Hopfner, im vorigen Jahrhundert hier ansässiger Gastronom.

Paulinengasse, 18. Bezirk (Währing, Weinhaus); nach Pauline Baronin v. Effinger-Wildegg (1809–1905).

Paulinensteig, 16. Bezirk (Ottakring); siehe vorher.

Paulitschkegasse, 22. Bezirk (Kagran); Dr. Philipp Paulitschke (1854–1899), Afrikaforscher.

Paul-Katzberger-Gasse, 23. Bezirk (Rodaun); Paul Katzberger (1891–1941), Bürgermeister von Rodaun.

Paul-Konrath-Gasse, 17. Bezirk (Dornbach); Paul Konrath (1817–1863), Wohltäter.

Paulusgasse, 3. Bezirk; siehe folgendes.

Paulusplatz, 3. Bezirk; die Heiligen Petrus und Paulus sind die Schutzheiligen der Erdberger Pfarrkirche (schon 1333 als Kapelle erwähnt, heutige Gestalt seit 1726).

Paulusgrund, 3. Bezirk; um 1330 Name eines Teiles von Erdberg.

Pausingergasse, 14. Bezirk (Hütteldorf); Franz v. Pausinger (1839–1915), Tiermaler.

Pawlikgasse, 22. Bezirk (Breitensee); Franz Xaver Pawlik (1865–1906), Medailleur.

Payergasse, 16. Bezirk (Ottakring); Julius Ritter v. Payer (1842–1915), Nordpolfahrer.

Pazmanitengasse, 2. Bezirk; hier stand ehemals ein Meierhof der Pazmaniten (so wurden die Schüler des Pazmaneums, das Fürsterzbischof Kardinal Peter Pázmany v. Panaz 1618 zur Heranbildung ungarischer Geistlicher in der Johannesgasse gegründet hatte, genannt).

Pechegasse, 12. Bezirk (Meidling); Therese Peche (1806–1882), Burgschauspielerin.

Peezgasse, 19. Bezirk (Ober-Döbling); Dr. Alexander Peez (1829–1912), erster Obmann des Wiener Volksbildungsvereines.

Peilertor, 1. Bezirk; auch Biuraere burgetor. Urkundlich 1278 erwähnt, 1426 umgebaut. Im Jahre 1732 abgebrochen.

Pehamgasse, 22. Bezirk (Süßenbrunn); Dr. Heinrich Peham (1871–1930), Gynäkologe.

Peitlgasse, 21. Bezirk (Großjedlersdorf); Leonhard Peitl (1846–1906), Propst von Klosterneuburg.

Pelargonienweg, 22. Bezirk (Breitenlee); Blumenname.

Pelikangasse, 9. Bezirk; nach einem Hausschild „Zum goldenen Pelikan".

Pellmanngasse, 23. Bezirk (Liesing); Ferdinand Pellmann (1828–1906), Bürgermeister von Liesing.

Pelzer Rennweg, 16. Bezirk (Ottakring) und 17. Bezirk (Dornbach); früher volkstümlich Teufelsmauer, 1887 Plankengasse. Ortsübliche Bezeichnung, die sich nicht belegen läßt.

Pelzgasse, 15. Bezirk (Fünfhaus); nach einer altansässigen Familie.

Pendlgasse, 23. Bezirk; aufgelassen.

Penkgasse, 21. Bezirk (Großjedlersdorf); A. Penk (1858–1943), Geograph, Eiszeitforscher.

Pensionsgasse, 11. Bezirk (Simmering); Häuser, die „vom Vermögen für die Ruheständler der Staatsbahnangestellten" erbaut wurden.

Penzinger Straße, 14. Bezirk (Penzing, Unter-Baumgarten); um 1529 Am oberen Ort und Obere Zeile, bis 1894 Hauptstraße. Zur Wahrung des Ortsnamens.

Per-Albin-Hansson-Straße, 10. Bezirk (Inzersdorf); Per Albin Hansson (1885–1949), schwedischer Ministerpräsident.

Perchtoldsdorfer Straße, 23. Bezirk (Liesing); führt nach der Ortschaft.

Peregringasse, 9. Bezirk; nach dem hl. Peregrinus (1264–1345), Servitenmönch.

Perfektastraße, 23. Bezirk (Erlaa, Siebenhirten, Liesing); nach einem in Erlaa ansässigen Betrieb.

Perinetgasse, 2. Bezirk; Joachim Perinet (1765–1816), Schauspieler, Volksdichter.

Perlweg, 21. Bezirk (Donaufeld); ungeklärte Bezeichnung.

Permannstürl, 3. Bezirk; alte Bürgerfamilie Wiens im 15. Jahrhundert. Wahrscheinlich hat der Äußere Rat Ulrich Permann eine Summe zum Bau dieses Teiles der Festungsmauer beigetragen und das Tor, das hier durch die Mauer führte, erhielt seinen Namen.

Permannstürmlein, 3. Bezirk; ein Wacht- oder Aussichtsturm auf dem Teil der Festungsmauer in Richtung der Vorstadt Landstraße.

Pernerstorfergasse, 10. Bezirk (Favoriten); Engelbert Pernerstorfer (1850–1918), Sozialpolitiker.

Perntergasse, 19. Bezirk (Heiligenstadt); Dr. Josef Pernter (1848–1908), Wetter- und Erdbebenforscher.

Perschlingstraße, 2. Bezirk; Ort in Niederösterreich und Nebenfluß der Donau.

Perspektivstraße, 2. Bezirk; nach der herrlichen Aussicht von der Rotunde.

Pestalozzigasse, 1. Bezirk; Johann Heinrich Pestalozzi (1746–1827), Erzieher, Gründer von Vereinen zur Heranbildung armer Kinder.

Peter-Altenberg-Gasse, 19. Bezirk (Salmannsdorf); von 1938 bis 1945 Droste-Hülshoff-Gasse. Peter Altenberg (richtig Richard Engländer, 1850–1919), Schriftsteller.

Peter-Berner-Gasse, 21. Bezirk (Stammersdorf); Peter Berner rettete beim Hochwasser von 1830 viele Menschen vor dem Ertrinken.

Peter-Jordan-Straße, 19. Bezirk (Ober-Döbling, Pötzleinsdorf) und 18. Bezirk (Währing); Peter Jordan (1751–1827), Gründer des Lehrverfahrens für planmäßige Bodenbearbeitung.

Peter-Kaiser-Gasse, 21. Bezirk (Jedlesee, Großjedlersdorf); Peter Kaiser, um 1600 Dorfrichter dieser Gegend.

Peterlinigasse, 23. Bezirk (Mauer); Dominik Peterlini (1875–1944); Gründer der Maurer Knabensingschule.

Petersplatz, 1. Bezirk; 1289 schon urkundlich „prope cimiterium Sancti Petri" (Bei Sankt Peter Freithof), 1342 „lactis valle" (Milchgraben), 1398 „forum lactis" (Milchmarkt), ein Teil 1447 Under den Swibogen. Andere Teile hießen: 1559 Unter den Eisnern, 1701 Töpfermarkt, 1706 Hafnerplatz, Hinter dem Freisingerhof, bis 1896 Das Eisgrübl, heute noch volkstümlich Am Peter. Die Peterskirche ist eine der ältesten Kirchen Wiens, die schon 1137 erwähnt wird. Sie ist dem hl. Petrus geweiht. Trotz wiederholter Vernichtung wurde sie immer wieder aufgebaut. Die heutige Gestalt erhielt die Kirche in den Jahren 1702 bis 1712.

Petrarcagasse, 1. Bezirk; Francesco Petrarca (1304–1374), Gelehrter, Liederdichter.

Petraschgasse, 20. Bezirk; Hugo Petrasch (1815–1902), Gemeinderat von Brigittenau.

Petrusgasse, 3. Bezirk; nach der den Heiligen Petrus und Paul geweihten Pfarrkirche von Erdberg.

Petrus-Klotz-Gasse, 17. Bezirk (Dornbach); Petrus Klotz (1878–1956), Abt des Stiftes St. Peter in Salzburg.

Petschniggasse, 23. Bezirk (Inzersdorf); Emil Petschnig (1877–1939), Komponist.

Pettenkofengasse, 3. Bezirk; August v. Pettenkofen (1821–1889), Maler.

Petzoldgasse, 11. Bezirk (Simmering); Alfons Petzold (1882–1923), Arbeiterdichter.

Petzvalgasse, 4. Bezirk; Dr. Josef Max Petzval (1807–1891), Mathematiker, Erfinder der lichtstarken Linsen für die Lichtbildkunst.

Pevetzgasse, 14. Bezirk (Hadersdorf); Georg Pevetz (1893–1971), Maler, Graphiker.

Pezzlgasse, 17. Bezirk (Dornbach); Johann Pezzl (1756–1823), Schriftsteller (Beschreibungen von Orten).

Pfadenhauergasse, 14. Bezirk (Penzing); Erhard Pfadenhauer (1823–1900), Weinhändler, Gemeinderat.

Pfaffenaugasse, 11. Bezirk (Kaiser-Ebersdorf); Flurname. Diese Gegend war im Besitz der Kirche.

Pfaffenberg, 19. Bezirk; 415 Meter. Schon 1340 als Oberer und Unterer Pfaffenberg erwähnt. Im Kirchenbesitz.

Pfaffenbergengasse, 14. Bezirk (Unter-Baumgarten); Flurname (im Besitz der Kirche).

Pfalzgasse, 22. Bezirk (Breitenlee); Dr. Anton Pfalz, Germanist.

Pfarrer-Deckert-Platz, 18. Bezirk (Weinhaus); Dr. Josef Deckert (1842–1901), Pfarrer von Weinhaus.

Pfarrer-Matz-Gasse, 21. Bezirk (Stammersdorf); Maximilian Matz (1811–1893), Pfarrer von Stammersdorf.

Pfarrgasse, 14. Bezirk (Hadersdorf); führt zur Pfarrkirche.

Pfarrgasse, 23. Bezirk (Inzersdorf); nach der Inzersdorfer Pfarrkirche.

Pfarrhofgasse, 3. Bezirk; hier stand der Pfarrhof.

Pfarrplatz, 19. Bezirk (Heiligenstadt); von 1938 bis 1945 Hermaplatz. Nach der Pfarrkirche von Heiligenstadt, einer der ältesten Kirchen Wiens. Die heutige Gestalt stammt aus den Jahren 1894 bis 1898.

Pfarrwiesengasse, 19. Bezirk (Unter-Döbling); Flurname. Die Wiesen befanden sich im Besitz der Kirche.

Pfarrwiesenstraße, 14. Bezirk (Auhof); Flurname.

Pfauengasse, 6. Bezirk; nach einem Hausschild „Zum Pfauen“.

Pfeffergasse, 2. Bezirk; Peter Pfeffer, Zahnarzt, um 1860 Erbauer des ersten Hauses in der Gasse.

Pfefferhofgasse, 3. Bezirk; früher ein Teil Diepoldplatz. Freiherr v. Pfefferhofen (gest. 1714), Generalfeldmarschall, Kommandant von Ofen, 50 Jahre in kaiserlichen Diensten.

Pfefferminzenweg, 22. Bezirk (Stadlau); Pflanzenname.

Pfeifenstrauchweg, 22. Bezirk (Eßling); Pflanzenname.

Pfeiffenbergergasse, 13. Bezirk (Hacking); Michael Pfeiffenberger (1831–1892), Bürgermeister von Hacking.

Pfeiffergasse, 15. Bezirk (Sechshaus); 1764–1836), Lederfabrikant.

Pfeilgasse, 8. Bezirk; bis 1862 Neue Gasse im Sack. Nach einem Hausschild.

Pfeilkrautweg, 22. Bezirk (Stadlau); Pflanzenname.

Pfendlergasse, 21. Bezirk (Leopoldau); Georg Pfendler (1799–1864), Entwickler der Gasbeleuchtung in Wien.

Pfenninggeldgasse, 16. Bezirk (Ottakring); Flurname. Schon 1373 als Groß- und Klein-Pfenninggeld urkundlich erwähnt. Dürfte sich auf den Kaufpreis von Weingärten beziehen.

Pferdemarkt, 5. Bezirk; bei der Siebenbrunnenfeldgasse existierte (gegründet 1883) ein Marktplatz für Pferde.

Pfingstrosenweg, 22. Bezirk (Eßling); Blumenname.

Pfirsichgasse, 22. Bezirk (Eßling); Obstname.

Pfitznergasse, 23. Bezirk (Rodaun); Hans Pfitzner (1869–1949), Komponist.

Pflaumengasse, 23. Bezirk (Mauer); Obstname.

Pflieglergasse, 13. Bezirk (Ober-St. Veit).

Pfluggasse, 9. Bezirk; nach einem Hausschild „Zum goldenen Pflug".

Philharmonikerstraße, 1. Bezirk; wurde anläßlich des 100jährigen Bestandes der Philharmoniker am 28. März 1942 so benannt.

Philippovichgasse, (Ober-Döbling); Eugen Philippovich v. Philippsberg (1858–1917), Professor für Volkswirtschaftslehre.

Phillipsgasse, 14. Bezirk (Penzing); Dr. Georg Phillips (1804–1882), Rechtsgelehrter.

Phorusgasse, 4. Bezirk; von 1938 bis 1945 Maitzengasse. Nach einer von 1824 bis 1853 bestandenen Holzzerkleinerungsanstalt, deren Namen aus den Anfangsbuchstaben ihrer Gründer gebildet wurde: Palffy, Hackelberg, Offenheimer, Reischer, Unger und Schönfeld.

Phorusplatz, 4. Bezirk; von 1938 bis 1945 Leebplatz. Siehe vorher.

Piangasse, 11. Bezirk (Simmering); Antonio de Pian (1784–1851), Maler.

Piaristengasse, 8. Bezirk; nach 1716 entstanden, bis 1810 Klostergasse, ein Teil bis 1862 Neuschottengasse. Die Piaristen (Orden der „Väter der frommen Schule") erbauten 1700 bis 1716 die heutige Kirche.

Piccaverweg, 14. Bezirk (Hütteldorf); Alfred Piccaver (1884–1958), Opernsänger.

Pichelmayergasse, 10. Bezirk (Inzersdorf); Karl Pichelmayer (1868–1914), Elektrotechniker.

Pichelwangergasse, 21. Bezirk (Floridsdorf); Matthias Pichelwanger (1770–1832), Ortsrichter von Jedlesee.

Pichlergasse, 9. Bezirk; Karoline Pichler (1769–1843), Romanschriftstellerin.

Pichlgasse, 22. Bezirk (Breitenlee); Alois Pichl (1783–1856), Architekt.

Pielachgasse, 20. Bezirk; Nebenfluß der Donau.

Pierrongasse, 14. Bezirk (Ober-Baumgarten); Eduard de Cumy-Pierron (1808–1883), Wohltäter.

Pilatgasse, 22. Bezirk (Eßling); Josef Anton von Pilat (1782–1856), Journalist.

Pilgerimgasse, 15. Bezirk (Fünfhaus); nach Bischof Pilgerim, einer Gestalt aus der Nibelungensage.

Pilgramgasse, 5. Bezirk; bis 1862 von der Margaretenstraße zur Schönbrunner Straße Bräuhausgasse, bis zum Wienfluß Stärkemachergasse. Anton Pilgram, im 15. Jahrhundert Baumeister zu St. Stephan.

Pillergasse, 15. Bezirk (Sechshaus); Georg Piller, 1850 bis 1860 Gemeinderat von Sechshaus.

Pillersdorfgasse, 2. Bezirk; Franz Xaver Freiherr v. Pillersdorf (1786–1862), Minister des Inneren.

Pilotengasse, 22. Bezirk (Aspern); nach dem seinerzeitigen in der Nähe gelegenen Flugplatz.

Pilzgasse, 21. Bezirk (Donaufeld); Friedrich Pilz (1841–1898), Gründer der Floridsdorfer Mineralölfabrik.

Pinaglgasse, 12. Bezirk (Meidling); Pinagl war der Spitzname des Fiakers August Niedermann, das Vorbild des Fiakerliedes.

Pinkagasse, 21. Bezirk (Leopoldau); Flußname (im Burgenland).

Pionierweg, 22. Bezirk (Aspern); nach der Truppengattung, die hier in den Franzosenkriegen (1809) eingesetzt war.

Pippichgasse, 23. Bezirk (Siebenhirten); Carl Pippich (1862–1932), Maler.

Pirchangasse, 10. Bezirk (Inzersdorf); Emil Pirchan (1884–1957), Bühnenbildner.

Pirkebnerstraße, 12. Bezirk (Meidling); Johann Pirkebner (1861–1910), Bezirks- und Fürsorgerat.

Pirolweg, 14. Bezirk (Hütteldorf); Vogelname.

Pirquetgasse, 22. Bezirk (Breitenlee); Peter Baron Pirquet zu Cesenatico (1838–1906), Politiker.

Pitkagasse, 21. Bezirk (Donaufeld); Josef Pitka (1850–1905), Mitglied der Gemeindevertretung.

Pittelweg, 18. Bezirk (Pötzleinsdorf); Weg in der Siedlung „Brunnstube".

Pius-Parsch-Platz, 21. Bezirk (Floridsdorf); Pater Pius Parsch (1884–1954), Augustiner, Reformer.

Plachygasse, 17. Bezirk (Dornbach); Wenzel Plachy (1785–1857), Tondichter.

Planetengasse, 10. Bezirk (Favoriten); die zu unserem Sonnensystem gehörigen Wandelsterne.

Plankenbüchlergasse, 21. Bezirk (Donaufeld); Franz Plankenbüchler (1802–1871), Bürgermeister von Donaufeld.

Plankengasse, 1. Bezirk; vorher Neuburger Straße. Kaiser Joseph II. entzog 1784 den Kapuzinern einen Teil ihrer Gärten und befahl, dort „längs der Planke" Häuser zu errichten.

Plankenmaisstraße 22. Bezirk (Hirschstetten); Riedname.

Plankenweg, 23. Bezirk (Siebenhirten); ortsübliche Bezeichnung.

Plattensteinergasse, 22. Bezirk (Aspern); Richard Plattensteiner (1878–1956), Schriftsteller.

Plattlgasse, 23. Bezirk (Mauer); Flurname.

Pleischlgasse, 11. Bezirk (Simmering); von 1933 bis 1938 Klabundgasse, bis 1945 Julius-Eckel-Gasse. Prof. Dr. Adolf Pleischl (1787–1867), Chemiker, Erfinder des metallfreien Emails, Gründer der Emailgeschirrindustrie.

Plenergasse, 18. Bezirk (Währing); Ignaz Edler v. Plener (1810–1908), Staatsmann.

Pliwagasse, 6. Bezirk; Ernst Pliwa (1857–1928), Sektionschef.

Plößlgasse, 4. Bezirk; Simon Plößl (1794–1868), Optiker.

Plunkergasse, 15. Bezirk (Fünfhaus); Johann Plunker (gest. 1850), letzter Ortsrichter und erster Bürgermeister von Fünfhaus.

Podhagskygasse, 22. Bezirk (Breitenlee); E. Podhagsky, veröffentlichte 1877 ein Buch über die Wasserversorgung des Marchfelds.

Podhorezkygasse, 23. Bezirk (Erlaa); Alois Podhorezky (1893–1929), Gemeiderat von Erlaa.

Podlahagasse, 22. Bezirk (Eßling); Wilhelm Albert Podlaha (1803–1853), Lehrer.

Pöchlarnstraße, 20. Bezirk; Ortschaft an der Donau, in der Markgraf Rüdiger v. Bechelaren, eine Gestalt aus der Nibelungensage, seßhaft war.

Pölleritzergasse, 23. Bezirk (Atzgersdorf); Johann Pölleritzer (1830–1898), Gemeinderat von Atzgersdorf.

Pönningerweg, 16. Bezirk (Ottakring); Franz Pönninger (1832–1906), Bildhauer.

Poestiongasse, 10. Bezirk (Rothneusiedl); Josef Calasanz Poestion (1853–1922), Sprachgelehrter.

Pötzleinsdorfer Höhe, 19. Bezirk (Pötzleinsdorf); Aussichtsweg.

Pötzleinsdorfer Park, 18. Bezirk (Pötzleinsdorf); hier hatte das Rittergeschlecht derer von Pötzleinsdorf seinen Sitz, bis das Geschlecht im 14. Jahrhundert ausstarb. Die einstige Burg wurde zum Freihof umgebaut, dann bis 1848 zum Herrschaftssitz. Heutige Gestalt seit 1920. Der Großindustrielle Max Schmiedt vermachte der Gemeinde Wien den riesigen Besitz zur freien Benützung der Bewohner.

Pötzleinsdorfer Straße, 19. Bezirk (Pötzleinsdorf); zur Wahrung des Ortsnamens.

Pogrelzstraße, 22. Bezirk (Kagran); Johann Pogrelz, 1670 bis 1690 Pfarrer von Kagran, errichtete aus eigenen Mitteln eine Schule.

Pohlgasse, 12. Bezirk (Meidling); Abbé Pohl entdeckte (wieder, da schon den Römern bekannt) um 1755 eine warme Schwefelquelle in Unter-Meidling (Theresienbad).

Pointengasse, 17. Bezirk (Dornbach); Flurname. Point (Peunt, Punt, Bunt) ist ein eingezäuntes Grundstück ohne Flurzwang.

Pokornygasse, 19. Bezirk (Ober-Döbling); um 1721 bis 1800 Kuhdrift, nachher Viehtrift, dann bis 1894 Donaugasse. Dr. Alois Pokorny (1826–1886), Naturhistoriker.

Polgarstraße, 22. Bezirk (Kagran), Alfred Polgar (1873–1955), Schriftsteller.

Pollakgasse, 23. Bezirk (Siebenhirten); Josef Pollak (1884–1952), Gemeinderat von Siebenhirten.

Polletstraße, 22. Bezirk (Kagran); Johann Pollet (1814–1872), Artilleriehauptmann (verweigerte 1848 den Schießbefehl auf die Aufständischen).

Pollitzergasse, 16. Bezirk (Ottakring); Johann Pollitzer (1871–1961), Bezirksvorsteher von Ottakring.

Pombergerweg, 22. Bezirk (Stadlau); Weg in der Siedlung „Kleingartengebiet 26a“ (Name eines Mitgliedes?).

Pongratzgasse, 23. Bezirk (Inzersdorf).

Popovweg, 10. Bezirk (Oberlaa); Alexander Stefanowitsch Popov (1859–1906), russischer Physiker.

Poppenwimmergasse, 21. Bezirk (Jedlesee); Josef Poppenwimmer (1863–1918), Vorkämpfer der Arbeiterbewegung.

Porschestraße, 23. Bezirk (Siebenhirten); Ferdinand Porsche (1875–1951), Konstrukteur des Volkswagens.

Portheimgasse, 22. Bezirk (Breitenlee); Max Portheim (1857–1937), Bibliograph.

Portnergasse, 22. Bezirk (Kagran); Leopold Portner Freiherr v. Höflein (1768–1821), Generalmajor.

Porzellangasse, 9. Bezirk; früher auch Porzellaingasse, ein Teil bis 1862 Schmiedgasse. Hier bestand von 1721 bis 1862 eine kaiserliche Porzellanfabrik.

Poschgasse, 14. Bezirk (Breitensee); Johann Adolf Freiherr v. Posch (1722–1803), Besitzer der Herrschaft Breitensee.

Possannergasse, 13. Bezirk (Ober-St. Veit); Dr. Gabriele Possanner (1860–1940), Österreichs erste Ärztin.

Possingergasse, 15. Bezirk (Fünfhaus) und 16. Bezirk (Ottakring); Ludwig Freiherr Possinger v. Choborski (1823–1889), Statthalter von Niederösterreich.

Postgasse, 1. Bezirk; um 1302 „apud praedicatores“ (Bei den Predigern), 1336 An dem Prediger-Freithof, später Niederer Steyg, 1422 Steig bei den Predigern, bis 1862 Teile Bockgasse, Auwinkel und Dominikanerplatz. Nach dem Hauptpostgebäude benannt. Vom 14. Jahrhundert an „Der Stadt Wien Gemeiner Getreidekasten“, um 1700 Kleines Hauptmautgebäude, dann das Hauptmautgebäude angebaut. Seit 1847 dient der Bau als Hauptpostamtsgebäude.

Postgasse, 14. Bezirk (Hadersdorf); nach dem Postgebäude.

Posthorngasse, 3. Bezirk; bis 1862 Adlergasse. Nach einem Gasthausschild (schon 1776 erwähnt) „Zum Posthörndl".

Pottendorfer Straße, 12. Bezirk (Meidling, Altmannsdorf); nach der Pottendorfer Bahn.

Pottendorfer Weg, 12. Bezirk (Altmannsdorf); verläuft neben der Bahnlinie Wien – Pottendorf.

Pouthongasse, 15. Bezirk (Rudolfsheim); Ludwig Freiherr v. Pouthon (1807 – 1859), Grundbesitzer.

Powolnygasse, 22. Bezirk (Stadlau); Michael Powolny (1871 – 1954), Bildhauer.

Praetoriusgasse, 3. Bezirk; Dr. Christian Ludwig Praetorius (1834 – 1890), Gemeinderat von Erdberg.

Präuscherplatz, 2. Bezirk (Prater); Hermann Präuscher (1839 – 1896), Dompteur (gründete u. a. das anatomische Museum).

Prager Straße, 21. Bezirk (Floridsdorf); früher Prager Reichsstraße. Hauptstraße und Landesstraße nach Prag. Wurde 1728 bis 1736 angelegt.

Praghaus, Stiege unter dem, 1. Bezirk; 1462 die Bezeichnung der Ruprechtsstiege.

Pramergasse, 9. Bezirk; um 1730 Gärtnergasse, 1780 Kothgasse. Konrad Pramer (Pramber), 1640 bis 1645 Bürgermeister von Wien.

Prälatenkreuzgasse, 19. Bezirk; heute Devrientgasse. So wurde die Gasse nach einem in der Nähe befindlichen Gedenkkreuz einst genannt. Dieses wurde anläßlich der wunderbaren Rettung des Prälaten Ambros Lorenz von Klosterneuburg am 26. Juni 1779, der eben an dieser Stelle vorbeifuhr, als die dortigen Pulverlager durch Zündschlag in die Luft flogen, errichtet.

Prandaugasse, 22. Bezirk (Kagran); Max Emanuel Hillebrand v. Prandau war 1719 bis 1729 Besitzer des Freihofes von Kagran.

Praschnikerweg, 21. Bezirk (Strebersdorf); Dr. Camillo Praschniker (1884 – 1949), Archäologe.

Prater, 2. Bezirk; der Name wird vom lateinischen „pratum" (= Wiese) hergeleitet. Die älteste Erwähnung scheint in einer Urkunde Kaiser Friedrichs I. aus Bologna vom Jahre 1162 auf, worin ein Allod „Pratum" einem Conrad namens de Prato (von der Wiese) verliehen wird. Die Grenzen dieses Allods (Lehens) gingen damals bis Mannswörth (Mündung der Schwechat in die Donau). 1403 erwähnt eine Lehensurkunde Albrechts drei Auen in der Donau (vermutlich auf Inseln) bei Stadlau: Scheiben, Segengrund und Pratter, die den heutigen Prater bilden. Die Versuche, das Wort Prater vom Prado bei Madrid oder von einer Landzunge in Gestalt eines Bratspießes (Brater) oder ähnlichem abzuleiten, sind nicht haltbar. Ein Allod pratum zeme Ruprechtis zu Dornbach wird schon acht Jahre vor dem Allod Pratum erwähnt. 1537 bis 1538 wurde der Prater mit Kastanienbäumen ausgestaltet und eingezäunt. Erst seit dem Jahre 1766 ist der Prater für die Öffentlichkeit zugänglich.

Praterspitz, 2. Bezirk; Ende der Praterinsel bei der Einmündung des Donaukanals in den Strom.

Praterspitzstraße, 2. Bezirk; führt zum Praterspitz.

Praterstern, 2. Bezirk; seit alters her eine berühmte Straßenkreuzung. Seit dem Jahre 1886 steht hier das Tegetthoff-Denkmal.

Praterstraße, 2. Bezirk; in früheren Zeiten Unter den Felbern, ein Teil bis 1862 Jägerstraße. Führt in den Prater.

Pratertor, 2. Bezirk; lag in der Nähe des heutigen Pratersterns. Der alte Prater war (vor 1766) gegen die Häuser in der heutigen Praterstraße mit Zäunen abgesperrt.

Praterufer, 2. Bezirk; entlang des Donaukanals zwischen Aspernbrücke und Franzensbrücke.

Prechtlgasse, 9. Bezirk; Josef Johann Prechtl (1778–1854), Gründer des Technologischen Gewerbemuseums.

Predigerbastei, 1. Bezirk; auch Dominikanerbastei. Befestigungswerke bei dem Kloster und der Kirche der Dominikaner, die auch Prediger genannt wurden. 1531 und 1545 auf Kosten der Wiener Bürger neu erbaut, daher der Name Bürgerbastei. Ab 1849 abgetragen.

Predigergasse, 1. Bezirk; vor 1862 Dominikanergasse. Die Priester aus dem Orden des hl. Dominikus (1170–1221) wurden 1226 nach Wien berufen und waren damals schon berühmte Prediger. Kirche und Kloster wurden 1237 erstmals und 1302 neu erbaut. Die heutige Gestalt seit 1630.

Predigtstuhl, 16. Bezirk; Bergname (349 Meter). Bei dem alljährlich am 1. Mai abgehaltenen Bittgang durch die Weinberge wurde bei einer alten Eiche am Wilhelminenberg (Gallitzinberg) vom Ortspfarrer eine Predigt gehalten.

Predilgasse, 10. Bezirk; aufgelassen.

Pregartengasse, 21. Bezirk (Großjedlersdorf); Flurname (ehemals Acker- und Weidegründe).

Prehausergasse, 13. Bezirk (Ober-St. Veit); Gottfried Prehauser (1699–1769), berühmter Darsteller des Hanswurst.

Preindlgasse, 13. Bezirk (Ober-St. Veit); Josef Preindl (1756–1823), Hofkapellmeister.

Preleuthnersteig, 13. Bezirk (Speising); Johann Preleuthner (1807–1897), Bildhauer.

Premgasse, 23. Bezirk (Erlaa); Georg Prem (1877–1952), Vizebürgermeister von Erlaa.

Premlechnergasse, 12. Bezirk (Hetzendorf); Johann Premlechner (1799–1885), Bürgermeister von Hetzendorf.

Premreinergasse, 13. Bezirk (Ober-St. Veit); Max Premreiner (gest. 1879), Ortsrichter und Bürgermeister.

Preradovićgasse, 14. Bezirk (Hütteldorf); Paula v. Preradović (1887–1951), Dichterin (Text der Bundeshymne).

Preßburger Gasse, 21. Bezirk (Großjedlersdorf); nach der heute in der Tschechoslowakei liegenden Stadt.

Preßgasse, 4. Bezirk; 1862 wurde die Schiffgasse miteinbezogen. Nach einem Gasthausschild „Zur großen Presse“ oder „Zur goldenen Presse“.

Pretschgasse, 11. Bezirk (Simmering); Paul Pretsch (1808–1873), Erfinder der Photogalvanographie.

Pretschgogasse, 17. Bezirk (Dornbach); Andreas Pretschgo (gest. 1887), Pfarrer von Dornbach.

Preyergasse, 13. Bezirk (Speising); Gottfried Preyer (1807–1901), Hoforganist, Kapellmeister.

Preysinggasse, 15. Bezirk (Rudolfsheim); Karl Preysing (1798–1880), Bürgermeister von Rudolfsheim.

Prießnitzgasse, 21. Bezirk (Floridsdorf, Donaufeld); erst Wassergasse, dann bis 1909 Wurmsergasse. Vinzenz Prießnitz (1799–1851), Gründer der Wasserheilkunde.

Primelweg, 14. Bezirk (Auhof); Blumenname.

Prinz-Eugen-Straße, 3. Bezirk und 4. Bezirk; Prinz Eugen v. Savoyen (1663–1736), Feldherr.

Prinzgasse, 22. Bezirk (Breitenlee); Karl Ludwig Prinz (1875–1944), Maler.

Prixgasse, 22. Bezirk (Kagran); Dr. Johann Prix (1836–1894), Bürgermeister von Wien.

Probusgasse, 19. Bezirk (Heiligenstadt); Marcus Aurelius Probus (232–282), römischer Kaiser, weilte von 272 bis 280 in Wien und soll in Österreich die Weinrebe eingeführt haben.

Prochstraße, 14. Bezirk (Penzing); Heinrich Proch (1809–1878), Hofopernkapellmeister.

Pröllgasse, 13. Bezirk (Hacking); Martin Pröll (1792–1863), Ortsrichter von Hacking.

Pröpstlgasse, 22. Bezirk (Süßenbrunn); ungeklärte Bezeichnung.

Promenade, 13. Bezirk (Hacking); Weg am rechten Wienufer.

Promenadegasse, 17. Bezirk (Dornbach); beliebter Spazierweg zum Heuberg.

Promenadenstraße, 14. Bezirk (Hadersdorf); setzt die Hans-Muhr-Promenade fort.

Promenadestraße, 22. Bezirk (Kagran); Spazierweg.

Promenadeweg, 17. Bezirk (Neuwaldegg); Spazierweg zur Höhenstraße.

Promenadeweg, 23. Bezirk (Rodaun); Spazierweg entlang der Reichen Liesing.

Pronaygasse, 12. Bezirk (Hetzendorf); Siegmund Pronay Freiherr v. Töt-Prona (1780?–1848), Besitzer eines botanischen Gartens in Hetzendorf.

Propst-Berger-Platz, 12. Bezirk; seit 1930 verbaut.

Proschkogasse, 6. Bezirk; Dr. Franz Isidor Proschko (1816–1891) und seine Tochter Hermine Camilla (1854–1923), beide Schriftsteller.

Prückelmayrgasse, 23. Bezirk (Atzgersdorf); Johann Matthias Prückelmayr Freiherr von und zu Goldegg (1589–1657), Herr zu Bielahag, Atzgersdorf, Liesing und Steinhof (vermachte 1656 die Herrschaften Atzgersdorf und Liesing einer Stifung für arme Studenten).

Prunngasse, 22. Bezirk (Süßenbrunn); nach einem Brunnen mit trinkbarem Wasser (Brunnen = Brunn = Prunn).

Pschorngasse, 16. Bezirk (Ottakring); Karl Pschorn (1885–1945), Mundartdichter.

Puccinigasse, 23. Bezirk (Atzgersdorf); Giacomo Puccini (1858–1924), Opernkomponist.

Puchgasse, 22. Bezirk (Kagran); Johann Puch (1862–1914), Pionier des Fahrradwesens.

Puchsbaumgasse, 10. Bezirk (Favoriten); Hans Puchsbaum (1390–1454), von 1445 bis 1454 Baumeister zu St. Stephan.

Puchsbaumplatz, 10. Bezirk (Favoriten); siehe vorher.

Püchlgasse, 19. Bezirk (Heiligenstadt); Anton Püchl (1852–1914), Bezirksschulinspektor, reformierte das Gewerbeschulwesen.

Pühringergasse, 23. Bezirk (Atzgersdorf); Ferdinand Pühringer (1827–1908), Gemeinderat von Inzersdorf.

Pülslgasse, 23. Bezirk (Liesing); Franz Pülsl (1875–1946), Vizebürgermeister von Liesing.

Püttlingengasse, 13. Bezirk (Lainz); Dr. Johann Freiherr Vesque von Püttlingen (1803–1883), Staatsmann, Dichter (unter dem Namen J. Hoven) .

Puffergasse, 21. Bezirk (Floridsdorf); Georg Puffer (1829–1895), Bürgermeister von Floridsdorf.

Pulkaugasse, 21. Bezirk (Floridsdorf); Fluß in Niederösterreich.

Pulverturmgasse, 9. Bezirk; zur Erinnerung an einen hier bestandenen, 1779 explodierten Pulverspeicher.

Pumgasse, 23. Bezirk (Liesing, Rodaun); Franz Pum (1840–1894), Pfarrer von Liesing.

Puntigamgasse, 13. Bezirk (Speising); P. Anton Puntigam S. J. (1859–1926), Jesuit, Schriftsteller.

Pupovacweg, 22. Bezirk (Aspern); Dr. Dominik Pupovac (1869–1929), Chirurg.

Purchmannweg, 22. Bezirk (Kagran); nach einem Herrn von Kagran, der 1199 in einer Urkunde erwähnt wird (Purchmann von Chagaran).

Purkytgasse, 23. Bezirk (Inzersdorf); Ernst Purkyt, 1919 bis 1934 Vizebürgermeister von Inzersdorf.

Puschkingasse, 21. Bezirk (Schwarzlackenau); Alexander Sergius Puschkin (1799–1837), russischer Dichter.

Puschmanngasse, 21. Bezirk (Leopoldau); Dr. Theodor Puschmann (1844–1899), Historiker (Medizingeschichte).

Putzendoplergasse, 23. Bezirk (Erlaa, Inzersdorf); Franz Putzendopler (1890–1959), Sportfunktionär.

Pyrathurm, 2. Bezirk; ehemals einer der Befestigungstürme der Burgfriedensgrenze.

Pyrkergasse, 19. Bezirk (Ober-Döbling); erst Plankengasse, später Parkgasse, bis 1894 Alleegasse. Johann Ladislav Felsö-Eör Pyrker (1772–1847), Erzbischof, Dichter.

Franziskanerkirche

Q

Quadenstraße, 22. Bezirk (Hirschstetten); die Quaden waren ein germanischer Volksstamm zu Römerzeiten (bis ins 5. Jahrhundert).

Quaringasse, 10. Bezirk (Favoriten, Inzersdorf); Josef Freiherr v. Quarin (1733–1814), Oberdirektor des Allgemeinen Krankenhauses, Gründer der Findelanstalt.

Quarinplatz, 10. Bezirk; aufgelassen.

Quarzweg, 21. Bezirk (Donaufeld); Mineralname.

Quellenplatz, 10. Bezirk (Favoriten); hier besteht eine 1874 erbaute Wasserkammer der I. Wiener Hochquellenwasserleitung.

Quellenstraße, 10. Bezirk (Favoriten); siehe vorher.

Quellenweg, 17. Bezirk (Neuwaldegg); nach einer hier befindlichen Quelle.

Quergasse, 23. Bezirk (Liesing); „quer" zwischen Breitenfurter Straße und Fröhlichgasse.

Querstraße, 13. Bezirk; aufgelassen (einbezogen in die Aichbühelgasse).

Querstraße, 2. Bezirk; aufgelassen.

Querweg, 12. Bezirk (Altmannsdorf); Weg in der Siedlung „Gartenfreunde" (nach dem Verlauf des Weges).

Quittenweg, 22. Bezirk (Aspern), Obstname.

R

Raaber-Bahn-Gasse, 10. Bezirk (Favoriten); neben der 1854 erbauten Raaber Bahn, späteren Staatsbahn, der heutigen Ostbahn.

Raabweg, 22. Bezirk (Stadlau); Weg in der Siedlung „Oberes Mühlwasser".

Rabengasse, 3. Bezirk; nach einem Hausschild (um 1790).

Rabenlechnerweg, 22. Bezirk (Stadlau); Dr. Michael Rabenlechner (1868–1952), Literaturhistoriker.

Rabensteig, 1. Bezirk; Teile davon hießen: im Jahre 1250 Im Chicl, 1372 Kolgezzlein, 1420 Auf der Schütt und Am Kyel, 1770 Am Bergl, Am Steig, 1850 Rabenplatz, auch Drei Rabengasse, bis 1862 Rabengasse (1908 wurde der Rabenplatz miteinbezogen). Schon um 1700 wird ein Bierhaus „Zu den drei Raben" erwähnt.

Rabensteinergasse, 23. Bezirk (Rodaun); noch ungeklärte Bezeichnung.

Rabnitzweg, 21. Bezirk (Leopoldau); nach dem gleichnamigen Bach im Burgenland.

Radeckgasse, 4. Bezirk; Flurname (Im Radeck, der Zeitpunkt ist unklar).

Radelmayergasse, 19. Bezirk (Ober-Döbling); Johann Nikolaus Radelmayer (1662–1724), Gastwirt (aus einer altansässigen Familie).

Rademachergasse, 21. Bezirk; aufgelassen.

Radetzkyplatz, 3. Bezirk; siehe folgendes.

Radetzkystraße, 3. Bezirk; ein Teil Pfefferhofstraße, ein anderer Prager Straße. Josef Wenzel Graf Radetzky v. Radetz (1766–1858), Feldherr.

Radingerstraße, 2. Bezirk; bis 1905 Rüdigerstraße. Johann v. Radinger (1842–1902), Techniker.

Radioweg, 11. Bezirk (Simmering); Weg in der Siedlung „Simmeringer Haide".

Radnitzkygasse, 10. Bezirk (Oberlaa); Carl Radnitzky (1818–1909), Medailleur.

Rädda-Barnen-Platz, 10. Bezirk (Inzersdorf); ein schwedisches Kinderhilfswerk (Hilfe für Wiener Kinder nach dem Zweiten Weltkrieg).

Rädtnergasse, 16. Bezirk (Ottakring); Georg Rädtner (gest. 1682), Ortsrichter v. Ottakring.

Raffaelgasse, 20. Bezirk; Raffael Santi (1483–1520), italienischer Maler.

Raffaltplatz, 21. Bezirk (Leopoldau); Ignaz Raffalt (1800–1857), Landschaftsmaler.

Raffelspergergasse, 19. Bezirk (Pötzleinsdorf); Franz Raffelsperger (1793–1861), Geologe, Schriftsteller.

Raffenstättergasse, 22. Bezirk (Kagran); ungeklärte Bezeichnung.

Raffineriestraße, 22. Bezirk (Stadlau, Aspern); führt zum Zentraltanklager.

Ragwurzgasse, 21. Bezirk (Stammersdorf); Orchideenart.

Rahlgasse, 6. Bezirk; Karl Rahl (1812–1865), Maler.

Rahlstiege, 6. Bezirk; siehe vorher.

Raimannstraße, 14. Bezirk (Hütteldorf); Dr. Johann Ritter v. Raimann (1780–1847), Leibarzt der Kaiser Franz I. und Ferdinand I.

Raimundgasse, 2. Bezirk; Ferdinand Raimund (eigentlich Raimann, 1790–1836), Dichter, Schauspieler.

Raimund-Zoder-Gasse, 19. Bezirk (Unter-Sievering); Raimund Zoder (1882–1962), Volksliedforscher.

Rainergasse, 4. Bezirk und 5. Bezirk; bis 1862 Mittelgasse und Blecherne Turmgasse. Erzherzog Ferdinand Maria Rainer (1827–1913), Kurator der Akademie der Wissenschaften.

Raingasse, 22. Bezirk (Kagran); der Rain entlang der Ostbahn.

Raketenweg, 21. Bezirk; ehemals in der Siedlung Großer Säulenhaufen (heute steht hier die UNO-City).

Rallenweg, 22. Bezirk (Aspern); Vogelname.

Rampengasse, 19. Bezirk (Heiligenstadt); ehemals Zufahrt zu den Rampen des Frachtenbahnhofes der Franz-Josef-Bahn.

Ramperstorffergasse, 5. Bezirk; Konrad Ramperstorffer (gest. 1408), Baumeister und Ratsherr, als Anhänger Herzog Ernsts des Eisernen (mit Rockh und Vorlauf) im Jahre 1408 hingerichtet.

Ramsaygasse, 10. Bezirk (Oberlaa); Sir William Ramsay (1852–1916), englischer Chemiker, Entdecker des Heliums.

Ramwiesenweg, 14. Bezirk (Hadersdorf); Volksmundausdruck für geräumte Wiese? („auframa").

Randgasse, 23. Bezirk (Rodaun); vermutlich nach der Stadtgrenze „Rand".

Randhartingergasse, 10. Bezirk (Favoriten); Benedikt Randhartinger (1802–1893), Hofkapellmeister.

Ranftlgasse, 17. Bezirk (Hernals) und 18. Bezirk (Währing); Matthias Johann Ranftl (1805–1854), Maler.

Rankgasse, 16. Bezirk (Ottakring); Josef Rank (1816–1876), Dichter, Direktionssekretär an Burg- und Stadttheater.

Ranningergasse, 23. Bezirk (Erlaa); Moritz Ranninger (1860–1933), Gemeinderat von Erlaa.

Ranzenhofergasse, 13. Bezirk (Lainz); Emil Ranzenhofer (1864–1930), Maler.

Ranzonigasse, 10. Bezirk (Rothneusiedl, Oberlaa); Hans Ranzoni d. Ä. (1868–1927), Maler.

Raphael-Donner-Allee, 22. Bezirk (Eßling); Georg Raphael Donner (1692–1741), Bildhauer (Donnerbrunnen).

Rappachgasse, 11. Bezirk (Simmering); Christoph v. Rappach (gest. 1485), Besitzer der Herrschaft Simmering (das Geschlecht der Rappach starb 1786 aus).

Rappgasse, 21. Bezirk (Großjedlersdorf); Dr. Oskar Rapp (1840–1897), Arzt, Wohltäter.

Rapsweg, 22. Bezirk (Aspern); Pflanzenname.

Raschgasse, 13. Bezirk (Hacking); Johann Rasch, im 16. Jahrhundert Schulmeister bei den Schotten.

Rasengasse, nur der Name kommt 1388 vor, wo und wann diese Gasse existierte, ist unbekannt.

Rasmussengasse, 21. Bezirk (Jedlesee); Knud Rasmussen (1879–1939), Polarforscher.

Rasumofskygasse, 3. Bezirk; Teile davon früher: Badgasse, Kettenbrückengasse und Rauchfangkehrergasse. Andrej Graf Rasumofsky (1752–1836), russischer Gesandter in Wien, erbaute hier sein Palais mit Garten (heute Geologische Bundesanstalt).

Rathausplatz, 1. Bezirk; erst bis 1907, dann bis 1926 Dr.-Karl-Lueger-Platz, bis 1938 wieder Rathausplatz, von 1938 bis 1945 Adolf-Hitler-Platz, jetzt wieder so. Nach dem 1875 bis 1883 erbauten Neuen Rathaus. Das Alte Rathaus hatte seinen Sitz in der Salvatorgasse, wo es schon im 13. Jahrhundert erwähnt wird. Im Jahre 1883 siedelte die Volksvertretung in das neue Gebäude über.

Rathausstraße, 1. Bezirk; nach dem Neuen Wiener Rathaus.

Rathmayergasse, 21. Bezirk (Leopoldau); Franz Rathmayer (1891–1965), Floridsdorfer Lehrer.

Rathstraße, 19. Bezirk (Neustift am Walde); Leopold Rath (1834–1894), aus altansässiger Familie, Bürgermeister von Neustift am Walde.

Ratmannsdorfgasse, 13. Bezirk (Lainz); die Familie Ratmannsdorf war in den Jahren 1557 bis 1622 im Besitz der Herrschaft Lainz.

Ratschkygasse, 12. Bezirk (Meidling); Franz v. Ratschky (1757–1810), Dichter, Hofbeamter.

Ratzenhofergasse, 21. Bezirk (Großjedlersdorf); Gustav Ratzenhofer (1842–1904), Soziologe.

Ratzenstadl, 6. Bezirk; vorher im Saugraben an der Wien. Um 1756 Magdalenengrund. Durch die tiefe Lage an der Wien herrschte hier eine entsetzliche Rattenplage. Hier bestand eine berüchtigte Bettlerherberge.

Raubergezzlein, 1. Bezirk; bei der Regulierung des Stephansplatzes verschwunden.

Rauberhöhle, 17. Bezirk; so hieß einst die Umgebung des Rosenhügels, da sie ein Zufluchtsort allerlei lichtscheuen Gesindels war.

Rauberskai, 17. Bezirk; nach 1870 war so die volkstümliche Bezeichnung für die Umgebung des Hernalser Vorortebahnhofes und der Hernalser Hauptstraße.

Rauchfangkehrergasse, 15. Bezirk (Sechshaus, Rudolfsheim); einstmals An der Wien. Nach einem Hausschild „Zum Rauchfangkehrer".

Rauchgasse, 12. Bezirk (Meidling); Wenzel Rauch (1809–1882), Ortsrichter von Wilhelmsdorf.

Rauhensteingasse, 1. Bezirk; Teile davon hießen: Auf der Tagkheu, Traibotenstraße, Auf der Himmelpforten und Am Steig. Das 1422 als Hauptgefängnis urkundlich erwähnte Haus „Der rauche Stein" war schon 1208 im Besitze des Ritters Otto Turzo v. Raucheneck (Rauhenstein). Nach einem Umbau wurde das Gefängnis ab 1608 bis 1784 als Amts- und Gerichtshaus verwendet. Die Straße selbst wird 1341 urkundlich erwähnt.

Rauscherstraße, 2. Bezirk und 20. Bezirk; Othmar Ritter v. Rauscher (1797–1875), Kardinal, Fürsterzbischof von Wien.

Rautenkranzgasse, 21. Bezirk (Floridsdorf, Donaufeld); Roman Rautenkranz (gest. 1878), Pfarrer von Floridsdorf.

Rautenstrauchgasse, 11. Bezirk (Simmering); Franz Stephan Rautenstrauch (1795–1885), Benediktiner, Schriftsteller.

Rautenweg, 22. Bezirk (Hirschstetten, Kagran, Breitenlee); Pflanzenname.

Ravelinstraße, 11. Bezirk (Simmering); hier bestand einst ein Vorwerk zum Linienwall (hinter dem Simmeringer Friedhof).

Raxstraße, 10. Bezirk (Inzersdorf); benannt nach dem „Hausberg der Wiener" (2009 Meter).

Rebenweg, 17. Bezirk (Dornbach); Weg im Weingarten.

Rebhanngasse, 20. Bezirk; Dr. Georg Rebhann Ritter v. Aspernbruck (1824–1892), Brückenbautechniker.

Rechberggasse, 10. Bezirk (Favoriten); Johann Bernhard Graf v. Rechberg und Rothenlöwen (1806–1899), Minister des Äußeren.

Rechte Bahngasse, 3. Bezirk; bis 1862 Am Kanal. Verläuft auf der rechten Seite der Verbindungsbahn.

Rechte Nordbahngasse, 21. Bezirk (Floridsdorf); bis 1909 Rechte Eisenbahngasse, entlang der Nordbahn.

Rechter Weg, 22. Bezirk (Aspern); Weg in der Siedlung „ÖBB Landwirte Gr. Kagran".

Rechte Wasserzeile, 23. Bezirk (Mauer); verläuft entlang der I. Wiener Hochquellenwasserleitung.

Rechte Wienzeile, 4. Bezirk, 5. Bezirk und 12. Bezirk (Gaudenzdorf, Meidling); im 4. Bezirk früher Wienstraße, im 5. Bezirk Flußgasse, An der Wien und Wienstraße. Am rechten Ufer der Wien.

Reclamgasse, 22. Bezirk (Aspern); Anton Philipp Reclam (1807–1896), Verlagsbuchhändler.

Redengasse, 22. Bezirk (Süßenbrunn); entweder nach Friedrich Wilhelm Reden (1752–1815), Gründer der oberschlesischen Steinkohlenindustrie, oder Friedrich Wilhelm Reden (1804–1857), Gründer der modernen Statistik.

Redergasse, 5. Bezirk; Josef Reder (1773–1858), Seidenzeugmacher, Mitglied des Äußeren Rates (Gemeinderat), Richter der Vorstadt Margareten; Ferdinand Reder (1808–1881), Vorsteher des Gremiums der Seidenzeugfabrikanten, Gemeinderat von Wien.

Redlweg, 21. Bezirk (Donaufeld); Weg in der Siedlung „Gutfreund Donaufeld" (nach einem Mitglied?).

Redtenbachergasse, 16. Bezirk (Ottakring); Ludwig Redtenbacher (1814–1876), Naturforscher.

Regattaweg, 22. Bezirk (Kagran); nach den Ruderwettbewerben auf der Alten Donau.

Regierungsgasse, 1. Bezirk; umbenannt in Leopold-Figl-Gasse. Die Regierungsgasse hieß so nach dem 1513 gegründeten Sitz der Landesregierung.

Regulierungsstraße, 21. Bezirk; eine Straße in der Siedlung Großer Säulenhaufen war so benannt (heute steht hier die UNO-City).

Rehgasse, 21. Bezirk (Donaufeld); nach dem hier einst vorhandenen Rotwild.

Rehlackenweg, 22. Bezirk (Kagran); siehe vorher (auch nach einer Tränke des Rotwildes).

Reibergasse, 23. Bezirk (Mauer); Matthias (1735–1791) und Ignaz Reiber (1769–1836), Vater und Sohn, beide Lehrer in Mauer.

Reichenbachgasse, 10. Bezirk (Inzersdorf); Karl Freiherr v. Reichenbach (1788–1869), Naturforscher.

Reichmanngasse, 16. Bezirk (Ottakring); Theodor Reichmann (1850–1903), Bariton der Hofoper.

Reichsapfelgasse, 15. Bezirk (Rudolfsheim); vorerst Rustendorfer Neue Gasse, bis 1894 Neue Gasse. Das Haus „Zum goldenen Reichsapfel" wurde 1730 als erstes Haus in Rustendorf gebaut.

Reichsratsstraße, 1. Bezirk; nach dem Gebäude des Reichsrates (Volkshaus), seit 1934 Ständehaus, 1938 bis 1945 Gauhaus, heute Parlament (erbaut 1874 bis 1883).

Reihergäßchen, 12. Bezirk; führte in die Weinberge des Mühlfeldes, heute verbaut.

Reiffensteingasse, 23. Bezirk (Inzersdorf); Bruno Reiffenstein (1888–1951), Fachschriftsteller (Fotografie).

Reiherweg, 22. Bezirk (Aspern); Vogelname.

Reillgasse, 13. Bezirk (Speising); im Jahre 1924 aufgelassen.

Reimersgasse, 19. Bezirk (Heiligenstadt); Georg Reimers (1860–1936), Burgtheaterschauspieler.

Reimmichlgasse, 11. Bezirk (Kaiser-Ebersdorf); Reimmichl (eigentlich Sebastian Rieger, 1873–1953), Schriftsteller (schuf den Reimmichl-Kalender).

Reindorfgasse, 15. Bezirk (Rudolfsheim); zur Wahrung des Ortsnamens.

Reinholdgasse, 22. Bezirk (Eßling); Karl Leonhard Reinhold (1758–1823), Philosoph, Schriftsteller.

Reiningerweg, 14. Bezirk (Breitensee); Franz Reininger, Bindergeselle, Märzgefallener des Jahres 1848.

Reinischgasse, 19. Bezirk (Grinzing, Unter-Sievering); von 1938 bis 1945 Langbehngasse. Simon Leo Reinisch (1832–1919), Ägyptologe.

Reinlgasse, 14. Bezirk (Penzing); Josef Reinl (1813–1866), Bürgermeister von Penzing.

Reinprechtsdorfer Straße, 5. Bezirk; ein Teil bis 1862 Kugelgasse, sonst Reinprechtsdorfer Hauptstraße. Zur Wahrung des Ortsnamens.

Reisberggasse, 23. Bezirk (Rodaun); Flurname (Teil des Neuberges).

Reischachstraße, 1. Bezirk; Eck v. Reischach, bei der Türkenbelagerung Wiens im Jahre 1529 heldenhafter Mitverteidiger.

Reischekgasse, 11. Bezirk (Simmering); Andreas Reischek (1845–1902), Neuseeland-Forscher.

Reischergasse, 13. Bezirk (Ober-St. Veit); Anton Reischer (1869–1950), Schuldirektor. .

Reisgasse, 21. Bezirk (Großjedlersdorf); Philipp Reis (1834–1874), deutscher Physiker, Erfinder des ersten Fernsprechers (1860, vor Bell).

Reisingergasse, 10. Bezirk (Favoriten); vorerst Geiselberggasse, dann bis 1896 Staatsbahngasse. Kasimir Reisinger (1824–1893), Gemeinderat, Gründer der ersten Kinderbewahranstalt im 10. Bezirk.

Reisnerstraße, 3. Bezirk; Heinrich und Therese Reisner (um 1839), Wohltäter und Stifter.

Reiterberggasse, 23. Bezirk (Mauer); Flurname.

Reitergasse, 22. Bezirk; führte von der Aspernstraße zur Groß-Enzersdorfer Straße (heute Haberlandtgasse?).

Reithlegasse, 19. (Ober-Döbling); Johann Reithle (1744–1812), um 1818 Ortsrichter von Döbling.

Reithofferplatz, 15. Bezirk (Rudofsheim, Fünfhaus); Johann Nepomuk Reithoffer (1791–1872), Erfinder des mit Gummi vermischten Gewebes.

Reitschulgasse, 1. Bezirk; erst „Inter cerdones“ (Unter den Lederern), 1309 „Forum carbonum“ (Kohlmarkt) und „In antiquo longo“ (An der langen Mauer). Nach der 1735 erbauten Winterreitschule.

Reizenpfenninggasse, 16. Bezirk (Ottakring); reut's (roden) den Pfennig, für ein Zehent (den zehnten Teil des Ertrages) an Steuer abgeben.

Reklewskigasse, 23. Bezirk (Erlaa); Dr. Johann Kouty Conzaga Ritter v. Reklewski (1878–1964?), Jurist, Gerichtspräsident.

Rembrandtstraße, 2. Bezirk; Rembrandt Harmens v. Ryn (1606–1669), Maler.

Remisfeld, Kurzes, 12. Bezirk; ein 1823 erwähnter Flurname, aufgelassen und verbaut.

Remisfeld, Langes, 12. Bezirk; siehe vorher.

Remystraße, 10. Bezirk (Oberlaa); Ludwig Gabriel v. Remy (1776–1851), Architekt.

Rennbahnstraße, 2. Bezirk; längs dem Rennplatz Freudenau.

Rennbahnweg, 22. Bezirk (Kagran); nach der einst dort existierenden Aushilfsrennbahn.

Renngasse, 1. Bezirk; von ungefähr 1292 bis 1341 Am Roßmarkt, um 1314 ein Teil Lederekke im Tal. Hier wurden Pferde vorgeführt und ihre Gangart geprüft, so daß die Pferdeführer oft „rennen" mußten. Nach anderen fanden auch hier (wie am Rennweg) „Scharlachrennen" statt (Dirnen gegen Läufer in herrschaftlichen Diensten, bei denen ein scharlachrotes Tuch zu gewinnen war).

Rennweg, 3. Bezirk; um 1340 Laufsteig, sodann Rennweggasse. Zur Wahrung des Ortsnamens. Außer der Beziehung auf die einst dort abgehaltenen Wettrennen läßt sich der Name von Rainweg, Roanweg (Weg zwischen Feldern) herleiten (wenig wahrscheinlich).

Reschgasse, 12. Bezirk (Meidling); Johann Resch (gest. 1895), Grundbesitzer, eröffnete um 1860 die Gasse.

Resedaweg, 11. Bezirk (Simmering); Weg in der Siedlung „Simmeringer Haide".

Resedaweg, 22. Bezirk (Aspern); Pflanzenname.

Resselgasse, 4. Bezirk; Josef Ressel (1793–1857), Techniker, Erfinder der Schiffsschraube.

Rettichgasse, 14. Bezirk (Hütteldorf); Julie Rettich (1809–1866), Hofschauspielerin.

Reuenthalgasse, 15. Bezirk (Fünfhaus); Neidhart v. Reuenthal (zwischen 1200 und 1250), Minnesänger am Hofe Friedrichs des Streitbaren.

Reulingweg, 23. Bezirk (Rodaun); Ludwig Wilhelm Reuling (1802–1879), Dirigent an der Wiener Hofoper.

Reumannplatz, 10. Bezirk (Favoriten); Jakob Reumann (1853–1923), Bürgermeister von Wien.

Reumannstraße, 19. Bezirk (Neustift am Walde); Weg in der Siedlung „Sommerhaiden" (siehe vorher).

Reumannweg, 12. Bezirk (Altmannsdorf); Weg in der Siedlung „Esparsette" (siehe vorher).

Rev(f)ellukche, 1. Bezirk; um 1318 Arbeitsplatz der Rev(f)ler, der Schuhflicker und Händler mit altem Schuhwerk. Heute Rotgasse.

Reznicekgasse, 9. Bezirk; Emil Nikolaus v. Reznicek (1860–1945), Komponist.

Rhigasgasse, 17. Bezirk (Hernals); bis 1930 Pezzlgasse. Konstantin Rhigas (1758–1798), griechischer Freiheitsdichter.

Ribarzgasse, 16. Bezirk (Ottakring); Rudolf Ribarz (1848–1904), Maler.

Ricarda-Huch-Weg, 10. Bezirk (Favoriten); Ricarda Huch (1864–1947), deutsche Dichterin.

Richard-Kralik-Platz, 18. Bezirk (Weidlingau) und 19. Bezirk (Ober-Döbling); bis 1920 Karl-Ludwig-Platz, bis 1934 Weimarer Platz. Richard Kralik (1852–1934), österreichischer Dichterphilosoph.

Richardstor, 1. Bezirk; auch Salztor. Dieses Tor in der Stadtmauer und die Befestigungsanlagen in der Umgebung wurden von dem Lösegeld für König Richard I. Löwenherz von England erbaut. Nach 1529 auch Salztor und Fischertor. 1860 wurde das Tor abgetragen.

Richard-Kuhn-Weg, 14. Bezirk (Weidlingau); Dr. Richard Kuhn (1900–1967), Biochemiker.

Richard-Neutra-Gasse, 21. Bezirk (Leopoldau); Dr. Richard Neutra (1892–1970), Architekt.

Richard-Strauss-Straße, 23. Bezirk (Inzersdorf); Richard Strauss (1864–1949), Komponist.

Richard-Wagner-Platz, 16. Bezirk (Ottakring); Richard Wagner (1813–1883), Opernschöpfer.

Richtergasse, 7. Bezirk; wahrscheinlich nach einem Hausschild „Zur Gerechtigkeit".

Richterwarte, 18. Bezirk; ehemalige Aussichtswarte auf dem Neuberg in Neustift am Walde, bot einen schönen Ausblick über Wien.

Richthausenstraße, 17. Bezirk (Hernals); Johann Konrad Richthausen von Chaos (1600–1663), Erbmünzmeister, Stifter.

Rickard-Lindström-Gasse, 10. Bezirk (Inzersdorf); Rickard Lindström (1894–1950), Politiker.

Riedelgasse, 13. Bezirk (Speising, Rosenberg); Josef Gottfried Ritter v. Riedel (1803–1870), Direktor und Reformer der Irrenheilanstalt in Lainz.

Riedstraße, 14. Bezirk (Hadersdorf); Flurname.

Riedweg, 14. Bezirk (Hütteldorf); Weg in der Siedlung „Satzberg-Rosenhang".

Riedweg, 22. Bezirk (Leopoldau); Weg in der Siedlung „Kienastgstetten".

Riegermühle, 23. Bezirk (Atzgersdorf); Flurname.

Rieglgasse, 21. Bezirk (Leopoldau); Alois Riegl (1858–1905), Kunsthistoriker.

Rielgasse, 23. Bezirk (Mauer); Alexander Riel (1886–1952), Gemeinderat von Mauer.

Riemenschneidergasse, 22. Bezirk (Kagran); Tilman Riemenschneider (gest. 1531), Bildhauer.

Riemergasse, 1. Bezirk; im 12. Jahrhundert „strata nemoris paganorum" (Heidenstraße), 1272 ein Teil Vilzerestrazze, 1547 Römerstraße. In früheren Zeiten war hier der Sitz der Riemer.

Rienößlgasse, 4. Bezirk; Franz Rienößl (1853–1915), Bezirksvorsteher des 4. Bezirks.

Rieplstraße, 10. Bezirk (Favoriten); Franz Xaver Riepl (1790–1865), Bergingenieur.

Riesgasse, 3. Bezirk; Ferdinand Ries (1784–1838), Schüler und Verfasser einer Biographie Beethovens.

Riglergasse, 18. Bezirk (Währing); Karl Rigler (1823–1895), Bäckermeister, Angehöriger einer alteingesessenen Familie.

Rigolettogasse, 23. Bezirk (Inzersdorf); Oper von Giuseppe Verdi.

Rihosekgasse, 21. Bezirk (Jedlesee); Dr. Johann Rihosek (1868–1956), Eisenbahntechniker.

Rilkeplatz, 4. Bezirk; von 1938 bis 1945 Anton-Lehner-Platz. Rainer Maria Rilke (1875–1926), Lyriker.

Rimplergasse, 18. Bezirk (Währing); Georg Rimpler, im Jahre 1683 (Türkenbelagerung) Kriegsbaumeister und technischer Leiter der Verteidigung Wiens.

Ringelseegasse, 21. Bezirk (Donaufeld, Floridsdorf); bis 1909 Leopoldsplatz. Zur Wahrung des Ortsnamens.

Ringelseeplatz, 21. Bezirk; aufgelassen.

Ringstraße, 1. Bezirk; allgemein verwendete Bezeichnung für die gesamte Straße um den 1. Bezirk. Die Straße wurde größtenteils auf den Gründen der 1858 bis 1863 abgetragenen Stadtmauern angelegt.

Ringweg, 19. Bezirk (Grinzing); „Ring" ist ein alter Riedname.

Rinnböckstraße, 3. Bezirk und 11. Bezirk (Simmering); Josef Rinnböck (1816–1880), Gemeinderat von Simmering.

Rissaweggasse, 10. Bezirk (Favoriten); Josef Rissaweg (gest. 1911), Bezirksvorsteher von Favoriten.

Rittergasse, 4. Bezirk; nach einem Hausschild „Zum Ritter".

Rittersporngasse, 22. Bezirk (Aspern); Pflanzenname.

Rittingergasse, 21. Bezirk (Großjedlersdorf); Ing. Peter v. Rittinger (1811–1872), österreichischer Montaningenieur.

Rittlergasse, 23. Bezirk (Mauer); Theodor Rittler (1821–1886), Gemeinderat von Mauer.

Rittnergasse, 22. Bezirk (Eßling); Thaddäus Rittner (1873–1921), Schriftsteller.

Rizygasse, 12. Bezirk (Meidling); Theobald Freiherr v. Rizy (1807–1882), I. Senatspräsident des Obersten Gerichtshofes.

Robert-Blum-Gasse, 20. Bezirk; Robert Blum (1807–1848), Politiker, Mitglied der Frankfurter Nationalversammlung (als Revolutionär erschossen).

Robert-Fuchs-Gasse, 14. Bezirk (Hütteldorf); Robert Fuchs (1837–1908), Tondichter.

Robertgasse, 2 Bezirk; Florentine Edle v. Robert trat 1856 freiwillig die Gründe für die Erbauung der ersten Häuser der Gasse ab.

Robert-Hamerling-Gasse, 15. Bezirk (Fünfhaus); früher Mittelgasse, dann Stadiongasse. Robert Hamerling (1830–1889), Dichter.

Robert-Lach-Gasse, 21. Bezirk (Leopoldau); Dr. Robert Lach (1874–1958), Komponist, Musikwissenschafter.

Robert-Stolz-Platz, 1. Bezirk; Robert Stolz (1880–1975), Operettenkomponist.

Robertsonweg, 22. Bezirk (Aspern).

Robinienweg, 22. Bezirk (Aspern); Pflanzenname.

Robinsonweg, 23. Bezirk (Atzgersdorf); Zugang zum Robinson-Spielplatz.

Rochusgasse, 3. Bezirk, nach der Pfarrkirche „Zu den Heiligen Rochus und Sebastian“, 1642 erbaut, 1656 und 1683 zerstört, heutige Gestalt seit 1690.

Rockhgasse, 1. Bezirk; Hans Rockh, Bürgermeister und Ratsherr, als Anhänger Herzog Ernsts des Eisernen mit Ramperstorffer und Vorlauf im Jahre 1408 hingerichtet.

Roda-Roda-Gasse, 21. Bezirk (Strebersdorf); Alexander Roda-Roda (eigentlich Alexander Friedrich Rosenfeld, 1872–1945), Schriftsteller, Satiriker.

Rodauner Kirchenplatz, 23. Bezirk (Rodaun); nach der Pfarrkirche.

Rodauner Straße, 23. Bezirk (Mauer, Liesing, Rodaun); nach dem ehemaligen Vorort Rodaun, der 1165 als „Radune“ erwähnt wird.

Rodlergasse, 19. Bezirk (Ober-Döbling); Moritz Rodler (1831–1882), Schuldirektor.

Röbbelinggasse, 22. Bezirk (Eßling); Hermann Röbbeling (1875–1949), Burgtheaterdirektor.

Rögergasse, 9. Bezirk; Paul Röger (1775–1847), Bäckermeister, Grundrichter und Stifter.

Röhren, Bei den, 1. Bezirk; so wurde ein schon 1288 urkundlich erwähnter Auslaufbrunnen bezeichnet, der sich in oder bei der Seitzergasse befand.

Röllgasse, 21. Bezirk (Schwarzlackenau); Friedrich Röll (1818–1907), Schöpfer der modernen Tierseuchenbekämpfung.

Römerbühel, 1. Bezirk; so wurde ein Teil des Stephansfriedhofs genannt.

Römergasse, 16. Bezirk (Ottakring); zur Erinnerung an die Herrschaft der Römer in Wien (die Römer hielten sich bis um 445 n. Chr. in Wien auf).

Römersthalgasse, 11. Bezirk (Simmering); Isabella Perpetua Römersthal v. Römersthal (1614–1665), Besitzerin der Herrschaft Simmering.

Röntgengasse, 17. Bezirk (Dornbach); Wilhelm Röntgen (1845–1923), Physiker.

Rösnergasse, 12. Bezirk (Meidling); Karl Rösner (1804–1869), Architekt.

Rößlergasse, 23. Bezirk (Erlaa); Franz Rößler (gest. 1880), Ortsrichter und Bürgermeister von Erlaa.

Rötzergasse, 17. Bezirk (Hernals); Franz Rötzer, um 1800 Erzeuger von Gelbguß und Berliner Blau.

Roggegasse, 21. Bezirk (Strebersdorf); Heinrich Albrecht Ritter v. Rogge (1811–1872), stiftete 25.000 Gulden für wohltätige Zwecke.

Roggendorfgasse, 17. Bezirk (Hernals); Wilhelm Freiherr v. Roggendorf (1481–1541), General, Mitverteidiger von Wien im Jahre 1529.

Rohrbacherstraße, 13. Bezirk (Ober-St. Veit); Josef Rohrbacher (1817–1883), Wagenfabrikant.

Rohrergasse, 13. Bezirk (Auhof); Johann Rohrer (1649–1727), Weinhauer, Ortsrichter.

Rohrergasse, 16. Bezirk (Ottakring); früher Sträußlegasse. Johann Rohrer (gest 1778), Pfarrer von Ottakring.

Rohrerhüttenweg, 17. Bezirk (Neuwaldegg); nach der so benannten Gastwirtschaft.

Rohrhofergasse, 11. Bezirk (Simmering); Anton Rohrhofer (1882–1965), Gemeinderat von Simmering.

Rohrwassergasse, 12. Bezirk (Hetzendorf); Franz Rohrwasser (1814–1901), Pfarrer von Hetzendorf.

Rohrweg, 22. Bezirk (Kagran); ortsübliche Bezeichnung.

Rohrweihenweg, 22. Bezirk (Aspern); Vogelname.

Roißgasse, 23. Bezirk (Mauer); Herrmann Roiß (1927–1959), Alpinist.

Rokitanskygasse, 17. Bezirk (Hernals); Dr. Karl Freiherr v. Rokitansky (1804–1878), Pathologe.

Rolandgasse, 22. Bezirk (Kagran); Ida Roland (1881–1951), Schauspielerin.

Rolandweg, 16. Bezirk (Ottakring); siehe vorher.

Rollingergasse, 12. Bezirk (Meidling); Franz Rollinger (1824–1893), Menschenfreund.

Romakogasse, 23. Bezirk (Atzgersdorf); Anton Romako (1834–1889), Maler.

Romanogasse, 20. Bezirk; Johann Romano Ritter v. Rige (1812–1882), Erbauer der Ringstraße.

Romberggasse, 23. Bezirk (Liesing); Hermann Romberg (1882–1929), Schauspieler.

Romichgasse, 22.Bezirk (Eßling); Dr. Siegfried Romich ((1882–1943), Orthopäde.

Rondeau, 2. Bezirk; die Anlage hat runde Form.

Rooseveltplatz, 1. Bezirk und 9. Bezirk; erst Maximilianplatz, von 1920 bis 1934 Freiheitsplatz, bis 1938 Dollfußplatz, zwischen 1938 und 1945 Hermann-Göring-Platz, im selben Jahr wieder Freiheitsplatz, seit 1946 so. Franklin Delano Roosevelt (1882–1945), Präsident der USA.

Rosaliagasse, 12. Bezirk (Meidling); Rosalia Kuffner, Gattin des Bürgermeisters Ignaz Edler v. Kuffner (1869 bis 1882 Bürgermeister); nach anderer Erklärung Rosalia Rößler, Gattin des Bürgermeisters Franz Rößler, der die ersten Häuser in der Gasse erbaute (1850 bis 1865 Bürgermeister).

Rosa-Luxemburg-Gasse, 16. Bezirk (Ottakring); von 1938 bis 1945 Domaniggasse. Rosa Luxemburg (1870–1919), deutsche Umstürzlerin des Jänner-Aufstandes in Berlin.

Rosamplatz, 15. Bezirk; 1940 aufgelassen.

Rosannagasse, 21. Bezirk (Leopoldau); Fluß in Tirol.

Rosasgasse, 12. Bezirk (Meidling); Dr. Anton O. v. Rosas (1791–1855), Augenarzt.

Roschégasse, 11. Bezirk (Kaiser-Ebersdorf); Felix Rosché (1883–1966), Schriftsteller.

Roseggergasse, 16. Bezirk (Ottakring); Peter Rosegger (1843–1918), Dichter, Schriftsteller.

Roseggerweg, 10. Bezirk (Inzersdorf); Weg in der Siedlung „Weichselgarten".

Roseggerweg, 11. Bezirk (Simmering); Weg in der Siedlung „Gaswerk".

Rosenackerstraße, 16. Bezirk (Ottakring); 16. Bezirk (Ottakring) und 17. Bezirk (Dornbach); ein urkundlich 1352 erwähnter Flurname.

Rosenberg, 13. Bezirk; 254 Meter. Seinen Namen erhielt er nach früheren Rosenpflanzungen. Heute ist hier ein Wasserbehälter der I. Wiener Hochquellenwasserleitung untergebracht.

Rosenberg, 13. Bezirk; bis 1891 eine selbständige Ortschaft, dann wurde sie dem 13. Bezirk einverleibt.

Rosenberg, 13. Bezirk; 240 Meter. Das Gebiet hinter dem Hietzinger Friedhof wurde so benannt (die Gloriette liegt auf dem Rosenberg, 238 Meter hoch).

Rosenberggasse, 23. Bezirk (Mauer); Flurname.

Rosenberggraben, 23. Bezirk; einbezogen in die Tullnertalgasse.

Rosenbursenstraße, 1. Bezirk; eine der sieben alten Bursen (Studentenkosthäuser) befand sich hier (1420 errichtet).

Rosengartenweg, 21. Bezirk; ehemals in der Siedlung Großer Säulenhaufen (heute steht hier die UNO-City).

Rosengasse, 1. Bezirk; die Gasse wurde schon 1371 als Rosengezzlein erwähnt.

Rosenhang, 14. Bezirk (Hütteldorf); Weg in der Siedlung „Satzberg-Rosenhang".

Rosenhof, 22. Bezirk (Kagran); nach den hiesigen Rosenkulturen.

Rosenhügelstraße, 12. Bezirk (Hetzendorf), 13. Bezirk (Rosenberg) und 23. Bezirk (Mauer); führt zum Rosenhügel.

Rosensteingasse, 16. Bezirk (Ottakring) und 17. Bezirk (Hernals); Leopold Häckl Reichsritter v. Rosenstein zu Peschwitz (gest. 1832), Wohltäter.

Rosentalgasse, 14. Bezirk (Hütteldorf); Flurname.

Rosenweg, 10. Bezirk (Oberlaa); Weg in der Siedlung „Wilhelmshöhe".

Rosenweg, 11. Bezirk (Simmering); Weg in der Siedlung „Simmeringer Haide".

Rosenweg, 14. Bezirk (Auhof); nach blumenreichen Schrebergärten.

Rosenweg, 17. Bezirk (Dornbach); nach Rosenkulturen.

Rosenweg, 17. Bezirk (Dornbach); Weg in der Siedlung „Schafberg C".

Rosenweg, 19. Bezirk (Grinzing); Blumenname.

Rosenweg, 22. Bezirk (Stadlau); Weg in der Siedlung „Canada".

Rosenzeile, 21. Bezirk (Schwarzlackenau); seit 1942 amtlich.

Rosinagasse, 15. Bezirk (Fünfhaus); Rosina Leydolt, Gattin des 1867 bis 1875 beamteten Bürgermeisters von Fünfhaus.

Rosiwalgasse, 10. Bezirk (Rothneusiedl, Oberlaa); August Rosiwal (1860–1923), Geologe.

Rosmaringasse, 22. Bezirk (Aspern); Pflanzenname.

Rossakgasse, 23. Bezirk (Inzersdorf); Josef Rossak, Arbeiterverbandssekretär.

Roßauer Gasse, 9. Bezirk; zur Wahrung des Ortsnamens.

Roßauer Lände, 9. Bezirk; in früheren Zeiten Unter den Flötzern, Am Badergries, Auf der Scheiben, später Holzgestetten, Holzstraße, Bauholzlegstättenstraße, von 1903 bis 1920 Elisabethpromenade.

Rösselgasse, 11. Bezirk (Simmering); 1872 in die Dorfgasse einbezogen.

Roßfreithof, 9. Bezirk; Roßauer Beerdigungsplatz für Äser (Aas = krepierte Pferde).

Rossinigasse, 13. Bezirk (Ober-St. Veit); Gioacchino Rossini (1792–1868), Opernkomponist.

Roßkopfgasse, 14. Bezirk (Hadersdorf); Bergname (507 Meter).

Rosthorngasse, 22. Bezirk (Eßling); Arthur Rosthorn (1862–1945), Politiker.

Rotdorngasse, 12. Bezirk (Meidling); Baumname.

Rotenberggasse, 13. Bezirk (Lainz), führt zum Roten Berg.

Rotenhausgasse, 9. Bezirk; nach einem Zinshaus, das schon 1644 stand. 1810 vergrößert, 1888 bis 1889 neu erbaut.

Rotenhofgasse, 10. Bezirk (Favoriten, Inzersdorf); ein Teil bis 1894 Redtenbachergasse. Nach einem ehemaligen Jagdschlößchen, von Kaiser Karl VI. neu erbaut, 1873 in eine Vergnügungsstätte umgewandelt. Der Rohbau sah aus der Ferne rot aus.

Rotenkreuzgasse, 2. Bezirk; nach einem Hausschild „Zum roten Kreuz".

Rotenlöwengasse, 9. Bezirk; nach einem Hausschild „Zum roten Löwen".

Rotenmühlgasse, 12. Bezirk (Meidling); Hier stand schon 1452 die „Rote Mühle an der Wien", später eine Reiterkaserne.

Rotensterngasse, 2. Bezirk; erst von 1710 bis 1770 In der Froschlacken, ein anderer Teil von 1862 bis 1885 Hufgasse, um 1773 Froschlackengasse. Nach einem Hausschild „Zum roten Stern".

Rotenturmbastei, 1. Bezirk; eines der ältesten Befestigungswerke, wurde 1656 mehr gegen den Donaukanal verlegt. 1858 abgetragen.

Rotenturmstraße, 1. Bezirk; schon 1288 „ruffa turris". Andere Teile hießen: 1270 Steig bei Rotenturm, 1270 „forum lini" (Haarmarkt), 1273 Am Lichtensteg, Am Steig, 1338 Unter den Fleischbänken, 1389 Im Winkel, 1409 Auf dem Flecke. Fischmarkt, Haarmarkt und Bischofsgasse wurden 1862 der schon bestehenden Rotenturmstraße einverleibt. Der Rote Turm, der älteste Turm Wiens, wurde 1511 neu erbaut, 1662 umgeändert, 1858 mit der allgemeinen Schleifung der Festungsmauern abgetragen.

Rotenturmtor, 1. Bezirk; 1288 urkundlich so benannt. 1662 neu aufgebaut, 1819 abgetragen und an anderer Stelle errichtet, 1858 endgültig abgerissen.

Roter Berg, 13. Bezirk; 262 Meter. Nach der Farbe des Bodens.

Roterdstraße, 16. Bezirk (Ottakring); ein schon 1305 erwähnter Flurname (nach roter Erde).

Roter Hof, 8. Bezirk; früher Im roten Sack, um 1923 Schließmanngasse. Hier stand ein 1491 erwähnter Gutshof, der nach seinen rot gestrichenen Rauchfängen so genannt wurde. 1644 wurde der Hof neu erbaut und gab später der ganzen Ansiedlung den Namen.

Rotgasse, 1. Bezirk; hieß um 1399 Radgäßlein, auch Ratgezzlein, Teile davon 1380 Revellukken, 1400 bis 1420 Revelgeslein, 1400 Unter den Messerern, 1420 Sleifergassel und Auf der Schütt, 1547 Kochgassel. Der Name entstand aus einer irrtümlichen Umbildung von Radgasse.

Rothenburgstraße, 12. Bezirk (Altmannsdorf); Sebastian Sonner v. Rothenburg besaß 1648 den Augustinerhof in Altmannsdorf. Schenkte der Gemeinde Altmannsdorf drei Joch Grund zur Erbauung der Kirche.

Rothengasse, 21. Bezirk (Stammersdorf); nicht nachweisbare Bezeichnung (nach einem Siedler?).

Rothkirchgasse, 12. Bezirk (Meidling); Leonhard Josef Graf v. Rothkirch und Panthen (1773–1842), Feldmarschall-Leutnant.

Rothneusiedler Gasse, 10. Bezirk (Oberlaa); nach der einstigen Ortschaft.

Rotkehlchenweg, 22. Bezirk (Aspern); Vogelname.

Rottmayrgasse, 12. Bezirk (Meidling); Johann Michael Rottmayr v. Rosenbaum (1660–1730), Maler.

Rottstraße, 14. Bezirk (Penzing); Karl Rott (1817–1876), Schauspieler.

Rotunde, 2. Bezirk; So hieß das 1873 von Harkort erbaute Weltausstellungsgebäude. Abgebrannt am 17. September 1937.

Rotundenallee, 2. Bezirk; bis 1920 Sophienbrückenallee. Führte zur Rotunde.

Roubiczekgasse, 10. Bezirk (Oberlaa); Lilli Roubiczek (1898–1966), Kinderpädagogin.

Rubensgasse, 4. Bezirk; Peter Paul Rubens (1577–1640), niederländischer Maler.

Rubensplatz, 4. Bezirk; aufgelassen.

Rubingasse, 21. Bezirk; Edelsteinname.

Ruckergasse, 12. Bezirk (Meidling); Josef Rucker (1826–1896), Gemeinderat von Meidling.

Rudolf-Bärenhart-Gasse, 17. Bezirk (Dornbach); Rudolf Bärenhart (1804–1837), Bildhauer.

Rudolf-Hammer-Gasse, 14. Bezirk (Auhof); Rudolf Hammer (1896–1968), Baumeister.

Rudolf-Henke-Straße, 14. Bezirk (Hadersdorf); Rudolf Henke (1878–1947), Siedlungsvereinsobmann.

Rudolfinergasse, 19. Bezirk (Ober-Döbling); um 1750 Sommer- und Winterzeile, 1828 Kothgasse, bis 1894 Langegasse. Nach der Krankenanstalt „Rudolfinerhaus", erbaut 1882 bis 1907.

Rudolf-Kassner-Gasse, 19. Bezirk (Grinzing, Heiligenstadt); Rudolf Kassner (1873–1959), Philosoph.

Rudolf-Pöch-Gasse, 14. Bezirk (Breitensee); Rudolf Pöch (1870–1921), Professor für Anthropologie.

Rudolfshöhe, 14. Bezirk und 15. Bezirk; einst eine höher gelegene Fläche, von der Kaiser Franz Joseph I. die auf der Schmelz abgehaltene Frühjahrstruppenschau überblicken konnte. Benannt nach Kronprinz Rudolf, seit 1910 verbaut.

Rudolfshügelgasse, 10. Bezirk (Inzersdorf); nach einer Gaststätte.

Rudolf-Simon-Gasse, 11. Bezirk (Kaiser-Ebersdorf); Rudolf Simon (1878–1960), österreichischer Flugpionier.

Rudolfsplatz, 1. Bezirk; nach Kronprinz Rudolf (1858–1889).

Rudolf-Virchow-Straße, 21. Bezirk (Jedlesee); Dr. Rudolf Virchow (1821–1902), Professor für Pathologie.

Rudolf-von-Alt-Platz, 3. Bezirk; Rudolf v. Alt (1812–1905), Landschaftsmaler.

Rudolf-Waisenhorn-Gasse, 23. Bezirk Liesing, Atzgersdorf, Mauer); Rudolf Waisenhorn (1871–1921), Bürgermeister von Liesing.

Rudolf-Zeller-Gasse, 23. Bezirk (Atzgersdorf); Rudolf Zeller (1858–1918), Vizebürgermeister von Mauer.

Rueberstraße, 22. Bezirk (Aspern); Heinrich Freiherr Ritter v. Ruebersburg (1785–1857), Generalmajor.

Rückaufgasse, 19. Bezirk (Ober-Döbling); Anton Rückauf (1855–1903), Tondichter.

Rückertgasse, 16. Bezirk (Ottakring); Friedrich RÜckert (1788–1866), Dichter.

Rüdengasse, 3. Bezirk; bis 1862 Große Rüdengasse, ein Teil Rabengasse. Hier stand einst das herzogliche Rüdenhaus, in dem angeblich König Richard I. Löwenherz gefangengehalten wurde.

Rüdigergasse, 5. Bezirk; bis 1862 Magdalenengasse. Graf Rüdiger v. Starhemberg (1635–1701), Verteidiger Wiens bei der Türkenbelagerung von 1683.

Rügenau, 22. Bezirk (Aspern); Weg in der Siedlung „Rügenau".

Rügenweg, 18. Bezirk (Pötzleinsdorf); ungeklärte Bezeichnung.

Rueppgasse, 2. Bezirk; Anton Ruepp (1792–1868), Bezirksvorsteher der Leopoldstadt.

Rufgasse, 9. Bezirk; bis 1862 Friedhofgasse. Anton Ruf, Zimmermeister, erbaute hier um 1840 das erste Haus.

Rugierstraße, 22. Bezirk (Kagran, Stadlau); die Rugier waren ein germanischer Volksstamm (zur Zeit der Römer).

Ruhrhofergasse, 17. Bezirk (Hernals) und 18. Bezirk (Gersthof); ein Teil 1920 Weißkerngasse. Karl Ruhrhofer (1824–1888), Gemeinderat.

Rummelhardtgasse, 9. Bezirk; von 1938 bis 1945 Sandartgasse. Karl Rummelhardt (1872–1930), Stadtrat.

Rumplerweg, 16. Bezirk (Ottakring); Franz Rumpler (1848–1922), Maler.

Rundweg, 3. Bezirk; ein Teil heute Würtzlerstraße. Weg auf einem zugeschütteten halbrunden Donauarm.

Rundweg, 21. Bezirk; existierte in der ehemaligen Siedlung Großer Säulenhaufen (heute UNO-City).

Rupertgasse, 14. Bezirk (Penzing); Franz Rupert (1791–1868), Gemeindevertreter.

Rupertusplatz, 17. Bezirk (Dornbach); erst Hauptplatz, bis 1894 Kirchenplatz. Die Dornbacher Pfarrkirche „Zum hl. Rupertus" stand bereits 1238, wurde 1529 und 1683 vernichtet. Die heutige Gestalt seit 1688.

Rupoldengasse, 18. Bezirk (Pötzleinsdorf); Flurname (ehemalige Viehweide auf hügeligem Gelände).

Ruppweg, 21. Bezirk (Stammersdorf); Karla Rupp (1882–1953), Fürsorgerätin.

Ruprechtsplatz, 1. Bezirk; schon 1198 als Ruprechtsfriedhof (in cimetterio sa Ruperti) erwähnt, auch Bei St. Rupertus. 1427 foro pini (Kienmarkt), bis 1862 auch Alter Kienmarkt. Nach der dem hl. Ruprecht geweihten Kirche.

Ruprechtsstiege, 1. Bezirk; im 12. Jahrhundert „semita sutorum", Schustersteig, 1462 Stiege unter dem Praghaus (siehe dieses). Bei der dem hl. Ruprecht geweihten, vermutlich 783 erbaute Kirche, eine der ältesten Wiens. Der hl. Ruprecht (Rupertus, möglicherweise stammte er aus einem fränkischen Königsgeschlecht) war 41 Jahre Bischof von Salzburg (ungefähr in der Zeit 548 bis 648).

Rußbergstraße, 21. Bezirk (Strebersdorf); Flurname.

Rußpekgasse, 13. Bezirk (Hacking); nach den Herren v. Rußbach (Rußpek), ungefähr von 1260 bis 1360 Besitzer der Herrschaft Hacking.

Rußweg, 13. Bezirk (Speising); Karl Ruß (1779–1843) und sein Sohn Leander (1809–1860), beide Kunstmaler.

Rustenfeldgasse, 10. Bezirk (Oberlaa); Flurname.

Rustengasse, 15. Bezirk (Rudolfsheim); Flurname (einst standen hier viele Ulmen = Rusten).

Rustenschacherallee, 2. Bezirk; erst Kronprinzallee, dann Pratergürtelstraße, Sportallee, bis 1920 Prinzenallee. Flurname. Rusten-Schacher = kleiner Ulmenwald.

Ruthgasse, 19. Bezirk (Unter-Döbling); nach einem israelitischen Waisenhaus, erbaut 1875 zu Ehren der biblischen Ruth.

Ruthnergasse, 21. Bezirk (Leopoldau); Johann Georg Ruthner d. Ä. (1769–1831), Lehrer, Pädagoge.

Ruttenstockgasse, 12. Bezirk (Meidling); Jakob III. Ruttenstock (1776–1844), Propst von Klosterneuburg.

Ruzickastraße, 23. Bezirk (Mauer); Franz Eduard Ruzicka (1875–1950), Bürgermeister von Mauer.

Rysergasse, 23. Bezirk (Mauer); Friedrich der Ryser, um 1430 Ortsrichter von Mauer.

Rzehakgasse, 11. Bezirk (Kaiser-Ebersdorf); Franz Rzehak (1875–1968), Landtagsabgeordneter.

S

Saarplatz, 19. Bezirk (Unter-Döbling); Ferdinand v. Saar (1833–1906), Dichter.

Sachsengasse, 20. Bezirk; siehe folgendes.

Sachsenplatz, 20. Bezirk; die Sachsen waren als Verbündete Österreichs 1866 in Wien und Umgebung.

Sackgasse, 1. Bezirk; aufgelassen. Zweigte von der Grünangergasse ab.

Sackgasse, 13. Bezirk; früher Marinonigasse, heute verbaut.

Sackgasse, 14. Bezirk (Hadersdorf); Weg in der Siedlung „Augustinerwald".

Sackgeßchen, 1. Bezirk; durch Erweiterung des Stephansplatzes verbaut.

Sängergasse, 11. Bezirk (Kaiser-Ebersdorf); Dr. Eugen Sänger (1905–1964), Forscher des Raumfahrtwesens.

Säulengasse, 9. Bezirk; nach einem Hausschild „Zur goldenen Säule".

Sagedergasse, 12. Bezirk (Altmannsdorf); Anna Sageder (1818–1873), Wohltäterin.

Sahulkastraße, 10. Bezirk (Inzersdorf); Dr. Josef Sahulka (1857–1927), Professor der Elektrotechnik.

Saikogasse, 22. Bezirk (Kagran); Dr. Georg Saiko (1892–1962), Dichter.

Saileräckergasse, 19. Bezirk (Ober-Döbling); Flurname (nach Äckern im Besitz eines Seilers).

Salamandergasse, 21. Bezirk (Schwarzlackenau); Tiername.

Salbeigasse, 22. Bezirk (Hirschstetten); Pflanzenname.

Salesianergasse, 3. Bezirk; bis um 1850 Waaggasse. Nach Kloster und Kirche Mariä Heimsuchung der Salesianerinnen (Orden des hl. Franz v. Sales, 1716 nach Wien berufen). Das Kloster wurde 1717 bis 1719, die Kirche 1717 bis 1730 erbaut.

Salierigasse, 18. Bezirk (Gersthof); bis 1894 Weinberggasse. Antonio Salieri (1750–1825), Hofkapellmeister.

Saligergasse, 10. Bezirk (Inzersdorf); Rudolf Saliger (1873–1958), Fachmann für Eisenbetonbauten.

Salisstraße, 14. Bezirk (Unter-Baumgarten); Rudolf Graf Salis-Zizers (1779–1840), Feldmarschall-Leutnant in den Franzosenkriegen (1809).

Salmannsdorfer Höhe, 19. Bezirk (Ober-Sievering, Neustift am Walde, Salmannsdorf); früher volkstümlich Dreimarksteinstraße. Zur Wahrung des Ortsnamens.

Salmannsdorfer Straße, 19. Bezirk (Salmannsdorf, Neustift am Walde); zur Wahrung des Ortsnamens.

Salmgasse, 3. Bezirk; 1775 Auf der Neustift, 1862 Gemeindegasse. Niklas Graf Salm (1459–1530), der Verteidiger Wiens bei der Türkenbelagerung von 1529.

Salomongasse, 10. Bezirk; Lage unbekannt.

Salomongasse, 21. Bezirk (Großjedlersdorf); Dr. Johann M. Salomon (1793–1856), Mathematiker.

Saltenstraße, 22. Bezirk (Aspern); Felix Salten (1869–1945), Schriftsteller.

Salusgasse, 22. Bezirk (Eßling); Hugo Salus (1866–1929), Lyriker.

Salvatorgasse, 1. Bezirk; vor 1862 ein Teil Passauer Gasse, nach 1902 Passauer Platz. Nach der Hauskapelle der Wiener Bürgerfamilie Haymo im Alten Rathaus. Der Name kommt von einem auf dem Altar stehenden Standbild des Erlösers (Salvator).

Salvatorianerplatz, 10. Bezirk (Inzersdorf); nach dem Kloster der Salvatorianer, der 1881 von Johann B. Jordan gegründeten Gesellschaft des göttlichen Heilands, seit 1907 in Wien.

Salzachstraße, 20. Bezirk; Nebenfluß des Inn.

Salzergasse, 9. Bezirk; in früheren Zeiten Wohnort der Schiffer, die Salz nach Wien brachten (Salzer).

Salzgasse, 1. Bezirk; früher auch Siebenbüchnergasse. Sitz und Markt der Salzhändler.

Salzgries, 1. Bezirk; der westliche Teil „goltsmitte" (Goldschmiede), 1547 Im Elend und bis 1863 Zeughausgassel. Landungs- und Handelsplatz der Sandhändler, urkundlich schon 1276 An dem Grieze, Salzgries, 1302 „arena salis", Am Salzbühel. Gries bedeutet grobkörniger Sand, auch sandiges Ufer.

Salztor, 1. Bezirk; auch Richardstor. Das Lösegeld für König Richard I. Löwenherz von England soll dazu gedient haben, dieses Tor zu errichten; 1860 abgetragen.

Salztorgasse, 1. Bezirk; eines der ältesten Tore der Wiener Stadtmauern. Samt Turm wurde es im Jahre 1860 abgetragen.

Salzturm, 1. Bezirk; siehe Salztor.

Salzwiesengasse, 14. Bezirk (Hütteldorf); Flurname.

Sambeckgasse, 14. Bezirk (Breitensee); Franz Sambeck (falsch Sandrock), Tischlergeselle, Märzgefallener des Jahres 1848.

Samhaberplatz, 14. Bezirk, (Hütteldorf); Dr. h. c. Edward Samhaber (1846–1927), Übersetzer der Werke von Walther von der Vogelweide.

Sampogasse, 14. Bezirk (Breitensee); bis 1894 Schmelzgasse. Ludwig v. Sampo, um 1739 Besitzer der Herrschaft Breitensee.

Samptwandnergasse, 14. Bezirk (Hütteldorf); bis 1894 Friedhofstraße. Zur Erinnerung an den Pfarrer Samptwandner, der 1529 von den Türken verschleppt wurde.

Samtblumenweg, 22. Bezirk (Aspern); Pflanzenname.

Sanatoriumstraße, 14. Bezirk (Hütteldorf); nach einer 1922 errichteten Abteilung der Landes-Irrenheilanstalt, heute Lungenheilanstalt der Gemeinde Wien.

Sanddorngasse, 22. Bezirk (Aspern); Pflanzenname.

Sandgasse, 19. Bezirk (Grinzing, Heiligenstadt); hier waren ehemalige Sandgruben.

Sandleitengasse, 16. Bezirk (Ottakring) und 17. Bezirk (Dornbach); Flurname.

Sandrockgasse, 21. Bezirk (Donaufeld); Adele Sandrock (1864–1937), Schauspielerin.

Sandstätte, 11. Bezirk (Simmering); ehemaliger Name dieser Gegend.

Sandthalenstraße, 21. Bezirk (Stammersdorf); Flurname.

Sandtnergasse, 21. Bezirk (Stammersdorf); Josef Sandtner (gest. 1852), Wohltäter.

Sandwirtgasse, 6. Bezirk; Gasthausschild „Zum Sandwirt".

Sanettystraße, 8. Bezirk; Karoline Sanetty (1820–1897), Gründerin des Josefstädter Waisenhauses.

Sankt-Bartholomäus-Platz, 17. Bezirk (Hernals); nach der dem hl. Bartholomäus geweihten Pfarrkirche.

Sankt-Elisabeth-Platz, 4. Bezirk; bis 1856 Sandgestätten, bis 1932 Karolinenplatz, 1920 Am Goldegg. Elisabeth von Thüringen (1207–1232), Tochter des Königs Andreas von Ungarn, Gemahlin des Landgrafen Ludwig von Thüringen, Schutzheilige der Bettler, 1255 heiliggesprochen.

Sankt-Georg-Platz, 19. Bezirk (Kahlenberger Dorf); nach der Kirche „Zum hl. Georg", 1168 als Kapelle erwähnt, 1529 und 1683 (Türkenbelagerungen) abgebrannt und wiederaufgebaut, 1732 und 1826 vergrößert. Benannt nach dem hl. Georg, gest. 303.

Sankt-Gotthard-Straße, 14. Bezirk (Breitensee); zur Erinnerung an den Sieg der Österreicher unter Montecuccoli über die Türken bei St. Gotthard (ein Ort im Eisenburger Komitat, Ungarn) im Jahre 1664.

Sankt-Hubertus-Gasse, 13. Bezirk (Auhof); Schutzpatron der Jäger (Jagdgebiet Lainzer Tiergarten).

Sankt-Hubertus-Platz, 13. Bezirk (Auhof); nach der St.-Hubertus-Kirche.

Sankt-Johann-Gasse,, 5. Bezirk; die Gegend war einst im Besitz des von Friedrich dem Schönen gegründeten ehemaligen Spitales „Zu St. Johann an der Als".

Sankt-Michael-Gasse, 21. Bezirk (Leopoldau); nach dem Erzengel Michael.

Sankt-Nikolaus-Platz, 3. Bezirk; schon um 1200 befand sich hier das Zisterzienserkloster St. Nikolai vor dem Stubentore. Die nächst dem Kloster erbaute Kapelle wurde wiederholt umgebaut und vergrößert und war bis zu ihrem Abriß (1775) Pfarrkirche.

Sankt-Peter-Gasse, 17. Bezirk (Dornbach); nach dem Stift St. Peter zu Salzburg.

Sankt-Ulrichs-Platz, 7. Bezirk; früher Am Anger, Am Bergl, von 1780 bis 1862 Kirchengasse. Nach der Pfarrkirche „Zum hl. Ulrich".

Sankt-Veit-Gasse, 13. Bezirk (Unter- und Ober-St. Veit); zur Wahrung des Ortsnamens.

Sankt-Wendelin-Gasse, 22. Bezirk (Kagran); siehe folgendes.

Sankt-Wendelin-Platz, 22. Bezirk (Kagran); in der Kagraner Kirche „Zum hl. Georg" steht ein Altar des hl. Wendelin.

Santifallerstraße, 22. Bezirk (Leopoldau).

Sanzingasse, 10. Bezirk (Inzersdorf); Rudolf Sanzin (1874–1927), Eisenbahntechniker.

Saphirweg, 21. Bezirk (Leopoldau); Edelsteinname.

Sapphogasse, 10. Bezirk (Oberlaa); Drama von Grillparzer.

Sarajevoplatz, 13. Bezirk; aufgelassen.

Sarastroweg, 19. Bezirk (Ober-Döbling); Figur aus der „Zauberflöte".

Saßmanngasse, 10. Bezirk (Oberlaa); Hans Saßmann (1882–1954), Dichter.

Satgasse, 13. Bezirk (Auhof); Abkürzung für „Siedlungsgenossenschaft Auhofer Trennstück".

Saturnweg, 14. Bezirk (Hütteldorf); Planetenname.

Satzberg, 14. Bezirk; 431 Meter, westlich von Steinhof–Hütteldorf.

Satzberggasse, 14. Bezirk (Hütteldorf); führt auf den Satzberg.

Satzingerweg, 21. Bezirk (Donaufeld); Flurname.

Sauerburggasse, 19. Bezirk (Unter-Sievering); die Herrschaft Ober-Sievering war von 1559 an im Besitz der niederösterreichischen landständischen Familie Saurere.

Sauergasse, 14. Bezirk (Hütteldorf); Emil v. Sauer (1862–1942), Klaviervirtuose.

Saugraben an der Wien, ehemaliger Name des Magdalenengrundes, vorher Ratzenstadl.

Saulackenweg, 13. Bezirk (Auhof); nach einer sumpfigen Stelle im Lainzer Tiergarten (hier viele Wildschweine).

Sauraugasse, 13. Bezirk (Lainz); die Grafen Saurau waren 1622 bis 1652 Besitzer der Herrschaft Lainz.

Sautergasse, 16. Bezirk (Ottakring) und 17. Bezirk (Hernals, Dornbach); Ferdinand Sauter (1804–1854), Dichter.

Savoyenstraße, 16. Bezirk (Ottakring) und 17. Bezirk (Dornbach); Fürstin Maria Christine v. Montleart, geb. Prinzessin v. Sachsen-Curland (1779–1851), verwitwete Herzogin v. Savoyen, Wohltäterin.

Scalagasse, 5. Bezirk; Johann Scala, 1862–bis 1888 Pfarrer von Matzleinsdorf.

Scariaweg, 16. Bezirk (Ottakring); Emil Scaria (1840–1886), Bassist der Wiener Hofoper.

Schablergasse, 19. Bezirk (Kahlenberger Dorf); ein 1357 erwähnter Weingartenflurname. Nach dem Besitzer, einem Schapeler, der Kopfhauben (Schapeln) erzeugte.

Schachnerstraße, 22. Bezirk (Kagran); Friedrich Schachner (1841–1907), Architekt.

Schadekgasse, 6. Bezirk; früher Hollerbeergasse, nachher Kollergerngasse, von 1906 bis 1918 Windmühlgasse. Dr. Franz Josef Schadek (1843–1913), Bezirksvorsteher.

Schadinagasse, 17. Bezirk (Hernals); Johann Baptist Schadina, 1684 bis 1688 Pfarrer von Matzleinsdorf.

Schäffergasse, 4. Bezirk; vorher Ankergasse und Kapaunergasse, auch Kapäundlgasse und Kapuzinergasse. Johann Michael Schäffer (gest. 1848), Schneidermeister, Stifter.

Schätzgasse, 19. Bezirk (Nußdorf); Anna Schätz (gest. 1853), Stifterin eines Kindergartens.

Schafberg, 17. Bezirk und 18. Bezirk; 388 Meter. Schon im 13. Jahrhundert erwähnt. Skopli, Skof, Schof, Schaf; ein ausgeholzter Wald, in welchem die Baumstöcke stehen blieben.

Schafberggasse, 18. Bezirk (Pötzleinsdorf); führt auf den Schafberg.

Schaffernakgasse, 21. Bezirk (Großjedlersdorf); Dr. Friedrich Schaffernak (1881–1951), Gründer des hydrologischen Instituts.

Schafflerhofstraße, 22. Bezirk (Eßling); hier bestand ein ehemaliger Wirtschaftshof der Herrschaft Eßling, der „Schafflerhof" (nach Schafzucht?).

Schafgarbenweg, 22. Bezirk (Eßling); Pflanzenname.

Schalichgasse, 2. Bezirk; heute Friedrich-Hillegeist-Straße.

Schalkgasse, 18. Bezirk (Gersthof); bis 1894 Sackgasse. Ignaz Schalk (1831–1876), Grundbesitzer in der Gegend.

Schallautzerstraße, 1. Bezirk; Hermes Schallautzer (1503–1563), Bürgermeister von Wien.

Schallergasse, 12. Bezirk (Meidling); Johann Schaller (1777–1842), Bildhauer.

Schaludekgasse, 11. Bezirk (Kaiser-Ebersdorf); Franz Schaludek (1878–1957), Pfarrer von Kaiser-Ebersdorf.

Schamborgasse, 14. Bezirk (Unter-Baumgarten); Rosina Schambor, Dienstmagd, Märzgefallene des Jahres 1848.

Schamsgasse, 22. Bezirk (Aspern); Franz Schams (1824–1836), Maler.

Schanzeltor, 1. Bezirk; ein erst 1646 erbautes Tor in der Festungsmauer im Vorwerk (Schanze) vor der Gonzagabastei. Damit sollte das Ufergelände des Donaukanals gesichert werden. Später bestand hier bis 1900 ein Obstmarkt.

Schanzstraße, 14. Bezirk (Breitensee) und 15. Bezirk (Fünfhaus); einst bestanden hier Schanzen für den Kriegsfall.

Schartlgasse, 23. Bezirk (Liesing); Karl Schartl (1885–1958), Bezirksrat.

Schattenfrohgasse, 22. Bezirk (Süßenbrunn); Dr. Arthur Schattenfroh (1869–1923), Bakteriologe.

Schatzlsteig, 19. Bezirk (Unter-Sievering); Dr. Josef Schatzl (1862–1936), volkstümlicher Arzt.

Schauflergasse, 1. Bezirk; schon 1310 als Schauffelgasse, später als Schüvellucke, Schauflerlüchen und Schauflochgasse erwähnt. Deutung unbekannt.

Schaukalgasse, 17. Bezirk (Dornbach); Dr. Richard Schaukal (1874–1942), Dichter.

Schaumburgergasse, 4. Bezirk; zur Wahrung des Ortsnamens.

Schaurhofergasse, 4. Bezirk; Monsignore August Schaurhofer (1872–1928), errang als Sozialpolitiker besondere Verdienste um straffällig gewordene Jugendliche.

Schautagasse, 10. Bezirk (Oberlaa); Dr. Friedrich Schauta (1849–1919), Professor für Frauenheilkunde.

Schebenzerlukke, 1. Bezirk; kleine Ansiedlung an der Wien vor dem Stubentor.

Schedifkaplatz, 12. Bezirk (Meidling); Wilhelm Schedifka (1863–1914), Gemeinderat.

Scheffelstraße, 21. Bezirk (Floridsdorf); Josef Viktor v. Scheffel (1826–1886), Dichter.

Scheffeneggergasse, 23. Bezirk (Atzgersdorf); Dr. Max Scheffenegger (1883–1963), Jurist.

Scheffstraße, 2. Bezirk; dürfte im Gebiet Schüttelstraße/Helenengasse gelegen sein, denn der Name ging 1531 auf diese Gegend über.

Schegargasse, 19. Bezirk (Ober-Döbling); Benedikt Schegar, um 1830 Baumeister.

Scheibelreitergasse, 19. Bezirk (Grinzing).

Scheibenberg, 18. Bezirk; 320 Meter. Befindet sich im Gersthofer Gebiet.

Scheibenbergstraße, 17. Bezirk (Dornbach) und 18. Bezirk (Gersthof); führt zum Scheibenberg.

Scheibengasse, 19. Bezirk (Unter-Döbling); bis 1894 Berggasse. An (Auf, In) der Scheiben, Scheibenried, Scheibenberg, Scheibental, Scheiblinghart, Scheiblingstein, Scheiblingbach deutet auf einen Holzlagerplatz (außerhalb des Ortes gelegen) hin.

Scheiblingsturm, 3. Bezirk; war ein wesentlicher Bestandteil der Verteidigungsanlage der Weißgerbervorstadt.

Scheichgasse, 22. Bezirk (Süßenbrunn); ungeklärte Bezeichnung (nach einem Bewohner?).

Scheidlstraße, 18. Bezirk (Gersthof); Johann Scheidl (1805–1865), Angehöriger einer alteingesessenen Familie.

Scheimpfluggasse, 19. Bezirk (Pötzleinsdorf); Theodor Scheimpflug (1865–1911), Hauptmann, Erfinder der photographischen Geländeerkundung (Luftaufnahmen).

Schelleingasse, 4. Bezirk; Karl Schellein (1820–1888), Maler.

Schellenhofgasse, 23. Bezirk (Siebenhirten); nach einem ehemaligen, 1178 erwähnten Kloster (später Brauerei).

Schellenseegasse, 23. Bezirk (Siebenhirten); nach einem so bezeichneten ehemaligen Ziegelteich.

Schellhammergasse, 16. Bezirk (Ottakring) und 17. Bezirk (Hernals); bis 1894 in Hernals Fuhrmanngasse, in Ottakring Laudongasse. Franz Edler v. Schellhammer (1775–1831), besaß den Grund, auf dem später das „Yppenheim" erbaut wurde.

Schellinggasse, 1. Bezirk; Friedrich Wilhelm Josef v. Schelling (1775–1834), Philosoph.

Schembergasse, 23. Bezirk (Atzgersdorf); Carl August Schember (1838–1917), Firmengründer (Waagen).

Schemmerlstraße, 11. Bezirk (Simmering); Josef Schemmerl Ritter v. Leytenbach (1752–1837), regte zum Bau des Wiener Neustädter Kanals an.

Schenkendorfgasse, 21. Bezirk (Donaufeld); Max Schenkendorf (1783–1817), deutscher Dichter.

Schenkenstraße, 1. Bezirk; schon um 1250 stand hier das Palais des Erbland-Mundschenks.

Schenkweg, 14. Bezirk (Ober-Baumgarten); Leopold Schenk (1840–1902), Embryologe.

Schererstraße, 21. Bezirk (Leopoldau); Dr. Wilhelm Scherer (1841–1886), Germanist.

Scherffenberggasse, 18. Bezirk (Währing); Graf Siegmund Friedrich Scherffenberg (gefallen 1688) hatte bei der Entsatzschlacht um Wien 1683 (Türkenbelagerung) das Kommando über einen Heeresteil.

Scherfweg, 14. Bezirk (Breitensee); Josef Scherf, Zimmerputzer, Märzgefallener des Jahres 1848.

Scheringgasse, 14. Bezirk (Weidlingau); Ernst Schering, Chemiker.

Scherlandgasse, 17. Bezirk (Dornbach); Flurname.

Scherpegasse, 19. Bezirk (Ober-Döbling); Hans Scherpe (1853–1929), Bildhauer.

Scherrgasse, 11. Bezirk (Simmering); Johann Scherr (1778–1830), Hausbesitzer, Wohltäter.

Scherzergasse, 2. Bezirk; Johann Georg Scherzer (1776–1858), Gerichtsbeisitzer.

Scheuchgasse, 22. Bezirk (Süßenbrunn); unrichtig für Scheichgasse.

Scheugasse, 10. Bezirk (Favoriten); bis 1920 Goethegasse. Heinrich Scheu (1841–1904), Sozialpolitiker.

Scheunenstraße, 10. Bezirk (Oberlaa); nach hier befindlichen Scheunen.

Scheydgasse, 21. Bezirk (Strebersdorf); Sebastian Scheyd (1653–1727), Müller (Erbauer einer Kapelle).

Schichtweg, 21. Bezirk (Donaufeld); Firmenname.

Schickgasse, 22. Bezirk (Stadlau); bis 1909 Herrengasse. Ferdinand Schick, im vorigen Jahrhundert Mitglied des Gemeindeausschusses, entstammte einer alten Familie, aus der mehrere Bürgermeister hervorgingen.

Schiefergasse, 21. Bezirk; aufgelassen.

Schiergasse, 22. Bezirk (Eßling); Benjamin Schier (1849–1910), Schriftsteller.

Schiffamtsgasse, 2. Bezirk; hier bestand das kaiserliche Schiffsamt (von 1655–1785).

Schiffmühlenstraße, 22. Bezirk (Kaisermühlen); führte zu den Schiffmühlen.

Schiffmühlenweg, 22. Bezirk (Kagran); siehe vorher.

Schikanedergasse, 4. Bezirk; Emanuel Schikaneder (1751–1812), Erbauer des Theaters an der Wien.

Schilchergasse, 14. Bezirk (Ober- und Unter-Baumgarten); Friedrich Schilcher (1811–1881), Maler.

Schildgasse, 11. Bezirk (Kaiser-Ebersdorf); Franz Theodor Schild (1859–1929), Komponist.

Schilfweg, 22. Bezirk (Aspern); verläuft entlang des Mühlwassers.

Schillerplatz, 1. Bezirk; Friedrich Schiller (1759–1805), Dichter.

Schillerpromenade, 23. Bezirk (Rodaun); siehe vorher.

Schillerweg, 10. Bezirk (Inzersdorf); Weg in der Siedlung „Weichselgarten".

Schillerweg, 11. Bezirk (Simmering); Weg in der Siedlung „Simmeringer Haide".

Schillgasse, 21. Bezirk (Jedlesee); Ferdinand v. Schill (1776–1809), Major, Initiator einer Erhebung gegen Napoleon.

Schillingergasse, 13. Bezirk; führte von der Gallgasse zur Winkelbreiten.

Schillingergasse, 23. Bezirk (Mauer); nach einer alteingesessenen Familie.

Schillochweg, 22. Bezirk (Aspern); führt zum Schillochwasser (ein Rest der unregulierten Donau). Bezieht sich im übrigen auf einen häufig vorkommenden Fisch (Schill).

Schillwasserweg, 22. Bezirk (Aspern); in den Gewässern dieser Gegend kommt der Schill (Fischart) häufig vor.

Schimekgasse, 23. Bezirk (Inzersdorf); Josef Schimek (1868–1934), Gewerkschaftsfunktionär.

Schimmelgasse, 3. Bezirk; bis 1862 Sechsschimmelgasse. Nach einem Gasthausschild.

Schinaweisgasse, 14. Bezirk (Breitensee); ein 1424 urkundlich bestätigter Flurname.

Schindlergasse, 18. Bezirk (Gersthof); Jakob Emil Schindler (1842–1892), Landschaftsmaler.

Schinnaglgasse, 16. Bezirk (Neulerchenfeld); Maurus Schinnagl (gest. 1871), Schottenpriester, Religionslehrer.

Schippergasse, 21. Bezirk (Großjedlersdorf); Dr. Jakob Schipper (1842–1915), Anglistik-Forscher.

Schirnböckgasse, 13. Bezirk (Lainz); Ferdinand Schirnböck (1859–1930), Kupferstecher.

Schirrmanngasse, 22. Bezirk (Eßling).

Schlachthammerstraße, 22. Bezirk (Eßling); Michael Schlachthammer (gest. 1887), Ortsrichter von Eßling.

Schlachthausgasse, 3. Bezirk; bis 1862 Hohlwegstraße. Nach dem städtischen Schlachthaus, von 1846 bis 1848 erbaut.

Schlagbrücke, 1. Bezirk und 2. Bezirk; erste und dauernde Brücke über den Donaukanal, schon vor 1345 bestanden. Durch viele Jahrhunderte die einzige Brücke, die über den Wienfluß führte (1819 abgerissen).

Schlägergasse, 13. Bezirk (Auhof); Antonie Schläger (1859–1910), Hofopernsängerin.

Schlagergasse, 9. Bezirk; Dr. Ludwig Schlager (1828–1885), Direktor der Landes-Irrenheilanstalt.

Schlanitzgasse, 22. Bezirk (Eßling).

Schlapfenpromenade, 7. Bezirk; beliebter Aufenthaltsort der Dienstmädchen und Gesellen in ihren freien Stunden (volkstümlicher Ausdruck für die Gegend der heutigen Museumstraße, des damaligen Glacis, wo eine Allee bestand, die auch als Paradeplatz Verwendung fand).

Schlechtastraße, 3. Bezirk (Favoriten) und 11. Bezirk (Simmering); Franz Xaver Freiherr Schlechta v. Wischrad (1769–1875), Dichter, Freund Schuberts.

Schlehenweg, 13. Bezirk (Ober-St. Veit); Frucht des gleichnamigen Busches.

Schleidengasse, 21. Bezirk (Großjedlersdorf); Matthias Jakob Schleiden (1804–1881), Botaniker.

Schleiergasse, 10. Bezirk (Favoriten); ungeklärte Bezeichnung (nach einem Bewohner?).

Schleifgasse, 21. Bezirk (Großjedlersdorf, Donaufeld); Ignaz Schleif (1835–1898), Pfarrer von Floridsdorf.

Schleifgassel, 1. Bezirk; um 1300 in der Nähe des Liechtensteges.

Schleifmühlgasse, 4. Bezirk; bis 1862 Obere- und Untere Schleifmühlgasse. Zur Wahrung des Ortsnamens (siehe Vorstädte).

Schlenthergasse, 22. Bezirk (Kagran); Paul Schlenther (1854–1916), Direktor des Wiener Burgtheaters.

Schlesingerplatz, 8. Bezirk; zwischen 1938 bis 1945 Conrad-v.-Hötzendorf-Platz. Dr. Josef Schlesinger (1831–1901), Reichsratsabgeordneter.

Schleusenstraße, 14. Bezirk (Hadersdorf); nach einer Schleuse im Mauerbach.

Schlickgasse, 9. Bezirk; siehe folgendes.

Schlickplatz, 9. Bezirk; Franz Heinrich Graf Schlick (1789–1862), General der Kavallerie.

Schliemanngasse, 21. Bezirk (Floridsdorf); Heinrich Schliemann (1822–1890), Archäologe, Entdecker und Ausgräber des klassischen Troja.

Schließmanngasse, 13. Bezirk (Hietzing); Hans Schließmann (1852–1920), Zeichner.

Schlimekgasse, 23. Bezirk (Mauer); Josef Schlimek (1771–1836), Ortsrichter von Mauer.

Schlöglgasse, 12. Bezirk (Hetzendorf); bis 1894 Hietzinger Straße und Reinhartgasse. Friedrich Schlögl (1821–1892), Volksschriftsteller, Dichter.

Schlösselgasse, 8. Bezirk; früher Kleines Gassel in der Josefstadt, später Josefstädter Straße. Nach einem Gasthausschild „Zum Schlössel“.

Schloßallee, 14. Bezirk (Penzing); früher Schönbrunner Hofallee und bis 1920 Hofallee. Führt zum Haupttor von Schönbrunn.

Schloßberggasse, 13. Bezirk (Hacking); führt zum Hackinger Schloß, Sitz des jeweiligen Erzbischofs von Wien, bereits 1365 erwähnt.

Schlossergasse, 21. Bezirk (Schwarzlackenau); bis 1941 Engerlinggasse. Dr. Julius v. Schlosser (1866–1938), Kunsthistoriker.

Schlossergasse, 1. Bezirk; bei der Regelung des Stephansplatzes im Jahre 1866 verschwunden.

Schloßgartenstraße, 23. Bezirk (Mauer); Flurname.

Schloßgasse, 5. Bezirk; auf dem Grunde des einstigen Schlosses Margareten.

Schloßhofer Straße, 21. Bezirk (Floridsdorf); nach einem ehemaligen kaiserlichen Besitz Schloßhof an der March.

Schloßnagelgasse, 10. Bezirk (Favoriten); Weg in der Siedlung „Favoriten“ (Siedlungsmitglied?).

Schloßparkgasse, 23. Bezirk (Erlaa); verläuft neben dem Schloßpark.

Schluckergasse, 13. Bezirk (Rosenberg); Philipp Schlucker (1747–1820), nach einem von ihm stammenden Plan wurde die Mauer um den Lainzer Tiergarten erbaut.

Schlüsselgasse, 4. Bezirk; bis etwa 1770 Tischlergasse. Nach einem Hausschild „Zu den zwei weißen Schlüsseln“.

Schmätzerweg, 14. Bezirk (Hütteldorf); Vogelname.

Schmalerweg, 14. Bezirk (Breitensee); Josef Schmaler, Tessinschläger(?), Märzgefallener des Jahres 1848.

Schmalgasse, 1. Bezirk; 1441 erstmals erwähnt, 1866 durch die Anlage des Stock-im-Eisen-Platzes verschwunden.

Schmalzhofgasse, 6. Bezirk; 1862 wurde die Zwerchgasse einbezogen. Angeblich Hof eines reichen Schmalzhändlers.

Schmardagasse, 13. Bezirk (Speising); Dr. Ludwig Karl Schmarda (1819–1908), Zoologe.

Schmedesweg, 16. Bezirk (Ottakring); Erik Schmedes (1868–1931), Heldentenor der Wiener Hofoper.

Schmelzbrückenrampe, 15. Bezirk (Fünfhaus, Rudolfsheim); führt auf die 1876 erbaute Brücke über die Westbahn.

Schmelzer Friedhof, 15. Bezirk; heute Märzpark.

Schmelzer Friedhofstraße, 15. Bezirk; durch die Neueinteilung der Gründe um die Hütteldorfer Straße verschwunden.

Schmelzgasse, 2. Bezirk; einst Ochsengasse, 1862 die Brunngasse einbezogen. Hier befanden sich Gießer (Schmelzer).

Schmerlingplatz, 1. Bezirk; bis 1893 Reichsratplatz. Anton Ritter v. Schmerling (1805–1893), Staatsmann.

Schmidgasse, 8. Bezirk; Josef Schmid (1790–1854), Ortsrichter der Josefstadt.

Schmidgunstgasse, 11. Bezirk (Kaiser-Ebersdorf); Georg Schmidgunst (1803–1867), Bürgermeister von Simmering.

Schmidlergasse, 23. Bezirk (Mauer); Franz Schmidler (1738–1796), Hersteller von Textilfarben.

Schmiedeckgasse, 23. Bezirk (Mauer); Otto Schmiedeck (1876–1954), Arbeiter-Vertreter.

Schmiegergasse, 18. Bezirk (Pötzleinsdorf); Willi Schmieger (1887–1950), Sportreporter.

Schmöllerlgasse, 4. Bezirk; Josef Schmöllerl (1763–1848), Wohltäter.

Schmutzergasse, 15. Bezirk (Fünfhaus); nach der berühmten Wiener Kupferstecherfamilie Schmutzer (Andreas, etwa 1700–1739, und sein Sohn Jakob, 1733–1801).

Schneeballenweg, 22. Bezirk (Breitenlee); Pflanzenname.

Schneebeerengasse, 22. Bezirk (Breitenlee); Pflanzenname.

Schneidergasse, 11. Bezirk (Simmering); Johann Schneider (1835–1897), Gemeindeausschußmitglied.

Schneiderhangasse, 12. Bezirk (Altmannsdorf); Josef Schneiderhan (1838–1919), letzter Bürgermeister von Unter-Meidling.

Schnirchgasse, 3. Bezirk; Friedrich Schnirch (1791–1868), Erfinder der Hängebrücken.

Schnorrgasse, 21. Bezirk (Jedlesee); Ludwig F. Schnorr v. Carolsfeld (1788–1853), Maler.

Schoberplatz, 3. Bezirk; aufgelassen.

Schöberweg, 17. Bezirk (Dornbach); Hans Schöber (1902–1942), hingerichteter Widerständler.

Schödlbergergasse, 22. Bezirk (Kaisermühlen); Johann Nepomuk Schödlberger (1779–1853), Lehrer, Maler.

Schöffelgasse, 18. Bezirk (Gersthof); erst Reformvereinsgasse, dann bis 1912 Lidlgasse. Josef Schöffel (1832–1910), Chemiker, Angehöriger des Landesausschusses.

Schoellerhofgasse, 2. Bezirk; Gustav Ritter v. Schoellerhof (1826–1883), Großindustrieller.

Schoellerweg, 15. Bezirk (Fünfhaus); Johann Christoph Schoeller (1782–1851), Miniaturenmaler.

Schönbachstraße, 13. Bezirk (Speising); Dr. Anton Schönbach (1849–1921), Literaturhistoriker.

Schönbergplatz, 14. Bezirk (Hütteldorf); Arnold Schönberg (1874–1951), Komponist.

Schönborngasse, 8. Bezirk; Friedrich Karl Graf Schönborn (1674–1743), aus alter Adelsfamilie, Fürsterzbischof von Wien.

Schönbrunner Allee, 12. Bezirk (Meidling); führt von Schönbrunn zum Hetzendorfer Schloß.

Schönbrunner Graben, 17. Bezirk (Dornbach) und 18. Bezirk (Pötzleinsdorf); nach einem „schönen" Brunnen (sauber, rein) so bezeichnet.

Schönbrunner Schloßstraße, 12. Bezirk (Meidling) und 13. Bezirk (Schönbrunn); früher Hietzinger Hauptstraße. Führt vor dem Schloß Schönbrunn vorbei.

Schönbrunner Straße, 4. Bezirk, 5. Bezirk und 12. Bezirk (Meidling, Gaudenzdorf); führt nach dem Schloß Schönbrunn.

Schönburgstraße, 4. Bezirk; Alexander Fürst Schönburg (1826–1896), Staatsmann.

Schönlaterngasse, 1. Bezirk; 1376 „strata dominorum sa crucis" (Heiligenkreuzerstraße), 1770 Bei der schönen Latern. Nach der hier befestigten „Schönen Laterne" (das Original befindet sich im Historischen Museum der Stadt Wien).

Schönngasse, 2. Bezirk; Georg Schönn (1826–1897), Maler.

Schönthalergasse, 21. Bezirk (Leopoldau); Franz Schönthaler (1821–1904), Innenarchitekt, Holzbildhauer.

Schönthanplatz, 22. Bezirk (Eßling); Franz v. Schönthan (1849–1913), Theaterdichter.

Schönwiesegasse, 23. Bezirk (Inzersdorf); Karl Schönwiese (1868–1942), Gemeinderat von Inzersdorf.

Schöpfergasse, 12. Bezirk (Hetzendorf); Wolfgang Schöpfer (1825–1876), Wohltäter.

Schöpfleuthnergasse, 21. Bezirk (Floridsdorf); Johann Schöpfleuthner (1827–1889), Gemeindevertreter.

Schoeppelgasse, 22. Bezirk (Eßling); Hugo Schoeppel (gest. 1928), Schriftsteller.

Scholzgasse, 2. Bezirk; Wenzel Scholz (1786–1857), Komiker.

Schongauergasse, 20. Bezirk; Martin Schongauer (1450–1491), Maler.

Schopenhauerstraße, 18. Bezirk (Währing); früher ein Teil Josefigasse, später die ganze Gasse bis 1894 Wienerstraße. Arthur Schopenhauer (1788–1860), Philosoph.

Schottenaustraße, 20. Bezirk; diese Gegend gehörte schon 1320 den Schotten.

Schottenbastei, 1. Bezirk; früher Gässel zur Bastei. War ein Teil der Stadtbefestigungsmauer.

Schottenfeldgasse, 7. Bezirk; früher Teile davon: Mittergasse, 1780 bis 1840 Münchboden- oder Mönchbodengasse, bis 1862 Feldgasse. Zur Wahrung des Vorstadtnamens.

Schottengasse, 1. Bezirk; die 1155 nach Wien berufenen schottischen (eigentlich irischen) Benediktiner erbauten Kloster und Kirche mit einem Spital und übten das Asylrecht aus, das ihnen erst von der Kaiserin Maria Theresia genommen wurde. Die Gasse wird schon 1346 urkundlich erwähnt.

Schottenring, 1. Bezirk; siehe vorher.

Schottentor, 1. Bezirk; ehemaliges Festungstor gegen Westen. Die Bezeichnung hat sich bis heute erhalten. 1276 wird das Tor urkundlich erwähnt, 1556 und 1724 neu erbaut, 1839 umgebaut, 1863 abgerissen.

Schottenturm, 1. Bezirk, zur Zeit Heinrich Jasomirgotts gebaut, wird es 1298 urkundlich bestätigt. Unter Kaiser Karl VI. wurde der Turm abgerissen und auf dem Grund ein Haus erbaut, das 1839 dem Neubau des Schottentores weichen mußte. 1863 wurde der größte Teil dieser Anlage beseitigt, ein Tor blieb jedoch bis 1900 stehen.

Schotterfeldweg, 21. Bezirk (Großjedlersdorf); Schotterfeld ist ein alter Riedname.

Schrailplatz, 23. Bezirk (Atzgersdorf); Johann Nepomuk Schrail (1787–1830), Lehrer in Atzgersdorf.

Schrammelgasse, 17. Bezirk (Dornbach); Johann Schrammel (1850–1893), Komponist, Gründer des volkstümlichen Schrammelquartetts.

Schrankenberggasse, 10. Bezirk (Favoriten); Flurname.

Schrankgasse, 7. Bezirk; bis 1862 Herrengasse, bis 1907 Döblergasse. Dr. Johann Ferdinand Schrank (1830–1881), Stellvertreter des Wiener Bürgermeisters.

Schraufgasse, 15. Bezirk (Fünfhaus); Karl Albrecht Schrauf (1837–1897), Gesteinsforscher.

Schrebergasse, 22. Bezirk (Aspern); Dr. Daniel Gottlieb Moritz Schreber (1808–1861), Arzt, Mitgründer der Schrebergartenvereine.

Schreckgasse, 23. Bezirk (Rodaun); Wilhelm Schreck (1838–1897), Müller.

Schreibergasse, 6. Bezirk; anläßlich der Neugestaltung der Dürergasse im Jahre 1901 verbaut.

Schreiberweg, 19. Bezirk (Grinzing, Heiligenstadt); die Gegend war um 1297 im Besitz eines herzoglichen Hofschreibers.

Schreinerweg, 22. Bezirk (Stadlau); Jakob Schreiner (1854–1942), Burgtheaterschauspieler.

Schrekergasse, 16. Bezirk (Ottakring); Franz Schreker (1878–1934), österreichischer Komponist.

Schreygasse, 2. Bezirk; der Bildhauer Josef Schrey eröffnete 1778 die Gasse.

Schreyvogelgasse, 1. Bezirk; bis 1875 Kleppersteig und Mölkerbastei. Josef Schreyvogel (1768–1832), Ausgestalter des Burgtheaters, Schriftsteller unter dem Pseudonym Thomas (Karl August) West.

Schrickgasse, 22. Bezirk (Kagran); Michael Schrick (eigentlich Ruffus, 1400–1473), Arzt.

Schroederweg, 12. Bezirk (Meidling); Sophie Schroeder (1781–1868), Schauspielerin.

Schröderallee, 22. Bezirk; Spazierweg in der Lobau.

Schröderhütte, 22. Bezirk; Jagdhütte in der Lobau.

Schrödertor, 22. Bezirk; Eingang in die Lobau.

Schrödingerplatz, 22. Bezirk (Kagran); Dr. Erwin Schrödinger (1887–1961), Physiker, Träger des Nobelpreises 1935.

Schröttelgasse, 22. Bezirk (Kagran); Georg Schröttel, von 1606 bis 1627 Besitzer der Herrschaft Kagran.

Schröttergasse, 10. Bezirk (Favoriten); Anton Schrötter Ritter v. Kristelli (1802–1875), Direktor des Wiener Münzamtes.

Schrottensteingasse, 22. Bezirk (Kagran); die Herrschaft Kagran war von 1606 bis 1672 im Besitz der niederösterreichischen landständischen Familie Schröttl, die 1654 erlosch. Johann (gest. 1622) und Simon (gest. 1635) erhielten die Auszeichnung (Adelsprädikat) „von Schröttenstein".

Schrottgasse, 3. Bezirk; Dr. Josef Schrott (gest. 1888), Universitätsprofessor.

Schrottgießergasse, 2. Bezirk; nach einer ehemaligen Schrottgießerei.

Schrotzberggasse, 2. Bezirk; Franz Schrotzberg (1811–1862), Maler.

Schrutkagasse, 13. Bezirk (Ober-St. Veit); Prof. Emil Schrutka Edler v. Rechtenstamm (1853–1919), Rechtsgelehrter.

Schubertgasse, 9. Bezirk; bis 1862 Brunngasse. Franz Schubert (1797–1828), Wiener Tondichter.

Schubertring, 1. Bezirk; siehe vorher.

Schubertweg, 10. Bezirk (Inzersdorf); Weg in der Siedlung „Weichselgarten".

Schubertweg, 10. Bezirk (Oberlaa); Weg in der Siedlung „Wilhelmshöhe".

Schubertweg, 11. Bezirk (Simmering); Weg in der Siedlung „Gaswerk".

Schubertweg, 11. Bezirk (Simmering); Weg in der Siedlung „Simmeringer Haide".

Schubertweg, 17. Bezirk (Dornbach); Weg in der Siedlung „Ferdinand Hanusch".

Schuchardtstraße, 21. Bezirk (Stammersdorf); Dr. Hugo Schuchardt (1842–1927), deutscher Sprachwissenschafter.

Schüttauplatz, 22. Bezirk (Kaisermühlen); hier befand sich ein Donauarm, der 1875 zugeschüttet wurde.

Schüttaustraße, 22. Bezirk (Kaisermühlen); siehe vorher.

Schüttelstraße, 2. Bezirk; früher Am Schüttel und ein Teil Kronprinzstraße. Einst (vor der Donauregulierung) war der Prater eine sehr wasserreiche Gegend. So wurde eine Straße „angeschüttet", die somit höher als die Umgebung lag.

Schützengasse, 3. Bezirk; bis 1862 Auf der Schutzen. An einem Hause befand sich ein Marienbild, das im Volksmund Maria Schutz („Zur Schutzen") genannt wurde.

Schützensteig, 14. Bezirk (Auhof); Leute, die den Schießsport betreiben.

Schützenweg, 3. Bezirk; so hieß ein Weg, der hinter dem Belvedere entlang dem Linienwall verlief.

Schützplatz, 14. Bezirk (Breitensee); Josef Franz Schütz (1851–1908), Wohltäter von Breitensee.

Schuhbrechergasse, 14. Bezirk (Hadersdorf); Flurname.

Schuhfabrikgasse, 23. Bezirk (Atzgersdorf); hier befindet sich eine Schuhfabrik.

Schuhmeierplatz, 16. Bezirk (Ottakring); Franz Schuhmeier (1864–1913), Sozialpolitiker.

Schukowitzgasse, 22. Bezirk (Breitenlee); Dr. H. Schukowitz, Schriftsteller, gab 1896 ein Buch über Marchfelder Mythen heraus.

Schulbrüderstraße, 21. Bezirk; wurde im Jahr 1942 der Rußbergstraße einverleibt.

Schulerstraße, 1. Bezirk; reicht als „strata scole", Schullerstraße, Schuolstrazze und Große Schulenstraße bis ins 13. Jahrhundert zurück. Der Name „platea scholae" (1328) dürfte sich auf die Schule bei St. Stephan beziehen, die schon 1238 bestand. 1327 wird auch die Sängerschule zu St. Stephan erwähnt.

Schulgasse, 18. Bezirk (Währing, Weinhaus); früher Turmgasse und Karlsgasse. In dieser Gasse befanden sich drei Schulen.

Schulhof, 1. Bezirk; 1342 In dem Münzhofe. Vor 1421 Judenfriedhof; 1373 „cimeterium judeaorum" (Judenfriedhof), 1400 Judengarten. Seit 1421 wegen der hiesigen Judenschule so genannt.

Schulsteig, 19. Bezirk (Sievering); von 1938 bis 1945 Nesziweg. Führt zur Schule.

Schultergasse, 1. Bezirk; schon 1319 als Sitz und Wohnort der Schildner und Waffenschmiede Schiltaerestrazze benannt. 1365 Schiltergässlein, 1425 An der weißen Bruoder Freithof.

Schultheßgasse, 17. Bezirk; Heinrich Schultheß (1836–1904), Pfarrer von Hernals.

Schulweg, 19. Bezirk, führte zur Schule (1945 aufgelassen).

Schulzgasse, 21. Bezirk (Großjedlersdorf); Johann Graf Schulz (gest. 1686), General während der Türkenbelagerung von 1683.

Schulzgasse, 23. Bezirk (Inzersdorf); Emil Schulz (1852–1914), Bürgermeister von Inzersdorf.

Schulz-Straßnitzki-Gasse, 9. Bezirk; Leopold Karl Schulz v. Straßnitzki (1803–1852), Mathematiker.

Schulzweg, 21. Bezirk (Strebersdorf); nach einer altansässigen Familie(?).

Schumanngasse, 17. Bezirk (Hernals) und 18. Bezirk (Währing); im 17. Bezirk früher Mitterberggasse, im 18. Bezirk Annagasse. Robert Schumann (1810–1856), Tondichter.

Schuppengasse, 23. Bezirk (Inzersdorf); Jan van Schuppen (1670–1751), holländischer Maler.

Schurzgasse, 12. Bezirk (Hetzendorf); Anton Schurz (1794–1859), Schwager Lenaus, verfaßte eine Lebensbeschreibung von ihm.

Schuselkagasse, 15. Bezirk (Fünfhaus); Dr. Franz Schuselka (1811–1886), Schriftsteller, Abgeordneter.

Schußlinie, 11. Bezirk (Simmering); ehemals befand sich ein Schießplatz auf der Simmeringer Heide. Dieser Weg verlief längs des Schießplatzes (in der „Schußlinie").

Schußwallgasse, 5. Bezirk; bis 1862 Am Linienwall. Hier war eine Verteidigungsstellung im Linienwall.

Schutzhausweg, 12. Bezirk (Altmannsdorf); ein Gasthaus in einer Kleingartensiedlung wird als „Schutzhaus" bezeichnet.

Schutzhausweg, 17. Bezirk (Dornbach); Weg in der Siedlung „Schafberg".

Schwabgezzlein, 1. Bezirk; auch Schwabengasse(?). Zeit, Ort, Lage und Deutung unbekannt.

Schwachgasse, 17. Bezirk; heute Knollgasse(?).

Schwagergasse, 23. Bezirk (Inzersdorf); Richard Schwager (1822–1880), Miniaturenmaler.

Schwaigergasse, 21. Bezirk (Großjedlersdorf, Floridsdorf); Josef Schwaiger (1805–1893), Wohltäter, Ehrenbürger von Floridsdorf.

Schwalbengasse, 3. Bezirk; in früheren Zeiten nisteten hier viele Schwalben.

Schwalbenweg, 17. Bezirk (Neuwaldegg); Weg in der Siedlung „Hügelwiese".

Schwanngasse, 21. Bezirk (Großjedlersdorf); Dr. Theodor Schwann (1810–1882), deutscher Arzt.

Schwarzenauweg, 21. Bezirk (Strebersdorf); nach dem gleichnamigen Ort.

Schwarzenbergplatz, 1. Bezirk, 3. Bezirk und 4. Bezirk; nach dem Krieg kurz Stalinplatz. Karl Fürst Schwarzenberg (1771–1820), Feldmarschall, Sieger in der Völkerschlacht bei Leipzig (1813).

Schwarzenbergstraße, 1. Bezirk; siehe vorher.

Schwarzenhaidestraße, 23. Bezirk (Inzersdorf); Flurname.

Schwarzenstockallee 2. Bezirk; ein Nebenarm der Donau (vor der Regulierung) hieß Schwarzes Stockwasser.

Schwarzerweg, 10. Bezirk (Oberlaa); Weg in der Siedlung „Wilhelmshöhe" (nach einem Siedlungsmitglied?).

Schwarzer Weg, 21. Bezirk (Großjedlersdorf); ortsübliche Bezeichnung.

Schwarzgasse, 6. Bezirk; seit 1936 ist die Gasse aufgelassen.

Schwarzgrubergasse, 10. Bezirk (Oberlaa); Rudolf Schwarzgruber (1900–1943), Alpinist.

Schwarzhorngasse, 5. Bezirk; Johann Rudolf Schmidt Freiherr v. Schwarzhorn (1590–1667), Besitzer von Schloß und Herrschaft Margareten.

Schwarzingergasse, 2. Bezirk; früher Flecksiedergasse, dann Winckelgasse. Barbara Schwarzinger (1861–1891), Wohltäterin.

Schwarzspanierstraße, 9. Bezirk, Orden der reformierten Benediktiner von Montserrat. Da diese spanischen Mönche schwarze Ordenskleider tragen, werden sie zum Unterschied vom zweiten Spanischen Orden, die weiße Kleider tragen, so genannt. Kloster und Kirche 1633 bis 1636 und 1687 bis 1689 erbaut, 1783 wurde der Orden und damit die Kirche aufgelassen. Die Kirche war von 1861 bis 1918 und 1938–1945 evangelische Garnisonskirche, 1963/64 abgetragen (nur Fassade erhalten).

Schwarzwaldgasse, 23. Bezirk (Mauer); Maria Edle v. Schwarzwald (1814–1882), Wohltäterin.

Schwedenplatz, 1. Bezirk; aus Dankbarkeit für die in Österreichs schwerster Zeit (1919–1922) von den Schweden geleistete Hilfe.

Schweglerstraße, 15. Bezirk (Fünfhaus); Johann Schwegler, 1870 bis 1878 Bürgermeister von Rudolfsheim.

Schweidlgasse, 2. Bezirk; Karl Schweidl (1819–1889), Mitglied des Bezirksausschusses und Armenrat.

Schweizer-Garten-Straße, 3. Bezirk; entlang des Schweizer Gartens. Dieser wurde zur Erinnerung an die Hilfe, die die Schweizer in den Jahren 1919 bis 1922 Österreich zukommen ließen, so genannt.

Schweizertalstraße, 13. Bezirk (Ober-St. Veit); Die Bewohner von Ober-St. Veit betrieben vornehmlich Milchhandel, und Milchhändler wurden volkstümlich als „Schweizer“ bezeichnet. Eine weitere Erklärung bezieht sich auf die dortigen Villen, die im Schweizer Stil erbaut sind. „Tal“ kommt vom Wiental.

Schwemmäckergasse, 21. Bezirk (Großjedlersdorf); Flurname (angeschwemmtes Land).

Schwemmgasse, 2. Bezirk; hier bestand eine Pferdeschwemme.

Schwemmingergasse, 23. Bezirk (Inzersdorf); Heinrich Schwemminger (1803–1884), Maler.

Schwendenweingasse, 18. Bezirk (Pötzleinsdorf); bis 1894 Sackgasse. August Ritter v. Schwendenwein-Lenauberg (1817–1885), Oberbaurat, Stifter und Wohltäter.

Schwendergasse, 15. Bezirk (Rudolfsheim); Karl Schwender (1809–1866), Besitzer einer Vergnügungsstätte.

Schwenkgasse, 12. Bezirk (Meidling); Ludwig Schwenk (1823–1890), Apotheker.

Schwertgasse, 1. Bezirk; nach einem schon 1797 erwähnten Hausschild „Zu den sieben Schwertern“.

Schwibbogengasse, 1. Bezirk; wurde verbaut und besteht nur noch als Durchhaus zwischen Wollzeile und Dr.-Ignaz-Seipel-Platz.

Schwindgasse, 4. Bezirk; Moritz v. Schwind (1804–1871), Maler.

Schwinglgasse, 23. Bezirk (Liesing); Andreas Schwingl (1808–1885), Bürgermeister von Liesing.

Scottgasse, 21. Bezirk (Großjedlersdorf); Robert F. Scott (1868–1912), Südpolforscher.

Sebaldgasse, 22. Bezirk (Leopoldau); Ivo Sebald (1838–1904), Pfarrer von Leopoldau.

Sebastian-Brunner-Gasse, 13. Bezirk (Lainz, Ober-St. Veit); Sebastian Brunner (1814–1893), Prälat, Schriftsteller, Gelehrter.

Sebastian-Kelch-Gasse, 14. Bezirk (Penzing); Sebastian Kelch (1802–1870), Ortsrichter von Penzing.

Sebastian-Kneipp-Gasse, 2. Bezirk; Sebastian Kneipp (1821–1897), erst Webergeselle, später Pfarrer, Naturarzt.

Sebastian-Kohl-Gasse, 21. Bezirk (Donaufeld); Dr. Sebastian Kohl (1804–1841), Wundarzt, Grundrichter von Leopoldau.

Sebastianplatz, 3. Bezirk; nach der Pfarrkirche, den Heiligen Rochus und Sebastian geweiht. 1642 erbaut, 1656 und 1683 vernichtet, seit 1690 in der heutigen Gestalt.

Sechshauser Gürtel, 15. Bezirk (Sechshaus); zur Wahrung des Ortsnamens (siehe auch Döblinger Gürtel).

Sechshauser Straße, 15. Bezirk (Sechshaus); erst Reindorfer Straße, später Rudolfsheimer und Sechshauser Hauptstraße, dann bis 1894 Hauptstraße. Zur Wahrung des Ortsnamens.

Sechskrügelgasse, 3. Bezirk; bis 1870 Krügelgasse. Nach einem Hausschild „Zu den sechs Krügeln“.

Sechsschimmelgasse, 9. Bezirk; Hausschild „Zu den sechs Schimmeln".

Sechtergasse, 12. Bezirk (Meidling); Simon Sechter (1788–1867), Hoforganist.

Seckendorfstraße, 14. Bezirk (Unter-Baumgarten); Leo v. Seckendorf (1773–1809), Dichter.

Sedlitzkygasse, 11. Bezirk (Simmering); bis 1894 Pfeifergasse. Dr. Adalbert Sedlitzky (1812–1886), Bürgermeister von Simmering.

Seeadlerweg, 22. Bezirk (Aspern); Vogelname.

Seeböckgasse, 16. Bezirk (Ottakring); Anton Seeböck (1801–1841), Ortsrichter von Ottakring.

Seefeldergasse, 22. Bezirk (Eßling); Dr. Richard Seefelder (1875–1949), Arzt.

Seegasse, 9. Bezirk; erst Gassel ob dem Judenfriedhof (Gassel allwo der Juden Grabstätte), bis 1862 Judengasse. Hier bestand ein abgesperrter Donauarm, scherzhaft als „See" bezeichnet.

Seelosgasse, 13. Bezirk (Lainz); Gottfried Seelos (1829–1900), Maler.

Seemüllergasse, 17. Bezirk (Dornbach); Dr. Josef Seemüller (1855–1919), Germanist, Mundartforscher.

Seerosenweg, 22. Bezirk (Kagran); Pflanzenname.

Seeschlachtweg, 11. Bezirk (Simmering, Kaiser-Ebersdorf); Flurname. Hier verlief ein Bach, der bei starken Regenfällen leicht Hochwasser führte und dann einem See glich. Um das zu vermeiden, wurde der Bach „eingeschlachtet" (mit Pfählen eingefaßt).

Segengrundgasse, 22. Bezirk (Stadlau); Flurname.

Seglerweg, 14. Bezirk (Hütteldorf); Vogelname (Mauersegler).

Segnerstraße, 10. Bezirk (Oberlaa); Prof. Johann Andreas Segner (1704–1777), deutscher Physiker.

Seidelbastgasse, 22. Bezirk (Aspern); Pflanzenname.

Seidengasse, 7. Bezirk; von 1726 bis 1862 Fuhrmannsgasse, ein Teil bis 1810 Schildkrotgasse. In dieser Gegend existierten viele Seidenzeugfabriken.

Seidlgasse, 3. Bezirk; bis 1876 Obere Gärtnergasse. Johann Gabriel Seidl (1804–1875), Dichter.

Seifertstraße, 13. Bezirk (Ober-St. Veit); Andreas Seufert kaufte 1825 die ehemalige Einsiedelei und erhielt daselbst das Schankrecht.

Seilergasse, 1. Bezirk; 1295 Hinter dem niuwen Market, 1363 Raifstrazze (abgeleitet von raipl = Riemen oder skaudaraips = Schuhriemen), 1507 Saylergasse, Rosengasse, Seilerspinnstätte, Hingergasse, Hungergasse, um 1600 Hungargasse und Große und Kleine Krautgasse. Ein Sitz der Seiler und Riemer in früheren Zeiten.

Seilerstätte, 1. Bezirk; urkundlich 1301 als Arbeitsstätte der Seiler erwähnt. Später auch Auf der Seil und Kroatendörfl.

Seippgasse, 3. Bezirk; Christoph Ludwig Seipp (1747–1793), Schriftsteller (Dramen).

Seiseneggergasse, 22. Bezirk (Eßling); Jakob Seisenegger, um 1560 Hofmaler Kaiser Ferdinands I.

Seisgasse, 4. Bezirk; Matthias Seis (1783–1854), Hofzahlmeister.

Seitenberggasse, 16. Bezirk (Ottakring) und 17. Bezirk (Dornbach); Dr. Jakob Seitenberg (1814–1887), Arzt, Gemeinderat von Ottakring.

Seitenhafenstraße, 2. Bezirk; Uferstraße beim Winterhafen.

Seitenstettengasse, 1. Bezirk; 1150 „strata aurifabrorum“ (Goldschmiedstraße), um 1200 Auf dem Katzensteig, auch „strata tunnariarum“ (Schustersteig) genannt. Der obere Teil gehörte zum Alten Kienmarkt, der untere bis 1826 zum Katzensteig. Nach dem Seitenstettenhof.

Seitzergasse, 1. Bezirk; im Jahre 1288 hieß die Gasse „prope cannas“ (Bei den Röhren), 1324 Cubbanerstrazz, 1342 kurdewaener-, kurwaner-, 1383 Churbawnerstrazze, 1555 Khurbaunerstrass, abgeleitet von den Schuherzeugern, die Cordoba-Leder verarbeiteten. 1386 Schuochstraze. Gottfried I., Prior des Seitzer-Konvents in der Steiermark, wird 1325 zur Leitung des ersten Stiftshofes (Seitzerhofes), nach Wien berufen.

Seleskowitschgasse, 19. Bezirk (Unter-Sievering); Josef Seleskowitsch, 1919 bis 1934 Bezirksvorsteher des 19. Bezirks.

Seligmanngasse, 23. Bezirk (Inzersdorf); Albert Franz Seligmann (1862–1945), Maler.

Sellenygasse, 2. Bezirk; Josef Selleny (1824–1875), Landschaftsmaler, Mitglied der Nordpol-Forschungsexpedition 1870 bis 1872.

Sellingergasse, 11. Bezirk (Kaiser-Ebersdorf); bis 1894 Kreuz- und Quergasse. Martin Sellinger (1812–1873), Gemeinderat von Kaiser-Ebersdorf.

Selma-Lagerlöf-Gasse, 10. Bezirk (Inzersdorf); Selma Ottiliana Lovsia Lagerlöf (1858–1940), schwedische Dichterin, Trägerin des Literatur-Nobelpreises des Jahres 1904.

Selzergasse, 15. Bezirk (Rudolfsheim); Josef Selzer (1814–1877), Bürgermeister von Reindorf.

Semmelweisgasse, 21. Bezirk (Großjedlersdorf); Dr. Ignaz Philipp Semmelweis (1818–1865), Chirurg, Geburtshelfer, entdeckte die Ursache des Kindbettfiebers und entwickelte die antiseptische Wundbehandlung.

Semperstraße, 18. Bezirk (Währing); erst Leichenhofstraße, dann Freithofstraße, bis 1894 Döblinger Straße. Gottfried Semper (1803–1879), Baukünstler.

Semperweg, 11. Bezirk (Simmering); Weg in der Siedlung „Gaswerk“.

Senderstraße, 21. Bezirk (Strebersdorf); nach dem Rundfunksender auf dem Bisamberg.

Sendnergasse, 11. Bezirk (Albern); nach einer alteingesessenen Familie, die auch Gemeindevertreter stellte.

Senefeldergasse, 10. Bezirk (Favoriten); Alois Senefelder (1771–1834), Erfinder des Steindruckes.

Senfgasse, 10. Bezirk (Oberlaa); Pflanzenname (Unkraut).

Senngasse, 3. Bezirk; Johann Michael Senn (1792–1858), Dichter.

Sensengasse, 9. Bezirk; bis 1862 Fuhrmannsgasse. Nach einem Hausschild „Zur goldenen Sense".

Serpentinenweg, 13. Bezirk; führte in Serpentinen auf den Küniglberg, verbaut.

Serravagasse, 14. Bezirk (Penzing); bis 1894 Hannovergasse. Diego de Serrava, „Zuchtmeister" der kaiserlichen Edelknaben, Gründer des späteren Kaiserspitals (1543).

Servaesgasse, 10. Bezirk (Inzersdorf); Franz Servaes (1862–1947), Schriftsteller.

Servitengasse, 9. Bezirk; nach dem Orden der Serviten, der Diener der hl. Jungfrau. 1233 gegründet, seit 1626 in Wien, seit 1639 in der Roßau. Die Kirche wurde 1651 bis 1670 erbaut, 1683 vernichtet und wiedererrichtet.

Seumegasse, 12. Bezirk (Gaudenzdorf); bis 1894 Gemeindegasse. Johann Gottfried Seume (1763–1810), Dichter.

Seuttergasse, 13. Bezirk (Hacking); Friedrich Karl Seutter (1820–1892), Fabrikant, Wohltäter.

Sevcikgasse, 23. Bezirk (Siebenhirten); Ottokar Sevcik (1852–1934), Musiklehrer, Geigenkünstler.

Severingasse, 9. Bezirk; nach dem hl. Severin (gest 482), genannt der Apostel von Norikum.

Severin-Schreiber-Gasse, 18. Bezirk (Währing); Severin Schreiber (1829–1892), Großfuhrwerksbesitzer, trat den Grund zur Vergrößerung des Türkenschanzparkes ab.

Seybelgasse, 23. Bezirk (Liesing); Emil Seybel (1845–1915), Fabrikant.

Seyringer Straße, 21. Bezirk (Kagran, Leopoldau); Ort in Niederösterreich.

Shuttleworthstraße, 21. Bezirk (Großjedlersdorf); Name einer Großindustriellenfamilie.

Sibeliusstraße, 10. Bezirk (Inzersdorf); Jan Sibelius (1865–1957), finnischer Komponist.

Siccardsburggasse, 10. Bezirk (Favoriten, Inzersdorf); ein Teil bis 1894 Heinrichgasse. August Siccard v. Siccardsburg (1813–1868), Baukünstler.

Sickenberggasse, 19. Bezirk (Nußdorf); bis 1873 Fabrikgasse und Kirchengasse, bis 1894 Donaustraße. Ferdinand Sickenberg (1810–1885), Großindustrieller, Gründer einer Färberei und einer chemischen Putzerei.

Sickingengasse, 10. Bezirk (Inzersdorf); Franz v. Sickingen (1481–1523), Führer im fränkischen Ritteraufstand.

Siebeckstraße, 22. Bezirk (Kagran); Rudolf Siebeck (1812–1878), Wiener Stadtgärtner, schuf bekannte Gartenanlagen.

Siebenbrunnenfeldgasse, 5. Bezirk; Kaiser Ferdinand I. ließ Wasser von quellenreichen Feldern in sieben Brunnen sammeln und in die Stadt leiten. Die Wasserleitung wurde 1562 vollendet.

Siebenbrunnengasse, 5. Bezirk; siehe folgendes.

Siebenbrunnenplatz, 5. Bezirk; zur Erinnerung an den Zusammenschluß der sieben Vororte Margareten, Hungelbrunn, Laurenzergrund, Nikolsdorf, Matzleinsdorf, Reinprechtsdorf und Hundsthurm zum 5. Bezirk im Jahre 1830. Jeder Ort wird durch seinen Brunnen vertreten, hier ein Brunnen mit sieben Ausläufen.

Siebenbürgerstraße, 22. Bezirk (Kagran, Stadlau); Dr. Martin Capini, genannt Siebenbürger (gest. 1522), Bürgermeister von Wien.

Siebeneichengasse, 15. Bezirk; bei der Penzinger Pfarrkirche standen sieben Eichen.

Siebenhirtenstraße, 23. Bezirk (Liesing); nach dem 1178 erwähnten ehemaligen Vorort Siebenhirten.

Siebensterngasse, 7. Bezirk; um 1694 Chaosische Straße, ein Teil Holzplatz, bis 1862 ein Teil Schwabengasse, ein anderer Kleine Stiftgasse, von 1938 bis 1945 Straße der Julikämpfer, seither wieder so. Nach dem Haus Nr. 15, dem „Haus zu den sieben Sternen".

Siebertgasse, 12. Bezirk (Meidling); Friedrich Siebert (1816–1889), Wiener Gemeinderat.

Siedlergasse, 23. Bezirk (Erlaa); nach den Siedlern dieser Gegend(?).

Siedlungsstraße, 23. Bezirk (Rodaun); nach der hiesigen Siedlung.

Siegelgasse, 3. Bezirk, erst Zwerchgasse, dann bis 1862 Spiegelgasse. Zur Erinnerung daran, daß unter Bürgermeister Wolfgang Holzer die Stadt Wien (1461) von Kaiser Friedrich III. wegen ihres tapferen Verhaltens gegen seinen Bruder Herzog Albrecht VI. das Recht erhielt, den Doppeladler im Siegel und Stadtwappen zu führen.

Siegerweg, 10. Bezirk (Oberlaa); Weg in der Siedlung „Heimkehrer am Laaer Berg".

Siegerweg, 11. Bezirk (Simmering); Weg in der Siedlung „Simmeringer Haide".

Siegesplatz, 22. Bezirk (Aspern); zur Erinnerung an den Sieg Erzherzog Karls über Napoleon I. bei Aspern (1809).

Siegfried-Charoux-Weg, 14. Bezirk (Hütteldorf).

Siegfriedgasse, 21. Bezirk (Leopoldau); erst Untere Ziegelofengasse, dann bis 1909 Rüdigergasse. Markgraf Siegfried, von König Heinrich 1043 als Herrscher über die Ostmark eingesetzt.

Siemensstraße, 21. Bezirk (Leopoldau, Großjedlersdorf); Werner v. Siemens (1816–1892), Physiker.

Siemensweg, 21. Bezirk (Leopoldau); Weg in der Siedlung „Werk Nr. VI".

Sieveringer Straße, 19. Bezirk (Ober-Döbling); zur Wahrung des Ortsnamens.

Sigmundsgasse, 7. Bezirk; Sigmund Schultes (1801–1861), Schottenabt.

Silberergasse, 22. Bezirk (Eßling); ortsübliche Bezeichnung. Am Krottenbach lag auch die Ried Silberäcker; wahrscheinlich eine ertragreiche Gegend.

Silbergasse, 19. Bezirk (Ober-Döbling); ortsübliche Bezeichnung. Am Krottenbach lag eine Ried „Silberäcker". Dürfte sich auf einen ertragreichen Grund beziehen.

Silberwurzweg, 22. Bezirk (Breitenlee); Pflanzenname.

Sildgasse, 21. Bezirk (Großjedlersdorf); Lambert Sild (1838–1890), Kaufmann aus altansässiger Familie, Gemeinderat.

Silenegasse, 22. Bezirk (Kagran); Pflanzenname.

Sileneweg, 22. Bezirk (Kagran); Pflanzenname.

Sillergasse, 10. Bezirk (Favoriten); Weg in der Siedlung „Favoriten".

Sillergasse, 13. Bezirk (Auhof); Franz Josef Siller (1893–1924), Präsident des Siedlerverbandes.

Sillerplatz, 13. Bezirk (Auhof); siehe vorher.

Sillerstraße, 19. Bezirk (Neustift am Walde); Weg in der Siedlung „Sommerhaiden".

Sillerweg, 10. Bezirk (Oberlaa); Weg in der Siedlung „Wilhelmshöhe".

Sillerweg, 11. Bezirk (Simmering); Weg in den Siedlungen „Gaswerk" und „Simmeringer Haide".

Silvaraweg, 19. Bezirk (Unter-Sievering); Geza Silvara (1876–1938), Schriftsteller.

Silvester-Früchtl-Gasse, 23. Bezirk (Mauer); Silvester Früchtl (1865–1940), Feuerwehrhauptmann.

Simmeringer Hauptstraße, bis 1894 Hauptstraße, Schwechater Hauptstraße und Reichsstraße. Zur Wahrung des Ortsnamens.

Simmeringer Lände, 11. Bezirk (Simmering, Kaiser-Ebersdorf); verläuft längs des Donaukanals.

Simon-Denk-Gasse, 9. Bezirk; Simon Denk (1706–1790), Grundrichter.

Simoningplatz, 11. Bezirk (Simmering); so lautete der Name der Ortschaft Simmering um 1050.

Simonsgasse, 22. Bezirk (Eßling); Carl Rainer Simons (1869–1934), Theaterdirektor (Wiener Volksoper).

Simonygasse, 18. Bezirk (Währing, Weinhaus); Dr. Friedrich Simony (1813–1896), Gesteinsforscher, Erkunder des Dachsteins.

Sinagasse, 22. Bezirk (Kaisermühlen); Simon Georg Freiherr v. Sina (1772–1856), Bankier, Wohltäter.

Sinawastingasse, 21. Bezirk (Floridsdorf, Großjedlersdorf); Anna Sinawastin (1825–1891), Dienstmagd, Wohltäterin.

Sindelargasse, 10. Bezirk (Oberlaa); Matthias Sindelar (1903–1939), berühmter Fußballer.

Sindinggasse, 10. Bezirk (Inzersdorf); Christian Sinding (1856–1941), norwegischer Komponist.

Singerstraße, 1. Bezirk; von 1292 bis 1862 ein Teil Vilzaerestrazze und Deutschherrenstraße, ein anderer Teil Jakoberhof und Filzgassel. 1272 Sünchingenstraße, nachher Sinicherinnstraße, Sunnigerstraße, seit 1314 Singerstraße. Nach aus Sünching (bei Regensburg) eingewanderten Färbern, Filzern und Webern, die sich hier niederließen.

Singrienergasse, 12. Bezirk (Meidling); Johann Singriener d. Ä. (gest. 1545), Buchdrucker.

Siolygasse, 19. Bezirk (Ober- und Unter-Sievering); Johann Sioly (1843–1911), Wienerlieder-Komponist.

Siriusweg, 14. Bezirk (Hütteldorf); Name eines Fixsterns.

Sizzogasse, 22. Bezirk (Süßenbrunn); ein Graf Sicco gründete im 11. Jahrhundert Süßenbrunn (Sizzobrunn).

Skabiosenweg, 22. Bezirk (Hirschstetten); Pflanzenname.

Skodagasse, 8. Bezirk; um 1400 volkstümlich Der teuffe Graben und Im Hexentanz, 1700 Im Hohlweg. 1778 Kaserngasse, ein Teil Breite Gasse, bis 1883 Reitergasse und Hohlweggasse. Prof. Josef Skoda (1805–1881), Arzt.

Skrabalgasse, 22. Bezirk (Kagran); Dr. Anton Skrabal (1877–1957), Chemiker.

Skraupstraße, 21. Bezirk (Großjedlersdorf); Dr. Zdenko Skraup (1850–1910), Forscher auf dem Gebiet der organisch-chemischen Verbindung.

Skurawygasse, 23. Bezirk (Liesing); Edmund Skurawy (1869–1933), Schriftsteller.

Slanarplatz, 10. Bezirk (Inzersdorf); Prof. Hans Slanar (1890–1955), Geograph.

Slatingasse, 13. Bezirk (Ober-St. Veit); Rudolf Slatin Pascha (1857–1932), Afrikaforscher.

Slatingasse, 21. Bezirk; 1938 aufgelassen.

Sletar, 1. Bezirk; an dem östlich der Burgkapelle angebauten Trakt der Hofburg befand sich ein Schlagtor mit diesem Namen, das auf die damals (1450) noch unverbauten Gründe führte. Heute stehen dort Nationalbibliothek, Reitschule, Josephsplatz usw.

Smaragdgasse, 21. Bezirk (Leopoldau); Edelstein.

Smolagasse, 22. Bezirk (Stadlau); bis 1909 Bahngasse. Josef Freiherr v. Smola (1764–1820), Kommandeur des Maria-Theresien-Ritter-Ordens.

Sobieskigasse, 9. Bezirk; früher Teile Ruprechtsgasse, später Himmelpfortgasse, bis 1862 Hirschengasse und Windmühlgasse. Von 1942 bis 1945 Streblgasse. Siehe Sobieskiplatz.

Sobieskiplatz, 9. Bezirk; von 1942 bis 1945 Kricklplatz. Johann Sobieski (1629–1696), Polenkönig, Führer des Entsatzheeres gegen die Türken (1683).

Sobotagasse, 23. Bezirk (Inzersdorf); Rodolf Sobota (1876–1935), Vizebürgermeister von Inzersdorf.

Sölchgasse, 21. Bezirk (Leopoldau); Dr. Johann Sölch (1883–1951), Geograph.

Soesergasse, 10. Bezirk (Inzersdorf); Ferdinand Soeser (1872–1937), Vorstand des Wiener Schubertbundes (Männergesangsverein).

Sofienalpenstraße, 14. Bezirk (Hadersdorf); führt auf die Sofienalpe.

Sollingergasse, 19. Bezirk (Ober-Döbling); Johann Sollinger (1795–1850), Topograph.

Sommarugagasse, 18. Bezirk (Währing); bis 1894 Uniongasse. Franz Freiherr v. Sommaruga (1780–1860), Staatsmann.

Sommerergasse, 13. Bezirk (Ober-St. Veit); Leopold Sommerer (1891–1875), Oberlehrer.

Sommergasse, 19. Bezirk (Ober-Döbling); Rudolf Sommer (1838–1919), Hausbesitzer, Wohltäter.

Sommerhaidenweg, 18. Bezirk und 19. Bezirk (Neustift am Walde); Flurname (auf der Sonnenseite).

Sommerschuhgasse, 23. Bezirk (Mauer); Josef Sommerschuh (1798–1842), Ortsrichter von Mauer.

Sommerweg, 10. Bezirk (Oberlaa); Weg in der Siedlung „Heimkehrer am Laaer Berg".

Sommerweg, 11. Bezirk (Simmering); Weg in der Siedlung „Simmeringer Haide".

Sonnbergplatz, 19. Bezirk (Ober-Döbling); Flurname. Eine schon 1351 als „in den Sueenberg" vorkommende Bezeichnung.

Sommer-Zeil, 16. Bezirk (Ottakring); eine 1476 urkundlich vorkommende Benennung.

Sonnenbadweg, 18. Bezirk (Pötzleinsdorf); Weg in der Siedlung „Brunnstube".

Sonnenbergweg, 13. Bezirk (Speising); Weg in der Siedlung „Sonnenberg".

Sonnenfelsgasse, 1. Bezirk; früher „posteriora strata pistorum" (Hintere Bäckerstraße), bis 1862 auch Untere Bäckerstraße, 1848 kurze Zeit Märzstraße. Von 1938 bis 1945 Johann-Sebastian-Bach-Gasse. Josef v. Sonnenfels (1733–1817), Schriftsteller. Auf seine Anregung wurde in Österreich die Folter abgeschafft.

Sonnenhofgasse, 5. Bezirk; Franz Anton Graf Sonnau v. Sonnenhof (gest. 1732), Besitzer der Herrschaft Margareten.

Sonnenthalgasse, 16. Bezirk (Ottakring); Adolf v. Sonnenthal (1831–1909), Hofschauspieler.

Sonnenuhrgasse, 6. Bezirk; nach einem Haus, an dem eine Sonnenuhr befestigt war.

Sonnenweg, 10. Bezirk (Inzersdorf); Weg in der Siedlung „Weichselgarten".

Sonnenweg, 14. Bezirk (Speising); Weg in der Siedlung „Gallgasse".

Sonnenweg, 14. Bezirk (Hütteldorf); Zentralgestirn unseres Sonnensystems.

Sonnenweg, 22. Bezirk (Stadlau); Weg in der Siedlung „Canada".

Sonnergasse, 12. Bezirk (Altmannsdorf); Sebastian Sonner v. Rothenburg, ab 1648 Besitzer des Augustinerhofes in Altmannsdorf.

Sonnleitensteig, 19. Bezirk (Pötzleinsdorf); Flurname (sonniger Berghang).

Sonnleithnergasse, 10. Bezirk (Favoriten); Dr. Ignaz Sonnleithner (1770–1831), Schriftsteller, Rechtsgelehrter.

Sonnwendgasse, 10. Bezirk (Favoriten); am 21. Juni und 22. Dezember wird die Feier der Sonnenwende begangen (ein von den Germanen übernommener Brauch).

Sorbaitgasse, 15. Bezirk (Fünfhaus); bis 1894 Kandlgasse. Dr. Paul v. Sorbait (1624–1691), Rektor der Wiener Universität.

Sorgenthalgasse, 21. Bezirk (Leopoldau); Konrad v. Sorgenthal (1735–1805), Direktor der Wiener Porzellanmanufaktur.

Sorgogasse, 13. Bezirk (Ober-St. Veit); Dr. Josef Sorgo (1869–1950), Arzt.

Späthgasse, 22. Bezirk (Aspern); Dr. Josef Späth (1823–1896), Gynäkologe.

Spallartgasse, 14. Bezirk (Breitensee); Dr. Franz Xaver Spallart v. Neumann (1837–1888), Professor an der Hochschule für Bodenkultur.

Spalowskygasse, 6. Bezirk; Franz Spalowsky (1875–1938), christlicher Gewerkschafter.

Spandlgasse, 22. Bezirk (Aspern); Franz Spandl (1892–1922), gründete eine Siedlungsgenossenschaft.

Spanische Bastei, 1. Bezirk; auch Burgbastei. Ein bis zur Burg reichendes Befestigungswerk, benannt nach dem „Spanier", einem Beobachtungsturm, auch „Katze" genannt. Die Spanische Bastei wurde 1531 bis 1535 erbaut, 1809 von den Franzosen gesprengt, wieder aufgebaut und 1863 endgültig beseitigt.

Spanngasse, 21. Bezirk (Donaufeld); Matthias Spann (1815–1860), mehrfacher Lebensretter bei der Donauüberschwemmung von 1830.

Sparefrohgasse, 3. Bezirk; nach einem für Kinder geschaffenen Symbol des Spargedankens (hier, an der Stelle des einstigen Bürgertheaters, steht die Zentrale der Sparkasse, die dieses Männchen einst schuf).

Spargelfeldstraße, 22. Bezirk (Hirschstetten); Flurname.

Sparkassaplatz, 15. Bezirk (Sechshaus); nach dem 1891 erbauten Gebäude der Rudolfsheimer Gemeinde-Sparkasse.

Spatzenweg, 2. Bezirk; Vogelname.

Spatzenweg, 22. Bezirk (Stadlau); Weg in den Siedlungen „Canada" und „Oberes Mühlwasser".

Spaungasse, 20. Bezirk, Anton Ritter v. Spaun (1790–1849), Geschichtsforscher.

Spechtweg, 22. Bezirk (Kagran, Stadlau); Weg in der Siedlung „Kleingartengebiet 26".

Speckbachergasse, 16. Bezirk (Ottakring); bis 1894 Hofergasse. Josef Speckbacher (1767–1820), Tiroler Landesverteidiger (1809).

Speidelweg, 22. Bezirk (Kagran); Ludwig Speidel (1830–1906), Schriftsteller.

Speierlinggasse, 22. Bezirk (Eßling); Baumname.

Speikweg, 22. Bezirk (Eßling); Blumenname.

Speisinger Straße, 13. Bezirk (Speising, Mauer); zur Wahrung des Ortsnamens.

Spengergasse, 5. Bezirk; Johann Spenger, Grundbesitzer, erbaute um 1724 das erste Haus in der Gasse.

Sperbergasse, 21. Bezirk (Schwarzlackenau); Vogelname.

Sperkergasse, 23. Bezirk (Mauer); nach einer alteingesessenen Weinhauerfamilie.

Sperrgasse, 15. Bezirk (Fünfhaus); durch die Erbauung der Westbahn wurde Alt- und Neufünfhaus „abgesperrt" (getrennt) und kam erst durch die 1896 erbaute Schmelzbrücke wieder in Verbindung.

Spiegelgasse, 1. Bezirk; 1295 Hinter dem niuwen Market, Spiegelerstrazze und Teile davon früher 1347 Laderstrazze, Hintergasse, 1547 Hinter St. Dorothee und Kleine Dorotheergasse. Bereits 1376 werden „Spiegler" als hier seßhaft bestätigt.

Spiegelgrundstraße, 14. Bezirk (Hütteldorf) und 16. Bezirk (Ottakring); Flurname.

Spielmanngasse, 20. Bezirk; nach der Figur aus „Der arme Spielmann" (von Grillparzer).

Spielplatzweg, 17. Bezirk (Dornbach); Weg in der Siedlung „Ferdinand Hanusch".

Spießhammergasse, 12. Bezirk (Meidling); bis 1894 Magdalenagasse. Dr. Johann Cuspinian Spießhammer (1473–1529), Arzt, Geschichtsforscher zur Zeit Kaiser Maximilians I.

Spießweg, 19. Bezirk (Grinzing, Ober-Sievering); Simon Spieß (1852–1902), Feuerwehrhauptmann.

Spindeleggergasse, 16. Bezirk (Ottakring); Simon Spindelegger (1812–1867), Wohltäter, trat die Gründe zur Eröffnung dieser Gase ab.

Spindlerweg, 22. Bezirk (Süßenbrunn); Dr. Franz Spindler (1866–1944), Tierarzt.

Spinngasse, 11. Bezirk (Simmering); ehemals bestand hier eine Spinnerei.

Spinozagasse, 16. Bezirk (Ottakring) und 17. Bezirk (Dornbach); Baruch de Spinoza (1632–1677), Philosoph, Agnostiker, wurde von der jüdischen Gemeinde ausgestoßen.

Spissakgasse, 11. Bezirk (Simmering); Johann Spissak (1889–1942), Simmeringer Heimatschriftsteller.

Spitalgasse, 9. Bezirk; nach dem Wiener Allgemeinen Krankenhaus. 1686 als Soldatenspital gegründet, wiederholt vergrößert, 1794 in heutigem Umfang erbaut.

Spitalluken, 4. Bezirk, eine 1461 erwähnte Ansiedlung vor den Mauern Wiens.

Spitalplatz, 9. Bezirk; ein um 1862 erwähnter Name, Lage nicht bekannt.

Spittelauer Lände, 9. Bezirk; siehe folgendes.

Spittelauer Platz, 9. Bezirk; in den früher hier bestehenden Auen wurden 1677 sieben Baracken als „Pestspittel" (Spital) erbaut.

Spittelberggasse, 7. Bezirk; bis 1862 Fuhrmannsgasse und Kandlgasse, ein Teil seit 1909 Gardegasse. Zur Wahrung des Ortsnamens.

Spittelbreitengasse, 12. Bezirk (Meidling); bis 1894 Brestelgasse. Flurname. Deutet auf einen ausgedehnten Spitalbesitz.

Spittelergasse, 22. Bezirk (Aspern); Carl Spitteler (Pseudonym Felix Tandem, 1845–1924), Schweizer Dichter, Träger des Literaturnobelpreises 1919.

Spitzackergasse, 17. Bezirk (Hernals); Flurname (nach der Form des Ackers).

Spitzergasse, 18. Bezirk (Pötzleinsdorf); von 1938 bis 1945 Barwiggasse. Daniel Spitzer (1835–1893), Schriftsteller.

Spitzweggasse, 13. Bezirk (Lainz); Karl Spitzweg (1808–1885), Maler des Kleinstadtlebens.

Spörlinggasse, 6. Bezirk; Michael Spörling (1784–1857), Tapetenerzeuger.

Spötterweg, 14. Bezirk (Hütteldorf); Vogelname.

Spöttlgasse, 21. Bezirk (Jedlesee, Strebersdorf); Ignaz Spöttl (1834–1892), Heimatforscher.

Spohrstraße, 13. Bezirk (Lainz, Ober-St. Veit); Ludwig Spohr (1784–1859), Tondichter.

Sporckplatz, 14. Bezirk (Breitensee); bis 1913 Schanzstraße. Johann General Sporck (1607–1679), Reitergeneral in der Türkenzeit.

Sporkenbühelgasse, 9. Bezirk; zur Wahrung des Ortsnamens.

Sportklubstraße, 2. Bezirk; früher Prater-Gürtelstraße. nach dem Sportplatz des Wiener Athletiksport-Clubs (WAC).

Sportweg, 21. Bezirk (Donaufeld); nach den Sportanlagen in der Umgebung.

Sprengersteig, 16. Bezirk (Ottakring); Paul Wilhelm Sprenger (1798–1854), Architekt.

Springenfelsgasse, 22. Bezirk (Aspern); früher Springergasse. Josef Springenfels (1830–1898), Bürgermeister von Aspern.

Springergasse, 2. Bezirk; Daniel Lazarus Springer, 1670 bis 1673 und 1678 bis 1679 Bürgermeister von Wien.

Springsiedelgasse, 19. Bezirk (Heiligenstadt); Flurname (1805 erstmalig erwähnt (dürfte auf eine kleine Ansiedlung an einer Quelle hinweisen).

Spundagasse, 21. Bezirk (Strebersdorf).

Staackmanngasse, 21. Bezirk (Strebersdorf); Johann August Ludwig Staackmann (1830–1896), deutscher Verleger.

Staargasse, 14. Bezirk (Breitensee); Franz Staar, Tischlergeselle, Märzgefallener des Jahres 1848.

Staarweg, 22. Bezirk (Stadlau); Weg in der Siedlung „Kleingartengebiet 26".

Stachegasse, 12. Bezirk (Altmannsdorf); Friedrich August Ritter v. Stache (1814–1895), Baukünstler.

Stachlgasse, 13. Bezirk (Auhof); Hans Jakob Stachl (1725–1803), Ortsrichter von Mauer.

Stadionallee, 2. Bezirk, führt in Richtung Stadion.

Stadiongasse, 1. Bezirk; Johann Philipp Karl Graf Stadion-Warthausen (1763–1824), Staatsmann.

Stadlauer Straße, 22. Bezirk (Hirschstetten); zur Wahrung des Ortsnamens.

Stadlergasse, 13. Bezirk (Ober-St. Veit); Maximilian Stadler (1748–1833), Abt zu Lilienfeld und Kremsmünster, Pfarrer von Altlerchenfeld.

Stättermayergasse, 15. Bezirk (Rudolfsheim); Ignaz Stättermayer (1829–1898), Baumeister.

Stadtpark, 1. Bezirk; früher längs der Wien Ochsengries und Ochsenmarkt, sonst Wasserglacis. Die Gartenanlage befindet sich auf dem Grund des ehemaligen Wasserglacis, eröffnet 1862.

Staglgasse, 15. Bezirk (Fünfhaus); Michael Stagl, Baumeister, um 1850 Gemeinderat.

Stallarngasse, 22. Bezirk (Süßenbrunn); Flurname (einst ein verlassenes Dorf).

Stallburggasse, 1. Bezirk; die Ställe, Fruchtspeicher und verschiedene Wirtschaftsgebäude des Hofes wurden „Stadelburg" genannt. Bis 1559 Zeughaus, später als Herrschersitz des Erzherzogs Maximilian II. neu erbaut, dann zu Hofstallungen umgewandelt.

Stammersdorfer Straße, 21. Bezirk (Stammersdorf); Hauptstraße des ehemals außerhalb Wiens liegenden Ortes.

Stammgasse, 3. Bezirk; einst baumreiche Gegend.

Stammhausstraße, 14. Bezirk (Hadersdorf); nach dem Stammhaus der Siedlungsgenossenschaft „Wolfersberg".

Stampfergasse, 13. Bezirk (Hacking); bis 1894 Bräuhausgasse. Simon Stampfer (1792–1864), Mathematiker, Naturforscher.

Stanislausgasse, 3. Bezirk, Dr. Stanislaus v. Neumeister (1806–1874), Grundbesitzer in der Gegend.

Starchantgasse, 16. Bezirk (Ottakring); ein Starchant war 1631 bis 1639 Besitzer des Ottakringer Freihofes. Aber schon 1371 wird der Name als Starchanthof und 1390 als Starchantsaigen urkundlich erwähnt.

Starkegasse, 10. Bezirk (Inzersdorf); Dr. h. c. Gustav Starke (1832–1917), Pionier der Feinmechanik.

Starkenburggasse, 14. Bezirk (Ottakring); Georg Ignaz Montfort Edler v. Starkenburg, bis 1760 Besitzer des Ottakringer Freihofes.

Starkfriedgasse, 18. Bezirk und 19. Bezirk (Pötzleinsdorf); Starkfried (Starichfried) v. Patzelinesdorf, um 1136 Besitzer der Herrschaft Pötzleinsdorf.

Stärkgasse, 12. Bezirk; existierte beim Haus Meidlinger Hauptstraße Nr. 3. Durch Straßenregelung verbaut.

Staudgasse, 18. Bezirk (Währing, Weinhaus); um 1866 ein Teil Mitterberggasse, bis 1894 Johannesgasse. Johann Staud (1772–1808), Pfarrer von Währing.

Staudiglgasse, 10. Bezirk (Favoriten); Josef Staudigl (1807–1861), Opernsänger.

Staudingergasse, 20. Bezirk; Josef Staudinger (1811–1882), Gemeinderat.

Stauffergasse, 14. Bezirk (Breitensee); Alois Stauffer, Hausbesorger, Märzgefallener des Jahres 1848.

Stauraczgasse, 5. Bezirk; Franz Stauracz (1855–1918), Arbeiterpriester.

Steckhovengasse, 13. Bezirk (Hietzing); Adrian Steckhoven (1705–1882), holländischer Gartengestalter.

Stefan-Esders-Platz, 19. Bezirk (Grinzing); erst Hohenwartplatz, dann Ettinghausenplatz. Stefan Esders (1852–1920), Großkaufmann, Stifter der Kirche „Maria Schmerz".

Stefan-Fadinger-Platz, 10. Bezirk (Inzersdorf); vorher Liebfrauenplatz. Stefan Fadinger (gest. 1626), Bauernführer im Oberösterreichischen Bauernkrieg von 1626.

Stefaniewarte, 19. Bezirk; 22 Meter hoher Aussichtsturm auf dem Kahlenberg, nach Kronprinzessin Stephanie.

Stefan-Schickel-Gasse, 14. Bezirk (Hütteldorf); Stefan Schickel (1858–1945), Lehrer in Hütteldorf, Wohltäter.

Stefan-Zweig-Platz, 17. Bezirk (Dornbach); Stefan Zweig (1881–1942), Schriftsteller, Dramatiker.

Steggasse, 5. Bezirk; nach einem Steg über den Wienfluß.

Stegmayergasse, 12. Bezirk (Altmannsdorf); nach der Künstlerfamilie Stegmayer (Matthias, 1771–1820, Hofschauspieler; Karl, 1800–1862, Schriftsteller; Ferdinand, 1803–1863, Tondichter, Chordirektor).

Steidlgasse, 21. Bezirk (Stammersdorf); Dr. Josef Steidl (1761–1850), Gemeindearzt von Stammersdorf.

Steig, Auf dem, 1. Bezirk; einst Sackgasse in der Himmelpfortgasse, jetzt verbaut.

Steierweg, 10. Bezirk (Oberlaa); Weg in der Siedlung „Heimkehrer am Laaer Berg".

Steigenteschgasse, 22. Bezirk (Kagran); August Ernst Freiherr v. Steigentesch (1774–1826), Generalmajor, Gesandter, Schriftsteller und dramatischer Dichter.

Steigerbastei, 3. Bezirk; ein 1455 erwähntes Befestigungswerk der Vorstadt Lantstrazz, 1529 zerstört und nicht mehr aufgebaut.

Steinachgasse, 22. Bezirk (Eßling); Dr. Eugen Steinach (1861–1944), Physiologe.

Steinackergasse, 12. Bezirk (Meidling); erst Eibesbrunnergasse, dann bis 1894 Hirschengasse. Flurname (Acker mit steinigem Boden).

Steinamangergasse, 21. Bezirk (Strebersdorf); nach der heute in Ungarn liegenden Stadt.

Steinbauergasse, 12. Bezirk (Meidling); Johann Steinbauer (1750–1823), Grundbesitzer, Wohltäter.

Steinberg, 19. Bezirk; an der Südseite des Krapfenwaldls (beim Grinzinger Steinbruch).

Steinberggasse, 23. Bezirk (Mauer); Flurname (Steinberg, 251 Meter).

Steinböckengasse, 14. Bezirk (Hütteldorf); Flurname.

Steinbrechergasse, 22. Bezirk (Stadlau, Kagran); Name einer alteingesessenen, um Stadlau verdienten Familie.

Steinbruchstraße, 14. Bezirk (Breitensee) und 16. Bezirk (Ottakring); führte zum Ottakringer Steinbruch.

Steinbüchlweg, 19. Bezirk (Heiligenstadt); ortsübliche Bezeichnung. Bereits 1328 als Steinpul und Steinpüchl (Büchl, Bühel) urkundlich erwähnt.

Steinbügelweg, 21. Bezirk (Stammersdorf); steiniger Hügel.

Steinbühelgasse, 22. Bezirk (Eßling); siehe vorher.

Steindlgasse, 1. Bezirk; um 1350 Under den philsnitzern, 1358 Hinter den Pheilsnitzern, 1368 Pheilsnitzerstrazze, später ein Teil Bei den Hollerstauden. Johann Steindl, um 1683 Mitglied des Äußeren Rates.

Steineichengasse, 10. Bezirk (Oberlaa); Baumname.

Steinergasse, 17. Bezirk (Hernals); erst Feldgasse, später Lerchenfeldgasse. Josef Steiner (1815–1895), Bürgermeister von Hernals.

Steinergasse, 23. Bezirk (Atzgersdorf); Ferdinand Steiner (1829–1888), verdienter Lehrer von Atzgersdorf.

Steinfeldgasse, 19. Bezirk (Heiligenstadt); Franz Steinfeld (1787–1862), Maler.

Steingasse, 3. Bezirk; einstmals war dies eine steinige Gegend.

Steinhagegasse, 12. Bezirk (Gaudenzdorf); bis 1894 Gärtnergasse. Johann Steinhage (1807–1880), Bürgermeister von Gaudenzdorf.

Steinhardtgasse, 13. Bezirk (Lainz); Dr. Oskar Steinhardt (1909–1955), Arzt.

Steinhausergasse, 10. Bezirk, bestand bei der Neilreichgasse Nr. 81, nun verbaut.

Steinheilgasse, 21. Bezirk (Donaufeld); bis 1909 Siemensstraße. Karl August Steinheil (1801–1870), Physiker (Telegraphenwesen).

Steinhofstraße, 16. Bezirk; führte zu den ehemaligen Steinbrüchen in Ottakring.

Steiningergasse, 12. Bezirk (Altmannsdorf); Josef Steininger (1820–1894), Lehrer in Atzgersdorf.

Steinklammergasse, 13. Bezirk (Auhof); nach einer von alters her in Mauer wohnhaften Familie.

Steinlechnergasse, 13. Bezirk (Lainz); ebenfalls nach einer alteingesessenen Familie.

Steinlegasse, 16. Bezirk (Ottakring); bis 1918 Finsenstraße, dann bis 1938 Eduard-Lang-Gasse. Edward v. Steinle (1810–1886), Maler der romantischen Schule.

Steinmüllergasse, 16. Bezirk (Ottakring) und 17. Bezirk (Dornbach); Rudolf Müller (1869–1926), Steinmetz, genannt Steinmüller, Gemeinderat.

Steinschötelgasse, 10. Bezirk (Oberlaa); Pflanzenname.

Steinseeweg, 23. Bezirk (Inzersdorf); führt längs des Steinsees.

Steinspornweg, 22. Bezirk (Aspern); Flurname.

Steirerweg, 11. Bezirk (Simmering); Weg in der Siedlung „Simmeringer Haide".

Stelzhamergasse, 3. Bezirk; Franz Stelzhamer (1802–1874), oberösterreichischer Mundartdichter.

Stemmerallee, 2. Bezirk; Flurname (nach altem Baumbestand, „Stemmer", mundartliche Mehrzahl von „Stamm").

Stemolakgasse, 22. Bezirk (Breitenlee); Karl Stemolak (1875–1954), Bildhauer.

Stenografengasse, 23. Bezirk (Atzgersdorf); nach dem Österreichischen Stenografenverband.

Stephan-Koblinger-Gasse, 22. Bezirk (Kagran); Stephan Koblinger, von 1482 bis 1488 erster Buchdrucker in Wien.

Stephansplatz, 1. Bezirk; der Platz hieß 1255 bis 1792 Stephansfreithof. Teile davon hießen: 1327 Unter den Dreseln (Drechslern), ein erst 1897 verschwundenes Gäßchen hieß 1335 Wenicgezzel, 1356 Raubergassel, bis 1420 Gäßchen nächst dem Stadtkollegium, 1742 Kirchengasse. 1136 wird urkundlich eine Kapelle erwähnt, die 1147 in romanischem Stil neu erbaut wird und 1276 und 1278 abbrannte. 1295 sind die Heidentürme und das Riesentor erstmalig erwähnt, danach erfolgte der Übergang zur Gotik. Herzog Albrecht I. vergrößerte die Kirche durch die Erbauung des Hauptchores, Herzog Rudolf IV. legte 1359 den Grundstein zum Umbau des Langhauses und des Turmes, der 1433 vollendet wurde. 1446 erfolgte die Einwölbung des Langhauses, 1450 die Grundsteinlegung zum zweiten Turm, der 1467 bis 1510 aufgebaut, 1562 jedoch – nur halb fertig – mit einer Haube als Abschluß versehen wurde. 1516, 1690, 1751, 1809 und 1839 wird der Hochturm ausgebessert, 1860 bis 1864 wird die Turmspitze neu aufgesetzt. Gegen Ende des Zweiten Weltkrieges durch Feuer schwerst beschädigt, wurde der „Steffl" unter großen Opfern wiederaufgebaut.

Stephanstor, 1. Bezirk; ein Tor vom Stephansfreithof gegen die Singerstraße mit einer Bildsäule des hl. Stephan.

Stephensongasse, 21. Bezirk (Donaufeld); 1887 bis 1901 Gärtnergasse, bis 1909 Tegetthoffstraße. George Stephenson (1781–1848), Erfinder der Dampflokomotive.

Sterneckplatz, 2. Bezirk; heute Max-Winter-Platz.

Sterngasse, 1. Bezirk; Teile davon hießen früher In den Scheuchten, Schwarzbäckengassel, Preßgasse, Rosmaringasse und (im Volksmund 1870) Sterngassenwinkel. Nach einem Hausschild „Zum weißen Stern".

Sterngasse, 23. Bezirk (Inzersdorf); nach dem schon 1582 erwähnten Gasthof „Zum goldenen Stern".

Sternwartestraße, 18. Bezirk (Währing); nach der Sternwarte, erbaut 1874 bis 1879.

Sterzerluken, 4. Bezirk; Sterzer ist eine alte Bezeichnung für Bettler, Landstreicher (bestand am Magdalenengrund, Ratzenstadl).

Steudelgasse, 10. Bezirk (Favoriten); Johann Heinrich Steudel (1825–1891), Vizebürgermeister von Wien.

Stiegengasse, 6. Bezirk; bis 1862 Gärtnergasse und Windmühlgasse. Nach der hiesigen Stiege.

Stiegengasse, 14. Bezirk (Hadersdorf); nach der hier angelegten Stiege.

Stiegergasse, 15. Bezirk (Sechshaus); Anton Stieger, um 1840 Erbauer des ersten Hauses in der Gasse.

Stieglergasse, 23. Bezirk (Mauer); eine alteingesessene Maurer Weinhauerfamilie.

Stieglitzweg, 22. Bezirk (Stadlau); Vogelname.

Stiftgasse, 7. Bezirk; um 1577 Mordgassel, bis 1862 Große Stiftgasse und Pelikangasse. Nach dem Stiftungshaus des Hofkammerrates J. K. Richthausen v. Chaos zur Erziehung armer Knaben, seit 1668 Erholungsort für kranke Stiftspfleglinge, seit 1754 Adeligenakademie, ab 1850 Kaserne. Dient auch heute noch militärischen Zwecken und als Kriegsarchiv (Stiftskaserne).

Stiglitzgasse, 13. Bezirk (Auhof); nach einer alteingesessenen Weinhauerfamilie.

Stillfriedplatz, 16. Bezirk (Ottakring); zur Erinnerung an den Sieg Rudolf v. Habsburgs über König Ottokar im Jahre 1278 bei der Ortschaft Stillfried im Marchfeld.

Stinglgasse, 14. Bezirk (Hadersdorf); Wenzel Stingl (1846–1923), Oberlehrer in Hadersdorf.

Stinygasse, 10. Bezirk (Inzersdorf); Josef Stiny (1880–1958), Geologe.

Stipcakgasse, 23. Bezirk (Siebenhirten); Leopold Stipcak (1909–1944); hingerichteter Widerständler.

Stockentenweg, 14. Bezirk (Hütteldorf); Vogelname.

Stockhammerngasse, 14. Bezirk (Hütteldorf); Hermann Ludwig Graf Stockhammern (1790–1858), Stifter, Wohltäter.

Stockholmer Platz, 10. Bezirk (Oberlaa); schwedische Hauptstadt.

Stock-im-Eisen-Platz, 1. Bezirk; um 1337 „in antiquo foro epulorum" (Alter Roßmarkt). Eine 1441 erwähnte schmale Gasse verschwand durch Straßenregelung im Jahre 1866. An dem Eckhaus mit der Kärntner Straße ist ein Lärchenstamm, der „Stock im Eisen", aufgestellt, in den – der Sage nach – jeder fremde Schlossergeselle einen Nagel schlug. Nach anderen erhielt der Platz deshalb den Namen, weil hier Verbrecher öffentlich in „Stock und Eisen" gelegt wurden.

Stock im Weg, 13. Bezirk (Ober-St. Veit); bis 1894 Josefigasse. Diese Benennung bezieht sich auf eine Sage mit dem Inhalt, daß die Gründung St. Veits auf einen alten Baumstamm, auf den „Stock im Weg", zurückzuführen ist.

Stockwiesenweg, 17. Bezirk (Neuwaldegg); Flurname.

Stöbergasse, 5. Bezirk; Franz Stöber (1795–1858), Kupferstecher, führte den Stahlstich ein.

Stöberplatz, 16. Bezirk (Ottakring) und 17. Bezirk (Hernals); Johann Stöber (1853–1913), Pfarrer von Hernals.

Stöhrgasse, 21. Bezirk (Strebersdorf); Dr. Adolf Stöhr (1855–1921), Philosoph.

Stoesslgasse, 13. Bezirk (Unter-St. Veit); Otto Stoessl (1875–1936), Dichter.

Stoffellagasse, 2. Bezirk; Emil Stoffella d'alta Rupe (1835–1912), Lehrer an der Wiener medizinischen Fakultät.

Stolberggasse, 5. Bezirk; Friedrich Leopold Graf zu Stolberg (1750–1819), Dichter.

Stollgasse, 7. Bezirk; Dr. Maximilian Stoll (1742–1788), Arzt.

Stolzenthalergasse, 8. Bezirk; Matthias Stolzenthaler (1814–1877), Wachszieher, schenkte der Gemeinde den Grund zur Eröffnung dieser Gasse.

Stooßgasse, 21. Bezirk (Schwarzlackenau); Dr. Carl Stooß (1849–1934), Strafrechtslehrer.

Storchengasse, 15. Bezirk (Sechshaus); ein Teil bis 1894 Schulgasse. Nach einem Hausschild „Zum Storch".

Storkgasse, 5. Bezirk; Friedrich Stork, 1782 erster Direktor des Taub stummeninstituts.

Stoß im Himmel, 1. Bezirk; um 1563 Gäßlein beim Rathaus, später Stoß-im-Himmel-Gasse. Hans Stoß im Himmel (gest. 1529), aus einer Altwiener Bürgerfamilie. Erst Stoßanhiml, dann Stoßinhiml. Eine alte Wiener Sage erklärt den Namen anders.

Stowassergasse, 21. Bezirk (Strebersdorf); Dr. Josef Maria Stowasser (1854–1910), Altphilologe.

Strachegasse, 11. Bezirk (Simmering); Hugo Strache (1865–1927), Gas- und Feuerungstechniker.

Sträußlegasse, 10. Bezirk (Favoriten); Juliane Sträußle (gest. 1881), Stifterin für Arme und Waisen.

Strakaweg, 22. Bezirk (Kagran); Josef Straka (1864–1946), Maler.

Stralehnergasse, 22. Bezirk (Stadlau); bis 1909 Ziegelofengasse. Gotthold Stralehner (gest. 1816), Ortsrichter von Stadlau.

Strampfergasse, 13. Bezirk (Speising); Friedrich Strampfer (1827–1890), Schauspieler, Direktor des „Strampfer"-Theaters.

Strandgasse, 22. Bezirk (Donaufeld); nach dem Badestrand der Alten Donau.

Stranitzkygasse, 12. Bezirk (Meidling); von 1930 bis 1938 Dawisongasse. Josef Anton Stranitzky (1676–1726), Gründer der Wiener Volksbühne.

Stranskyweg, 14. Bezirk (Hütteldorf); Dr. Erwin Stransky (1877–1962), Neurologe.

Stranzenberggasse, 13. Bezirk (Speising, Lainz); „Stranzenberg" ist ein alter Weingartenflurname, der schon 1418 urkundlich erwähnt ist. Führt zum Stranzenberg.

Straßäckergasse, 22. Bezirk (Aspern); Flurname.

Straße-des-1.-Mai, 2. Bezirk; früher Große Zufahrtsstraße, seit 1920 Erste-Mai-Straße. Arbeiterfeiertag (Tag der Arbeit) seit 1890.

Straßergasse, 19. Bezirk (Grinzing); erst Ferstelgasse, dann bis 1938 Straßergasse, von 1938 bis 1945 Saarlandgasse, nach 1945 wieder so. Johann Straßer (1807–1873), Bürgermeister von Grinzing.

Straßgschwandtnerstraße, 14. Bezirk (Penzing); Anton Straßgschwandtner (1827–1881), Maler.

Straßmeyergasse, 22. Bezirk (Kagran); Leopold Straßmeyer (1846–1927), Schauspieler.

Strauchgasse, 1. Bezirk; 1770 auch Strohgassel. Als der Ottakringer Bach vereinigt mit dem Alser Bach durch den Tiefen Graben durch die Stadt der Donau zufloß, wurde der Teil von der Hochstraße (heutige Herrengasse) bis zur Freyung schon 1320 Strauchgazze, 1335 Strauchgässlein, 1386 Auf der Reusen, später Im Fluder genannt. 1566 befanden sich hier noch Gärten.

Straußengasse, 5. Bezirk; nach einem Gasthausschild „Zum goldenen Strauß".

Straußgasse, 20. Bezirk; führte von der Rauscherstraße zur Nordwestbahnstraße.

Straußweg, 10. Bezirk (Inzersdorf); Weg in der Siedlung „Weichselgarten".

Straußweg, 11. Bezirk (Simmering); Weg in der Siedlung „Gaswerk".

Strebersdorfer Platz, 21. Bezirk (Strebersdorf); zur Wahrung des Ortsnamens.

Strebersdorfer Straße, 21. Bezirk (Großjedlersdorf, Stammersdorf, Strebersdorf); führt nach Strebersdorf.

Streckerplatz, 13. Bezirk (Ober-St. Veit); Alexander Strecker (1818–1908), Bürgermeister von Ober-St. Veit.

Streffleurgasse, 20. Bezirk; Valentin Ritter v. Streffleur (1808–1870), Oberbefehlshaber der Nationalgarde im Jahr 1848, Lehrer des Erzherzogs Franz Joseph (des späteren Kaisers).

Strehlgasse, 19. Bezirk (Pötzleinsdorf); Johann Strehl (1801–1862), Schuldirektor.

Streichergasse, 3. Bezirk; Johann Baptist Streicher (1795–1871), Klaviererzeuger; dessen Vater Andreas (1761–1833), Freund Schillers.

Streitmanngasse, 13. Bezirk (Auhof); Karl Streitmann (1853–1937), Tenor.

Striagasse, 14. Bezirk (Breitensee); Matthias Stria, Märzgefallener des Jahres 1848.

Strigelgasse, 22. Bezirk (Eßling); Bernhard Strigel (1460–1520), Hofmaler Kaiser Maximilians I.

Strindberggasse, 11. Bezirk (Simmering); August Strindberg (1849–1912), schwedischer Dichter.

Strobachgasse, 5. Bezirk; bis 1906 Wildemanngasse. Josef Strobach (1852–1897), Bürgermeister von Wien.

Strobelgasse, 1. Bezirk; ein altes Wiener Bürgergeschlecht, hieß eigentlich „die vom Strohhofe" und nannte sich Strabl-, Strob-, Strobl-, Strohov. Mit Wilhelm II., gest. 1331, erwähnt. Um 1420 auch Schuochstraße. Hausschild „Zum Strobelkopf".

Strohberggasse, 12. Bezirk (Hetzendorf); Flurname, Strohlager (Tristen) auf einem Hügel.

Strohblumengasse, 22. Bezirk (Aspern); Blumenart.

Strohbogasse, 21. Bezirk (Strebersdorf); nach einem Grundbesitzer „Strohbo" (um 1000).

Stroheckgasse, 9. Bezirk; hier war ein Strohlager am Donaukanal, wo dieser ein „Eck“ macht.

Strohgasse, 3. Bezirk; hier befand sich ein Strohspeicher der Heumarktkaserne.

Strohmayergasse, 6. Bezirk; Lorenz Strohmayer, um 1840 Ziegelofenbesitzer.

Stromstraße, 20. Bezirk; von 1938 bis 1945 Feikestraße. Auf einem bei der Donauregulierung von 1868 bis 1875 zugeschütteten Arm des Donaustroms.

Strozzigasse, 8. Bezirk; bis 1862 Strozzigrund Hauptstraße. Gräfin Maria Katharina Strozzi (1633–1714), Gründerin der Vorstadt Strozzigrund.

Strudlhofgasse, 9. Bezirk; ein Teil bis 1907 Versorgungshausgasse. Johann Peter Strudel v. Strudelhof (1648–1716), Maler.

Strudlhofstiege, 9. Bezirk; siehe vorher.

Stryeckgasse, 21. Bezirk (Floridsdorf); Lorenz Stryeck (gest. 1847), Dorfrichter von Floridsdorf.

Stubenbastei, 1. Bezirk; schon 1156 und 1314 erwähnt (nicht sicher, ob nach Trinkstuben oder Badestuben so benannt), 1862 im Zuge der Stadterweiterung niedergerissen.

Stuben(bürge)tor, 1. Bezirk, ein Tor in der Verteidigungsanlage des Stubentores. Auch Ungartor genannt. 1291 erstmalig erwähnt, 1530 bis 1540 neu erbaut, 1858 abgetragen.

Stubenring, 1. Bezirk; siehe Ringstraße.

Stubentorbastei, 1. Bezirk; andere Bezeichnung für die Jakoberbastei. Führte von der Wollzeile zur Gegend der verlängerten Singerstraße. Erbaut 1545 bis 1555, In den Jahren 1858 bis 1862 abgetragen.

Stubenturm, 1. Bezirk; 1298 von Leopold dem Glorreichen am Ende der Wollzeile angelegt, wurde er in den Jahren 1530 bis 1540 abgetragen und nicht mehr aufgebaut.

Stuckgasse, 7. Bezirk; nach einem Hausschild „Zum goldenen Stuck“. Hier wurde 1711 von Achamer aus erbeuteten Kanonen die Große Pummerin gegossen. Eine dieser Kanonen hieß so.

Studentenbühel, 1. Bezirk; ein Teil des Stephansfreithofes wurde so bezeichnet.

Studenygasse, 11. Bezirk (Simmering); Michael Studeny war (um 1200) der erste Ansiedler in der Gegend.

Stüber-Gunther-Gasse, 12. Bezirk (Altmannsdorf); Fritz Stüber-Gunther (1872–1922), Heimatschriftsteller.

Stürzergasse, 19. Bezirk (Heiligenstadt); Rudolf Stürzer (1865–1926), Schriftsteller.

Stuhlhofergasse, 23. Bezirk (Mauer); Martin Stuhlhofer (1802–1888), Bürgermeister von Mauer.

Stummergasse, 22. Bezirk (Kagran); Josef Stummer v. Traunfels (1839–1893), Architekt.

Stumpergasse, 6. Bezirk; 1862 wurde die Große Steingasse einbezogen. Anton Stumper (1740–1814), Stadtrödler, stiftete 1811 die Gründe zur Eröffnung der Gasse.

Stundlgasse, 22. Bezirk (Kagran); Theodor Stundl (1875–1934), Bildhauer.

Stuppöckgasse, 23. Bezirk (Inzersdorf); Franz Stuppöck (1884–1950), Oberlehrer von Inzersdorf.

Sturgasse, 2. Bezirk; Edmund Stur (1840–1909), Provinzial der Barmherzigen Brüder.

Sturzgasse, 14. Bezirk (Penzing) und 15. Bezirk (Rudolfsheim); eine bergab führende Gasse.

Stuschkagasse, 23. Bezirk (Liesing); Ludwig Stuschka (1845–1912), Buchbindermeister, Gründer der Freiwilligen Feuerwehr Liesing.

Stutterheimstraße, 15. Bezirk (Fünfhaus); Josef Freiherr v. Stutterheim (1764–1831), Feldmarschall in den Franzosenkriegen (1809 bis 1813).

Stuweckengasse, 13. Bezirk (Lainz); Flurname.

Stuwerstraße, 2. Bezirk; Johann Georg Stuwer (1732–1802), Feuerwerker (siehe Feuerwerkswiese).

Suchenwirtplatz, 10. Bezirk (Inzersdorf); Peter Suchenwirt (gest. 1395), Wappendichter (Heraldiker).

Südostbahngasse, 10. Bezirk (Favoriten); sollte ein Verbindungsweg zwischen Sübbahnhof und Ostbahnhof sein.

Südportalstraße, 2. Bezirk; bis 1904 Auffahrtsstraße. Südliche Zufahrtsstraße zur 1873 erbauten Rotunde.

Südrandstraße, 23. Bezirk (Inzersdorf); Randstraße der Siedlung „Blumental".

Südtiroler Platz, 4. Bezirk; von 1898 bis 1927 Favoritenplatz. Zum Gedenken an das einst österreichische Südtirol.

Süßenbrunner Hauptstraße, 22. Bezirk (Süßenbrunn); nach dem ehemaligen Vorort Süßenbrunn (1140 als „Suncinbrannin" erwähnt).

Süßenbrunner Platz, 22. Bezirk (Süßenbrunn); Hauptplatz des ehemaligen selbständigen Ortes Süßenbrunn.

Süßenbrunner Straße, 22. Bezirk (Hirschstetten), führt dorthin.

Süßmayergasse, 10. Bezirk (Favoriten); Franz Xaver Süßmayer (1766–1803), Hofkapellmeister.

Sulmgasse, 16. Bezirk (Ottakring); Adam Sulm (gest. 1874?), Grundbesitzer (teilte um 1860 die Gründe auf).

Sulzgässel, 1. Bezirk; das war der enge Teil des Wildpretmarktes gegen die Landskrongasse.

Sulzweg, 19. Bezirk (Salmannsdorf); Flurname. Sulz wurde ein Platz benannt, wo für Vieh oder Wild Lecksalz ausgelegt wurde.

Sumpfgasse, 21. Bezirk (Schwarzlackenau); ein Sumpfgebiet infolge des tiefer gelegenen Schwarzlackenwassers, einem einstigen Donauarm.

Suppégasse, 13. Bezirk (Ober-St. Veit); Franz v. Suppé (1820–1895), Operettenkomponist.

Suttingergasse, 19. Bezirk (Grinzing); Daniel Suttinger (1640–1690), Zeichner eines Planes von Wien (1683).

Swatoschgasse, 11. Bezirk (Simmering); Leopold Swatosch (1890–1950), Gründer des Simmeringer Heimatmuseums.

Swobodagasse, 13. Bezirk (Auhof); Albin Swoboda (1836–1901), Schauspieler.

Symphonikerstraße, 4. Bezirk; zur Erinnerung an das 60jährige Bestehen der Wiener Symphoniker.

Syringgasse, 17. Bezirk (Hernals); Johann Georg Syring, um 1830 Ortsrichter von Hernals.

Das alte „Stadt- u. Rathaus"

T

Taborstraße, 2. Bezirk und 20. Bezirk; führt zum Tabor. Siehe: Am Tabor.

Taggergasse, 22. Bezirk (Leopoldau); Theodor Tagger (richtig Ferdinand Bruckner, 1891–1958), Dramatiker.

Taglieberstraße, 23. Bezirk (Atzgersdorf); Matthias Taglieber (1837–1931), Gemeinderat von Atzgersdorf.

Talgasse, 15. Bezirk (Fünfhaus); bergab (zu Tal) führende Gasse.

Talkengasse, 23. Bezirk (Mauer); Riedbenennung (Mittlere, Obere und Untere Talken).

Tallesbrunngasse, 19. Bezirk (Unter-Döbling); die alte Bürgerfamilie Tallesbrunn war im Besitz dieser Gegend (Hard genannt) und schenkte sie dem Schottenstift.

Talpagasse, 23. Bezirk (Siebenhirten); Johann Talpa (1889–1947), Gemeinderat von Siebenhirten.

Tamariskengasse, 22. Bezirk (Aspern); Pflanzenname.

Taminoweg, 19. Bezirk (Ober-Döbling); eine Gestalt aus der „Zauberflöte".

Tanbruckgasse, 12. Bezirk (Meidling); nach einem um 1340 bestandenen Gutshof.

Tandelmarkt, 9. Bezirk; der Tandelmarkt befand sich im 16. Jahrhundert auf der Brandstätte, bis 1670 vor dem Kärntner Tor, bis 1730 im Unteren Werd, von 1730 bis 1815 auf dem Grund der Technischen Hochschule, bis 1863 auf dem Grund des Wiener Eislaufvereines, dann erbaute die Genossenschaft der Trödler eine Halle (nicht mehr existent), von der nur bekannt ist, daß sie zwischen Berggasse und Türkenstraße lag.

Tandelmarktgasse, 2. Bezirk; von 1670 bis 1730 bestand hier der Tandelmarkt.

Tannengasse, 15. Bezirk (Fünfhaus); ehemals war hier ein kleiner Tannenwald.

Tannhäuserplatz, 15. Bezirk (Fünfhaus); Tannhäuser war Minnesänger am Hofe Friedrichs des Streitbaren (um 1240).

Taschnern, Unter den, 1. Bezirk; 1392 erwähnt, Lage unbekannt.

Taubengasse, 1. Bezirk; als die Schottenbastei abgerissen wurde, verschwand die Gasse.

Tartergasse, 22. Bezirk (Eßling); bei Drucklegung des Buches noch nicht geklärt.

Tasmangasse, 21. Bezirk (Großjedlersdorf); heute Loschmidtgasse.

Taubenweg, 11. Bezirk (Simmering); Weg in der Siedlung „Simmeringer Haide".

Taubergasse, 17. Bezirk (Hernals); bis 1894 Dorotheergasse. Kaspar Tauber, 1524 als Anhänger der Lutherischen Lehre enthauptet und verbrannt.

Taubstummengasse, 4. Bezirk; dort bestand von 1803 bis 1913 das Taubstummeninstitut.

Tauschekgasse, 21. Bezirk (Großjedlersdorf); Gustav Tauschek (1899–1945), Techniker.

Tauschinskygasse, 22. Bezirk (Eßling); Hippolyt Tauschinsky (1839–1905), Schriftsteller.

Tautenhayngasse, 15. Bezirk (Fünfhaus); Josef Tautenhayn (1837 bis 1911), Medailleur, Bildhauer.

Technikerstraße, 4. Bezirk; früher Tandelmarktgasse und Tandelmarktplatz, bis 1862 Am Glacis. Nach der Technischen Hochschule, erbaut 1816 bis 1818.

Tegelweg, 22. Bezirk (Leopoldau); Tegel ist die hier hauptsächlich vorkommende Erdenart.

Tegetthoffstraße, 1. Bezirk; Wilhelm v. Tegetthoff (1827–1871), Admiral.

Tegnérgasse, 10. Bezirk (Inzersdorf); Esaias Tegnér (1782–1846), schwedischer Bischof.

Teichackergasse, 12. Bezirk (Meidling); Flurname.

Teichgasse, 10. Bezirk (Oberlaa); führt zum Rothneusiedler Teich.

Teichgasse, 17. Bezirk (Hernals); in der Nähe liegt der Ganstererteich.

Teiläckergasse, 22. Bezirk (Eßling); Flurname (aufgeteilte Ackerfläche).

Teinfaltstraße, 1. Bezirk; schon 1302 nach dem hier bestandenen Domvogthaus Tuenvoltstraße, tuomvogetesstrazze und -hove, 1700 Ainfeldstraße geheißen.

Telekygasse, 19. Bezirk (Ober-Döbling); Dr. Ludwig Teleky (1872–1957), Arzt.

Telephonweg, 22. Bezirk (Eßling); nach dem Fernsprechapparat (1875 erfunden).

Tellgasse, 15. Bezirk (Fünfhaus); Peter Tell, Patriot, 1809 von den Franzosen erschossen.

Tempelgasse, 2. Bezirk; bis 1862 Wällische Gasse, von 1862 bis 1938 Tempelgasse, ein Teil seit 1932 Nestroyplatz, 1938 bis 1945 Mohapelgasse, seither wieder so. Nach einer 1857 bis 1858 erbauten Synagoge, die 1938 vernichtet wurde.

Tendlergasse, 9. Bezirk; Pater Franz Tendler (gest. 1902), Waisenhauspriester.

Tenschertstraße, 23. Bezirk (Inzersdorf).

Tepserngasse, 9. Bezirk; bis 1910 Spittelauergasse. Josef Johann Edler v. Tepsern (gest. 1781), Wohltäter.

Terramaregasse, 23. Bezirk (Inzersdorf); Georg Terramare (1889–1948), Dichter.

Terzaghigasse, 22. Bezirk (Aspern); Karl v. Terzaghi (1883–1963), Professor an der Technischen Hochschule.

Teschnergasse, 18. Bezirk; Richard Teschner (1879–1948), Meister des Marionettentheaters.

Teslagasse, 21. Bezirk (Jedlersdorf); Nikola Tesla (1856–1943), Physiker.

Tessingasse, 10. Bezirk (Inzersdorf); Nikodemus Tessin (1615-1685) und sein Sohn Nikodemus (1654–1728), beide schwedische Baumeister.

Testarellogasse, 13. Bezirk (Ober-St. Veit); bis 1894 Sachsengasse. Johann Matthias Testarello della Massa (gest. 1693), Domherr, Geschichtsschreiber.

Tetmajergasse, 21. Bezirk (Großjedlersdorf); Ludwig v. Tetmajer (gest. 1905), Rektor der Technischen Hochschule.

Teuffenbachstraße, 2. Bezirk; Rudolf Freiherr v. Teuffenbach (1582–1653), Oberstfeldwachtmeister im Dreißigjährigen Krieg.

Tewelegasse, 13. Bezirk (Auhof); Franz Tewele (1842–1914), Schauspieler.

Teybergasse, 14. Bezirk (Penzing); nach den Brüdern Anton (1754–1822) und Franz Teyber (1756–1810), beide Musiker, Komponisten.

Thalhaimergasse, 16. Bezirk (Ottakring); Gregor Thalhaimer, um 1484 Pfarrer von Ottakring.

Thaliastraße, 16. Bezirk (Neulerchenfeld); ein Teil bis 1894 Lerchenfelder Straße. Dort stand von 1857 bis 1870 das Thalia-Theater.

Thallergasse, 23. Bezirk (Mauer); Johann Thaller (1793–1862), Bürgermeister von Mauer.

Thausinggasse, 21. Bezirk; aufgelassen.

Thavonatgasse, 9. Bezirk; von 1925 bis 1934 Krankenhausgasse. Ferdinand Ignaz Freiherr v. Thavon (1655–1726), Stifter des Allgemeinen Krankenhauses, Gründer der Invalidenversorgung.

Thayagasse, 21. Bezirk (Leopoldau); Fluß in Niederösterreich.

Theergasse, 12. Bezirk (Meidling); Robert Theer (1808–1869), Miniaturenmaler.

Thelemanngasse, 17. Bezirk (Hernals); Friedrich Thelemann (1790–1881), entwarf die Straßenführung des heutigen Gürtels.

Theobaldgasse, 6. Bezirk; der Teil von der Stiege bis zur Gumpendorfer Straße seit 1906 Fillgradergasse. Um Kirche und Kloster „Zu St. Theobald" (der hl. Theobald starb 1066), erbaut 1343, vernichtet 1529, 1667 neu erbaut und 1784 aufgehoben, bildete sich die Ortschaft Windmühle. Nach der Aufhebung des Klosters diente das Gebäude als Arbeitshaus und Polizeigefangenenhaus. Im Jahre 1905 wurde das Gebäude abgerissen.

Theodor-Körner-Gasse, 21. Bezirk (Donaufeld); Theodor Körner (1791–1813), Dichter (gefallen im Kampf gegen die Franzosen).

Theodor-Sickel-Gasse, 10. Bezirk (Oberlaa); Dr. Theodor Ritter v. Sickel (1826–1908), Direktor des Instituts für österreichische Geschichte.

Theodor-Steiskal-Gasse, 10. Bezirk (Inzersdorf); Theodor Franz Steiskal (1876–1945), Pädagoge, Schulreformer.

Theodor-Storm-Weg, 16. Bezirk (Ottakring); Theodor Storm (1817–1888), Dichter, Lyriker.

Theophil-Hansen-Gasse, 23. Bezirk (Mauer); Theophil Eduard Freiherr v. Hansen (1813–1891), Architekt.

Theresianumgasse, 4. Bezirk; 1615 bis 1623 als Lustschloß „Favorita" erbaut, wurde es 1747 zu einem Jesuitenkollegium und 1749 von Maria Theresia in die Theresianische Ritter-Akademie umgewandelt.

Theresienbadgasse, 12. Bezirk (Meidling); Heilquelle, wiederentdeckt 1757 (schon den Römern bekannt). Bad der Kaiserin Maria Theresia.

Theresiengasse, 18. Bezirk (Währing); Theresia Klettenhofer (1813–1898), Gattin des damaligen Bürgermeisters von Währing.

Theresientor, 1. Bezirk; unter Kaiserin Maria Theresia 1746 angelegt, 1871 abgebrochen.

Thimiggasse, 18. Bezirk (Gersthof); Hugo Thimig (1854–1944), Burgschauspieler.

Thomagasse, 21. Bezirk (Großjedlersdorf); bis 1909 Albengasse. Josef Thoma (1835–1892), Hauptmann der Großjedlersdorfer Freiwilligen Feuerwehr.

Thomas-Morus-Gasse, 13. Bezirk (Speising, Lainz); Thomas Morus (1478–1535), englischer Staatsmann, Schriftsteller.

Thomas-Münzer-Gasse, 10. Bezirk (Inzersdorf); Thomas Münzer (1490–1525), Wiedertäufer, geistiger Führer im Bauernaufstand.

Thönygasse, 21. Bezirk (Leopoldau); Wilhelm Thöny (1888–1949), Maler.

Thonetgasse, 22. Bezirk (Leopoldau); Michael Thonet (1796–1871), Möbelfabrikant.

Thorvaldsengasse, 12. Bezirk (Altmannsdorf); Bertel Thorvaldsen (1770–1844), Bildhauer.

Thürnlhofstraße, 11. Bezirk (Kaiser-Ebersdorf); Michael Pfeiffer, Unterkoch Kaiser Ferdinands I., erhielt von diesem (um 1550) zwei Brandstätten „mit dem alten Gemäuer und 2 öden Thürndln" (Türmchen).

Thugutstraße, 2. Bezirk; Franz Maria Freiherr v. Thugut (eigentlich Thunichtgut, 1734–1818), Staatsmann.

Thujagasse, 22. Bezirk (Eßling); Baumname.

Thujenweg, 17. Bezirk (Dornbach); Pflanzenname.

Thunhofgasse, 12. Bezirk (Hetzendorf); Siegmund Graf Thun (1694–1742), Besitzer des Hetzendorfer Schlosses.

Thurngasse, 9. Bezirk; Matthias Graf Thurn ließ hier Gärten anlegen.

Thurygasse, 9. Bezirk; bis 1862 Flecksiedergasse. Johann Thury, Ziegeleibesitzer, gründete 1646 die Vorstadt (Thurygrund).

Thymianweg, 17. Bezirk (Dornbach); Pflanzenname (Gewürz).

Tichtelgasse, 12. Bezirk (Meidling); Dr. Wolfgang Tichtel, um 1500 Wiener Geschichtsschreiber.

Tiefauweg, 17. Bezirk (Neuwaldegg); ein alter Riedname (die Siedlung hieß einst „Siedlung Tiefauwiese bei der Waldandacht").

Tiefendorfergasse, 14. Bezirk (Breitensee); Josef Tiefendorfer (1800–1860), Gemeindevertreter.

Tiefer Graben, 1. Bezirk; einst das tiefe Bett des Ottakringer- und Alserbaches, schon 1186 „In valle" (Im tiefen Graben) genannt. Der Teil von der Hohen Brücke bis zum Concordiaplatz hieß noch um 1850 An der Gestetten.

Tiefweg, 21. Bezirk (Donaufeld); tiefere Lage als die Umgebung.

Tiergartenstraße, 2. Bezirk; 1863 bis 1866, 1868 bis 1869 und 1894 bis 1895 bestanden im Prater Tiergärten.

Tietzestraße, 22. Bezirk (Stadlau); Dr. Hans Tietze (1880–1954), Kunsthistoriker.

Tigergasse, 8. Bezirk; entstand 1783, bis 1862 kurze Zeit Alleegasse, 1913 kurze Zeit Loidoltgasse. Nach einem Hausschild „zum Tiger".

Tilakstraße, 21. Bezirk (Stammersdorf).

Tildeweg, 11. Bezirk (Simmering); Weg durch die Siedlungen „Gaswerk" und „Simmeringer Haide".

Tilgnergasse, 23. Bezirk (Mauer); siehe folgendes(?).

Tilgnerstraße, 4. Bezirk; Viktor Tilgner (1844–1896), Bildhauer.

Tillmanngasse, 22. Bezirk (Kagran); Dr. Rudolf Tillmann (1892–1958), Tiefbautechniker.

Tina-Blau-Weg, 14. Bezirk (Unter-St. Veit); zwischen 1938 und 1945 Hellmerweg. Tina Blau (1845–1916), Malerin.

Tinterstraße, 14. Bezirk (Ober-Baumgarten); Dr. Wilhelm Tinter (1839–1912), Professor der Wiener Technischen Hochschule.

Tiroler Gasse, 13. Bezirk (Hietzing); nach dem Tiroler Garten, einer 1805 errichteten Vergnügungsstätte im Tiroler Park.

Tiroler Weg, 11. Bezirk (Simmering); Weg in der Siedlung „Simmeringer Haide".

Titlgasse, 13. Bezirk (Lainz, Ober-St. Veit); Anton Emil Titl (1809–1882), Tondichter.

Tivoligasse, 12. Bezirk (Meidling); bis 1894 Johannesgasse. Nach einer Gaststätte mit einem Prachtgarten, der nach dem bekannten Tivoli bei Rom benannt war (vorher war hier eine allgemeine Vergnügungsstätte).

Todtengassel, 3. Bezirk; war eine Sackgasse (in der Rasumofskygasse). Jetzt verbaut.

Tlasekgasse, 11. Bezirk (Kaiser-Ebersdorf); Karl Tlasek (1897–1932), Polizeifunktionär.

Töllergasse, 21. Bezirk (Leopoldau); Georg Töller, 1453 Amtmann von Leopoldau.

Töpfelgasse, 14. Bezirk (Penzing); Alexander Matthias Töpfel (1797–1881), Bürgermeister von Penzing.

Toldgasse, 15. Bezirk (Fünfhaus); Franz Xaver Told v. Toldenburg (1792–1849), Freiheitskämpfer in den Franzosenkriegen (1809).

Tolstojgasse, 13. Bezirk (Lainz, Ober-St. Veit); Leo Graf Tolstoj (1828–1910), russischer Schriftsteller.

Tomaschekgasse, 21. Bezirk (Jedlesee, Strebersdorf); Dr. Wilhelm Tomaschek (1841–1901), Univ.-Prof. für historische Geographie.

Tomschikgasse, 22. Bezirk (Aspern); Josef Tomschik (1867–1945), Politiker.

Tonfabrikgasse, 21. Bezirk (Strebersdorf, Jedlesee); nach einer Tonwarenerzeugung.

Tongasse, 3. Bezirk, ehemals Arbeitsstätte der Töpfer und Tonwarenerzeuger.

Topasplatz, 21. Bezirk (Leopoldau); Halbedelstein.

Torricelligasse, 14. Bezirk (Breitensee); Evangelista Torricelli (1608–1647), Erfinder des Quecksilberbarometers.

Toscaninigasse, 23. Bezirk (Inzersdorf); Arturo Toscanini (1867–1937), Dirigent.

Toßgasse, 15. Bezirk (Rudolfsheim); Sitz des Essigerzeugers G. Toß (um 1784).

Toulagasse, 22. Bezirk (Aspern); Dr. Franz Toula (1845–1920), Geologe.

Touristenweg, 14. Bezirk (Hadersdorf); Weg in der Siedlung „Augustinerwald".

Trabertgasse, 13. Bezirk (Speising); Wilhelm Trabert (1863–1921), Meteorologe.

Trabrennstraße, 2. Bezirk; nach dem 1882 errichteten Trabrennplatz.

Tragergassen, 3. Bezirk; Lage unbekannt.

Traisengasse, 20. Bezirk; Flußname in Niederösterreich.

Traklgasse, 19. Bezirk (Unter-Döbling); Georg Trakl (1887–1914), Dichter.

Trambauerstraße, 10. Bezirk (Favoriten, Inzersdorf); Theodor Trambauer (1830–1903), Gemeinderat.

Traminergasse, 19. Bezirk (Nußdorf); Weinsorte, deren Reben ursprünglich aus Tramin in Tirol stammen.

Trappelgasse, 4. Bezirk; Josef Trappel, Ziegelbrenner um 1810.

Trappweg, 23. Bezirk (Inzersdorf); Georg Trapp (1880–1947), gründete einen Musikverein.

Trattnerhof, 1. Bezirk; nach Johann Thomas Edler v. Trattner (1717–1791), Buchdrucker.

Traubengasse, 23. Bezirk (Liesing); Weintrauben.

Traubenweg, 11. Bezirk (Simmering); Weg in der Siedlung „Simmeringer Haide".

Traunergasse, 16. Bezirk (Ottakring); Hans Trauner (1583–1664), Dorfrichter von Ottakring.

Traunfelsgasse, 20. Bezirk; Josef Stummer v. Traunfels (1808–1891), Baukünstler.

Traungasse, 3. Bezirk; nach dem alten Grafengeschlecht von Abensberg-Traun, das nach 1683 hier ein Palais samt Park errichtete.

Trautenauplatz, 19. Bezirk (Unter-Sievering); zur Erinnerung an den Sieg der Österreicher über die Preußen bei Trautenau im Jahre 1866.

Trautsongasse, 8. Bezirk; vorerst Schiffgasse, bis 1862 Schwibbogengasse. Johann Fürst Trautson (1704–1757), Erzbischof von Wien.

Trauttmansdorffgasse, 13. Bezirk (Hietzing); Gräfin Therese Trauttmansdorff (1784–1847), Wohltäterin.

Trazerberg, 13. Bezirk; 227 Meter. Eine Erklärung für den Namen ist nicht bekannt.

Trauzlgasse, 21. Bezirk (Strebersdorf); Firmenname.

Traviatagasse, 23. Bezirk (Inzersdorf); Oper von Giuseppe Verdi.

Trazerberggasse, 13. Bezirk (Ober-St. Veit); führt zum Trazerberg.

Trefferweg, 18. Bezirk (Pötzleinsdorf); Weg in der Siedlung „Brunnstube".

Treffzgasse, 13. Bezirk (Auhof); Henriette Treffz-Strauß (1818–1878), Opernsängerin.

Treitlstraße, 4. Bezirk; Josef Treitl (gest. 1895), Gemeinderat, vermachte der Akademie der Wissenschaften 2,500.000 Kronen.

Tremlweg, 23. Bezirk (Siebenhirten); Friedrich Treml (1816–1882), Maler.

Trenkwaldgasse, 17. Bezirk (Dornbach); Josef Matthias Trenkwald (1824–1899), Historienmaler.

Trennstraße, 14. Bezirk (Hadersdorf); weil die Straße Siedlungs- und Waldgebiet trennt.

Trentinigasse, 23. Bezirk (Inzersdorf); Albert v. Trentini (1878–1933), Schriftsteller.

Trepetschniggasse, 23. Bezirk (Erlaa); Josef Trepetschnig (1890–1963), Siedlungsgründer.

Trepulkagasse, 11. Bezirk (Kaiser-Ebersdorf); Johann Trepulka (1892–1947), Leiter des Fürsorgeamtes in Simmering.

Treumanngasse, 13. Bezirk (Auhof); Louis Treumann (1872–1943), Operettensänger.

Treustraße, 20. Bezirk; Teile davon früher Freigasse und Mittlere Gasse. Wolfgang Treu, während der Ersten Türkenbelagerung (1529) Bürgermeister von Wien.

Tribulzgasse, 23. Bezirk (Mauer); Klaudius Tribulz, in den Jahren 1581 bis 1603 Herrschaftsbesitzer von Kalksburg und Mauer.

Triester Straße, 10. Bezirk (Favoriten, Inzersdorf) und 23. Bezirk (Inzersdorf, Siebenhirten); Beginn der ehemaligen Reichsstraße nach Triest.

Triestinggasse, 21. Bezirk (Leopoldau); Fluß in Niederösterreich.

Trillergasse, 21. Bezirk (Großjedlersdorf); Andreas Triller, Hofkontrollor, stiftete 1650 das „Trillerkreuz" (Ecke Brünner Straße–Thomagasse).

Trimmelgasse, 17. Bezirk (Dornbach); Anton Trimmel (1832–1899), Haus- und Grundbesitzer, Wohltäter.

Trinkhausstraße, 11. Bezirk (Simmering); Jakob Trinkhaus (1718–1767), Pfarrer von Simmering.

Trisannagasse, 21. Bezirk (Leopoldau); Fluß in Tirol.

Trogergasse, 14. Bezirk (Penzing); Paul Troger (1698–1777), Historienmaler.

Trollblumengasse, 22. Bezirk (Aspern); Pflanzenname.

Trompetergasse, 1. Bezirk; bestand auf den einstigen Gründen des Glacis.

Troststraße, 10. Bezirk (Favoriten, Inzersdorf); bis 1894 Marxergasse und Schaumburgerstraße. Martin Trost (1831–1895), Fleischhauer, Bezirksvorsteher.

Trostweg, 11. Bezirk (Simmering); Weg in der Siedlung „Simmeringer Haide".

Trubelgasse, 3. Bezirk; Ludwig Trubel (1832–1899), Gemeinderat von Erdberg.

Trummelhofgasse, 19. Bezirk (Grinzing); von 1933 bis 1935 Paul-Ehrlich-Gasse. Nach einem auf römischen Mauern erbauten Wachturm. Im 12. Jahrhundert war das Festungswerk im Besitz der Babenberger. 1246 bis 1463 befand sich das Bauwerk im Besitz des Geschlechts der Reicholfs, dann Herrschaftsbesitz bis 1835, dann Brauhaus.

Trumettergasse, 4. Bezirk; im Jahre 1463 erwähnt, die Lage ist unbekannt.

Trunnerstraße, 2. Bezirk; Bruder Wunnibald Trunner (1829–1885), Prior der Barmherzigen Brüder.

Tschaikowskygasse, 21. Bezirk (Jedlersdorf); Peter Iljitsch Tschaikowsky (1840–1893), russischer Komponist.

Tschechowgasse, 21. Bezirk (Schwarzlackenau); A. Pawlowitsch Tschechow (1860–1904), russischer Schriftsteller.

Tscherttegasse, 12. Bezirk (Altmannsdorf); Hans Tschertte, Festungsbaumeister zur Zeit der Ersten Türkenbelagerung Wiens.

Tschörnerweg, 22. Bezirk (Aspern); Ludwig Tschörner (1875–1960), Pionier der Bildtelegraphie.

Tschudigasse, 22. Bezirk (Aspern); Ägidius v. Tschudi (1505–1572), Geschichtsschreiber.

Tuchlauben, 1. Bezirk; hier machten sich 1153 deutsche Tuchmacher seßhaft. Schon 1289 „in Lubiis" (In den Lauben), auch Unter den Lauben genannt. Später hießen einzelne Teile: „sub Lubiis Panni" (Unter den Tuchlauben), 1328 „sub sellatoribus" (Unter den Sattlern), 1311 Unter den Buochvelern, 1335 Unter den Sporern, 1357 Unter den Messerern, 1367 Messererstrazze, 1368 Unter den Spengeleren, 1372 Sattlergazze, 1381 bis 1862 Spenglergazze, 1420 Unter den Scherläden, 1444 Unter den Gürtlern. Erst seit 1862 heißt die ganze Straße Tuchlauben.

Tuchlaubenhof, 1. Bezirk; siehe vorher. Zwischen Tuchlauben und Seitzergasse.

Türkenbundweg, 21. Bezirk (Stammersdorf); Blumenname.

Türkenschanzplatz, 18. Bezirk (Währing); im Westen des Türkenschanzparkes (siehe folgendes).

Türkenschanzstiege, 18. Bezirk (Währing); führt zur Türkenschanze.

Türkenschanzstraße, 18. Bezirk (Währing, Weinhaus); nach der Türkenschanze. Der Türkenschanzpark wurde auf den Gründen, auf denen die Türken in den Jahren 1529 und 1683 ihre Befestigungen hatten, angelegt. Eröffnet im Jahre 1888, später vergrößert.

Türkenstraße, 9. Bezirk; zur Erinnerung an die Belagerungen Wiens durch die Türken in den Jahren 1529 und 1683. Die Wiener erinnerten sich oft (meist in lustiger Weise) an die Türkenbelagerungen. In Währing beispielsweise wurde der Türkenritt-Hof 1928 zur Erinnerung an einen alten Volksbrauch so benannt. Jährlich wurde bei einem Festzug ein verkehrt auf einem Esel reitender türkischer Pascha herumgeführt, der so viel trinken mußte, bis er vom Esel herunterstürzte. Der Brauch wurde 1783 von Kaiser Joseph II. abgeschafft.

Türkisgasse, 21. Bezirk (Leopoldau); Halbedelstein.

Tuersgasse, 13. Bezirk (Ober-St. Veit); bis 1894 Wiengasse. Wilhelm Turss von Asparn (gest. 1439), Dompropst zu Wien. Er war der letzte aus dem niederösterreichischen Adelsgeschlecht.

Tulipanenweg, 22. Bezirk (Aspern); andere Bezeichnung für die Tulpen.

Tullnertalgasse, 23. Bezirk (Mauer, Atzgersdorf), Flurname.

Tulpengasse, 8. Bezirk; nach einem Hausschild „Zur Tulpe".

Tulpenweg, 11. Bezirk (Simmering); Blumenname.

Turgenjewgasse, 13. Bezirk (Ober-St. Veit); Iwan Turgenjew (1818–1883), russischer Dichter.

Turm auf der Goldschmiede, 1. Bezirk; im Alten Arsenal. Der westliche Salzgries, der Concordiaplatz und ein Teil der Börsegasse hießen „Auf der Goltsmitte".

Turmburggasse, 6. Bezirk; hier bestand um 1765 ein Gutshof mit einem hohen Turm, Turmburg genannt.

Turnergasse, 15. Bezirk (Fünfhaus); früher Neue Gasse und Hollergasse. Erinnert an die Turnerbewegungen.

Tuschlgasse, 23. Bezirk (Inzersdorf); Karl Tuschl (1858–1943), Schauspieler.

Twarochgasse, 17. Bezirk (Dornbach); Johann Nepomuk Twaroch (1863–1930), Bezirksvorsteher-Stellvertreter.

Tyrnauer Gasse, 10. Bezirk (Favoriten); nach der Stadt Tyrnau (früher in Ungarn, jetzt in der Tschechoslowakei).

Tyroltgasse, 12. Bezirk (Meidling); Dr. Rudolf Tyrolt (1848–1929), Schauspieler.

Hauptmaut beim Rotenturm

U

Uchatiusgasse, 3. Bezirk; Franz Freiherr v. Uchatius (1811–1881), Feldmarschall, Erfinder der Stahlbronze.

Udelweg, 11. Bezirk (Kaiser-Ebersdorf); Karl Udel (1844–1927), Wiener Gesanghumorist.

Überfuhrstarße, 21. Bezirk (Schwarzlackenau); nach einer ehemaligen Überfuhr über die Donau.

Überreiterweg, 14. Bezirk (Hütteldorf); Landreiter als Boten(?).

Uetzgasse, 10. Bezirk (Simmering); Karoline Uetz (gest. 1901), Wohltäterin. Hinterließ eine Stiftung für Waisenknaben in Höhe von 60.000 Gulden.

Uferweg, 19. Bezirk (Ober-Sievering); entlang des Arbesbaches.

Uhlandgasse, 10. Bezirk (Favoriten); Ludwig Uhland (1787–1862), Dichter, Gelehrter.

Uhligstraße, 10. Bezirk (Oberlaa); Viktor Uhlig (1847–1911), Geologe.

Uhlirzgasse, 21. Bezirk (Leopoldau); Dr. Karl Uhlirz (1854–1914), Geschichtsforscher.

Uhlplatz, 8. Bezirk; Eduard Ritter v. Uhl (1813–1892), Bürgermeister von Wien.

Uhugasse, 21. Bezirk (Schwarzlackenau); bis 1942 Gründergasse. Vogelname.

Ulanenweg, 22. Bezirk (Aspern); hier in den Franzosenkriegen (1809) eingesetzte Reitertruppe.

Ullmannstraße, 15. Bezirk (Sechshaus); früher Am Mühlbach, später bis 1894 Mühlbachgasse und Blindgasse. Josef Ullmann (1846–1890), Zuckerwarenerzeuger, Bürgermeister von Sechshaus.

Ulmenstraße, 14. Bezirk (Hütteldorf); Baumname.

Ulmer Straße, 18. Bezirk; heute Dr.-Heinrich-Maier-Straße(?).

Ulrichgasse, 2. Bezirk; früher Obere Fischergasse, später Fischergasse. Leopold Ulrich (1769–1847), Grundrichter der Jägerzeile.

Ultzmanngasse, 22. Bezirk (Eßling); Dr. Robert Ultzmann (1842–1889), Chirurg.

Umlauftgasse, 17. Bezirk (Dornbach); Dr. Friedrich Umlauft (1844–1923), Geograph, Direktor der Wiener Urania.

Underreingasse, 14. Bezirk (Unter-Baumgarten); Ignaz Underrein (Unterrein), Tischler, Märzgefallener des Jahres 1848.

Undsetgasse, 10. Bezirk (Inzersdorf); Sigrid Undset (1882–1949), norwegische Dichterin.

Ungargasse, 3. Bezirk; 1444 Hungargasse, ein Teil später Stuckgasse(?). In früheren Zeiten befanden sich hier Herbergen für zugereiste Ungarn.

Ungartor, 1. Bezirk; Porta hungarica, auch Stubentor. 1256 bestätigt. Der Weg hindurch führte in Richtung Ungarn.

Universitätsstraße, 1. Bezirk und 9. Bezirk; nach der Neuen Universität, 1873 bis 1884 erbaut.

Universitätsplatz, 1. Bezirk; heute Dr.-Ignaz-Seipel-Platz. Nach der hier von Rudolf IV., dem Stifter, 1365 gegründeten Universität.

Universumstraße, 20. Bezirk; nach einer Vergnügungsstätte von 1834 bis 1865.

Unterbergergasse, 20. Bezirk; Michael Unterberger (1696–1758), Maler.

Unter der Kirche, 11. Bezirk (Simmering); tiefer gelegener Straßenzug östlich der Kirche.

Untere Aquäduktgasse, 23. Bezirk (Liesing); nach dem Aquädukt der I. Wiener Hochquellenwasserleitung.

Untere Augartenstraße, 2. Bezirk; von 1777 bis 1862 Neue Gasse. Führt zum Augarten.

Untere Donaustraße, 2. Bezirk; Uferstraße am unteren Donaukanal.

Untere Jungenberggasse, 21. Bezirk (Stammersdorf); Flurname.

Untere Mühlbachgasse, 23. Bezirk (Rodaun); nach dem Mühlbach für die Aumühle.

Unterer Reisenbergweg, 19. Bezirk (Grinzing); nach seiner Lage am Reisenberg.

Unterer Schreiberweg, 19. Bezirk (Grinzing); Weg neben dem Schreiberbach.

Unterer Weisleitenweg, 19. Bezirk (Nußdorf); Flurname.

Untere Sätzen, 21. Bezirk (Strebersdorf); Flurname.

Untere Viaduktgasse, 3. Bezirk; untere (südöstliche) Lage neben der Verbindungsbahn.

Untere Weißgerberstraße, 3. Bezirk; zur Wahrung des Ortsnamens.

Unterfeldgasse, 11. Bezirk (Simmering), Flurname („Untere" und „Obere" Felder).

Unterfeldweg, 22. Bezirk (Hirschstetten); Riedname.

Unter-Laaer Straße, 10. Bezirk (Ober- und Unterlaa); nach der gleichnamigen Ortschaft.

Unter-Meidlinger Straße, 10. Bezirk (Inzersdorf) und 12. Bezirk (Meidling); der südliche Teil Meidlings wird so bezeichnet.

Unterweg, 10. Bezirk (Oberlaa); Weg in der Siedlung „Weichselgarten".

Upsalagasse, 10. Bezirk (Oberlaa); Stadt in Schweden.

Uraniastraße, 1. Bezirk; nach dem 1909 bis 1910 erbauten Uraniagebäude.

Uranusweg, 14. Bezirk (Hütteldorf); Planetenname.

Urbangasse, 17. Bezirk (Dornbach); Urban Mayer, Minoritenpater, gründete 1827 eine Stiftung.

Urban-Loritz-Platz, 7. Bezirk; Urban Loritz (1807–1881), Pfarrer von Schottenfeld.

Urschenböckgasse, 11. Bezirk (Simmering); die Freiherren v. Urschenböck waren von 1608 bis 1635 Besitzer der Herrschaft Simmering.

Urselbrunnengasse, 10. Bezirk (Oberlaa); Flurname.

Utendorfgasse, 14. Bezirk (Hütteldorf); ältester Name von Hütteldorf, nach dem Adelsgeschlecht Uten, das 1115 mit Adalbert v. Uten erwähnt wird und 1495 im Mannesstamm verlosch.

Utopiaweg, 18. Bezirk (Pötzleinsdorf); nicht zu verwirklichende Welt.

V

Vachturm, 1. Bezirk; so hieß ein 1870 abgebrochener Turm der Stadtbefestigung.

Valentingasse, 23. Bezirk (Mauer); Valentin Edler v. Mack (1764–1838), Besitzer der Herrschaften Kalksburg und Mauer.

Valiergasse, 11. Bezirk (Kaiser-Ebersdorf); Max Valier (1895–1930), Ballistiker (Raketen).

Van-der-Null-Gasse, 10. Bezirk (Favoriten, Inzersdorf); Eduard van der Nüll (1812–1868), Architekt.

Van-Swieten-Gasse, 9. Bezirk; Gerard Freiherr van Swieten (1700–1772), Leibarzt der Kaiserin Maria Theresia.

Varnhagengasse, 22. Bezirk (Hirschstetten); Karl August Varnhagen von Ense (1785–1858), Schriftsteller.

Varronegasse, 23. Bezirk (Siebenhirten); Johann Varrone (1832–1910), Maler.

Vegagasse, 19. Bezirk (Ober-Döbling); Georg Freiherr v. Vega (1756–1920), Oberstleutnant, Mathematiker.

Veilchenweg, 11. Bezirk (Simmering); Pflanzenname.

Veilchenweg, 14. Bezirk (Auhof); Blumenname.

Veithgasse, 3. Bezirk; von 1938 bis 1945 Uhdegasse. Dr. Johann Emanuel Veith (1788–1876), Kanzelredner.

Veitingergasse, 13. Bezirk (Lainz, Ober-St. Veit); bis 1894 Windmühlgasse und Ober-St. Veiter Gasse. Flurname.

Veitlissengasse, 13. Bezirk (Lainz, Ober-St. Veit); Flurname (siehe Lüssen).

Veltzegasse, 19. Bezirk (Unter-Sievering); Alois Veltze (1864–1927), Oberst, Schriftsteller (militärische Werke).

Venediger Au, 2. Bezirk; ehemals Klein-Venedig. Nach der 1486 durch Nikolaus Vach errichteten venezianischen Glasschmelzerei.

Venusweg, 14. Bezirk (Hütteldorf); Planetenname.

Venusweg, 22. Bezirk (Stadlau); Weg in der Siedlung „Canada".

Verbandsweg, 22. Bezirk (Aspern); Weg in der Siedlung „Mutgrund" (nach dem Siedlungsverband?).

Verbindungsweg, 12. Bezirk (Altmannsdorf); Weg in der Siedlung „Esparsette".

Verbindungsweg, 12. Bezirk (Meidling); Weg in der Siedlung „Kleingartenfreunde".

Verbindungsweg, 21. Bezirk (Donaufeld); verbindet die Hubertusgasse mit der Friedstraße.

Verbindungsweg I und **Verbindungsweg II,** 14. Bezirk (Auhof); Wege am Bierhäuselberg.

Vereinsgasse, 2. Bezirk; nach dem 1856 erbauten Haus des Katholischen Gesellschaftsvereines.

Vereinshausstraße, 21. Bezirk; einst in der Siedlung Großer Säulenhaufen (heute UNO-City).

Vereinsstiege, 9. Bezirk; wurde von einem Wohltätigkeitsverein erbaut (dieser stiftete auch eine Kinderbewahranstalt).

Vereinsweg, 10. Bezirk (Inzersdorf); Weg in der Siedlung „Weichselgarten".

Vereinsweg, 18. Bezirk (Pötzleinsdorf); Weg in der Siedlung „Brunnstube".

Vergaragasse, 22. Bezirk (Aspern); Marquis v. Vergara (1686–1765), Stiftungen zugunsten von Waisen.

Vergessene oder Verlorene Gasse, 9. Bezirk; 1314 erwähnter Name „inter cerdones" (Vergessene Gasse der Schuhflicker). Lage unbekannt.

Vernholzgasse, 22. Bezirk (Hirschstetten); Christian Freiherr v. Vernholz-Vernwald (1775–1815), in der Asperner Schlacht (1809) ausgezeichneter Offizier (Hauptmann).

Vermählungsau, 2. Bezirk; einstiger Name für das von der Ausstellungsstraße–Lagerhausstraße–Nordportalstraße gebildete Dreieck.

Veronikagasse, 16. Bezirk (Ottakring) und 17. Bezirk (Hernals); nach einer Bildsäule der hl. Veronika, die von 1722 bis 1842 auf freiem Felde stand (soll heute noch in einer Nische des Hauses Ottakringer Straße–Veronikagasse stehen).

Versbachgasse, 13. Bezirk (Lainz); Mansuet Freiherr v. Versbach-Hadamar (1845–1912), General der Kavallerie.

Versorgungsheimplatz, 13. Bezirk (Lainz); siehe folgendes.

Versorgungsheimstraße, 13. Bezirk (Lainz), nach dem Städtischen Versorgungsheim Lainz, erbaut in den Jahren 1902 bis 1904.

Vertexgasse, 23. Bezirk (Atzgersdorf); Firmenname (früher „Osram").

Vettersgasse, 10. Bezirk (Simmering); Hermann Vetters (1880–1941), Geologe.

Viehmarkt, Am, 3. Bezirk; einst ein im Freien abgehaltener Markt am Ochsengries (heute Schlachthof St. Marx).

Viehmarktgasse, 3. Bezirk; schon 1797 wurde der Viehmarkt hierher verlegt. 1879 bis 1884 wurde der Markt vergrößert und in gedeckten Hallen untergebracht.

Viehtriebstraße, 3. Bezirk und 10. Bezirk; der Weg, auf dem die für den Markt bestimmten Tiere getrieben wurden, führte von der jetzigen Schlechtastraße zur Grasbergergasse. Um 1930 verbaut.

Vierthalergasse, 12. Bezirk (Meidling); Franz Michael Vierthaler (1758–1827), Direktor und Leiter des Kienmayerschen Waisenhauses.

Vierzigerzeil, 18. Bezirk (Weinhaus); ein um 1683 bestehender Name der heutigen Lacknergasse, der besagt, daß die Bewohner dieser Häuserreihe (Zeile) jährlich 40 Pfennige Grundsteuer zu leisten hatten.

Viktor-Adler-Platz, 10. Bezirk (Favoriten); bis 1920 Eugenplatz, bis 1938 und nach 1945 so, von 1938 bis 1945 Horst-Wessel-Platz. Dr. Viktor Adler (1852–1918), Sozialpolitiker.

Viktor-Christ-Gasse, 5. Bezirk; Viktor Christ (1904–1941), hingerichteter Widerständler.

Viktorgasse, 4. Bezirk; Erzherzog Anton Viktor (1779–1835), Sohn Erzherzog Karls.

Viktorgasse, 15. Bezirk; heutiger Name unbekannt.

Viktor-Hagl-Gasse, 14. Bezirk (Hadersdorf); Viktor Hagl (1864–1939), Bürgermeister von Hadersdorf.

Viktoriagasse, 15. Bezirk (Fünfhaus); um 1858 Mittelrustengasse, auch Feldgasse. Nach der ehemaligen Vergnügungsstätte „Viktoriasäle".

Viktor-Kaplan-Straße, 22. Bezirk (Stadlau); Viktor Kaplan (1876–1934), Schöpfer der modernen Turbine.

Viktor-Kutschera-Platz, 14. Bezirk (Hadersdorf); Viktor Kutschera (1863–1933), Schauspieler.

Viktor-Leon-Gasse, 13. Bezirk (Auhof); Viktor Leon (1858–1940), Librettist.

Viktor-Wittner-Gasse, 22. Bezirk (Eßling); Viktor Wittner (1896–1949), Lyriker.

Villaweg, 22. Bezirk (Kagran); Weg in der Siedlung „ÖBB Landwirte Gr. Kagran".

Villenweg, 19. Bezirk (Josefsstadt); nach den vielen Villen.

Vilicusweg, 16. Bezirk (Ottakring); Johann Vilicus, um 1830 Pfarrer von Ottakring.

Vinzenzgasse, 18. Bezirk (Währing); früher ein Teil Bockgasse, später Lazaristengasse. Nach Kloster und Kirche vom Orden des hl. Vinzenz v. Paul (Lazaristen), erbaut 1875.

Vinzenz-Hauschka-Gasse, 22. Bezirk (Aspern); Vinzenz Hauschka (1766–1840), Tondichter.

Vinzenz-Heß-Gasse, 13. Bezirk (Hacking); Vinzenz Heß (1807–1894), Bürgermeister von Hütteldorf.

Violaweg, 22. Bezirk (Kagran); Bezeichnung der Veilchen.

Virilligasse, 23. Bezirk (Inzersdorf); Georg Virilli (1872–1951), Bürgermeister von Inzersdorf.

Viriotgasse, 9. Bezirk; Johann Lothar Freiherr v. Viriot, spanischer Generalkonsul, stiftete 1845 eine Kinderbewahranstalt.

Vitusgasse, 13. Bezirk (Ober-St. Veit); nach der Kirche „Zum hl. Vitus“ (Veit). Die Kirche stand schon 1433.

Vivaldigasse, 10. Bezirk (Inzersdorf); Antonio Vivaldi (1678–1741), Komponist.

Vivariumstraße, 2. Bezirk; nach einem ehemaligen Ausstellungsgebäude im Prater.

Vivenotgasse, 12. Bezirk (Meidling); Dr. Rudolf v. Vivenot (1807–1884), Arzt, Gründer des Sophienspitals.

Vizanigasse, 23. Bezirk (Erlaa); Franz Vizani (1889–1942), Bürgermeister v. Erlaa.

Vöschergasse, 23. Bezirk (Inzersdorf); Leopold Heinrich Vöscher (1830–1877), Maler.

Vösendorfer Straße, 23. Bezirk (Inzersdorf); führt nach Vösendorf.

Vogelbeerengasse, 22. Bezirk (Breitenlee); Früchte des gleichnamigen Strauches.

Vogelsangberg, 19. Bezirk; 504 Meter. Singvögelreiche Gegend.

Vogelsanggasse, 5. Bezirk; Karl Freiherr v. Vogelsang (1818–1890), Schriftsteller.

Vogeltenngasse, 16. Bezirk (Ottakring); Tenne = Heuboden, hier vielleicht ein Sammelplatz für Vögel.

Vogelweidplatz, 15. Bezirk (Fünfhaus); Walter von der Vogelweide (etwa von 1170–1250), Minnesänger.

Vogentalgasse, 10. Bezirk (Simmering); Flurname.

Vogtgasse, 14. Bezirk (Penzing); Dr. Theodor Vogt (1835–1906), Pädagoge.

Vohburggasse, 21. Bezirk (Strebersdorf); ein Markgraf Vohburg lebte um 1155.

Voigtländergasse, 22. Bezirk (Kagran); Friedrich Voigtländer (1779–1859), Pionier auf dem Gebiet der Feinmechanik und der Optik.

Voitgasse, 22. Bezirk (Kagran); Wilhelm Voit (1865–1941), Tiefbaufachmann.

Volkergasse, 15. Bezirk (Fünfhaus); Volker, der Burgunderrecke, eine Gestalt aus der Nibelungensage.

Volkertplatz, 2. Bezirk; siehe folgendes.

Volkertstraße, 2. Bezirk; Franz Volkert (1767–1845), Tondichter.

Volkgasse, 13. Bezirk (Hietzing); Georg Volk (1819–1901), Gemeinderat von Hietzing.

Volkmargasse, 10. Bezirk (Oberlaa); Ottomar v. Volkmar (1819–1901?), Direktor der Staatsdruckerei.

Volkragasse, 22. Bezirk (Hirschstetten); Wolfgang Christoph v. Volkra (gest. 1638), Besitzer der Herrschaft Hirschstetten.

Volksgartenstraße, 1. Bezirk; der Volksgarten wurde auf Gründen errichtet, auf denen sich Befestigungswerke und Festungsmauern befanden. Diese Anlagen wurden von den Franzosen im Jahr 1809, als Wien eingenommen war, gesprengt. Der Garten wurde 1823 eröffnet.

Volksprater, 2. Bezirk; bis 1766 Au- und Jagdgründe, nach Freigabe des Pratergebietes Belustigungsort, Volksprater oder Wurstelprater genannt. Als Gegensatz zum Nobelprater längs der Hauptallee.

Vollbadgasse, 17. Bezirk (Dornbach); nach einem 1866 errichteten Voll- und Wannenbad, das 1920 den Betrieb einstellte.

Voltagasse, 21. Bezirk (Großjedlersdorf, Jedlesee); Alexander Graf Volta (1745–1827), Physiker.

Voltelinistraße, 21. Bezirk (Jedlesee, Schwarzlackenau); Hans v. Voltelini (1862–1938), Erforscher der ältesten Geschichte Wiens, Lehrer des deutschen Rechts.

Vordere Zollamtsstraße, 3. Bezirk; vordere (westliche) Straße vor dem 1841 erbauten Hauptzollamt.

Vorgartenstraße, 2. Bezirk und 20. Bezirk; so benannt, da sich vor jedem Haus ein „Vorgarten“ befindet.

Vorlaufstraße, 1. Bezirk; Konrad Vorlauf, Bürgermeister von Wien, wird 1408 als Anhänger Herzog Ernsts des Eisernen hingerichtet.

Vormosergasse, 19. Bezirk (Ober-Döbling); Jörg Vormoser, 1499 Pfarrer von Döbling.

W

Waaggasse, 4. Bezirk; 1734 „Die Gegend am Wagrein" benannt. Nach einem Hausschild „Zur goldenen Waage".

Wachaustraße, 2. Bezirk; nach der Wachau, dem Donautal zwischen Ybbs und Krems.

Wachtelgasse, 1. Bezirk; durch den Umbau der Fischerstiege 1900 verbaut.

Wacholderweg, 21. Bezirk (Leopoldau); Frucht des Wacholderstrauches.

Wachtelweg, 14. Bezirk (Hütteldorf); Vogelname.

Wachthausgasse, 11. Bezirk (Simmering); führte zu einem ehemaligen militärischen Wachposten auf der Simmeringer Heide.

Wacquantgasse, 22. Bezirk (Aspern); Johann Theodor Wacquant (1754–1844), Feldzeugmeister in den Franzosenkriegen (1809).

Wächtergasse, 1. Bezirk; hier befand sich in den Jahren 1750 bis 1773 eine städtische Polizeiwachstube.

Währinger Gürtel, 9. Bezirk und 18. Bezirk (Währing); zur Wahrung des Ortsnamens (siehe auch Döblinger Gürtel). Der daneben liegende Währinger Park befindet sich auf dem Grunde des aufgelassenen Allgemeinen Währinger Friedhofes.

Währinger Spitz, 19. Bezirk; der erste Bau auf diesem Fleck, einst Grenze zwischen Währing und Döbling, war ein Gasthaus (Ecke damaliger Feldgasse/Hirschengasse, die heutige Gymnasiumstraße/Billrothstraße). Später wurde hier (anstelle des Gasthauses) das Wendl-Theater eröffnet.

Währinger Straße, 9. Bezirk und 18. Bezirk (Währing, Weinhaus); im 18. Bezirk früher Zwanziger- und Zweiunddreißigerzeile, später bis 1894 Hauptstraße, dann in Weinhaus Währing-Weinhauser Straße. Zur Wahrung des Ortsnamens.

Wällischgasse, 3. Bezirk; die Venezianerin Aria della Scala Gräfin Pretta ließ hier einst Baum-, Wein- und Safrangärten anlegen, die sie 1445 den Augustinern schenkte. Welsch (wällisch) = italienisch, ausländisch, fremdartig.

Wagenmanngasse, 23. Bezirk (Atzgersdorf); Dr. Karl Wagenmann, gründete 1828 die „Donau-Chemie".

Wagenseilgasse, 12. Bezirk (Altmannsdorf); Georg Christoph Wagenseil (1715–1777), Tondichter.

Wagnergasse, 9. Bezirk; verlief von der Liechtensteinstraße zur Althanstraße(?).

Wagner-Schönkirch-Gasse, 23. Bezirk (Inzersdorf); Hans Wagner-Schönkirch (1872–1940), Musikpädagoge.

Wagramer Straße, 22. Bezirk (Kaisermühlen, Kagran, Süßenbrunn) und21. Bezirk (Leopoldau); um 1830 Hollitscher Straße, später Kagraner Straße, Leopoldauer Straße, bis 1909 Wiener Reichsstraße und Süßenbrunner Straße. Führt nach dem Ort Wagram außerhalb Wiens.

Wahlberggasse, 14. Bezirk (Hütteldorf); Wilhelm Emil Wahlberg (1824–1901), Professor für Strafrecht an der Wiener Universität.

Waidäckergasse, 16. Bezirk (Ottakring); ein schon 1366 erwähnter Flurname.

Waidhausenstraße, 14. Bezirk (Unter- und Ober-Baumgarten); Flurname. 1421 wird ein Weingartenried namens Waydhausen erwähnt.

Waissauweg, 22. Bezirk (Kaisermühlen); ungeklärte Bezeichnung.

Walcherstraße, 2. Bezirk; Josef Walcher (1718–1803), Mathematiker, Physiker.

Waldaugasse, 19. Bezirk (Grinzing); Gustav Waldau (1871–1958), Schauspieler.

Waldbachsteig, 19. Bezirk (Kahlenberger Dorf), verläuft neben dem Waldbach.

Waldeckgasse, 18. Bezirk (Währing); Georg Friedrich Graf (später Fürst) v. Waldeck (1620–1692), Befehlshaber im Entsatzheer gegen die Türken.

Waldegghofgasse, 17. Bezirk (Dornbach, Neuwaldegg); siehe Neuwaldegg.

Waldemarweg, 13. Bezirk (Auhof, Mauer); Richard Waldemar (1869–1946), Komiker.

Waldgasse, 10. Bezirk (Favoriten); in der Nähe liegt der Laaer Wald.

Waldheimstraße, 22. Bezirk (Eßling); eingebürgerte Bezeichnung (für einen im Wald liegenden Wohnort?).

Waldmeistergasse, 14. Bezirk (Hütteldorf); Pflanzenname.

Waldmüllergasse, 20. Bezirk; Ferdinand Georg Waldmüller (1793–1865), Maler.

Waldrandweg, 17. Bezirk (Neuwaldegg); bei der Waldgrenze.

Waldrebengasse, 22. Bezirk (Stadlau); Pflanzenname.

Waldrosengasse, 14. Bezirk (Hadersdorf); Blumenname.

Waldsaumweg, 17. Bezirk (Neuwaldegg); Weg in der Siedlung „Hügelwiese", entlang des Waldrandes.

Waldschafferweg, 14. Bezirk (Hadersdorf); Flurname (Waldschaffer ist etwa der heutige Heger).

Waldsteingartenstraße, 2. Bezirk; hier befand sich ein Lustgarten im Besitz der Grafen Waldstein.

Wald- und Wiesengürtel; keine moderne Erfindung, sondern bereits im Jahre 1905 unter Bürgermeister Karl Lueger vom Gemeinderat beschlossen. Der Wald- und Wiesengürtel sollte einerseits der überhand nehmenden Verbauung eine Grenze setzen, andererseits der Bevölkerung Wiens das nötige Luftreservoir garantieren. Die Verbindung dieser Wiesen und Wälder bildet die Höhenstraße.

Waldviertlerweg, 22. Bezirk (Aspern); nach dem gleichnamigen „Viertel" Niederösterreichs.

Waldvogelstraße, 13. Bezirk (Lainz); Anton Waldvogel (1846–1917), Fachschriftsteller.

Waldweg, 14. Bezirk (Hadersdorf); führt zum nahe gelegenen Wald des Kolbeterberges.

Waldzeile, 17. Bezirk (Neuwaldegg); grenzt an den Wald.

Walfischgasse, 1. Bezirk; seit 1875, früher ein Teil Alte Walfischgasse. Nach dem (1700 erwähnten) Gasthaus „Bey den Wallfisch".

Walfischplatz, 1. Bezirk; durch einen Umbau (Erweiterung) der Krugerstraße verbaut.

Walkergasse, 21. Bezirk (Donaufeld); Dr. Gustav Walker (1868–1944), Rechtswissenschafter.

Walkürengasse, 15. Bezirk (Fünfhaus); Walküren sind die Jungfrauen der Schlacht in der deutschen Göttersage (holen die gefallenen Helden vom Schlachtfeld und geleiten sie zur Tafel der Götter).

Wallackgasse, 23. Bezirk (Siebenhirten).

Wallensteinplatz, 20. Bezirk; siehe folgendes.

Wallensteinstraße, 20. Bezirk; früher Untere Quergasse und Dammstraße, später Gärtnergasse. Wenzel Eusebius von Wallenstein, Herzog v. Friedland, Herzog v. Mecklenburg, Herzog v. Sagan (1583–1634), Feldherr.

Wallgasse, 6. Bezirk; bis 1862 Große Schloßgase und Wallstraße. Nach dem Linienwall.

Wallishaussergasse, 17. Bezirk (Dornbach); Johann Baptist Wallishausser d. Ä. (1757–1810), d. J. (1791–1838), beide Buchdrukker.

Wallmodengasse, 19. Bezirk (Unter-Döbling); Ludwig Georg Thedel Graf v. Wallmoden-Gimborn (1769–1862), General.

Wallnerstraße, 1. Bezirk; schon 1306 als Sitz und Arbeitsstätte der Tuchwalker als Walichstraße, auch Walch- und Walcstrazze genannt. Möglicherweise nach wällischen (italienischen) Kaufleuten.

Wallrißstraße, 18. Bezirk (Gersthof, Pötzleinsdorf); Flurname. Schon 1333 Walgeriese, was eingerissener, schotterreicher Wasserlauf bedeutet.

Waltenbergergasse, 21. Bezirk (Strebersdorf); Johann Waltenberger (1876–1952), Bezirksrat von Strebersdorf.

Waltenhofengasse, 10. Bezirk (Favoriten); Adalbert v. Waltenhofen (1827–1914), Professor der Elektrotechnik.

Waltergasse, 4. Bezirk; Michael Walter, vor 1850 Richter der Ortschaft Wieden.

Walter-Lindenbaum-Gasse, 10. Bezirk (Oberlaa); Walter Lindenbaum (1907–KZ?), Lyriker.

Walter-Schwarzacher-Gasse, 21. Bezirk (Leopoldau); Dr. Walter Schwarzacher (1892–1958), Gerichtsmediziner.

Walter-von-der-Vogelweide-Gasse, 23. Bezirk (Mauer); Walter von der Vogelweide (1170–1230), Minnesänger.

Wambachergasse, 13. Bezirk (Lainz); Franz Wambacher (1793–1871), Bürgermeister von Lainz.

Wankläckergasse, 21. Bezirk (Großjedlersdorf); Flurname (nach dem Besitzer?).

Wannemachergasse, 21. Bezirk (Großjedlersdorf); Martin Wannemacher (1787–1845), Pfarrer von Jedlersdorf.

Wanriglgasse, 16. Bezirk (Ottakring); Flurname (unwegsame Gegend, abgesperrt durch Schutt, Felsen, Erde = Wanrigl, Steinrigl, Hochrigl usw.).

Wanthalerweg, 17. Bezirk (Dornbach); Gustav Wanthaler (1808–1863), Wienerlieder-Komponist.

Warchalowskigasse, 2. Bezirk (Eßling); Adolf Warchalowski (1886–1928), Entwickler des Flugzeugwesens.

Warhanekgasse, 21. Bezirk (Donaufeld); Dr. Karl Warhanek (1860–1945), Experte für Jugendrechtsfragen.

Wartenslebengasse, 22. Bezirk (Stadlau); Ferdinand Graf Wartensleben (1777–1821), Feldmarschall-Leutnant, Held der Schlacht von Engen am 3. Mai 1800.

Wasagasse, 9. Bezirk, Gustav Prinz v. Wasa (1777–1821), Feldmarschall-Leutnant.

Waschhausgasse, 2. Bezirk; nach dem Kaiserlichen Hofwaschhaus, um 1650 unter Kaiser Leopold I. angelegt. Es bestand bis 1834.

Wasenbastei, 1. Bezirk; richtig eigentlich Wasserbastei, da sie in der Nähe des Wienflusses lag. Diese Bastei wird 1538 erwähnt. Auch Wasserkunstbastei.

Wasnergasse, 20. Bezirk; bis 1885 Augartendamm. Josef Wasner (gest. 1881), Gemeinderat der Brigittenau.

Wasserburgergasse, 9. Bezirk, Therese Wasserburger (gest. 1881), Wohltäterin.

Wassergasse, 3. Bezirk; bis 1862 D'Orsaygasse. Führt zum Donaukanal.

Wasserleitungsstraße, 9. Bezirk; aufgelassen.

Wasserglacis, 1. Bezirk; an Stelle des Kursalons im Stadtpark befand sich ein Holzbau, in dem verschiedene Mineralwässer zu Heilzwecken ausgeschenkt wurden. 1861 abgetragen.

Wasserkunstbastei, eine 1545 erbaute Bastei mit Turm, in welchem sich bis 1683 eine Wasserhebemaschine befand. Sie transportierte Wasser zur Bewässerung des kaiserlichen Lustgartens in der alten Burg. 1523 Heynerbastei, 1538 Wasenbastei, 1566 Obere Paradiesbastei, 1866 abgetragen.

Wassermanngasse, 21. Bezirk (Leopoldau); Jakob Wassermann (1873–1934), Schriftsteller.

Wasserpark, 21. Bezirk; Parkanlagen in der Alten Donau bei Floridsdorfer Hauptstraße–An der oberen Alten Donau–Nordbahn.

Wasserravelin oder Wasserschanzbastei, 1. Bezirk; befestigte Schanzen gegen den Donaukanal auf dem Grunde des Franz-Joseph-Kais.

Wasserstadel, 1. Bezirk; bestand Am Hof. Hier wurden Wasservorräte angesammelt, die zum Feuerlöschen dienten (wurden mit Wagen an den Brandort geführt).

Wasserweg, 18. Bezirk (Pötzleinsdorf); führt in Richtung Wasser.

Wasserweg, 14. Bezirk (Auhof); nach einer eingefaßten Quelle.

Wasserzeile, 19. Bezirk (Nußdorf); um 1864, seit 1875 mit der Holzstraße in der Nußdorfer Lände vereinigt.

Wastlgasse, 23. Bezirk (Mauer); nach einer seit 1789 ansässigen Weinhauerfamilie.

Wattgasse, 16. Bezirk (Ottakring) und 17. Bezirk (Hernals); James Watt (1736–1819), Verbesserer der Dampfmaschine, Erfinder des Kondensators.

Wattmanngasse, 13. Bezirk (Hietzing, Lainz, Speising); Prof. Josef Wattmann Freiherr v. Maelcamp-Beaulieu (1789–1866), Leibarzt Kaiser Ferdinands I.

Wawragasse, 14. Bezirk (Breitensee); Vinzenz Wawra, Weberlehrling, Märzgefallener des Jahres 1848.

Webergasse, 20. Bezirk; Karl Maria Freiherr v. Weber (1786–1826), Tondichter.

Webergasse, 1. Bezirk; einst volkstümlicher Name für die Wollzeile.

Webgasse, 6. Bezirk; in dieser Gasse und in der Umgebung existierten Webwarenfabriken.

Wedekindgasse, 21. Bezirk (Donaufeld); Frank Wedekind (1864–1918), Schauspieler.

Wedlgasse, 3. Bezirk; Dr. Karl Wedl (1815–1891), Histologe.

Wegelergasse, 18. Bezirk (Pötzleinsdorf); Prof. Franz Gerhard Wegeler (1765–1848), Arzt, verfaßte eine Biographie Beethovens.

Wegerichgasse, 14. Bezirk (Hütteldorf); Pflanzenname.

Wegmayrgasse, 22. Bezirk (Kagran); Sebastian Wegmayr (1776–1857), Maler.

Wegscheidergasse, 21. Bezirk (Großjedlersdorf); Dr. Rudolf Wegscheider (1859–1935), Chemiker.

Wehlistraße, 2. Bezirk und 20. Bezirk, zwischen 1938 und 1945 Admiral-Scheer-Straße. August Freiherr v. Wehli (1810–1892), Vizepräsident der Donauregulierungskommission.

Wehrbrücklstraße, 22. Bezirk (Eßling); nach einer ehemaligen Wehrbrücke.

Wehrgasse, 5. Bezirk; 1862 wurde die Josefigasse einbezogen. Bis 1862 existierte hier ein Wehr im Wienfluß.

Weibelstraße, 22. Bezirk (Eßling); Dr. Wilhelm Weibel (1876–1945), Gynäkologe.

Weichselbaumgasse, 10. Bezirk (Oberlaa); Dr. Anton Weichselbaum (1845–1920), Professor für pathologische Anatomie an der Wiener Universität.

Weichseltalweg, 11. Bezirk (Simmering); Flurname (nach hier einst bestehenden zahlreichen Weichselgärten).

Weichselweg, 22. Bezirk (Aspern); Kirschenfrucht.

Weidegasse, 3. Bezirk (Erdberg); hinter der Dietrichgasse bei der Drorygasse, heute verbaut.

Weidenstrazze, 1. Bezirk; um 1295 vorkommender Name. Sie befand sich im Zuge des Getreidemarktes am Ufer des Ottakringer Baches und wurde auch Widenstrazze (Holzstraße) genannt.

Weideweg, 21. Bezirk; existierte in der Siedlung Großer Säulenhaufen (durch die UNO-City verbaut).

Weidelstraße, 10. Bezirk (Oberlaa); Dr. Hugo Weidel (1849–1899), Chemiker.

Weidenweg, 22. Bezirk (Stadlau); Baumname.

Weidlichgasse, 13. Bezirk (Hietzing); Anton Weidlich (1813–1875), Bürgermeister von Hietzing.

Weidlinger Damm, 22. Bezirk (Eßling); gegen den Groß-Enzersdorfer Arm der unregulierten Donau.

Weidmanngasse, 17. Bezirk (Hernals); Franz Karl Weidmann (1787–1867), Theaterdichter.

Weiffenbachgasse, 21. Bezirk, bestand in der Siedlung Großer Säulenhaufen (heute durch die UNO-City verbaut).

Weiglgasse, 15. Bezirk (Penzing); Josef Weigl (1766–1846), Opernkomponist, Dirigent.

Weihburggasse, 1. Bezirk; „In der Wihenburc" genannt, 1287 Weihenburgkgasse. Weihburg wurde ein altes Befestigungswerk mit einem Turm in der Wiener Stadtmauer genannt. 1234 wahrscheinlich aus Rücksicht auf einige Klöster in der Nähe errichtet.

Weilandgasse, 21. Bezirk (Stammersdorf); Josef Weiland (1882–1961), Dichter.

Weilgasse, 19. Bezirk (Ober-Döbling); Karl Weil (1819–1877), Weingroßhändler, Gemeinderat.

Weimarer Straße, 18. Bezirk (Währing) und 19. Bezirk (Ober-Döbling); ein Teil im 18. Bezirk früher Lederergasse, dann Gerbergasse, bis 1920 Karl-Ludwig-Straße. Zur Erinnerung an die Nationalversammlung zu Weimar (1919).

Weinbergerplatz, 13. Bezirk (Auhof); Karl Rudolf Weinberger (1861–1939), Operettenkomponist.

Weinberggasse, 19. Bezirk (Ober-Döbling, Unter-Sievering); führt in bergige Weingärten.

Weingartengasse, 3. Bezirk; Lage unbekannt.

Weindorfergasse, 13. Bezirk (Auhof); Matthias Weindorfer (1694–1770), Ortsrichter von Mauer.

Weingartenallee, 22. Bezirk (Süßenbrunn); Allee durch Weingärten.

Weinhauser Gasse, 18. Bezirk (Währing); zur Wahrung des Ortsnamens.

Weinheimergasse, 16. Bezirk (Ottakring); Lorenz Weinheimer (1820–1885), Mitgründer des Ottakringer Kirchenbauvereines.

Weinlechnergasse, 3. Bezirk; Dr. Josef Weinlechner (1829–1906), Chirurg.

Weinrothergasse, 13. Bezirk (Speising); Ferdinand Weinrother (1835–1900), Bürgermeister von Speising.

Weinsteiggasse, 21. Bezirk (Stammersdorf); Weg (Steig) durch die Weingärten.

Weintraubengasse, 2. Bezirk; am Haus Praterstraße Nr. 33 war das Schild „Zur blauen Weintraube".

Weinweg, 11. Bezirk (Simmering); Weg in der Siedlung „Simmeringer Haide".

Weinweg, 12. Bezirk (Altmannsdorf); Weg in der Siedlung „Am Schöpfwerk".

Weinweg, 12. Bezirk (Altmannsdorf); Weg in der Siedlung „An der Pottendorfer Bahn".

Weinwurmweg, 22. Bezirk (Kagran); Rudolf Weinwurm (1835–1911), Komponist.

Weinzierlgasse, 14. Bezirk (Penzing); Max v. Weinzierl (1841–1898), Kapellmeister, Tondichter.

Weinzingergasse, 19. Bezirk (Unter-Sievering); Johann Weinzinger (1830–1890), Gemeindevertreter.

Weiskerngasse, 16. Bezirk (Ottakring); Friedrich Weiskern (1711–1768), Schauspieler.

Weiskirchnerstraße, 1. Bezirk; bis 1932 Wollzeile. Dr. Richard Weiskirchner (1861–1926), Bürgermeister der Stadt Wien, Politiker.

Weißdornweg, 18. Bezirk (Pötzleinsdorf); Pflanzenname.

Weisselgasse, 21. Bezirk (Großjedlersdorf); bis 1946 Kretzgasse und Obermayergasse. Georg Weissel (1899–1934), Opfer der Kämpfe des Jahres 1934.

Weißenbergergasse, 3. Bezirk; bei Errichtung der Bundeslehranstalt verschwunden.

Weißenböckstraße, 11. Bezirk (Simmering); Johann Weißenböck (1812–1871), Hausbesitzer, Wohltäter.

Weißenthurngasse, 12. Bezirk (Meidling); Johanna Franul-Weißenthurn (1773–1847), Burgschauspielerin.

Weißenwolffgasse, 21. Bezirk (Schwarzlackenau); Nikolaus Graf v. Weißenwolff (1763–1825), Feldmarschall.

Weißgasse, 17. Bezirk (Hernals); erst bis 1876 Petersgasse, dann bis 1894 Gerlgasse. Michael Weiß (1802–1863), Bürgermeister und Ortsrichter von Hernals.

Weißgerberlände, 3. Bezirk; zur Wahrung des Ortsnamens.

Weitlofgasse, 18. Bezirk (Währing); Dr. Moritz Weitlof (1835–1905), Rechtsanwalt (Politiker).

Weitmosergasse, 10. Bezirk (Inzersdorf); Erasmus Weithofer (gest. 1525) war im Bauernaufstand von 1525 Führer der Salzburger Knappen.

Weittenhillergasse, 15. Bezirk; verlief von der Schanzstraße zur Oeverseestraße (heute Akkonplatz?).

Weixelbergergasse, 23. Bezirk (Mauer); Gerard Weixelberger (1660–1728), Abt des Stiftes Heiligenkreuz.

Weizengasse, 10. Bezirk (Oberlaa); hier wurde früher Getreide angebaut.

Weizenweg, 22. Bezirk (Eßling); Getreidesorte.

Weldengasse, 10. Bezirk (Favoriten); Franz Ludwig Freiherr v. Welden (1780–1853), Feldzeugmeister.

Welingergasse, 23. Bezirk (Erlaa); Vinzenz Welinger (1878–1946), Gemeinderat von Erlaa.

Welschgasse, 23. Bezirk (Liesing); Josefine Welsch (1876–1959), Gemeinderätin von Liesing.

Welzenbachergasse, 22. Bezirk (Kagran); Alois Welzenbacher (1889–1955), Architekt.

Wenckebachgasse, 19. Bezirk (Grinzing); Dr. Karl Frederik Wenckebach (1864–1940), Arzt.

Wendgasse, 16. Bezirk (Ottakring); Josef Wend (1807–1878), Gemeinderat von Ottakring.

Wendstattgasse, 10. Bezirk (Oberlaa); nach einem Flurnamen aus dem 16. Jahrhundert.

Wenhartgasse, 21. Bezirk (Jedlesee); Vinzenz Wenhart (1831–1893), Pfarrer von Jedlesee.

Wenzelgasse, 20. Bezirk, aufgelassen.

Wenzgasse, 13. Bezirk (Hietzing, Unter-St. Veit); Josef Wenz (1820–1892), Baumeister.

Werdearetor, 1. Bezirk; der Name kommt von Werd = Insel. Das Werdertor oder porta insulanorum wurde unter König Ottokar II. vom St.- Ruprechts-Steig nach dem Salzgries und dem Tiefen Graben verlegt. 1304 neu errichtet, 1558 als Neutor nochmals erbaut, 1858 abgetragen.

Werdertorgasse, 1. Bezirk, das Werdertor war ein altes Tor in der Stadtmauer (schon um 1302 erwähnt).

Werderturm, 1. Bezirk; zum Schutze des Werdertores.

Werfelstraße, 17. Bezirk (Dornbach); Franz Werfel (1890–1945), Dichter.

Werkmanngasse, 19. Bezirk (Ober-Döbling); Josef Werkmann (richtig Josef Medelsky, 1854–1924), Schauspieldichter.

Werkstättenweg, 3. Bezirk und 11. Bezirk (Simmering); hier befinden sich Eisenbahnwerkstätten.

Werndlgasse, 21. Bezirk (Großjedlersdorf); früher Nordbahngasse, dann Nordwestbahn-Kolonie, bis 1913 Rieplgasse. Josef Werndl (1831–1889), Waffentechniker, Erfinder des Werndl-Karabiners.

Werndlplatz, 20. Bezirk; aufgelassen.

Wernergasse, 23. Bezirk (Mauer); Laurenz Werner (1820–1901), Bürgermeister von Mauer.

Wernergasse, 13. Bezirk; heute verbaut.

Wernhardtstraße, 16. Bezirk (Ottakring); erster, um 1330 urkundlich erwähnter, Weingartenbesitzer in Breitensee.

Werthenburggasse, 12. Bezirk (Hetzendorf); Flurname.

Weschelstraße, 2. Bezirk; Leopold Matthias Weschel (1786–1844), Schriftsteller.

Westbahnstraße, 7. Bezirk; früher Pfarrgasse, dann bis 1862 Kirchengasse und Lammgasse. Führt zum Westbahnhof.

Westermayergasse, 14. Bezirk (Ober-Baumgarten); bis 1917 Draxlergasse. Martin Westermayer (1790–1855), Bürgermeister von Baumgarten.

Wettengelgasse, 23. Bezirk (Siebenhirten), Josef Wettengel (1878–1941), Gemeinderat von Siebenhirten.

Wettsteingasse, 21. Bezirk (Schwarzlackenau); Dr. Richard Wettstein v. Westerheim (1863–1931), österreichischer Botschafter.

Wexstraße, 20. Bezirk; Gustav Ritter v. Wex (1811–1895), Leiter der Donauregulierungsarbeiten.

Weyprechtgasse, 16. Bezirk (Ottakring); Karl Weyprecht (1838–1881), Linienschiffsleutnant der österreichischen Kriegsmarine, Nordpolfahrer der Jahre 1872 bis 1874.

Weyrgasse, 3. Bezirk; Prof. Rudolf Weyr (1847–1914), Bildhauer.

Weyringergasse, 4. Bezirk; Josef Weyringer (1799–1869), Ziergärtner.

Wichnergasse, 22. Bezirk (Eßling); Josef Wichner (1852–1923), Schriftsteller.

Wichtelgasse, 16. Bezirk (Ottakring) und 17. Bezirk (Hernals); Benedikt Wichtel (1808–1868), Grundbesitzer.

Wickenburggasse, 8. Bezirk; Anton Reichsgraf Wickenburg (1750–1813), Gesandter am Wiener Hof.

Wickengasse, 14. Bezirk (Hütteldorf); Pflanzenname.

Wickhoffgasse, 15. Bezirk (Fünfhaus); seit 1921, kurze Zeit Argentinierstraße. Franz Wickhoff (1853–1909), Gelehrter des Kunstgewerbes.

Widerhofergasse, 9. Bezirk; Hermann Freiherr v. Widerhofer (1832–1901), Leibarzt der Familie des Kaisers Franz Joseph I.

Widerhoferplatz, 9. Bezirk; siehe vorher.

Widholzgasse, 11. Bezirk (Kaiser-Ebersdorf); Laurenz Widholz (1861–1925), Förderer der Arbeiter-Versicherung.

Widmaertor, 1. Bezirk; 1275 als ein Teil der Befestigung Wiens erbaut, unter Ferdinand I. abgetragen und als Burgtor 1824 neu errichtet.

Widmerturm, 1. Bezirk; einer der ältesten Teile der Befestigungswerke (einer der Ecktürme der Burg). Zum Schutze des Widmertores im 13. Jahrhundert erbaut, um 1860 abgetragen.

Wiedermanngasse, 11. Bezirk (Kaiser-Ebersdorf); Johann Wiedermann (1837–1890), Grundbesitzer.

Wiedgasse, 22. Bezirk (Stadlau); Franz Ludwig Prinz zu Wied-Runkel (1769–1824), Generalmajor und Brigadier.

Wiedner Gürtel, 4. Bezirk; bis 1882 Vordere Südbahnstraße. zur Wahrung des Ortsnamens (siehe Döblinger Gürtel).

Wiedner Hauptstraße, 4. Bezirk und 5. Bezirk; zur Wahrung des Ortsnamens.

Wiegelestraße, 23. Bezirk (Atzgersdorf); Franz Wiegele (1887–1945), Maler.

Wielandgasse, 10. Bezirk (Favoriten); siehe folgendes.

Wielandplatz, 10. Bezirk (Favoriten); Christoph Martin Wieland (1733–1813), Dichter.

Wielemansgasse, 17. Bezirk (Hernals) und 18. Bezirk (Gersthof); Alexander Wielemans Edler von Monteforte (1843–1911), Architekt.

Wienerbergstraße, 10. Bezirk (Inzersdorf) und 12. Bezirk (Meidling, Altmannsdorf); bis 1894 im 10. Bezirk Gerichtsweg, im 12. Bezirk Meidlinger Straße. Führt auf den Wiener Berg (236 Meter hoch, 1309 urkundlich erwähnt).

Wienerfeldgasse, 10. Bezirk (Inzersdorf); Flurname.

Wienerflurgasse, 23. Bezirk (Siebenhirten); Flurname.

Wiener Gasse, 21. Bezirk (Jedlesee); führt nach Wien.

Wiener Schüttau, 19. Bezirk (Kahlenberger Dorf); Flurname nach einer „aufgeschütteten“ Insel in der Donau.

Wienerwaldgasse, 14. Bezirk (Hadersdorf); grenzt an den Wald.

Wiener Weg, 10. Bezirk (Inzersdorf); Weg in der Siedlung „Weichselgarten".

Wienfluß; von den Römern Vidnius Acaunus genannt, später prope aquam et dicitur Vienna (bei dem Wasser, das genannt wird Wien). Als Fluß schon 796 erwähnt, als Wienfluß 1320. 1787 wurden die Ufer mit Weiden bepflanzt, 1814 bis 1817 von der Hundsturmer Linie bis zur Stubentorbrücke reguliert und 1825 bis 1870 die Böschungen gepflastert. 1894 bis 1900 wurde der Wienfluß neuerlich reguliert und in den inneren Bezirken eingewölbt.

Wiengasse, 14. Bezirk (Weidlingau); nach dem Wienfluß.

Wieningerplatz, 15. Bezirk (Rudolfsheim); Louis Wieninger (gest. 1889), Bürgermeister von Neulerchenfeld.

Wientalstraße, 13. Bezirk (Auhof, Hacking) und 14. Bezirk (Weidlingau); nach dem Flußbett der Wien.

Wiesberggasse, 16. Bezirk (Ottakring); Wilhelm Wiesberg (1850–1896), Volksschriftsteller.

Wieselburger Gasse, 10. Bezirk (Favoriten); nach der Stadt Wieselburg.

Wieselweg, 22. Bezirk (Stadlau); Tiername.

Wiesengasse, 9. Bezirk; bis 1862 Kleine Schmiedgasse. Schon 1254 Große Wiese unter dem dürren Sporkenbühel genannt.

Wiesengasse, 14. Bezirk (Hadersdorf); nach früher hier bestehenden Wiesen.

Wiesingerstraße, 1. Bezirk; Dr. Albert Wiesinger (1830–1896), Dechant und Hofburgpfarrer.

Wiesmühlgasse, 23. Bezirk (Rodaun); nach einer einstmals hier bestehenden Mühle (damals noch auf einer Wiese.

Wiesnergasse, 22. Bezirk (Leopoldau); Dr. Julius Wiesner (1838–1916), Botaniker.

Wiethestraße, 22. Bezirk (Eßling); Dr. Camillo Wiethe (1889–1949), Facharzt für Kehlkopfkunde.

Wigandgasse, 19. Bezirk (Kahlenberger Dorf); Wigand v. Theben (gest 1348), genannt Pfaff vom Kahlenberg, Pfarrer vom Kahlenberger Dorf, Spaßmacher Herzog Ottos des Fröhlichen.

Wilbrandtgasse, 18. Bezirk und 19. Bezirk (Währing, Pötzleinsdorf); Adolf Wilbrandt (1837–1911), Direktor des Burgtheaters.

Wilckensweg, 19. Bezirk (Ober-Sievering); Dr. Martin Wilckens (1834–1897), Professor an der Hochschule für Bodenkultur.

Wilczekgasse, 10. Bezirk (Favoriten); Hans Graf v. Wilczek (1837–1922), Gründer der Wiener freiwilligen Rettungsgesellschaft.

Wildagasse, 23. Bezirk (Siebenhirten); Charles Wilda (1854–1907), Maler.

Wildauergasse, 12. Bezirk (Meidling); Mathilde Wildauer (1820–1878), Burgschauspielerin.

Wildbadgasse, 21. Bezirk und 22. Bezirk (Donaufeld); Siedlung „Bruckhaufen". Als hier noch keine Bäder errichtet waren, wurde „wild" gebadet.

Wildgänsegasse, 21. Bezirk (Donaufeld); Vogelname.

Wildgansplatz, 3. Bezirk; Anton Wildgans (1881–1932), Dichter, Burgtheaterdirektor.

Wildgrubgasse, 19. Bezirk (Heiligenstadt); Flurname (ehemals unwegsame Waldgegend).

Wildnergasse, 21. Bezirk (Schwarzlackenau); Gustav Wildner (1869–1925), Vorstand des Fürsorgeamtes in Floridsdorf.

Wildpretmarkt, 1. Bezirk; 1364 als curia camere erwähnt, von 1660 bis 1740 Neuer Kienmarkt, später Kleiner Häringsmarkt. Verhältnismäßig spät (erst um 1850) als Verkaufsplatz der Wildprethändler genannt.

Wildpretstraße, 11. Bezirk (Simmering); ehemals bestanden hier ergiebige Jagdgründe.

Wildweg, 17. Bezirk (Dornbach); früher kamen hier jagdbare Tiere vor.

Wilhelm-Busch-Gasse, 19. Bezirk (Unter-Sievering); Wilhelm Busch (1832–1908), Dichter, Maler.

Wilhelm-Erben-Gasse, 12. Bezirk (Altmannsdorf) und 23. Bezirk (Inzersdorf); Dr. Wilhelm Erben (1864–1933), Historiker.

Wilhelm-Exner-Gasse, 9. Bezirk; bis 1862 Quergasse, bis 1923 Eisengasse. Dr. Wilhelm Exner (1840–1931), Technologe, Gründer und erster Leiter des Technologischen Gewerbemuseums.

Wilhelminenstraße, 16. Bezirk (Ottakring) und 17. Bezirk (Hernals); seit 1872, früher Kaiserweg. Prinzessin Wilhelmine v. Montleart-Sachsen-Curland (1827–1895).

Wilhelm-Jerusalem-Gasse, 19. Bezirk; verlief vom Währinger Park zur Felix-Mottl-Straße, 1935 aufgelassen.

Wilhelm-Karczag-Weg, 13. Bezirk (Auhof); Wilhelm Karczag (1857–1923), Direktor des Theaters an der Wien.

Wilhelm-Kreß-Platz, 11. Bezirk (Simmering); Wilhelm Kreß (1836–1913), Flugzeugbauer.

Wilhelm-Kreß-Weg, 11. Bezirk (Simmering); siehe vorher.

Wilhelm-Legler-Gasse, 14. Bezirk (Ober- und Unter-Baumgarten); Wilhelm Legler (1875–1951), Maler.

Wilhelm-Leibl-Gasse, 13. Bezirk (Lainz); Wilhelm Leibl (1844–1900), Verteidiger des Realismus in der Malerei.

Wilhelm-Otto-Straße, 11. Bezirk (Simmering); Wilhelm Otto (1823–1892), Direktor der Simmeringer Waggonfabrik.

Wilhelm-Raab-Gasse, 21. Bezirk (Floridsdorf); Wilhelm Raab (1818–1893), Mühlenbesitzer, Wohltäter.

Wilhelmstraße, 12. Bezirk (Meidling); früher Breitenfurter Straße, später Wilhelmsdorfer Straße. Wilhelm Sedlacek (gest. 1853), Propst von Klosterneuburg, Gründer von Wilhelmsdorf.

Willendorfer Gasse, 23. Bezirk (Inzersdorf); nach einer Ortschaft, die von den Türken zerstört und nicht mehr aufgebaut wurde.

Willergasse, 23. Bezirk (Rodaun), Dr. Peter Willer (1880–1938), Bürgermeister von Rodaun.

Wimbergergasse, 7. Bezirk; vorerst hieß die Gegend Laus im Pelz, dann ein Teil bis 1907 Peyerlgasse. Karl Wimberger (1834–1926), Hotelbesitzer, Gemeinderat.

Wimmergasse, 5. Bezirk; Ignaz Wimmer, 1821 bis 1855 Pfarrer von Matzleinsdorf.

Wimpffengasse, 22. Bezirk (Aspern); Maximilian Freiherr v. Wimpffen (1770–1854), Feldmarschall in den Napoleonkriegen (1809).

Winarskystraße, 20. Bezirk; erst Kaiserwasserstraße, von 1928 bis 1934 so, bis 1946 Kolpingstraße, jetzt wieder so. Leopold Winarsky (1873–1915), Gemeinderat.

Winckelmannstraße, 15. Bezirk (Penzing), Johann Joachim Winckelmann (1717–1768), Altertumsforscher.

Windhaaggasse, 1. Bezirk; erst Stiftgasse, dann bis 1894 Sternwartgasse. Joachim Enzmüller Graf v. Windhaag (1600–1688), Stifter, Regierungspräsident.

Windhabergasse, 19. Bezirk (Unter-Sievering); Rupert Windhaber (1831–1876), Bürgermeister von Sievering.

Windmühlgasse, 6. Bezirk; der westliche Teil um 1550 Am öden Fleck, seit 1913 Schadekgasse. Zur Wahrung des Ortsnamens.

Windmühlhöhe, 18. Bezirk, Hügelrücken in der Nähe der Türkenschanze, auf dem noch 1870 eine Windmühle stand.

Windschutzstraße, 14. Bezirk (Hadersdorf); früher standen hier Bäume als Windschutz.

Windtenstraße, 10. Bezirk (Inzersdorf); Wenzel v. Windten (gest. 1431), Besitzer der Herrschaft Inzersdorf.

Winkeläckerstraße, 21. Bezirk (Jedlesee, Strebersdorf); Flurname.

Winkelbreiten, 13. Bezirk (Speising); Flurname.

Winkelweg, 18. Bezirk (Pötzleinsdorf); Weg in der Siedlung „Brunnstube".

Winklergasse, 17. Bezirk (Dornbach); Michael Winkler (1823–1896), Hausbesitzer, Wohltäter.

Wintergasse, 20. Bezirk; führte von der Wallensteinstraße zur Zrinyigasse.

Winterburgergasse, 16. Bezirk (Ottakring); Johann Winterburger (gest. 1519), Buchdrucker in Wien.

Winterleitengasse, 16. Bezirk (Ottakring); Flurname.

Wintzingerodestraße, 22. Bezirk (Kagran); Ferdinand Carl Friedrich Wilhelm Freiherr v. Wintzingerode-Kirchohmfeld (1770–1818), Feldmarschall-Leutnant.

Winzerstraße, 13. Bezirk (Ober-St. Veit); Weg der Winzer in die Weingärten.

Wipplingerstraße, 1. Bezirk; 1272 Wildwerkaere Strazze, später Wiltbergerstraze, 1547 nach der Wiener Bürgerfamilie Bilpinger auch Bilplingerstraße und Bibingerstraße genannt. Die Namen vermischten sich im Laufe der Zeit zu Wipplingerstraße. Teile davon hießen 1139 Unter den Barchentern, 1303 bis 1862 Hohe Brücke, 1770 Unter den Felbern.

Wirerstraße, 10. Bezirk (Favoriten); Dr. Franz Wirer Ritter v. Rettenbach (1761–1844), Arzt.

Wißgrillgasse, 14. Bezirk (Penzing); Franz Karl Wißgrill (1736–1803), Stammbaumforscher.

Wittegasse, 13. Bezirk (Unter-St. Veit); Stephan Witte (1809–1886), Wohltäter.

Wittelsbachstraße, 2. Bezirk; nach dem Regentenhaus von Bayern (1180 bis 1918).

Wittgensteinstraße, 13. Bezirk und 23. Bezirk (Mauer); Hermann Christian Wittgenstein (1802–1878), 1856 Besitzer der Herrschaft Mauer.

Witthauergasse, 18. Bezirk (Gersthof); Friedrich Witthauer (1793–1846), Schriftsteller.

Wittmannweg, 14. Bezirk (Breitensee); Johann Wittmann, Schuhmachergeselle, Märzgefallener des Jahres 1848.

Wittmayergasse, 12. Bezirk (Altmannsdorf); bis 1808 Neufellnergasse. Josef Leopold Wittmayer (richtig Widmayer, 1800–1873), Pfarrer von Altmannsdorf.

Witzelsbergergasse, 15. Bezirk (Fünfhaus); Richard Witzelsberger (1835–1900), Bürgermeister von Fünfhaus.

Wlassakstraße, 13. Bezirk (Ober-St. Veit); Dr. Rudolf Wlassak (1865–1930), Gründer der Arbeiter-Abstinenzbewegung.

Wodiczkagasse, 22. Bezirk (Breitenlee); Franz Wodiczka, Verfasser einer Schrift über die Marchfeldbewässerung.

Wöbergasse, 23. Bezirk (Atzgersdorf); Johann Wöber (1866–1943), Gemeinderat von Atzgersdorf.

Wögingergasse, 16. Bezirk (Ottakring); Severin Wöginger (1804–1876), Gemeinderat von Ottakring.

Wöhlergasse, 10. Bezirk (Favoriten); Prof. Friedrich Wöhler (1800–1882), Chemiker, Entdecker des Aluminiums.

Wohllebengasse, 4. Bezirk; Stephan Edler v. Wohlleben (1751–1823), Bürgermeister von Wien.

Wohlmutstraße, 2. Bezirk; Bonifaz Wohlmut, Zechmeister, Steinmetz, legte 1547 einen Plan von Wien an.

Wohnparkstraße, 23. Bezirk (Inzersdorf); nach der hiesigen Wohnanlage.

Woinovichgasse, 13. Bezirk (Lainz); Emil Woinovich (1851–1927), General der Infanterie, Kriegshistoriker.

Wolfengasse, 1. Bezirk; hier existierte einst ein Gasthaus „Zum weißen Wolf".

Wolfenweg, 14. Bezirk (Auhof); Tiername.

Wolfersberggasse, 14. Bezirk (Hütteldorf); führt auf den Wolfersberg.

Wolfganggasse, 12. Bezirk (Meidling); Wolfgang Treu, Bürgermeister von Wien (1528 bis 1530, 1532 bis 1533 und 1536 bis 1537).

Wolfgang-Mühlwanger-Straße, 22. Bezirk (Eßling); ungeklärte Bezeichnung (vermutlich nach einem Bewohner).

Wolfgang-Pauli-Gasse, 14. Bezirk (Weidlingau); Dr. Wolfgang Pauli (1900–1958), Träger des Nobelpreises für Physik.

Wolfgang-Schmälzl-Gasse, 2. Bezirk; Wolfgang Schmälzl, um 1450 Lehrer bei den Schotten, Dichter.

Wolfrathplatz, 13. Bezirk (Ober-St. Veit); Anton Wolfrath (1582–1639), Bischof von Wien.

Wolfsaugasse, 20. Bezirk; ehemaliger Name der Brigittenau.

Wolfsgrubergasse, 19. Bezirk (Grinzing); Dr. Cölestin Wolfsgruber (O.S.B.), (1848–1934), Theologieprofessor.

Wolfsmilchgasse, 22. Bezirk (Aspern); Pflanzenname.

Wolfschanzengasse, 21. Bezirk (Floridsdorf); in diesem Gebiet lag eine Befestigung im Krieg gegen die Schweden (1645).

Wolkersberg, 13. Bezirk; 302 Meter. 1444 ist der Name urkundlich bestätigt. Berg im sogenannten Wetterwinkel, über diesem Berg zogen die Wolken von Westen nach Osten und brachten Gewitter.

Wolkersbergenstraße, 13. Bezirk (Speising, Lainz); führt auf den Wolkersberg.

Wollekweg, 22. Bezirk (Kagran); Karl Wollek (1862–1932), Bildhauer.

Wollergasse, 19. Bezirk (Heiligenstadt); bis 1894 Hohe Warte. Franz Woller (1771–1839), Besitzer des Heiligenstädter Bades.

Wollzeile, 1. Bezirk; 1158 als Ortschaft erwähnt. Teile der Wollzeile hießen: 1158 bis 1170 Vor dem Stubentor, 1192 Wollstrazze, 1400 Am Scharffenegk, 1420 In der Gugel, volkstümlich auch Webergasse. Durch Straßenerweiterung verschwand das Schwibbogengassel. 1926 wurde ein Teil Dr.-Karl-Lueger-Platz, 1932 ein anderer Teil Weiskirchnerstraße benannt. Sitz und Verkaufsstätte der Wollweber und Wollhändler, den Gründern dieser einstigen Ortschaft.

Wolsteingasse, 21. Bezirk (Schwarzlackenau); Johann Gottlieb Wolstein (1783–1820), Gründer der Wiener Tierarzneischule.

Woltergasse, 13. Bezirk (Hietzing); erst Zieglergasse, dann bis 1898 Eskelegasse. Charlotte Wolter Gräfin O'Sullivan (1834–1897), Hofschauspielerin.

Worellstraße, 6. Bezirk; Stephan Worell (gest. 1898), Gründer eines katholischen Waisenhilfsvereines.

Wranitzkygasse, 22. Bezirk (Aspern); Paul Wranitzky (1756–1809), Tondichter.

Würffelgasse, 15. Bezirk (Fünfhaus); Dr. August Würffel (1834–1904), Badeanstaltsbesitzer.

Würfelturm, 1. Bezirk; ein 1418 erwähnter Turm der Befestigungsanlagen, nach dem alten Wiener Bürgergeschlecht der Würffel benannt.

Würthgasse, 19. Bezirk (Ober-Döbling); Heinrich Anton Edler v. Würth (1789–1875), Besitzer der Herrschaft Ober-Döbling.

Württemberggasse, 20. Bezirk; Herzog Friedrich August v. Württemberg (1763–1834), Feldmarschall.

Würtzlerstraße, 3. Bezirk; Dr. Ladislaus v. Würtzler (1847–1896), Armenarzt.

Würzburggasse, 13. Bezirk (Lainz, Speising); zur Erinnerung an den Sieg der Österreicher über die Franzosen bei Würzburg (1796).

Wulzendorfstraße, 22. Bezirk (Aspern); zur Wahrung des Ortsnamens.

Wundtgasse, 12. Bezirk (Hetzendorf) und 23. Bezirk (Atzgersdorf); Wilhelm Wundt (1832–1920), Philosoph.

Wurlitzergasse, 16. Bezirk (Ottakring); Paul Wurlitzer (1784–1857), erster Kaffeeausschenker in Ottakring.

Wurmbrandgasse, 22. Bezirk (Hirschstetten); bis 1909 Kaiser-Joseph-Gasse. Die Grafen Wurmbrand waren 1728 bis 1800 Besitzer der Herrschaft Hirschstetten.

Wurmbstraße, 12. Bezirk (Meidling); bis 1910 Meidlinger Hauptstraße. Dr. Karl Wurmb (1850–1907), Architekt.

Wurmsergasse, 15. Bezirk (Fünfhaus); Dagobert Siegmund Graf v. Wurmser (1724–1797), Feldmarschall.

Wurzbachgasse, 15. Bezirk (Fünfhaus); Dr. Konstantin Wurzbach Ritter v. Tannenberg (1818–1893), Dichter.

Wurzbachtalgasse, 14. Bezirk (Weidlingau, Purkersdorf); bis 1943 Wurzbachgasse. Nach dem Flußtal des Wurzbaches.

Wurzingergasse, 18. Bezirk (Pötzleinsdorf); Karl Wurzinger (1817–1883), Historienmaler.

Y

Ybbsstraße, 2. Bezirk; Fluß in Niederösterreich.

Yppengasse, 16. Bezirk (Ottakring); Simon Freiherr v. Yppen (1698–1770), Oberst, stiftete den Grund zur Erbauung des Neulerchenfelder Invalidenhauses.

Yppenplatz, 16. Bezirk (Ottakring); siehe vorher.

Dorotheergasse

Z

Zachgasse, 22. Bezirk (Aspern); Anton Freiherr v. Zach (1747–1826), Feldmarschall, Regimentsinhaber.

Zagorskigasse, 16. Bezirk (Ottakring); Anton Adolf Ritter v. Zagorski (1838–1902), Bürgermeister von Ottakring.

Zahnradbahnstraße, 19. Bezirk (Nußdorf); hier stand einst der 1873 erbaute Zahnradbahnhof (seit 1914 außer Betrieb).

Zallingergasse, 21. Bezirk (Schwarzlackenau); Dr. Otto Zallinger-Thurn (1856–1933), Rechtshistoriker.

Zamaragasse, 13. Bezirk (Auhof); Alfred Zamara (1863–1940), Komponist.

Zamenhofgasse, 11. Bezirk (Simmering); Dr. Lazarus Zamenhof (1859–1917), Erfinder der Esperanto-Sprache.

Zampisgasse, 23. Bezirk (Inzersdorf); Anton Zampis (1820–1883), Maler.

Zanaschkagasse, 12. Bezirk (Altmannsdorf); Alois Zanaschka (1870–1936), Bezirksvorsteher.

Zangerlestraße, 23. Bezirk (Kalksburg); Anton Zangerle (1876–1949), Bürgermeister von Kalksburg.

Zanggasse, 22. Bezirk (Breitenlee); Dr. Christoph Bonifaz Zang (1772–1835), Chirurg.

Zatzkagasse, 22. Bezirk (Hirschstetten); Hans Zatzka (1859–1945), Maler.

Zaunergasse, 3. Bezirk; Franz M. A. Zauner Edler v. Felpatan (1746–1822), Bildhauer.

Zaunscherbgasse, 21. Bezirk (Floridsdorf); Josef Zaunscherb, um 1834 Ortsrichter von Floridsdorf.

Zdarskyweg, 13. Bezirk (Speising); Matthias Zdarsky (1856–1940), Alpinist.

Zedlitzgasse, 1. Bezirk; Josef Christian Freiherr v. Zedlitz und Nimmersatt (1790–1862), Staatsmann.

Zehdengasse, 21. Bezirk und 22. Bezirk (Leopoldau); Karl Zehden (1843–1901), Wirtschaftswissenschafter.

Zehenthofgasse, 19. Bezirk (Ober- und Unter-Döbling); ein schon 1512 erwähnter Gutshof. Die Zehnter, Zehetner oder Zehetmeister beaufsichtigten die Weinlese und die Übernahme des zehnten Teiles der Ernte, des Zehents, als Steuer.

Zehetbauergasse, 11. Bezirk (Simmering); Franz Zehetbauer (1870–1926), Bezirksvorsteher.

Zehetnergasse, 14. Bezirk (Unter-Baumgarten); Georg Zehetner (1828–1886), aus alteingesessener Familie.

Zehngrafweg, 11. Bezirk (Kaiser-Ebersdorf); Josef Zehngraf (1841–1927), Komponist.

Zeidlergasse, 23. Bezirk (Mauer); Dr. Jakob Zeidler (1855–1911), Literaturhistoriker.

Zeifgasse, 13. Bezirk (Auhof); nach einer alteingesessenen Weinhauerfamilie.

Zeillergasse, 16. Bezirk (Ottakring); Franz Edler v. Zeiller (1751–1828), Rechtsgelehrter.

Zeinlhofergasse, 5. Bezirk; Johann Georg Zeinlhofer (1802–1881), Pfarrer von Margareten.

Zeisigweg, 22. Bezirk (Stadlau); Vogelname.

Zeismannsbrunngasse, 7. Bezirk; durch Erweiterung der Kirchengasse verschwand die Drei-Hüte-Gasse und 1900 entstand die Zeismannsbrunngasse. Zur Wahrung des Ortsnamens.

Zeißberggasse, 16. Bezirk (Ottakring); Heinrich Ritter v. Zeißberg (1839–1899), Geschichtsforscher.

Zeleborgasse, 12. Bezirk (Meidling); Ignaz Zelebor (1815–1890), Bürgermeister von Unter-Meidling.

Zeleznygasse, 23. Bezirk (Inzersdorf); Franz Zelezny (1866–1932), Bildhauer.

Zelinkagasse, 1. Bezirk; Dr. Andreas Zelinka (1802–1868), Bürgermeister von Wien.

Zellweckergasse, 23. Bezirk (Inzersdorf); Edwin Zellwecker (1883–1953), Entwickler der Kunstschrift.

Zeltgasse, 8. Bezirk; angeblich standen hier die Zelte des Kara Mustapha bei der Türkenbelagerung von 1683.

Zemlinskygasse, 23. Bezirk (Liesing); Alexander v. Zemlinsky (1872–1942), Dirigent.

Zennergasse, 16. Bezirk (Ottakring); nach dem Bezirksrat Adolf Zenner.

Zennerstraße, 14. Bezirk (Breitensee); Franz Xaver Zenner (1794–1861), Weihbischof, Generalvikar.

Zenogasse, 12. Bezirk (Meidling); bis 1894 Grünbergstraße und Maria-Theresien-Straße. Apostolo Zeno (1668–1750), Dichter.

Zentagasse, 5. Bezirk; siehe folgendes.

Zentaplatz, 5. Bezirk; zur Erinnerung an den Sieg der Österreicher über die Türken bei Zenta (1697).

Zenzlsteig, 13. Bezirk (Ober-St. Veit); Zenzl war der volkstümliche Rufname des Ober-St. Veiter Schriftstellers Josef Vinzen.

Zerbinettagasse, 23. Bezirk (Liesing); Figur aus der Strauss-Oper „Ariadne auf Naxos“.

Zerritschgasse, 19. Bezirk (Heiligenstadt); Fritz Zerritsch (1865–1938), Bildhauer.

Zetschegasse, 23. Bezirk (Inzersdorf); Eduard Zetsche (1844–1927), Maler.

Zettelweg, 14. Bezirk (Unter-Baumgarten); Wolfgang Zettel, Fleischergeselle, Märzgefallener des Jahres 1848.

Zeuggasse, 5. Bezirk; bis 1862 Blumengasse. Nach einer 1820 gegründeten Werkzeugfabrik.

Zeughausgasse, 1. Bezirk; durch Erweiterung des Salzgrieses entstanden Concordiaplatz und Börsegasse, wobei die Zeughausgasse verschwand.

Zichygasse, 14. Bezirk (Penzing); von 1940 bis 1946 Herbert-Norkus-Gasse. Zur Erinnerung an die Eigentümer des Grundes, die gräfliche Familie Zichy, auf dem diese Gasse errichtet wurde.

Ziedlergasse, 23. Bezirk (Atzgersdorf); Franz Ziedler (1867–1917), Kämpfer für die Arbeiterbewegung.

Ziegelhofstraße, 22. Bezirk (Aspern); vorher (nur volkstümlich) Pirquetstraße. In der Nähe bestanden Ziegelöfen.

Ziegelofen, Beim, 12. Bezirk; aufgelassen (einst Ziegelöfen).

Ziegelofengasse, 4. Bezirk und 5. Bezirk; 1862 wurde die damalige Piaristengasse mit der schon bestehenden Ziegelofengasse vereinigt. Einst standen hier Ziegelöfen.

Ziegelofenweg, 21. Bezirk (Strebersdorf); nach einstigen Ziegelöfen.

Zieglergasse, 7. Bezirk; um 1720 Untere Gasse, 1750 Zieglergasse, 1808 jedoch Ziegelgasse, der Teil bis zur Apollogasse hieß bis 1840 Pfauengasse.

Ziehrerplatz, 3. Bezirk; Carl Michael Ziehrer (1843–1923), Tondichter.

Ziehrerweg, 11. Bezirk (Simmering); Weg in der Siedlung „Gaswerk".

Zierleitengasse, 19. Bezirk (Salmannsdorf); bis 1894 Neuberggasse. Flurname.

Zieselweg, 22. Bezirk (Stadlau); Nagetiername.

Ziestgasse, 14. Bezirk (Hütteldorf); Pflanzenname.

Zifferergasse, 22. Bezirk (Eßling); Dr. Paul Zifferer (1879–1929), Schriftsteller.

Zillbauerplatz, 22. Bezirk (Aspern); ungeklärte Bezeichnung (nach einem Siedlungsmitglied?).

Zillbauerweg, 22. Bezirk (Aspern); siehe vorher.

Zillingergasse, 22. Bezirk (Kagran); Johann Zillinger (1780–1859), Bürgermeister von Kagran.

Zimbagasse, 14. Bezirk (Weidlingau); Bergbezeichnung in Vorarlberg.

Zimmermanngasse, 9. Bezirk; siehe folgendes.

Zimmermannplatz, 9. Bezirk; Georg Ritter v. Zimmermann (1827–1896), Gemeinderat von Wien.

Zinckgasse, 15. Bezirk (Fünfhaus); ein Teil bis 1894 Moeringgasse. Andreas Zinck, um 1850 Grundbesitzer in der Gegend.

Zinnergasse, 11. Bezirk (Kaiser-Ebersdorf); bis 1894 Fabriksgasse. Ein Zinner war um 1850 Hofjäger in Kaiser-Ebersdorf.

Zinnienweg, 23. Bezirk (Breitenlee); Pflanzenname.

Zippererstraße, 11. Bezirk (Simmering); Georg Zipperer, um 1850 Grundbesitzer in der Gegend.

Zirkusgasse, 2. Bezirk; bis 1862 Große Fuhrmannsgasse. Benannt nach dem dort bis 1952 bestehenden Zirkusgebäude (Zirkus Renz).

Zitterhofergasse, 7. Bezirk; Ambros Zitterhofer (1824–1894), Pfarrer von Neubau.

Znaimer Gasse, 21. Bezirk (Großjedlersdorf); nach der Stadt in der heutigen Tschechoslowakei.

Zöchbauerstraße, 16. Bezirk (Ottakring); Josef Zöchbauer (1797–1856), Bürgermeister und Ortsrichter von Breitensee.

Zöllnerweg, 11. Bezirk (Simmering); Weg in der Siedlung „Simmeringer Haide".

Zöppelgasse, 12. Bezirk (Altmannsdorf); bis 1894 Hoffmanngasse. Die Brüder Johann Josef (gest. 1580) und Ulrich Christoph (gest. 1584) Zöppel v. Haus waren Lehensherren zu Altmannsdorf.

Zohmanngasse, 10. Bezirk (Inzersdorf); Gregor Zohmann (1825–1905), Bezirksvorsteher von Inzersdorf.

Zolagasse, 14. Bezirk (Hütteldorf); Emile Zola (1840–1902), französischer Romanschriftsteller.

Zollergasse, 7. Bezirk; früher Obere Gasse und Beim Gottesacker, sodann Leichenhofgassel und Totengassel, bis 1862 Rittergasse und Wenzelsgasse. Michael v. Zollern (1665–1756), Wohltäter, Schulgründer.

Zollernsperggasse, 15. Bezirk (Rudolfsheim); Flurname, der schon 1365 urkundlich erwähnt wird. Der Besitzer dieser Gegend hieß Zoire (dürfte sich auf Zollern beziehen, der Berg des Zollern).

Zollgasse, 3. Bezirk; nach dem in der Nähe 1841 bis 1847 erbauten Hauptzollamt.

Zouvalgasse, 23. Bezirk (Erlaa); Franz Zouval (1894–1968), Politiker.

Zrinyigasse, 20. Bezirk; um 1863 Große Gärtnergasse. Niklas Graf v. Zrinyi (1508–1566), Verteidiger einer ungarischen Stadt (Szigethvar) gegen die Türken.

Zschokkegasse, 22. Bezirk (Aspern, Hirschstetten); Heinrich Zschokke (1771–1848), Schriftsteller.

Zsigmondygasse, 11. Bezirk (Simmering); Richard Zsigmondy (1865–1929), im Jahr 1925 Nobelpreisträger (für Chemie).

Zuchthausgasse, 2. Bezirk; nach einem 1671 errichteten Zuchthaus, das 1888 abgebrochen wurde. Heute Leopoldsgasse.

Zuckergasse, 3. Bezirk; durch die Erweiterung der Marxergasse verbaut.

Zuckerkandlgasse, 19. Bezirk (Pötzleinsdorf, Neustift am Walde); Dr. Emil Zuckerkandl (1849–1910), Anatom.

Zülowgasse, 10. Bezirk (Oberlaa); Franz Zülow (1883–1963), Maler.

Zufahrtsstraße, 2. Bezirk; früher Kleine Zufahrtsstraße. Ehemalige Zufahrt zur Rotunde.

Zufahrtsweg, 10. Bezirk (Inzersdorf); Zufanrt zu den Siedlungen „Laxenburger Straße" und „Weichselgarten".

Zukunftsweg, 21. Bezirk (Leopoldau); dürfte der Hoffnung auf eine ungetrübte Zukunft Ausdruck verleihen.

Zumbuschgasse, 11. Bezirk (Simmering); bis 1894 Feldgasse, von 1894 bis 1938 Ruthgasse. Kaspar Ritter v. Zumbusch (1830–1915), Bildhauer.

Zum weißen Kreuz, 19. Bezirk (Nußdorf); nach einem hiesigen Kreuz (vielleicht auch durch die Friedhofsnähe bedingt).

Zur Spinnerin 10. Bezirk (Inzersdorf); nach der sagenumwobenen Gedenksäule. Schon 1296 als Burgfriedensgrenzstein durch das Stadtrecht erwähnt, 1451 bis 1452 neu erbaut. Zuerst „newpainerne Kreutz ob Meuling" (Meidling), später „groß Kreutz am Wienerperg pey Meurling und Marterseulln", 1709 die „Kreutzspinnerin", 1720 „Spinnekreutz" und seit 1804 „Spinnerin am Kreutz" genannt.

Zwachgasse, 23. Bezirk (Inzersdorf); Adolf Zwach (1863–1951), Vizebürgermeister von Inzersdorf.

Zwanzigerzeile, 18. Bezirk (Weinhaus); eine 1683 urkundlich erwähnte Eintragung im Grundbuch besagt, daß die Besitzer der Häuser von der Köhlergasse bis zum Ende des Ortes jährlich 20 Pfennig Grundsteuer zu leisten hatten.

Zwei Gehängte, Bergname (447 Meter, zwischen Hameau und Dreimarkstein). So benannt, nachdem dort zwei Lebensmüde aufgefunden wurden.

Zweiunddreißigerzeile, 18. Bezirk (Weinhaus); laut Urkunden aus dem Jahre 1683 hatten die Hausbesitzer vom Aumannplatz bis zur Köhlergasse 32 Pfennige jährliche Grundsteuer zu bezahlen.

Zwerchäckerweg, 22. Bezirk (Kagran); Flurname.

Zwerchbreitelngasse, 21. Bezirk (Stammersdorf); Flurname

Zwerenzweg, 13. Bezirk (Auhof); Mitzi Zwerenz (1881–1947), Operettensängerin.

Zwerggasse, 2. Bezirk; auffallend kurze Gasse.

Zwerggrabengasse, 23. Bezirk (Siebenhirten); Flurname.

Zwerngasse, 17. Bezirk (Dornbach); Flurname. Besagt, daß die Äcker „zwern" (kreuz und quer) liegen.

Zwicklgasse, 11. Bezirk (Kaiser-Ebersdorf); Johann Zwickl, von 1787 bis 1812 Ortsrichter in Simmering.

Zwillinggasse, 19. Bezirk (Kahlenberger Dorf); von 1895 bis 1933 Kinderasylgasse. Viktor Zwilling (1861–1931), Erzieher.

Zwingligasse, 15. Bezirk (Fünfhaus); Ulrich Zwingli (1484–1531), Schweizer Reformator.

Zwinzstraße, 16. Bezirk (Ottakring); Ignaz Zwinz (1825–1893), Gemeinderat von Breitensee.

Zwölfergasse, 15. Bezirk (Fünfhaus); um 1858 Obere Rusten. Heinrich Zwölfer (1776–1836), Baumeister.

Zwölfpfenniggasse, 10. Bezirk (Oberlaa); um 1528 war das die Geldbuße (pro Stück Vieh) für unerlaubte Benutzung der Weide.

Zyklamengasse, 14. Bezirk (Hütteldorf); Blumenname.

Zypressenweg, 22. Bezirk (Eßling); Baumgattung.

Kirche St. Dorothea

ALTWIENER VORSTÄDTE UND VORORTE

Alsergrund (9. Bezirk)
Alt-Wiener Vorstadt, seit 1850 Gemeindebezirk, aus den früheren Vorstädten Althangrund und Himmelpfortgrund, Roßau, Lichtental, Michelbeuern und Thury, Teilen von Alsergrund, Heiligenstadt, Hernals und Währing zusammengesetzt, doch schon 1134 als „Gegend an der Als" urkundlich genannt. Auch die heute verschwundenen Ortschaften Fischerdörfchen, Oberer Werd, Siechenals und Sporkenbühel bestanden auf dem Grund des heutigen Bezirks.

Altdonau (3. Bezirk)
Ehemalige Ortschaft mit eigenem Richter, schon 1342 urkundlich als Alt-Dunaw Gemeinde erwähnt, dann seit 1684 Weißgerbervorstadt.

Althangrund (9. Bezirk)
Auch Althanvorstadt. Durch Graf Gundacker Althan 1702 gegründet, 1850 dem 9. Wiener Gemeindebezirk einverleibt.

Altlerchenfeld (8. Bezirk)
1704 wurde durch Erbauung des Linienwalles die Vorstadt Lerchenfeld in Altlerchenfeld und Neulerchenfeld geteilt. Altlerchenfeld wurde 1850 dem 7. und 8. Bezirk einverleibt, Neulerchenfeld, kurze Zeit Neu-Ottakring genannt, wurde 1891 in den 16. Bezirk einbezogen.

Am Spitz (21. Bezirk)
Wo sich die Brünner Straße und die Prager Straße gabeln, lag die Ansiedlung „Am Spitz". 1787 erhielt die Ansiedlung den Namen Floridsdorf.

Altmannsdorf (12. Bezirk)
Ehemalige Ortschaft, die schon 1136 nachweisbar ist, 1891 dem 12. Gemeindebezirk angegliedert. Gründer des Ortes war Bischof Altmann von Passau (1011–1092), ein Vertrauter Herzog Leopolds III.

An der Wien (6. Bezirk)
Erst selbständiger Vorstadtgrund, später ein Teil der Laimgrube.

An der Wien (13. Bezirk)
Ortschaft an der Wien, schon im Jahre 1211 bezeugt, im 14. Jahrhundert im 14. Bezirk aufgegangen.

Aspern (22. Bezirk)
Schon 1083 wurde die Ortschaft Asparn urkundlich genannt. Bis 1904 selbständige Ortschaft, dann dem 21. Bezirk einverleibt. Seit 1938 der 22. Bezirk.

Baumgarten (14. Bezirk)
Ehemals „Pomgarten“ genannt. Schon 1171 auf Urkunden vorkommend, bis 1891 selbständiger Ort, dann dem 13. Gemeindebezirk einverleibt.

Bernhardstal (10. Bezirk)
Ehemalige Ortschaft auf dem Grunde des heutigen 10. Bezirks. Bereits 1529 verschwunden. Nachher nur mehr Flurname.

Braunhirschengrund (14. Bezirk)
1696 existierte hier ein schloßartiger Herrschaftssitz. 1754 errichtete der Besitzer Baron Werthenburg das Gasthaus „Zum braunen Hirschen“, dessen Name sich auf die später dort entstandene Ortschaft übertrug. 1863 mit den Ortschaften Reindorf und Rustendorf in Rudolfsheim umbenannt, das seit 1891 dem 14. Wiener Gemeindebezirk zugehörig war und seit 1938 mit Fünfhaus den 15. Bezirk bildet.

Breitenfeld (8. Bezirk)
Frühere Vorstadt, welche 1802 durch den Schottenabt Benno Pointner gegründet und 1850 dem 8. Wiener Gemeindebezirk zugeteilt wurde.

Breitensee (14. Bezirk)
Ehemals selbständige Gemeinde, die schon im Jahre 1195 erwähnt wird. Von 1891 bis 1938 war sie Teil des 13. Bezirks, dann wurde sie dem 14. Bezirk eingemeindet.

Brigittenau (20. Bezirk)
Bis 1645 „Wolfsau“ genannt, dann veränderte sich durch den Bau einer Kapelle, die der hl. Brigitta geweiht wurde, der Name in „Brigittenau“. Im Jahre 1850 wurde die Brigittenau dem 2. Wiener Gemeindebezirk angeschlossen, seit 1900 bildet sie mit der ehemaligen Ortschaft Zwischenbrücken den 20. Bezirk.

Brillantengrund (7. Bezirk)
Kaiser Joseph II. förderte den Zuzug süddeutscher Einwanderer, die speziell Seide und Samt, später Band- und Dünntuch erzeugten. Die Herstellung dieser Stoffe, die gut verkauft wurden, rief bei den Herstellern Reichtum hervor, wovon dieser Name für das Schottenfeld Zeugnis ablegt.

Buchfeld (8. Bezirk)
Ehemals ein Buchenwald, bei dem sich eine Ansiedlung entwickelte, aus der sich die Ortschaften Rottenhof und Josefstadt entwickelten.

Chatternburch (13. Bezirk)
Schon 1156 wurde eine Ansiedlung auf dem Grunde des heutigen Schönbrunn erwähnt, welche 1311 Chatterburg genannt wurde. 1592 wurde Chatterburg mit der Chattermühle Ägidi Gattermeyer verliehen.

Chlaitzing (19. Bezirk)
Ehemaliger Ort, der 1298 erstmals und 1333 letztmals erwähnt wird. Der Ort ging wahrscheinlich durch die Gründung von Neustift am Walde verloren.

Chrainort (22. Bezirk)
Einstiger Ort in der Lobau. Wahrscheinlich im Besitz des Altwiener Bürgergeschlechtes der Chranest. Die Ortschaft wurde von der Donau – vermutlich durch Hochwasser – weggespült und spurlos vernichtet.

Döbling (19. Bezirk)
Döbling bildete urspünglich eine selbständige Ortschaft, die schon um 1114 Tobilic, Topilich oder Töblich (kommt von „Tobel" und bedeutet „Bergschlucht") genannt wurde. Später wurde die Teilung in die Ortschaften Ober-Döbling und Unter-Döbling vorgenommen, 1891 mit Heiligenstadt, Kahlenberger Dorf, Josefsdorf, Grinzing, Sievering, Nußdorf und einem Teil von Weidling der 19. Gemeindebezirk gegründet.

Donaufeld (21. Bezirk)
Ortschaft an der Donau, die 1860 bis 1863 als Neu-Leopoldau gegründet wurde. 1885 erhielt sie den Namen Donaufeld und wurde 1904 dem 21. Bezirk einverleibt.

Donaustadt (2. Bezirk)
Der am 13. Jänner 1867 eingesetzten Donauregulierungskommission oblag die Trockenlegung vieler Stadtteile, Auen und Inseln, die der Verbauung zugeführt wurden. Von 1868 bis 1875 dauerte die Neugestaltung des Laufes des Donaustromes, auf dessen trockengelegten Gründen auch das Ausstellungsviertel entstand (mundartliche Bezeichnung). Gemeint ist der Stadtteil zwischen der Lassallestraße und der Ausstellungsstraße.

Dörfel (3. Bezirk)
1723 gegründete Ansiedlung zwischen Leonhardgasse und Kleingasse. Unterstand ursprünglich den Augustinern und wurde auf ihre Bitte – infolge übermäßiger Forderungen – von Kaiser Karl IV. 1736 zu Erdberg genommen.

Dornbach (17. Bezirk)
Schon zur Zeit der Babenberger (1150) Doringinpach genannt. Bis 1891 bildete Dornbach eine selbständige Gemeinde, die dann in den 17. Bezirk einbezogen wurde.

Erdberg (3. Bezirk)
Die Vorstadt wurde schon 1172 als Erdpurch, Erdberg urkundlich erwähnt (auch König Richard Löwenherz wurde in Erdberg gefangengenommen). 1850 wurde Erdberg dem 3. Wiener Gemeindebezirk einverleibt.

Favoriten (10. Bezirk)
Favoriten bildete vor 1873 einen Teil der ehemaligen Vorstädte Wieden und Margareten, erst seither einen eigenen Bezirk, der 1891 noch durch Teile von Inzersdorf, Oberlaa und Unterlaa vergrößert wurde. Der Name stammt vom alten kaiserlichen Lustschloß „Favorita", dem heutigen Theresianum, das 1615 bis 1623 erbaut, 1683 (wegen der Türken) niedergerissen, 1687 bis 1690 und 1756 wieder neu erbaut wurde. Auf dem Grunde des Bezirkes stand einst die Ortschaft Bernhardstal.

Fischerdörfchen (9. Bezirk)
Dieses Dörfchen bestand in der Gegend des Schottenringes bis zur Roßauer Kaserne. Existierte schon 1276 als Teil des Oberen Werds, wurde 1683 als „zu nahe der Festungsmauer" abgerissen

Floridsdorf (21. Bezirk)
Diese Gegend gehörte einstmals dem Stift Klosterneuburg. Unter Abt Floridus Leeb wurde der Grund 1786 zur Verbauung freigegeben. 1904 und 1908 wurde der 21. Bezirk unter Einschluß folgender Gemeinden gegründet: Am Spitz, Jedlesee, Jedlersdorf, Leopoldau, Kagran, Stadlau, Aspern, Hirschstetten, Strebersdorf, Donaufeld und Mühlschüttel. Verschwunden sind die Ortschaften Ringelsee, Wulzendorf, Hoven, Poigen und Krottendorf.

Fünfhaus (15. Bezirk)
1708 bis 1711 wurden in den „Hangenden Lüssen" fünf Weinhauerhäuschen erbaut. Hieraus entstand nach und nach die Ortschaft, die heute den 15. Bezirk bildet.

Gaudenzdorf (12. Bezirk und 15. Bezirk)
Die Ortschaft entstand 1812 bis 1819 und wurde nach ihrem Gründer Gaudenz Dunkler (einst Prälat des Stiftes Klosterneuburg) benannt. Seit 1891 bildet Gaudenzdorf einen Teil des 12. Bezirkes.

Gersthof (18. Bezirk)
Wurde angeblich nach einem Ansiedler namens Gerstler, der 1444 urkundlich erwähnt ist, benannt. Gersthof bildet seit 1891 einen Teil des 18. Bezirkes.

Grinzing (19. Bezirk)
Schon 1106 als „Grinzingan" erwähnt. Die Ortschaft wurde wiederholt verwüstet (1484, 1529, 1683 und 1809), jedoch immer wieder aufgebaut. Bis 1891 bildete Grinzing eine eigene Ortschaft, wurde dann dem 19. Bezirk eingegliedert.

Groß-Enzersdorf
Bis 1938 bestand Groß-Enzersdorf als selbständige Ortschaft, dann wurde sie zum Wiener Gemeindebezirk erklärt. Folgende Ortschaften wurden damals angeschlossen: Andlersdorf, Breitenlee, Eßling, Franzensdorf, Glinzendorf, Groß-Enzersdorf, Großhofen, Mannsdorf, Mühlleiten, Oberhausen, Probstdorf, Raasdorf, Rutzendorf, Schönau, Wittau.

Großjedlersdorf (21. Bezirk)
Das Dorf wurde 1260 urkundlich bestätigt und führte damals den Namen Urlingersdorf (das Dorf eines Urling), woraus in der Folge Jedlersdorf wurde. Als selbständige Gemeinde existierte Großjedlersdorf bis 1904, dann wurde es dem 21. Bezirk angegliedert.

Gumpendorf (6. Bezirk)
Eine ehemalige Vorstadt, deren Name von „Gumpe“ (Tümpel, Pfütze) abgeleitet ist. Bereits 1136 und 1207 urkundlich bestätigt. 1850 wurde Gumpendorf dem 6. Bezirk angegliedert.

Hacking (13. Bezirk)
Schon 1168 befand sich diese Gegend im Besitz der niederösterreichischen Herren von Hacking (Hakeing, Hegking, Heaking), die 1500 ausstarben. Hacking war späterhin selbständige Ortschaft, die 1891 in den 13. Bezirk einbezogen wurde.

Heiligenstadt (19. Bezirk)
Wird auf eine klösterliche Ansiedlung zurückgeführt, die urkundlich schon 1249 als „Heilige Statt“ (Stätte) erwähnt wird (angeblich vom hl. Severin gegründet). Seit 1891 ein Teil des 19. Bezirks, im selben Jahr kam ein kleiner Teil zum 9. Bezirk.

Hernals (17. Bezirk)
1123 urkundlich als Besitz der „Herren von der Als“ (Alsa, auch „Griechen von der Als“) erwähnt, die nach 1358 nicht mehr genannt werden. Bis 1891 bildete Hernals eine eigene Gemeinde, aus der mit Dornbach und Neuwaldegg der 17. Bezirk gebildet wurde. Nachdem die Stadbahn erbaut war, wurden Teile an den 8. Bezirk und den 9. Bezirk abgetreten.

Hetzendorf 12. Bezirk)
Um 1100 Hintindorf, um 1190 Hercendorf genannt. Bis 1891 bildete Hetzendorf eine eigene Ortschaft, seither ist es in den 12. Bezirk eingegliedert.

Hietzing (13. Bezirk)
Schon 1056 und 1072 als Hetzingen (Dorf eines Hezo) urkundlich erwähnt, später selbständige Gemeinde. 1891 wurde aus den Ortschaften beziehungsweise Ortsteilen Penzing, Breitensee, Ottakring, Baumgarten, Mauer, Auhof und Weidlingau der 13. Bezirk gebildet.

Himmelpfortgrund (9. Bezirk)
Seit 1638 war die Ortschaft im Besitze des Klosters „Zur Himmelspforte". 1850 wurde der Himmelpfortgrund dem 9. Wiener Gemeindebezirk einverleibt.

Hirschstetten (22. Bezirk)
Wurde schon 1158 als Hertstetten erwähnt, bildete bis 1904 eine eigene Ortschaft, ab 1938 Teil des 22. Bezirks.

Hoven (21. Bezirk)
So hieß eine kleine Ansiedlung bei Angern um 1220. Durch Hochwasser der Donau weggeschwemmt, seither spurlos verschwunden.

Hundsturm (5. Bezirk)
Ehemalige Vorstadt. Neben der 1409 und 1484 urkundlich erwähnten „Hundsmühle" stand ein kaiserliches Rüdenhaus, das 1529 vernichtet, später jedoch wieder aufgebaut und 1610 zum Jagdschloß umgestaltet wurde. 1672 als „Schloß Hundsthurm" neu erbaut, wurde es 1885 abgetragen. Der Schloßname übertrug sich auf die Ansiedlung, die 1850 im 5. Bezirk aufging.

Hungelbrunn (4. Bezirk und 5. Bezirk)
Hungelbrunn war eine zwischen Wieden und Margareten bestehende Ansiedlung (1609), die nach einem sagenhaften Brunnen benannt wurde. Im Jahre 1850 wurde Hungelbrunn zwischen dem 4. Bezirk und dem 5. Bezirk aufgeteilt.

Hütteldorf (14. Bezirk)
1120 urkundlich „Utendorf". Bis 1891 eigene Gemeinde, dann dem 13. Bezirk und ab 1938 dem 14. Bezirk angeschlossen.

Innere Stadt (1. Bezirk)
Zentrumsbezirk und Ursprung der heutigen Großstadt Wien. Einst römisches Standlager, erstmals 77, letztmals 551 n. Chr. als „Vindobona" erwähnt. Im bayrischen Kloster zu Nieder-Alteich 1030 als Wienne bestätigt. Als Residenz der Herzöge von Österreich (seit Heinrich Jasomirgott) erhielt sie 1221 ihr Stadtrecht (Handfeste). Als Kaiserstadt ist Wien seit 1556 genannt. Unter den Römern und den österreichischen Herzögen jeweils viermal vergrößert, blieb die Innenstadt bis 1850 unverändert. In diesem Jahr wurden die damals 34 Vorstädte einverleibt. Danach (1858) wurde der Festungswall geschleift und der Raum innerhalb des Linienwalles verbautes Gebiet. 1861 wurde Margareten, 1863 Rudolfsheim, 1874 Favoriten gebildet, 1891 die Bezirke 11 bis 19, 1900 die Brigittenau als 20. Bezirk einverleibt. 1904 und 1910 wurde Floridsdorf als 21. Bezirk gebildet. 1938 wurden weitere 97 Ortschaften in das Stadtgebiet mit 26 Bezirken einbezogen (Groß-Wien). Nach dem Kriege wurde der alte Stand großteils wiederhergestellt.

Im Werd (2. Bezirk)
Ein Teil bis 1894 „Auf der Haide" genannt. „Werd" bedeutet „Insel". Vormals (im unregulierten Donaugebiet) hießen Fischerdörfl und Roßau „Oberer Werd", die heutige Leopoldstadt „Unterer Werd".

Inzersdorf (10. Bezirk)
In der Nähe Wiens gelegene Ortschaft. Schon 1209 urkundlich erwähnt.

Jägerzeile (2. Bezirk)
Auf dem Grund der heutigen Praterstraße 1569 gegründete Ansiedlung pensionierter Jäger, die dort das Schankrecht ausüben durften. Bis 1850 war die Jägerzeile eine eigene Ortschaft, dann wurde sie in den 2. Bezirk einbezogen.

Jedlersdorf (21. Bezirk)
Als Ortschaft schon 1014 urkundlich „Urlinegsdorf" genannt. Seit 1904 ein Teil des 21. Bezirks.

Jedlesee (21. Bezirk)
Wurde als Ortschaft bereits 1014 urkundlich „Outcinessevve" genannt. Später „Ucinsee", „Jetzeßee", was „See des Uz" heißt. Als selbständige Ortschaft bestand Jedlesee bis 1904, dann wurde es dem 21. Bezirk angegliedert.

Josefsdorf (19. Bezirk)
Ursprünglich eine 1628 auf dem Kahlenberg (damals Schweinsberg) bestandene Ansiedlung des Camaldulenser-Ordens (1782 aufgelöst). Die dortige Kirche, die 1683 vernichtet wurde, war 1694 wiederaufgebaut und wurde dem hl. Josef geweiht. Die Ortschaft, die nach und nach hier entstand, nannte sich nach Kaiser Joseph II. Josefsdorf. Der Name wird erstmals 1784 urkundlich erwähnt. 1891 ging Josefsdorf im 19. Bezirk auf.

Josefstadt (8. Bezirk)
Die hier bestehende Vorstadt wurde 1690 nach Kaiser Joseph I. so benannt. 1850 wurde aus den ehemaligen Vorstädten Breitenfeld, Buchfeld, Rotenhof, Strozzigrund und Teilen von Alsergrund, Alt-Lerchenfeld, Hernals und St. Ulrich der 8. Bezirk gebildet.

Kagran (22. Bezirk)
Eine ehemals selbständige Ortschaft, die schon 1123 und 1188 als Besitz eines „Chagre" erwähnt wird. Der damalige Name war „Chageran". Bis 1904 selbständige Ortschaft, heute zum 22. Bezirk gehörend.

Kahlenberger Dorf (19. Bezirk)
So wird der Ort am Fuße des Kahlenberges bezeichnet, der schon 1101 urkundlich erwähnt wird. Bis 1891 selbständige Ortschaft, seither Teil des 19. Bezirks.

Kaiser-Ebersdorf (11. Bezirk)
Als Dorf wird Kaiser-Ebersdorf schon im 11. Jahrhundert erwähnt. Mit Namen Ebersdorf erstmals 1255 urkundlich nachweisbar. Ab 1891 ein Teil des 11. Bezirks.

Kaisermühlen (22. Bezirk)
An einem Nebenarm des Fahnenstangenwassers (der Hauptarm des Wassers verlief etwa im Zuge der heutigen Franzensbrückenstraße/Nordbahnstraße) lagen schon 1674 die kaiserlichen Schiffsmühlen, auch Hofmühlen genannt. Nach der Donauregulierung (1868 bis 1874) ging der Name auf die neue Ansiedlung der Schiffmüller über.

Klein-Jedlersdorf (21. Bezirk)
Kaiser Joseph II. bewilligte 1786 die Verbauung der Jedlersdorfer Viehtrift (auf deren Grund die Ortschaft „Am Spitz“ entstand, aus der später Floridsdorf wurde). Seit 1804 war Klein-Jedlersdorf eine selbständige Gemeinde, die 1874 mit Floridsdorf vereinigt wurde. Um 1850 wurde die Ansiedlung auch Neu-Jedlersdorf genannt.

Koglbrunn (19. Bezirk)
Ehemaliger Ort am Fuße des Hermannskogels, der 1231 urkundlich erwähnt wird, später aber verschwunden ist.

Konradswerd (4. Bezirk)
Werd war die Bezeichnung von Inseln im unregulierten Donaugebiet. Seit 1379 bestand auf dem späteren Konradswerd ein Paradies(Lust)garten für die österreichischen Herzoginnen. Konrad Balthasar Graf Starhemberg (1612–1687) war schon 1642 Besitzer dieser Insel, welche durch die Wien und einen Nebenarm derselben gebildet wurde. Er legte den Grundstein sowohl zu dieser Ansiedlung als auch zum Freihaus. 1850 wurde Konradswerd dem 4. Bezirk angegliedert.

Kroatendörfl
Unter dieser Bezeichnung existierten in verschiedenen Gegenden Wiens Ansiedlungen von Kroaten, Hannaken, Heanzen und Ungarn, die sich hauptsächlich mit Hausieren und ähnlichem beschäftigten. Bekannt sind:
Im 1. Bezirk ehemaliger Name eines Teiles der Seilerstätte, im Landschaftsgültbuch vom Jahre 1693 bestätigt. In der Umgebung des heutigen Palais Coburg;
im 7. Bezirk wurde die Umgebung der heutigen Spittelberggasse so genannt (um 1700);
im 9. Bezirk wurde einst ein Teil der Lazarettgasse so bezeichnet;
im 18. Bezirk lag der Wohnort dieser Leute in der ehemaligen Neugasse (die heutige Edelhofgasse).

Krottendorf (19. Bezirk)
Eine schon im 11. Jahrhundert bestehende Ortschaft, die 1529 vernichtet und nicht mehr aufgebaut wurde.

Krottendorf (21. Bezirk)
Auch Krottenhof genannt (heute führt ein Barnabitenkloster diesen Namen). Diese Ortschaft lag in der Nähe von Strebersdorf am Fuße des Bisamberges und wurde schon im 12. Jahrhundert erwähnt. 1581 letztmals genannt, verschwand die Ortschaft spurlos.

Krowotendörfl (9. Bezirk)
Hier – am Grund der heutigen Lazarettgasse – lagen die Wohnquartiere slowakischer Kochlöffel- und Spielwarenhausierer.

Laimgrube (6. Bezirk und 7. Bezirk)
Der Name kommt von Lehmgewinnungsstätten, die hier in früheren Jahrhunderten bestanden. Bereits 1291 wird diese Vorstadt erwähnt, später wurde die Ansiedlung „An der Wien" vereinnahmt. 1850 wurde die Vorstadt auf den 6. Bezirk und den 7. Bezirk aufgeteilt.

Lainz (13. Bezirk)
Seit dem Jahre 1338 wurde Lainz als selbständige Ortschaft erwähnt. Seit 1891 dem 13. Bezirk angehörig.

Landstraße (3. Bezirk)
Die Ansiedlung „An der Landstraße" vor dem Frauenkloster „St. Nikolai" bestand schon im 12. Jahrhundert und wurde teils „Vor dem Stubenthor", teils „Bei St. Nikolai" genannt. Der seit 1850 Landstraße genannte Bezirk besteht aus den Ortschaften Nottendorf, Alt-Donau, St. Nikolai, Rennweg, Weißgerber und Erdberg.

Laurenzergrund (5. Bezirk)
War von 1553 bis 1806 ein selbständiger Ort im Besitz des Nonnenklosters zu St. Lorenz. Seit 1850 bildet der Laurenzergrund einen Teil des 5. Bezirkes.

Leopoldau (21. Bezirk)
Als „Alpiltowe" oder „Alphildau" schon 1125 bestätigt. Später Elpeltau, Eupeltau, im 19. Jahrhundert Eipeldau und Leopoldau. Seit 1904 dem 21. Bezirk angegliedert.

Leopoldstadt (2. Bezirk)
Früher Unterer Werd geheißen. Die Ansiedlung erhielt den Namen der 1670 bis 1671 erbauten Kirche, die dem hl. Leopold, dem Landesheiligen von Niederösterreich, geweiht ist. Mit den Vorstädten Jägerzeile, Unterer Werd, Zwischenbrücken, Brigittenau und Teilen von Aspern und Kaiser-Ebersdorf bildet die Leopoldstadt seit 1850 den 2. Bezirk.

Lerchenfeld (8. Bezirk)
Ursprünglich war Lerchenfeld ein Flurname. Schon 1295 tauchte der Name „Lerochveldt" auf. Der Name übertrug sich später auf die Vorstadt, von der 1690 die Josefstadt, 1702 der Strozzigrund und 1704 Neulerchenfeld (oder Neu-Ottakring) abgetrennt wurden. 1850 wurde aus Alt-Lerchenfeld, Strozzigrund, Breitenfeld, Josefstadt und Teilen von St. Ulrich und Alsergrund der 8. Bezirk gebildet.

Lichtental (9. Bezirk)
Ehemaliger Ort vor Wien. Die im Jahre 1254 von Heinrich v. Liechtenstein gekaufte Donauinsel wurde nach ihrem Besitzer Alt-Liechtenwerd genannt. 1702 erbaute Fürst Adam Johann Liechtenstein Palais und Garten und gründete die Vorstadt, für die sich der Name Liechtental einbürgerte. Im Jahre 1850 wurde Lichtental in den 9. Bezirk eingegliedert.

Lucken (Lukken, Luckchen)
Einst kleine Ansiedlungen auf den Gründen zwischen der heutigen Ringstraße und der Lastenstraße, welche mit Planken oder Hecken eingefriedet waren. 1683 wurden sie auf Befehl Starhembergs niedergerissen (um den anrückenden Türken keine Deckungsmöglichkeiten zu geben). Zeit und Ort ihres Bestehens sind heute teilweise nicht mehr bekannt. Folgende Namen lassen sich heute noch aufzählen:
Bären Lucken (4. Bezirk).
Brunn Lucken (1314).
Enge Lucken ?.
Fund Lucken ?.
Gärtner Lucken (3. Bezirk, 1398).
Hühner Lucken (1. Bezirk, 1295).
Kater Lucken (1. Bezirk, vor dem Kärntner Tor, 1342).
Kleber Lucken (1312).
Kot Lucken (4. Bezirk, vor dem Kärntner Tor).
Kropf Lucken (1. Bezirk).
Lur Lucken (4. Bezirk, vor dem Kärntner Tor, 1369).
Neu Lucken (1314).
Ofen Lucken (1. Bezirk und 4. Bezirk, 1402).
Refel Lucken (4. Bezirk).
Rosen Lucken (4. Bezirk, 1211).
Schaufler Lucken (1. Bezirk).
Schebenzer Lucken (vor dem Stubentor).
Spital Lucken (4. Bezirk, 1461).
Sterzer Lucken (4. Bezirk).

Lumpazidörfel (13. Bezirk, volkstümlich)
Ansiedlung auf den Gründen, die sich der Theaterdirektor Karl Bernbrunn aus dem Reinertrag aus Nestroys Stück „Lumpazivagabundus" kaufen konnte.

Magdalenengrund (4. Bezirk)
Ehemalige selbständige Vorstadt. Ursprünglich „Im Saugraben an der Wien“ und im Volksmund noch heute manchmal als „Ratzenstadtl“ bezeichnet. Der Name Magdalenengrund (seit 1756 urkundlich) stammt aus der Zeit, als die kleine, 1338 erbaute und 1781 abgebrannte Magdalenenkapelle auf dem Stephansfreithof (die Umrisse heute auf dem Stephansplatz zu sehen) hier Grundeigentümerin war. Seit 1799 befindet sich der Magdalenengrund im Besitz der Gemeinde Wien, 1850 dem 6. Bezirk zugeordnet.

Margareten (5. Bezirk)
Wurde nach einer 1388 bis 1395 erbauten, der hl. Margarete geweihten Kapelle so genannt. Seit 1850 bilden die Vorstädte Hundsthurm, Laurenzergrund, Margareten, Matzleinsdorf, Nikolsdorf und Reinprechtsdorf sowie Teile von Hungelbrunn und Wieden den 4. Bezirk. 1861 wurde Wieden von Margareten getrennt, wobei Margareten als 5. Bezirk selbständig gemacht wurde. Mit den außerhalb der Südbahn liegenden Teilen Margaretens wurde 1874 als 10. Bezirk Favoriten gegründet.

Mariahilf (6. Bezirk)
1626 stellte der Barnabitenpriester Joanelli an der Straße nach Linz ein Muttergottesbild, genannt „Maria hilf“, zur Verehrung aus. Der starke Zuspruch, den das Bild hatte, war der Grund, daß sich dort eine Ansiedlung (erst „Im Scheff“ genannt) bildete. 1850 wurden die Vorstädte Gumpendorf, Magdalenengrund und Windmühle (Mühlfeld) sowie Teile von Mariahilf und Laimgrube zum 6. Bezirk vereint.

Matzleinsdorf (5. Bezirk)
Als Metzleinsdorf (Mezzelinesdorf, Mezzelsdorf, Matzelsdorf) schon vor 1136 urkundlich erwähnt, 1850 seiner Selbständigkeit beraubt und dem 5. Bezirk eingegliedert.

Meidling (12. Bezirk)
1146 Murlingen genannt, 1806 in Ober- und Unter-Meidling geteilt. Bis 1891 waren dies eigene Gemeinden, die seither mit Altmannsdorf, Hetzendorf, Gaudenzdorf und Wilhelmsdorf den 12. Bezirk bilden.

Meinhartsdorf (15. Bezirk)
Ehemals eine Ortschaft auf dem Grunde des ehemaligen 14. Bezirkes. 1040 gegründet, 1178 urkundlich Meynhartesdorf genannt, wird es nach 1513 nicht mehr erwähnt.

Michelbeuerngrund (9. Bezirk und 18. Bezirk)
Bereits 1070 war diese Gegend im Besitze des Benediktinerstiftes St. Michael zu Beuern in Salzburg. Bis ins Jahr 1850 bildete Michelbeuern eine eigene Vorstadt, dann wurde es zwischen den Bezirken 9 und 18 aufgeteilt.

Mühlschüttel (21. Bezirk)
Ansiedlung der Schiffmüller, die auf der Donau vor Schaffung des neuen Strombettes ihr Gewerbe ausübten und sich nachher auf den aufgeschütteten und planierten Gründen seßhaft machten. Von 1869 bis 1904 eine eigene Ortschaft.

Neubau (7. Bezirk)
Von 1693 bis 1850 eine eigene Vorstadt, seither mit den Vorstädten Neustift, Spittelberg, Schottenfeld, St. Ulrich und Teilen von Altlerchenfeld, Laimgrube und Mariahilf zum 7. Bezirk vereinigt.

Neudörfl (11. Bezirk)
Ein 1819 erwähnter Name eines neu angelegten Teiles von Simmering außerhalb des eigentlichen Ortes. Auf dem Grund der heutigen Hauffgasse.

Neudörfl (13. Bezirk)
So hieß die 1803 entstandene Ortschaft, die später in Unter-St. Veit umbenannt wurde.

Neu-Leopoldau (21. Bezirk)
Die nach 1860 beim Floridsdorfer Bahnhof (aber noch auf dem Grunde von Leopoldau) entstandene Ansiedlung wurde „Neu-Leopoldau" genannt. 1881 erhielt sie das Recht auf Selbständigkeit und den Namen Donaufeld, den sie bis zu ihrer Eingemeindung in den 21. Bezirk (1904) trug.

Neulerchenfeld (16. Bezirk)
Durch die Erbauung des Linienwalles im Jahre 1704 wurde Lerchenfeld in Altlerchenfeld und Neulerchenfeld (zeitweise Neu-Ottakring genannt) zerteilt. Während Altlerchenfeld zum 7. Bezirk kam, blieb Neulerchenfeld bis 1891 selbständiger Vorort, dann erfolgte die Einbeziehung in den 16. Bezirk.

Neustift (7. Bezirk)
Als Teil der Vorstadt St. Ulrich wurde Neustift schon 1413 erwähnt. 1621 erfolgte die Trennung von St. Ulrich und Neustift bildete eine eigene Vorstadt (Neubau). 1850 wurde Neubau zum 7. Bezirk erhoben.

Neustift am Walde (19. Bezirk)
Die Ortschaft wird urkundlich erstmals um 1300 erwähnt. Der Name hat seinen Ursprung von dem Dorotheerkloster 1413 „gestiftete Gründe am Walde". Im Jahre 1891 wurde der bisherige Vorort mit Gersthof, Weinhaus, Währing, Pötzleinsdorf und Salmannsdorf zum 18. Bezirk vereint, Neustift am Walde kam 1938 zum 19. Bezirk.

Neuwaldegg (17. Bezirk)
Das Schloß „Waldeckh" wird 1307, Neuwaldegg 1535 erwähnt. Die um das Schloß gelegene Ansiedlung hieß auch Ober-Dornbach und bildete bis 1891 eine eigene Gemeinde. In diesem Jahr wurde sie Teil des 17. Bezirkes.

Neu-Wien (9. Bezirk)
1853 wurden die zwischen der Berggasse und Türkenstraße gelegenen staatlichen Gründe zerteilt und verkauft. Vom Erlös wurden das Arsenal und Kasernen gebaut. Graf Schlick war der Erbauer des ersten Hauses in dieser Gegend, der das Gebiet auch Neu-Wien nannte.

Nikolsdorf (5. Bezirk)
Ehemalige Vorstadt, die schon 1558 als im Besitz des Nonnenklosters St. Nikolai erwähnt wird. 1850 dem 5. Bezirk angegliedert.

Nottendorf (3. Bezirk)
Frühere Ortschaft auf dem Grund des 3. Bezirkes. Schon 1192 urkundlich erwähnt. 1529 wurde Nottendorf gänzlich vernichtet und nicht mehr aufgebaut. Es war der Sitz flandrischer Gärtner und bedeutete „Genossendorf".

Nußdorf (19. Bezirk)
Ehemals selbständige Ortschaft in nußbaumreicher Gegend, schon 1114, 1155 und 1170 urkundlich genannt. 1891 dem 19. Bezirk zugeteilt.

Oberer Werd (9. Bezirk)
Siehe Fischerdörfchen und Roßau. Der Obere Werd lag zwischen der heutigen Liechtensteinstraße und dem Donaukanal (Werd bedeutet „Insel").

Ober-St. Veit (13. Bezirk)
Nach dem hl. Vitus benannte, einstmals selbständige Ortschaft. 1803 wurde die Ansiedlung in Ober-St. Veit und Unter-St. Veit geteilt, 1891 zum 13. Bezirk vereinigt.

Ottakring (16. Bezirk)
Die Gründung des Ortes soll bis in die Zeit Kaiser Karls des Großen zurückgehen. 1190 als Besitz eines bayrischen Edelmannes Otaccher urkundlich erwähnt. Ottakring bildete bis 1891 einen selbständigen Vorort, der mit Neulerchenfeld zum 16. Bezirk umgewandelt wurde.

Ottakring (Unter-Ottakring)
Durch den im Jahre 1704 auf Befehl Prinz Eugens erbauten Linienwall wurde die Vorstadt Lerchenfeld in zwei Teile geteilt. Der äußere Teil wurde Neulerchenfeld (aber auch Neu- oder Unter-Ottakring) genannt.

Poigen (21. Bezirk)
Einstmals selbständige Ortschaft an der Donau im Lobaugebiet. Vor 1311 durch eine Überschwemmung vernichtet und nicht mehr aufgebaut.

Pötzleinsdorf (18. Bezirk)
Bereits 1112 und 1136 urkundlich Pezelinsdorf. Im Jahre 1891 dem 18. Bezirk angegliedert.

Reindorf (15. Bezirk)
Schon 1344 als Ortschaft erwähnt. Wurde 1863 mit den Ortschaften Braunhirschen und Rustendorf zur Gemeinde Rudolfsheim vereinigt.

Reinprechtsdorf (5. Bezirk)
Im Jahre 1264 als Ort im Besitz der Familie Ramperstorffer erwähnt, in der Folge nur mehr Flurname. Um 1730 wird ein Ort gleichen Namens Gemeinde, später zur Vorstadt erhoben. Reinprechtsdorf bildet seit 1850 einen Teil des 5. Bezirkes.

Rennweg (3. Bezirk)
Der Name hat seinen Ursprung in den hier von 1382 bis 1534 abgehaltenen „Scharlachrennen“, dem Wettkampf um ein scharlachrotes Tuch. Das „Scharlachrennen“ war ein Wettlauf zwischen Hübschlerinnen und herrschaftlichen Läufern. Seit 1529 wurde jedoch der Name Landstraße üblich.

Ringelsee (21. Bezirk)
Die an der Donau gelegene Ortschaft Ringelsee wurde schon 1160 als Ringelinose erwähnt. Um 1500 wurde sie jedoch restlos vom Hochwasser vernichtet.

Roßau (9. Bezirk)
Einst Auen, durch Wasserarme der unregulierten Donau in mehrere Inseln (Werder) geteilt, an deren Ufern die Schiffer ihre Rosse tränkten. Der Name Oberer Werd (aus dem die Roßau wurde) ist schon 1368 urkundlich belegbar. Nach der Türkenbelagerung von 1683 entwickelte sich hier die Vorstadt Roßau, die 1850 dem 9. Bezirk zugeteilt wurde.

Rudolfsheim (14. Bezirk)
Zu Ehren des 1858 geborenen Kronprinzen Rudolf wurden 1863 die bis dahin selbständigen Gemeinden Braunhirschen, Reindorf und Rustendorf zur Gemeinde Rudolfsheim zusammengelegt. 1891 wurde Rudolfsheim mit Sechshaus zum 14. Bezirk gemacht. 1938 kam Fünfhaus dazu und wurde nun zum 15. Bezirk umgewandelt.

Rustendorf (14. Bezirk)
Vor 1700 gegründet, erhielt diese ursprünglich aus drei Häusern gegründete Ansiedlung den Namen nach den vielen dort einstmals gestandenen Rusten (Ulmen). Später wurde der Name Braunhirschengrund nach einem 1754 eröffneten Gasthaus „Zum braunen Hirschen" allgemein üblich. Seit 1863 zum 14. Bezirk gehörig, kam Rustendorf mit einigen anderen Gemeinden 1938 zu Fünfhaus und wurde dem 15. Bezirk einverleibt.

Salmannsdorf (19. Bezirk)
Dürfte wahrscheinlich nach einem „Salman" (Dorfschulze oder Ortsvorsteher) so benannt worden sein. 1136 urkundlich erwähnt, 1529 und 1683 niedergebrannt (Türkenbelagerungen), beide Male wiederaufgebaut. Seit 1891 ein Teil des 18. Bezirkes, seit 1938 19. Bezirk.

St. Marx (3. Bezirk)
Der Ursprung von St. Marx dürfte in einer Herberge um 1266 liegen, wo ein Spital samt Kapelle „Zu St. Lazar" erbaut wurde. 1318 scheint ein Siechenhaus, das 1372 „Zum hl. Markus" genannt wird, auf. 1394 „Bürgerspital zu St. Marx". Von 1786 bis 1861 Bürger-Versorgungshaus, seitdem wurde das Haus bis um 1920 als Brauerei verwendet.

St.-Niklas-Vorstadt (3. Bezirk)
So hieß eine ehemalige Ansiedlung vor dem Stubentor, die 1200 urkundlich erwähnt wird. Mit einer dem hl. Nikolaus geweihten Kirche bildete sie eine befestigte Vorstadt, die in der Vorstadt Landstraße aufging.

St. Ulrich (7. Bezirk)
Als Ortschaft Zeismannsbrunn schon um das Jahr 1000 erwähnt. Die Ortschaft erhielt diesen Namen nach der 1211 erbauten St.-Ulrichs-Kapelle. Später wurde die Ortschaft aufgeteilt, in St. Ulrich Untern Guts und St. Ulrich Obern Guts. Das Obere Gut erhielt 1693 den schon seit 1413 gebrauchten Namen Neustift (woraus die abgeänderte Form Neubau wurde), das Untere Gut umfaßte das Neudegger Lehen (siehe Neudeggergasse). Aus Neubau entstand seit etwa 1820 Schottenfeld, Vorstadt bis 1850, dann dem 7. Bezirk und dem 8. Bezirk zugeteilt.

St. Veit (13. Bezirk)
Die ursprüngliche Ortschaft wurde in die selbständigen Orte Ober-St. Veit und Unter-St. Veit aufgeteilt, die 1891 im 13. Bezirk aufgingen. In alter Zeit auch „An der Wien" genannt.

Schaumburgergrund (4. Bezirk)
Diese Gegend war im 14. Jahrhundert im Besitz des oberösterreichisch-bayrischen Geschlechtes der Grafen Schaumburger (Erb-Obermarschälle in Österreich und der Steiermark), die 1559 ausstarben. Die 1813 gegründete Vorstadt wurde 1850 dem 4. Bezirk angegliedert.

Scheff (Im Scheff, 2. Bezirk)
Eigene Gemeinde seit 1349, umfaßte die außerhalb der Festungsmauer Wohnenden in der Leopoldstadt, Jägerzeile und Venedigerau (Unterer Werd) sowie der Alten Donauinsel (Alt-Donau-Gemeinde) Weißgerber und Erdberg. Im Jahre 1529 anläßlich der Belagerung von den Türken vernichtet und nicht mehr aufgebaut.

Scheff (Im Scheff, 4. Bezirk)
Diese Gegend war im Besitz desjenigen herzoglichen Amtsmannes, dem sämtliche Schiffsleute, die mit den verschiedensten Frachten donauabwärts nach Wien fuhren, unterstanden (nach Abwicklung ihrer Geschäfte verkauften die Schiffer ihre Schiffe meist als Nutzholz). Bei ihm hatten sie Herberge, bevor sie zu Fuß wieder in ihre Heimat zogen. Vorerst hieß der Grund Obere Laimgrube, später Im Scheff, auch Scheffstraße genannt. Nachher wurde der Grund nach Aufstellung eines Muttergottesbildes „Maria hilf" durch den Barnabitenpriester Cölestin Joanelli im Jahre 1660 in Mariahilf umbenannt.

Schiffmühlen (22. Bezirk)
Nach den auf der Donau schwimmenden Schiffsmühlen. Die Gegend wurde noch 1875 Schiffsmühlen, dann Kaisermühlen benannt. Die letzte Schiffsmühle wurde 1934 weggeräumt.

Schleifmühl (4. Bezirk)
Um die ehemalige Erste Österreichische Waffenschleif- und Poliermühle (1582 urkundlich erwähnt) bildete sich eine kleine Ansiedlung, die Schleifmühl, später auch Mühlfeld hieß. 1850 dem 6. Gemeindebezirk einverleibt.

Schönbrunn (13. Bezirk)
Schon 1312 wird hier die Chatterburg, später auch eine Mühle und ein Wäldchen, erwähnt, die Kaiser Maximilian II. zu einem Jagdschloß mit einem Tiergarten umgestaltete. Nach Zerstörungen 1605 und 1683 neu aufgebaut, 1695 bis 1700 in ein herrliches Schloß umgewandelt. Das heutige Gebäude stammt aus den Jahren 1744 bis 1760. Die Quelle „Der schöne Brunnen" wurde angeblich 1619 entdeckt.

Schottenfeld (7. Bezirk)
Die Gegend war im Besitz des Stiftes Schotten. Von 1683 bis 1850 eigene Vorstadt, dann dem 7. Bezirk angeschlossen.

Sechshaus (15. Bezirk)
Sechs um 1706 erbaute Häuser bildeten den Grundstock der späteren Ortschaft, die 1891 mit den Ortschaften Braunhirschen, Reindorf und Rustendorf dem 15. Bezirk zugeteilt wurde.

Siechenals (9. Bezirk)
Der Name stammt von einem 1179 erbauten Siechenhaus an der Als, um das sich nach und nach eine Ansiedlung bildete. Seit 1850 bildet die Siechenals einen Teil des 9. Bezirkes.

Sievering (19. Bezirk)
Bereits 1114 als Sufringen, 1156 als Siphringin und 1396 als Sifring urkundlich erwähnt. Die Ortschaft wurde später in Ober- und Unter-Sievering geteilt, die 1891 dem 19. Bezirk angegliedert wurden.

Simmering (11. Bezirk)
Als selbständige Ortschaft schon 1028 Simoning genannt. Seit 1891 mit Kaiser-Ebersdorf und Teilen von Kledering und Schwechat zum 11. Bezirk vereinigt.

Speising (13. Bezirk)
Schon im 12. Jahrhundert entstanden, 1365 als im Besitz eines Spiso urkundlich erwähnt. Heute Teil des 13. Bezirkes, früher (bis 1891) selbständige Ortschaft.

Spittelberg (7. Bezirk)
Ursprünglich selbständige Vorstadt. Von 1696 bis 1850 im Besitze des Bürgerspitals. Im 7. Bezirk seit 1850 aufgegangen.

Sporkenbühel (9. Bezirk)
Schon 1254 urkundlich genannter Ort. 1529 von den Türken bei der ersten Türkenbelagerung vernichtet und nicht mehr aufgebaut. Stand auf dem Grunde des 9. Bezirkes in der Nähe des Gürtels.

Stadlau (22. Bezirk)
1150 schon als Stadelove erwähnt. Durch die Donaufluten und die Türken wiederholt vernichtet, aber immer wieder aufgebaut. 1904 dem 21. Bezirk zugeteilt, später dem 22. Bezirk zugewiesen.

Strebersdorf (21. Bezirk)
1331 als Strobelinesdorf erwähnt. Existierte bis 1908 als selbständige Gemeinde, dann dem 21. Bezirk zugeteilt.

Strozzigrund (8. Bezirk)
Die um Palais und Garten des Palais Strozzi entstandene Ansiedlung erhielt 1702 den Namen ihrer Gründerin (Gräfin Strozzi). Seit 1850 zum 8. Bezirk gehörend.

Theobaldsgrund (6. Bezirk)
Die hier bestandene, im Jahre 1343 von Herzog Albrecht II. gestiftete Kapelle war dem hl. Theobald geweiht. Die Umgebung nahm später trotz ihrer Zugehörigkeit zur Vorstadt Laimgrube diesen Namen an.

Thurygrund (9. Bezirk)
1646 entstandene, ehemalige Vorstadt. 1683 vernichtet und wiederaufgebaut. Seit 1850 zum 9. Bezirk gehörend.

Tunaugemaind (1., 2. und 3. Bezirk)
Alte Bezeichnung für „Donaugemeinde". Auch Schöffstraße (Scheffstraße) oder Schöffzögel genannt. Seit 1349 eigene Gemeinde, die Teile des Unteren Werds, der Jägerzeile, die Venediger Au, das Alte Donaurinnsal (Weißgerber) und Erdberg umfaßte. Die Ansiedlungen entwickelten sich im Laufe der Zeit zu eigenen Gemeinden.

Unter-Döbling (19. Bezirk)
Hieß erst Chrottendorf, später Hohewart. Siehe Döbling.

Unter-St. Veit (13. Bezirk)
Eine 1803 ursprünglich als Neudörfel gegründete Ansiedlung bekam später diesen Namen.

Währing (18. Bezirk)
Bereits 1170 urkundlich „Warich" genannt, seit 1891 mit den ehemaligen Ortschaften Gersthof, Weinhaus und Pötzleinsdorf zum 18. Bezirk vereinigt. Bei Erbauung der Stadtbahn wurden Teile dem 9. Bezirk abgetreten. Die ebenfalls 1891 einverleibten Orte Neustift am Walde und Salmannsdorf kamen 1938 zum 19. Bezirk.

Wegen, zwischen den (Zwischen den Wegen, 7. Bezirk)
Um 1560 gegründete Ansiedlung, die bald darauf St. Ulrich angegliedert wurde.

Weinhaus (18. Bezirk)
War eine bereits 1267 urkundlich erwähnte Ortschaft, die 1891 dem 18. Bezirk angeschlossen wurde.

Weißgerber (3. Bezirk)
Vorstadt, die schon 1342 Alt-Tunaw-Gemeinde, nachher Am alten Donaurinnsal genannt wurde. Nach 1529 wurden die Gerber und Lederer angehalten, sich hier anzusiedeln, und so erscheint 1693 der Name Unter den Weißgerbern. 1850 dem 3. Bezirk angegliedert.

Wieden (4. Bezirk)
Eine der ältesten Vorstädte, schon 1211 urkundlich „Widem", das ist Widmung, Schenkung, genannt. Vermutlich erfolgte die Schenkung an das Heiligen-Geist-Spital, dem damals die Gründe zukamen und das die Gegend samt Neu-Margareten und das heutige Favoriten besaß. 1861 entstand der selbständige 5. Bezirk. Das Verbliebene bildete mit Favoriten, Schaumburgergrund, Konradswerd und einem Teil von Hungelbrunn den 4. Bezirk. Favoriten selbst wurde 1874 ein eigener, der 10. Bezirk. Wieden wurde vor 1850 auch Alt- und Neu-Wieden genannt. 1861 wurde Margareten von Wieden getrennt und zum selbständigen 5. Bezirk erklärt.

Wienenfurt (14. Bezirk)
Um 1130 erstmalig urkundlich erwähnte Ansiedlung entlang der Wien, die vom Wienfluß weggetragen wurde und spurlos verschwand. An ihrer Stelle entstand Ober-Baumgarten oder Baumgarten Oberen Guts. Auch als Flurname nicht mehr in Gebrauch.

Wildendorf (10. und/oder 12. Bezirk?)
Ein 1361 urkundlich genannter Ort am Wienerberg, der vernichtet und nicht mehr aufgebaut wurde.

Wilhelmsdorf (12. Bezirk)
Eine 1847 mitten in Meidling entstandene Ortschaft, die volkstümlich „Dörfel“ genannt wurde. Seit 1851 mit Meidling vereinigt,

Willendorf (10. Bezirk)
Auch Wildendorf, 1361 erstmals und 1693 letztmals erwähnte Ortschaft. Hinter Altmannsdorf, gegen Neu-Steinhof zu gelegen?

Windmühle (6. Bezirk)
Um die 1562 errichtete Windmühle entstand nach und nach eine Ortschaft, die aus zwei Teilen bestand (Obere und Untere Windmühle). 1850 vom 6. Bezirk vereinnahmt. (Ein Teil hieß Theobaldsgrund.)

Wollzeile (1. Bezirk)
Als Ortschaft urkundlich 1158 mit „Vicus lanarum“ und „strata lane“, 1261 als Wollezeile erwähnt, verschwunden.

Wulzendorf (22. Bezirk)
Um 1500 verschwundene Ortschaft auf dem Grunde des Donaugebietes; „Die Donau hat's hinweggetragen“.

Zeismannsbrunn (7. Bezirk)
Ehemalige Ortschaft, die nach einem Besitzer Zeismannsbrunn, dem Errichter eines Brunnens, benannt wurde. Schon im 14. Jahrhundert urkundlich erwähnt. Später nach einer dem hl. Ulrich geweihten Kapelle St. Ulrich.

Zwischenbrücken (20. Bezirk)
Einst Ansiedlung an der Jochbrücke über die Donau und Reichsstraße nach Norden, später zwischen zwei über die Donau führenden Brücken. Seit 1850 zur Leopoldstadt gehörig, seit 1900 teilweise 2. und 20. Bezirk und in ihnen aufgegangen.

Thomas Chorherr

WIEN

Eine Geschichte

Mit einer Fülle an Material, an Wissen und Einsicht nähert sich Thomas Chorherr, Chefredakteur der Wiener Tageszeitung »Die Presse« dem Geheimnis Wien, entwirft ein lebendiges Panorama dieser so heiß geliebten und (oft zugleich) tief gehaßten Stadt, deren Bewohner mit sich und mit ihr meist unzufrieden sind – wenn sie sich auch ein Leben anderswo nicht vorstellen können.

Ueberreuter

Henriette Mandl

Wiener Altstadt-Spaziergänge

Sechs Spaziergänge durch die Wiener Altstadt sowie eine Ringrundfahrt vermitteln das Flair dieser unverwechselbaren Stadt mit seiner reichen Geschichte von der Römerzeit über die Babenberger bis zur Habsburgerepoche. Ein Wegbegleiter für Wien-Besucher – und für alle Wiener, die über Wien schon viel zu wissen glauben.

Auch in englischer Ausgabe erhältlich:

Vienna Downtown Walking Tours

Ueberreuter

PETER WEHLE

Sprechen Sie Wienerisch?

von Adaxl bis Zwutschkerl

Der Wiener »Greißler« führt seinen Berufsnamen auf das mittelhochdeutsche Wort *greußel* – Körnchen – zurück; der »Heurige« kommt vom althochdeutschen *hiu jar* – dieses Jahr; »Gspaß« und »Gspusi« sind beide italienischen Ursprungs, *spassarsi* heißt sich belustigen, *sposa* die Verlobte; »Heidipupeidi« ist griechisch.
Peter Wehle fühlt dem Wiener Dialekt in unterhaltsamster Form auf den Zahn. Sein Buch sollte Grund zum Schmunzeln, aber auch Wissensvermittler sein:
Sprachwissenschaft mit Gspassettln.

Ueberreuter

Peter Wehle

Singen Sie wienerisch?

Eine satirische Liebeserklärung an das Wienerlied

Die Tradition des Wienerliedes, wie wir es heute kennen, geht weit zurück. Der »Liebe Augustin« hat in ihnen ebenso überlebt wie der »Wurschtel«, den »kaner derschlagen kann«. In seinen Liedern philosophiert der Wiener über das Leben, den Tod und die Tröstungen des Himmels und des Weines.
Man muß das Wienerlied lieben, um es so gründlich analysieren zu können, wie Peter Wehle es in diesem Buch tut.

Ueberreuter

Wo erfährt
das Burgtheater,
ob beim
Tschauner noch
ein Stehplatz
frei ist?
Täglich im
KURIER

nmerkung zu Seite	Bitte einsenden an: Verlag Carl Ueberreuter Ges. m. b. H., 1091 Wien, Alser Straße 24

€ 7,- Vien.